THE BOOK
OF THE
UNNAMED
MIDWIFE

末世之路 (上)

[美] 梅格·埃利森 ——————— 著　李永学 ——————— 译

百花洲文艺出版社
BAIHUAZHOU LITERATURE AND ART PRESS

图书在版编目（CIP）数据

末世之路 /（美）梅格·埃利森著；李永学译 . ——
南昌：百花洲文艺出版社，2019.8
ISBN 978 7-5500-3302-3

Ⅰ.①末… Ⅱ.①梅…②李… Ⅲ.①科学幻想小说
－美国－现代 Ⅳ.① I712.45

中国版本图书馆 CIP 数据核字（2019）第 140226 号

江西省版权局著作权合同登记号：14-2019-0166

末世之路

[美] 梅格·埃利森　著　　李永学　译

出 品 人　连　慧
策划编辑　王　萌
责任编辑　陈　园
封面设计　三形三色
出版发行　百花洲文艺出版社
社　　址　南昌市红谷滩新区世贸路 898 号博能中心一期 A 座 20 楼
邮　　编　330038
经　　销　全国新华书店
印　　刷　北京市昌平新兴胶印厂
开　　本　880mm×1230mm　1/32
印　　张　21
版　　次　2019 年 8 月第 1 版第 1 次印刷
字　　数　480 千字
书　　号　ISBN 978-7-5500-3302-3
定　　价　75.00 元（全两册）

赣版权登字：05-2019-153
版权所有，侵权必究

邮购联系　0791-86895108
网　　址　http://www.bhzwy.com
图书若有印装错误，影响阅读，可向承印厂联系调换。

如果没有我的亲密伙伴们的支持，我是不可能完成这部书的。

我的作家朋友们容忍了我的一再改写和直言不讳的提问，我在这里对他们表示深切的谢忱。在那个改变了我们每个人的夏天里，每一个来自南卡罗来纳州写作项目的人都参与了这部作品，我为此感谢你们。还有那些不在这里的作家们，斯蒂芬妮、阿什和艾弗利：请接受我发自内心的感谢。你们都是这部书的助产士。

我也必须感谢真正的助产士罗宾，她为我陈述了她这一职业的详情，以及医学中的那些奇特的现象和令人恐惧的画面。

我同样必须感谢戴维。只要他觉得故事的情节无趣，他从来不会虚言掩饰，而当他投入到一个项目中时，却慧眼如炬，如同激光束一般聚焦精准。

我要感谢我的母亲，她在连一行都没有读过的时候就提出了有关这本书的一个想法，它像黑暗之角的熊熊火炬，照亮了我的心田。

我必须感谢迪，他是为这部书把关的检验员。

从头到尾，我都要把最美好的谢意永远留给我的丈夫约翰。他是我的第一个读者、最优秀的批评家和我一切事业中的伴侣；请接受这部书，这是我为你准备的礼物。

序言

  艾娜妈妈用手指轻轻地敲着她空洞的木头肚子。木头肚子绕着肩膀和后腰捆着，显出朝前挺起的曲线，看上去像是怀胎九个月了。艾娜妈妈的年龄已经高到没法真正怀孕了。她一头白发，而且剪得很短，可以透过头发看到亮铮铮的黑色头皮。她又敲了起来，瘦瘦的手指像打鼓一样，让空洞的声音在房间里回响。她用指甲有节奏地敲击着木头，一直到抄写员们抬头看向她。

  那是正处在青春期的六个男孩子，他们的脸上都还没有长出胡须，眼睛在上午的阳光下闪闪发亮。这间教室的年龄比艾娜妈妈本人都大。建筑物的一部分已经塌了。学校里原来有很多健身房、剧院和礼堂，但随着一年年过去，它们在雨雪的侵蚀下慢慢损坏，一点点地垮了。长长的办公室走廊空荡荡的，松鼠在文件柜里做了窝，窗外的树枝也穿过窗户爬了进来。

  艾娜的村子里只有三间教室正在被使用。有人打扫房间，里面还算完好。黑板和木头课桌都在。最难修理的是玻璃窗。有些工匠找出了方法，可以重新使用从其他建筑物里找出的好窗户，但窗子的尺寸总是配不上。阳光虽然可以照进教室里，但好多是从遮挡窗户的旧塑料布和晴纶布透进来的。不过光线还是足够的。

抄写员们手里拿着笔，他们从小就开始接受写字的训练。小时候用的是核桃墨水和浆果墨水。等到年纪足够大了，大人们对他们的信任便足以让他们使用从鱿鱼或者是乌贼汁里提炼出来的珍贵墨水。捕捞这些海产品是一项代价高、费时长的艰难工作。每个男孩儿都有一叠切得齐齐整整的大麻纸和一玻璃瓶蓝黑墨水。他们每人都有一支笔杆和一个窄窄的墨水笔尖。他们已经掌握了抄写完美、整齐的文稿的方法，知道怎样在纸上工整地书写，怎样仔细地、节省材料地工作。

艾娜妈妈的手指还在她的木头肚子上嗒、嗒、嗒地轻轻敲着。

"小伙子们，大家都准备好了吗？"

他们默默不语地凝视着她，这就表示他们准备好了。

"很好。孩子们，今年村里选了你们来承担这项特殊的任务。你们以前都曾抄录过《无名助产士之书》吧？"

男孩儿们点头。

她走向身后的木制大书桌，掀开了一层薄布。下面是十九本本子，皮面包装，大小和厚度各不相同。有些破损得非常厉害。其中一本有被水渗过后形成的凸凹不平的皱纹，在本子的每一面上都看得到刮痕。几个男孩儿伸长脖子看着，但都还坐在椅子上。

艾娜妈妈轻轻地拿起其中一本，男孩儿们能够看到它下面的另一张羊皮纸。她把那本书举起来向他们展示，封面下角的金色字体显示着年份。

男孩儿们知道《无名助产士之书》的年代多么古老。他们全都学过这本书，而且从小到大，人们都在讲着书里的故事。但这本书上印着的年份比他们知道的还要早四年。

"《无名助产士之书》其实就是这十九本日记。"她开始说，"小伙子们，我们教给你们的那些叫作正传，其中讲的是关于死者的故事。而阅读《垂死者之书》非常不容易，其中会出现许多可怕的东西。你们中有些人可能会哭泣或者感到恶心。这没有关系。我读的时候也觉得恶心，差不多所有的妈妈们都是这样的。即使你们这几个小伙子跟我们一样坚强，你们可能也会有同样的感觉。

"你们全都已经读过这些单元和《霍努斯之书》了。在训练结束时，你们将会读完《无梦人之书》。"她回头指了指书桌上的几摞书，"这些是她的其他故事。正传比较短，整个故事要长一些，而且更加凌乱。我们每年都会选一些抄写员，让他们把整套书誊写一遍，今年被选中的是你们。"

房间里的孩子们情绪激动。他们为自己入选而感到骄傲，而且心情十分急切。他们想要知道，这些书与他们过去学到的那些有什么不同。他们脸颊微颤，看起来像是兔子的长胡子。但他们一直接受着要安静地服从妈妈们的教育，所以男孩儿们虽然十分兴奋，但房间里还是静悄悄的。

艾娜妈妈很高兴。

"你们就从今天开始吧，这些都是原本。大家非常信任我们，而我们也一定要对得起这份信任。所以你们必须经常洗手，会有人送来温水和干净的毛巾。我们也一定要把窗户的卷帘放下来，这么古老的纸张，不能整天暴露在阳光下。我们要格外小心地工作，保护好这些书籍。你们说是不是？"

他们异口同声地回答："是的，艾娜妈妈。"

她点点头："现在两人分为一组，每个抄写员各自开始抄录自己的部分。你们共用一本书，要互相帮助，保护书本。"

她拿着第一本书，走向第一对男孩儿，他们已经很快地把书桌拼到了一起。他们等着她，手掌向下放在木头桌面上。她把书放在书桌上，他们的视线也随之落在书上。她打开了封面，露出里面的活页大麻纸。

"你们可以开始了。"

第一章

《无名助产士之书》

第一卷

《垂死者之书》

1 月 15 日

我在这星期早些时候治疗了一位发高烧的病人，她现在被送去太平间了。管病历的那伙人在病志里面加了好多附带的说明。现在我听说在同一层楼里还有两宗同样的病例，因为我这个周末没跟任何人一起闲聊，所以当时不知情。本以为见到卡伦后可以痛痛快快地喝两杯，但她总是在不停地抱怨。她真该一下子把他甩了，也就了了这份心事了。一听到他的名字我就烦，她在喝醉的时候说起来我就更烦。格里就是狗屁。我闻到臭味了，我们都闻到了。

1 月 30 日

又来了些发高烧的病人，差不多全是女病人。有一段时间，人们全都在谈论一种好多地方同时出现的食物中毒，蔓延地区——达拉斯，所以这种情况不单是我们有。杰克已经在实验室里研究了好多天了，我一直睡在医护休息室里，几乎没见到过他。简直累死人了。护士病倒了一半，这个礼拜天天加双班。十天了，一例接生都没做。高烧病例1，接生婴儿0。失败的团队。

1月31日

给在康涅狄格州的萝拉打了电话，讲了好多业务上的事。想她了，让她替我亲吻她的孩子，好像我能感觉到似的。问了问她，想知道她们那边情况怎么样。小城市更有机会幸免于难，但听起来，连那里的情况都不怎么样。开始崩盘了。这到底是怎么回事？

2月2日

真倒霉，婴儿接生失败了，但不该像这样失败的。

真不知道该对感染率说些什么。我简直没法说出死胎或者基本死胎的比率，真是见鬼了。整个医院都被划入了检疫隔离区，但这有什么用？收到了皮拉尔从会诊所发来的短信，她说无家可归的流浪汉的情况同样很糟糕。连大街上都这样。到处都是一个鬼样子，但实验室里什么都没研究出来。

2月4日

疾病防治中心里到处都是恶心的变态。新闻真可怕，纽约那些事真不知道是怎么发生的。湾区捷运停止工作了。也不是说我想到哪里去，可是这情形真是该死。外面那些传教士带着手提半导体喇叭。这么多人正在死亡，干脆让他们死了算了，虽然这么想很不应该，但他们死总比刚被生下来的每个婴儿都死了强。

杰克说这是一种自身免疫系统疾病。他这样说的时候看上去怕得要命，我几乎希望自己没问过他关于病的事。我想这是因为他也不知道这是怎么回事，所以就更害怕了。抗生素没用，干扰素没用，消炎药没用，镇静剂没用，催吐剂没用，什么都没用。一旦发了病，什么都没用。我们全都裹在塑料衣服里，但这似乎也没什么用。玛丽安娜两天前穿着它病倒了。雪莉看上去状态奇差，所以他们让她回家休息。考夫曼医生在给病人看病时突然晕倒，原因不明。一醒来就听到了喊叫声，那是死亡的声音。

2月6日

我觉得我要死了。高烧击败了我。

2月7日

大家都知道我病了，但谁都没说什么。大家全都病了。杰克来了，在我身边坐下，摸了摸我的头，看看我烧成了什么样。他看上去痛苦得想要去死，说有些男人开始恢复了，但这其中没有女人和孩子。他告诉我，孕妇烧得特别厉害，我们接生的胎儿死亡率是百分之百，产妇死亡率差不多一样高。他搂着我，我睡着了。我觉得我明天没法干活了。

不过，我觉得这没什么关系了。

在整个世界还没有崩溃的日子里，救护车的汽笛声就没有断过。还有一些机构仍然在维持运转，它们的设计用途是应付紧急情况和灾难，但没有任何机构能够无限地工作。绝望在一个又一个街区中蔓延，人们在挣扎，在逃离。

他们死于瘟疫，而且他们的死亡地点相距很近。当没有足够的人负责照明电路时，城市陷入了黑暗。当汽笛声静下来时，规矩便自行引退了。一些人一生都在等待没有法律来管的时刻，他们是第一批走上街头的人。有些人知道会发生这种情况；他们知道，听到呼救声时千万别开门。但另一些人不知道。有些事情疾病办不到，但人类做起来却易如反掌。

　　她在医院护士休息室中的一张小床上醒来。她的床头没有病情显示图标，她的姓名标牌也不翼而飞。这位女子知道她是谁、她在哪里，但其他的一切她都不知道。

　　她的嘴巴和喉咙让她觉得自己已经好多天都没喝过水了，这让她过了一阵子才弄清自己的状况。她试过开灯，眼睛直直地看着不肯启动的机器。所有的设备都不肯工作，这把她弄糊涂了。她在她看到的第一个人面前停了下来，试了试那人的脉搏。她又在第二、第三个人面前停了下来，然后才明白了过来。她跑出了建筑物，跌跌撞撞地闯进了一个紧急出口。警铃没响。

　　火红的太阳在刚刚开始升腾在海湾上的白日雾气中冉冉升起。她慌得厉害，而且越来越慌。她在惊慌中走出门，走过医院和她的公寓楼之间的街区，她连一个人都没看见。街上没有公共汽车，也没有小汽车开过，停在路边的车尾灯也是暗的。她还记得她在病倒之前曾经救治过患了瘟疫的病人，听到了些似乎不可能发生的谣言。她知道发生了些什么，但她还是弄不清楚现在的情况。

　　她终于走进了自己的公寓，脱掉了那套护士装。衣服很脏，工作了一个班次下来，上面全是血迹、羊水、尿液和人体能够排出的一切东西。衣服上全是脏东西，现在硬邦邦的，她已经记不清自己穿了多久了。她脱下了内衣，钻进淋浴间，想要理清头绪。从莲蓬头上喷出来的水是冰冷的，她急匆匆地抓住调温手柄，想要放出热水。但水压很快就降了下来，不再出水了。她又是推又是拉，朝着各个方向拧来拧去。她还试了试洗脸池的水龙头，什么也没出来。

她就这样光着身子，哆哆嗦嗦地走进了厨房。香蕉已经黑了，面包是绿色的。她找到了一盒脆饼干，坐在沙发上吃。她按着遥控器上的按钮，想打开电视，但电视机不亮。但她还是坐着死盯着电视机，同时狼吞虎咽地吃着脆饼干，直到觉得太咸了才停了下来。

在现在暖烘烘的冰箱里，她发现了一瓶佳得乐，她光着脚站着，一口气把它喝了个精光。

她走出厨房，站在客厅里。她的公寓有一大半在地下，微弱的阳光从上面狭窄的长窗户上透了进来。她麻木地站着，看着地板，寂静压着她的耳朵。

"该死的，这到底是怎么回事？到底怎么了？"

这个问题静静地在她的脑子里盘旋了好久。但没有回答。

她穿上了一条旧衬裤和一件旧T恤衫，然后爬上了床。她钻进被子里，闻着自己的气味，这是全世界最熟悉、最让她感到舒服的地方，这时她什么都不肯想。她差不多睡了一整天。他在黎明到来前一两个小时把她叫醒了。他就和她一起躺在床上，他的体重压陷了床垫，让她身体的侧面靠了过去，两人肩并肩地躺在一起。她有一瞬间感到了些许的不安，但接着便想到这是杰克，他回家了，来到了自己身边。她微笑着坐了起来，在那珍贵的一瞬间忘却了一切，但接着她便完全清醒了。

他抓着她的肩膀，把她向后推倒在床上，他的呼吸很沉重。她立刻就明白了一切，所有那些可怕的事情。

所有的人都死了。这个人不是杰克。她现在是独自一人。

他松开了她的一个肩膀，让她侧面躺下，还伸手拉开了拉链。他挪开了扶着她躺下的那只手，把它放到她的脖子上，用另一只手把她的衬裤推向一边。他的身体重重地压在她的身上，压着她的脖子，让她无法起身，也无法呼吸。她踢了一下腿，接着又踢一下，接着脚踝缠在了床单里。她知道这是白费力气。她用手抓着他的脸，但他似乎完全不在意。在半黑暗中，她看不清他的模样。他就是个身体有重量的人，是一个闯进她房间里的人，但她偏偏对他无可奈何。

他推压着她，打算用蛮力插进去。她拧着屁股，左右前后地挣扎，紧紧地并拢两个膝盖。他咒骂着跟她搏斗，用膝盖把她的腿往后推，然后更加用力地压在她的脖子上。她喘着粗气，眼前模糊，金星乱窜。她松开了他的脸，在她的胳膊垂下的时候，她感到它们是那么的无力。她的整个身体躬了起来，打算向两边扭动，要把膝盖挤到身子下面。他摸着她像猫一样扭曲挣扎的身体，突然发力，把她脸朝下推倒在床上，自己骑跨在她的腰间。

他的腿改变了姿势，夹着她的腿的外侧，又一次重重地压在她的身上，让她动弹不得。她能感觉到他在她脖颈上的呼吸。他把手从她的背上拿开，放到她的屁股上。

他的身体刚刚从她的身体上挪开，她便狂野地抓住了床头柜，一下子把抽屉拉到头，手腕撞到了抽屉侧面。她把手伸进了抽屉，摸到了她的折叠刀。就在他想动手把她的大腿向后拉向自己时，她拇指一按，折叠刀随之弹开。她使劲推了一下床头柜，把它推翻了。她侧面对着他，虽然眼睛还看不太清楚，但还是抡圆了胳膊，那把刀随之在空中划出一条弧线。她还在因为惊慌而颤抖，因为被卡住脖子而眼前发黑，所以这一刀没有刺中她想要刺中的地方，只是把他的下巴割开了。

他飞快地用手捂住伤口。她现在能够看到他的一点点苍白的形体，但他的脸和手还隐藏在黑暗中。他发出了一声压抑的怪叫，然后右手突然向她挥来，打在她的颧骨上。这一下只不过是一擦而过，但她的头还是被打得向后一仰。他趁机伸出双手来抓她，下巴上还淅淅沥沥地流着血。看到他的两只手都垂下来了，她又刺了一刀，这一次正中目标。刀锋上的挂钩挂住了他的脖子，接着她狠命地拖着刀划过他的身体，这时她的双肩伸展，成了一个开阔的角度。刀子划过皮肤，在她用力劈下的时候连带着翻开了皮肉。他的手急忙捂住脖子，鲜血在手指缝间流淌，在昏暗的光下看上去是黑色的。

他的喉咙咯咯作响。她就这么看着。

他已经不再攻击她了，这时她的职业训练占了上风。她让他身体后仰，把她自己的手压在他的手上压住伤口。他的血现在一跳一跳地透过两人的手指不停地流淌，她用一条床单把伤口包扎起来。他的眼睛好像脸上的两个大洞，死死地瞪着她。暗色的血从他的伤口流了出来，沾染了她的床。她的身上也到处都是血。她的刀掉到了地板上。她想起了她的手机，接着意识到，当她猛地掀翻床头柜时，手机被甩到房间的另一边去了。然后她便想起手机现在已经没有任何作用了。

她回头看了看他，现在血流的速度开始减缓。他的胳膊越来越软弱无力，他哽咽的声音渐渐消失。她更用力地压住伤口，接着想起他曾经就像这样按着她。

那人很快就不行了。他的手慢慢松动，从自己的脖子上滑了下去。这时她也松开了手，看着他全身的力气慢慢消失。她看到了他脖子上的那道伤口，那是条参差不齐的沟，还在慢慢渗出黑色的液体。

她想从床上下来，但她的脚缠在床单里，结果她一跤摔到了床下。她想试着站起来，结果膝盖碰上了地板上还打开着的折叠刀，刀在她的皮肤上划了一道很小的伤口。她机械地走进浴室，摸来摸去总算找到了小壁橱上的双氧水。她打开棕色瓶子上的白色瓶盖，把双氧水倒在膝盖上的小伤口上，一直把整瓶都倒空了才停下。冒着泡的清凉液体顺着她的腿流到了瓷砖地面上。

"血源性病原体。"她用不带一丝感情的声音说道。

她在洗脸槽下面又找到了一瓶，随便地把她不需要的东西丢到地板上。找到之后她就把它打开，倒扣在自己的胸口上。她忘了除掉瓶子的保护封，结果什么都没倒出来。

"哦。"她用右手把半圆形的塑料片拉开，双氧水随之流出，她让它在自己的胳膊和脖子上流过，冲洗身上的血迹。她把它倒在自己的衬裤上，打湿了裤裆。地板上积起一个冒着气泡的粉红色小水洼，打湿了浴室的地毯。双氧水倒光了之后，她又把盖子盖在瓶子上，整齐地把它放到浴室的垃圾桶里。

她身上发冷，便茫然地走回卧室，尽量不去看那具尸体。她穿上搭在椅子上的一条牛仔裤，把她原来穿着的衬衣扔到地板上，又从衣柜里拿了另一件。她在衬衣外套了一件连帽衫，然后找到一双袜子，穿上鞋，系上鞋带。她走回自己的床边，拉下床单，盖住了那张她从来没有真正看清楚的脸。

她的手找到了躺在地板上的手机，然后把它塞进了牛仔裤上绷得紧紧的后兜里。她小心地把折叠刀合上，放进身前的衣袋里。她在散乱的床头柜残骸上拿起了日记本，把它塞进自己连帽衫前面的内袋里。她锁上公寓的门，手上什么也没拿就离开了。

这个女子独自一人走在街上，遥望着东方的橘红色：这说明太阳很快就要升起来了。她在旧金山时高时低的街道上走着，不知道自己在干什么，脑子里什么也没想。她来到一个她认识的地方，这是一个她来过几次的咖啡厅。全身麻木冰冷的她走进咖啡厅，坐到一张旧皮沙发上。

街上没有什么人倾听她的哭泣。她抽泣和颤抖得那么厉害，让她觉得自己就快要崩溃了。她的头在抽痛，她的喉咙生疼，她用两只拳头敲打着胸口。她尖叫着宣泄着自己的困惑，但没有人回答。她在恳求，在道歉，在发怒。

等到她再也没什么好说了的时候，她静了下来，缩进了沙发的一角。她把腿抬起来尽量靠近自己，伸出胳膊紧紧地抱着膝盖，又把连帽衫的帽子拉起来盖住了脸。她觉得她大概能就这样睡着，但她却只是看着太阳从云雾中升起。当天大亮时，她木然起身出门。她漫无目地地走进教会区，不知道自己该去哪里。人行道上到处都是碎玻璃和垃圾，还有单只的鞋子和城市里通常会有的一堆堆废物。在街上，有些地方整齐地停靠着汽车，而在其他地方，汽车在人行道上横七竖八。路上到处堆积着或大或小的交通事故留下的残骸。她看到有些汽车残骸里有尸体，还有一具在被两辆汽车挤在中间的一辆摩托车上。在此之后，她努力让自己不要再看下去。

教会区总是很脏，乱糟糟的，但它过去富有生气，现在却空荡荡的让人害怕。商店和餐馆的窗户都被打破了，到处都没有活动的东西。在商店上层，公寓的窗户上挂着毯子和旗子，而不是窗帘，看上去跟过去一样凌乱不堪，但现在却是死一般的寂静。在这冷飕飕的清晨的空气中，她能听到的唯一的声音便是鸽子的咕咕叫声和它们扇动翅膀的声音，还有海鸥偶尔发出的尖叫。这座城市里没有街道上的电车和成群的行人，没有狗叫声，也没有从窗户里飘出的或从流浪的人带着的小收音机里发出的音乐声。

她闻到了大海的气味，还有腐烂的食物和四处的死尸上发出的甜腻的气味。她能闻到街角和小胡同里的尿骚味，也可能那里总是这个样子。她走过了一个又一个街区，她犹豫了一下，想到了来往车辆、交通灯和自身的安全。她必须强迫自己不再担心被车撞到，并且开始考虑，如果她看到了另一个人她该怎么办。有史以来第一次，当在这附近行走时，她没有闻到十几个人吸毒带来的气味，也没有看到从窗子里飘出来、从鲁莽的路人那里飘来的烟雾。她的感官向她发出了警告：这座城市死了。

迎接她的是另一种气味。当她来到一个街角时，她能听到细微的噪音，这时她躲进了一家剧院的入口，藏在华盖下面倾听。十字路口另一边的什么地方有人在做饭，而且那人还在唱歌。

她待在那里，那气味更重了。她肯定自己能闻出大蒜和蘑菇的气味。歌声是断断续续的，但声音听上去很高。她觉得她应该转身走回去，为此她做了很长时间的思想斗争。最后，饥饿和单纯的好奇获胜。她小心地探出身子，走进了十字路口。她探头探脑地东张西望，然后从一个酒类专卖店那里斜穿马路，走过了十字路口。那个卖酒的店里酒气熏天，好像有人把店里所有的酒瓶都砸碎了。风向变了，香气又传了过来。大蒜、玉米和奶酪。她的肚子咕咕地叫了起来。

她来到一个墨西哥餐馆破碎的橱窗前，餐馆的招牌褪了色。门打开着，但她谁也没看到。她走了进去，朝着声音伸长了脖子。现在歌声更清楚了，这是一首熟悉的西班牙语抒情歌。那位唱歌的人对于死去的歌者有着深刻的理解。她穿过一扇矮门，走进了厨房。

一位高个子的黑皮肤男子站在一个煤气烤架旁，正在汗流浃背地做奶酪猪肉玉米饼。他微笑着转过身，然后张着嘴吃惊地看着她。

"我的天哪，你是谁啊？"他说话带口音，把"你"字说成了"乃"。

"我是……我是……这味儿闻起来真是绝了。我不是想来打扰你的。你是……"她还只是半边身子进了门站着，思考着自己该不该逃跑。她不大知道该问什么问题。你是个危险人物吗？你要吃这锅食物吗？恐惧和好奇在跟饥饿和困惑搏斗。她就站在那里，不知道该服从哪种感觉。

他慢腾腾地放下锅铲："听着，我只是想做点吃的。我不想惹麻烦。我在等我的朋友胆小鬼。如果这里是你的地盘，我很抱歉。"

"不，不，这里不是我的地盘。我是从城那边来的，我在街上一个人也没看见。"

"你我不都是人吗，丫头。我和胆小鬼还以为我们是地球上剩下的最后两个该死的家伙了。"她仔细地看着他。她知道他是哪一种人，所有的情况都说明了这一点，比如他站在那里弓着身子，屁股对着灶台的姿势；他叫她丫头的时候撇嘴的那副样子；还有他拨弄锅铲的那只柔和又灵巧的手；再加上他在看她时只看着她的脸，而没有对她的身体上下打量个不停的方式。她认识到了这一点，而且是立刻就认识到了。这是她在仓促间做出的判断，但她从生下来就在旧金山跟这种人一起生活和工作。她大部分最好的朋友都是这种人，特别是在她二十五岁之后，当时她大部分女性朋友都消失在婚姻的兔子洞里了，结果从洞那一边一出来就变成了母亲。她感到放松了一些，整个身子进了门。

"你看上去不像是个要来抢东西的人。"他对她说，又回头关心他的食物去了。

"我不抢东西。我得了病，就是人人都得的那个该死的病，结果一醒来就发现自己在加州大学旧金山分校里。那些人都到哪里去了？"

"你告诉我你在旧金山分校。新闻里说人人都要死了，特别是女人。有些专家说这是一次灭绝事件，所有的女人都会死。"

她的身体靠上了墙，眼睛死盯着食物。"这次的病传染性太强了，空气传播，是各处几乎同时爆发的。我知道得了病就很容易死，但这里到处都没有人。我搞不懂是怎么回事。"

他关上煤气灶，把一堆堆的奶酪猪肉玉米饼放到纸盘子上。这是些便宜盘子，所以他把四五个盘子摞在一起装那些沉甸甸的玉米饼。"我叫乔，我的朋友胆小鬼出去找水去了。几乎所有地方的自来水都停了。真没想到，这破瓦斯居然没停。"他把盘子端到饭厅里，把玻璃杯和揉成一团的餐巾纸扫下了餐桌。

"你不妨坐下来吃点东西吧。"

她在他对面的一张不搭配的椅子上坐了下来。"我叫卡伦。"她一边用一把塑料叉子把饼子放到她的盘子里一边说。他没有伸出手来跟她握手，她也没有。他走回厨房，带了四种不同的辣酱回来。

他们没有继续互相介绍，因为他们都急着吃东西。她饿坏了，见到自己盘子里热乎乎的食物就忍不住流口水。她狼吞虎咽地大口吃着，融化了的奶酪烫到了她的上颚。

她不是卡伦，卡伦一个星期前就死了，死时还带着自己的工作牌。他不会要求看她的身份证明的。她决定现在当卡伦。

他把鲜红的辣酱洒到他那堆食物上，同样吃得风卷残云。等到他们俩都吃完了第一盘之后，吃东西的速度才慢了下来。她吃完了第二盘，他则又干掉了两盘。

她在自己面前像烙饼似的玉米饼上倒了一点绿色的辣酱。"我真没法相信，这些东西都还这么好吃。我那里所有的新鲜食物都变质了。我觉得我好像在医院里待了十天，说不定还要更久。"

他的嘴被塞得满满的，但这并不耽误他说话，还在说话的时候把手放在面前。"这里的东西也差不多都坏了。所有的肉都烂了，大部分的奶酪也不行了。我过去在这里工作。这儿有一个旧冰箱，他们用它存放磨菇、洋葱和蒜，这个冰箱的密封性很好。我觉得它说不定还行，结果里面还包了些湿粉糊和奶酪。都还是好的，因为奶酪是干的。今天是我的幸运日。我知道还有煤气，因为我们在路过范内斯街时见到了两处煤气泄漏。"

"也是我的幸运日。我还活着。"虽然咽东西的时候喉咙很疼，但她说的是真话。

厨房后面一阵乱响，乔一下子从椅子上跳了起来。

"胆小鬼？"

"乔，快来帮帮我！我被卡住了！"

乔往后跑去，卡伦跟着他。结果她发现胆小鬼是个看上去吓坏了的大个黑人小伙子，不超过二十岁。他的眼睛很大，滴溜溜地转，他似乎全靠他的一双宽大的手抱着门支撑着。他的左腿缠在铁丝网上。铁丝网里里外外地缠在他的牛仔裤上，斜纹粗棉布有两个地方已经被血染成了紫色。

"该死。"乔目瞪口呆地说。

卡伦把他推到了一边让开了路。她用肩膀托住了胆小鬼的身子，拉起他肌肉发达的长胳膊放在自己肩上。他们蹒跚着走出厨房，进了餐厅。她帮他在柜台上安安稳稳地躺了下来，把他的脚抬高。他伸手去拉自己的伤腿，但她抓住了他的手。

"别拉，你可能越弄越糟。让我来帮你吧。"

"你是个护士？乔，这小丫头是谁？"

"她叫卡伦，刚刚来的。"

"我是个护士，我在医疗中心工作。我能帮助你。"她对胆小鬼说，然后转向乔，"这个街区有一家药房，对吧？"

他看了看门外，不大有把握："应该有吧？"

她回头看了看胆小鬼："出去安全吗？"

"没有人追我。"他咬紧牙关，看着自己的腿。

"那好。乔，你跑去那家药房，记住，我说的是跑。给我带一瓶棕色瓶子装的双氧水回来。你知道双氧水，对吧？"

"我知道双氧水是什么。老天爷。"他看上去恼火多于害怕。

"那好，双氧水、纱布和布绷带。快点去。"

他出了门，没再说一个字。

她从口袋里拿出了折叠刀，看也没看就打开了。她不记得自己是不是清洗过这把刀。不过她觉得洗没洗过都没关系，接着就开始切割胆小鬼的牛仔裤。她本来想试着把缝裤子的线切断，但随即便意识到这是在浪费时间，于是就在裤子的膝盖下方割了一圈。她拉了拉裤边，同时看向他。如果铁丝网扎在他的皮肤里，只要动一下就会让他疼得跳起来。但他没有，所以她就一下子把裤腿拉了下来。

流了好多血，但伤口不算太糟糕。他的小腿肚子上有几个伤口很深，小腿正面还有一处伤口，一长条皮肤被撕了下来，但没完全掉下来，还有一点皮连在下面。她使劲扯了一下，把它扯断。胆小鬼叫了一声。

"抱歉，有什么东西戳了你一下。"根据她的经验，不告诉伤员他的皮肤被扯断了总是要好一些，"你跑到哪里去了？"

"我到大约一英里外的那些公寓那里去了。我去找水。"

她把他染着血的袜子和鞋子脱了下来："乔告诉我了。结果呢？"

"我进了那个有好多公寓房的建筑，挨个房间检查，看里面有没有瓶装水。走到中间的那家，门是开着的，我就直接进了厨房，发现了一些玻璃瓶装的意大利矿泉水。我动手装水，结果有人从卧室里大叫大嚷地跑了出来。他身上都是血，看上去很吓人，手里拿着个什么东西，是把铲子或者是小铁锹之类的东西。我不知道具体是什么，但他确实把我吓得要死。他堵住了门，我就只好跳窗户跑了。我用手把着一个窗式空调机往下跳，本来指望能掉在下面的遮阳篷上的，结果没踩对地方，反倒碰上了窗台，就被这一团玩意儿缠上了。我从遮阳篷上滚了下来，撞到地上，然后就跑了。该死，就像进了地狱健身房似的。我就这么一路跑了回来。"

乔噼里啪啦地跑回来进了门。"瞧这儿，我弄着了，弄着了，弄着了。"他把一个塑料购物袋扔到了柜台上，发出"梆"的一声。她把双氧水从袋子里拉了出来，打开盖子。

"他没事，乔。"她心平气和地说，"看上去是怪吓人的，但大多数伤口都是表皮伤。只要不感染，他就没事了。"她把双氧水浇在掉了皮的那块小腿上，胆小鬼咬紧牙关，但还是从牙缝里溢出了尖叫。乔走了过来，抓住了他的手。

"我知道很疼，我知道。"她又在他的腿上浇了一些，接着把小腿的肌肉推到一边，让伤口张开，又浇了些双氧水上去，"你要记住，原来的那种疼是不好的疼，会杀了你。现在的这种疼是好事，能救你的命。"

胆小鬼使劲捏着乔的手。

"这么说你没弄着水？"

"没弄着。我什么水都没弄着，浑蛋。但我活着回来了，该死的。"

"好了，抱歉。我就是问问。我们会弄到的。"

"我还得要一条新牛仔裤，还有鞋子。狗娘养的，疼死我了。"

"我知道，我知道。马上就没事了。"她又在伤口上浇了一会儿，然后打开一卷纱布，用它粘着伤口。接着她又打开一卷，用它把伤口包了起来。她包得恰如其分，缠得足够紧，不至于掉下来，但又不太紧，不至于影响走路。包完之后，她又用布绷带包了一遍，接着用小小的牙齿撕下一条蝴蝶形创口胶布，用它把所有的绑带固定到一起。

胆小鬼把他的腿从柜台上挪了下来："丫头，你做好准备喂我吃饭吧。"卡伦的身体一僵，但乔已经跑到桌边，把一摞冷了的玉米饼带了回来，还带来了一瓶辣酱。

胆小鬼把这些东西放到大腿上，吃起来了。

他吃的时候另外两人就在一旁站着。乔看着胆小鬼，卡伦的眼睛则死盯着前门外，想着心事。

胆小鬼吃完了，把盘子放到一边。"谢谢你，宝贝。"他拧着脖子转向乔，"我们需要找一个有水的地方，在那里过夜。还得弄点衣服。你来吗？"

他们都看着她。

"肯定啊。"她说。她认定跟他们在一起会比她一个人要容易些。

"你的腿还不能太用力。"她对胆小鬼说，"我们可以走慢点儿。"

他转了转眼珠子，然后跳下了柜台，接着皱了一下眉头。"行。"他小心翼翼地说，"我们现在慢慢走吧。"

他们就按照他的速度走，但方向却不是卡伦来的那边。他们检查了一下乔去过的那家药店，一人喝了一瓶汽水，但里面没有瓶装水。他们又去一家波霸奶茶店和一排餐馆里看了看。他们看到了糖浆和蛋糕的甜浇头，瓶装番茄酱和酱油。但是没有瓶装水。到了中午，雾气散了，他们渴得要命。

"该死的，怎么回事啊？怎么到处都没有水？"她已经开始觉得有点沉不住气了。

"恐慌呗。"乔一语道破天机。

"恐慌？"

"对啊。"胆小鬼插嘴道，"坏消息把人们吓坏了，到处是一片惊慌。他们跑到店里买手纸，买水，买枪，只是在旧金山几乎没有几支枪。自从断了自来水，我们就一直在找水，每天都在找。"

她试着在心里算了算。她在医院里待了多少天？毫无意识地病了多少天？过了多少天才使这座城市陷入恐慌？断电断水有多久了？她还记得她最后一天早上在公寓里醒来的时候，还有电灯亮着，还能去赶公共汽车上班，那时候是二月。

"今天几号了？"

"什么？"乔看着她，好像她发了疯似的。

"你们俩知道今天什么日子吗？几月几号？"

胆小鬼哼了一声："你梦游了吗？好吧好吧，我们到这里试试。"

他们现在在一座办公楼门前，前门开了道缝。

"为什么到这里来？"她问。

"我有一个想法。"

他们走上楼梯，那里没有窗户，很暗。他们来到二楼的大房间里，里面有许多隔开的小隔间。阳光透过玻璃墙洒了进来。胆小鬼向房间一端走去，乔和卡伦也跟着他，但大家选了不同的方向。卡伦看着她经过的那些办公桌，希望在哪个工作台上会有一瓶水。她看到死去的植物从花盆边垂下，还有孩子的照片。她走到头了，然后听到另一端的乔在大叫。

"我找到了！"

她朝他发出声音的方向慢跑过去。乔站在办公室的洗手间旁。在他们中间的是一个几乎装满水的饮水机，还带着一个圆咕隆咚的五加仑蓝色水罐。乔正扑在地面上用纸杯子接水。卡伦紧跟着他，接着让路给胆小鬼，胆小鬼一瘸一拐地绕过离他们最近的小隔间走了过来。他们坐了下来，喝了一杯又一杯。

"为什么你叫胆小鬼？"好长一段里时间都没有人说话，卡伦突然问道。

"我曾经赢过一个游戏。"

"胆小鬼博弈？"

"是啊。"他死死盯着杯子。

"你的对手死了吗？"

他的头一下子抬了起来："没有！他转弯躲开了。我赢了他的汽车。我玩了几次，赢的车也卖了，用这种方法赚了点钱。"

"哦。乔，你干的是什么工作？"

"我大多数时候在餐馆里干。当厨师，清扫那些脏东西。有时候我在剧场里管灯光。我就是在那里碰到胆小鬼的。"

"是啊，我是管共鸣板的。我们在所有的剧院关门之前大概一起混了三个月。该死的，气死我了。但大家都病得厉害，哪里都去不了了。"

她试着回想，剧院是大约一个月前关闭的。城市当局说是临时措施，用以对抗有史以来最严重的季节性流感。现在简直难以想象，她当时怎么会没想到这是瘟疫呢？但谁都没想到。

"自从恐慌平息了之后，除了那个拿铲子的人，你们俩还见到其他人了吗？"

"有一些。"乔说，"好像人人都死了，或者离开了这座城市。但所有人都像是疯了。"

胆小鬼点了点头："每个混账家伙都弄了一支枪或者什么别的破玩意儿。大家都像是一种杀不了你我就得死的架势。我真没想到，乔会让你加入。"他没有笑。

"是啊，但是……"乔看上去挺惭愧。

"但是什么？"她追问道。

"我一次也没见着女孩儿。没有女人。没有妇女。一个都没有。我知道我妈妈就要死了，自从我离开了她，你是我见到的第一个女人。我把她留在了萨克拉门托，尽管当时我还能回家。我需要找到胆小鬼。"他把头靠在胆小鬼的肩膀上。

"你们俩准备继续留在这座城里吗？一直就这么不断地找水？"

胆小鬼耸了耸肩，乔把头缩了回去。

"为什么不呢？这是我们的城市。这座城市的一大半都空了。说不定我们可以找到一所大房子，全世界的水和食物都堆在里面。"

"然后呢？"

"你是什么意思啊？"胆小鬼茫然地看着她。

"没有别人，没有孩子，没有工作可做，这是为了什么？只是为了活着？"

胆小鬼笑了几声，又接了一杯水："我们不需要别的人。活着这项工作也不轻松。我们一直都在为了活着而苟延残喘。如果你上过大学、买过房子，干过这一类乱七八糟的事，你的看法可能会不同，但我们做的一切都是为了活下去。什么都没变，只不过，现在没有那么多竞争了。"他把水一饮而尽。

她点了点头。

是的，这话有道理。不，不是这么回事。过去不是，也不会是。这不够。我能在这里待下去吗？和他们一起，或者在他们附近？待在家里吧，杰克说不定能找到我。

太阳一下山他们就睡着了，蜷伏在办公室的硬地毯上。他们喝了一肚子的水，水在肚子里咣当咣当地响。

第二天早上他们又往上爬了一层楼。有一间办公室里有个厨房，里面有好多能放很久的小零食，全都是些颜色鲜艳的防腐剂产品。他们就用这些东西当早饭，又把另一台饮水机里的水喝掉了一半。

尽管上下水道都坏掉了，但他们都觉得有必要上厕所。卡伦坐在一间厕所里的马桶上，微弱的阳光穿过打开的门，从厕所隔间下面的分割板上斜射进来，落在她的脚周围。她再也不需要排队上厕所了，这让她感到一阵空虚。

他们在空果汁瓶子和几个保温瓶里胡乱充上了饮水机里的清水，

然后在下午离开了这座办公大楼。他们都需要换衣服，但还没有决定该到哪里去。

"从这里过去大约十个街区有一个购物中心，我们只要顺着路走就行了。"卡伦指指点点地说。

"各种名牌仿制品店在这边。"乔说，指向另一个方向。

"是啊，但那里可能没有我们需要的所有东西。"

"我们要的一切东西都会有的。"胆小鬼说。

这里有我，还有他们。我并不需要他们，但还是……

"好吧。"卡伦说，转向另一边，"我想我们可以在那里会面……"

一次爆炸把他们全都掀翻在地。胆小鬼几乎是飞起来之后整个脸着地，起来时嘴唇上鲜血淋漓。乔的两条胳膊在人行道上擦过，弄得上上下下都是擦伤。卡伦用两只手掌撑着地面起身，感到脸上被热浪烧得火辣辣的。

乔正在高声喊叫，但她只能听见一阵阵高频率的嘶鸣。

"该死的瓦斯！"他一遍又一遍地叫唤着，但她必须靠看嘴型才能明白他的意思。胆小鬼抓住了乔，拉着他撒腿就跑，迈着大步，跌跌撞撞地远离爆炸地点。

卡伦回头看到一堵火墙遮盖着一栋面对她的建筑物，一团团火焰从比较低矮的窗户里喷射出来，那里一定积攒了大团的煤气，接着被一点点火星引爆。她赶紧爬起来追逐那两个男人，但在最后一秒钟时抓住了她的水瓶。她发现他们躲在一座太阳光直射不到的建筑物的阴影里。她脊背靠着墙，举起水瓶喝了一大口水。当她放下水瓶时，她看得出他们正在试着说话，但谁也听不到声音。他们开始做手势，最后用卵石在砖墙上写字沟通。

他们在争论究竟是室内还是室外更安全，是应该到水边去还是继续往半岛的北边走。胆小鬼写了两次"瓦斯有臭味"，然后在下面画了线。他确信，如果他们闻不到瓦斯的气味，他们就是安全的。但他们原来在街道上时并没闻到瓦斯的味道。

卡伦草草写下的是"室内好一些"，接着写道："购物中心？购物中心里很可能没有瓦斯。"

他们耸了耸肩，同意了她的看法。他们一路走来，什么也听不见，吓得战战兢兢的，连相互之间说话也听不到。

购物中心的门窗都为防止人们抢劫而钉上了板子，但一些板子已经被之前来的什么人撬松了。自然光透过天窗将商场中心的空地照得亮堂堂的，但光线照不到店里。他们分散开来去找衣服，为相互间狂呼乱叫加上打手势而感到沮丧和无奈。

"别走迷路了。"乔在墙上的一张电影海报上草草地写道。她朝他伸了伸大拇指，然后走开了。

卡伦在一家出售十几岁女孩儿服装的商店里弄了一个结实的双肩包。她从一个人体模型的身边走过，它胸部挺翘，露出肚皮和大腿，这时不知什么触动了她的心弦，但她搞不清自己是失落还是失望。她看到的那些女人的衣服似乎没有一件足够坚实耐用。她不在乎自己的外表看上去如何；她只是想要一些干净的衣服，能经受得起她以后必须做的事情的折腾。她回想了一下她过去那一摞白大褂，总是准备好拿起来就能带走，但要穿着它们在各种地形地貌上摸爬滚打也是不行的。她找到了一些符合她的尺码的干净内裤和几个运动胸罩。她戴上了一个，把其他东西都塞进了包里，很享受那种久违的被包裹和保护的感觉。

最后她来到了一家青年男子的服装专卖店，在那里找到了合适的裤子和衬衣。她又套上了自己的连帽衫，但接着决定不穿这件，而是从墙上的展示产品上拉下了一件更厚实些的外衣穿上。她在配饰桌旁坐下，好好梳了梳头，然后把头发梳成一个垂在背上的长辫子。她在工作时总是梳着辫子，同事们都习以为常了，结果她有一次披散着头发参加聚会，一些单位里的朋友见到之后大吃一惊。她的头发又长又黑，总是像波浪一样，在潮湿的天气里卷曲着。她戴上了一顶棒球帽，把辫子从纽扣上面的空间穿过去垂在背后。她在镜子里看了看，感到有些不安。

从镜子上看，她疲倦的样子令人担忧。她的锁骨突出，眼睛下面的皮肤看上去暗淡无光。她碰了碰被打过的地方，觉得那里还有点肿，而且还挺疼的，但没有瘀伤。她好久没化过妆了，觉得自己一点也不像个女人，这让她非常震惊。她的嘴唇可以清楚地看到脱水的迹象，于是她在柜台上抓起唇膏，塞了满满一衣袋。让她最担心的是自己的眼睛，她生着一双特别的棕色小眼睛。她一直相信，如果人们仔细地看她的眼睛，他们就会知道自己真实的样子。现在它们看上去很害怕。她看上去苍白、病态、忧伤、惊恐。她挺了挺胸脯，起来直了直身子。她在镜子里看着自己这样做，想要微笑一下。笑容并没有按照它应该出现的方式浮现。她看上去像一个被猛兽追逐的小动物，像一个被人瞄准的目标。她曾经在那些来到急诊室，身上有什么地方流血的妇女的脸上见过这种样子。谁也不会主动去当一个牺牲品，但在一生的经历中，这种事情总是会在不经意间发生。她不想让自己的脸上出现这种神色，她必须想办法去掉这样的表情。在一霎那间，她想要做出她每天上班时的表情，涂上睫毛膏和遮瑕霜，但这实在太荒唐了，她完全做不到。她在嘴唇上涂上了厚厚的一层唇膏，轻轻地揉着，让它们渗透进去。她还抿着嘴唇，让牙齿和嘴唇干燥的地方接触，把嘴里的湿气传过去。

她把那包东西挂在肩上走了出来，这时她感觉好了一些。她向建筑物的一端走去，看到钉板封上的门附近有一家星巴克。她一边向这家店走去，一边在自己的耳边打了几下响指。她的右耳什么也没听到，但她的左耳听到了声音，好像是从水底传来的一样。她希望自己只是暂时失聪。

这家星巴克的冰柜完全无人光顾。她坐下来喝了整整一瓶水，还有一份距离过期时限很远的咖啡饮品。饮料是室温的，但她觉得喝起来美味极了。他们三个没有确定碰头的地点，所以她就在那里等着。过了一小会儿，她把收银台上所有的水果和坚果巧克力棒都放进自己的包里，还有那里所有的瓶装水和另一个咖啡饮品，接着就开始往回走。她在中央楼梯那里停下来四下张望。正打算把一些基本急救品放进包里时，她看到了他们。

她好像从眼角的余光中看到了乔和胆小鬼。她转身定睛一看，结果看到的是四个男人，而不是两个。他们也看到了她，她不禁惊呆了。其中一个人指着她，同时反手使劲打了他旁边的男人的胸脯一下，来吸引后者的注意。她一个字也听不到，但他们的嘴巴在动。其中一个男人把原来缠在手上的一截金属链子解开了。他们径直向她跑来。

她不明白她看到了什么，但直觉让她也跑了起来。她在购物中心的最底层，那里的门通往地铁。地面比这里高出两层。她在螺旋楼梯上跑着，一步两三个台阶，根本不敢停下来回头看。到了第三层，她转过一个报亭，向门冲了过去。她知道她必须停下来从木板之间的缝隙爬过去。她回头看了看，看到乔和胆小鬼就在她后面几步远的地方。她隐隐约约地听到他们在大声喊：“快跑！快跑！”

她用肩膀使劲撞了胶合板两下，把钉子撞开了。他们三个人钻了出去，而另外的四个男人跟在他们后面。他们一起转过角落，胆小鬼一把打开了一个大型垃圾箱。乔和卡伦跳了进去，胆小鬼灵巧地跟了进去，把盖子拉下来盖住了他们。他们等着。

想要平静地呼吸，让自己听不到自己的声音，这是不可能的。卡伦很想擦擦脸上的汗或者稍微变换一下姿势，但她忍住了。胆小鬼的两只手拽着乔，好像不让他动弹。乔捂着自己的嘴。

他们在里面蹲了很长时间，动也不敢动。最后还是胆小鬼往上抬了抬身子，用头把垃圾箱的盖子顶起来一点。他慢慢地扭着脖子，朝两边看了看。最后他站起身来，把盖子掀了起来。

“他们走了。他们全都不在这儿。”乔和卡伦听不见他的话，但他们从他垮下来的肩膀上看出了是怎么回事。

乔因为紧张激动而全身发抖。当他站起来时，他的膝盖发出喀喇的一声响。他走出来站在胆小鬼身边。卡伦自己爬了出来。

“这是怎么回事啊，我的老天！”她对他们大声喊道，她举起双手，看上去困惑不解。

胆小鬼扭过脖子面对着她，他气急败坏，显得很丑陋。“这都是你惹的祸！他们想要你。他们看到你是个女的，就决定把你抓回去，跟他们在一起，所以他们才会去追你。我们听到嘈杂的声音就跑了出来，他们认定是我们在保护你，所以要杀我们。我们不需要这样的麻烦事。”

“什么？你在说些什么？”

乔开始说话，但胆小鬼打断了他。“该死的瓦斯爆炸，不管怎说，那不是你的错。你是女人，这也不是你的错。但你给我们带来了麻烦，我们不需要你。在你身上我看到的是麻烦，不是女人。我们不想因为保护你而死。你必须离开。"

"听着，我能够保护我自己。你并不需要——"

"那几个人会很粗暴，他们可能会让我们离开这个购物中心。如果他们没有看到你，他们就不会和我们打架。女人在这里太少了。我们没办法，我真的很抱歉。你必须离开，我们必须走。我们没办法和你在一起。"

只不过刚刚遇到他们没多久，为什么这会让我有心碎的感觉？为什么会有这种仿佛孩子遭到了遗弃的感觉？

"胆小鬼，我很可能救过你的命。如果那个伤口感染了——"

"而我们很可能也救过你的命。我们扯平了。"他转身就走。

乔耸了耸肩，意思是这不关他的事。他转身和胆小鬼一起走了，胆小鬼的胳膊搂着他的脖子。

孤身一人，她打量着周围，弄不清该往哪边走。任何一条路的尽头都没有人在等着她，无论如何选择，她都没有任何目标，也不觉得这有什么需要。她感到自己好像掉进了一个无底洞。

最终她随便选了一条路。她调动自己嗡嗡作响的耳朵的全部听力，想要听清楚身后是否有人，但她每走几步都得回头看看。她在思考乔和胆小鬼穿着他们的衣服时是什么样子，以及她看上去跟他们有什么不同。不同的地方很简单，只要稍作改变就行了。这就是她的计划的开始。

第二章

5月1日

根本不知道今天是哪一天。也就是坐在这里干这件事吧，就是试着在我决定说"去他的"之前猜上几分钟。我很肯定现在是5月了。一直都挺冷的，但现在花开了。现在还不热。雾比原来多了。我宣布，现在是5月。

我现在住在卡普街上一所摇摇晃晃的房子的地下室里，从教会区大火蔓延的那天起我就一直住在这里。我有工具，有刀，还有一大批罐头食品。出去找东西简直像是在地狱中搜索，我敢肯定我有一天会因为这么干而死掉。我得到的大部分东西都是从其他房子里找到的。两天前在一个衣柜里发现了一把左轮手枪，至少这是一支我知道怎么用的枪。我对它进行了拆卸和清洗，花了些时间习惯它的手感，它让我感到熟悉和友好。搜索房子和办公室时也能撑得住了。在经历了那个购物中心之后，我觉得商店还是太大、太开放，能够藏身的地方太多了。

回医院去了一趟，想看看能不能找到杰克或者他留下的什么痕迹。

我在那里待了一年，所有的东西都干巴巴的。什么也没找到。回了一趟公寓，那里却已经进不去了。他肯定以为我死了，我没法责备他，但我还是留了个纸条。时间在很久以前便停止了，时间再也不是时间了，数字钟上已经没有了显示。

已经过了好长时间了，没有能跟我说话的人。地球上最后一个女人。如果我找不到除了我之外的什么人讲话，我最后会发疯的。这个，那个。替换。假的。

说说我的包里有什么吧。日记一直都在包底，平展地放着。食物和瓶装水。我的装备有：一套军用创伤药物；所有剩下来的消毒剂和抗生素；两管外敷药，很容易更换它们；八十六小瓶甲孕酮和一盒皮下注射器；两叠创可贴；三大盒避孕环。所有这些占满包的主袋。外袋里有：我剩下的所有的卫生棉条，两个手电筒，十二节电池，四个灯泡和地图，足够在东湾野营和走动。

不知道在那边是不是会更好些。我看到了在奥克兰山上的火，当时火势极猛，什么也挡不住它，直到下了雨才被浇灭。朝伯克利那边的情况似乎稍好。说不定可以去一趟大学那边，看能不能搞点东西回来。然后就又搬家，去北边。我偷听到的所有的人好像都在说要去南边，这就意味着我得去北边。

昨天见到了一小批人，他们走到了离我很近的地方，结果把我吵醒了。听到了他们的声音，开始的时候我很惊慌，以为他们进了这所房子。但他们只是在房子之间走动，最后在街对面的一所房子前面停了下来。我沉住了气，听到他们在外面说话。

"南下圣地亚哥吧。我听说墨西哥没那么糟糕，或许我们可以在巴哈海边靠打渔生活。"

"嘿，我想这个主意倒不错。但我们得先弄辆车才行。走路让我烦死了。或许我们能在 101 国道上找到一辆还能开的汽车。"

第三个声音笑了起来："就算它还能开，它也没地方可去。到处都堵着呢。或许我们可以找到几辆摩托车，但我们需要五辆才行。"

"四辆就行了，那个女人可以坐在后座上。"

他们小声笑了起来。听着他们的脚步声走远，我的心还在剧烈地跳动。这么说有四个男人，一个女人。我手里拿着花园工具待在储物柜里，一直待了好长时间，没动静了才出来。好几个星期了，周围的环境，几个星期只有鬼魂，但到了该搬家的时候了。人们正在沿着半岛南下，没有任何理由，绝对不会在桥上被人碰到。向南，去码头，在那里偷一条船。肯定得弄一条安静的帆船。一切靠汽油开动的船都没有了，即使还在也弄不到汽油。我从来没有驾驶过船，但也没多远的路。明后天就去。还是明天吧。夜里走。必须赶紧离开。走。

坐在车后座的女人。猫咪，女人那玩意儿。选更粗鲁的那个词。

摆架子。轻佻的笑。别管那一套。开玩笑罢了。

6 月

出城花的时间比我想象中的长。两个多星期都没下定决心，我不想离开这间地下室。什么能吃我就吃什么。总是在大白天里睡觉。听力大部分恢复了，但不知道右耳能不能像过去一样。我总是打好了包又拆开，每天白天都觉得不能再待下去了，但到了夜里又因为害怕不敢动身。猫咪等于女人那玩意儿。最后，在听到摩托车响的那天晚上，我终于下定决心冲出去了。新车，华而不实的家伙。天还没亮就在大街上飞跑，就好像它把我的胆怯全都带跑了似的。它跑得太远了，听不到了，我想就是这么回事。捆上了我的刀和枪，放进我的包里。离开。

外貌改变做得不错。我个子高。在教会区的公寓房里找到了一件压缩背心，穿上，遮掩了我的胸部。幸亏去年的女扮男装。背心有点小，很紧。剃掉了头发。

不舒服。穿着男人的工装裤和军靴，还穿了两件松松垮垮的衬衣，我的连帽衫套在外面。没法贴上胡子，不论是在服装店还是在别的地方都找不到，只好每天早上在下巴上抹上污泥。烛光照耀着的镜子看不清样子，真的看不清。

我看上去像一个年轻的柔弱男子，一个有点像乔的男人。得多做点俯卧撑。

走路大摇大摆，别扭屁股，别晃身子，全脚掌落地。身体稍微弓着，胳膊自然下垂。不做手势，眼睛盯着脚下，说话时握拳。坐下时两膝分开，调整姿势，不要偏着头。

别咬嘴唇。插话。低声笑。

她在码头上一直走到天亮以后好一阵子，总算找到了一条没有完全损坏或者被缠着解不开的帆船。在空旷的地方待了这么久，她觉得自己太暴露了。但她觉得这比在桥上强，因为她不会被人逼着跳水。船的名字叫作喀耳刻，这名字听上去不像是什么好东西，但她也没办法。她仔细地看了一遍，确定只有一条绳子固定着帆船。她解开了系泊缆，跳上船去，用一根长杆子推着船离开了码头，水流把船拉了出去。这样还真的行。

该死的，这说不定还真的行。我说不定能找到驾船的窍门，把帆船开到海滨呢。

这种感觉只持续了几分钟，然后她就明白了：她不知道怎么驾驶帆船。她试着转动一个曲柄，很激动地发现这让一片帆升了起来。风吹了过来，带动船帆，拉着船向后退。她口中诅咒着，用滑轮升起了另一片帆，但它呼啦呼啦地在那飘着，没能让船快一丁点。一根挥动着的摇臂险些把她扫成两半，而她勉强地拉着绳子，把它捆到了什么东西上。她忘记了这条船是有舵的，直到船已经到了河湾中间才想起来，但帆船现在已经毫无目标地在水上漂着了。找到了船舵之后，她试图把船转向东方。这样可行，但风停了就不行了。她开始认真地思考，剩下的路她是不是可以游过去。船从里士满桥下面穿过，随着水流沿海岸行驶，在海里迷路了。

她听到了一台发动机时高时低的轰鸣声。

她一个急转身，看到一条小船向她开了过来，船舷外装了一个小型发动机，这让它跑得飞快。船上只有一位男子，她全身都紧张了起来。他来到她的船边："嘿，你要把这条船开到哪里去？"

她耸了耸肩，以她所能做到的最低沉的声音说道："伙计，我不过就是想穿过海湾。"

"你可以从隧道里走过去啊，为什么费这么大的劲？"

她的确曾想过步行穿过湾区捷运的隧道。但在隧道里有丧命的可能性，她觉得自己应付不了，所以就未加考虑。他的船越来越近，她死盯着他上下打量。他身材瘦高，看上去干干净净的；他放在船桨上的手细而长，手指的模样很优雅。他的身上没有威胁，他也根本不想威胁她。

"我觉得驾船很容易，我没事。我会弄明白该怎么做的。"

"要不你到我的船上，我把你送过去？"

"我可没什么东西可以和你交换。"她暗自决定，如果他想要上她的船，她就把他推下去。简单。让他在水里自己想办法好了，那时她就可以趁机离开了。

阳光晒热了海水，海风——海水——海面的气息闻上去咸咸的，但一阵风刚好吹到他们所在的地方，让人觉得冷飕飕的。她可不想游泳。

"不用交换，一起走很好。两三天了，我一个人也没看见。我想找人聊聊。"

想了几秒钟之后，她觉得如果想要摆脱他，她说不定就得上这条好些的船。把包扔到那条船上太冒险了，所以她就笨手笨脚地背着包走下了舷梯。那条船让人惊慌地摇晃着，她赶紧坐下，想让船稳住。

他伸出手来："我叫柯蒂斯。"

她使出吃奶的劲儿来跟他握手："我叫安德鲁。你要去哪里？"

柯蒂斯坐了回去，再次启动发动机，小船重新向岸边飞驰。

"我不知道，人人都离开了这座城市，市中心到处都是死人。你又是要去哪里？"

"我要去南方，去圣地亚哥。"她撒了个谎，"我听说那边还不太糟糕，而且那里有漂亮的海滩。"

"是啊，听上去是不错。"柯蒂斯微笑着，正是那种很纯净的微笑。

人畜无害。

她转头迎着风，奥克兰越来越近，海岸上一片狼藉。

"我说，我们是不是可以转到北边去伯克利码头啊？从这里看，奥克兰真是乱糟糟的像一团狗屎。"

"当然可以。"他把船头扳向北方，"哎，你以前是干什么的？"

想都没想，她按照她以前惯用的方式回答："我是个护士。"

"你没开玩笑吧！真没想到，我还能再见到一位护士。"

"是啊，没错。创伤啊。在这之前，我是在阿富汗的战地救护兵。"她用这话掩饰自己因为暴露真相而产生的惊慌。她居然这么有急智，这让她忍不住佩服起自己来。

"哦，好酷啊。如果你发现了什么人，你至少能告诉他们你很有用。我是为脸书写程序的，所以，一旦我把旧金山所有的烤豆子都吃光，我就彻底玩完了。"

她看着他装出来的那副勇敢的样子。他真的努力想让自己勇敢一些，但心底是真正的恐惧。"人都能够适应环境。"她告诉他。

"我们可以看看我能不能做到。你要找的就是这个吗？你在找人？"

她耸了耸肩："我不知道我该不该去找。"

他静静地坐了下来。她认为这意味着他没法跟她争论。

过了一分钟，他小声说："嗯……我说，我能不能和你一起走？两个人要比一个人好。我至少可以放哨，帮你找食物。我精通机械，方向感很强。你怎么说？"

该死，应该想到会发生这种事的。

她本来可以完美且冷静地拒绝这个家伙的，但这样做会伤了他的心。

她想到胆小鬼是怎么把她赶走的。她没法正眼看着柯蒂斯，侧眼瞥去，他看上去像一个试着不要哭出来的小男孩儿。

"我觉得咱们俩组合并不合适，但你可以找到其他的人。祝你好运，好吗？"

他们很快到了码头。她又背上了双肩包，他把船靠得离码头很近，可以让他拉过一个庞大的帆船舷梯，让她抓住梯子。她爬了上去，低头看着他。

"那好吧。我想我可以回去了。"

有什么东西软化了她的心。她把背包拖到身前，伸手进去想找一些可以送给他的东西，因为她没法让他跟着。"拿着吧。"她扔给他一小包橡皮筋扎着的抗生素，"好好保存。它可能会救你的命。"

他抓住了小包，抬头看着她："嘿，多谢了。也祝你好运。"

他开船走了。她无法解释为什么自己会给他抗生素，她必须给他点什么。她又想到了他那双长长的纤细的手，还有那张单纯的脸。他是个人畜无害的人。

她可以帮助他、接受他，但她没法说服自己冒这个险。她希望他能找到一个能接受他、救他的人。

祝你好运，伙计。

她在一条船的储藏室里睡觉，那里没有食物，只有大约六公斤的海草。她嗅着它油乎乎的臭鼬似的气味，想要拿点走。拿它跟别人做交换可能不错，但如果被别人扔到自己身上就太可怕了。天黑了，她觉得自己受不了那股味，就走出去在大学里散步。她回头看了看那条船，知道自己不会再回去了。她可以一把火把它烧了，她可以把整个码头付之一炬。夜晚的空气清新而凉爽，这个念头在她心头一闪而过。

她没开手电筒，现在几乎是满月。市中心大部分地方看上去很完整。当所有的一切都崩溃时，学校好像还坚持了很长一段时间。

宿舍的每一面墙都黑漆漆的，大部分窗户里都伸出了悬挂在外面的横幅，上面是抗议学校关闭和检疫隔离的口号。高高在上的一幅横幅上写着的是"三个人在里面，请来救命"。她在想，他们是不是还在里面，或者真的有人来救他们了。在一家旧砖砌成的酒吧的上层有火光闪烁不定，她悄悄地远离这座房屋，转过了街区。她转头回去，来到了学校的主入口，然后转弯走上了街道。她正在寻找的那座建筑物的门窗也被钉上了木板，但她选定了一个窗户上的胶合板边缘，最后找到了进去的方法。

在伯克利分校

现在我在大学诊所里，曾经在这里待过几天。这里有几托盘的瓶装水，还有一箱箱的格兰诺拉麦片糖棒和水果干。还有避孕用品，比我在任何别的地方见过的都多。

所有的容器都装到了要流出来的程度。好几千剂，我可以全部拿走。

6月

把这件事情做成了。不是很肯定有没有用，但我今天这样做了。

那里有三个人，两男一女。女人很年轻。无名助产士看着他们绕过一家旧咖啡厅，走了过来，带着好多盒饼干。现在是大白天，她全部身心都做好了准备。她穿过屋顶升降口走了出来，抽出了手枪。

稳住。你的优势极大。继续稳住。准备好了吗？低声说话。就位。预备。就位。

"嘿！"

他们吓了一跳，其中一个男人手上的饼干掉到了地上。他们猛然回头，见到她时都呆住了。

"嘿！"她又开始用低沉粗鲁的声音说话，"我没有想吓唬你们的意思。有兴趣做交换吗？"

"该死，兄弟。"扎着黑色小辫子的人说，"如果你不想吓唬我们，那就别拿出一支手枪来。"

下一次可能就不会了，可能有点矫枉过正。该死，亮出枪来会让我感觉好一些。

"只是想要你们注意到我罢了。交换吗？"

"把枪放下，下来说话。"他们没有亮出任何武器。她把手枪插到腰带背后，然后从升降口走了出来。她推开了一扇后窗，站在那里，另外几个人看不到她，然后绕过前面走了过来，手里拿着她的交换品包和医疗用品。

她走近了些，给他们看手上的东西。

"我叫罗伯，我手上有一些好东西。"

"我是何塞，他们是麦克和詹娜。你有什么东西？"何塞扎着黑辫子，辫子油光闪亮，不知道涂了什么油脂。麦克留了个小平头，一条胳膊上满是刺青。

"嗯，我过去是医生助理，所以，如果你们需要的话，我可以为你们提供医疗服务。"

他们相互交换了一下眼色，然后又看着她。"医疗不用了。你有没有拿来交换的枪啊？"

他们没有枪。"没有，只有这一支。这支不是交换品。"

"真倒霉。好吧，你还有什么？"

"酒，香烟，糖果，好吃的。我弄东西是把好手。你们想要什么？"

何塞马上就站了出来："你有香烟？好长时间了，我到处都找不到香烟。就算拼了老命也得弄一支。"

"普通的，薄荷脑的，黑的和温和的。告诉我你要哪种。"

他舔着嘴唇："你想要我们的什么东西？"

她从鸭舌帽的帽舌下面看着他们，尽量做出阴险狡诈的样子："你们知道我要什么。她是你的女朋友吗？或者是他的？"她一会儿看着何塞一会儿看着麦克，但根本不看詹娜。

他们都在看着詹娜。她大约十七岁，一头金发，头发脏脏的，刚刚长出的头发根是黑色的。她穿着磨破了的牛仔短裤，长腿晒得黝黑，上身穿着宽松蓬乱的上衣，没戴胸罩。她的脸上没有淤青，但不曾抬头看人。

"她是……呃……"

"好吧，我不在乎。问题是，她是卖品吗？"

这次麦克跳了出来。他一头红头发，胡子又脏又乱，有着结实的长条肌肉，身上有好多刺青。她打量着他的二头肌，想到了她自己干瘦的胳膊。

"是的，她是卖品，不过价钱不便宜。"

她把手塞进衣袋里，试着在偷看詹娜的时候把脸靠近她。那女孩儿并没有因为他们在讨论她而感到慌张。

"两盒香烟，牌子随你们选。一瓶我不喜欢的酒。"

你们选的东西我根本不在乎。但还是得讨价还价，做出一副这很重要的样子。要一直看着那个女孩儿。

何塞还价了："四盒香烟，我们一人一瓶酒，牌子我们选，你跟她做的时候我们需要些吃的。"

"三盒香烟，两瓶酒，你们选牌子。两盒猪肉和豆子罐头，你们要在我能看见的地方吃。"

他们相互看着，没说话。

"伙计，我只需要半个钟头。不过如此。"

他们转向了她，露齿笑着："行，但你要在我们看得到的地方办事。"

她做了个鬼脸："别胡扯淡。我需要点私人空间，在房顶上。你能听到我们的声音。"

麦克转向何塞，后者显然是头儿："要是他开枪把她打死了呢？或者把她从房顶上扔下去了呢？"

"我为什么要这么做？我好几个月都没见到一个女孩儿了。而且你们俩可以找出方法杀我，用枪也好，不用枪也好。我还没发疯，只是想要交换罢了。你们说怎么样？"

她告诉自己要保持放松，不要让肩膀紧绷起来，或者让声调变尖。

一个青年男子总是要按照他的方式行事。

何塞点了一下头："三包香烟。两瓶酒。食物。拿出来给我们看看。"

她把背包从肩上拿了下来。她给他们看了香烟，然后把他们选择的牌子扔到他们脚下。他们选了一瓶伏特加、一瓶威士忌。她把两瓶酒轻轻地放下，又把两个猪肉豆子罐头在瓶子旁边摆成一排。

"怎么样？"

"麦克，你有开罐头的刀吗？"

"在这儿哪。让我们生上一堆火。"

何塞把詹娜推向罗伯，一个字也没对女孩儿说："别把她弄残了。我知道你有枪，但你说我们能杀了你，这话没错。"

罗伯伸出一只手放在詹娜的后脖颈上，她告诉那个女孩儿走到建筑物后面去。她沉默地服从了指令。

那个"青年男子"转向另外两个男人，眨了眨眼睛："半个钟头。"

她转身跑去追那个女孩儿。她推着她，让她穿过松动的胶合板夹缝，走向通往屋顶的梯子。詹娜在罗伯前面穿过了升降口，坐在漆成白色的柏油屋顶上。她把膝盖向胸前抬起，没有抬头。罗伯在她身边坐下，打开了她的医疗器材口袋。

"你多大了？"

詹娜没抬头，也没说话。

"詹娜，我们没有多少时间。我不会欺负你的，我想要帮助你。你看看我。"

詹娜不肯看她。

"詹娜，詹娜，我是认真的。请你试着看看我。"

没有反应。

她拿起詹娜的手，把它放到自己没有胡须的下巴上。"你瞧。明白了？我不会伤害你的。明白了吗？"

她不明白。

她站了起来，解开皮带。詹娜全身都紧张了起来，但还是不肯抬头看她。

"你看看，该死的，你倒是看看啊！"

罗伯感到很压抑，把袜子扔到那个金发女孩儿的身上，它们从她的脚踝上掉了下来。那女孩儿看到了那件四角紧身内裤，前面是平坦的。"看吧，明白了？"罗伯把内裤前襟掀开给她看，她屏住了呼吸。这太真实了，就好像她真打算对这个女孩儿做什么一样。

但她却没有。她把手平平地放在裤裆上，使劲把内裤往上提："我没有那玩意儿，根本没有。我是个女人，明白了？"

詹娜抬头看着罗伯的脸，开始哭了起来。

罗伯又把袜子放了回去，提起裤子，但没有系上皮带。"现在你告诉我，你多大了？"

"十七岁，十月我就十八了。"

"你怀了几次孕？"

她的眼睛因为害怕而睁得圆圆的："两次。一次是只有何塞的时候，还有一次是在麦克来了以后。"

"你把孩子生下来了吗？"

"第二次生了。第一次就是血流不止，病倒了，那是在冬天。大约两个月前我生了个婴儿。他死了。"

她自己能活下来已经很幸运了。别告诉她这一点。

"是啊，是啊，是这样的，我知道。听着，我现在给你打一针，它能让你在以后的两个月内不再怀孕。现在我再给你一些小塑料环。你把它放到你的身体里。它们只能管一个月，然后就得拿出来。如果他们发现你这么干了，你就说它们能让里面保持干燥，是你在什么地方找到的。好吗？好不好，詹娜？"

詹娜点了点头。这时罗伯翻出了甲孕酮针剂，然后给针头消毒，她一针扎下去，詹娜叫了一声，她们听到了从下面街道上传来的笑声。她在詹娜的牛仔裤口袋里塞了一打小小的塑料环。

她抓住詹娜的胳膊，看着她的脸："你还见到过其他的女孩儿吗？"

"不多。"

"该死。我没法带你走。我想过这么干，但是……听着，如果你有机会从他们手里逃出来，你就把头发剪短。要打扮得像个男孩子。这并不总是有效，所以——"

"我什么时候想走都可以。但还有比何塞和麦克更坏的人。他们还行。"

"那好吧，行吧。"

罗伯觉得她们还有时间。她加热了一个猪肉豆子罐头，看着詹娜三口两口地吃了下去。

"你有吃的吗？"她扬起眉毛看着那个女孩儿。

"有吃的，但有一段时间没吃过肉了。这味道真的好极了。"

她擦了擦脸，罗伯弄乱了她的头发。詹娜明白了她的意思，就把自己的衬衣拉起来了一些。她们衣冠不整地走了下来，罗伯咧着嘴对着他们笑，同时又把女孩儿推到他们中间。

"交易成功。"

"他对你好吧，宝贝？"麦克笑着在詹娜的头发丝边问。何塞则死盯着他们俩。

她点点头，眼睛看着地面。

罗伯又摊开双手给他们看："就像我说的，我是来交换的。我谁也没伤害。"

他们喝了点酒，但不算太多。她背靠着诊所的砖墙看着他们收拾东西。分别时他们什么话也没说，没什么信息可交换的，没有热情的道别或者道谢的理由。他们慢慢地走开，而她则晃晃悠悠地走回了建筑物。

从那以后我就没怎么睡觉。他们知道可以在哪里找到我，我讨厌这一点。真讨厌。真讨厌。应该试着把她带走的。但迟早有一天，他们中的一个会杀掉另一个，独占詹娜。应该想办法让他们忙一点。

应该把她救下来的。我，柯蒂斯，詹娜，一起走。应该可以把他们俩都救下来的。胆小鬼。

该挪挪窝了，要一直保持移动。

他把手放到她后脖颈上的方式。他一边看着我一边闻她的方式。漠视，控制。稍微耸耸肩，让肩膀变宽大点，拽一拽我的牛仔裤的裆部。艰难的眼神交流。记住。在镜子前练习，找一面镜子。

7 月

这里热得要死。在萨克拉门托附近的什么地方，尽管我没进入加州首府。听到那个方向传来了枪声，夜里火光冲天。绝对不能过去。不，不，不。

7 月

小小的紧急处理室已经差不多被搬空了。有人在前门外用油漆喷上了"无供给品"——多谢。出口在后面，那里是个零售店。一寸一寸地在这里找东西，大部分是方便食品。我到这里时，所有的肉干都没了。见到土豆条就恶心得要死，总是太咸。

我开始向5号高速公路走去，但是路上肯定有人，而且路上几乎肯定没有水、没有食物。想起了自己过去开的车，甚至是一辆空调汽车的情景；这条路看上去就是一片荒地。只有加油站，里面什么都没有。公路向东，通往内华达沙漠。绝对不行，在这个季节里不能去那里。转道向北，经俄勒冈再去爱达荷怎么样？但这条路上净是些山口，不知要走多久，特别是走小路。不是个好计划。

我到底该去哪里？

8月

自从与詹娜分别后就几乎再没见到什么人。除了从非常远的地方传来的人声，我就没再听到过人说话。路上全是垃圾，还有火烧过的痕迹。就是这样，没有人，没有尸体。

8月

接近俄勒冈边界了？看到了一座很小的湖泊，湖光山色之间掩映着美丽的度假屋。

冒险出去了一天，结果被雷暴轰了回来。我只闯进了一座度假屋，手里拿着枪。里面空无一人。

头两座房子里什么都没有，连家具都没有。第三座度假屋里装了不少东西，是一个有好几个小孩的家庭。堵上了暖气管道，堵住了大部分门，在背靠壁炉的沙发上搭了帐篷。这里肯定是他们的一处冬季宿营地，衣帽间里全是鸭绒被、皮大衣和大外套这些东西，可以在这里为我的北方一行配齐装备。

　　我在这里待了两个星期。这里有一大堆婴儿食品，看到豌豆糊时我差不多快要哭了。水果和蔬菜，但时间太久了。好多汤罐头，里边有肉和好多粮食。我吃胖了一点。每天都在外面干活，锻炼肌肉，消磨时间。放满书的书架上有经典著作、通俗小说，还有些非虚构类作品。有些好久以前就在我的"想读"清单里了，但从来没时间读。现在就像在度假，像是在远离人世的地方修身养性。在这里待一辈子都行。用家具把窗户都堵上了。干得不算漂亮，但比没有强。玻璃。

　　摸了摸下巴的轮廓。不要情绪低落。站在镜子前。有那玩意儿。好大一根。害怕我吧。我总是对的。踢你的屁股。别挡我的道。谁能阻止我？喜欢吗，女人？是的。

　　没有蜡烛，除了浴室里的那包放在小圆金属盒里的，将就着用吧。强忍着在那个大浴缸里点火烧水的冲动，冒出来的烟太容易被人看到了。赤身裸体地被人撞到，风险太大。基本卫生条件就是从湖里打水，用一罐斯特诺冻胶燃料加热洗一洗。就这样。

　　考虑可以在这里待多久。或许这里的食物足够我度过冬天。睡觉的条件相当不错，一直背靠墙壁，手里拿着枪。坚持，坚持，找到一个地方就在那里坚持，停下来作为据点。

8月，或许是9月？

　　我还待在那里。雷暴相当厉害。用楼上的床板条加固了窗户，但留下了些缝隙可以观察外面。云彩在湖的上空飘荡，然后在一场瓢泼大雨之后全部消失。下雨下雨下雨下雨，从来没听到有什么人来。考虑找点铃铛或者什么，可以布置一个触发音响装置，有人来了我就能听到。但好长好长时间没看到什么人或者听到人声了。

不完全正确。我昨天跑到湖对面的一所房子里扫货，结果发现里面到处都是死尸。肯定是从城市里逃出来的，结果死在了这里。大概有十五个，但腐烂得太厉害了，没法弄清具体有多少个，有长头发，可能是女人。多数人死在床上。这地方一直挺潮湿的，夏天很温暖，在外面也闻得到臭气。门没锁，我在脸上捆了个大手帕走了进去。拉开窗帘让光透进来。有两个在外面躺在沙发上，脸是盖着的，肯定是最先死的。从他们的橱柜里拿了些汤和鱼罐头。试着不用鼻子呼吸。

在楼上发现了一小罐维克斯香草糖，在我的大手帕上涂了一些，抵挡臭味。把小罐子放到我的衣袋里了，永远不会知道你会在什么时候需要香草糖来呼吸。在一间卧室里，一个家伙穿着法兰绒夹克衫坐着，全靠床上一个死了的女人撑着才没倒下。花里胡哨的睡衣，她的嘴巴大张着。床上和她在一起的还有诵经用的珠子。我戴上手套，转身朝向坐着的那个家伙。我翻了他的衣袋，发现了好多现金，我把票子扔到地板上。身份证件上说他是从拉斯维加斯来的，我试图不去看他的名字和年龄，没什么重要的。腰带上有枪，真是一个大惊喜——一支小型半自动手枪，几乎黏在手的残骸上了。我把枪扯了下来，听上去就像从烤火鸡上撕下了一块皮一样。我摆脱这种想法，在他的夹克衫衣袋里找到了子弹匣。弄到了它，遭一次罪也值了。

可能会有重大的差别。

另一个房间里有三个死了的孩子，两个小男孩儿和一个大些的女孩儿。我在门口站了好长时间，给他们取名。

约翰。

迈克尔。

温迪。

关上了门。一点一点一点我要的东西都没有。

在一个干了的浴室里有另一个长头发的尸体。一张大床上是另外两个，在一起。角落里有一个华丽的珠宝盒子。我看了看，挺不错的东西。用手指碰了碰闪光的钻石，有没有人想交换？还是不了吧。任由满是珍宝的盒子留在那里。

我在最后一间卧室里待了一阵子。没有人，但是看上去乱七八糟的有人住过。被子没叠，抽屉半空着。完全空着的巧克力盒子放在地板上，还有挺好的一双高跟鞋。我把整个房间搜了一遍，什么有价值的东西都没有。衣柜上，紧靠着一对绿宝石耳环的地方有一个封好的信封，里面有一封信，是写给塔玛拉的。把它打开。

安德里亚致塔玛拉的信

死亡之年

由无名助产士描述

亲爱的塔姆：

我恢复得很快。我觉得好多了，而且我知道我会好的。我打算把所有有用的东西都整理好，但谁知道我会忘掉什么呢。我对于孩子们的死感到非常遗憾，对你和迪克的死也非常遗憾。我真的以为我们离开拉斯维加斯能解决问题。我猜我可能想错了。

请原谅我没有埋葬你们中的任何一个人。当玛雅尼和卢西亚死的时候，我们争论过这件事。

瑞恩说他会帮忙，但最后我们谁都无法面对这件事。我自己无法面对这件事，我知道这一点。我们连一把铲子都没有。我想过烧毁整座房子，把每个人都火葬，但这可能会让整个湖泊和森林一起陪葬。我将让你们全都保留原来的模样，对不起。

你知道我曾经跟迪克睡过觉。这是好多年前的事，当时我们实在是喝多了，而且傻得很。我发誓这并不能说明任何问题，只不过是一场意外。伤害了你，我实在非常抱歉，而且我希望你们俩在天堂里在一起，希望你能原谅他。或许你很快也能原谅我。

我将南下去墨西哥。在新闻不再传来之前，人们说那里的情况要好一些。我将直接上5号高速公路，或许去偷一辆汽车。祝我好运吧。

我不知道为什么要写这封信。我一定要说点什么。我刚刚醒来的时候实在太虚弱了，根本不知道自己在哪里。我发现你死了，而我什么都做不了。对不起。

请原谅我。我爱你们俩。我将来到你们所在的地方，再次与你们会面。

永远爱你的

安德里亚

我把信揉成一团之后丢到了地板上。安德里亚已经走了，希望她一切安好。

带着我发现的所有东西回到这里。我觉得我知道该如何使用这支枪。找到了保险，我也能装上弹夹。我又有了一支枪，太好了。我希望我能练习如何使用它。

这天天气晴朗，她爬上了最高的那座山，更清楚自己在哪里了。她看到了远处的沙斯塔山，觉得自己可以在地图上确认它的位置。她现在已经离俄勒冈州很近了。她能在南边看到不大的火堆，很可能是营火。她什么也没听到。

她用新枪练习打了两枪，瞄准远离房子的一棵树。枪声小得使它听上去像一件玩具，而且几乎没有后座力。与她的左轮手枪相比，这支枪显得一点也不真实。枪很轻，打得很准。她喜欢它，一直用手指抚摸着它。

她从山的另一边走了下来，转弯来到湖边。那里有一家渔具店，她决定在里面搜索一番。她弄到了一些嚼烟和口香糖。商店的招牌挂得歪歪斜斜的，收银机被掏空了。商店里的东西所剩无几，里面到处都是虫子，灯光一照，它们就在每件东西上飞快地跑个不停。她颤抖着，但还是继续找了下去。

那里有几份去年的报纸。她浏览着"猩红热"和"女人瘟疫"的报道。报纸上有纽约和巴黎的医院里的可怕照片，上面全都是死者和将死之人。一篇报道的开场白说看不到治愈的希望，另一篇文章的开场白又说男人康复的速度是女人的十倍，全都是她已经知道的信息，但她依然瞪大了眼睛。

瘟疫怎么会如此严重地失去控制？它为什么传播得这么快？我为什么恢复了？

她在旧金山的医院里有一个非常先进的实验室，人们把一切有实验室经验的人都集中在那里，在显微镜下寻找答案。她不是其中的一员，她是给产妇接生的，拼尽全力地想要把病人的体温降下来，然后看着产妇和婴儿死去。她回想着当时混乱的情景，她试图找出原因，解释清楚。她过去从来没见过死胎，头两例让医生高度警惕，又耐心又充满同情心地解释了死亡婴儿这一现象。在百分之百的婴儿死亡率持续了整整一周之后，医院采取了检疫隔离措施，人们尖叫着、哀号着要求得到答案。婴儿的家长和医生同样心烦意乱。她还记得把一个女婴放到一位妇女的怀里的情景。那个婴儿已经活了一段时间，能够把手缠在她母亲的手指上，然后就死了。僵直地失去了血色。他们采取了复苏措施，给她注射，把医疗车推进每一个房间。那个女孩儿的母亲当天也死了，死于高烧，身上热得没法用手摸。只过了几个小时，那个婴儿的父亲就不见了。

根本看不出怎样才能治愈，实验室里的工作人员也越来越少。当恐慌来临时，医院的职工有死的有失踪的，绝望在绞杀这座城市。死去的护士和死去的病人一起被排列在大厅里，过了一些时候，已经不再有人把尸体拖出去了。她还记得自己，她一直非常忙碌，看不到正在发生些什么，直到她连门都打不开了才惊觉灾难的降临。她最后病了，这时已经没有人能够照顾她了。只有杰克来了，她相信他是来说再见的。

她没法把她的回忆整理清楚。她的心怦怦直跳。她可以重新经历一次恐惧，但她无法在记忆中分辨这些混乱究竟发生在哪一天。她无法按顺序理清事件发生的次序，或者弄清为什么有些事情发生得如此突然。每当她回忆往事的时候都会感到遗憾。她为自己规定了任务，集中注意力专注于当前。过分关注远离现在的时间线，无论向前还是向后，都对她毫无益处。

9 月

我发现了一辆摩托车。相当小，但状态很好。船屋相当于庞大的瓦斯罐。用柏油帆布把它盖上了，希望在我准备走的时候还在。从一些为了 7 月 4 日独立节准备的劣质便宜焰火的组合包装里拿了一个。我把它带上了，但我敢说，到了现在，里边那些东西大多数都点不着了。放上一炮，吓死你。

一天日落前，一批男人来到了湖边。

在很长时间的寂静之后，他们的喧嚣声让人大吃一惊。她爬到窗前看看有多少人。

她能肯定地数到十，但他们并不是静止不动的，离她也不近，不容易看清楚。他们进了湖对面的一所房子，然后开始钓鱼、喝酒。她知道他们会跟她一样，在周围的房子里大肆扫荡。她担心他们会一步步地先发现她的摩托车，然后发现她本人。

两天过去了，她不间断地看着那伙男人，没法睡觉。他们不停地喝酒，所以搜索的速度不快，而且也不想快。到了第三天晚些时候，他们终于开始向湖对岸发起远征。她已经设立了一个狙击手哨位，她在那里可以瞭望与直接动手，而在地面上的人很难发现这个地方。

他们绕过湖泊，走到她的房前。他们先试了试房门，但打不开。其中一个人捡起一块石头，准备打碎窗户，这时她做了一次深呼吸，透过小小的射击孔开火了。她对着他身旁的地面上开了一枪，她看出他吓尿了，因为他的牛仔裤前头湿了一块，颜色变深了。

"这所房子有人占了。"她粗声粗气地对下面的人喊道，"我们有武器，我们会保卫我们的房子。滚开！"

要冷静。惊慌的人说话带着惊慌的味道，那味道随便一只狗都闻得出。深呼吸。记住，你有优势，他们看不到。

几个男人往后退，所有的眼睛都朝上看，来的不是所有的人。她在有限的视野中扫视着他们，有几个人拿着武器，一两个人醉得东倒西歪。

一个满脸大胡子的人朝她喊，这个声音让她畏缩了一下。他的声音粗野、低沉，还带着点被逗乐了的意思："你的房子里有什么？女孩儿吗？"

　　她想要改变声音，装成另一个人："没有女孩儿，只有海洛因，好多海洛因。滚开。"

这话听上去傻透了。我故意说得很吓人。

　　他们有人笑了起来："瘾君子。"

　　原来那人又喊了起来："我们不想要你们的毒品，伙计。我们不过是来找食物和好东西的。"

　　"你们来这里找不着这些东西。"她喊了回去，"看来我们有枪，你们没有。你们还是离开这座湖泊为好。"

　　他们开始低声交谈，但没有离开。

请你们走吧，求你们了，求你们了，请走开吧，别来打扰我。

　　她转移到了另一个修筑了防御工事的窗口。那里有她在船库里发现的几串爆竹，她点燃了其中一串的引线，并祷告它不会哑火。她扬手把爆竹向那伙男人扔了过去。那些爆竹没有哑火，而且掉在地面上时让他们大为意外。当小小的爆竹爆炸时，男人们跳了起来，手忙脚乱。有几个人往回跑向他们的营地，其他人定睛看了一眼，最后也跟着跑了。她看到好几个人边跑边回头朝她看。她又朝他们开了一枪，只不过是一个警告。她累坏了，倒在地板上一直睡到天黑。

她醒过来的时候感到十分镇定，吃了一罐子婴儿香蕉食品。她做了一些俯卧撑，然后接着回去瞭望。外面一个人也没有。湖对岸，那些人在一个坑里燃起了一堆火。他们撤退了，但并没有离开。

刹那间，她考虑在自己的壁炉里生上火。反正她现在不需要隐藏自己了，他们知道她在这所房子里。接着她意识到，他们烧出来的烟会吸引更多的人来到湖边，这让她很沮丧。

夜里她又开始打盹。在朦胧的几分钟后，她听到楼下有什么东西摩擦地板的声音。她在跑的时候摔了一跤，然后爬起来抓住手枪，浑身发抖。

她在黑暗中迂回前进，爬到传出噪音的窗户那里。她能听到有人在另一边拉着板子。然后是金属工具撬东西发出的吱嘎声。

"都给我滚！"她把两支枪都拿出来等着。撬东西的声音停止了。

她站了一会儿，粗重地喘吸着。她想他们或许已经走了，但她的心跳得太响了，让她无法听到任何声音。一小时后她才坐了下来，几乎立刻就睡着了。

她睡了好几个小时，却觉得只过了一瞬间。她被厨房窗户破碎的声音惊醒。碎玻璃掉在不锈钢水槽上，她一醒来就发出了一声短促、高亢的尖叫。她跳起来跑向厨房。

一个生有金色胡须的男人的半边身子从窗户探了进来。他身子向前，伸出双手抓住水槽的边缘，正使劲往前，要从窗户挤进来。她举起了手枪。他愣住了，抬起头看着她。她从他的眼睛里可以看出，他知道她正举枪对着他。

她的两手都在颤抖。目标距离还不到十英尺，但她还是开了枪，在水槽盛水的曲面上打出了一个孔。他使劲挣了一下，尖声叫着，想退出去。

她的勇气瞬间崩溃，感到自己被撕成了碎片。她瞪圆了眼睛，强迫它们聚焦，想要稳住自己的呼吸。

那个金黄胡须的男人又挣了一下，从窗户里挣脱。她看到了在外面把他拉出去的另外两个人。那是两个黑头发的男人，也留着胡须。他们瞪着她。

她清了清嗓子："我告诉过你们这群混账，这地方是我的。"她的嗓音变了，而且她全身都在发抖。接着他们就知道她是女人了。这从他们脸上的表情就可以看出，上面满是震惊和饥渴，两个黑头发之一猛然冲上前来，想要从窗户里挤进来。

现在非死不可了。死吧。

她开火了，两支枪都冒出火焰，毫不在乎打出去多少发子弹。她一个人也没打中，但他们跑了。她站在厨房里等着，她发出尖厉的呼喊。她并没有意识到自己在大叫大喊，当她听到时，她不知道喊声是从哪里来的。

她在几分钟后静了下来。她没有任何东西可以堵上厨房的窗户，便关上了门，用瓷器柜把门堵上。当她往前推着它时，沉重的柜子刮着木地板。在柜子把门堵住之后，她走去坐在壁炉前的沙发上，静静等着。

她在打盹，但每次向下点头时都会醒来。她开始觉得自己正在产生幻觉。黑色的形体闯进了她视野的边角。她咒骂着醒来，然后又在喃喃自语中睡去。

刚好在日落之前，有人悄悄地进了厨房。她在一瞬间醒了过来。

她觉得她听到了两双靴子踩在地板上的声音，但其实有三双。她堵上了的那扇门是从厨房通向房子其他部分的唯一通道。

他们推门，但那个橱柜相当重。持续地用力推或许能挪开柜子，但那边的那个男人是在用肩膀撞。橱柜晃动了起来。

她没法让眼睛聚焦。恐惧在与疲惫搏斗，她现在准备杀人了。

门又一次撞上了橱柜，橱柜摇晃着。撞击声变得更响了，她觉得另一个人也加入了撞门的行列。在她的想象中，一个变成了四个，然后变成了五个，她检查了一下弹夹。如果能打中他们，她的子弹够打死十个人。她努力稳住自己的手。

我还是能逃出去的。我还是能逃出去的。

几秒钟的寂静。

橱柜朝前倒进了客厅，发出劈裂声。橱柜的底部离门只有几英寸。几只手伸了进来，她能听到他们使劲推的声音。橱柜的顶斜靠在楼梯一角，她知道它不会移动。

她等着。推门的声音停止了。

他们中的一个人对着裂缝说话，他的嘴挤进了空处："我们会回来的，甜心。我们全都来，准备好陪着我们吧，你别无选择。"

王八蛋。让我给你们看看其他选择。我有整整一弹夹的选择。

她听见他们从窗户挤了出去，离开了她。她上楼走到能看见他们那里的那个窗口。她坐在地板上，下巴支在窗台上，看着他们回到他们的房子里。

他们等着白天到来。她看着。

太阳升起来了，她能看清他们中的两个人站在火堆周围的身影。他们有刀和钢管，以及其他临时拼凑的武器。她跪在地板上，看着她的两支枪。最后她选择了那支新枪。当距离较远时，这支枪更准一点。目标距离一百英尺，容易。她慢慢地举枪瞄准，深深地吸了一口气。她开了一枪。她不知道需要考虑重力对子弹上造成的下落效果，她瞄准的是身子，却打爆了他的膝盖骨。早上静悄悄的，她能够确定无疑地听到号叫声。这一枪让其他人全都散开了，她发疯一样地又开了三枪，她的心跳得太厉害，很难瞄准。一个人摔倒了就没再爬起来，她觉得自己把他打死了。另一个人弓着腰，控制住了身体，嘴里号叫着。

她躲在窗子下面，等着对方开枪回击，等着楼下有人闯进房子的声音。几分钟过去了，这让她确定了对方没有枪。她等着，楼下也没有声音传来。当她敢往窗外看的时候，他们正在离开。他们把死了的那个家伙留在了原地。

这不是她第一次杀人，但在跟前的威胁和在远处的威胁会让人产生不同的感觉。她坐在那里，脊背抵着墙，考虑着这一点。她知道她还会杀人，但不确定这会让她产生怎样的改变。她的眼前一瞬间闪过了死在她床上的那个人，当时她拉过床单盖上了他的脸。

她没有再向窗外看。

第三章

10 月

真冷。开始试穿我找到的冬季服装。找到了很好的羊毛袜子和皮靴，两件绒衣和一件羽绒滑雪大衣。没要那件更合身的，因为它是粉红色的。粉红色等同于女人，随便哪个上幼儿园的小孩都知道。除了靴子之外，每件东西都是松松垮垮的。它们很合身，这让我松了一口气，结果好多天我都没脱。我不得不脱下紧身背心洗一洗。光着上身站着洗东西，这种感觉很奇怪。我等于非我。好久了，我第一次露出胸部，用手清洗它们，这让我沉醉其中。又看到了我的刺青，就像回到了我离开多年的情人身边。我感觉不到这像我自己。背心干了之后我又穿上了，感觉好了些。非我等于我，不是现在的我，是那时候的我。新的我。又把头发剪短了。这么冷，就不剃光头了。梳着头发，看镜子里的自己，脸太干净了。想把剪下来的一些碎头发粘到脸上去，完全做不到。用了一块海绵，把一些我在一间浴室里发现的化妆品用在脸上，看起来就像长出了一点短短的胡茬子。只要走到跟前，就骗不了任何人。远距离和帽子，有可能蒙混过关？

我是个男人。女性。说得太多了。不再哭泣。太情绪化了。做个男人，有点男子气概，放开手脚。跳起来射击，开枪，甩钱。做出造型但别性感。吓唬我。身子略微前倾。闯进我的空间。不再哭泣。做一些让你哭的事。

今天又去研究地图了，我必须认真考虑是否要留在这里过冬。不想与冰雪搏斗着往前走，但从现在到下雪还有很长一段时间。问题的一部分是不知该往哪里走，或者说去别的地方有什么意义。向北走似乎很安全，但只不过是因为大批离开的人都去了南方。更冷了，而且不愿意面对雪，让人们走开。如果不想到处打食，那就得自己种，那几乎不可能。身体完结的那一天就是不再有罐装金枪鱼的那一天。天知道我什么时候会断粮。或许还是待在这里吧。

12 月

过去，圣诞节是最好的时候，它几乎让每个人都感到振奋。人们穿着圣诞节白大褂，整个医院都装饰了起来，几乎跟商店里的装饰一样多。圣诞节小姐的电影和焙烧食品到处都是。呸，焙烧食品。软糖，饼干和圣诞节蛋糕。巧克力和所有其他东西。爆米花随便吃。早上有坚果、朗姆球、花生糖和肉桂卷。油炸圈饼。寂寞，孤独，形只，影单，独自，一人。

确实有不少食物，但这肯定不是圣诞节。靠 DVD 光盘机和一块蛋糕消磨了两个小时。上网五分钟，厌倦能杀人。我还没有读完这里所有的书，但总会有这么一天的。还需要蜡烛，或者一盏灯。非此即彼。那些小圆茶点蜡烛差不多用完了。大冷天的不想出去扫货，但也只得出去，需要照明的东西。

过了三天，却什么都没找到。零灯笼，零蜡烛，零盒火柴。一直走到那伙男人在外面搭帐篷的房子那里。好多色情画报、食物和很好的刀，但完全没有能照明的东西。累得要死，冷，拼命地想要一堆火。几所房子就是很好的柴火堆。

12 月，几乎是 1 月份冬至了？白天短极了。

我扛不住了，开始生火。一早上扑灭了，但是烧了一整夜，这让我对于福祉的感觉有了无法低估的改变。来自火堆的亮光，根本没法阅读，噼噼啪啪的声音。我像一只老狗一样睡在火堆前。最后的照明物还剩一点，但必须尽快找到替代品。

这地方几乎让我有家的感觉，什么都好像是为我准备好了的。垃圾就往外一丢，到外边撒尿。那些人放弃了那所房子，因为他们没有待下去的手段。

但至少他们不是一个人。

独狼。孤独的流浪者。牛仔。独自干活。伟大的救世主。神奇男子。就在这里取得魔法。谁也不需要。我自己挺好。挺好。

1 月 2 日

一年的新年前后。元旦日，如果有人一直在记录日期。钟，日历，见鬼的时间。给了时钟一拳。到了想心事的时候了。

出城以来就没见到过一只活着的狗或者猫。记得我曾经看到猫在吃尸体，没有狗。

城里人全都有一只傻里傻气的小哈巴狗或者狮子狗或者专门设计的杂交狗。现在完全看不见。

说不定它们也得了那种热病？猫一，狗零。

没看见鹿。这里像是应该有鹿的地方，但完全看不到。见过鸟，

058

成千上万的鸟。如果天气暖和了我看到鹅，会去试着开枪打死几只。湖里有鱼。走这条路通过山谷，应该看得到母牛或者闻到它们的气味。没有，但可能只不过是我没看到它们。找东西连老鼠都没找到。各种虫子，没有啮齿动物。或许瘟疫针对大多数哺乳动物？

自从走出医院以来，我很可能遇到了二十五个男人，大多数都不是一个人。三个活着的女人：在卡普街上跟那几个男人一起的女人，詹娜，还有我。新闻里说妇女儿童更易染病，我曾亲眼看到这种情况。他们没说数字，但根据医院里的情况，很可能是十比一。没有见到一个病好了的孩子。在我得病以前可能看到了一个好了些的女人：戈迪医生。政府开始疏散那些确实有好转的人。染病产妇生的孩子和没病的产妇生的孩子都在出生后几个小时死了，零孩子。和实验室的那伙人讲了许多这种事。

必须面对这个国家几乎每个人都死了的可能性。一年多来都没见到过军队、警察或者任何飞机。没有法律，哪里都没有政府。没有电，没有水。去睡觉了，世界即将死亡——一觉醒来，世界已经死了，不存在了。

记得在我苏醒的时候把手机打开了。告诉我没有互联网，医院里没有无线网络，手机电池差不多用光了。收到了差不多一千份文字短信。浏览短信目录，寻找来自家里和杰克的短信，但这些短信大部分毫无意义。问题都无法回答。来自推特的最后几条文字很可怕。自杀的推特——广泛的指控，阴谋和细菌战。注意到了该死的民事防护信息系统时，戒严法生效，大家待在家里。白宫推特：人人都应该保持冷静，救援正在到来。我的手机电池没电了。

还带着手机。带着一个方方正正的玻璃塑料块，其实一点用也没有。不知道为什么还带着，没有丢下它。

想起我生活在旧金山，想起那种"毫无意义的想干什么就干什么"的狂欢节的感觉。

重新开始。

杰克。

他名叫约翰，但除了他的母亲，人人都叫他杰克。完全是炫耀，傻得很。跟我非常相像。希望他在这里和我在一起，我希望知道他能活着度过这一切。或许他出城了，跑到了德克萨斯州的什么地方，在那里治伤。杰克，永远活着的牛仔。

假定有很大百分比的人死了，然后有另一个百分比的人死于此后。那些已经病得太重或者伤得太重没法行动的人，那些死于伤口、感染、未经处理的破口和骨折的人。那些不管怎样在生了死胎后活下来的妇女很可能也会因为热病、缺乏照料和感染而死。被抓到她们的男人以任何原因杀掉。但詹娜活过来了。也许死的没有那么多，但我觉得没有多少女人还活着。如果我见到了女人，我有足够的针剂为一千个女人进行注射。

这就是我现在的使命吗？控制出生的天使出手，在开始之前便阻止了死婴的出现？拿到了房事之后使用的女用口服避孕药，但我不觉得我会让任何人使用。我希望能得到一些 RU486。如果我碰到需要流产的病人，我有做刮宫术的工具。可以植入一个宫内节育器，但在大学里不能这么干，在没法消毒的情况下这么干太冒险了。我希望这件事是我可以完成的。没法解决，谁都没办法。每一天我都能记起胆小鬼说的话：现在要做的事情只有生存。现在是在求生存，但这并不是唯一要做的事，不可能是。只是到了这样的时刻，让人觉得一直试下去实在太难了。每一个正在生产的产妇都说自己没法把孩子生下来。无法阻止正在发生的事，但我能让它容易一些。没什么两样。

我还是个助产士。正在出生的是这个世界。新的、丑陋的婴儿世界。

使命，使命，无法完成的使命。如此愚蠢。为了什么？给我一个理由。我猜测，那就是我继续存在的原因。可怜巴巴地定义我自己。一直在做，而且一直会做下去。我是，我是，我是为了我的工作而生的。里里外外大打出手，签下我的名字。在这里按上手印。你的名字，你的名字，你的名字。点石成金，让婴儿死而复生，从太平间里站起来，走路，但永远不要说，永远不要说，永远不要说任何事情，什么也别说，我只是个小人物。现场直播。别说。名字是你为其他人准备的。什么都没有，什么都不是，叫我的名字，什么是寂静的回声。

抓住一点，抓住一点，抓住一点，就是现在。找到中心并且抓住，抓住。

她让自己享受了几天疯狂的奢侈生活。这几天阴沉沉、灰黯黯的，好像其中包裹着整个文明的废墟。它不但在世界上破灭了，也在每个人的心中破灭了。这里确实有着战斗和事故，有着崩溃和瘟疫。只有在一方获胜或者每个人都死掉时才会回归沉寂。

3月，春分前后

该走了。冬天一去不复返。我吃光了房子里所有的东西，直到最后一盒不新鲜的全麦饼干。在所有的存货只剩下我最恨的东西之前，我在背包里存了几个汤罐头和婴儿食品罐头。读完了附近所有的书，把我能带走的所有东西都背在肩上。我的二头肌现在看上去如此发达，我真想穿没有袖子的衣服，让每个人都看到我多么有男子汉气魄。让他们记住拥有如此不可思议的胳膊的第一位女人。还是决定不这么干了。穿着无袖的衣服，我的胳膊实在太大、太粗了。

像个男人。完美。

洗了澡，睡了一觉。用床单做了个手枪套，希望能在有更多枪的地方找到更好的枪套。我知道现在肯定每个商店里都没有枪了，但说不定店里还有些皮枪套。我又剪短了头发，刷上了胡子。早春，屋外湖边的郁金香已经开了。我把摩托车推了出去，在所有活动的零件上涂了油，装满了汽油箱，还在车后捆上了一桶汽油。到了车道上，能看见它。

这地方太好了。我生命的一部分留在了这里，从现在，直到永远。唯一遗憾的是不得不杀人。并非不得不做，我做了，没法回想这件事。很高兴我能够一直待到冬天结束。我觉得自己很强大，可以上路了。选了一条我觉得不会太难走的路。

5 月

精疲力竭。虚弱。恶心。累了。下雨，下个没完。几个月了都没见到人。我一直骑着摩托车，一直到车里没油了，而且哪里都找不到为止。走路，好多好多英里，我不得不去找了两次鞋子。从我离开湖畔房屋以来就没晴过。有两天没吃饭，甚至上呼吸道感染了，不会死。我活着，你死了，短命鬼，混账东西，我活得时间比你长。我赢了。现在在一座谷仓里，我尽可能地把身上弄干，吃了抗生素，喝了雨水。最糟糕的事情莫过于这个该死的病。如果外面阳光灿烂，肯定要在外面来一次野餐。一切都叫我厌烦。几乎无法呼吸。能睡多久我就要睡多久，看看能不能好一点。阿司匹林。手上拿着枪。

不知过了多少天。烧退了，醒的时候觉得饥饿和脱水。能喝多少水就喝多少，但得出去扫货才有吃的。在紧靠这座谷仓的旧农舍的地窖楼梯下，我找到了一个削皮番茄罐头，真是一顿美味大餐。我身上起了皮疹和严重的酵母菌感染，该死的抗生素，但细菌死了。需要水过滤网，水，很可能是我得病的原因。

我现在在俄勒冈州东部的什么鬼地方。所有的小东西在这里都有。千百万只肉食类猛禽，但我想它们在这里除了蜥蜴之外找不到多少好吃的。在外面晒了一个钟头太阳，就像人们教童子军干的那样，把石头垒起来，但我不知道窍门。他们是按照指示垒的，追踪和被追踪。

步行了好多天。醒来就整天走路。有什么就吃什么。在旷野里躺下，在薄暮中沉睡。没看到一只食肉动物或者松鼠，只有食腐鸟和虫子。不担心动物，也管不了人类了。太累了。

走了两个星期。非常饿。走到一条路边就上路开始走，管什么概率。碰到了一个加油站，东西没被全拿光。我坐在地板上，吃了大约六十四包小点心，喝了一加仑带糖的什么破饮料，那个瓶子当时还是封着的。在背包里装了所有能装进去的肉干、土豆片和杏子干。把一个死了的男人从洗手间里拖了出去，然后又在浴室里剪了头发。用他的尸体挡着门让它开着，这样我才看得见。到处都是臭烘烘的，但至少现在不用挨饿了。路标上说前面有一座城镇，我准备到那里去。

6 月

显然，麦克德米特。算是个城镇吧，镇上有一座飞机场。我曾经非常认真地考虑过开飞机。可怕的主意，如果我干了必定会死。但非常诱人。我待在一家酒吧里，吃了好多坚果和椒盐脆饼干，但运气不怎么样。这周晚些再试试其他的房屋，看看我是不是能把更好的东西吓出来。

好多压扁了的罐头，我都没要。吃它们吃病了就不划算了。发现了些干汤料，一些军用份饭，还有许多青豆，这种可以。在其中一所房子里发现了一份写在墙上的留言，是不知哪位用一把刷子写成的大字。

卡特的留言

死亡之年

由无名助产士描述

我去加利福尼亚了

沿101号国道南下，取道旧金山去洛杉矶

孩子还活着，和我在一起

行的话请随我们来

沿路将有更多的信息

卡特

我盯着这份留言看了好久。"这个婴儿活下来了，和我在一起。"活着。卡特。搞什么鬼，卡特？他会不会是和一个初生的婴儿一起离开，但婴儿出生后不久就死了？他会不会那时候还不知道？

如果他的孩子真的活着会怎么样？

楼上有血淋淋的婴儿出生现场，但没有尸体。生锈的剪刀被丢在地板上。所有的东西都浸泡在已经变黑了的鲜血里。"那个婴儿还活着，跟我在一起。"好。

厨房空荡荡的，只有一个荸荠罐头和一个甜菜罐头。两个罐头都拿了，接着走。去见卡特，跟着他？照顾那个婴儿？弄懂我自己？

不知道。

6月下旬

那次差点没走掉，在麦克德米特遇到了一伙人。我转过一个街角，他们在那里，我几乎连一秒钟的反应时间都没有。我双手自由，拿着我的枪，总是如此。

全身穿着衣服，五个肮脏的男人蹲在街上。两个拴着锁链的女人站着，眼睛直愣愣的。

我今生永远忘不了这种情景，脏得就像搜救犬一样，眼神都一样。

"怎么回事，该死的？"一个男人站了起来，从屁股后抽出一支枪来。她也同样迅速，用枪对准了他。

一个更高的男人站了起来，麻利地从背后的皮带上抽出一把大砍刀："嘿，有话好说，有话好说。"

"我不想惹麻烦。"她大声说。她盯着那两个被锁着的妇女。一个大约四十岁，上身赤裸，隆胸做得不好。另一个二十多岁，什么也没穿，膝盖上疤痕累累。

那个高个的男人走上前去挡住了她看着女人们的视线："陌生人，这两个女人都跟我们没关系。我们就是路过的。"

"跟我也没关系。"她说，"不过，如果你们能够保持冷静，我可以跟你们交换。"

那个大个把他的大砍刀放回刀鞘里，摊着手走上前来，那样子就好像打算卖给她一辆汽车。"我叫亚伦。他们是吉米、伊桑、曼尼和查克。"他们对她点点头。她看着他们几个，白人、黑人、亚裔，该死的多色联盟，个子都比她大。有一两支枪，许多刀。她能看到一根棒球棒，她的心沉了下去。

她不该提出交换的。

人太多了。不应该在这里，人太多了。

"我叫卡尔。"

"卡尔。你有什么可以交换的？"亚伦微笑了一下，向她走去。

她伸出手来，等着曼尼把枪放回枪套里。她慢慢地把她的枪放进枪套："食物、药品、一点酒，还有变质了的香烟。如果有人需要，我可以提供医疗服务。"

"有枪吗？"这是曼尼的问题。

她摇了摇头："枪只有我自己的。现在要找到枪不容易。但我知道在哪能找到一些抗生素和基本医药品。"

那些男人交换了一下眼色。亚伦第一个说话："你有什么药？"

"青霉素、青霉素氨卡、红霉素，全是好货。还加上一个创伤处理包。"她等了一下，看着他们的脸，"可待因、吗啡、芬太尼，货真价实。"这些东西她有一些，在它们过期之前用不完。在说到鸦片药品时，她看到对方有些兴奋。

"你想要什么？"

"你们的女人。"她斩钉截铁地说，毫不犹豫。他们知道她想要什么，他们没给她看过任何别的东西。

伊桑对亚伦嘀咕着："让他干那个老家伙就是了。让他干洛克萨尼，别让他动梅利莎。"

叫洛克萨尼的那个老点的女人脸色发白。

铁链子。我真的见鬼了。詹娜是一回事。我没法一走了之。他们人太多了。

我不是个英雄。

"两个我都要。每个半小时，在隐秘的地方。作为交换，我的这些东西你们都可以选一些。”

亚伦微微一笑：“两个太多了。你只需要一个就能解决问题的。”

她也对他报以微笑：“你大概一个就行了，但我好久都没见到一个女人了。我两个都要，然后就还给你们，不会少什么零件的。”

又是伊桑：“去你的，我们自己能找到毒品。我们过去就找到过，就是这个瘦猴儿找到的。我们不需要你的药。”

“那好吧，如果你们不感兴趣，那我就走了。”她背起她的双肩包，做出打算走的样子。

亚伦又往前走了一步。她全身都紧张了起来，但努力不让对方看出来。

“你一个人吗？”

“不是。”她轻松地说，努力让人听不出她很害怕，“其他人在营地里，盯着外面呢。只不过我们那儿没女人。”

“你会把其他人都带过来享受吗？”他正在非常仔细地看着她。

可靠。完全可靠。有一点自私。

“不，去他们的吧。我可不想搞什么大派对。”

“那不如你甩了他们加入我们吧，这样我们就有两个带枪的了。而且我们这有两个女人，你显然很能找东西。你有医疗专长吗？”他的眉毛往上一扬。

“陆军急救兵。伊拉克，四年。”

“你看？你可以成为我们这个团队中的一个优秀成员。”

“你们要去哪？”她知道答案。

"南下。我们听说，在中美洲几乎没有因为瘟疫死去的人。那里有好多女人。"

好多女人。还有牛奶和蜂蜜，街道都是金子铺的。

"是啊，这我也听说了。但我喜欢我的团队。多谢你的邀请。"

"随你的便。你的那一大堆药在哪里？"

"在营地里。我得回去拿，然后回来在这里和你们碰头。大概需要一个小时。"

"没问题。回头见。"

她慢慢地走了，不想背对着他们。她离开时他们都没说话。

她一直走到直到他们看不见她的时候，然后跑了起来。她绕着街区跑，东绕西转地走之字形，一直到她自己都快迷路了。她又找到了那个酒吧，就停下来直喘粗气，使劲喝水。她走下她放背包的地窖。她的呼吸总算平稳了，然后每样东西捡了几件装在一个包里。当她走上楼梯时，有五个男人在那里，加上一个她没见过的男人。

真该死。

亚伦看着她，好像是一个准备收取灵魂的魔鬼。

"这位是阿奇，我们的侦察员。当你跑路的时候他正在屋顶上。看起来，你不管怎么说都只有一个人。"

她使劲地瞪得他不敢和她对视。

"他们都在扫货。"她说。

慢慢地呼吸，慢慢地说话。不要东张西望，就盯着亚伦。我这次还是可以过关的。

"那是当然啰。所以我们就来拿我们要的东西，然后就离开。"

她在考虑，有几秒钟大家都没说话。曼尼和阿奇拔出枪来对着她，但他们俩几乎站在一起，离她不到十英尺。其他人都没有拿出枪来。如果她让他们靠近她，她知道接着会发生什么。他们会抢走她的枪，把她按倒在地。他们会发现她是女人，然后她也会被他们拴上链子。只要他们先发现她是女人，他们就不会杀了她。她想清楚了这种情况，然后考虑该怎么办。

不行。

她把包扔到地板上，发出了非常沉闷的声音。在离酒吧的另一端只不过几英寸的地方，亚伦抽出了他的大砍刀。她没有真的看着谁，拔出两支枪就向那两个带枪的人在的地方开火。就在亚伦想要一刀砍下的时候，她近距离一枪打中了他的脸。鲜血喷了出来，她往后躲了躲，脚下打了个趔趄。她没有打中查克，但打中了他的棒球棒；他扔下剩下的那截转身就跑。她不断地开火，在人身上打出窟窿，不用眼睛瞄准。她一枪打中了一个人的大腿，他栽倒在地，狂呼大叫。她一会儿跳起来，一会儿在地上匍匐前进，一心要把他们全都打倒在地。她就这么一直打下去，直到没有一个人能动为止。那两个拿着枪的人确实朝她开过枪，但没有打中，不过她一点都不知道。她的耳朵嗡嗡直响。她跑到了外边，耳朵听不见但还端着枪。查克在外面，使劲拉着两个女人朝一辆摩托车跑去，但她们在跟他扭打。他背对着门。

"丢下链子。丢下来。"

他回头看着她，还拿着那两条锁链。追得更近了，她看出那是些沉重的链子，人的脖子上挂着挂锁。那两个女人身上和链子接触的地方有擦伤，看上去就很疼。她们没法摆脱它们。

"你给我滚。"

"混账，我的枪对着你呢。放下链子。"为了瞄得更准，她把左轮手枪的机头往后一扳。她的手在颤抖。这么说没什么意义。她不知道她为什么要这么说，为什么她要扳下机头。她反正要打死他的。她把机头扳下来没什么原因。

他转过身，紧张得不知该怎么办，是跑呢，还是把两个女人拉过来挡子弹。她弄不清他有什么计划。她用比较新的那把枪开火，打中了他的后脑勺。他的颅骨陷了进去，血从两个肩胛骨之间流了下来。他向前栽倒，链子缠在他的前臂上。叫梅利莎的那个年轻些的女人被链子拉得一屁股坐了下来。洛克萨尼还站在那里，盯着那个死人。

她们就这样待了一分钟。一切都这么荒唐，她没法理解。她刚刚在一家酒吧里开枪打死了六个男人。她是个牛仔。她一点感觉都没有。不觉得有罪，也不得意洋洋。她有一点恶心，有一点震惊，但并不真的觉得这么做有什么不对。她的耳朵疼，她的心不疼。她收起了枪，走上前去把链子从那个死了的男人手里拉了出来。她觉得，一旦链子松开了，那两个女人就可能会跑。她们没有跑。她们目瞪口呆地站在那里。

她转向洛克萨尼："你知道钥匙在谁那儿吗？"

被链子拴住的女人看着她，好像需要翻译她说的话。"亚伦。"，过了一会儿之后她说，"在他的皮带上。"

她走进酒吧，发现亚伦瘫倒在地板上。她把手伸进了瘫倒的那堆肉里面，摸索着找钥匙圈。她找到了，但花了点时间才把钩环解开，把钥匙拿了出来。她又走到了阳光下。梅利莎还坐在地上，但已经开始哭了。牛仔先向她走去。梅利莎吓得躲着她，但她仍旧把钥匙插进了锁孔。铁链从女孩儿的身上脱落，她就坐在那里。她走向洛克萨尼，也做了同样的事。后者立刻开始揉脖子。她们在那里站了一阵子，考虑下一步怎么办。

"如果你们想进来的话，我那里有吃的。而且我敢说，我们能找到一些衣服。"

洛克萨尼敏锐地看着她："你怎么说？我们现在是你的了吗？"

牛仔踢了她脚边的链子一脚，它们哗啦啦地响了一下："不，你们自由了。你们想去哪里都可以。我只是在想，如果你们吃点东西，穿上衣服，你们想到哪儿去就更容易些。"

梅利莎还坐在地上哭。她走过去面对着梅利莎。

"喂，你饿了吗？"

梅利莎摇摇头。

"你想要件衬衣吗？"

她点点头，还在抽泣。

她让她们坐下，给了她们几瓶水，然后就到她附近一直在搜索的房子里去了。她带了一瓶橄榄、一个桃子罐头和一堆女人衣服回来。那两个女人还在她走之前的地方没挪窝。水已经喝完了。她把所有的东西放在她们面前，然后又接着去搜寻物资。待在酒吧里过夜的想法已经烟消云散了。她不会去把那些尸体拖出去，有它们在她们没法睡觉。她拿起了她的东西和一箱水，她回来的时候，两个女人都穿上了衣服。梅利莎正在试鞋子。

洛克萨尼两臂交叉地坐着。

"我尽力找了一番，只能找到这些。有些可能不是很合身，但如果到一家商店或者一个购物中心里找一下，你们就有希望找到一些更好的。"她的眼睛在帽舌下看着洛克萨尼。后者的脸上有一种清冷的石质感。

"你有香烟吗？"

她在双肩包的外袋里翻了一阵子。她知道她还有一些："它们馊得要命。"

"我不在乎。"

她递给洛克萨尼一盒酒吧里的火柴，火柴折起来像书似的。后者点燃了一支薄荷脑香烟，深深地吸了一口，像个抽了一辈子烟的老烟枪。她一直看着牛仔。

梅利莎总算说话了："我们在哪？"

"在俄勒冈，就在跟内华达交界的地方。"

"哇。"

"你们是从哪里来的？你们怎么到的这里？"

梅利莎先回答："我是从密歇根来的。我和我的男朋友一起度假，刚好到了底特律市郊。亚伦和其他几个家伙开枪把他打死了，然后抓了我。我们大半的路是开车过来的，但有时也走路、骑自行车。从在拉斯维加斯起，他们就给我拴上了链子。"

"他们就是在那里发现我的。"洛克萨尼现在抽烟抽得又急又快，已经点上第二支了，"我当时跟内蒂在一起，就是安妮特，我们一起工作。她逃掉了，我被他们用电棍击昏了，醒来就光着身子，拴上了链子。"

"你们俩有谁怀孕了吗？"

两个女人交换了一下眼色。"没有。"洛克萨尼说，"另外一个女孩儿怀孕了。肖娜。她生产的时候死了，婴儿也没活下来。那是去年冬天的事儿。"

"你们的月经期正常吗？"

她们都看着她。

"你还是打算睡我们中的一个吗？"梅利莎带着明显的厌恶问道。

"不是。我是个医生，我想帮助你们。"

"梅利莎，你记得吗，她说她有医疗经验？就是当她跟那些人讨价还价的时候。"洛克萨尼带着猜测地看着另一个女人。

"哦。你知道了？"助产士觉得自己暴露了。

洛克萨尼干笑了一下，喷出来的大部分是烟。"宝贝，我在拉斯维加斯工作，这个星球上什么样的演员我没见过？如果见到一个假小子我肯定能看出来。你演得很好，那些臭男人没看出来，我一点都不吃惊。但你蒙不了我。"

她把帽子摘了，现在她不是牛仔了："好吧，那就好。说吧，月经怎么样？有没有感染？有伤口吗？现在觉得你有可能怀孕吗？"

洛克萨尼摇摇头，又吸了一口烟："我的子宫摘除了。从第一天起，这就省了我好些麻烦。跟我们一起的那些家伙让我一直有尿路感染。但我觉得也就这么回事了。"

梅利莎皱着眉头想着："我觉得这个月来过。没几天前。但我非常难受。方便的时候火烧火燎的。一直都在疼。"

等她们吃完饭之后，她给她们吃了抗生素和止疼药。她向她们解释了用药剂量，给了她们每人最大剂量的药。

"无论发生了什么，不管你们去哪里，一定要吃最大剂量的药。"她们当晚喝掉了酒吧里的一瓶蔓越橘果汁，然后去了一个丑陋的批量建住房过夜。

早上，她让她们一人去找一个包。洛克萨尼一下子就找到了，是一个中学生用的双肩背包，身前带着胸带。胸带横在她可笑的隆胸上，让它们显得更突出了。

梅利莎很不认真，漫无目标地找，没多久就放弃了。

后来她们三个在一个旧门廊里的秋千旁停下来休息。当洛克萨尼出去闲逛时，她问梅利莎愿不愿意打一针。

"就是怕万一你……又被什么人抓到。它会让你不能怀孕，免得像肖娜那样出事。"

她黑色的大眼睛呆呆的，看上去非常空洞。

"你有没有什么能杀了我的东西？比如打下去不疼的针剂，让我一觉睡过去再也醒不过来，就像一只狗一样？"

"什么？"

"我就是想死。再也不想受这个罪了。我会被另外一伙混账抓起来的，他们会把我当成一个人形性欲发泄工具。他们最后还是会杀了我，或者我会饿死。我这么拖下去有什么意思？或许给我多打点吗啡？能让我安安稳稳地睡死的东西？我不想被你一枪打死。"

"不……你听我说……你也不需要死啊。你没事，没残疾，你会从那些阴影里走出来的。不会再有那种事了。"

"会有的，真的会有。女人都死光了，可能就剩下几个了。最终我们会精疲力尽，我又会被人抓住。现在只剩下男人了。"

"是啊，但他们并不全都像那样。"

"可能他们原来不是的。还有什么办法能干掉我？"

她们静静地坐了一会儿。

"听着，我不想杀你，我也不想你去自杀，但这是你的选择。我只能尽力为你去掉心里的包袱，说不定……说不定以后你能遇到一个你喜欢的人。你要不要打针？"

"肯定啰。"她耸了耸肩。

她给梅利莎打了针，还给了她几片事后紧急避孕药，等她找到包后再放进去。

洛克萨尼回来了，带来了她给梅利莎找到的包。这是一个奇丑无比的花双肩包。梅利莎把她的药片放了进去，但对搜集用品毫无兴趣。她没精打采地吃东西，好像一心想去睡觉。

我睡觉的时候胳膊还抱着医药箱。里面的东西随便几样就能让她长睡不起，但她没有来拿药。早上，梅利莎就这么不见了。现在就剩我们俩了。摇啊摇，碰啊碰，喝毒药，在游戏中取胜。

洛克萨尼坐了起来，眨着眼睛："这家伙能跑到什么鬼地方去？"

她起来有一会儿了，正看着梅利莎丢下的背包和鞋子发愣。"我也不知道，但我想她不会回来了。"她不想去找梅利莎。她不想看到这个姑娘上吊死在停车场里或者在洗澡盆里割腕自杀。梅利莎自己做出了选择。

"说吧，你想跟我同行吗？"

洛克萨尼抽了一口香烟："你是谁呀，变装国王吗？"

"叫我以赛玛利。"

"什么？"

"没什么。我叫亚历克斯。"

"你要去哪里，亚历克斯？"

"去北方。"她说，"或者西方。跟别人的方向背道而驰。"

"他们都是按照无线电广播里说的方向走的。"

她抬头看着洛克萨尼，她的喉咙突然像被卡住了似的："什么无线电广播？"

"西班牙语的广播。我听不懂，但他们中间有人懂。你有收音机吗？"

她没有，但她们找到了一辆小汽车，里面的电池足够让她们打开车里的收音机。洛克萨尼坐在副驾驶位置上，小心翼翼地调整波段，找到了一个非常狭窄的信号。

"……哥斯达黎加共和国。我们在我们的主权国家中建立了一个幸存者聚居地，一切在大瘟疫后活着的人都可以到这里来平静地生活。我们中大多数妇女都没有死，所以你们可以安全地带着你们的女人到这里来。所有的女人，哥斯达黎加共和国欢迎你们，你们将在这里得到照顾，如同对待新文明的母亲。"

广播重复着这段信息。

接着是行进方向，带有坐标。亚历克斯翻译了洛克萨尼听不懂的西班牙语。

洛克萨尼干巴巴地笑了笑："没错，非常安全，把你们所有的女人都带到这里来。哈。"

"对啊。"

她们坐了一小会儿，听着循环播送的信息。洛克萨尼去了厕所，亚历克斯仔细地在整个无线电波段上来回调着，开始是调幅，然后是调频。那个哥斯达黎加的信息是她唯一能够找到的播音。她关掉了汽车发动机，她在考虑她们在哪里。

这个广播肯定不会是在哥斯达黎加附近播送的。这个信号有什么含义？有人想要人们向南方去，特别是女人。她回来了，说她要和我在一起。没有跟她说我对这段广播是怎么想的，但没办法不去想。带上行李，骑着自行车上路了，看看我们能到哪儿。

7月

在爱达荷州陡峭、多石的山坡上时而骑车时而步行。有些山太陡了，没法骑车，但我们推着车上去了。车子能帮我们加快速度，我知道我们比单单走路要快。

在一条高速公路旁边的一个休息站上，她们发现了一个被人丢弃的庞大的豪华娱乐车，那天夜里她们就在车里住下了。车的阁楼顶上有一层玻璃泡泡天花板，她们俩都仰面躺着，向上看着晴朗无云的天空。

"这么说你是少数的那类人，对吧？"

亚历克斯在回答前想了想。想当年在护士学校的那些日子里，她曾经把这个问题的答案扩展了，成了对规范社会中有关身份、性别流动性和性规范行为的冗长的社会学讨论。

是的。不是。有时候是。说是吧，或许她想和我一起睡觉。

"跟我在一起的大多数都是女人，在大学里。但我最认真的长期伴侣是个男人。你看该怎么算吧。"

洛克萨尼抽着烟，冒出来的长长的烟圈卷曲着碰到了玻璃，慢慢向四周扩散。烟味真不好闻，但亚历克斯不想让她走开，她把房顶开口打开了。

"我正在想该怎么算。"

"我并不总是穿男人衣服。这只是安全措施。"

"是的，但如果你能找到一个合适的呢？一个能照顾你的人？他可能会保护你，为你找食物，所以你就不用干了呢？总有一天，所有的罐头食品都会被吃完，你必须去以打鹿为生，这时你该怎么办呢？"

我刚杀了六个男人。她忘了这件事了吗？别吵架。和风细雨地说话。

亚历克斯胳膊交叉地放在头下边："那我就去打鹿，或者捕鱼。我还没见过鹿呢。"

洛克萨尼的一只胳臂肘支着床，把头枕在手上，转过脸来对着亚历克斯。她掐灭了香烟，但自然而然地点着了下一支。"我们在加利福尼亚待了一阵子，那时我见过。山坡上有长着大耳朵和大蹄子的长耳鹿，我想你可以吃它们。"

"这可是好消息。不管怎么说，为什么我要把自己卖给一伙男人，让他们随便把我放在什么地方玩弄？我可以做什么样的交易？"

洛克萨尼抽着烟，叹了口气："我可以让他们解开那条链子的。

他们只是怕我跑了，不会总是那样的。"

亚历克斯没有回答。

"我知道男人是什么样。我年轻的时候跳脱衣舞，后来退休了，像所有钢管女郎那样当了女招待。男人总觉得自己掌管着一切，但你可以把他们哄得团团转。我们手里有满把的牌。"

"今非昔比了。"

"什么，孩子？他们才不在乎那东西呢。而且，地球上的每个男人都认为他们那玩意儿非常神奇，他能够改变世界。你觉得他们不这样想？你应该看看他们是怎么为了肖娜吵得不可开交的，他们想猜出是谁让她怀上了。我们还是有满把的牌。"

"随你怎么说。"

"怎么，你不相信我？"

"我相信，我见到你时你身上拴着链子，没穿衣服。我不相信你那时手里有多少牌。你不是说他们用电棍把你击昏之后劫持了你吗？我不是也得给你治疗擦伤和感染吗？那可不是手里有好多牌的样子，对吧？"

她好长时间没说话："其实他们没有电棍。"

"那怎么……"

"内蒂有一把电棍。自她被强奸之后，她就一直在身边带着那把电棍。她是在卡特里娜飓风的时候出的事，在那之后她就搬到拉斯维加斯去了。我是在一间酒吧里碰到她的，后来我们就住到一起了。我非常喜欢她，我根本不知道，我会像那样喜欢一个女孩儿。"

"我不明白。"亚历克斯最后转过头去看着她。在星光与烟雾中，洛克萨尼的脸看上去像一张皮制的面具。

"内蒂拿着那根电棍。我们能听到他们来了，她照着我的脖子戳了一下，这样可以让他们跑得慢一点。于是她逃跑了，我希望电棍现在还在她手里。"

亚历克斯在洛克萨尼睡着之后好久还醒着。她最后还是睡着了，这时她梦见她是个拍卖师，正在把她曾经喜欢过的每一个女孩儿卖给一些手里拿着长刀的男人。这个梦让她觉得心如死灰。

让我们权当今天是 7 月 4 日吧。

该死的爱达荷，除了山还是山。上上下下，永远看不到前面是什么。我们有一半的时间都是在推着自行车走路，但这样也比光是走路强。好大一段空旷的地方，什么也没有，于是我们就露天睡在地上。恨死了，恨死了，恨死了，几乎完全没睡着，但情况就是这样。

跟洛克萨尼一起旅行，和一个人完全不同。有人说说话就是极大的解脱。她现在睡着了。星星全出来了，满世界都是虫子。

她在睡着的时候因被虫咬而抽搐，但没有醒。怎么都能睡。她不抱怨，而且有一双敏锐的眼睛。得找个地方弄点杀虫喷剂。路标上说，二十英里外有一座城镇。明天应该可以到那里。希望能找到好猎手牌驱虫剂，好多干肉和新的棉内衣。梦想中的世界，真的需要水和一个便携式过滤器，那样的话就可以放心地喝我们找到的水。

她当然也问了在一切崩溃的时候我在哪里。我猜测，对于那些逃脱死亡的人来说，这是一次新的 9·11 事件，因此能够记清楚自己在哪里。这不是具体的某一天，不是像你沿着街道散步时听到世界末日来临的那种情况。不想让这种事情一次又一次地发生。

最开始是令人不安的照片出现在新闻里，然后一些其他城市里的人开始死了。该死的政府关闭了运动场和飞机场，新闻里的人们穿着黄色的衣服。死人，在你的城市中的死人，在你的街区里的死人。到了它真正降临到我们身上时，弄明白这是哪一天已经没有意义了。我记得我在哪里，因为我总是在医院里。不。当我能睡的时候睡觉，等着电话叫我。不。我跟她说了一些有关接生的情况，有关死去的和正在死去的妇女和婴儿的情况，有关我自己生病和醒来的时候脱水、不明所以和孤单的情况。不，不，不。不想反问她，甚至礼貌性的反问。我们现在是有礼貌的野蛮人吗？我给她一个本子。告诉她写下来。新的一页。

洛克萨尼之书

我和内蒂一起住在拉斯维加斯。她比我年轻，长得也比我好看。她是凯撒酒吧里的鸡尾酒女侍者。穿着很好的高跟鞋，但高跟鞋上必须有那种能杀人的后跟，她的脚总是很疼。我在萨姆的城镇酒吧工作，那里的顾客挺好，但大多数年纪比较大。我的鞋跟比较矮，但跟我身上的隆胸质量相配。我的小费少些，但小时工资高一些。我们都不喝酒，是同一家健身房的成员，在亨德森有一个挺好的小地方。我感觉不错。

于是，当事情闹翻了天的时候，我们身上没发生什么真正的变化。拉斯维加斯就好像一颗独立的星球。谁也不看新闻或者考虑现实生活。

游客们还是不断地涌入，玩一次一个星期左右，但接着我就看到有变化了。有一天好像完全没有亚洲客人，而且我告诉你，平常在拉斯维加斯的亚洲人要比在亚洲的亚洲人还多。我下班回家把这件事告诉了内蒂，结果她眼睛睁得大大地看着我，说在脱衣舞场也同样如此。我们习惯于见到大批的外国人，但突然一下子，他们全都不见了。没有那些欧洲名流，没有那些英俊的黑人，他们的皮肤黑得发紫，带着离奇的口音，戴淡黄色的黄金珠宝。除了从加利福尼亚和亚利桑那开车过来的旅游者之外，我看不到别人。我开始四处打听，倾听纽约人的谈话和一个带有南方口音的傻瓜高谈阔论。情况听上去叫人毛骨悚然，好像世界一下子坍塌了一样。

然后他们就关闭了麦卡伦国际机场，人人感到惊慌失措。我看到有人搭顺风车出城，提出付一千美元给小型货车司机，想要回家或者出去。我开始在街上看到病人。开始我还以为，这只不过是在白天看到了化妆失败的夜生活者——她们的脸是艳红色的，黑色的眼线画得太重。但这些女孩儿在发烧，你会觉得她们身体像烤炉。有些男人也像这样。我偶尔去了一趟亨德森的杂货店，那里的情景就像暴徒在抢劫。

我买了水和厕所纸，巧克力布丁，不知道当时我是怎么想的。我喜欢布丁。我不知道。我回了家，发现内蒂病了，躺在沙发上发高烧。我照顾了她好几天，她的体温高极了，我以为她的脑子烧坏了。"9·11"那天很忙，而且一直很忙。我把门锁上了，做了些汤，逼着她喝。

电话失灵了，但我无论如何都找不到人回话过来修理。然后就停电了，自来水接着也停了。大约一个星期之后，她的烧退了。她很瘦，没精神，但活下来了。我们必须搬到街区外的一个有游泳池的房子里去。那所房子是空的。我们在那里一直待到游泳池里的水开始长藻类。我们装了一些瓶装的富婆碳酸水，开车去了我们知道的一座公寓大楼，是那种带有室内游泳池这类破东西的高档大楼。我们待在那里，一直到我们被抓。

我们总是在躲藏。我们一直到很晚才意识到，我们根本没有看到女人，而且有一批批的男人似乎在到处游荡。到了公寓大楼的第一个晚上，我们待在顶楼上。我们听到外面有尖叫声，就跪在地板上往窗外偷看。我们看到一群男人，可能有十个，扑向那个尖叫着的女士——她可能三十几岁。她怀孕了，肚子不小，没法拼命跑，结果被他们追上了。开始她还大叫大嚷地反抗，内蒂捂着耳朵在地板上坐了下来。但最后，她只是躺着任由他们摆布了。结束之后他们只能抬着她走。他们走向另一座高层建筑，我们没有再看到他们。内蒂用带子把她的电棍缠在腿上，她告诉我，她不会被别人抓起来。她说她会反抗，会杀人。我点了点头，但我不知道，如果我们被那么多家伙们抓住了该怎么办。很可能什么也做不了。

我们在十天后被发现了。当时我们在一座办公楼的二楼煮汤喝。他们肯定一直盯着我们，因为他们直接朝那座建筑物走去，是沿着我们通常摸进楼去的僻静小道走的。我们先前打碎了一些玻璃，把碎片丢在楼梯上，这样有人来我们就能听到。他们走路静悄悄的，但玻璃片的咔嚓声暴露了他们。内蒂的眼睛瞪得又大又圆，就这么看着我。她问我有多少人，我没法通过声音弄清楚。她的手上拿着电棍，说她做好了准备。我站起来面对着门，抓着一把我发现的管扳手，觉得我可以把它抡圆了打人。她突然把电棍捅到了我的脖子上，等我醒来时她已经不在了，亚伦和别的男人已经在我身上开始了狂欢。我一直浑身无力，一点声音也发不出。曼尼在等待的时候把我们的汤喝了。干完之后，他们把我拉了起来，说他们必须上路了。亚伦看着我，说他们会保护我，因为这些天有好多可怕的人。他真的认为我跟着他们会好过一些。我能看出这一点。

我不怎么说话，我开始用当脱衣舞娘时使用的方法研究他们。弄清了他们需要什么，对什么敏感，以及如何操纵他们。脱衣舞娘的关键一招是不跟他们做爱，或者说至少在他们答应给足够的钱之前不做。我知道我已经没有这样的筹码了，但他们还想要其他的东西，比如说安慰，亲密感。男人不知道该如何提出这方面的要求，他们以为他们能够悄悄地获得这些东西。当他们意识到做不到时，他们就知道他们并没有多大的能力。我没有告诉任何人我已经切除了子宫，我任由他们争论我是不是已经太老了。经常发生的性事一直让我流血，足以维持他们的幻想。

我们有一阵子处得不怎么样。但我们发现了梅利莎，这时我希望她可以帮我们赢回局势。她的男朋友拼死反抗，想要保护他们俩，但他手里没枪。他肯定知道他一定会失败。最后，他告诉女孩儿快跑，他自己努力想要挡住他们。他为她而死，但几乎没起什么作用。他们开枪打死了他，然后追上了她。她哭了几个星期，她一直在哭，连睡觉的时候都哭。那个星期人人都想要跟她干，于是我得到了一点休息。我确信，当他们全都喝醉了的时候我可以逃跑，而且我真的试过。所以我们最后被拴起来了，我想我最终一定可以让我们不再被拴着。天气越来越热了，后来我们差不多总是光着身子。梅利莎好像天天都有血顺着腿流下来。我开始为我们争取一些小的利益，比如说洗澡。跟一个本周洗过澡的女人做爱的吸引力大多了。我开始坚持我们要享用同样的食物，暗示我们怀了孕，需要维生素。我开始挑选我喜欢的人，而且更加配合他们一些。我努力地想让梅利莎也这么做，但她做不到。她这辈子从来没有用计谋换取过好处。我从来没有听她讲过自己的事情，但我还是看得出她的一些情况。

有一天他们发现了独自一人的肖娜，她一点都没有躲藏，就这么走在路上。她还那么年轻。开始时我觉得她才十六岁，她发育得很好。当他们没有使用她时她会和我说话，原来她只有十四岁。她全家人都死了，她从那时起就一直在流浪。她一点技巧也没有。她是个好姑娘，在学校里成绩很好。我告诉那些男人，她需要阿司匹林什么的治疗尿路感染。她哭着告诉我，在这之前她还是个处女。几个星期之后，她每天上午都呕吐，到了下午很早就累得倒下了。可怜的孩子，她根本不知道是怎么回事。她以为她还是得了那种热病。楚克和伊桑扫荡了一家药房，带回了试孕装备。她把尿滴在检测棒上，一看就知道是怀上了。

那几个男人聚在一起，讨论他们听说过的所有有关婴儿和热病的事情。不止一个人听说，在大瘟疫期间，所有生下来的婴儿都死了。他们一直认为，因为我们中间没有一个人得过热病，所以那个孩子也不会得，于是他们就开始照顾肖娜。奇迹中的奇迹是，他们不再去睡肖娜了。他们到处扫荡，给她带来了罐头水果和泡菜，还问她想要什么。我鼓励她说出她最想要的东西，还有我想要的。我跟流过产的女孩儿谈过话，知道一些有关怀孕方面的事，我努力用这些知识帮助她，好像挺有用的。

就在她开始显出肚子的时候，那些家伙们开始闹上了。开始只是猜测孩子是谁的，他们每天夜里都在谈论。亚伦非常肯定孩子是他的，所以不肯参与讨论。他总是摆出一副他比其他人都强的姿态，就像是天然领袖似的。肖娜几乎不知道这件事意味着什么，或者会发生些什么。她从来不去猜测父亲可能是谁，每个人她都怕。

亚伦最后说话了。他告诉他们孩子是他的，肖娜是他的，而且永远如此。一切结束之后，她和婴儿都是他自己的，任何对此有异议的人都得吃枪子儿。他说母亲和孩子需要保护，说他将保卫他自己的东西。这就让他们全都闭上了嘴。

他对她有点温柔了。开始叫她"珍贵的小宝贝"，或者"骄傲与喜悦"。她看不出这对她有什么好处。

我不知道该告诉她些什么。如果她能跟亚伦组成某种同盟，承认他的所有权，其他人就会像尊重他一样尊重这种同盟。如果孩子是黑的或者是亚洲血统，那么情况就会很清楚，亚伦可能就会放弃。她没有什么偏爱，有的只是恐惧。她只想吃东西和睡觉，用她的小细胳膊搂着她的肚子。

大概到了六七个月的时候，情况开始有些不妙。她开始抽筋，每天早上一起来就流血。我告诉亚伦，让那些家伙出去找纱布和干净的毛巾以及这类东西。他们想把她送到他们在街那头见到的一家大医院里去，但她的身子在痛苦中扭动，而且我们也没有好的方法带她走。不管怎么说我都不想去，因为所有的医院里都到处是死人。最后我们进了一家加油站，里面有瓶装水、一把猎刀和蓝色的车间抹布。肖娜痛得要命，她哭啊叫啊，身子弓了起来。人人都盯着她看，只有梅利莎除外，她坐在一个过道上吃着几筒品客薯片。

我脱掉了她的短裤看了看。就像那个电影里的黑人说的那样，有关生孩子和婴儿的事我什么都不懂，但那些男人也什么都不知道。她在出血，时而像涓涓细流，时而突然涌出来好多，结果弄得我什么也看不见。好几个小时过去了，我一直盯着她的两腿中间，让她深呼吸，或者用力或者什么的，并且给她水喝。日落前后，她有一阵子不出血了，只是在叫。那些男人们点起了蜡烛和手电筒以及他们能找到的任何东西，房间里闻起来好像在烧塑料，而我在想，是不是瓦斯、油料或者什么别的东西刚刚把加油站炸掉了。

不知道怎么的，肖娜的身体突然就热了起来，就好像接通了一个电炉。她的脸和关节摸上去烫得很。就在我坐着等着的时候，从她的大腿上发出的热能把皮肤烫出泡来。最后，肖娜拼尽全力，我看到了那个孩子的头。尽管周围全是血，冒出的头却白得吓人，我告诉她加紧使劲。她照做了，但是在哭，而且显然更虚弱了。那孩子一下子就出来了，像一个突然跳出来的软木塞。血在婴儿身后一下子喷了出来，我和亚伦的全身都湿透了，他当时离肖娜很近。他快速后退躲闪。婴儿在我的手中，又小又瘦。他不动，也不呼吸。我拍着婴儿，轻轻地打了他几巴掌，我想要把他的嘴巴弄干净。他身上发青，瘢痕累累，从来没有呼吸过。我告诉亚伦抱着他。亚伦用车间抹布包上了孩子，想要唤醒他。那伙男人出了几个馊主意，但慢慢地都没了精神。我们谁都不知道该怎么办。

肖娜虚弱地躺在地板上，还在出血，脸色发白。我像人们在电影里做的那样检查她的脉搏。我感到什么东西在我的手指下微弱地颤动，就像在野餐毯子下面的虫子。她的身体慢慢凉了。我努力把她抱起来，还拍了拍她的脸。没反应。我不知道，这么一个皮包骨头的孩子怎么会流出这么多血。我把车间抹布摞在她两腿中间，然后把它们放到一边。我什么都干不了。

我告诉亚伦她就要因为失血死去了。他看着我，抱着那个从来没有呼吸过的婴儿。他们都站在周围，眼睛直瞪瞪地看着。谁也不知道该干什么，该说什么。过了一阵，亚伦把婴儿放在肖娜的怀抱里，我们把她们两个一起留在了那里。他们扯着梅利莎的胳膊把她带了出去，她手里还捧着两罐恶心人的土豆片。我们又被拴了起来，没有人谈论肖娜或者那个婴儿。两天以后，我把身上的血迹洗掉了。以后的情况跟以前基本相同，直到我们碰上了你。

我接着写

真希望我没有读到她的故事。每当接生不成功时我都会感到恶心，现在我又有这种感觉了。过分激动＋失望＝恶心。可怜。关于这次出生有数以千计的医学问题，但我忍住了没有问，看起来没有必要。无法抑制地想到了我亲眼见到的那家一点点崩溃了的医院。每个婴儿都死了，几乎每个产妇都死了。让人毛骨悚然的热病不知从何而来，我

087

们连它是怎么传播的都没有搞清楚。没有来自亚洲和欧洲的旅游者，没有飞机在头上飞过。或许不仅仅是这个国家，可能到处都一样。可能是整个世界。

现在几乎是黎明了，准备去睡一小会儿。早上我会建议我们避开波卡特洛，那里很可能有人。我们应该转向南方，在小镇上扫荡，或许去科罗拉多。那个方向有好多很好的小屋可以藏身。也许在一段时间里能在外面搭帐篷。

7 月中

热得要命，每天都觉得身上黏乎乎的。几天前我们发现了一个体育用品店，里面有不少挺好的驱虫喷雾器。闻上去一股死气，很可能会致癌，但我根本不在乎。蚊子们，小心了。也发现了两个水过滤器和过滤水壶，是那种昂贵的小东西。不可思议，终于用不着带着成加仑的瓶装水了。只要把东西装起来，我们看到的任何湖水、水流和水湾里的水就都可以喝了。我放下了心里的一块大石头。过滤器不能永远使用下去，但至少现在我们知道它们能起到作用，也知道该到哪里去找它们。

洛克萨尼和亚历克斯睡了几夜好觉。她们在一家陈旧的路边小饭店里吃饭，一边玩跳棋，一边吃着整罐头的草莓馅饼甜盖头、含糖蛋糕盖顶和各种东西。她们谈论着该去哪里，在一个地方停下来的时候该去找什么。亚历克斯唱了一会儿歌，洛克萨尼说她想念赌场里的吹奏管音乐。洛克萨尼阅读她沿路发现的垃圾爱情小说，有时出声地朗读一些段落。

"他令人心悸的小弟弟让她亢奋，尽管过去从来没有一个男人碰过她！"

　　她们像小姑娘一样咯咯笑着，骑着车驶过一条陈旧的高等级公路，眼前看不到其他活物。洛克萨尼讲了一些她工作的时候从顾客那里听来的可怕的笑话，亚历克斯给她讲了一些标准的护士笑话，还有一些男人那玩意儿被吸尘器、可乐瓶子和临时拼凑而成的环吸住的故事，但显然可信度不高。

　　她们在搜索一个死胡同里的房子。到处都是干透了的尸体，气味不像它们在潮湿时那么难闻，而且她们打开了窗户，所以就更没事了。亚历克斯发现了整整一瓶奥氏康定，她把它留下来，以后和人交换。洛克萨尼在为她自己找一把枪，她在那些房子里到处寻找藏东西的地方，从床底下一直找到壁橱。

　　在一所房子的办公室里有一个镶在墙壁里的保险箱，她坚信里面有一支手枪。她们就住在书房里，睡在放在凹陷的地板上的沙发上，沙发又大又软和。早上太阳一出来，洛克萨尼就在办公室里搜索。这间办公室里的一面墙上有一个很大的鱼缸，里面的水全都蒸发了，房间里的气味好像腐烂了的鱼。亚历克斯打开了对着后院的窗户，因为她觉得这要比打开对着街道的窗户安全些。空气和阳光流入房间，她帮助洛克萨尼寻找。

　　这个办公室就像一个高档物品陈列室。带有绿色玻璃灯罩和黄铜灯体的绿碧玺台灯，如同航空母舰一样的橡木办公桌，大大的吸墨器和万宝龙钢笔紧靠着富兰克林科维公司生产的计划本。那位死在楼上床上的男子很可能认为自己非常重要。一个放在抽屉里的蓝色小本子上记录着账户号、密码和信用卡号，还有对折的五张崭新的一百美元钞票。洛克萨尼看都没看，就把那几张钞票塞进了她的内衣。亚历克斯盯着她看了一阵，接着两人都爆发出一阵大笑。

这个插曲过后，洛克萨尼把钱掏了出来，轻轻地放在办公桌上。

"或许他不想把保险箱的密码写下来。"亚历克斯提出了想法。

"他会写下来的。他觉得他能干翻詹姆斯·邦德。"洛克萨尼又去死盯着那个本子，有些闷闷不乐，"他是那种把所有的密码都记下来的人，因为他担心自己有一天会忘记。"

亚历克斯耸了耸肩，让她去狂想。一个小时以后，洛克萨尼还在锲而不舍地寻找。亚历克斯检查了厨房，发现食品储藏室无人问津。她们大吃了一通金枪鱼、番茄和豆子，亚历克斯吃了一整罐头桃子，而洛克萨尼一遍又一遍地回头研究本子上的那些纸。

洛克萨尼突然笑了："最后一页。紧急情况下，拨打354610。只有六位数字。"

她走向保险柜，敲进了号码35-46-10。柜门"哗"的一声打开了一条缝，她把门完全打开，为自己解决了这道难题而兴奋。

保险柜里的现金多得令人发指。崭新的一叠叠一百美元的钞票被扎在一起，从底到顶。洛克萨尼把它们全都捞出来丢到地板上，希望在钱后面放了些别的东西。运气不佳。一摞摞钞票碰上了地板，散得到处都是，在地板上滑动时相互碰撞。感到困惑的亚历克斯又坐到了地板上。

洛克萨尼站在那里看着。

"有那么多钱的人不可能没有枪的，这里一定会有一支枪。"

"洛克萨尼，有可能他真的是禁枪分子。有可能他雇了保镖，很难说这里有没有枪。"

"会有的，一定会有的。"

到了第三天，亚历克斯想走了。洛克萨尼不为所动，亚历克斯只能沮丧地坐在那里，她在读浴室里的杂志，在楼梯上做倒立俯卧撑。

洛克萨尼不找到枪决不罢休。她一直都是正确的，她找到了保险柜的密码。几天后，她整天都在喃喃自语。

"小男人，所有小男人都有枪。他对钱有偏执症。他在干一件见不得人的事，他觉得他没法信任任何人，所以他需要威力强大的火器，这才能帮助他在夜里睡着觉。"

亚历克斯已经不再想办法跟她说话了。洛克萨尼正在努力进入一个死人的大脑，已经开始有些让她感到害怕了。洛克萨尼几乎整天都没吃东西，在放着尸体的卧室里踱步。她把床垫拉到了一边，那人干透了的尸体粘在床垫上，枪不在床垫底下。面粉罐和地下室里都没藏着枪。她把衣柜里所有的衣服都撕碎了检查，检查了冰箱，结果把藏在里面的烂肉的臭气全放了出来，那种气味简直不可思议。厨房高柜子的顶上没有，那里有的只是一英寸厚的灰尘和死虫子。在浴室或者厨房的水槽下面也没有，壁炉上没有任何松动的砖头。她们总是回到办公室里休息，那里的地板上覆盖着钞票。她一屁股坐上了那张大皮椅，亚历克斯则坐在书桌上。

"没关系。"亚历克斯对她说，"你会找到一支枪的。"

"这里有一支。"她还在坚持，"我能感觉到，我知道这支枪，他在他的房子里放了一支大枪。他老婆可能不知道，但我知道。他有时候喜欢端着它，重复动作片里的俏皮话。就在这里，他很聪明地把它藏到了什么地方。"

第二天夜里她们睡在同一张大沙发上，亚历克斯立刻就睡着了。她醒的时候听得见洛克萨尼一边踱步一边自言自语。

"洛克萨尼。过来吧，躺下睡一会儿。如果累了你就没法继续找了。"

"我有点冷。"她简单地说，亚历克斯知道这是她痴迷于找枪、不肯睡觉的借口。

她坐了起来，踢开了在她眼前放着的奥特曼箱子的盖子。她曾在朋友的家里见过上百个这样的箱子，特别是在那些有孩子的朋友家里。有时里面装满了玩具或者杂物，是在有人来之前匆匆藏进去的；但通常里面放着的是毯子。她抽出一条毛茸茸的浅绿色毯子，拿出来给了洛克萨尼。后者看着她，有些不明白。

"毯子啊。你冷了，对吧？"亚历克斯伸手到箱子里，又给自己拿了一条，就在她把它拿起来的时候，有什么东西在下面发出喀嗒一声。

洛克萨尼一惊，穿过房间走向那个奥特曼箱子。在原来放毯子的地方有一个叠好的白色床单。她把床单拉了出来，那是一串模模糊糊的东西。她把它扔到地板上。

"我就知道。"她尖叫着喊出了这几个字，这个星期的所有沮丧都一扫而空，"我就知道，我知道他有一支枪。"她又伸手进去，拉出一盒子弹。然后又一盒。还有一盒。

她打开一个盒子，拿起一颗沉甸甸的子弹："这里有一支枪。这颗子弹能证明这一点。"

"没错，对的，你是对的，这里是有一支枪。现在能不能请你安静点，好让我睡觉？"

洛克萨尼对着亚历克斯微笑着，在她身边的沙发上躺下。"抱歉。"她说。她拉起那条浅绿色的毯子，温柔地扶着亚历克斯躺下。洛克萨尼没再说什么，和亚历克斯一起躺下了。那张沙发又长又宽，上面总是有足够的地方；她们只是从来没这么干就是了。洛克萨尼的腿老老实实地蜷在亚历克斯的腿的后面，把头枕在对面的扶手上。她们的身子紧靠着，盖着一条毯子，她们很快就觉得暖和了，亚历克斯的意识很快就模糊了起来。她直接碰触着洛克萨尼的身体，深沉地、香甜地睡着。

她梦到她跟杰克在一起，当她醒来时，她脑海里飘荡着忧伤的鬼魂。她把忧伤放到一边，看着洛克萨尼。

我们应该每天晚上都这么干的。

她们把她们想拿走的东西打包整理了起来。亚历克斯又一次搜索了厨房，发现了一罐速溶咖啡，好运气。洛克萨尼过分专心于找枪，对咖啡不屑一顾。她没有去理会昂贵的护肤液和一罐棉花软糖。

亚历克斯没别的事可干，就在客厅里踱步。她停下来，一遍又一遍地检查侧面的窗户，看附近是不是有人。她没有在街道上看到任何人。她回来告诉洛克萨尼，看见后者正在穿过房间走向壁炉架。架子上挂着一张旧结婚照，镶着很有品位的镜框，还有几张孙辈的小照片，装在没有品味的框架里。架子中间有一个丑陋的小座钟，是那种中间是圆的，两边有翅膀的座钟。

她突然转向亚历克斯："书房里的钟显视的是几点钟？"

"我不知道，大概是三点三十分左右吧。"

"是的，在卧室里的也是三点半。"她回头看着小座钟，指针死死地指着半夜。她把两只手全放在上面，仔细地找。她从墙上拔下楔子，在楔子后面发现了一个把手，把手的正面掉了下来，像吊桥一样打开了。

里面是一把0.357英寸口径的马格南左轮手枪。这是一把大得可笑的枪，简直像是一门炮。一个心怀不安的人的一把昂贵的道具。

洛克萨尼端起它。

"好重啊。"

亚历克斯看着她两只手抓着枪指向远处的墙，试了试重量。她用一只眼睛看着，用枪管前面的瞄准具瞄准。

这枪是上了子弹的。无论哪个混账，只要他拥有脏脏哈利的枪，并把它藏在像那个钟表一类的别扭的地方，都足以傻到让它一直上着膛，随时准备射杀想象中的入侵者。

亚历克斯马上就要对她说出这番话来。

还不等她开口，枪就响了。洛克萨尼扣动扳机的力量刚好达到了击发的程度。那把枪猛地向后一挫，险些打中她的脸，结果撞到了她的肩膀，但她还在用两只手紧紧地攥着它，枪声简直像爆炸一样。亚历克斯本能地蹲下，用手捂住耳朵。子弹在房间的墙上打出的窟窿不小，参差不齐。亚历克斯看得到下面斑驳的纸面石膏板和板墙筋，她勃然大怒地转向洛克萨尼。

只瞟了一眼洛克萨尼的脸，她的愤怒就烟消云散了。洛克萨尼看上去吓坏了。

惊惶失措。她完全不知道会发生什么，也完全不知道那把枪是上了膛的。

"你过去用过枪吗？"亚历克斯的耳朵嗡嗡作响，她几乎听不到自己在说什么。

洛克萨尼摇摇头。亚历克斯叹了口气，向她走去。洛克萨尼看上去被吓得不轻，亚历克斯只好拥抱着她。洛克萨尼还抓着枪，但终究还是用胳膊搂着亚历克斯。亚历克斯能够感觉到，她正挣扎着努力控制自己的呼吸。

"对不起。"

亚历克斯松开手看着她："可能会更糟的。"

她点点头，小心地让枪口一直对着地板。

"我们必须练习。"

"你是怎么学会的？"

亚历克斯想起了她和父亲一起度过的那些时光，而这不期而至的怀旧触发了她心中空虚的咆哮。她能用她心灵的眼睛看清他的脸，这让她因悲伤而感到刺痛。他搂着她，他握着他的枪。在她小的时候，他让她用那把9毫米的小枪在站里的射击场练习。她还记得自己在十六岁生日时得到的那把0.22英寸口径的枪，记得她母亲有多么讨厌那把枪。她称自己的丈夫是一个茶党人士，一个枪迷，一个复古主义者。根本没用，他不在乎，每次选举他都跟工会一起投民主党的票。他投票赞成控制枪械、禁止攻击性武器和任何提倡持枪证或者持枪登记的议题。她的父亲经常说，如果有人不知道如何使用或者什么时候该使用枪支，那他就不应该有枪。亚历克斯记不清这话他说过多少次了。

他是个好人。也不会是最后一个好人。

她脸上的不知所措毫无掩饰，这让洛克萨尼一瞬间大为震惊，只能等着她集中精神，坚强起来。

"我跟我老爸学的。我会教你的。"

她们又在这座房子里待了两天，练习用枪。如何握枪，如何站立，如何使用保险，如何上子弹，如何清洗，如何携带。亚历克斯希望有一个平板式枪套装着肮脏哈利。亚历克斯讨厌那把别在洛克萨尼的腰带上的枪。它太重、太大了，而且没法藏起来。但洛克萨尼不在乎。

她们都有了武器，现在又上路了。亚历克斯为洛克萨尼感到高兴。洛克萨尼需要练习打枪，但到现在她还是太怕这把枪了。她走起路来胸挺得更高了，看上去更高兴了。单单是拥有这支枪就让她感觉好了些。

8月1日

她走了。

第四章

8 月中旬

我慢慢又习惯了独自一人。第一个想法，独自一人既孤独又吓人，但现在我觉得我恨她。恨她不跟我在一起，恨她让我半夜醒来找她。不是说要她永远跟我在一起，不是说我习惯了她，不应该永远让我觉得受伤。恨，受伤，恨。该死的这种感觉。

9 月

我希望能去科罗拉多，但犹他拖慢了我的行程。每件东西都是干的。这里好长时间没下过雨了，我所有的时间都被用去找水了。离盐湖不远了，每个广告牌上，每个路标上，每所我经过的房子上，全都贴着这种疯狂的破玩意儿。这条路上有鬼在作祟。

珀金斯·盖茨家族：向野营地进发

远离普罗佛——爱德华·蒂姆森

命定的时刻已经到来

白马必须走上石头山

霍华德和艾米莉·格雷有干净的井水,沿80号国道向东
走向乔丹草地

每座房子都有,带着 × 标记。不需要翻译键。× 表示在里面的每个人都死了。

可能是 9 月 18 日,只不过是猜测

一座叫作伊甸的小镇——还有什么别的?在犹他的每一件东西上都带有古怪的气氛。我进去扫荡的每座房子都是空的。每座房子,每间办公室,每家商店。没有活人,没有死人,确实发生了世界末日的狂喜事件。我去扫荡了那家杂货店,然后推着一辆购物车直接穿过镇中心。这座镇子过去的人口小于五百,没有任何人的痕迹。好几个月了。到处都是厚厚的尘土。

我发现了一座房子,里边的食品储藏室是由防备饥饿或者围城的人囤积的。这里有足够一大家人吃好多年的食物。严密封住的一缸缸水、面粉、砂糖、饼干粉和大米。十二种经冷冻干燥处理的土豆,全都被装在小桶里。不知多少汤、水果、蔬菜和巧克力酱罐头。架子上还有好多空间,但我差点就完全漏掉了这里。整个地方都被锁得紧紧的,很偏僻。在一个玻璃箱子里放着三支用油脂保藏得很完美的步枪,箱子里还有五个槽是空着的。下面的抽屉里放满了贝壳,活命主义者之家。必定是死在医院里的,毕竟没有他们在这里的迹象。我将在这里住一阵子。我没法带走三支步枪,但我可以占据这个地方,真希望洛克萨尼在这里。

还是觉得难过。开始理解她为什么要离开我。

098

说说洛克萨尼离开时的情况：那天天气非常好，我们正骑车经过爱达荷最后的一点地方。天气不是很热，但白天很长而且是金色的，我们正在为她讲的一个傻傻的故事笑个不停。当她笑的时候我朝她看了一眼，看到她向后甩头的样子，这时开始对她有了感觉。并不是说爱上了她或者怎么的了，而是第一次喜欢那种柔情，第一次真正深入地了解一个人的温柔——远远超过我过去对哪个带着油炸圈饼来的同事的感觉，或者在路况很差的情况下有人挥手让我上车的感觉。这是对于另一个人的美好的欣赏。甜蜜。

她们刚刚翻越一座山包，结果就看到了他。

他骑跨在一辆巨大的哈雷摩托车上，但它与他之间的比例极为完美。他身材魁梧，在黑色的皮背心下面穿着一件黑色的T恤衫，露出鼓鼓囊囊的肌肉块。他正在变得稀疏的头发向后梳成一根辫子。穿着牛仔裤的腿很粗，硬朗得像石头一样，他的摩托车靴子很可能是十三号的。他抬头看见她们无助地向山坡下的他滑去，脸上绽开了一个大大的微笑。他没戴墨镜。亚历克斯能够看到他棕色的眼睛像小狗的眼睛那样闪着光。看到她们，他高兴极了。

亚历克斯打着滑、左右摇摆，努力要停下来。洛克萨尼小声叫着，摔倒在路上，她的背包掉在身后。那个大块头男人跳下了摩托车，大步向她跑去。亚历克斯丢下她的背包，抽出一支手枪对着他。

"不许动。"

他没有听到，或许他并不在意。

他走向洛克萨尼，而她已经站了起来，找到了平衡。他看到了她腰上别着的枪，一下子就站住了。他回头看见了亚历克斯，明白了这是怎么一回事。

"嘿。"他说，立刻把手举到空中，"嘿，冷静。我不会做什么的，冷静。"

"你和谁在一起？"亚历克斯还在用眼睛瞄着他，同时努力四下张望，看有没有迹象说明他有同伙，看是不是有人前来跟他会合。

"没有谁啊！只有我自己。我自己一个人好长时间了，所以看到你们我才会这么高兴。"

"你有枪吗？"

"在我的摩托车侧袋里有一把玩具枪，我把它漆成了黑色，准备在需要的时候拿出来吓唬人。不是真枪。"

亚历克斯用下巴向洛克萨尼示意了一下，让她去看看。她过去把枪拿了出来。"塑料的。"她不屑一顾地把它丢了回去，翻找了一下他的其他物品，"什么都没有。"

"好吧。"亚历克斯压低了枪口，"我们会慢慢地走开。我会盯着你。如果你想干什么蠢事，我会杀了你。我不会为了好玩拿走你的摩托车或者开枪打你，而你也别干任何事来烦我们。好吗？"

"等等！天哪，不，请等一下。这几个月我一个人类都没见到。能不能请你们跟我聊一小会儿？求求你了。瞧，我叫杜克。你叫什么名字？"

亚历克斯没有回答，但洛克萨尼回答了："我叫洛克萨尼。"

他微笑着转向她："就像歌里唱的一样！'你不必穿上——'"

"我恨那首破歌。"她打断了他，点上一支香烟，"嘿，我说，我们就在这里休息一下，跟他聊一小会儿。他能干什么？"

亚历克斯对她大为光火。那支该死的枪。她觉得自己有了它就不可战胜了。

100

"好吧。"亚历克斯在她的包里摸了摸，掏出了些燕麦片，那是她最不喜欢的食物。她在路边生起了一小堆火加热麦片，杜克从他的包里拿出了一个香肠罐头。他在小小的火苗上烤着香肠。等香肠烤得表皮松脆时，他请两位女士享用。洛克萨尼拿了一根香肠，但亚历克斯拒绝了，去吃她自己的破燕麦片。洛克萨尼大口大口地吃着熏香肠，朝他微笑。

我恨他们俩。

"那你是从哪来的？"她问他，用上了她鸡尾酒女侍者的魅力。

她觉得她能得到什么小费？

他马上接下了话题："蒙大拿，我跟一伙人一块离开那里，结果他们得了病。当我掉头去底特律时，那座城市被烧成了平地，于是只好出来接着走。我猜测情况很糟糕，差不多每个人都死了。我就是一直在骑着车子找人，可面对这场瘟疫，蒙大拿差不多根本就没有人了。我知道我在底特律外面看到了一些人，但他们藏起来躲开了我。我猜测，现在这时候谁也不信任任何人。这点我明白。但没人跟我说话，我简直要疯了。"

洛克萨尼朝着他微笑，那时候亚历克斯就明白了。她们的缘分尽了，她看到了这一点。

"你们要去哪？"

"北方。"亚历克斯说。

"谁知道？"洛克萨尼同时说道。

"好吧，我想去加利福尼亚，或许去那些过去有几百万人口的城市。在那里过冬会比较容易，而我会找到什么人。为什么你们不和我一起走呢？"

"不了。"亚历克斯说，"我们自己走。"

"哦，先等一下。"洛克萨尼说，"有个男人同行可能还不赖，有备无患嘛。"

亚历克斯瞪着她，她根本不看亚历克斯。亚历克斯显然还在努力装男人。

洛克萨尼这样做，恰好让她觉得自己暴露了。

杜克迅速地上下打量着亚历克斯，但他什么都没说。他不傻。

"我们在路上已经碰到过一些麻烦了。"她说。

她好像一个被关在一座该死的塔顶上的公主那样看着他。

"强奸犯和杀人凶手。如果我们再一次碰到那种麻烦，我想我们可以靠武力干上一架。"

"女士们，我很愿意保护你们。"杜克说，他的眼睛发亮。地球上每个男人都觉得他那玩意儿是神奇的，亚历克斯能在心里听到洛克萨尼在她们第一次见面的那天说的话。

"我不需要别人保护。"亚历克斯站了起来，一脚把空了的燕麦片罐头踢开，"我明白了。洛克萨尼，我们走。我们已经跟他说过话了，我们和他就此分道扬镳。"

杜克看着她，可以清楚地从他的脸上看出他的需要。

现在他是公主。爬到塔上去吧，洛克萨尼。

洛克萨尼回头看了看，亚历克斯能看出她在打量着他，就像一个屠户在打量一头牛。

她知道她有机会交换，她不傻。她也不是第一次这样干了。

"我们今晚就在这里搭营过夜吧。"

"现在连太阳都还没下山呢。"

她做出一个小女孩儿的嘴脸："是啊，但是我累了。而且我想再多跟杜克聊一会儿。"她转过眼睛看着他，他笑得像个白痴。

亚历克斯打开睡袋搭帐篷。她尽量不去理会他们，她写日记，不肯参与谈话。有一次她抬头看了看，看到他正在教她怎样持枪。这正是亚历克斯做给她看的方法，但她装作对此一无所知。

第二天

好吧，他现在能打猎了。但是如果她不像一点也不懂事似的把枪交给他，那他什么都做不了。他头一枪就把天上的一只大雁打了下来。不管怎么说，大雁飞得很低。大雁群害怕了，发出叫声。那只大雁栽倒在地上死了，脖子以上差不多什么都没剩下。他说它们全都在向南飞，我们就很快应该能看到好多大雁。她说你应该瞄准它的头，因为打到身子就会把我们能吃的地方打掉。

然后给那个破玩意儿拔毛。洛克萨尼好高兴啊，简直就没有安静地坐着的时候。她做了一个烤肉架，是用帐篷杆子和一根长棍子做的。他们要把大雁烤了吃。我一点都不想吃。

新鲜的大雁肉很美味。有机会我一定要射一只。

晚饭过后杜克放松多了。他从摩托车侧袋拿了一瓶酒，张嘴喝了一大口，还请她们俩喝，但两个女士都拒绝了。洛克萨尼是挑起话题让他谈话的人，但他们俩都想相互了解。

"那你关于瘟疫都听说了些什么？"

他身体向后靠，抬眼望天，看着烟从他们的营火向上袅袅升起。

"真的没听说多少。第一天，有个和我们一起跑的人在担心，说他的小妹妹在医院里。我听到一些谣言，说有一种流感感染了托儿所、日托所这些地方。他说她在她工作的学校里得了重病，在家里休息了一天，接着她的室友便带她去了急诊室。所以这家伙不停地查看他的手机短信。其他人开他的玩笑，因为他总是在看手机，但他在坐车的时候总是这么干，所以我不在意。不管怎么说，有一天他说他的手机没有推送新闻。他一直在告诉我们，说新闻很古怪，说在洛杉矶或者什么地方可能有骚动。但当我们停下来过夜时他又试了试，这时他什么也得不到了。"

他变换了一下位置，意识到她们都在专注地盯着他："怎么了？"

"我们都没听到多少新闻，我们俩都没听到。我们都有点在与世隔绝的感觉，你知道吧？"洛克萨尼用一种可怜巴巴的方式对着他微笑。

"那好吧，我想这样做是很有道理的。我也不知道很多事情，但或许我听到的跟你们俩听到的不同。就在同一天夜里，其中的一位老家伙在最后把手机打开了。他是那种只用手机应付紧急情况的人，你永远别指望他会拿起电话。但他上了脸书，我们立刻就看出他十分不安。他收听了他的语音信箱，然后告诉我们他老婆病得厉害，而且人们一直在找他。我们努力劝他不要开车回去，但他住在印第安纳，说他认识路，闭着眼也能开回去。接着他就走了。

"在那之后，那些家伙和他们的老婆全都开始行动了。他们打开了手机，拨打电话，听他们的语音信箱。一个接一个地，他们全都得走了。老婆病了、孩子病了、女朋友病了、女朋友死了。那天晚上过后，我们就只剩下大约十个人。"

"你难道就没有担心的人吗？"

杜克看上去有点不好意思。

"我妈妈。我从来没结过婚，但我把电话打开了，然后……好吧……我妈是那种哪怕有一肚子苦水也憋着不说一句的人。我想到了这一点，但我一直等到了早上。我不想相信这次外出已经完了，我每年都向往着它，但确实发生了一些坏事。早上走掉的人更多了。我们剩下的人决定解散，让大家自己选择去哪里。向底特律去的一路上我都想着我妈。底特律有一些地区，每当人们想在电视里说明这座城市何等破烂时都要说到那里，而我妈就住在这样一个地区里，是一座破破烂烂的小房子。但我连走近她所在的地区都办不到。我已经走得很近了，足以看清大火，能够闻到那种气味，闻上去就像瓦斯、烧轮胎和热油漆。我知道现在进去毫无意义。我还是不明白，我被吓得不轻。那天我在路上看到了一些家伙。他们就是在走路。我朝他们喊叫、挥手，想叫他们跟我说话。他们转身就跑，就好像看见了魔鬼。天哪，底特律可能会被烧得片瓦不留，这不会让我吃惊，但我从来没有见过一伙男人被吓成那个样子！有时候我知道我会让女人和小孩害怕……我块头太大了。但这种情况是让我最害怕的。他们觉得我会干什么？

"于是我就又回头上路，从我见到的第一个镇子离开。我弄汽油太不容易了。油箱才空了一半我就开始装油，然后就拿了你们看见的那个五加仑容器。我必须利用虹吸管把汽车里的汽油弄进我的油箱里……而周围到处都没有人。有些地方汽车就开着门丢在那里，每个加油站里都没人。我开始偶尔看到死人了。这让我毛骨悚然，感觉非常不好。我没法忍受。哪里有死人，我就走开，到别的地方找汽油或者吃的。我开始觉得自己像个鬼魂。

"于是，在一座壳牌公司加油站里，我先撬开地下储油罐的盖子，然后用虹吸管把汽油吸出来，用这种方法偷汽油。我把摩托车油箱和罐子都加满了，然后进了加油站。那里没有死人，于是我用半瓶热可乐漱了漱口，把剩下的喝了。

"我去了报亭，但那里几乎什么都没有。《纽约时报》全卖光了，而当地报纸上没有新闻，只有告诉人们该往哪走的咨询目录。红十字会的所在地和学校都变成了难民收容所，也是收死尸的两个地方。底部有一个栏目，说的是手套、面具和传染性。"

他最后一个词说得很慢，一次说一个音节。他曾在壳牌公司加油站里艰难地说出了这个词，他虽然听人说过，却从来没有自己读出来。他根据上下文知道了它的意思，那也就是我们认识了一切词语的方法；但如果有人问他，他没法给出它的定义。

"还剩下的一份大报是《华盛顿邮报》，头版有一幅总统的照片，其中说他躲在什么地方的一座地下堡垒里面。他们刊登了他们说能证明这一点的照片。报纸的下面是一篇论证主要城市死亡人数的文章。《邮报》里总是有不少胡说八道的东西，但他们说男人的死亡率是百分之九十八。"

听到这里，亚历克斯全身一激灵，没法继续保持沉默："九十八？你能肯定他们是这么说的？"

"他们用的是数字不是文字，而且是在那张很大的饼形图上。我能肯定。"

男人不可能死了百分之九十八。这就意味着百分之九十九以上的女人都死了。这太疯狂了。

"但在旧金山，女人死得比男人多多了。"

杜克严肃地点了点头："《邮报》说，医生认为，跟男人和男孩儿相比，这次瘟疫对女人和女孩儿的伤害更大，但他们没有给出相关数字。"

洛克萨尼看上去呆若木鸡："不会吧……不可能啊。那样一来谁都活不了。"

"你在这周围看到谁了吗？"杜克没有看她，他们谁都没法直视另一个人。

亚历克斯想到了她看到的那些人的数目，死人和活人的数目，她想到了在医院里堆积着的死尸。把它们加起来，她得到了不可能的数字，她没法让自己相信这一点。

杜克低头看着地面："我不知道那个镇子叫什么名字，但当我重新回到高速公路上时，我路过城镇垃圾场，能看到大堆大堆的尸体，是被烧过的。在那些垃圾的中间是黑色的金字塔。我没法多看。我一直在路上骑车，一直到汽油用完，然后把油罐子里的油加进去。我没法进城去，一直坚持到自己渴坏了，只好推着摩托车从一个驶出匝道下了公路。我觉得我是世界上最后一个男人。"

那天夜里他们的觉睡得断断续续的。他不是世界上最后一个男人，她们也不是世界上最后的女人。

但没剩下多少人了，而且数目每天都在减少。

又一个倒霉日子

告诉洛克萨尼，已经三天了，我受不了了。在杜克讲述了他的故事以后，昨天夜里他们搂在一起。她等了一会儿，然后就起身跟他躺在一起。拥抱着，没做爱，但正在朝那个方向发展。想起了那天，我们在她找枪的书房里是怎么睡的。空虚、孤独，就像一天没吃饭所以饿坏了，但一直到有人挑起这个话题来你才知道。

好极了。真的很好。

洛克萨尼长时间地看着她的同伴。

"你应该和我们一起走的，我们都一起走了这么远了。"

杜克在收拾他的摩托车侧袋，他在几英尺外说道："你们两位女士谈完了没有？我们今天得走好多路呢，这才能补上损失的时间。"

洛克萨尼回头说："稍等。"

他一直在说话，主要是在自言自语："骑自行车走不了太远。得找摩托车才行，或者是那种小轮摩托车。欧洲出的，像维斯塔那种。它们更容易控制。"

洛克萨尼已经打好了包，随时都可以走。她现在让人觉得她正在和亚历克斯争论，但她知道最后的结果是什么。"来吧，你自己一个人撑不下去的。咱们俩不能就这么断了。"

我没办法。我就是没办法，我也不知道为什么。但你也不应该离开我。

她们的眼神交汇了。"不要去南方。我不知道那通广播是怎么回事，但我觉得那不是好消息。你或许应该让他带着那支枪，他是个好射手。你还没有学会怎么控制它。说服他，你们俩应该找个地方躲起来。不要冒险跟另一批男人搅合到一起，最终不会有好结局的。"

"你真的不来啊。"

"我没法去。"

洛克萨尼转身问杜克："我可以骑在你身后吗？"

他两眼放光："行啊！可以，我经常用那种方法带人，没问题。而且我们可以给你找一顶头盔。我们慢点骑，这样你的朋友就可以跟上了。"

"不了，你们俩去吧。"亚历克斯想要把话说得很快活，好像只不过是计划临时有变，而不是被人抛弃了似的。她扶起自行车打算走了。洛克萨尼向她走去，她等着，低着头准备听洛克萨尼要说什么。

"来吧，别这样。跟一个男人一起走我们俩会安全些。你知道的，他不会伤人的，你看看他。"

别这样。别让我告诉你最后会发生什么事。继续跟我在一起吧。

"他不会伤人的，就像梅利莎的男朋友一样。你不会因为他是个大块头，有那么个玩意儿就更安全。他和任何人一样都会死。"

"是的，但咱们俩在一起就像鸭子似的任人宰割。"

"但我们有枪。"

她把手放在她那把大得可笑的手枪的枪柄上。亚历克斯看着枪柄，没有看她的脸。

"你觉得更好一些，因为他是个男子汉，而且你很可能可以让他为你死。挺好。祝你们俩走大运，恭喜你们，我就不掺和了。"

她们俩都知道杜克可以听到她们说话。她们不在乎。

"你信任我，让我在你睡觉的时候看着你，让我跟你一起走。为什么不能信任他？"

"我不知道，这是一种感觉。跟他在一起似乎不是个好主意。"

洛克萨尼摇摇头，转过身去："你只不过是无法忍受你有一天可能不是头儿。祝你好运，甜心。凡事当心。"

有一瞬间，洛克萨尼似乎想要伸出手来触碰她、拥抱她，做出最后告别的姿态。但却没有，她只是走开了，回头向杜克走去。"我们走吧。"她对他说。

杜克笑了起来，抬起一只手。亚历克斯不是很热情地向他们挥了挥手，朝她的自行车走去，慢慢地、吃力地蹬着车上山。她流着汗上坡，希望他们别看她。当她来到山顶时，她听到了哈雷摩托车起动的轰鸣声。她回头最后一次看向他们。洛克萨尼坐在他身后，胳膊搂着他粗大的躯干，背包在她背上。他的辫子在风中飞舞，加速的时候像一面旗子一样扬了起来。他们没有回头，一分钟后，她连摩托车的声音都听不到了。

10月

杜克很可能是个不错的男人。杜克也很可能会为她死。她很可能会在什么地方遭遇自己悲惨的结局。永远也不会知道。

开始下雪了。

需要再出去几趟搞储备物资，然后我就打算冬眠了。

已经太冷了。我要去生一堆火，而且要让它一直烧下去。自从洛克萨尼离开以来就没见过任何人。鬼影子都没有。厨房里有我可以做饭用的富兰克林炉灶，主房间里有个壁炉。我要去把门锁上，拴上一串空罐头盒什么的用来当作安全系统，时刻武装着。该死。

会暖和的。

需要搜集我能在附近房子里找得到的所有劈好的木柴，需要不停地走路，好多次拖着东西，这可能需要几天功夫。用不着担心水，因为我每天都化雪烧开水。没法更干净了。我想再去镇子一趟，找一些真正管用的取暖物资。需要一些手套，我很希望能找到雪地靴或者比我穿的更好些的靴子。脚总是冷的。

想念播报天气预报的那家伙。有时候会因为不知道天气会变冷而减衣服，我讨厌这种感觉。也需要一张镇上的地图。不知道我能不能找到回来的路，再也没有我去犹他之前找到的那种地图了。我并没有计划去犹他。我要到哪里去？我不知道，最后可能去到任何地方。这时候在计划中排除任何地方，这有点傻。要抱怨点什么呢？政治。蓝色法规。

房地产价格。这里没有好学校。哈哈。

很快就得走了。即使没有天气预报，但常识告诉我，冬季在继续时会下大雪。第一件事是找到房子的钥匙。

第五章

　　两天后，她走出房门，外面的雪花在温和地飘荡。她沿着她来时的路向镇上走去。她在一间棚屋里找到了一辆手推车。昨天她忙着往车上堆干木柴，然后推着车到她所谓的家里，在房子里和门口堆了好多堆。第二天她出发去镇子。一直在下雪，这让她有点紧张，她的眼睛追踪着各种东西的运动轨迹，她的心跳得时快时慢。她强迫自己冷静，但她必须把手放在枪上才能做到。这让她想到了让婴儿平静下来的方法，就是把他们放在自己的胸前，这就有了让他们感到安心的安慰奶嘴。一支手枪当然会让她感到安心。

　　脚下的街道转向小镇的主街。空落落的商店门脸面对着道路，像是西部哪个城市的设置。她一直紧靠着道路的一边，每走几步就瞥一眼房子上的窗户，没看到任何令人不安的迹象。不知怎么的，不自然的平静和飘飘的飞雪让她感到高兴。如果附近有东西动，她一定会察觉到，她对此很肯定。

　　她看到了那个杂货店，还有一个专卖店，出售的好像是蜂蜜和以蜜蜂为主题的小东西，它们会取悦旅游者。她找到了邮局，现在毫无用处，到处扔着破纸。她在经过一个药店时没想到需要什么，她手里的急救医疗设备已经太多了。她没有碰到任何她觉得会出售御寒装备的商店。她折回那家邮局，看能不能找到一张地图。

确实有一张地图，但没法从墙上取下来。出于习惯，她立马抓出了一年多来都没发出过一点声音的手机，想给地图照相。她意识到自己的错误，轻轻地笑了起来，然后温柔地把手机放回衣袋里。

她研究着墙上的地图，特别记下了一条街道，它的终点是她的那座小房子。这条街道在主路和其他房子之间有很大的间隔。她对着那个间隔点了点头，她喜欢这种间隔，而且信赖它。空间。抬头再看，她找到了她在哪里，而且在将近一英里外有一个饲料店。那里或许会有农用设备和她可以使用的东西。她又长时间地看了地图一会儿，然后出了门。

饲料店最近被火烧过。在建筑物的一面，麦秸在被烧黑了的正面砖墙边散放着。它们显然是在被拆散之前扔出来的，但没有人清理。她站在路上，长时间地盯着这里。她知道麦秸是相当易燃的。她回想起她曾经见到的火和曾经燃烧过的证据。在城市里，小的意外会转化为大灾难，因为已经没有消防队来灭火了。似乎整个奥克兰都被烧成了一片瓦砾，杜克说底特律也发生了同样的事情。

但这个地方没有被烧成平地。

肯定有人把火扑灭了。

她从开着的庞大的门中走了进去。里面很黑，仅有的光线来自打开的门外。窗户的一面已经被烟熏黑了，其他的只能让人看到蓝灰色的天空。雪已经停了。在柜台上，她看到了一件东西，看上去像一盏风灯。她拿开了上面的灯罩，往上旋高灯芯，点上了灯。火苗蹿得很高很快。她又把玻璃灯罩放了回去。风灯发出的是煤油的气味，但她不熟悉这种气味，识别不了。她把灯留在书桌上，在周围小心地走动。她在货架间来回走动，读那些鸡食、猪食、马蹄的医药和早就腐烂了的五十磅胡萝卜口袋的标签。一卷卷围栏细铁丝竖立在隔栏里，她想起要带一些回去加固那所房子。她需要一辆能开动的小汽车带走它们，但伊甸的路上空空荡荡的，太引人注目。她很快就看出，这个地方不会有雪鞋或者任何她需要的东西。她走回去拿那盏风灯。她小心翼翼地提起了灯，然后发现了向上通往办公室的楼梯。

这间办公室有点乱，大头钉把成百上千的纸条贴在墙上和无法工作的计算机上。她发现了一些地图册，上面标记着运送麦秸和饲料的道路，就往背包里放了两本。其他乱糟糟的东西是收据和电话号码，没有一样是她用得上的。她又走下了楼。

她坐在柜台上，吃了一些为这次探险装在包里的沙丁鱼。她翻动着地图册，最后找到了她所在的位置。她扫视着网格，寻找一个足够大的镇子，镇上会有购物中心，或者野营用品店这类东西。她觉得大约六英里外的亨茨维尔比较有希望。她确定了这一点，又长时间地仔细看了一番道路。她把风灯带了出来，吹了好几口才把它吹灭。她觉得她应该带上它。她没有想到需要带上点煤油。

在商店后面的区域里停了几辆汽车。她知道，汽车如果一年左右没开过就没法发动了。其中一辆车的轮胎显然瘪了。另一辆是一辆麦秸车，车子的几面都有高高的护栏，以免草捆掉下去。这辆车看上去太大了，不容易操控，她决定不要它。停得离墙最近的是一辆小本田，看上去很旧，用的是手动锁和窗户摇杆。她打开了副驾驶门，看到钥匙插在点火装置上，这让她吃了一惊。她绕到了驾驶员那边，爬进了汽车，小心地把风灯放在地毯上。

　　整整一分钟，她在车里什么都没干，只是在呼吸。车里有一股霉味，好像很长时间没打开过门了。在这种霉味里有一个早已褪色的世界。古龙香水味和隐隐约约的汉堡包味混杂在一起，再加上汽车装饰在阳光下晒了几年后发出的塑料清香，仪表板的橡胶味，还有泥土和镶嵌在地毯上的粒状生胶的气味。这种种气味是打开记忆之门的钥匙。一分钟之内，她让自己生活在记忆中。当她闻到煤油灯的气味时，这一分钟便结束了。一个来自新世界的入侵者。她睁开眼睛看向四周，点火装置上有一串钥匙，玻璃没有破碎。

　　微弱的希望在她胸中蔓延。她伸手把住钥匙，慢慢地随着喀嗒声转动。到了第三次，仪表板上的一些指针跳动了起来，她的心也随之跳动。她一直把钥匙扭到头，发动机微微颤抖地慢慢醒来，发出了呻吟。她把钥匙转回原位，再次发动，发动机在抱怨，尼嗡，尼嗡，尼嗡，好像正在试图摆脱过去一年的寒冷和禁锢。电池还有电，她知道，如果电池没电，她只会听到一次干巴巴的咔哒声，仅此而已。哪儿都不肯亮，也不肯动。她又扭了一次钥匙，这次还同时踩了油门。发动机咳嗽了一声，呛着了，卡住了，然后死机了。她等了一秒钟，然后又做了一次。它发出噼啪声，忽明忽灭，然后大吼一声活了过来，她的脚踩下油门，让汽油进入喷嘴。

　　她满怀胜利的喜悦，用手掌拍打着方向盘。油量计显示还有半箱汽油。她慢慢地倒车，然后把车开出去进入了街道。新下的白雪遮盖着所有的一切，她知道自己必须小心谨慎。她不知道轮胎情况如何，但没有下车去看。汽车以爬行的速度缓缓行驶，朝着亨茨维尔驶去。

　　没过多久就出现了噪音，接着是喀嗒喀嗒的震爆声和呜咽声，她知道这辆车开不了多久了。发动机咳嗽着，晃动着，但她不肯放弃。就算这辆车快要不行了，她也想一直开到它报废为止。车停下来时她已经走出了五英里，发动机再也不肯发动了。她骂了它几声，下车下了一半，又回头挂了空挡，把它推到路边。在它停住不动之后，她看着它，不知道自己为什么会为它感到烦恼。她上下打量着被白雪覆盖的道路，看着虚无的黑白两色。没有一长串汽车在她后面按喇叭，也没有礼貌周到的绅士跳下轻便卡车，向小女士提出帮忙的建议。她本可以把这辆车留在路中央，把所有的车门敞开，因为这一切都无所谓了。

　　她想了想是不是应该从汽车的地毯上拿起那盏煤油灯。她决定还是不要了，但她希望当沿着原路返回时，她能够开着另一辆汽车，或者骑着自行车把灯带回去。前往亨茨维尔还有最后一英里，她开始步行。刚刚接近城镇，她就知道这里有些不同。在市郊，她开始看到母牛三三两两地被围栏圈在草地上，在小型水塘和装满了水的旧浴缸旁喝水。每块草地上都有一个给牛藏身或者挡风的地方，里面铺满了干净的麦秸，为牲畜御寒。大部分牲畜身上似乎都长着冬天御寒的长毛，不在乎下雪。她听到一个院子里传来的咯咯声，那是个鸡笼。她立刻知道，有人在养这些动物，而且很可能是一大批人。她四下张望，透过窗户向房子里面看。她上下打量着每条街道，寻找更多有人居住的迹象。她努力在沉静中倾听，却什么也没有听到。

　　她沿着道路走向镇中心和主要街道，她知道这里会有人。她在一座小小的粉红色房子正面的凸窗前停了下来，打算看看自己的形象。

　　她看上去挺好，穿得厚厚实实的。她有好几天都没有费心去弄脏下巴了，但她也不干净。她摸了摸自己外套上的扣子，把围巾拉了起来，用它的绒毛遮住了整个脖子和一部分下巴。她伸手摸着手枪的枪柄。她镇定了一下，拉了拉外套的边缘，把枪遮住。她回身继续向镇子走去。

来到主街，她看到了那群人活动的中心。那里有一座带有尖塔的高高的教堂，尖塔顶端有一个避雷针或者尖状物。教堂旁边是一座温室，建在过去的教堂停车场上。几十个男人正通过教堂的门出出进进，互相谈话，做着手势。她听不到他们在说些什么，她想要去的商店在这条街的尽头。她可以退回去，绕过教堂向后面的街区走过去，避免被他们看到。她站着没动，考虑着该怎么办。她觉得与这些人接触太冒险了，于是转身准备走回去，想要等到天黑之后再去扫荡那家商店。

就在她转身时，她发现自己几乎与一位青年男子相对而立，对方留着金黄色的胡须，满脸笑容。

"欢迎你，兄弟！"他大步向她走来，伸出了手，"你是从哪来的？我们这里好几个月都没有新难民到来了！"

她一时愣住了，不知该干什么。她没法在镇子上给他一枪。她知道自己势单力薄。他也完全没有威胁的意图，而且称她为"兄弟"和"难民"。这些词她觉得都可以接受。

她谨慎地伸出右手："你好。我刚刚从伊甸过来。"

"伊甸？见鬼，我就是伊甸人，我肯定不认识你。"

"我是说我刚到伊甸。我是从旧金山过来的。"

"嘿哟喂，好远的一段路啊。这一路你是怎么过来的？哦，对不起，我太唐突了，说那么多干什么？你饿不饿，有没有受伤？你需要点什么吗？"

她仔细地端详着他的脸。他看上去是完全真诚的，包括他那不痛不痒的粗话。她觉得这一瞬间似乎有些不真实，就好像一位迪斯尼导游正在带着她漫游冥府。"我没事。我只是想回伊甸，我的汽车抛锚了，而且——"

"原来如此，我保证可以有人带你回伊甸。但你回那里干什么？那地方已经没什么人了。"

"我……我的东西全在那里啊。我算是在那里扎营了。"

"是这样啊，我会让长老们跟你聊聊，但我觉得你会想待在这里的，我们好长时间没添新人了。让我陪你到产业中心跟大家认识认识吧。哦，兄弟，你叫什么名字？"

"杜斯提。我叫杜斯提·琼斯。"

这段时间他一直拉着她的手，现在正热情地上下晃动着。

"欢迎来到亨茨维尔，杜斯提兄弟。我是弗兰克·奥尔森。我希望你至少能在这里吃晚饭。来吧，让我把你介绍给大家。"

他松开了她的手，却把自己的手放在她的肩上。他的手很宽厚，手背上有金色的汗毛。他的眼睛是浅蓝色的，要多圆有多圆。他口中的产业中心就是那座看似教堂的建筑物，这段距离比她希望的短多了。

她的心跳有点太快了，她深深地呼吸着，努力提醒自己记住：说话要慢，声调要低沉，就像男人说话时那样。他们来到门口，那里站着一个年长的男子，就好像是一个快乐的守卫。

"你好啊，弗兰克！这位年轻人是谁？"那位年长的男子的眼眉好像遮住了他的整张脸，从上到下地伸展，像是长长的鬃毛，它们在他眯着眼睛仔细看着她时一直在动。

"这是杜斯提兄弟。他刚从伊甸过来。"

那个眼眉四处伸展的人热情地和她握手："欢迎！你还是带他进

去见长老吧。"

弗兰克微笑着说："我也这么想！多谢了，阿尔伯特兄弟。"

阿尔伯特打开了门，在他们进去之后又把它关上，回到了自己的岗位上。建筑物里面温暖又干净，而且看上去所有的木器都抛过光。挂在墙上的大型耶稣田园油画仿佛前不久刚刚掸过灰。一个洞穴状的礼拜圣堂的门敞开着，他们穿过这道门。她在进门的时候看到讲台后面的墙全都是用鹅卵石建造的，一直到天花板。没有十字架，没有耶稣受刑图，只有一个讲台。

"我们到了！"弗兰克在一道门上轻轻敲了三下，一个十几岁的男孩开了门，"你好，泰勒兄弟。长老们在开会吗？"

"没有，他们正准备去吃晚饭。嗨——这是位难民吗？"他向杜斯提伸出一只手。她伸出手来，让他使劲地握着它上下摇晃，她觉得这很傻。

弗兰克替她说："这位是杜斯提兄弟。他刚来。我可以带他去见长老吗？"

"那当然了！"那孩子让开了门道，做出让他们进入的手势。弗兰克打开了房间另一边的另一道门。他在她之前跨进了门，她在后面跟着。

这是一间很宽敞的房间，放着一张相当时髦的会议桌，周围是黑色的转动皮革办公椅。五位男人正围坐在那里，看上去一片白：满头白发，大部分人的胡须也是白的。他们全都抬头看着她和弗兰克。

"各位长老，这位是杜斯提·琼斯。他是来自旧金山的难民，刚刚经过伊甸过来。"坐在桌子上首的男子第一个开口回答。尽管他看上去差不多七十岁了，但说话中气十足，声音震荡。"欢迎你，杜斯提兄弟。这里是亨茨维尔,一个幸存者的垦殖地,也是耶稣基督后期圣徒教会的一处产业。"

"哦。"她想都没想,脱口而出,"摩门教徒。"

围着会议桌的那些男子都没动。这次另一个人说话了:"是的。我们更愿意别人称我们为后期圣徒。但我敢肯定,在加利福尼亚,许多人确实称我们为摩门教徒。"

坐在首位的男子没有起身或者伸出手来,但他的笑容十分和蔼。"我是康斯托克长老。他们是斯特林长老、格拉弗斯长老、约翰森长老和伊万斯长老。"这些长老们在被介绍到时依次点头。杜斯提一个个看向他们,想要弄清如何分辨他们。格拉弗斯没胡子。康斯托克显然是主事的。其他几个人看上去差不多,甚至穿着同样乏味的黑色西装,打着没什么特色的领带。她用眼角瞥了一眼弗兰克。他穿着工装,但干净得令人难以置信。看上去他刚刚理过发,而且因为缺少设备而没有留胡子。他很整洁。围坐在桌子周围的老人也一样:整洁,干净,一丝不苟。一瞬间,她觉得她好像在做梦。

"杜斯提兄弟。"当她从幻想中醒来时,康斯托克说,"我们很愿意听一下你的经历,还有你能告诉我们的任何新闻。你愿意跟我们一起吃晚饭吗?我们将为有你这样一位客人而感到荣幸。"

她点点头:"当然愿意,我……我可以告诉你们我知道的情况,但我知道的也不多。"

康斯托克笑了起来,这是一种非常爷爷式的笑容,让她感到舒适。"我们这些人的故事大家都听了一千遍了。哪怕你的故事很平淡,能够听到一个新故事是一件非常让人高兴的事。"

她觉得他有些迷人。她正在努力地想要弄清这些人的情况,但一切都让她感到困惑。他们太客气、太干净了。

他们不知道已经到了世界末日吗？

她跟着他们的行列走出了门，开始闻到食物的气味。这闻起来简直不可思议。

康斯托克带着大家走向一座礼堂。地板是上光木板，亮得像镜子。大房间里到处放着圆桌子，每张桌子上都铺着布桌布，每个餐位上都放着镀银餐具。桌子中间放着不高的圆花瓶，瓶底是玻璃珠子，上面是绸花。墙上是儿童创造的永不停止的艺术螺旋展示。以彩色的纸页和粘性建筑纸抽象拼贴画打底，贴满了拙朴的蜡笔画和毡笔画。在一幅又一幅阳光照耀的房子和蓝天的图画中，畸形的父亲和母亲们满面笑容，挥舞着棍子一样的手指。

那群白胡子老头走到一张桌子前坐下，为她指定了一个空位子。她坐了下来，却还瞪着眼睛看着整间礼堂。

"这里有孩子——"

几十个男人穿过每道门鱼贯而入，他们说笑着坐到桌边。

她看到好多人都在朝她这个方向看，有些花边新闻在谈话中传开，说是有一位外来者在场。她眼看着有关她的存在的议论在房间中蔓延。弗兰克·奥尔森很享受这一刻，因为他成了一个不大不小的知名人士，人人都在向他核实新闻。等到他们坐在那里静了下来，每一张脸都转向了她。她尽力不与他们对视，而是低头看着她眼前闪着光的不锈钢扁平餐具，它们被完美地放在白色的桌布上。

这时通往厨房的门被打开了，人群也不那么安静了。食物的气味传了过来，强烈而又确定无疑，这肯定是意大利面条。十几岁的男孩子们走了出来，手里拿着上菜的大碗，一桌桌地上菜。杜斯提的桌子是最后上菜的。碗里装满了绿色的色拉和混杂着肉丸子的意大利面条，上面盖着马瑞那调味酱。另一只碗里装满了面包圈，闻起来新鲜，带着孔洞，还热乎乎的。她看着那些男孩子们走过，嘴里因为对食物的憧憬而流口水。

三位妇女在上菜的那批男孩子后面出现。其中一个很年轻，二十岁左右。下一个可能三十多一点，有为人母的风度，生着美丽的闪着光的黑发。最后一个或许还要老一点，鬓角已经有了花白的头发，身材矮胖，从脖子到脚腕都裹在一件连衣裙里。她们每个人的手里都拿着一只碗，向杜斯提的桌子走来。她盯着她们看。她们面带微笑地把碗放下。最年轻的那位女子的头发是略带红色的金发，有一种不施粉黛、小家碧玉的俊俏。当她走近时，杜斯提发现她的脸上散布着雀斑。放下食物后，她们优雅地走向她们自己的桌子，两位男子与她们共用那张餐桌，另外还有两张空椅子。

康斯托克长老站了起来，两只胳膊交叉。房间里的人们仍然坐着，但也两臂交叉。杜斯提觉得她最好不要显得太过与众不同，于是也同样两臂交叉。

"亲爱的最慈祥的天父。"他轻轻地吟诵着，"为了今天，为了这顿晚餐和准备了晚餐的手，我们感谢您。我们请求您祝福这顿晚餐，它将让我们的身体更加强健，给它们养料……"

祷告时，杜斯提四下打量着房间。人人都低着头，闭着眼睛，就连那些十几岁的男孩子们看上去也十分虔诚。周围鸦雀无声，仿佛静止一般。她看向几位妇女所在的桌子。她们似乎神色放松，也和其他男人一样沉浸在祷告之中。她不想被人看到自己在偷看，于是在祷告结束前低下了头。

"……以耶稣之名，阿门。"他刚一结束讲话，甚至还没完全坐下，房间便被一阵嘈杂声笼罩，其中说得最多的话就是"请把那个×××递过来"。杜斯提正襟危坐，等着食物传到她这里。她在自己的盘子里放了一堆色拉，又在旁边放上了同样大的一堆意大利面条。她从碗里拿了一个面包卷，又伸手去拿在她没看到的时候放到桌子上的一瓶色拉酱。康斯托克长老拿着一小盘新鲜奶油，为自己刮了一点点，然后再传给别人。

"恐怕奶油现在还比较紧缺。我们正在发展奶制品生产，希望很快就能制造奶酪。但这个月艾弗利姊妹已经能够制造大约一磅重的牛乳甜奶油了，我们终于要成功了。"小盘子传到了她手上，她用餐刀刮下了很小的一细条，放到还热乎乎的面包圈上。她把面包圈直接放进嘴里，久违的滋味让她心醉。她把剩下的放到旁边，准备最后吃。

谈话的声音在房间中嗡嗡地响着，几分钟里都没有人跟杜斯提说话，她很高兴，因为她正忙着把热乎的食物往嘴里塞。这么长时间了，这是她第一次吃一顿真正的饭，是有人按照一定的方式烹制的，一道道送上来的食物，这让她无法专注于任何其他事情。酱油显然是直接从罐头里倒出来的。意大利面煮过了头，有点太软了。色拉酱是货架上长期储藏的，制作平庸的垃圾食品。她不在乎。她不是一个人，也不是直接在罐头里急急忙忙地吃的。这顿饭能与她一生中吃过的最美味的东西媲美，特别是面包。当她把盘子里的东西吃光之后，她拿起了剩下的带奶油的面包，蘸着最后的一点红色酱慢慢享用，每吃一口都让她陶醉。当她吃完时，那个生着略带红色的金发的女孩儿又出现了，给她倒了一杯汽水。汽水很甜，是用汽水粉泡出来的，但倒在满满一玻璃杯的雪上。杜斯提谢了她，几大口就喝完了，结果那女孩儿很快又给她倒了一杯。

"好吧，先生。"这次说话的是约翰森长老，"能不能请你跟我们说说你自己的事情？"

整个房间好像恰好在这时静了下来。她在开始之前思考了片刻。

"瘟疫开始的时候我在旧金山做医生的助手。许多人经我们的手去世了，大部分是妇女和孩子。当政府崩溃的时候，情况变得非常可怕。一旦情况许可，我便立刻离开了城市向东。我不时地在这里或那里遇到一些人，但大部分是在路上；我遇到的那些人都是些怪物。外面很不安全。"

杜斯提看得出来，那个长着雀斑的女孩儿不喜欢听她的这番话。整个房间里，人们看上去神情很不自然。"于是我一边旅行，一边向我遇到的不杀人的人提供医疗服务。我发现了伊甸这个地方，它差不多根本没有人，我弄不清发生了什么事情。我希望能够得到一些好的御寒装备，于是就来到了亨茨维尔，看到你们在这里。"

约翰森点了点头："确实，确实。我们在这里。我们有许多人来自伊甸，我本人在那里有一个家。杰斯帕森兄弟、查尔默斯兄弟和安德森兄弟也一样。"

她清了清嗓子："我……嗯……我待在那边的一座房子里面。"她把钥匙从衣袋里掏了出来，看着钥匙环上的标签。北七百，西九百，是在街道的尽头。

曾被介绍为查尔默斯兄弟的那个男人站了起来："那是威斯汀兄弟的地方。他因为这种病去世了。如果他知道有哪位旅行者住在他的房子里，他会很高兴的。你可以放心地从那里拿你需要的任何东西。"

"嗯……谢谢你。"这太尴尬了，简直让她晕眩。他们仍然认为人们应该执行有关所有权方面的规矩吗？她觉得他们的整个社会看上去很虚假，就像是一种固执的幻想。

让我们装成我们有一个公社的样子。让我们装成一切都没有发生改变的样子。

"哦，我想今晚回伊甸。不知有没有比走路回去更好的办法？有的话请告诉我。"

约翰森长老看着她："你在外边遇到了很多人，请告诉我们有关他们的更多的事情。"

她耸了耸肩："大多是一伙一伙的男人。差不多到处都没有女人。我遇到了几个人，他们似乎不错，但其他人都是强奸犯和杀人犯。"

整个房间似乎都绷紧了。她想要做些挽回："我几乎见不到任何人，真的。到处都没什么人烟。我可以走好几天看不到一个人。就在我——"

约翰森长老请她稍静一下："好了，兄弟。别多说了。没必要谈论这些事情，让孩子们担心。姊妹们。"

听了这话，那三位妇女起身走回厨房。然后人们马上让那些十几岁的男孩子也走了。接着他们又回来了，带来了好多大碗盛着的各色吉露果子冻，像之前一样把它们放到桌上。杜斯提为自己拿了一大勺亮绿色的，接着就开始吃。房间里又开始了谈话，但这次的气氛要压抑些。约翰森长老提到了孩子，这让杜斯提在房间里寻找起来，她好像没见到过他们。她没再想下去，没法肯定他指的是什么。

康斯托克长老对她说："如果你想走，有人可以开车送你回伊甸。但我们愿意让你加入我们。我们可以容纳另一个有医疗技巧的人，现在虽然有博蒙特兄弟，但他是牙医。你说你是医师的助手？"

"是啊，没错。我的专业是产科和妇科。"

康斯托克点点头，高兴地说道："今晚就留在这里好了，明天也跟我们在一起。反正现在回伊甸也太黑了。让我们说服你加入好了。我们这么多人在这边，你没必要一个人待在伊甸。我们很想要你跟我们在一起。"

她想不出有什么好的借口可以离开，而且她也已经很累了。"行啊，我先考虑考虑再说。但我今天晚上留下。"

他点点头，好像早就预料到会这样："太好了。安德森兄弟？"

和他们相隔几张桌子的一位青年男子站起来走了过来："什么事，长老？"

"杜斯提兄弟，这位是切特·安德森兄弟。他很快就会成为一位牧师了，对吧，小伙子？"

"是的，先生。"

"切特，这是杜斯提。他今晚会住在这边，和我们一起。你的伙伴的床是空的，能让他在那里睡一夜吗？"

"可以，先生。"

"太好了。杜斯提，如果你有任何需要，尽管找切特帮助你。"

康斯托克转身跟约翰森长老说话，显然是暗示他们可以走了。杜斯提起身跟上切特。那几位妇女和男孩子们正在清理桌子，忙忙碌碌地带着东西回厨房。整个看上去井井有条，好像每个人都自然而然地知道自己该干什么。

切特高大健壮，是那种你觉得可以去踢足球的孩子。他一头金发，脸刮得干干净净。小小的眼睛是亮绿色的。皮肤上好像完全没有生过痤疮。

英俊的小伙子。在还有思春少女存在的时候，他很可能让其中的几位心碎过。

他带着她来到了紧靠镇中心的一所小房子，打开了没有上锁的前门。"这是我和我的伙伴共用的房子。在浴室里洗洗还是挺不错的，你可以用炉灶上的锅烧水。厕所没法用，所以在屋外的房后有一条当公共厕所的深沟。我们很快就得挖一条新的了。这是厨房、卧室。"他站在客厅里，指着走廊里的房间做着介绍。

"谁是……你的同伴在哪里？"她看着他，这时他在一张蓝色的沙发上坐下。

"我的同伴是麦卡锡长老，布鲁斯。我们本来应该一起传教的，结果，一天早上我起床后他就不见了。他是我最好的朋友。"

她在他身边坐下，中间隔着一张坐垫："哦。我有一个朋友也是这样离开了我，真叫人难受。抱歉。"

他叹了口气："是啊。我希望他一切都好。有时候我想，他不过是想去为他的掌上游戏机找电池，不是不见了。"

她对他微笑着："说不定就是这么回事。这么说你是亨茨维尔人？或者是伊甸人？"

"我本来是奥格登人。一些来自亨茨维尔的传教士发现了我。我是在我母亲和姐妹们死了之后离开家的。我想去盐湖城，但这些人告诉我，他们去过那里，去那里不是个好主意。"

"为什么呢？"

"他们说，那个城市的一部分已经被烧掉了，那里有好多黑帮骑

127

着摩托车横冲直撞。我真的想不出到处是摩托车黑帮的盐湖城会是什么样子。结果他们就把我带到了这里。"他看上去有些失望。

"你不想到这里来吗？"她仔细地看着他。她不是很确定他们是不是会强行把她留下，但她很想听听他是怎么说的。

"那倒不是，我的意思是……我不知道。我想和人们待在一起，就是这么简单。这里当然有人。我只是希望……"

"你希望什么？"他不是囚犯，他只是个孩子。

"希望各地的女孩子没有全死光。在奥格登，我认识的所有的家庭里都有女儿，那里的女孩儿多于男孩儿。我有四个姐妹。我的一个朋友有六个。学校里好像也多数都是女孩儿。跟我一个教区的女孩儿都是些戴着牙套的小鬼头，而且她们也说不上乖巧。但我很想念她们，每一个我都想。我一直在希望，他们有一天会带回来一大群女孩儿。她们只不过是迷了路，她们没事而且高高兴兴的。但大部分人走了之后根本就没回来。"他坐在那里，胳膊向内翻，掌心朝上放在大腿上，耷拉着嘴角，看上去有些老相。

"我见到过女孩儿。"她小声说，但他马上转过头来看着她。

"真的？"

"是啊，是真的。不怎么多，但确实是有的。甚至还有跟你差不多大的女孩子。你多大了，大约十八岁？"

"十七岁。只要他们重新给我找到一个同伴，我就会被派出去了。"他看上去并不兴奋。

"这是什么意思呢？你出去，然后……劝人皈依？"

他轻轻笑了一声："说到传道，过去确实是这个意思。现在，所有的传道都是服务性的。我们受派出去寻找幸存者，去帮助他们，如果能说服他们就带他们回来。在这里的许多人就是从奥格登、海勒姆和布里戈姆城带来的。但那些派到远处的人……"

"他们没有回来，是吗？"她身子靠在沙发扶手上，看着他。

"是啊。任何派往爱达荷和内华达的人……到现在还没有谁完成使命，成功地回来呢。"

"他们是带着武器出去的吗？"

他看上去大吃一惊："没有。我们只可以带着我们的经文和几件东西。跟当年的使徒一样。如果我们带着枪，人们或许会认为我们是危险人物。"

他们不会回来了。他知道这一点，只是不愿意相信。

她朝他眨了眨眼睛："外面好多人都有枪，世界上有好多枪。只要你想找就能找到。这些枪……如果你找到一支，你的机会可能会大一些。"

他伤心地摇摇头："我们执行的是使命。枪不是正确的工具。"

"好吧。那就祝你好运了。我希望他们能把你派到附近的哪个地方去。"

他站了起来："我去把水壶装满，这样你就能有热水洗一洗了。"他走进厨房，但她跟了进去。

"现在你们这里有多少人？"

"五十九个，五十二个男人，三个女人。"他一直背对着她。

"那就是五十五个，另外的四个人是变性人？"

他回头看着她："什么？"

"那另外四个人呢？"

"哦。"他回头看着水壶，"孩子们。"

"吃饭的时候我没见到他们。他们在哪里？"她走上前去站在炉灶旁，看着他，"孩子们在哪？"

"出于谨慎，把他们藏到了谁也看不到的地方。只有他们活了下来。"他显得有些心烦意乱，但不愿意袒露胸怀。

"你认识他们吗？是男孩儿还是女孩儿？"

"两男两女。都不到十岁。姊妹们照顾他们，他们在一所特别的房子里。大家都担心他们生病或者受伤，或者被什么人带走。他们必须接受保护。"

"为什么？为什么不能把他们放到公众场合中？"

炉灶里的火生起来了，他把水壶放到黑铁板灶顶上："我永远不会跟别人结婚，你也不会。这里的任何兄弟们都不会，除非有人能把姑娘们带回来。那些孩子可以相互结婚，有他们自己的孩子。我们不允许任何人妨碍他们。只有他们能够让我们看到未来的希望。"

房间里暖和起来了，他的眼睛闪闪发光。他关上了小小的灶门，眼睛死盯着她，好像在挑战她，激她与他进行论战。

藏起来的孩子。温室中的花朵。

"在这里的那些妇女中，有人去年生过孩子吗？"

他的眼睛仍然在闪光，但他没有移开视线："还没有。但她们都结婚了，终究是会有孩子出生的。孩子是按照契约出生的。"

"因为我是做妇产科的，我可以告诉你，这件事不像说起来那么容易。这种疾病，这种病毒或者不管它是什么，好像能让怀孕变得很复杂。在这一年多里，我从来没有见过一个新生婴儿活过一天。"

"上帝并没有抛弃我们。我们正在接受考验。我们将通过这个考验。"

她看着他，想知道他是否对此有所怀疑，因为当他想到自己的使命时脸上曾经滑过阴郁的影子。然而她看到的只有倔强的信仰。

"我希望你是对的。"

她点着一根蜡烛，把浴室的门锁上，然后脱光了衣服。她带着那壶水进入澡盆，小心地从头到脚打上肥皂，然后用珍贵的热水冲洗干净。她洗着自己的短发，看到自己腋下长出的腋毛时大吃一惊。她十三岁就开始剃腋毛了。她腿上的毛又长又黑，但还很细。对于她来说，它已经如此的陌生了。

我过去就是在这具身体里生活的。

因为一直穿着，那件紧身背心已经发黄了，脏得要命。她把自己洗干净之后还省下了一点水，于是给它打上肥皂，清洗干净。她把它拧干，挂在喷头上。不等全干她就又得重新穿上，但这已经好多了。她从澡盆里跨了出来，站在干净的毛巾上，那条毛巾搭在室内的晾衣绳上，干得硬邦邦的。在被蜡烛照亮的镜子上，她看了自己一阵子。她觉得自己变老了。她的胸部比她印象中的小了些。她觉得这是因为她的体重减轻了，但持续穿着紧身衣说不定也是一个原因。她的头发有点蓬乱粗糙。在亨茨维尔，人人似乎都留着二十世纪五十年代的理发店海报中潇洒的分头，她觉得也可以请什么人给她也理一个。

她又把紧身背心穿上了。切特曾给了她一件长内衣，差不多是她的尺寸。她穿上了内衣，确定把蜡烛吹熄之后，穿过房间走向双层床。切特躺在上层，没有抬头看她。她把自己的衣服紧靠着床放着；她打算把它们穿在长内衣的外面。双层床很窄，但被子里填充的是鸭绒，枕头闻上去新鲜、干净。她一钻进被子就睡着了，什么梦都没做。

她醒来的时候切特已经起来穿上了衣服。外面还是黑的。

"我有神学课。你要来吗？"

她慢慢地坐了起来，当心不碰到上铺："我就不去了，你去吧。我起来穿衣服，然后在周围走走。"

他耸了一下肩膀，稍微做了个鬼脸："好吧。回头见！"他像个大孩子那样蹦蹦跳跳地出了门。

杜斯提看着他的背影，心想他一定已经非常习惯这么早起了。

她很快地把衣服穿好，走出前门但没有锁门。她慢慢走回镇中心。男人们正走出他们的房门，竖起衣领对抗严寒。他们分头去做自己一天的工作，其中有许多人向她招手。她又向产业中心走去，那里的烟囱已经冒出了烟。门是开着的，但这次没有人站在门前充当警卫。

她走了进去，穿过长长的走廊，经过礼拜堂和耶稣的油画。她穿过礼堂，走向昨天送食物出来的房门。她知道，厨房就在门后的什么地方。

在摇晃着的两面开咖啡厅式的门后面，三个妇女正在工作。她们把长长的蛋糕盘从一个墙式大烤炉里拉出来，把它们放在闪闪发光的宽大不锈钢冷却工作台上放冷。

杜斯提能闻到玉米饼的气味。当她走进厨房的时候她们抬头看了看，但是没有停下手头的工作。

最年长的女人第一个说话，她的手还在忙着，眼睛也还专注于自己的工作。"陌生人，你不可以到这里来的。"

"抱歉。"杜斯提说,"只是我昨天没机会和你们中的哪位说话。"

鬓角已经有些许白发的女人放下了她手中的玉米蛋糕,双手叉腰:"我是艾弗利姊妹。这位是约翰森姊妹,这位是欧博梅尔姊妹。我想,在我们的丈夫不在场的情况下,我们只能跟你说这些话了。"她瞪了杜斯提一眼,就又回去干她的活了。

"对不起,女士们。我没有冒犯的意思。"杜斯提入乡随俗地做出这个非常正式的道歉,尽管听起来,这话像是在她的大脑的哪个角落里隐藏着的古老词语。她转身准备离开。

长了一头带点红色的金发的欧博梅尔姊妹,就是其中最年轻的那位,在她身后喊道:"一小时之内就可以吃早饭了。待会儿见!"

杜斯提自己走了出来,回到了大礼堂。她一边走一边看着那些儿童画。它们中许多是彩色的,画在活动手册的纸页上。其他的是随手画的,但杜斯提觉得,这些画很可能是在成人的指导下完成的。毫无例外,每幅画都充满了玫瑰色的生活,幸福愉快,表现出了一个完美的世界。如果大瘟疫中的儿童可以随心所欲地画出他们自己的感觉,杜斯提想象得到,这个房间看上去会完全不同。

但在所有的这些儿童画中,都有欢笑着的母亲。

就在他还在房间中走动时,那三位女子从厨房里走了出来,手上拿着绿色的桌布。

"我能帮忙吗?"

艾弗利姊妹抿紧了嘴唇:"怎么说呢,每当男孩们上神学课,我们的进度就会落后一点。所以我想你可以一起干。"她把她那叠桌布一分为二,把其中的一半给了杜斯提。杜斯提很有效率地移动着,抓住桌布的边缘一抖,就把餐桌盖住了。到了最后一张桌布时,她发现别人都已经干完了,正在快步走过摇摆门。约翰森姊妹是第一个再次出来的。她油光发亮的黑头发被梳成了辫子，看上去很精致。她带着两个要摆在餐桌中心的装饰品。

"这么说你是约翰森长老的妻子？"

她没有抬头看她，但放下了两件装饰品，一边走动一边回答："我是他儿子的妻子。"

她穿过摇摆门回到厨房。

她们就不能停下来五分钟跟我聊聊吗？

下一个出来的是艾弗利姊妹，手里拿着四个装饰品，看起来就像一个端着饮料的老练的女侍者。

"我觉得我从来没有见过你的丈夫，夫人。"

艾弗利姊妹看了看杜斯提，但她的眼神就像一个女人瞪着一个爱出毛病的吸尘器。"昨天晚餐时，艾弗利先生就坐在我身边。他是个农夫。"

"哦，我在镇子边上见到了鸡和牛。"

"我的丈夫种豌豆和豆子。他整年都在管理这些作物。"

"真不错。"杜斯提对着摇摆门说。

欧博梅尔姊妹拿着四个装饰品走了出来，拿的方式跟艾弗利姊妹的一样。"你的丈夫是做什么的？"

她的眉头微微皱起，粉红色的嘴撇了撇："他是个传教士，在科罗拉多服务。"

"他走了多久了？"

"五个月了。现在该回来了。"她又消失了。

两位年长些的女子一起走出来，杜斯提还没有放弃："那些孩子在哪里？他们中有你们的孩子吗？"

"有的。"两个女子都说。

"我很想见见他们。我有很长时间连一个孩子都没见过了。如果他们有医疗上的需要，我有照顾孩子的经验。我很愿意先听听有关他们的故事。"杜斯提多年来惯于跟母亲谈话。病人和护士都无法抑制地愿意告诉别人这些故事，把他们的照片拿给人看，或者倾诉她们的担忧。

艾弗利姊妹还像过去一样冷若冰霜，但约翰森姊妹的眼睛变得温柔些了。"你没法见到他们。"较为年轻的女子说，"他们住在别的地方。但我可以告诉你——"

"等你把活儿都干完才可以。安，管好你自己。现在走吧。"约翰森姊妹看了看年长些的妇女，像个被人答应了好处又违背诺言的孩子似的。但她还是乖乖地跟着走了。

杜斯提叹了口气，有些被激怒了。她一屁股坐上了一张椅子，让那几个妇女在她周围走来走去，忙着摆餐具，进行早餐前的最后准备。这时，男人们开始鱼贯而入，她冷眼旁观，坐在空位最多的那张桌子旁，铁了心要在那几个女人忙完之后跟她们坐在一起。她注意到有几个人在瞪着她，但没有人让她另找地方。祷告的时候，她耐心地把双臂交叉在一起，有礼貌地坐着传递食物，等待谈话开始。坐在她那张桌子上的夫妻们相互在对方的盘子里放炒鸡蛋、玉米蛋糕和蒸西兰花菜。

当她觉得可以开始尝试的时候，她又对约翰森姊妹挑起了话题："现在跟我说说你的孩子们吧。"

她的丈夫抬头看了看，非常吃惊："我们的两个男孩儿死于瘟疫，兄弟。"

"但你的妻子说，这里的孩子中有你们的。"

他对他的妻子皱了皱眉头："宝贝，按照奉献法规，他们并不真正属于我们。他们仍然与他们自己的父母连接在一起。"

现在又是什么法规？

她对着他微笑，这让她显得非常美丽。"他们当然是我们的孩子。他们是每个人的孩子！有一个孩子叫帕蒂，是最年长的。她是个美丽的小姑娘，九岁了，她喜欢唱歌和画画。我现在正在和她一起读《红色羊齿草的故乡》，她非常想要一只小狗。然后是她的妹妹米凯拉，她的意志非常坚强而且性格倔强。她才七岁，喜欢芭比娃娃。她有好几十个芭比娃娃，但我们得分类整理芭比的衣服，找到一些端庄的。"说到这里她咯咯笑着，眼睛亮了起来，"然后是男孩子，他们是本和约翰。本也是七岁，约翰六岁。他们都非常聪明，已经能读书写字了，而且本能够按顺序说出《旧约圣经》中所有书的名字。约翰很害羞，很有爱心，他非常招人喜爱！我真巴不得我有照片。姊妹们和我都在教导他们，照顾他们。他们现在正在和约迪一起吃早饭。"

"约迪？"

"就是欧博梅尔姊妹，今天轮到她和他们一起吃饭。"当然了，最年轻的那位妇女现在不在桌子旁。

那位红头发的。对。

约翰森兄弟心里显然还是不怎么舒服，但对妻子很满意："安是一个了不起的母亲。我很高兴，她能够帮助照顾孩子。但要不了多久，她就可以照顾我的孩子了。我猜想，我这样有点自私。我想要回我自己的儿子，而且简直迫不及待地想要再生出我们自己的孩子。"

"当然了，甜心。"他们相互凝视着，那种浓得化不开的柔情蜜意让杜斯提简直不敢相信是真的。她决定换个话题。

"我很想理理头发。不知哪位能告诉我，你们这么整齐的头发是谁的手艺啊？"

艾弗利兄弟的叉子上叉着好些炒鸡蛋，他用叉子指向另一张桌子：那是怀特兄弟。他在海军里就是剃头匠，干了十五年。问问他就成，他能帮你理发。"

杜斯提吃完了她的玉米蛋糕，说了声对不起就离开了桌子。她走到怀特兄弟面前，和他约定早饭后理发。

怀特兄弟让她坐在他厨房里的一把老旧的理发师椅子上。房子里静极了。他的工具被放在一条干净的白毛巾上。他的剪子看上去非常旧，手柄是珍珠母的。她告诉他，她觉得这些珍珠母手柄很漂亮。

"这是我母亲送的礼物，是在海军指派我当理发员的时候给的。她说我需要一点上档次的东西。标准发型就可以了吗？"

"没错，只要整齐点，别贴着我的脖子就行了。"

"也要刮脸吗？"他捏住了她的下巴，用他的拇指在上面轻轻揉了一下。这个突如其来的举动让她大吃一惊，她猛地一下把头偏开了。

"不用！"她尽快地稳住了自己的情绪，"不用了，我脸上的毛发不多，胸前的毛发也不多。我的父亲也是这样，走运啊。"

老理发师似乎镇静自若："我的胡子让我的脸暖和。"他用一把湿头刷梳了梳她的头发，剪了起来。

"不知在亨茨维尔有没有体育用品店？如果有的话，我想要些雪鞋或者是更好的靴子。"

"当然了，当然了。有一家卡贝拉商场，我敢肯定，你能在那里找到点东西。但这事你得先问问主教。"

"主教？"

"就是康斯托克长老，你需要得到允许，才能从仓库里拿东西。"

"仓库？"

他冰冷的钢质剪刀在她的脖子后面剪出了一道完美的直线。"这里的一切东西都属于整个镇子。他负责保证人们各取所需。"

当然了。

"行，我可以去。现在他大约在什么地方？"

"很可能在法院那边。但他应该挺忙的。好了，全理完了。"

他用脚踩了踩椅子的放松踏板，让她重新踩上地面。她从椅子上下来，滑到了一个空气垫上。他递给她一面镜子，她拿过来看了看。

"没胡子，你看上去像个小男孩儿。"怀特兄弟笑着说，"或者像一个长大了的假小子。"

"多谢。"杜斯提拍掉她衬衣上的碎发，走出了厨房门。

法院位于主街上，在与产业中心相对的另一端。这不是那种带有柱子或者圆顶的宏伟的民事建筑物，只是一座小小的镇法院。正面是平板玻璃，带有水泥柱子，以防哪位愤怒的公民驾车撞开正面的墙。毫无用处的金属检测器矗立在每个进口旁，洗过不久的美国国旗在门厅一角的旗杆上飘扬着，旗杆的顶端是鹰。

一个警卫站在内门站岗，是另一位长着胡子的老年白人，他开始对总是见到同样的脸感到厌倦，便让她进去了。

康斯托克主教正坐在法官席位上，穿着同样的黑色西装。他正在倾听站在他面前的一个人冗长的抱怨，说他想读一套系列书，但它们都在房间里的另一个人手里，那人没有读完，也不肯把书交出来。

"我需要读第一本书的头一半，但他得到了允许，把整套系列都拿走了。我不想要整个系列，只是头两本，等他读完了再读就行。"

站在对面的那个人摇着头，他的黑色短卷发在穿过窗户射进来的阳光下闪闪发光。雪已经停了，天很冷，但很亮。"我告诉他，我想要在读完所有的书之前先留着。如果我需要回头看点什么怎么办？我不想到处找他把书弄回来。我很快就会读完了，然后就给他。"

康斯托克主教若有所思地低头看着他们："这是些什么书啊？讲些什么？"

两个人互相看了看，然后很快挪开了视线。头发发光的那个人率先开口。

"这是些有关……有关一个间谍的书。一个女性朝臣为……为一个王后做间谍。"

那个黑色卷发的男子点了点头。

主教先后看着这两个人，脸上露出恍然大悟的神色："你们是遵循保罗警告的兄弟们吗？你们当时签订了契约，接受了祭师职责的权利和责任，你们能够说这些东西是与你们签订的契约一致的吗？"

两个男人都低下头来看着自己的鞋子。"我想收回我的起诉。"头发发光的那个人说。

"没关系。我们可以解决问题。"

主教的手指在书桌上敲着："我明白了。你们会说那本书是注重道德的，非常好看，但其中包含美好的或者是值得赞扬的东西吗？

你们两个我都认识，而且我觉得你们可以做得更好些。今晚晚餐后把书归还给产业中心的长老，你们都不需要它们。"他轻轻敲了一下小木槌，看了他们一眼便让他们走了。

杜斯提不知道来这里是不是需要预约，或者需要用什么方式请求主教听取自己的诉求，于是她便直接走到中间的过道那里，站在法官席位前。

"有人告诉我，有关雪鞋的问题，需要到这里来请求你的许可。"

康斯托克上下打量着她："怎么回事？"

"我是来亨茨维尔找雪鞋或者其他御寒装备的。理发师告诉我，在镇子的什么地方有一家坎贝拉商店，但我需要征求你的意见。所以我就来了，问你我是否可以去那里找御寒的物资。"

康斯托克从他的西装里掏出了一块老式怀表看了看，然后穿上了大衣。"杜斯提兄弟，愿不愿意和我出去走走？今天我不需要聆听其他案子了。"

"当然。"

他们一起静静地走着。康斯托克主教领着她离开法院，走上几条杜斯提还没见过的镇民居住区街道。这是一个晴天，覆盖着白雪的房屋看上去令人心神愉悦，显然有人把它们照看得很好。它们看上去也是空置的。杜斯提想到了全世界像这样的小镇上空置的房屋。原来住在里面的男人走了便不再回来，也没有能够活下来的妇女。没有家庭主妇的房子。没有烹饪和清扫，没有像在过去的情景喜剧中哼着歌、系着围裙的女人。没有沉湎于肥皂剧、身体超重、不修边幅的无知愚民。也没有孩子在附近大呼小叫，他们的嘴巴上总是带着"酷爱"牌廉价饮料的颜色。在亨茨维尔的每一个男人都记得另一种生活，每天都期待着在回家时发现有人在那里。所有的空房子都保留在原地，却没有人在安静的日子里数一数一共有多少座。

康斯托克背着手走着。他的下巴垂得很低，接近前胸，他的白胡须让他看上去很有质感，好像一个大冰块。他皱着眉头。

"杜斯提兄弟，你看上去是个很理性的人。我可以跟你开诚布公地聊聊吗？"

他们一起往前走，她胳膊交叉地放在胸前看着他："请讲。"

"你来到了亨茨维尔，我很高兴。我们时不时地需要有个兴奋点，需要有人提醒我们这个世界上还有其他人。"

她觉得自己没有理由回答这种评论。她看得出来，他正在为某件事情做铺垫。

"事实是，我们现在并没有去寻找其他的年轻男子。原因必定是很明显的。尤其是其他与我们的信仰不同的年轻男子。我们在这里有着微妙的平衡，我们的妇女很少，却有大批深感压抑、十分不安的兄弟们，他们没有结婚。你明白我的意思吗？"

"是的，我明白。坦白地说，即使人们想要我留下，我也不知道我会不会留下。我更愿意一个人待着，回伊甸去，直到我做好继续前进的准备。"

康斯托克点了点头，这让他的头有一瞬间埋进了胡须里，但他一直盯着地面。

"我特别希望你在那里过冬，万一我们需要另一位医务人员，就可以去找你。即使在天气最不好的时候，派一个人到你那里也不算太远。我们这里有几个人有雪地摩托车，坐这种交通工具，你没问题吧？"

"当然没有。"她的脑子转得很快，努力地想着她应该怎样处理不速之客这个问题，"我希望……我希望最好在有事来找我之前预先示警。你有没有照明弹，或者是摇柄警笛？这也好让我在他们到来之前做好准备。"

"我敢肯定，我们能找到点什么。"康斯托克有点奇怪地看着她。她皱了皱眉头，看向前方，想让自己看上去正在关心实际问题。

"那么我就回伊甸去了。能让我弄双雪鞋走回去，或者使用其他有用的工具回去吗？"

"等一下，孩子。"康斯托克警告地看了她一眼，"不要在没有准备好之前就采取行动。我想让每个人都知道这是你自己的选择，现在有关你的流言蜚语不少——"

"流言蜚语？我昨天才到这里啊。"

"你听我说，杜斯提兄弟。你知道，女人总是免不了会说些闲话的。她们会告诉每一个人你在挑逗她们，当她们的丈夫不在场的时候问她们问题，想帮着干厨房里的活。"他笑了几声。

"我没有啊！我只不过是——"

"哦，这是很自然的啊，孩子。我们全都想尽可能地多在姊妹们周围待一会儿。我理解这一点。我只是不想让任何人觉得是因为发生了什么不合适的事情，这才让你赶快离开了这个镇子。"

我怎么会是在挑逗她们？我和她们谈话，用的是我知道的最有礼貌的方式。我觉得自己仿佛突然一个筋斗摔到了沙特阿拉伯。

她不置可否地耸了耸肩。

"所以就有了这么个计划。我希望你再住一夜。跟我们一起吃午饭。一直和男人们在一起。吃晚饭，和安德森长老一起再过一夜，然后，我会在早上让一位兄弟用雪地摩托车送你回去。你觉得如何？"

"行啊。"她放弃了有关雪鞋的想法了。康斯托克想要随时能找到她，但对于她为什么会在冬天前往亨茨维尔不感兴趣。

她对他的好感减弱了一分，但她能够理解。

"很好。那就这么定了，你可以随意支配今天的其他时间，如果你没有其他事情，我要到暖房那里去一下，看看那里的工作。"他在下一个街口左转，她跟了上去。

"康斯托克主教，当瘟疫发生的时候，这里的情况如何？"

他背在身后的手放开了，举止也发生了改变。他好像沉浸在回忆中，人也仿佛萎缩了起来。"我们这里是一个与世隔绝的地方。"

她等着。

"当我们还能与盐湖城联系的时候，我们接收来自他们那里的指示。最高领导层的意思非常清楚，要保留教区，与平时一样行事。最高长老邓肯说，预言确信瘟疫终将过去，如果我们有信心、有耐心，婴儿将继续在契约内出生。他们对我们发出了指示……接着就不再有指示了，一切都停了。许多人逃到了比这里更偏远的地方。许多人死了，太多了。我们照料他们，有些人活了下来。所以，我们服从了，我们受到了祝福。如果我们继续服从，我们将继续受到祝福。"

有关等级层次的谈话杜斯提不太理解，她对他们的行事准则不了解。但她理解他所说的中心思想。他们在这里比较幸运，他相信他们的好运还会继续。

"切特的朋友出了什么事？你知道吗？有许多人不见了吗？"

康斯托克停了下来，他的靴子在已经被搅乱了的雪上发出咯吱咯吱的响声。"你说的是麦卡锡长老。"他严厉地看了她一眼。

"我想是这个名字。切特说有一天夜里他不见了，你们会有很多人像这样消失吗？"

他不再看她，而是去看道路尽头的温室。他又背起了手："是的，有几个。"

她等着，但他没有继续说下去。

"你们派人出去找了吗？"

康斯托克看上去很不舒服："派了，我们当然派了。"

她觉得他有些高深莫测，她看着他，想找到一些显露情绪的迹象。"你们中有很多当地人，他们肯定很了解这个地区。这些人可能到哪里去？他们只是想去另一个社区吗？"

他很快地看向她，掂量着她，然后又低头看着自己的鞋子。"我们找到了……他们中的一些人。"

她挣扎了一小会儿，不知道该说什么。"哦，自杀了。"

她等着他承认或者否认。但他什么都没有说。

该死，他连说都不能说。

"这种事到处都有。这你是知道的，对吧？以这种方式生活不容易，会有些人选择不再这样生活。"

康斯托克很快地吸了一口气，好像要说话，但最终什么也没说。他盯着她。

"你应该告诉切特。"她劝说他，"他需要知道麦卡锡不在了。谁都需要。"

"不。"他摇了摇头，没有看她，"不。我们不是这样处理这种事的。"

他不想让任何人知道。这对领导层不利，会打击士气，无法维持失序。

"有多少？"

"这不重要。只要我们能在外面找到一个妇女或者女孩儿，这种情况便会立即结束。这便足以带来希望。她会来的，她答应过我们。"

她想尽可能地和他保持距离："祝你在暖房过得愉快，我回产业中心去了。"

他又开始微笑了，恢复了他以往的公众形象。"我们回头见。"他离开她，迈着轻快的步子走向温室。她看了他几眼，然后沿着他们来时的路走了回去。

在产业中心，那些妇女像平常一样，为准备午饭忙个不停。这次杜斯提不打算再跟她们说话了。她坐下看着。

约迪·欧博梅尔第一个对她说道："你不想帮我们干活吗？"

她对这位青年女子扬起了眉毛："我不想让任何人觉得我在挑逗你们。"

约迪的脸红了。在她生有雀斑的白皙皮肤上，好像有一根温度计上的汞柱在上升。她赶快回厨房去了。

接着来的是艾弗利姊妹："杜斯提兄弟，我听说你喜欢我昨天做的面包圈。"

"它们实在太好吃了。我好久没吃过面包或者奶油了。它们确实相当好。"

她满意地点了点头："你太瘦了！我真希望我能让你整个冬天都吃上奶油，但恐怕已经没有那么多了。但今天的晚餐还会有面包圈的，面正在发酵。"

"谢谢你。这太好了，因为我明天早上就走了。"

"哦，这么早？"她看上去情绪有些低落。

"是啊，我想回伊甸，我更愿意一个人生活。但我离这里也没多远。"

"哦。"她伤心地回头走回厨房。

杜斯提看着那些女人布置餐桌，没有再说话。男人们像布谷鸟报时钟上的数字那样准时到达。这次她没有尝试和那些女人坐在一起。她随意地选了一张桌子，坐在那里，十指交叉放在额头上。整个祷告过程中她都保持着这个姿势。

午饭吃的是肉末土豆馅饼。肉多量足，很好吃。桌上的男人们吃得很快，高高兴兴地拿起第二块，很少说话。杜斯提很高兴，她对谈话没兴趣。她和他们一样，高高兴兴地又吃了一块。当盘子空了的时候，格拉弗斯长老站了起来，举起手来要求人们静一下。虽然他是领导人中唯一一个不长胡子的，但不知怎的，他似乎比其他长老年长得多。他脸上的皱纹很深，看上去就像一个受到时间、工作和悲伤摧残的高个子男人，最后萎缩成现在这个样子。

他在房间静下来之后轻轻地说："正如大家所知，除了最后派出的两位之外，我们近来派出的人们都回来了。兰登长老和欧博梅尔长老被派往科罗拉多执行一项使命。他们没有在指定的日期回来，但我们知道，在天父的帮助下，他们很快就会回来的。"

房间对面，欧博梅尔姊妹把手蒙在脸上，开始哭泣。

格拉弗斯清了清嗓子："尽管我们遭受了一些挫折，但我们知道，完成使命仍然是对我们的要求，而我们必须执行。我们知道，这对于我们的每一寸血肉来说都是真实的。因此，今天我们将召唤六位新的成员为主服务。"

房间里的空气紧张了起来。她的目光扫过周围的一张张脸，寻找切特。她看到了他，在他粉红色的双颊上，两眼满是恐惧。格拉弗斯好像过了好长时间才再次说话。

"库伯纳长老和格里姆长老。"

在同一张桌子上的两位青年男子站了起来，等待着。

"你们接到召唤，前往亚利桑那州的弗拉格斯塔夫。"

他们两人缓缓坐下。

"贝尔长老和史密斯长老。"

一位胖胖的十几岁男孩儿在杜斯提这张桌子上站起，房间对面也同样有人了起来，后面这位看上去年长些，或许有二十五岁。

"你们接到召唤，前往新墨西哥州的阿尔伯克基服务。"

年纪较长的那位很快便坐下了，在她的视线中消失。那个丰满的孩子慢慢地坐下，下嘴唇颤抖着。在他身边的人没有一个碰他一下，或者看着他，又或者说出一个字来。

"安德森长老和弗林特长老。你们接到召唤，前往蒙大拿州的比林斯服务。"

切特背对着她站了起来，她看不到他的脸。房间中紧张的气氛松弛了一点。

"所有支持对这些兄弟们的召唤的人，请举手表示赞同。"康斯托克扫视着房间，每个人都举起了右手，好像在宣誓。有些震惊的杜斯提没有动。她不明白她看到的情景，就连仍在抽泣的约迪·欧博梅尔也举起了手。

"我们相信，天父将保护你们，帮助你们到达预定的目的地。我们相信，一路走去，你们将以美好的心灵给人们带去帮助。我们相信，你们将遇到妇女和儿童，并向她们提供救援。我们相信，你们将引导着那些属于这里的人们回到天国。我们相信，你们将满载荣誉归来。"

约迪·欧博梅尔轻声地抽泣着。

格拉弗斯没有理睬她："他们将于明天离开，因此，今天晚上将是他们的告别宴会。让我们全体向他们表达爱与善意，在祷告中铭记他们的名字。"

另外两位妇女已经安抚住了欧博梅尔姊妹，把她带回了厨房。杜斯提没有在晚宴上见到她。

上甜点的时候公布了一条消息，说杜斯提兄弟得到允许在伊甸居住，但在他们有医疗方面的需要时会到场提供帮助。查尔默斯兄弟将送他回家，他们祝他好运。杜斯提向人们挥了挥手，但没有说话。她不在乎，她已经做好了离开的准备。随后，当礼堂渐渐空了的时候，杜斯提直接朝切特的房子走去。

她到的时候切特还没回来，她自己走了进去。她发现她的背包还放在原来的地方，但房子已经完全恢复了原样。她在房间里踱步，等切特回来。

几分钟后切特走进门来，同来的还有一个跟他年龄相仿的男孩儿。

"切特。"

"杜斯提兄弟，这位是弗林特长老，而我现在是安德森长老了。你听到了吧。"

"我听到了，我需要跟你聊聊。"她朝弗林特长老看了一眼。

切特耸了耸肩："他没法离开。在今后六个月内，我们必须待在对方看得到的地方。不管你想说什么，你都可以对我们俩说。"

"好吧。"她在一张椅子上坐了下来，并示意他们坐在沙发上。

"你们只要出去就会死。"他们的脸色变得雪白。

她继续强调说："外面有非常可怕的人，即使你们没碰到，蒙

148

大拿的冬天也冷得要命。你们可能会受伤，或者被冻死，或者碰到狼。没有武器，好多因素都会让你们丧命。"

"这是我们的职责。"弗林特没精打采地说，眼睛哪里也不看。

"胡扯。"

切特开始说话了。

他必须认清形势。这个逻辑如此简单。

"请你们看清楚，这里的男人太多，女人不足。难道你们就没有想过，长老们正在努力清除你们？"

切特看上去有些受伤："他们为什么要这么干？我们没别人，只有彼此。"

"因为你们早晚都会因为争夺女人而打起来，会有绯闻。除非有更多的女人到来，否则这是不可避免的。长老们正在试图把比值拉平。"

弗林特摇着头说道："他们没这么做，这不是真的。他们想要我们把幸存者带回来，我们发现的任何幸存者，哪怕是男人。"

"为了什么？这样你们就全都可以做农活、搭建筑、派出去服务，一直到你们全都死光？这么做有什么意义？"

"这样做就是遵从上帝的旨意。这就是一切。"切特现在生气了。

她想要他冷静下来，于是温和地说："听着，这里到处都是空房子。你们走到另一个镇子上，选一间住下，住六个月。小心点，轮流睡觉，互相保护。时间到了就回来，就说在比林斯什么都没有，这样你们就安全了。"

弗林特看上去已经是暴怒了："我们不说谎。我们不会两手空空地回来的。"

他们不知道。他们从来没有真正看到过外面是什么样子，她也没法告诉他们。

"你们根本不可能回来。"她敢肯定，任何被派到一段距离以外的人，或许五十英里，都永远不会回来。除非他们有武器，或者不惜任何代价，避免与任何人接触。

切特站了起来："争论毫无意义，事情已经定了。既然我有了新同伴，你就得到沙发上睡觉了。晚安。"他走进浴室，关上了门。弗林特站起来走进了卧室，她又尝试了一次。

"弗林特，你们不会回来的。有哪个被派到那么远的地方去的人回来过吗？"

他的眼睛是灰色的，长着浓密的眼睫毛。当它们最后与她的眼睛对视时，她能看到他的眼睛是多么的缺乏热情，了无生气。他已经放弃了。那些长老多半是又为切特找来了一位自杀者。

"那又如何？或许外面什么人都没有，或许瘟疫会回到这里。这有什么关系？死在这里或者死在那里，现在死或者等会儿死，反正都是死。"他没有停下来等她回答。

他没有回头看。她看着他走进房间，在半黑暗中爬到了双层床的上层。切特洗澡的声音透过浴室门传了过来。

她放弃了。她不是很清楚为什么她开始时会想要尝试。信仰面前，没有辩论的余地。

她穿着衣服躺在沙发上，等待睡意来临。切特什么也没说就上了床，过了一阵，她睡着了。

早上，雪地摩托车来了，崭新的马达发出轻快的轰鸣声。当她打开门时，查尔默斯兄弟骑跨在车上喊她。她回头，看到安德森和弗林特已经不在房子里了。她拿起背包走出门来。

查尔默斯给了她头盔和眼镜，她接了过来。上路之后她为自己穿着长内衣感到高兴，但到了半程时，寒风已经吹透了衣服，让她感到寒冷。又下起了小雪。他们经过她丢在路边的汽车，她想对他指出这一点，但他们完全听不到对方说话。她对于骑在查尔默斯身后有些担心，因为考虑骑车时的稳定性，她必须紧贴着他的背。他穿了一件毛茸茸的鹅绒夹克衫，她尽量远离对方的身体。他没有注意到任何不寻常的现象，于是她也尽量不去想这件事。

离开亨茨维尔让她松了一口气。她刚到的时候觉得这个社会很迷人，但它很快就让她感到窒息。在许多方面，作为一个外来者是不容易的。她不敢在任何地方待得太久，不敢和任何人一起待得太久。就像那位理发师一样，他们最终是会提出问题的。会有些猜测，让她最终被发现。

他们来到她选择的那间房子，看到没人光顾过这里，而且和她离开时基本一样，她心里松了一口气。作为道别，查尔默斯和她握了握手："如果你需要，我们就在路那头。"

她点点头，使劲握了握他的手。他拿走了护目镜和头盔，把它们放进自己的背包，然后绝尘而去。她进了屋，立即生起一大堆火。寂静开始有些让她感到刺痛，但房子很快就开始暖和了，她也很快便放松地融入了寂静之中。她把沙发放在壁炉前，自己像一只虾米一样蜷伏在沙发上，右手放在皮带上的枪上，进入了梦乡。

第六章

　　冬天。10月吧。我想还不到12月。两三个星期都没看见星星了，因为总是有云彩，但即使这样我也猜不到日期。白天变短了，夜晚变长了。

　　大约一周前离开了亨茨维尔。感觉我有点妄想症，老是看着窗户，醒来就觉得听到了什么东西或者什么人。不过是神经质罢了，他们没过来。就算他们需要帮助，我想他们也不会来。捆上了绷带，头破血流，有人怀孕，我觉得不会有这种事。他们总是自己抱团，我乐意这样。

　　安静得可怕。下次有机会我会弄些电池和一个旧录音机或者CD唱片或者什么的，一个手摇留声机就不错。唱歌，自言自语，这里总是很安静。拉——拉——拉，现在这时候，让自动唱机放歌，真是棒极了，哪怕是一首我不喜欢的歌也行。雪让屋外的一切都保持着安静。过去，我打扫卫生时总是开着烹饪频道，就是要一点背景噪音。拿出三个杯子，解说叽叽喳喳地说着，然后是搅拌杯子发出的咯咯声，再加上一本食谱和一块有光泽的头巾，把配好的食材放入烤炉里烤一个钟头，这时我们就认为一切都不可能出错了。过去总是希望安静，被一辆叮铃咣啷地走过小巷的垃圾车吵醒，或者当警笛呜呜呜地走过街道时被吵醒，或者被一个东倒西歪、在我的公寓窗外大喊大叫的醉鬼吵醒。现在的安静太多了，总是压着我。

感觉我在亨茨维尔度过的那段时间很不真实。教会高于一切，看不见的孩子们，还有五个谈论着有关使命和预言的圣诞老人。哪怕他们重新得到电力，而且能生产巧克力，我也不会留下的。太离奇了，而且他们最终会发现我是女人。

这所房子里没有书。没有劣等的普及本，没有自助书籍，没有浪漫小说，没有童话故事，什么也没有。

来自饲料店的地图没有在伊甸这里标出一个图书馆。于是我只能通过扫荡居民的房屋弄书。我最终总会觉得无聊的，而且我会在雪停了的时候出去走走。下了好多天雪了。

白，白，白，下，下，下。

冬天

雪始终没有停。做了十亿个俯卧撑。在房子里找到了一个宽门框，我可以在那里做引体向上。过去我从来做不了。偶尔做计划，唱老歌自娱自乐。

我想到了洛克萨尼、胆小鬼、杰克，太多事情了。

想起了杰克第一次在医院里开始工作的情景，那时我们谁都受不了谁。他长得太好看了，我敢发誓，那个夏天他很受人关注。他跟我完全不是一路人。一个英俊的医生来了，每一个妇女，从外科医生到注册护士助理，全都扑在他的身上。我才不会这么干呢。

还记得我试图让他闭嘴，把他关在外面。从第一天起我就知道，我比他精明，而且我也要让他明白这一点。保证让他无法一直讲个不停，让他无法融入圈子。

当他在场的时候，我就会说起一些内部笑话，这就让他一直进不了我们的圈子。当他跟卡丽交往的时候，我有选择地发表了几次评论，说到她跟他的速度差不多。这很阴险，该死的，但她总是最后一个明白。她到底还是回头跟她过去的男朋友好上了。她总是这样。

好像事情总是像这样。他没有跟我交往，我也没有跟他交往。一天晚上我跟利亚出去，结果恰好碰到了他，他看着我，好像这全都是他计划好的似的。是啊，你认识我，所有的女士也都认识我。你认识我，认识我，你一直都认识我，认识我。杰克，我认识你。第二天邀他约会，只不过是想羞辱他一下罢了。

但他说好。是的，他说好，他说好，我说好。我们在一起的生活挺好。

太多了，太快了，而且我知道自己陷得太深了。他总有办法让我吃惊。他很风趣，很甜蜜，有点像个傻瓜。我觉得好看的男人天生令人讨厌，不肯多努力，得过且过。在一起生活似乎是最好的解决方法，因为我们俩工作都非常努力。我们没有很多时间在一起，但只要他的身体在我身边，只要他的气味在那里，听得到他的鼾声，我的生活就会有很大的改变。我的生活＋杰克＝更好。生活＋瘟疫－婴儿们＋浑蛋＋枪－女人＋雪－杰克－感官－意义＋5毫升甲孕酮反复服用，结果未知。图表丢了。

她坐在那里写日记，长时间地沉浸其中。在从幻想中脱离之后，她站了起来，换上在外面行走时穿的衣服，扛上了一支步枪。外面还在下雪，风吹来的积雪堵住了前门，足足有三英尺深。她绕到房后，避开了风，走了出去。她走过了一英里的间隔，来到与她最近的邻居那里破门而入，开始为自己寻找精神食粮。

五个小时之后，伴着天边的最后一抹光亮，她拖着身后的雪橇回家。

十四本书。两个苹果随身听我没有带走，原因很明显。一个破旧的随身听和五节电池，电池的尺寸都不对。但如果不断地寻找，说不定能凑上呢。一篮子针织用品和一本说明如何做针织的小册子。我这辈子从来没织过东西。人们不知多少次邀请我参加"织出一片天"的聚会，但这东西听起来跟我无缘。现在听起来却不失为一个绝妙的主意。

曾经确实因为没有离我更近的房子而高兴，但现在我意识到，这让我无论扫荡什么东西，都需要一整天。只去了两家，我很快就没法再出去了。真想要一辆雪地摩托车啊。

木柴消耗得挺慢。至少它们全是好货，倒下了的硬木，不是一堆松木。能烧很长时间。

真希望能有一份年历。真希望我有旧金山的公共图书馆。真希望我有合适的电池，能装进这台 CD 唱机里，尽管我唯一的唱盘就是装在唱机里的《命运之子》。真希望能吃上一块烤牛排和一块巧克力蛋糕。真希望我有能在网上租赁电影的网飞公司。真希望现在有一位朋友。真希望杰克能在这里。真希望能进到火里，能像神灵一样在里面烧一烧。真想进到火里。火。

她独自一人度过了二十七天。她读完了她能找到的每一本书，两次打算织一条围巾，但都没能成功。在第二次尝试之后，她把针织包扔到了外面的雪地里，看着它被埋葬。她坐在窗户旁闷闷不乐。

她是个纯粹的可怜人。每到这种时候，她便睡得很久，起得很晚，吃东西杂乱无章。她的头发长长了，她能在脖子后面感觉到这一点，它总是长得很快。每一天她的内心都在争论，哪一些风险值得去冒。待在这里，松开身上的那些束缚，好好地舒服一下，长时间地洗浴，重读她喜欢的那些书。没有人会来。如果她愿意，她可以赤身裸体地绕着房子走。

她曾在外面待了几个小时，练习用步枪射击。她发现她更喜欢拴式枪，而不是更大口径的撅把式枪，尽管后者的射程比较远。这一点她记在心里，可以在需要远距离射击的时候用。她觉得自己已经能够熟练地使用步枪了，同时也不想浪费弹药，所以便没再试了。

当她感到孤独时，她就用情况可能会变得更糟这个想法折磨自己。她想起了在湖屋里的那些男人，在购物中心里的男人。她想到自己可能会在内华达被捉，一生都有一条锁链困着自己，心中不禁燃起熊熊怒火。她想到了自己在旧金山的公寓，完全想不起在她在自己的床上杀死那人之前发生的事。不存在什么过去，那个世界已然结束。

她已经不再说话了。她已经不再歌唱、哼歌、吹口哨了。她觉得自己像一头野兽，像一只浣熊，非常聪明地躲进一所房子里过冬。她是一个安静的、没有思想的东西。她对什么都不感兴趣。出于习惯或者顽固执念，她没有改变她的服装或者长时间放纵地洗浴。她逆转了她的睡眠周期，整夜醒着，整天睡觉。外面一直在下雪。

一天下午，有人在砸前门，把她惊醒了。她的心立即跳到了嗓子眼里，跳得如此迅速，让她几乎无法呼吸。她跳下床，在门口抄起步枪。她来到门旁，从猫眼往外看。

外面是白茫茫的一片。一个比较黑的形体被雪掩埋了一半，它的面部被包在黑色的布里。砸门声又响了起来，还伴有尖声的叫喊。

"请开门！"

156

她想了一下，这才想到，如果要偷袭她，那人就不会敲门。于是她把步枪放在近处可以随时拿到的地方，松开了门锁。那位来访者跌跌撞撞地向前走，把雪踢开，弄得门道的地板上到处都是。围巾被打开，露出一张流着泪的女人的脸，她看上去很害怕，很冷，呼出的气体变成了雾汽。来人正是约迪·欧博梅尔。

"哦，感谢上帝，你还在这里。感谢上帝。感谢上帝。感谢上帝。"她的胳膊搂住了吃惊的杜斯提的脖子，身子吊在那里哭着。过了一会儿，她松开了手，"我真担心你已经走了。我不知道还有哪里可去。"

杜斯提把约迪拉到厨房里的富兰克林炉灶跟前，让她坐下。她生起火来，炉灶里冒起了火苗。

她看着想让自己暖合起来的约迪。约迪拉开覆着的外衣，挪动身子靠近炉火。

多么美啊。带着雀斑的玫瑰色粉红皮肤。这种特定的愚蠢让我情难自已……我在美丽的女子面前张嘴结舌。见到过同样的事情发生在男人身上。正是这种愚蠢，让我们格外注意美丽的女子在说些什么，无论她说的是否真实，或者是否有用处，又或者是否有道理。我刚一克服恐惧，就为见到了其他人而非常高兴。如果真的有人在门前偷袭我，我会因为偷袭者是她而高兴。

觉得自己足够暖和了之后，约迪开始说话："我知道我不应该来这里，而且我也知道，如果有人发现了，他们会认为我背弃了誓言，但我必须离开亨茨维尔。我是在大家全都睡着了的时候走的。我认识路。有人说过你住在威斯汀的房子里，但我以前从来没有一个人走这么远。我还以为自己永远也走不到了，但我不敢停下，我觉得停下来可能就会被冻死。"

"你很走运，没有迷路。"

"我知道。但我别无选择。"

"你先坐着，我泡点茶，然后我们好好聊聊怎么样？"

约迪说："我不喝茶。"她站起来脱掉了外套，长裙也落在地板上，这时便可以很清楚地看出她怀孕了。

"哦，该死。"

约迪像在保护婴儿一样地把手放在肚子上："提到婴儿就没有别的话好说了吗？"

"哦，该死。"她重复道，根本说不出别的话。她伸出手来，向前跨了一步，本能地想去摸一下。

约迪躲开了，捧着肚子轻轻地坐到沙发上："我来这里，不是为了你伸手摸我的。我仍然是个已婚妇女，显而易见。"

"抱歉，我确实应该先问问你，这只不过是我受到的训练。在我的职业生涯中，大部分时间都在接触孕妇，我只是想评估一下……"她一时没法讲清她的本意。

约迪的脸垮了下来，她又开始抽泣："一切都太可怕了。我需要知道我能信任你。请你只是……"

她举起空空的双手，走上前去面对更年轻些的约迪："我向你保证，你完全没有必要害怕我。我将尊重你的私人空间，并尽我最大的努力从各方面帮助你。"

约迪点点头，哭得更大声了。

"不要茶，是吗？我还有点可可，要不要喝一点？"

"好的。"

她在热炉灶上冲可可，用一把叉子搅拌着。她拿着可可和一条毯子走到沙发旁，把两样东西都递给约迪。

"杜斯提兄弟——"

这个名字吓了她一跳。她已经忘了，是她让别人这样称呼她的。

约迪抽了抽鼻子，用袖子抹了抹："杜斯提兄弟，自从你走后，这一个月简直可怕极了。有一个被派往内华达州去的人回来了，是丹尼尔森兄弟。他的同伴死在路上，但他带回了一个妻子。"

"真的？"

"是啊，是真的。她看上去比丹尼尔森兄弟年纪大些，快四十了吧，我觉得。他说他的同伴在死前主持了他们的婚礼。长老们对此有争议，因为传教士是不可以主持婚礼的。但丹尼尔森兄弟说，他们已经就此做过祷告，这件事应该是成立的。而且不管怎么说，她已经怀孕了。"

"那……可能是件好事。"她谨慎地说。

"这当然是好事，但人们对此议论纷纷。她不是我们中的一员。而且她比他大那么多。有关这桩婚姻是否合法，或者婴儿是否可以在契约内出生，人们吵得很厉害。有些兄弟认为应该宣布婚姻无效，应该让大家自由竞争，让她从中挑选一个丈夫，因为她在之前只见到了两个传教士。这事闹腾得乱七八糟。丹尼尔森兄弟最后说，谁敢抢他老婆他就宰了谁。

"但这都无所谓了，因为她病了。开始我们没有意识到她生了病，因为她看上去不像有病的样子。她跟所有得了热病的人一样，好长时间都不发烧，但一下子就热得吓人。她加入了妇女小组，帮助我们照顾孩子。一发现情况不对，我们立刻就不让她接触孩子们了，但已经太晚了。过去没得过病的这次全都病了。米凯拉、本

159

和约翰都病了，米凯拉三天后就死了，但两个男孩儿坚持了好长时间。几天前他们也都死了。帕蒂过去得过，她一点事也没有。"

"我的天啊，怎么让孩子得了病。那些女人怎么样了？艾弗利姊妹和约翰森姊妹怎么样了？"

"艾弗利姊妹死了。约翰森姊妹原来得过，但她照顾那些病人累坏了。她也帮不了大忙。约翰森兄弟就死在她面前。丹尼尔森兄弟和他的妻子孤零零地死在他们的房子里，谁也不愿意走近他们。人们责怪他们，说他们把瘟疫带了回来。"

"现在还剩多少人？"

"康斯托克主教死了，现在是格拉弗斯主教管事。我逃跑的时候还有二十一个人。但格拉弗斯主教的行为太怪异了。"

"怎么个怪异法？"

"他说他现在是先知了，上帝告诉他该做什么。他娶了帕蒂为妻。"

"你不是说她才九岁吗？"

约迪点点头，又流泪了："他说她会住在他的房子里，学着爱他，但在七年之内，他会将她的童贞奉为神明。"

"这个该死的大浑蛋。"

"请不要当着我的面诅咒别人。"约迪还在哭，"我只是想要告诉你。"

"好吧，好吧。对不起。你继续说。"

"约翰森姊妹马上改嫁给了斯特林长老。我根本不知道她是不是愿意，她的丈夫死后她一直那么伤心。但即使这样，哪怕她已经这么大年纪了，人们还是为她该嫁给谁而吵得不可开交。她的丈夫死后，镇上的每个男人都要娶她。接着格拉弗斯主教就盯上了我。他说我的丈夫永远不会回来了，说上帝已经向他证实了这一点。他说我需要改嫁，还向我提出了几个男人让我挑选。杜斯提兄弟，但我就是知道，霍努斯还活着。如果他死了，我会有感觉的。他的孩子在我的身体里，我会知道的。"

杜斯提点点头，一声不响。

"但他不断地逼我。要我嫁这个男人、嫁那个男人。我告诉他，说我还是有丈夫的人。但他们全都跳了出来，整天跑过来围着我的房子，给我带礼物，提出给我特别的好处，说他们会是天底下最好的丈夫啊之类的。我不想说他们的坏话，但是，这让我的心都碎了。我没法对霍努斯不忠。"

"你怀孕多久了？"杜斯提看着她的肚子，估计最多六个月。

"霍努斯和我刚好是一百八十天前结的婚。在他被派出去之前，我们一起住了一个星期。所以我大概怀孕六个月了。"

"所以你离开，就是要躲开这一切？"

约迪又开始抽泣，手里攥着那条毯子："不是的，我之所以离开，是因为主教说我将在一个星期之后嫁给他指定的人。他还说我顽固不化，不懂尊卑，说我必须学会服从。他宣布了一份公告，说从现在起，女人的婚姻要由她们的父亲或者主教决定。我们再也没法自己做决定了。"

"我明白了。"杜斯提心中燃起了怒火，这规矩似乎和旧世界一样古老。

"我去参加了他和帕蒂的婚礼。她在哭，一直在哭，这太可怕了。那些男人看上去都很嫉妒，或者很厌烦，但似乎谁都没有为她感到遗憾。他们净说些'就该像现在这样'这类的话。我想跟约翰森姊妹说说话……我想她现在是斯特林姊妹了……我跟她说了说这件事。她说帕蒂很难理解这种事情，因为她还是个小姑娘，但我已经长大了，我应该懂得比她多。"

"为什么他们不等孩子生出来之后再说？为什么这么急？"

约迪压下了微笑。她摇摇头说："他们不知道。"

"什么？"

"他们不知道我怀孕了。我一直穿着我姐姐的旧衣服，那些衣服穿在我身上特别宽松，而且我的围裙也系得很宽松。早上我呕吐的时候就躲起来，我没告诉任何人。我自己住在我们的房子里，是我和霍努斯的房子。我真的想告诉那两个小女孩儿，他在踢我或者做什么的时候，那种感觉真是太美妙了。但我没告诉她们。"

"真是难以置信。"

"你怎么这样啊？"约迪瞪着她。

你认识的每个人都死了，但还是让我们说说我的语言习惯吧。

"在这种时候，你真的还对骂人感到那么生气吗？听着，在我原来的地方，人们就是这么说话的。对不起，冒犯了你，我会试着控制的，但这是我的房子。"

约迪似乎悔悟了："请原谅我，杜斯提兄弟。我没有挑战你的权威的意思。"

"哦，看在他……老天的分儿上。"杜斯提站了起来，拿过约迪的空杯子，"再来一杯？"

"是的，谢谢你。要不要我做点东西来吃？"

杜斯提笑了起来。她背对着约迪说："我想这是你说你饿了的婉转说法，对吗？"她回头瞥了约迪一眼，看她有什么反应。

"不，我只不过是问问你是不是想要……你又没人给你煮饭，我可以做的。我可以做清洁，还有，嗯，洗衣服。我真的不想回去，如果能让我留下来，我会很有用而且很懂事的。"

杜斯提把水壶放了回去，她转身说："你当然可以留下。把一个孕妇推到雪地里去，只有没心肝的疯子才做得出来吧？想待多久你就待多久，我会照顾你的。最近十年我干的都是产房里的工作，为婴儿接生。但我想问你一些问题。"

"当然，任何问题都行。"约迪把毯子一直拉到下巴。

"这是你第一次怀孕吗？"杜斯提又倒了一杯可可，还煮上了两个汤罐头。

"当然是啊。我不是告诉你了吗，我结婚没多久。"

"当然了。而且你说过'他'。你怎么知道是个男孩儿的？"

"我只是有这种感觉。"

"这么说，怀孕的事你也没有告诉博蒙特医生？"

"没有，我不敢告诉他。"

"你吃没吃过孕期维他命或者其他这类东西？"

"吃过，我知道这很重要。我是从仓库那里拿的，但没有人注意到。我把它放在我的大衣里。"

"聪明的姑娘。有没有流血或者抽筋？"

"没有，嗯，完全没有。"

汤烧开了，她把它倒进两个深杯子，把其中一杯和可可一起拿给了约迪。然后她回来，拿起自己的杯子坐下。

"约迪，自从瘟疫第一次出现之后，你见过任何平安出生的婴儿吗？"

"没有。"她微微地撅起粉红色的小嘴。她知道发生了什么，但她已经下定了决心。

"但你听说过了吧？你知道，很多孩子一出生就生了病……他们没能活下来。你听说了，对吧？我不是想吓唬你。我只是想让你明白这种情况下的风险。"

"没有关系。"她坚定地说。

"为什么这么想？"

"因为有了一个新的契约，这是先知说的。在新世界里，在新契约内降生的婴儿会活下来。"

"就是刚刚娶了一个九岁女孩儿的那个先知吗？"

"不是的，嗯，是盐湖城的真先知。"约迪看上去就像在给一个非常愚蠢的人解释一件简单的事，"在我们失去联系或者无论什么东西之前，他在他发出的最后信息中这样告诉所有人。我们的婴儿是安全的。"

多么方便啊。

"好吧，我会以任何我能做到的方式，尽最大的努力帮助你和你的孩子。但这需要你对我完全诚恳才行。你能答应告诉我你的感觉，以及将会出现的任何变化吗？"

约迪点点头。

"那好。走廊尽头有一间卧室，我想它原来是属于一个十几岁的女孩儿的。房间里有单独的小壁炉，如果你愿意住，我可以在那里生上火。"

"那太好了。"

告诉她要对我诚恳，但我甚至根本没有试着对她诚恳。是让她自己发现还是直接告诉她？她会觉得有多古怪？最好还是让她知道，我是不会想着睡她的，这样我就可以给她做检查，不至于让她崩溃。如果她自己发现我是女人，她可能以后不会再信任我。想要解除这些该死的束缚，必须告诉她。

这天早上杜斯提几乎没睡。她日夜颠倒的生活已经过了太久了。但她还是起来了，为有人说话感到很宽心。她发现约迪已经在干活儿了。

"我本来想做好早餐让你吃一惊的。"约迪在食品储藏室里，看着货架上的东西，"我想我可以做鸡蛋和饼干，还有些罐装的香肠肉卤汁呢，这样行吗？"

杜斯提到现在为止一直都在避免碰鸡蛋粉，但她知道总有一天她得吃这东西。现在可不是挑三拣四的好时候。"听上去不错。我去煮点咖啡，速溶咖啡，奶精是干的，但还不坏。你不能多喝，但我会给你冲一杯淡一点的。"

约迪没有回头看她，正在伸手去拿鸡蛋粉："我不喝茶，不喝咖啡。我跟你说过的。"

"哦，对了。"

"我从来没喝过咖啡。人人都说咖啡闻上去香，喝起来很恶心。"

"人总会习惯的。"杜斯提说，把水壶放上了炉灶。

厨房很大，但那个富兰克林炉灶很小。最后，杜斯提被约迪赶到了桌子边坐下，这样她才有足够的空间烹饪。

"你中学毕业后就工作了吗？"

"没有，我和霍努斯在我的毕业典礼上直接订婚了，简直太浪漫了。之后他便到加拿大去了，我等着他，我差不多每个星期都给他写信。相思难熬啊。我真没想到自己又得等他。后来吧，他进了杨百翰大学，我们就一起搬到普罗佛去了。"

"你也申请读大学了吗？"

"没有。我知道我们马上就会有孩子的，我总想着当妈妈。你结过婚吗？"

"没有。"水壶里的水翻腾起来，杜斯提给自己冲了一杯带奶精的咖啡。

"啊，听起来挺惨的啊。"

"如果结了婚后来又分手了，那不是更惨？"她坐下来搅拌着咖啡。

"这就是说，你过去，嗯，是个医生？"

杜斯提努力回想她在亨茨维尔时告诉了他们些什么。她想不起来了，但她觉得约迪反正也不会记得。"我是个注册护士和助产士。我是在加州大学旧金山分校取得的学位，在大学医院里工作。每天都有婴儿出生，总有很多事情要做。"

"哇，听起来好厉害啊。"她听起来有些走神。

"确实挺好的，我热爱我的工作。"这天早上，杜斯提并没有试图让自己的声音听起来像个男人。她还穿着紧身内衣。她在等机会。

几分钟后，约迪带着两个盘子走了出来："饼干下面一层有点糊。我过去从来没用这种方式烤过。我把底下的那一面切掉了。"

"肯定好吃。"

约迪坐了下来，把她的椅子往后推了推，给她的肚子留出地方："我敢说我的肚子每天都在变大。你是不是要……"

"要什么？"杜斯提已经把半块饼干放进嘴里了。

"你不先祷告一番吗，杜斯提兄弟？"

"哦。你为什么不开始呢？"

约迪宽容地对着她笑着："最慈祥的天父……"

杜斯提不慌不忙地咀嚼和吞咽。约迪的祷告几乎与她在亨茨维尔听到的一模一样，同样的词句，同样的韵律，同样的顺序。杜斯提等待着。

"阿门。"约迪好像饿惨了一样地吃着，"午饭我应该弄点水果和蔬菜，我知道那个小家伙需要。"

杜斯提赞赏地点点头，还在碾压碎饼干，浇上香肠肉卤汁，然后盖在一团鸡蛋粉食品上。"这个想法很好，你能注意到这一点很不错。你今天想做什么？"

"我还不知道。"约迪说，"你知道我最想念的是什么吗？"

杜斯提微笑着点了点下巴，鼓励她说出答案。杜斯提很高兴地期待着她能和自己一起想念那个失去的世界。她们可以一起分享。

就像跟洛克萨尼那样。

"我最想念电视了。"

跟洛克萨尼完全不一样。她只是个孩子。

杜斯提努力不让自己表现出失望："哦，是吗？比如说哪类节目啊？"

"我想念《真正的家妇》，还有《单身汉》。它们总是在最好的日子里播出。多浪漫啊。"她看上去满怀渴望，就像想起了老朋友。

"哦。这两部连续剧我都没看过呢。"

约迪给她做了差不多一个小时的说明，告诉她《单身汉》是在哪一期结束的，因为它在那时候结束"刚刚好"，而且它是用性的方式将剧情推到高潮的。

这个话题杜斯提几分钟就厌烦了，但她努力欣赏约迪的声音。她实在太需要和什么人说说话了，她现在没法对谈话的对象太挑剔。

约迪气喘吁吁地结束了她的复述，转向杜斯提："这段时间，你一个人都在这里做什么啊？"

"嗯，我读了这个街区里所有的书。如果你想试着读一本，它们都被放在餐厅的餐具柜里。"

"不了，我不怎么喜欢读书。"

这让她非常震惊。

约迪洗了盘子，擦了厨房。她给炉灶添加了燃料，然后转过身来，想要找点事情做。

"在亨茨维尔的时候，你闲下来的时候都在做什么呢？"

"装罐头，缝衣服，填充食物。嗯，照顾每个人，做吃的，补袜子什么的。"

"但你喜欢做什么呢？"

约迪看上去很茫然。

"我不知道。我喜欢跟别的姊妹说话，其实就是说闲话。我知道我们不该这么做，但这种事总是有的。我想现在这里只有咱们俩，所以没什么闲话可说了。"

"嗯，说不定也可以呢……"

约迪怀疑地看着她："你是什么意思？"

"要说出来可不大容易。"她开始了。

"哦，不。"约迪看上去大受打击，"请你别这样，求你了。"

"什么？你为什么这么怕我？"杜斯提向她走近了一步，然后觉得不妥，就停了下来。

"我不知道，但我看得出来，你正想告诉我一件非常重要的事。是坏消息吗？我再也受不了坏消息了。"她使劲地眨着眼睛，忍住眼泪。

杜斯提无可奈何地叹了一口气："不是什么坏消息，只不过有件事我想要真诚地告诉你，这不会改变任何事情。"

"好吧。那是什么？"

"我不是个男人。"

约迪死盯着她。

"自从离开旧金山，我就打扮成男人的样子。这样我就安全多了。在外边谁都不安全，女人就更不安全了。"

"你骗我。"约迪看上去被弄得有些糊涂。

"什么，你想让我给你看看？那你看着我！没胡子，没喉结。这不过是简单的化装罢了。"

"但你的身材……"

"我穿了一件紧身背心。"

"一件什么？"

"一件背心，它能把你的胸部压扁，这样你看上去就像个男人了。"她渴望着把话向约迪说清楚，但她用的时间比她原本设想的长。她原来以为约迪会一眼便看清楚是怎么回事，然后对自己被愚弄了这么长时间感到有些好笑。

"为什么有这种东西存在？谁会想穿这种东西？"

杜斯提哼了一声："有很多你从来没见过的人呢。听着，为什么我要在这种事情上骗你？"

"因为你想让我放松警惕，这样你就可以，嗯，占我的便宜。"

杜斯提的眼睛转了转："这太傻了。"

她开始解开她穿的那件格子衬衣的扣子。约迪急忙把目光挪开，但当她看到那件背心的顶端时，她就呆住了。那件衣服已经很破旧了，在腋窝的地方已经发黄了。衣服前面紧紧地扣着一长排小小的胸罩钩子。衣服已经不再合身，穿着也不怎么舒服。杜斯提的体重减轻了不少，而且这件衣服穿得也太久了，但它还是能很好地掩盖她的曲线。她把那些钩子推到一起，开始解开这件背心。

"好了，别脱了。我明白了，你真的不是个男人。"

"我要接着脱。我要把这件衣服脱掉。"她走出房间换衣服，从背包底部抽出一件运动胸罩穿上，然后穿上衬衣。

她走了回来，系上扣子。"真对不起。我只不过是想向你证明一下。"她抬起头来，却没看到约迪。

"这到底是怎么回事？"

她在整座房子里找约迪。她已经准备出声叫喊了，但这时她听到了雪地摩托车在外面的声音。她穿过房间，来到窗前向外看。摩托车正在门前停下。

糟糕，该死，该死的浑蛋。偏挑这时候来。

她从门边的挂钩上抓过自己的冬季大外套穿上，然后跑进厨房，拿起约迪挂起来准备晾干的湿衣服，把它们塞到炉灶下面。她转过身来，检察是不是还能看到那个女孩儿的任何痕迹。她摸了摸插在皮带后面的手枪，手枪总是在那里，接着她又看到了靠在墙边的步枪。

安全。一切都是安全的。只有我自己在这里。

她向房门走去。她想过不给他们开门，但最终还是决定开，不开门太惹人怀疑了。她从猫眼向外看，这时他们刚好开始敲门。来的是查尔默斯和另一个她从来没见过的男人。她开了门。

"你们好，诸位。能为你们效劳吗？有人受伤？"她尽力用过去杜斯提的低沉嗓音说道，同时表达了一定程度的关切。

"没有人受伤，杜斯提兄弟，我们都很好。这位是伦道夫兄弟，我们来寻找一位成员，她昨天走失了。"

"在这种大雪天里？你没开玩笑吧？这太可怕了。"她努力地向他们身后看，想看看在深深的雪地里是不是还能看到约迪的脚印。下了一夜的雪，没留下多少痕迹。

不过她可以告诉他们这些脚印是她自己留下的。

"我也觉得很可怕。不知你今天是否看到或者听到任何不同寻常的事情？"查尔默斯看着她的脸，他冷静的蓝眼睛好像钻进了她的眼睛里。

"伙计，我也这样希望啊。这些天我连鸟叫声都听不到。我在这里一直孤零零的。"她淡淡地笑着。

查尔默斯点了点头："我们要在周围看看。"

伦道夫吃惊地看着他："我们不是应该搜查这所房子吗？"

她的血压开始上升，她强压着它："欢迎你们进屋坐坐，我有咖啡。这个星期我有点不大舒服，所以总是烧着水，甚至在家里穿着大衣。"她在衣服里面耸了耸肩，好像要更深地埋进去，还把脖子往兜帽下面缩。

她漫不经心地说出自己生病的信息，但这话却像利剑一样戳到了他们心里。查尔默斯一下子退到了门道外面的台阶上。

"哦，没事，我们不想打扰你。"他拉了一下伦道夫的袖子，"如果你看到有人在外面的雪地里，我肯定你一定会帮助那个人的。大约一周之后我们再来跟你联系。"他急急忙忙地走了，险些摔了一跤。

她在门边向他们挥了挥手，然后慢慢地关上了门。接着她使劲一下拴上了门闩，用自己的脊背顶住了门。

"约迪？"

厨房里扫帚间的门被打开，约迪连滚带爬地出来了，全身都在颤抖。"感谢上帝，哦，感谢上帝。"

"他们走了。我不知道他们是跟着你到了这里还是怎么的，但他们肯定是在找你。你怎么知道他们来了？"

"我听到了！你没听到吗？那东西响得要命啊。"

"你留下了纸条没有？告诉任何人你要去哪的纸条？"

她耸了耸肩："没有。人们有时候就是会突然不见，他们说走就走，我想他们已经，嗯……别管怎么了。你知道吧？"

"你的意思是男人有时候会消失。以前有女人会像这样消失吗？"

她瞪大眼睛看着杜斯提："没有……我没往这方面想过。"

杜斯提在沙发上坐了下来："是啊，好吧。有关那些失踪的事情现在已经没什么神秘的了。"

"你是什么意思？"

"他们不过就是自杀了呗。康斯托克不肯承认，但这是非常明显的。"

"这绝对不可能是真的。"约迪的脸上出现了生气的神色,"为什么有人会这样做?"

杜斯提哼了一声:"是啊,你说的是对的。为什么他们要这样做?一切都如此美好。"她本来无意把话说得这么尖刻,但听上去很有讽刺意味。她看到约迪退缩了。

约迪站起来向厨房走去:"我要——"

"不要靠近窗户。他们说他们要在周围搜索一番。我不知道他们是不是会这么做,但还是需要以防万一。"

约迪回到了门道边:"你其实没有病,对吧?"

杜斯提哼了一声:"我没病。我是有意这么说的,结果他们太害怕了,就不敢进来了。"

约迪盯着她,眉毛紧皱着。

"你想摸摸我的头?"

杜斯提以为约迪会一笑置之,但她真的一下子跑过来伸出了手。她把她左手的手背放在杜斯提的脸颊上等了一会儿,然后没有看杜斯提,只是把手掌放在她的额头上。

"正常,对吧?"

约迪放下了手:"是的。是啊,我就是确定一下。"

一直这么干吧,求你了。

这只不过是偶然的触摸,而且几乎是临床诊断式的。但她的手很小,很柔软,手指纤细。它唤醒了杜斯提在睡梦里心中漠视的什么东西。这东西在躁动,在渴望,在疼痛。她尽最大的努力把它哄睡了。

冬天

如果那个男人从内华达带回了一位活着的瘟疫患者，热病还在某些地方肆虐。或许她是从一具尸体上染病的？一些人从来没有染病，就像洛克萨尼和在亨茨维尔的大多数人那样。免疫或者从未接触，亨茨维尔的第二次接触突破了对它的隔离，杀死了那些没有免疫力的人。我们中还有些人，像我一样得了病，但却战胜了疾病。或许没有谁是天生免疫的，暴露的程度决定了是否感染。那在亨茨维尔就不会有谁能活下来。带菌者在公共厨房里烹饪，他们全都在一起吃饭。有些人肯定是有免疫力的。

我们中得过病的人或许会再次患病。我就此向约迪宣讲了上百次。她从来没有得过，而且她也不记得是否有任何曾经病好了的人最近死了。

她不是很清楚与她自己的利益无关的细节。

约迪在这里和我一起待了一个星期。她确实希望能帮助我。非常勤快，非常干净。不肯浪费一点点食物，而且她每天早上都自己叠被子。但她作为谈话对象真是毫无用处，孩子气的质朴，让人觉得无趣。差不多毫无想象力，而且根本不相信任何超出她的经验以外的事情。

她几乎一直在谈论电视。真希望她看过不同的节目。如果她沉迷于虚构文学，听她讲话也会有意思些，哪怕那些作品十分愚蠢，但她看的东西全是真人真事。她会向我重复那些情节，但她总是会丢掉一些东西，这就让她的叙述不合情理，结果我就得问一些问题，于是她就能想起来了。真是一种令人厌倦的消磨时间的方式，简直无法想象。我想要有人陪着我，但她真是个糟糕的对象。想念那些过去和我一起工作的护士们，她们虽然有些刻薄，难对付，有时会很粗鲁，但至少她们不蠢。甚至洛克萨尼也比她要好一些。虽然书卷气不足，但她很狡黠。洛克萨尼很多东西都能弄懂。用不着不断地解释她也能理解我。约迪连笑话也听不懂。

几天前我意识到，我对她好，是因为我们单独待在这里，但也因为她很漂亮。

我就是喜欢看着她。她大概生来就享受着这种待遇。当我想到这一点时，便不怎么喜欢这样的自己了。

她让我检查了她的胎儿。对宫底做了触诊，摸到了头部。

她完全不肯谈论孩子出生时会发生些什么。对我在瘟疫中的经历和我从洛克萨尼那里听到的故事也没有兴趣。我不想用这种可能性吓唬或者折磨她，但我希望她至少能想一想。如果她没有做好准备，到时候定会崩溃。

有一天雪停了，杜斯提全副武装地准备出门。

"喂，我就不吃早饭。我想出去走个两英里，去看看离我们最近的邻居，那里还有几家没扫荡过呢。大概两个小时吧，然后回家。你有没有什么东西是想让我去找找的？有没有你想要的东西？"

杜斯提站在门口，扎上围巾。约迪走出厨房，看上去吓坏了。

"你要离开我吗？"

"什么？不。我只不过是去看看另一所房子，找点生活用品。我想弄些新书，或许能在哪座房子里找点棋盘游戏。而且你需要一些宽松些的衣服……"

约迪的脸垮了下去。杜斯提能够做的只是忍住一声无奈与轻蔑的叹息。

"我挺好。我不需要任何新东西。"她两臂交叉放在胸前。

"好吧，但是我需要。"杜斯提简单地说，"我现在得走了。我会把你锁在家里，但我认为今天不会有任何人来找你——"

"不！"约迪说，好像一眨眼后就会大发雷霆似的，杜斯提觉得她就要开始跺脚了，"如果你要去，那就让我和你一起去。"

这回杜斯提真的叹气了。她想要离开一下，并不是要永远地独自生活，只不过是一次短暂的休息，躲开约迪，她总是用毫无意义的闲聊打破寂静。

找到人的时候想自己待着，自己待着的时候想找个伴儿。

"你现在是怀孕晚期了。你想在雪地里走四英里路吗？"

"怀孕的时候应该多走路，是不是？就像做体操似的，对吧？所以我要和你一起去。"

杜斯提转了转眼珠子："只能走一小段路，不能长时间地大量运动。你会太累的。你现在缺乏耐力。这太辛苦、太冷了，而且你会把脚腕走肿的。"

约迪耸了耸肩："如果我太累了没法回来，我们可以在别的房子里睡一夜。"

"如果那里没有木柴怎么办？"

她又耸了耸肩："不管怎么说，我待腻了，而且我也不想自己留在家里。我要和你一起去。"

"好吧。我没法不让你和我一起去，但我希望你能跟上我。而且我不想在别的什么地方过夜。我们拉着雪橇去，我让你做什么你就做什么。行吧？"

她笑了起来，就像她原来撅起嘴生气时那么突然，就好像她能在她愿意的任何时候突然变成泪人一样。"哇！我去穿衣服啰！"

"在你的裙子里面穿上一条绒裤。"杜斯提说，可怜巴巴地站在门边。

值得赞扬的是，约迪没花多长时间。只不过短短的几分钟后，她就从她的卧室里走了出来，而且像杜斯提吩咐的那样穿上了绒裤。一条长裙和一件羽绒夹克衫罩在外面，还戴上了头巾和帽子，甚至还在一只胳膊上挽了一只柳条篮子。

杜斯提端详着她。约迪年纪不大，但她是在一个僵化的社会结构中成长起来的，这个结构在瘟疫爆发之后变得更加僵化了。她将会遵循杜斯提的指示，因为这就是她一直以来的生活。她至少是顺从的。杜斯提对此感到非常庆幸，这时她已经锁上了门。

她们静静地走到院子的最前端。积雪堆得很深，雪橇在几乎及臀深的雪面上打滑。杜斯提看到了邮箱，所以知道她们已经来到了街上。

"我们现在去哪里？"

杜斯提向右一指："如果朝那个方向走，两英里外有两所房子，那里我差不多已经全都看过了。我更愿意走另一条路。如果再往前一点，我想还会有其他值得一看的地方。从地图上看，往前三英里是个死胡同。"

"嗯。"

她们慢悠悠地走上了街道，拉着雪橇沿街缓缓而行。

"我一直在想，该给孩子取个什么名字。"

杜斯提抬头看了看顶端搭着白雪小帐篷的黑色树枝。"这很自然。你有些什么想法呢？"

"嗯，如果是个男孩儿，他的中间名就是霍努斯，随他的父亲，这是欧博梅尔家的传统。但我正在想他的教名。你看布拉德怎么样？阿什顿呢？或者用杰登？这个名字是不是特别好？"

"这种名字去年在医院里特别流行。大约一半的男孩子都叫艾登、布拉登、杰登或者卡登。"

约迪没说话。杜斯提没有抬头看，因为她知道自己快发火了。

"而且，那些孩子差不多都死了。所以我觉得几乎没什么意义。"

我并不想说一些听上去很冷血的话。不过这是实际情况。她又在浪费时间。好像这是我的错似的。

过了几分钟约迪才又开始说话："但我猜也有可能是女孩儿。我确实感觉这是个男孩儿，但事先考虑好，要比事到临头措手不及强。所以我想了克洛伊和佐伊。或者一个确实非常老的名字，像阿比盖尔什么的。你怎么想？"

"都是些可爱的名字。"杜斯提心不在焉地说。

初生婴儿房里的名字标牌，就是护士们塞到摇篮前面的那些标牌。男孩儿琼斯。女孩儿罗德里格斯。家长有时候会想好全名。我还记得被命名为安琪儿和宝贝儿的孩子，还有叫耶稣、埃尔维斯、贝尔、马丁·路德和卡艾尔的孩子。

那些没有取名人名字的孩子，他们取的名字是依照家里的人取的。

总是带有某种这个孩子应该变成什么样的人的想法。

"霍努斯和我谈论过名字。他确实想给他的儿子取名乔治。他说这是贝比鲁斯的真名。"

"贝比鲁斯？棒球球星？"

"是啊。霍努斯和他爸爸特别喜欢体育。他们说的全都是这些事。"约迪笑了起来。

"你也喜欢体育吗？"

"不，那是男人喜欢的东西。但这能让他高兴，所以我很高兴。"

路上有标志，能让驾驶员知道他们在犹他州网格系统上的什么地方。她们已经从杜斯提的房子向西走出了一个方格。她们走得好像不算慢。

在冷空气中，约迪的脸蛋像粉红色的玫瑰，她的眼睛也亮闪闪的。她显然对于能在房子外面待一阵子感到高兴。

"霍努斯真是个甜心，他总是用小礼物来让我惊喜。他又好玩儿又傻乎乎的。我真想念他啊。"

"他又被派到了哪里？"

"科罗拉多，丹佛。"她用非常轻的声音说出了地名，看着她的腿在雪中划出不平整的沟。

已经习惯于当寡妇了。

"你们通常会把刚刚结婚的男人派出去吗？"

"过去没有。以前是刚满十八岁的未婚男子，还有到了二十五岁还没结婚的老姑娘。但康斯托克主教说现在必须是青年男子，而我们没有那么多青年男子。所以他们让我们结婚，在一起待一个星期，然后就派他出去了。这有点像一个祝福，因为现在，当他回家时我就可以给他一个孩子作为惊喜了。"

"他会高兴吗？"

"他当然会高兴的！他想当爸爸，所以才结婚。"

"他长得英俊吗？"

"哦，我的天，是啊，他乖巧可爱极了。他比我高，嗯，高多了。他有褐色的头发，蓝色的眼睛，最好看的笑容。他在中学里打篮球，中学一毕业他就进了大学。我初一的时候他就已经在高中了，我对他一见钟情。我过去常去看他的比赛，他为杨百翰大学打球。"她带着怀念与骄傲的神情，就好像在回想她自己的成就一样。

"听起来他很可爱啊。"

"是啊，非常可爱，嗯，当他被指派到渥太华时他可兴奋了。他真的想被派到像日本这类地方去。于是我答应他，一定会等着他，而且我们做了些计划，还有一些别的。我怎么都没想到，我又会像现在这样等他。"

"自从这一切开始以来，我从来没有想到，我会做这么多我不得不做的事情。"

约迪看着她，有点担心地皱着自己光滑的额头："比如说？"

杜斯提等了一下，上下打量着白色的道路："我想我们已经走了一半的路程了。"

"我们可以休息一下吗？"约迪的声音可怜巴巴的，虽然还没流露出哭腔。

"我们不能休息。"杜斯提告诉她，"我们必须在找到一个暖和的地方之后再坐下。这么冷的地方对你不好，如果我们在露天里休息，这就会让你暴露在寒冷中的时间变得更长。我们就要到了。"

"好吧。"约迪又一次长时间地复述她爱看的电视节目，这一次是几个著名的富婆可耻的真实生活。在合适的时候，杜斯提会用简短的回答表示她还在听，比如"是啊""嗯嗯"和"哦，真的啊"。她不时地向后伸手，把手放在她的枪上，就像是在触碰一张护身符。

最后，杜斯提看见了前方一座房子的轮廓。两层楼，前门被风向内吹进了门道。下雪至少有一个好处，就是能让她看出最近有没有人进出房子。

"看！"她指给约迪看，后者向她指出的方向偏着脑袋。

"哦，哇！我们找到了！"

她们迟疑不决地跑着，挣扎着穿过路上的积雪，走到了院子边上。她们走得更近了，这时杜斯提看出这是一所大房子，有一个极大的凸窗。她笑了起来。

"这次可能算是来对了。"

门没锁。约迪开了门，她们一起走了进去。

杜斯提直接走向有装饰的壁炉。壁炉旁有一堆干橡木，她到处找引火的东西，最后从咖啡桌上拿起杂志，用它们生起了火。她拧开了暖气管，耐心地坐下调整炉火，一直到火苗发出呼呼的咆哮声。她告诉约迪在壁炉前坐下好好取暖，特别要注意她的腿。

"你别想拦着我。"约迪一边说，一边脱去厚厚的雪包裹着的鞋子。

杜斯提使劲跺着脚，然后开始仔细检查这个地方。

这显然是一个完整的家庭住的房子。沙发上有污迹，壁炉架上放着照片，厨房桌子边有一个塑料高椅子。在一个舒适的家庭娱乐室里放着一大桶玩具，房间就在主入口的一边。她打开食品储藏间看了看。除了其他的东西之外，还有一些汤她觉得她们应该带走。她想她应该让约迪来看看这些食物，因为大多数烹饪的事情都是约迪在做。她走上了后面的楼梯，开始探查各间卧室。主卧室的床上有一对死去的夫妻，他们的胳膊在毯子下面，搂着他们的孩子较小的尸体。

好吧，这样对你们也不错。合理的决定。

她从他们的淋浴室上面的窗台上拿了一瓶冰冻的洗发水，把它塞进了背包里。大衣橱里的衣服看上去都不适合她们俩。她关上门，走进下一个房间。

她在一个橱子里找到了几种棋盘游戏，把它们都放到了楼梯的顶端。她在背包里塞满了书，包括来自一个小女孩儿的卧室的大约二十本。这孩子喜欢科幻作品和幻想故事，看到这些，杜斯提睁大了眼睛。她觉得她很想到另外的哪个世界去旅游，换换口味。她在一个男孩儿的房间里找到了另一叠书，其中大多是探险作品。这个发现让她高兴极了，一看到它们就兴奋地踮着脚尖跳个不停。她觉得，单是这些书就不枉她们在雪地里的这番跋涉了。

她听到约迪走上楼梯："嘿，你暖和过来了吗？请你把这些游戏拿到雪橇上好不好？"

没有回答。

"约迪？"

她出了卧室，走进走廊。她看不到任何人。她的呼吸变得急促、刺耳，她把右手放在身后，做好了拔枪的准备。

"约迪？该死的，约迪，回答我。"

她走得很近了，已经可以看到主卧室的门又被打开了，而约迪就站在那里，眼睛盯着死在床上的那对夫妻。

"约迪，你把我的魂儿都吓掉了，你不该到这里来的。而且，当我喊你的时候，别不回答我。"

约迪转身面对着她，突然发火了："你怎么可以在这里这样说话？难道你对他们就没有一丝的尊重？这是他们的房子，而且他们一起死在这里。我希望他们能够被密封在圣殿里。"

杜斯提拉着她的袖子："快来吧，约迪，请你出来。你怀着孕，不应该在死尸周围待着。"

"在天上的王国中，他们将永远在一起。"约迪坚定地点点头，但她的眼睛里满是激动和不安。

"好的，这对他们太好了。请你从这里出来，好吗？"

约迪转身离开了房间。

"你应该试试右边的最后一道门，看看有没有合适的衣服。"杜斯提说。

"我觉得我们不应该拿走任何东西。"约迪转身对她说。

"什么？"

"这些东西不是我们的，不应该拿走。它们是有主的东西。"

杜斯提被弄糊涂了："他们已经死了，死人不再拥有任何东西。我们还活着，我们需要这些东西。我认为他们不会介意的，即使他们介意，他们也已经死了。再说一遍，他们死了，我们要把我们需要的东西拿走。"

"我不拿，我的衣服挺好的，我什么也不拿。"

"耶稣基督啊。"

"请不要无缘无故地说出主的名字。"约迪很不赞成杜斯提的话，她的嘴唇变成了扁扁的一条细线，表示她的否定。在气氛紧绷的那一秒钟里，杜斯提希望她仍然处于她是个男人的假象之中。那样她就可以恐吓约迪，让她乖乖地闭嘴。而在现在这种情况下，她们就得来上一番交锋了。她深深地吸了一口气。

"好吧。那是你的选择，什么都别拿。我要去装东西了，然后我们就离开这里。其他的房子我们以后再说。"

她推开约迪走了过去，拿起游戏就要走下楼梯。

"等等！"

她在楼梯的平台上转过身来。

"什么？"

"我们应该埋葬他们。"

杜斯提转身继续下楼："你埋吧，我等着。"

她在雪橇上放东西，装出一副不注意约迪的样子。但她的一只耳朵竖了起来，等着约迪真的把尸体弄下床。她把游戏摆上去，然后把背包丢了上去。她没有听到尸体落地的声音，只听到了约迪的呕吐声。

约迪走下楼梯，面色苍白，浑身发抖，用手擦着嘴。

"你没事吧？"

"不用你管。"

约迪又在壁炉前坐了下来。

"没错。"杜斯提昂首走进了厨房。

她扫视着那些货架，喃喃地对自己说："不知道不用新鲜鸡蛋能不能做蛋糕。"

"可以的。"

约迪静静地走到厨房的门边，杜斯提转身面对着她。

"得要点技巧，是我在做女童子军的时候学会的。"

原来有秘方啊。如果不是会从中得益，我都要感到厌烦了。

"好吧，那我就拿一些蛋糕混合料。想到蛋糕还有点期待呢。你

184

怎么看？"

"我想是可以的。"

"好的。"她拿了三盒混合料，夹到腋下。

约迪静静地走进了食品储藏室，开始挑选罐头。对于她的道德观念的突然转变，杜斯提什么也没说。她不想吵架。她只想快点装货，然后上路。

"你已经暖和够了，可以上路了吗？"

约迪撇了一下嘴："你确定我们不应该待在这里吗？"

"现在正午刚过不久，我们有足够的时间走回去。来吧。"她走向雪橇，把蛋糕混合粉摞了上去，把雪橇两边配平，"这里有好多食物。我们应该记住，以后食物少了我们再来。"

约迪在她后面跟了上来，把她的罐头食品放在雪橇上："你计划在伊甸住多久？"

"我打算等到冬天过完了再走。如果我知道犹他的雪会下成这样，我可能会在别的地方过冬。"

约迪轻轻地笑了一两声："我是奥格登人。我从来没见过这样的雪。一辈子都没见过。这次是，嗯，我见过的最严酷的冬天。"

"这么说，我的时机选得再好不过了。"

"是啊，千真万确。"

火已经慢慢地灭了。杜斯提原本想把灰铲出去，最终还是决定不去折腾了。她们关上了房门，没有锁门就出发了。杜斯提在前面，拉着稍稍落后的雪橇。她们一直按照原先的路往回走，杜斯提想到了她们留下的痕迹。她有意识地走到她们的脚印中间的雪上，而且把它们搅得乱七八糟。她不想让任何人看出曾经有两个人来回走过一次。叫人看不清数字的痕迹要比准确地报出人数好。当她回头看时，她看到了一条雪被翻起来的长长的痕迹，它可能是任何东西弄出来的。她想是不是该把热乎乎的枪在身边的雪地上放一阵子，这样任何追踪她们的人就都能够看到枪压出来的痕迹了。她觉得这种想法很傻，于是就没干。但她对于暴露自己的行踪感到有些不舒服。

她不需要担心。她们还没走到一半，雪就又下了起来。

当房子出现在眼前时，杜斯提看向约迪。雪花厚厚地积在她金色的睫毛上。一两片雪花落在她粉红色的嘴唇上，融化在那里。她发现杜斯提正在看着她。

"怎么了？"

"没什么。"

告诉一位美丽的女子她有多么美丽，这不是什么好事。如果她已经知道了，这会让她掌握压制说话的傻瓜的力量。如果她不知道，无论说什么也没法让她相信。杜斯提并不是样样都懂，但这一点她还是知道的。

"来吧，让我们进屋，生起火来。"

第七章

还是冬天

没完没了的冬天

令人不满的冬天

我们开始规划如何共同生活。当我读书的时候给我空间，在一小段时间的安静之后，我对她的忍受能力便会大为增加。约迪有点甜。为我烧水洗澡，我能拐弯抹角地在几个问题上说服她，不至于让我想要大喊大叫。我们住得很舒服，但乏味得要死。我又有了新书，这真让人高兴。是些我没有读过的好书。

她似乎不需要任何独处的时间。我不是很肯定她是不是从来没有自己一个人待过，也不是很确定她是不是有任何没有说出来的想法。

她们进入了一种有着固定程序的生活。她们谁都没有设置什么条件，她们没有就自己对对方的要求进行过谈判，甚至也没有直接提出过，但在一起的日子有了自己的节奏。

每天早上起来，杜斯提做的第一件事就是去管火。她封上火，把灰掏走，把一堆木柴带进来，放到顺手的地方，让壁炉里的火又熊熊燃烧起来。到了她到约迪的房间里做同样的事情时，约迪已经起来了。年轻些的女人总是负责做饭，杜斯提试都不再试了。利用手头上的食材做饭，约迪是把好手，从来也不浪费，她总是能做出能填饱肚子而且好吃的东西。在不做饭的时候，约迪就打扫房间、洗衣服、补衣服，重温那些她想念得脑袋发疼的电视节目。杜斯提想要她不再反复回忆霍努斯，但约迪对此沉默以对。

约迪的肚子每天都变得更圆、更大，硬得像个南瓜。当她突然容光焕发地招手让杜斯提过去把手放在她绷紧宽大的肚子上时，她们俩可以一起度过这难得的愉快时光。在这些时候她一定不会说话，就好像那个婴儿是一条鱼，可能会被吓跑似的。她会紧闭嘴巴，圆睁双眼，手舞足蹈。杜斯提永远不会对此感到厌倦，也永远不会放弃这样的机会。孩子是活着的，像个足球运动员那样踢腿，四肢长长的，样样都不缺。

现在已经是怀孕的第七个月了，约迪的情况很不错。杜斯提仔细地观察着她：她的食量增大了，她的睡眠时间很长，她每天很活跃，精神很好，时常出门到雪地里放松一番。杜斯提看得出，孩子还没有转过身来。他现在还是头朝上，脸朝前。她想过要把他转过来，但觉得还可以再等等。杜斯提不想让自己抱有希望。她努力让自己不要心存希望，她要关闭所有的房门，用理智、证据和先例的钥匙把它们锁上。但她还能感觉到，希望仍然在她的心中萌动，这是精神上的希望，只要一息尚存，就会拼死抗争。

到了晚上，约迪就去做晚餐。她确实可以不用新鲜鸡蛋、奶油或者牛奶做蛋糕，而且吃起来还不错。杜斯提会鼓励她在谈话中说一些超越当前的话题，她的努力有时候会成功。有时候，甚至约迪对她在诺曼洛克威尔的童年生活的回忆也很有趣。杜斯提有时想要告诉她自己的故事，但她看得出，约迪立刻就不想听了。她们感觉得到她们之间有极大的不同，并试图跃过这种差别。杜斯提每天晚上都会在客厅里的一把翼状靠背扶手椅上读一会儿书。她有几次尝试为约迪读出声来，但约迪总是会睡着，或者问一些不着边际的问题。于是杜斯提便不再尝试了。有不少东西她们无法分享，但她们可以分享约迪怀孕的喜悦。

杜斯提半夜醒来，心脏怦怦直跳。她以为这不过是又一个恶梦。现在有约迪与她同住，她已经不那么经常做噩梦了，但有时还是有的。她正在努力让自己的心跳恢复正常，但这时，惊醒她的声音又来了。

雪地摩托车。

它正在以最高速度行驶，发动机呜咽着，在寂静的夜里的每一棵树和静止的表面上回响。她穿着法兰绒长内裤匆匆跳下床来，从她的床头桌抽出手枪。她想也没想就把枪往腰带上插，结果它从屁股上滑了下去，掉到了她的睡衣裤腿里。她咒骂了一声，抬腿把枪从裤腿里踢到地板上，然后又伸手捞了起来。她带着枪走进约迪的卧室，把沉睡中的姑娘摇醒。

"怎么了？"

"嘘！听。"

杜斯提猛地把头偏向窗外的响声，约迪的眼睛已经因为恐惧而瞪得老大。

"你能爬到床底下去吗？"

她摇晃着脑袋："我肚子太大了，肯定做不到。衣橱怎么样？"

杜斯提对她点点头，她从床上爬下来，急急忙忙地进了衣橱。"好主意。"杜斯提说。

她轻轻走下楼梯，拿起倚着门放着的步枪。她很冷静，端起步枪，把它平放在窗台上，枪口向外对着黑暗。她没有点起蜡烛；她有壁炉中的火焰余烬。没有星星，没有月亮。只有落雪时的那种模糊不清的感觉。

一个黑色的形体大踏步地走上门廊，走得很快，丝毫没有遮遮掩掩的意思。拳头在门上敲了起来。

杜斯提跳起身来，退后一步，放下了步枪。她伸直手臂，平端着左轮手枪。

"滚开！"她对着门大喝一声。

"约迪！约迪！我来找我的妻子，约迪·欧博梅尔！"

楼上的她听到了高喊"约迪"的声音，立即从衣橱中冲了出来。她穿着睡衣冲下楼梯，脚步是如此的快捷，让杜斯提看得提心吊胆。杜斯提退了回来，约迪尖叫着向门飞奔而去。

"霍努斯？霍努斯，宝贝？哦，我的上帝啊，霍努斯！"她猛地一下打开了门。寒风把她的睡衣向后吹起，火光映照出她的胸部和肚子的轮廓。她散乱的红金色头发波浪般地向后飘荡，她眯着眼睛，透过头发向前看，用手遮住了脸。"真的是你吗？"

一个有着宽阔双肩的高大人影走进了门。他脱下了风雪面罩，露出一张生着胡须的英俊面孔。他的头发黑黑的，面颊深陷。他的眼睛在余烬的微光中闪烁，双臂环绕着约迪，毫无顾忌地抽泣着。

"感谢上帝，哦，感谢上帝。"

他们就那样站着，几分钟里相拥而泣。杜斯提放下枪，关上了门。她静静地等待着。她知道，他们终究会想起她来的。

霍努斯跪了下来，捧着约迪的肚子，亲了一遍又一遍："我的孩子，哦，我的孩子。我不知道我有了孩子，但我祷告过，我希望过。"

约迪的双手抚摸着他的头发，含着眼泪微笑着："我知道你会回家的。我的心知道这一点。霍努斯。"

他转过头，倾听着孩子的声音，他的视线与杜斯提的视线撞到了一起。他慢慢地站了起来。

"你一定是杜斯提兄弟。你照顾了我的妻子，我不知该如何感谢你……"他向她伸出手来。

"她不是什么兄弟，她只是杜斯提。她在亨茨维尔时装成了一个男人。你告诉他，杜斯提。"

"是真的，我只是杜斯提。"

霍努斯上下打量着她。她从他的脸上看到了混杂着困惑的不可置信。她觉得她也看到了一点点厌恶。

"你真的……所以你只是假装？"

"作为男人，我的处境会变得安全些。"杜斯提两手交叉放在胸前，等着下文。

凭什么我需要对你解释。高兴吧，我没跟你老婆干那事儿。混账玩意儿。

霍努斯的脸放松了下来。他看上去松了一口气，好像他能听到她想的是什么，知道自己是个幸运的男人似的。

"还是让我跟你握握手吧，因为我确实非常感谢你。她是安全的，孩子是安全的，而且我找到了她们。我太高兴了，太感谢你了。"

杜斯提放下胳膊跟他握手，仍然在适应他的存在。

"霍努斯，快坐下。你看上去饿坏了。让我给你做点东西——"

"不，你们俩坐下吧。我来做点什么东西。我敢肯定，你现在想和他在一起……"杜斯提向厨房走去，但想了想之后又改变了主意。

"你是一个人吗？"她又向门口看去。

霍努斯点点头："我的同伴死在科罗拉多，我是自己回来的。我来的时候连斯特林主教都没告诉。"

"有没有从亨茨维尔来的人跟踪你？那辆雪地摩托车是你偷的吗？"

"不是，我就是骑着它回家的。没有谁跟踪，从这里到那里全都是雪。感谢上帝，给了我那辆雪地摩托车。我没有对任何人说过你的那张纸条。"

"斯特林主教？"约迪看上去有些困惑。

"什么纸条？"杜斯提对他是怎么找到她们的更感兴趣。

"康斯托克主教死了，留下格拉弗斯主教掌管大权。我猜想，他在一段时间前出了事故或者不知怎么的也死了，现在是斯特林主教主持事务。你知道现在已经没几个还活着的人了吗？"他伸手从他的夹克衫内袋里掏出了一张牛皮纸。

约迪转身对杜斯提说："我们总是说，如果我们中的某个人因为什么事必须离开，我们存放秘密纸条的地方就是我们的结婚相册。那里有一个信封，嗯，用浆糊粘在纸上，那是我妈妈做的一份请帖。信封里面有一张空白的牛皮纸，可以写一张便条，于是我就给霍努斯留了一张便条，等他回家。"她转过眼睛，又崇拜地看着霍努斯的脸。她把牛皮纸的音发成了牛儿皮纸，就好像她从来没有出声地说出这个词一样。

"一开始简直让我发疯。他们告诉我说你在大雪天里离开了。他们说你行为古怪，不顺从，还想要……好吧，表现出对其他男人的兴趣，然后在一天晚上谁也没告诉就跑了。于是我就一个人坐在我们的房子里，觉得这不可能是真的。我拿出了我们的照片开始翻看，然后就看到了这张纸条。我刚刚到家大概五六个小时就马上去见主教，告诉他我要去找你，生要见人死要见尸。然后我就离开了，以最快的速度赶到这里。"

　　他们相互微笑着。杜斯提很满意，她站起来走进了厨房。她用碎咸肉和一些草本植物卤汁做成了一顿玉米饼大餐。她在炉灶上做糕点，听着另一间房间里的谈话。

　　"你就是一直骑着那辆雪地摩托车回家的吗？"

　　"后面拉着一雪橇的汽油。我真的是这么干的。"

　　"兰登长老出了什么事？"

　　"我不想说这件事，甜心。先不说这个，行吗？"

　　"行。好的，可以。你们真的去了丹佛吗？"

　　"我们……去了，我们去了。这件事我也不想说。丹佛，现在不想说。"

　　"那好吧，那你怎么这么长时间才回来呢？你们应该在几个月前就回来的！"约迪已经差不多是在呜咽了，杜斯提知道她几乎是在流泪了。

　　"真对不起，宝贝。在路上发生了可怕的事情，我心里只想着回家见你。我能在这里找到你和我们的孩子，我感到太幸福了，太幸福了，我真不敢相信我能做到这一点。"

　　杜斯提把玉米饼端上了桌，辅菜是热绿豆。她把食物递给他。他脱出约迪的怀抱，接过了食物。"谢谢你，杜斯提姊妹——"

"请你叫我杜斯提就好。吃吧，你看起来饿坏了。"

霍努斯虔诚地把盘子放在他的膝上，两臂交叉，约迪也两臂交叉。杜斯提看着，等着。

"亲爱的天父，多谢您。"霍努斯的眼泪夺眶而出，他挣扎着控制着自己，"您知道，这是我发自内心的感谢。在这一时刻，我胸中的感激之情无法抑制，为我们的一切感谢您，为我们的每一次呼吸。谢谢您，阿门。"

他扑向食物，大口大口地吞咽，好像已经好多个星期都没正经吃过东西了。看着他凹陷的脸和手上突出的骨节，杜斯提觉得可能真的是这样。

"多喝点水，慢慢地喝。你的身体会习惯的。"

他喝着水，眨着眼睛。

当他吃东西时，她们静静地和他坐在一起。约迪死盯着他，事实证明她是对的，她的眼睛因此而闪烁着幸福和满足的光彩。杜斯提发现，自己除了看火之外没法看别的地方。他们太亲密了，太古怪了。原来只有两个人的地方现在有了三个人，杜斯提发现自己深深地感到不舒服。他不愿意谈起他去了哪里，所以他们就没什么可说的了。

杜斯提把他的盘子拿到厨房去清洗。约迪带着霍努斯去了房子的后部，卧室的所在地。三间卧室排成一排，一端是浴室。她能听到他们在另一端小声说话，等着听关门的声音。一分钟之后她也去了卧室，突然希望，在她睡着之前不要听到他们干那事儿的声音。

她这样希望着，无法确定自己现在到底怀有什么样的情绪。

她走到她的卧室门前停了下来。约迪已经进了她的那间卧室，就是过去属于一个十几岁女孩儿的那间。杜斯提的卧室门开着，床已经替她铺好了，还为她点上了一根蜡烛。第三间卧室的门是关着的。她们都不曾使用过这间卧室；房间里的床在中间陷了下去，她们觉得这间卧室有一种挑剔劲儿，所以认为它过去属于这个家庭中年纪较长的一位成员。杜斯提把耳朵贴近房门，听到霍努斯在里面活动的声音，或许正在脱衣服准备睡觉。她赶紧缩了回来，回头看着约迪的房间。她在里面，哼着歌。杜斯提在两个房间之间来回看着，感到困惑不解。

约迪见到他时是多么的狂喜啊。为什么她不跟他一起睡呢？

觉得很神秘的杜斯提睡觉去了。

每一天的节奏有了新的安排。霍努斯干的活超过了他的份额，甚至还提出自己出去扫货。约迪开始不同意，害怕他的身影消失在她的视线之内。结果他第一次出征就赢得了她的赞同，因为他开着雪地摩托车出去，用的时间还不到走着去的一半，带回来了额外的汽油、蜡烛和巧克力糖水罐头。

他为观察约迪的身体检查而兴奋，为感觉到孩子的踢腿的动作感到高兴。

当他们三个人在一起的时候，他们对于孩子的期待带来的喜悦大大地增加了，这让杜斯提想象不出该如何告诉他们不要所抱有过高的期望。

她开始思考一些他们的孩子或许能够活下来的理由。亨茨维尔教区过去远离疫区，或许约迪从来没有真正地暴露在病原体下，或许持续的严寒让病毒难以繁殖或者活动，或许他们俩都具有自然免疫力，而且能够将它传给下一代。她觉得自己就像一个中世纪的医生，不懂得细菌理论，也对免疫毫无了解。她在对这种疾病的毒性或者性质几乎没有任何了解的情况下分析疾病。她的心头抱有希望，希望不会消失。

他们自己和相互之间都在做同样的事情，但他们的参考框架不是流行病学。

"但是，如果原来的契约被破坏了，而且我们是根据重新建立的契约结婚的，那这个婴儿就应该没事。"

"先知就是这么说的。但当我在的时候，亨茨维尔的任何一位姊妹都没有表现出怀孕的迹象。"约迪纤细好看的眉毛凑到了一起。

霍努斯止不住笑："我知道。但她们要老一些，而且她们或许不是……在所有的时候都非常亲密。"

约迪的脸红了。

杀了我吧。

"不管怎么说，我们干的所有的事情都是对的。我们一直等到了结婚，我们是通过主教结合到一起的，我们的孩子将会出生在契约之内。我们并不是没有原罪的，但我们虔诚、顺从。这种情况不会永远持续下去。健康的成人可以拥有健康的孩子，我们或许是第一批这样的人中的一对，但不会是最后一对。"他对自己满意地点了点头，仿佛确定无疑。

每一次，只要他们中的一个人有所怀疑，他们就会对自己杜撰这类肯定的叙述。他们一次又一次地反复在原地打转。他们的信心就是试金石，他们一次又一次地以此进行检验，保证他们的金子是真的。在他们进行这种交流时杜斯提总是不发一言，从来不知道该说什么。他们用了好多专业性语言。

杜斯提又有了新的谈话对象，她对此心怀感激。承认这一点似乎很可怕，但她实在受不了约迪了。霍努斯比他的妻子聪明，他很有趣，有时甚至反应敏捷，能够在约迪之前好几步看出一个问题的解决办法，只比杜斯提落后几步。他对杜斯提是怎样来到犹他的经历非常感兴趣，她又把自己的故事告诉了他，但在几件事情上做出了保留。

她在讲完故事时问："在科罗拉多到底发生了什么？"

霍努斯低头看着紧靠着他大腿上的磨刀皮带的剃须刀："我不能……我无法肯定我是不是可以告诉你。"

"为什么不行？"

"我……我们看到了一些可怕的事情。而且我的同伴死了。我在他牺牲了的情况下回来了。我只是……不知道说出这些会带来什么好处。这只会让约迪不安。"

约迪正在她的卧室里小睡。

"那你就只告诉我好了，我不会对她说的。我很谨慎，我知道外面的局势相当严峻。你知道我经历过些什么——"

"不是像那样的！"他的脸颊涨红了，她能看到他的脉搏在他又长又细的脖子上跳动，"这就像是……黑暗的中心。就像到了另一个星球上，我根本无法叙述这种情况。"

"你记日记吗？"

他抬头看着她："为什么问我这个？"

她耸了耸肩："我记。我一直在记日记，但最近好像觉得它更重要了。我在日记里记下了所有这一切，这个世界的变化，所有的事情。这就像一种精神健康体操。"

霍努斯叹了口气："你知道按照要求，我们必须记日记吗？"

"不，我不知道。这么说你确实记了日记？"

"是的，它就在雪地摩托车的侧袋里。我永远不想让我的儿子读到它，每天夜里我都想要把它烧掉。"

连想都没有想，她马上就说："把它给我吧。"

"什么？"

她正在飞快的思考着，她知道她必须让他同意这个提议，不能让他有机会多想。"这是一位传教士在一个从来没有任何人面对过的领域内的工作记录。我们需要把它保留下来，为了……为了让任何能够活下来的人阅读。"

我贪婪地想要它。我想探索一个人的整个内心世界。我想穿越他的守门人。

他过了一瞬间才开口说话："我不能给你，我真的不能给你。它让我感到太丢脸了。抱歉。"他拿起剃须刀和磨刀皮带，走回自己的房间，关上了门。

她一动不动地坐了很长时间。当觉得时间够长了的时候，她悄悄地摸到了门边。

她以恼人的慢速度转动着门闩，以她能做到的最无声的方式打开了门。寒风刀似的吹在她的脸上。她把霍努斯的一只鞋子放在门前，让门一直开着一条缝，这样也不会让门被突如其来的风吹得撞到墙上。

回头瞥了一眼，她走向那辆雪地摩托车。寒风吹透了她的衣衫，她没有停下来裹紧衣服。她用冻僵了的手拉开霍努斯的摩托车侧袋。她的手摸到了几条牛仔裤和一些果汁瓶子。当她的手碰到侧袋的皮革时，她发现了一本薄薄的亚麻布封面的日记本，一条缎带把它捆得紧紧的。

她急急忙忙地拉紧了侧袋，赶紧向开着的门里温暖的金黄色光芒冲去。

她像开门时一样，尽可能慢而无声地关上了门，她把拿到的东西紧贴在大腿边，打算在必要时随时藏起来。她拿着本子坐下，解开了缎带上的结。它轻轻地松开，东西偷到了。她手中紧握着霍努斯的日记本，一开始读就没法停下来。

霍努斯·欧博梅尔之书
由无名助产士描述

隆冬，半夜
我不该这么干，但我必须知道。没有去看大部分早期的旅行的描述。他们长时间地步行、骑车，穿过了犹他州。他们没有看到任何人。我想要抄录的是这个故事，它开始于行程开始后大约一个月。

第34天
昨晚很晚的时候，兰登长老和我来到了大章克申。正像人们让我们做的那样，我们试图找到在丹佛的神殿，但我实在不知道我们是不是能够到达那个地方。一路上我们始终走着荒芜破败的道路，实在让人心中气馁。我们努力克服恐惧，从主那里获得力量，但我们的心情十分沉重。

我们没有见到过活人。每一座建筑物里、停着的车里都躺着死人，到处都是。

有些是自杀的，有的则是互相残杀而死，浪费了天父给予他们的礼物。即使在这样严峻的考验中，生命仍旧是一个礼物。我已经不再哭泣了，但我深感不安。我热切地希望科罗拉多会为我们带来更多的希望，不会让我们像在亨茨维尔以外的犹他州那样失落。我祷告着，希望能够找到人们，把他们带回家，壮大我们的教区。

第35天

我们发现了大章克申的产业中心，但里面已经空无一人。我们胡乱吃了一点在仓库里找到的食物，在礼拜堂里过了一夜。这里寒风凛冽，特别是在夜里。

我们就着烛光研读经文，唱了一首圣歌，兰登长老领唱。最近几天他不太跟我说话，我们的任务变成了一项非常寂寞的使命。他在半夜中醒来时哭了，我没有睡着，我问他出了什么事，他说他想念他的母亲。

我也想念我的母亲。

第37天

今天在公路旁边一家已经是废墟的沃尔玛过夜。我们看到了招牌，兰登长老连一个字都没说就向这家商店走去。我知道里面会是空的。我是对的。这里一定会是人们光顾的第一个地方。

里面就像一处战场。没有被抢走的东西都被毁坏了。有些货架上一干二净。没有自行车，没有野营装备，没有刀，剩下的只有最不实用的鞋子。食品区发出腐烂的臭气，我们只能靠小甜饼和咸饼干充饥。

今天晚上兰登长老完全不想读经文或者交谈。

他把狗食堆当作床铺睡觉。但在知道他睡着了的时候，我为他做了祷告。

第 40 天

兰登长老的言行有些不妥，我不知道该怎么跟他说这件事。我很不好意思提出这件事，这并不是说我过去从来没有做过，只是现在做要困难得多，因为我已经结婚了，并且知道契约的祝福是怎么回事。我每天都受到诱惑，但因为她，我保持着自身的纯洁。我猜，他没有一个能够让他有这样的感觉的人，而且他现在还是个未曾尝过男欢女爱的男子。我觉得他很可怜。或许，如果我以同情的方式而不是评判的方式提到这个问题，他就能够理解了。

第 41 天

我猜测，我们的一切谈话只是让他确信：他应该在他言行不妥的时候走开。至少他不会再吵醒我了。

第 42 天

我确信我们迷路了。我们碰到了一次事故，道路被阻隔，这让我们离开了主要的公路，但现在我们找不到这条路了。我们现在用的是他的美国汽车协会的地图。我能看到公路应该在哪，但我似乎找不回去。天父啊，我觉得我们的使命可能要失败了。请您给我们送来一个可以和我们谈话的人，一只我们可以引导的迷途的羔羊，请让我们的时间和工作富有意义，请帮助兰登长老的心灵悔悟，让他重新追寻您。今天的他离我非常遥远。

第 43 天

我非常想念约迪。我还记得我第一次和她见面的情景。她身穿万圣节前夜的服装，显得如此美丽。我觉得她是一位公主。我们一起跳舞，艾格斯姊妹说要在我们俩之间留出一个四人座位。我们笑了起来，但还是这样做了。我时刻牢记着她的笑容，她柔软的皮肤。我和她结婚才一个星期，就在天父和主教的派遣下离开了她。我不想为此抱怨天父或者我的工作，但我觉得自己受了骗。我现在应该和她在一起。我问兰登长老爱过什么人没有，他看着我大笑起来，我也笑了，但他接着就开始抽泣。我猜我不该问这样的问题。

他很可能爱过哪个姑娘，但她已经死了。我向他道歉，但当然，这无法抚慰他受伤的心灵。

第 47 天

我们两个认为有人跟踪我们。

我们总是在半夜听到古怪的噪音。我们现在到了离葛兰木温泉不远的什么地方，看到了来自山下火焰的浓烟。我们感到兴奋，因为这里可能有人，但我们没有看到任何人。我们走了一整天，想要听到从任何地方传来的生命的声音，或者嗅一下烟味。在这第一个迹象之后，我们再也没看到什么。但接着，我在夜里听到了弹吉他的声音。我很肯定它进入了我的梦境。我梦到了一个火堆，我走了过去，布莱斯·斯图尔特正在那里为我们演奏。但接着我便想起布莱斯已经死了，我醒了过来，而这时，不知是谁的那个人仍然在演奏。我爬了起来，但兰登还在沉睡。我走出宿营地，听得更清楚了。吉他演奏者在很远的地方，弹奏的是齐柏林飞艇的一首歌的序曲，名字我记不清了。我向黑暗中呼喊，琴声停了。我再次呼喊，但没有人回答。我等待着，我敢肯定我听到了。

我敢肯定。我在那里不可置信地站了一分钟。

这是个女孩儿。她正在笑。

我走了回去，叫醒了兰登长老。他很烦躁，说这只是我的梦。

这不是梦。我又躺了下来，仔细地倾听，但我再也没有听到其他声音。

早上起来，我觉得浑身酸痛。如果他不相信我，我也懒得跟他再说这件事。他几乎什么话都没说。我们静静地阅读经文，吃豆子罐头和午餐肉。到了晚上，他马上就睡着了，但我没睡。入夜几个小时之后，它又开始了。

"哟呵！"

我看到兰登的眼睛一下子瞪得溜圆。这次他也听到了。

"哟哟哟呵呵呵！小伙子们！漂亮的小伙子们！出来玩儿"

我爬起来，但兰登抓住我的胳膊把我拉住了。"如果这是个圈套怎么办？"他问我。

"这是个女孩儿。"我告诉他，"你听不出是个女孩儿？"

"可能只是有人装出来的。"

高亢的声音又从外面传了过来，在宁静、寒冷的空气中飘荡。"我希望有一些漂亮的小伙子陪伴我，我希望我能看到那些小伙子。"

她用那样一种方式叫我们，其中带有某种意思，就像一个小霸王在嘲笑辱骂弱者；或者像一个农人在喊猪。我胳膊上的汗毛竖起来了，我知道这是那个精灵在让人躲开，但我无法不挺身面对。

我走到外面大喊着应答："有人吗？"

又传来了笑声："没有，没有人在这里。"

我还要继续喊，但她走了。我觉得她的声音是从我们上方什么地方传来的，但这怎么可能呢？早上我们到处找脚印或者痕迹，但什么也没发现。

但至少兰登现在相信我了。第二天我们制定了一项计划，要做出我们似乎已经睡下的假象，但实际上我们轻手轻脚地上了屋顶，要弄清楚谁在那里。我很害怕，但兰登很兴奋。

"为什么她不来和我们说话？"

他耸了耸肩："她不认识我们。可能她只有一个人，有点害怕。"

"那为什么她不躲起来？"

"我不知道。可能她很孤独，真的想来和我们会面，但她得先确认我们不会发疯。"

我觉得这简直毫无道理。但我们要在屋顶上藏起来，这一招说不定行得通。

第 48 天

昨晚什么都没听见。也许她会在今天晚上回来。兰登说他认为她会的，因为昨天晚上多云，她怕下雨所以没出门。我认为……

这里被剪掉了。空白了两页之后才又有了字迹。我有点累了，暂时到此为止。内容令人毛骨悚然，我也不想被他发现。或者我想被发现，我想和他聊聊这件事。

不，还是别让他发现为好。

204

第八章

　　一直没有写杜克和洛克萨尼的故事。就在助产士开始阅读霍努斯的日记的那天夜里，杜克和洛克萨尼正在洛杉矶北边不远，在5号州际公路上的一段空旷的道路上飞驰。他们爬上了山口，正在享受长距离滑行下坡的那种轻松的感觉。洛克萨尼已经留起了长发，她找了一条红色的大手帕当头巾，把头发捆了起来，让它不会遮住眼睛。杜克戴了一顶巴拉克拉法帽，让他的胡子不至于扫他的脸，但他从来都不知道，当洛克萨尼在他身后的时候，他的头发会打到她。她从来没有提到这件事。

　　他们已经从容地离开了加利福尼亚的内陆，道路两边被人遗弃的农庄为他们提供了水果和坚果。他们会停下来，扫荡路边的小商店。他们在帐篷里睡觉，直到天气开始变冷，然后在路边的各家汽车旅店里过夜。他们几乎每天晚上都聊到很晚。杜克有长期在路上生活的经历，他讲了许多这方面的故事。洛克萨尼讲的是赌场生活中的故事。他们能让对方哈哈大笑。他们虽然是为了图方便而组成的临时搭档，但也是一对不错的搭档。

　　他们一再讨论着瘟疫的情况。洛克萨尼建议他们在扫货的时候找找报纸，但他们从来没有找到任何报纸。他们用火焚烧八卦新闻和时尚杂志。洛克萨尼看着火焰中的那些女人的脸，不知道她们中有没有活了下来的。

而杜克想要扮演的是英雄的角色。他是一个很好的猎人，枪法很准。他一再告诉洛克萨尼，为了保护她，他会杀人，会做一切事情。她知道他说的是真话，他全身上下都透露着这种信息。她也知道，他或许根本做不了任何事，而她也接受这一点。

他教她使用那把马格南手枪。这把枪对她来说太大了，她总是没法适应它的后坐力。但她可以用它瞄准，也可以用它开枪。当他们骑车时她带着枪，当他们走路时他带着枪。

摩托车上的收音机能用。当他们在丛山和峡谷中时，他们听不到有关哥斯达黎加的广播的信号。有时候好多天都没有广播。循环广播发生了改变，西班牙语广播消失了，广播员的声音也不同了。有一天，广播里不再说哥斯达黎加，改说尼加拉瓜。杜克和洛克萨尼不知道这是什么意思，但他们已经好长时间都没见过一个人了。他们向他们能够发现的任何人类的踪迹赶去。

他们周围是中央山谷的废墟。这里是加利福尼亚的农业盆地，依赖用电力从其他州抽过来的水源。断电之后，山谷很快就干涸了。不少人在瓶装水喝完之后死去。他们爬上了汽车和摩托车，在实在坚持不住的情况下喝了带有农药与化肥的农业污水。在有些城市里，人们死于蓄意伤害和灾祸。那些离开了持续的照顾就无法生存的人们用尽了药物，没了运气，便不再享有时间。市政服务系统失灵了，随之而来的就是灾难，但来的最快、最不可避免或者最残酷的灾难就是缺水。在幸免遇难的小部分人中，绝大部分的人死于干渴。

就在霍努斯的日记被杜斯提拿到手的那个夜晚，为了赶快来到洛杉矶，杜克和洛克萨尼在夜幕降临之后很久还在赶路。他们认为，他们能在市郊找到更好的食物，他们的居住条件也可能更好一些。

在骑车的时候，洛克萨尼必须对着杜克的耳朵大喊才能让他听见，但不管能不能听见，她还是时不时地跟他说话。

"我希望我们能找到一个空房间。看起来，上次那个地方好像是在开大会或者搞什么别的活动时被瘟疫袭击了似的。"

他点点头，放慢了速度，驶进了洛杉矶北端的第一个出口。正如他预期的那样，这个出口和它周围的道路上挤满了汽车。他慢慢地在其中穿行，摩托车的轰鸣声响彻夜空。他在一个加油站停了下来，开始了令人厌烦的寻找和撬起汽油舱口的工作。他跪在地上，手里拿着管子和汽油罐，枪声骤然响起。

洛克萨尼吃了一惊，但她从靠着摩托车站着的地方跳了起来，拔出了手枪。

杜克抬头看了看，但没有动。

他们似乎是从四面八方过来的，全都是男人。其中有些人穿着制服或者碎成了布条的制服，说明他们过去是国民警卫队、洛杉矶警察局和联邦应急管理局的人。其他人穿着便服，但几乎所有人都带有军方人员的那种隐秘又僵硬的举止。开枪的那人穿着军装。他放下手枪，把它放进枪套。他走向前来，对杜克说话。

"这个加油站中的汽油属于赫兹将军领导的洛杉矶军方警备队。我现在以偷窃罪逮捕你。"

杜克慢慢地站了起来，摊开双手："听着，我不知道。我们现在就可以离开，抱歉。"

"这恐怕不行。"一个身穿品相良好的洛杉矶警察局制服的高个墨西哥人走上前来,"盗窃已经发生,你现在必须面见将军。"

洛克萨尼没有说话。她看着,差不多每个在外面包围着加油站的男人都在盯着她,只有那些正在和杜克说话的人除外。她想那几个是头儿。她是对的。

那个军人是一个矮胖子,是那种职业军人。他的肩上佩戴着V形肩章,即使在夜里也戴着照得见人影的墨镜。

"这是规则。"

杜克看着洛克萨尼。她没有反过来看向他,而是看着他们面对着的那伙人。

V形肩章最后看向她,似乎是跟着杜克的凝视才注意到她的,好像之前从来没有注意到她一样。"女士,在我们的基地里有一座女性兵营。当你的男人在这里受审的时候,我们很乐意让你在那里安身。"

洛克萨尼狠狠地瞪着他。她没法透过他那副该死的墨镜看到他的眼睛,但她知道他在撒谎。

她在他和那个警察之间来回看着,考虑着她该做何决定。最后,她回头看向墨镜。在弥散的光线下,她只能在镜片上看到她自己闪耀着的黑色影子。

"如果你们放他走,不伤害他,我就跟你们回去。"

V形肩章畏缩了。他身边的警察的身体不安地挪动着,他们的动作像连锁反应一样在所有人中间传播。

她听得到一些人在小声说话,还有几声压低的笑声。

"女士,是什么让你认为我们是这样办事的?我们只是在努力维持法律和秩序。"

洛克萨尼略微抬了抬下巴："那好，因为我根本没有盗窃汽油，所以我可以走了。你们可以带着杜克自己去见将军。"

他在他的墨镜后面咧着嘴笑，她看得出他病态的残忍。

"我看不行。"

"你们是同谋。"那个警察的眼睛看向一边，轻声脱口而出，"你也必须接受调查。"

她这次问的是那个警察："在你们的'女性兵营'里有多少女人？一个？或许是两个？"

有一个穿着联邦应急管理局西装的人走了上来："不，女士。通过良好的照顾，有许多女性热病患者幸存。有成千上万的女性生活在洛杉矶，其中大约有一百人住在我们的兵营里。"

洛克萨尼看着人群。这也是在撒谎，她不知道谎言的成分有多少人，但这话有问题。

"那太好了！在我在的拉斯维加斯，差不多没有哪个女孩能扛过来。我最好的朋友也病了。"她大声地说道，想让所有人都听得见她的话，"我敢说，你们这些人中，有很多人也目睹了你们的妻子和女朋友经历热病的情况，对吧？还有女儿们？母亲们？说说吧，难道她们都是婊子？"

他们中有几个人移开了视线。

那个警察走上前来，从皮带上拎出手铐。他走到杜克身边。

"先生，你因涉嫌在警备队盗窃被捕。我们命令你和你的女友前来接受审问。"

他把一只手铐套上了杜克的手腕，然后是另一只。杜克过去曾经被逮捕过。他看了看周围，知道自己寡不敌众。他想，如果他配合，他们俩可能会安然脱险。他信任了他们，他没有反抗。

洛克萨尼觉得她的心脏在她的胸腔里跳动，它在所有错误的地方跳动，而且跳得太剧烈了。她的手上还拿着枪。他们把杜克带走了，他在她身边时没有看她。没有打斗。没有最后一分钟的冒险行为。在权威的象征面前他俯首帖耳，让她自己任由命运摆布。

　　V形肩章慢慢地向她走来："你会喜欢兵营的。你和其他的女孩儿可以相互给脚趾甲涂指甲油，参与所有女孩儿的话题。你从来没有想念过这种事情吗？"

　　她的眼眶发热，她能感觉到，愤怒的眼泪涌了上来。

　　他的眼睛一直看着她的眼睛，慢慢地、慢慢地向她走来。她知道他是来取下她的枪的，现在是做出决定的时候了。

　　"有多少个？"她压抑着冲动再次问道，"有多少个？六个月里我只见到了三个女人。在那里有多少个？"

　　"太多了，数不过来。"他继续往前走。

　　"她们叫什么名字？说那些你认识的，你的朋友，那些你喜欢的。"她想让他说真话。即使这意味着生活在一个军方的营地里，她也希望那里有许多女人在什么地方一起欢笑。可以有什么人听她读爱情小说，让她不至于成为地球上的最后一个女人。这样她就可以活下去，最后不会发病。她想起了那个女扮男装的助产士，还有内蒂。她用力闭上眼睛，想把眼泪挤出来。

　　"特丽、玛丽、谢丽、卡丽、白雪公主和灰姑娘也在。别担心。你很快就会看到她们，过来吧。"

　　他的声音很低，很甜，很有欺骗性。这是她听过一千次的那种声音。

　　来吧，现在就做。来吧，只给我一点就行了。现在就来。来吧。

　　她没法相信自己有足够的能力端起枪来。她就这么开了一枪，胳膊都没打弯，子弹打中了他的大腿。他双手捂着伤口倒下了。他的腿没法动，咬着牙嘶叫着。

"该死的浑蛋。"她清楚地说道。他们中有些人开始向她走来，其他人只是瞪眼看着。她只有一瞬间的考虑时间，但一切似乎都动得很慢。

这一枪该打我自己的脖子还是打进油泵？这一枪该打我自己的脖子还是打进油泵？

一个看上去很年轻的家伙已经差不多扑到她身上了。她现在认为自己两件事情都做得到，她向离她最远的油泵开了一枪。这一枪准确命中，但油泵被弃置的时间太长了。它虽然烧了起来，但没有爆炸。动作片里的那种轰鸣的爆炸根本没有发生。她盯着没有爆炸的油泵看的时间太长了，结果那小子扑到了她身上，他们俩一起猛地撞在摩托车上，撞倒了车之后两个人都摔倒在车上。他按住了她，另一个家伙走了上来，冷静地一脚踢在她的太阳穴上。她失去了知觉。杜克挣扎着与抓着他的两个男人搏斗，结果肩膀受了伤。这是她看到的最后一幕。

两天后，洛克萨尼在守备队驻地醒了过来。她的视线还有重影，和她一起在那里的另一个人是个女孩儿。那孩子很年轻，有发育性残疾。她不会说话，所以洛克萨尼从来不知道她的名字。那孩子一直在朝她疯狂地做手势，但洛克萨尼只知道两个手势，一个是请，另一个是谢谢你，再加上几个下流的动作。这个聋哑女孩儿一年后死了。洛克萨尼活了很长时间，但她再也没有见到杜克。警备队的无线电广播不断地让人们走下5号州际公路，但并不总是能起作用。

一直到死，她都是住在那里的唯一一个女人。

在杜斯提拿了日记的几天之后，她在早上醒来时听到约迪和霍努斯在厨房里争论。

"我不管！时间太长了。"

"亲爱的，不会有问题的。我保证。"

"要两天啊！要整整两天！绝对不行！"

杜斯提走出卧室，揉着自己的头。当她走进厨房时，他们转身面对着她。

"早饭马上就好。"约迪说，转过了身子。

"杜斯提。"霍努斯拉开一把厨房的椅子，两腿夹着桌子，面对着它坐下。

"嗯。"杜斯提打开窗户，装了一锅雪准备冲咖啡。

"我想做一次两天的扫荡，去奥格登，来回两天就够了。我们需要一些东西，是在伊甸这边的房子里找不到的。这事不干不行。"

约迪还面对着炉灶："什么事情都可能发生在你身上，你可能会从雪地摩托车上摔下来，也可能会迷路。或者，嗯，被疯狂的人杀害。"

霍努斯叹了口气。约迪走了过来，在杜斯提面前放下了一个盘子。又是鸡蛋粉。杜斯提叹了口气，但还是埋头吃了起来。她在炉灶上锅里的水开了的时候站了起来，冲了一杯咖啡，回到桌边坐下，小口地抿着。

约迪为自己和霍努斯摆上了早餐。霍努斯做了祷告，然后他们便一言不发地吃了起来。

过了一小会儿，杜斯提说："我可以跟你一起去。"

霍努斯抬起头来。约迪看着霍努斯。

"这会比你一个人去更安全，我们可以相互为对方望风。我需要再找一件紧身背心。而且，为了迎接婴儿出生，我需要一些这里没有的东西。"她边喝咖啡边说。

霍努斯开始时反对道："那我们就得把约迪一个人留在家里了。如果她出了什么事怎么办？如果孩子……"

约迪瞪着他："我不想让你去，也不想一个人待着。"

"如果杜斯提跟我一起去，你会感觉好一些吗？"

约迪咬着下嘴唇，这样做的效果太有杀伤力了。

"你只需要静悄悄地待着就行了，而且我早就教过你该怎么使用步枪。只要两天。"杜斯提看着他们两个。她闷在屋里憋坏了，但原来也没想过跑那么远。

"最多两天。怎么样，宝贝？"

约迪一会儿看看这个，一会儿看看那个："今天别去，行吗？"

"今天不去。"霍努斯欢快地回答道，"大概再过一两天吧。"

杜斯提确实教了约迪怎么开枪，但她觉得这个女孩儿可能永远也做不到。拿着枪时她实在是太别扭、太害怕了。她的心没放在这上面。杜斯提觉得，如果让她的生命处于危险之中，她或许会习惯的，但她更有可能会选择听天由命。

霍努斯在跟约迪告别之前表现得爱意绵绵。约迪享受着这一切，就像父亲跟前一个永远都长不大的娇娇女，而这时杜斯提就试着用劈柴和在自己的卧室里读书消磨时间。到了夜里，她等着看欧博梅尔夫妇会不会在一间卧室里睡觉，但他们没有。

到了选定出发的那天，他们在黎明前就起床了。按照要求，约迪合上了所有的百叶窗和遮阳板。她只会在夜里生火，睡觉时会在卧室里放一支步枪。霍努斯与她拥抱道别，她颤抖地哭着。他想要比平时更加热情地吻她，但她只用嘴唇在他的嘴唇上蹭了蹭就把他推开了。杜斯提又把约迪应该注意的症状讲解了一遍，并嘱咐她尽可能地保持放松。

"你现在不用给任何人做饭了，而且我们住的地方什么问题都没有。放轻松。"

约迪撅了撅嘴。"但我没什么可干——干的了。"她呜咽着说。

"那就读书好了。"

约迪做了个鬼脸。

他们出门后她锁上了门，他们在刚刚露出一点曙光的时候出发。杜斯提坐在霍努斯身后，手背在背后，放在座位上。等到觉得这个姿势不舒服了，她就用胳膊搂着他的腰。她努力不去想他们之间的接触，而是把注意力放在道路上，但收效甚微。

在下雪天使用雪地摩托车是最佳的旅行方法。没有铲雪机，而且道路几乎看不见。到处都是白茫茫的一片，他们穿过空地、交叉路口和原野。他们按照公路上的标志赶路。奥格登并不远，雪地摩托车很快。他们没多久就到了。

他们在奥格登购物中心外停了下来，杜斯提下了车："你为什么要告诉约迪需要两天？我们今天晚上就可以回去。"

霍努斯朝她咧着嘴笑："我有一个计划。而且在这里我们也可以装上好多东西。来吧，我有好多东西想要让你看看！"

霍努斯艰难地穿过雪地向购物中心的主要入口走去，杜斯提意识到他以前肯定来过，而且是不久以前。

霍努斯写下了一个清单。他没有拿给杜斯提看，但他们说到了它。他觉得她应该给自己搞一辆雪地摩托车。她觉得他们不可能找到，但霍努斯说里面有一些，但他拖不出来。

"它们真的太沉了，但我想，我们一块儿干应该能行。"他兴奋地告诉她。

他领着她往前走。购物中心里面一片漆黑，只有中央的空地有光透进来，那里的一扇天窗被雪压垮了。灰色的自然光在了无生气的自动扶梯上闪耀。

杜斯提打了个哆嗦，一方面是因为冷，另一方面是因为她想起了自己在另一个购物中心里的经历。"我不喜欢这里。"她说。

霍努斯回头看着她："为什么？"

"我们被关在里面了。而且这是扫货的好地方，任何人都可能来。或者已经在里面了。"

他咧着嘴笑了笑："但传教士们已经把所有留在奥格登的人都带到亨茨维尔去了。"

"在此之后任何人都可能会来。"

"你在入口处有看到脚印吗？"

一直在下雪。即使有脚印现在也被埋上了。可能确实没事。希望如此。

她有些不安地看着身后："我明白你的意思。但我还是不喜欢这里。"她摸了摸腰带上的两把枪。

他们一起走上了扶梯。

有关雪地摩托车，霍努斯说得对。摩托车售卖店在楼上，商店里有两台陈列品。他告诉她，售卖店是送货的上门，从成品库里调拨摩托车送过去，这两辆只是被放在这里展示的。

"但这里还是有车的。能跑。而且我在外边的罐子里有汽油。"

那辆车是个大块头。他们哼哼唧唧地把它推上了一台宽大的塑料雪橇，那是他们从一家儿童用品店里扫荡来的。最后他们总算把它从展品台上挪了出来，然后躺在地板上喘粗气。

他们把它推了出来，弄到了楼上的中央大厅，一边推向自动扶梯一边呼哧呼哧地喘气。

"我们别把它推得太狠了。"放在塑料雪橇上的摩托车顺着自动扶梯滑了下去，当它开动时霍努斯说。几秒钟后它就撞到了地板上，发出巨响。霍努斯咬紧了牙关。

"嘿。"杜斯提有点恶心，累得要死。雪地摩托车侧面倒在地上。

"让我们在回去的时候再管它。"霍努斯亲切地说，"我去为约迪和孩子找点什么。你没事吧？你就在这层歇歇吧。"

"好的，我没事。"

"需要我的话就喊一声。"这时他已经慢慢地跑开了。

杜斯提先转了转，然后就开始干活。她想念旧金山。不但在这个购物中心里，在整个犹他都一样，所有的东西都有一种宽泛的质朴的感觉。她看到的消费品就像在伊甸的房子里的装饰一样：有地方的特色，显得俗气又乖巧。她觉得想念大城市有点傻，她的城市的核心是由人组成的，而现在在城市里已经没有人了。

她想到了杰克和他们约会时去过的地方。她想起了光线暗淡的苦艾酒酒吧，还有博物馆和画廊。她想到了城市里的餐馆，她的胃自己痉挛了起来，尽管她并不饿。她想起了那些纯净的味道，烤制的骨髓和当地的蔬菜，想起了鸡尾酒和手工制作的奶酪。她从过去的那种有钱人的生活一下子回到眼前。她想起了他们是怎样谈论着文学、音乐和医院政治的。他们猜测着；他们的朋友什么时候会开始有孩子，并从他们的生活中消失。

她死死地盯着一个男性人体模型，它穿着袖子挽到胳膊肘的法兰绒衬衣和一条短腿牛仔裤。

"杰克。"

她不知道她叫出了声。

除了食物和饮料，除了神奇地在浴室墙上喷射热水的淋浴头，除了电视和互联网以及陌生人的嗡嗡声，她想念那些交谈，几乎超过了不需要时刻保持警惕的那种安全的感觉。她想念那种能够轻而易举地在同侪之间得到理解和互相联系的时刻。想到这些，她的眼睛感到刺痛。

早也读书，晚也读书。读小说，写日记。手上是纸张，嘴里是沉默。这是不够的。

她转到角落里，发现了一家大的书店，但卷帘门被放了下来。

过了一会儿，霍努斯发出一声短促的高音口哨，吓了她一跳。她把脑袋从她置身的一个游戏店里钻了出来。

"你没事吧？"

"我很好。你好吗？"

"是的。"

杜斯提回头看了看她面前的货架，选了她觉得会很好玩儿的两件木头游戏。她继续向下一家商店走去。她真的不需要任何东西。她有好多衣服。他们弄到了大量的食物。她或许应该在楼下的哪家核心百货商店里找点工具，打开那家书店的大门或者在上面凿个洞。她在大部分时间里忧郁地浏览着，感觉自己对于一个似乎很久以前的世界充满了刻骨铭心的怀念，而那个世界是一个荒唐的存在。

下午比较晚的时候，霍努斯找到了她。

"楼下有一个希科里农产品店，里面还有不少食物。而且我知道我们可以到哪里睡觉。"他大咧着嘴笑着。

"你为什么这么高兴啊？"

"我给约迪找了些真正的好东西。你可别告诉她哟！我要给她一个惊喜。"

霍努斯在楼下发现了一个卖大型豆袋椅的商店，大小足够在里面睡觉。他们在一个纺织品店里拿了被子，在豆袋椅店里搭起营帐，然后在希科里店里吃晚饭。所有的食物都咸得要命，但味道鲜美。杜斯提用她的折叠刀切开了熏香肠，霍努斯用一截绳子把大块的奶酪切开。他们把这些东西全都放在咸饼干上，望着雪穿过天花板上的洞向下飘落。

"你觉得世界上还剩下多少人？"他问她。

"我不是很肯定。我见到的不多，很难推断出一个数字。反正不多。"

"当你在医院里工作的时候，你们知道这是种什么病吗？"

"不大知道。我们知道它干了些什么，也知道我们拿它毫无办法。我的搭档是杰克，他有一些想法。他在实验室里工作，但他们试用的一切方法都不起作用，死了很多人。"

霍努斯安静了一小会儿："许多女人在生产的时候死了，对吗？"

"是的。"她谨慎地说，"死了很多。"

"是已经得了病的吗？"

她叹了口气："有些是，有些似乎是一下子就病了。我当时的记

218

忆非常可怕，而且我也不知道，这次瘟疫是不是现在还在什么地方流行。"

霍努斯又吃了一块咸饼干。杜斯提打开了一瓶汽水。

"这么说，你的搭档，嗯，你的搭档也在医院里，或者说……"

"我的男朋友，但那个词老是让我觉得自己又回到了中学。我们住在一起，我们是搭档。"

"哦。他是医生吗？"

"临床病理学家，应该算是实验室科研人员，而不是外科医生。但你没说错，他是医生。"

"哇。他一定很聪明。"

"他过去很聪明，他是很聪明。如果他还活着，我可以用现在时态。"

"你们是怎么失去联系的？"

"我病倒了，当我好转的时候他不见了。他很可能认为我会死，我也以为我会死。我不觉得他离开有什么不对。我希望他能活下来，能让某个地方变得更好。"

"你想过去找他没有？你不想念他吗？"

"我当然想念他！"这句话她说得太突兀了，她缓和了一下语气，继续说，"我非常想念他，我想念很多人。我不得不离开那座城市，那里几乎没法找到任何人。我连我该怎样开始找都不知道。我们现在要做的事情就是活着，而且找到一种方法继续活下去。就这么回事。"

"我们还有别的，我们有未来。例如我的儿子。"

他在对他自己说话，重复他的教义问答书。向他确认这一点不该

219

是我的事。还不到时候。

她没法看向他："我真的希望你有未来，你们俩的未来。我真的希望她能顺利地把孩子生下来，母子平安。但你必须做好最坏的打算。"

"你给哪个孩子接过生吗，自从……"

"离开医院之后，没有。一个也没有。但我听一个女人说她干过，那次她的运气并不好。"

霍努斯没有问她详情。

杜斯提起来走向另一边的一个柜台，带回两瓶可乐。

"你是怎么知道你想跟约迪结婚的？"

霍努斯咧着嘴笑："她简直太乖巧可爱了。她老是在我周围转，去看我的比赛。我知道她喜欢我。"

杜斯提努力不让自己的声音显得失望："那你们俩有很多共同的地方吗？"

"杜斯提，我知道你要说什么，我爸爸问过我同样的问题。约迪非常孩子气，她很单纯。但她真的很善良。而且她会成为一个优秀的母亲。"

杜斯提点点头，喝起了可乐。

"你曾经想跟杰克结婚吗？"

她摇了摇头："我们不是体制的忠实拥护者。我觉得它很压抑，他觉得它很古老。而且，一直到法律改变了之后，我们的好多朋友才能结婚，在很长的一段时间里，它看上去就像是胡闹。"

"哦。哦。但是你不想要孩子吗？"

杜斯提耸了耸肩："我把孩子当作一种生活手段。我每天都可以得到生活中的奇迹，那就足够了。"

"但这跟有你自己的孩子不一样。"他反对她的看法。

"是啊,确实不一样。"

"那你从来没有想过要孩子吗?"

她平视着他,他并没有评判她的意思。对她提出这个问题的人都没有这种意思。这只是他们拼命需要确定她的想法的方式,他们想要知道这一点,并以此判断你是否正常。

他等着。

"让我们先看看约迪生孩子的情况如何吧。让我们看看,到底有没有人再次能够在生孩子时活下来。怎么样?"

霍努斯看着他的大腿。过了一会儿,他又说话了。

"杜斯提是你的真名吗?"

这让她吃了一惊。

"你告诉教区的人你叫杜斯提,是因为你装扮成了一个男人。但杜斯提也可以是一个女孩儿的名字,我只是……我觉得这不是你的真名。对不对?"

"不是。是的,我的意思是,你说得对。杜斯提不是我的名字。"

"那你叫什么名字呢?"

她又一次感受到了它,那种拖曳,那种在她的真名上附带着的力量。她可以再告诉他一个假名,但这只会让约迪觉得更复杂。她看着他,感到自己被他吸引,再次感受到当他们骑摩托车进城时,身体紧靠在一起时的那种感觉。

"现在我用杜斯提这个名字就好。"

他笑了起来:"我敢说我猜得出来。"

"我敢说你不行。帮我把那道大门切开吧。"

他们拂去了手上的食品碎渣,她指给他看那个上了锁的书店。

他们寻找螺栓割刀，但没有找到。他感到遗憾，她感到失望。他们在他们庞大的豆袋椅子里睡觉。

他们把他们的袋子挪近，但没有近到相互碰得到的程度。

"杜斯提？"

"什么事？"

"你最惦念的东西是什么？"

她想了一下："人还是东西？"

"那当然是人了。但有什么东西是你最想要的？"

"互联网，我是个上网瘾君子。你最惦念什么？"

"冰淇淋，我想找一个冰淇淋机。还有我妈妈的烘干机，这样就可以穿热乎又软和的衣服了。虽然约迪已经尽力了，但是……"

"是啊，这不一样。你知道我一直在想些什么吗？"

"什么？"

"几年之后，所有的汽油就都用完了，咖啡也没了，菠萝、巧克力、椰子和所有我们从其他国家带进来的这些东西都没有了。我很可能永远也不会再有香蕉吃了。"

"哎呀，没有香蕉了。"他听上去像是在哀悼。

"是啊，我会想念它的。"

"婴儿香蕉食品还是挺不错的，我们可以去扫荡一些。在失落的世界永远消失之前，或许也可以让那个孩子尝尝滋味。"

霍努斯没再说话。杜斯提伸出手来，但她的手指什么都没碰到。他们睡着了。

在外面失落的世界中，成千上万的士兵在世界结束之前被派往海外，他们现在没法回国。在阿富汗的荒野里，在伊拉克的古老城市里，他们只能在那里走出自己的路来。在欧洲的基地里，他们只能靠炮火抵挡当地人，守住自己的阵地。当弹药耗尽之后，基地将被占领。在非洲的和平队队员们意识到他们无法靠游泳回国，他们与故乡永别了。遍布亚洲和加勒比海沿岸地区的游客被滞留在机场，被使领馆遗忘，但他们一时未死，而且有充足的时间领略在异国他乡永久居留的恐惧。在海面航行的船只满载着疫病的死者，有些船上还有几个不走运活了下来的灵魂。

在这个失落的世界中，人们在最后的几个月和几个星期里所做的选择，决定了这么多的人将在什么地方陷入孤立无援的境地。不熟悉的环境也增加了死亡者的数目，而地球的人口总数在不断地减少。

早上，他们又一次向那辆雪地摩托车发起了挑战。他们把它扳正了，又把汽油带了进来，这样他们就可以把它开出门。这辆摩托车比霍努斯的那辆款式更新，带有商店想向人炫耀的一切装备。杜斯提觉得她必须慢慢熟悉它，但熟悉了之后这就很可能变得非常好玩。

中午之前，他们找到了他们想要的一切。他们坐在豆袋椅上吃牛肉干、咸点心和水果干。

"我说，可以问你一个私人问题吗？"

"问吧。"霍努斯说。他的脸像一本打开的书那样任人阅读。

"为什么你和约迪不在一间卧室里睡觉？"

"哦，这件事。"他脸上一红，"反正我刚好想问你这件事呢。约迪觉得，我们俩那个……在一起可能会伤到孩子。"

"哦，就这么回事？我可以告诉她这样做没事。这是完全没有关系的。"

"好啊，你的话说不定管用，但还是……"

"还是什么？"

"约迪她……她不是很……她从来没有真的……很享受……"霍努斯的脸几乎变成了紫色。

"她对性不感兴趣？这没关系，霍努斯。我当了很长时间的护士，我的工作大多数时候和妇女健康有关。可能有什么问题会让她感觉疼痛。或者也可能，她因为教养而对这种事有些害羞。"

"教会教导我们，这是婚姻美好、神圣的一部分，它让我们更加亲近，甚至能为我们带来孩子。我觉得不是这方面的问题。"

"好吧。"杜斯提有些怀疑地说，"她说这会让她疼痛吗？"

"没有，头几次之后就没有了。我真的很温柔，但是……"他拖长声音了。

"对。从那以后呢？"

"她说她就是什么感觉也没有。她不是非常……热情。"

杜斯提能够看出，他太不好意思了。

"你们俩试过改变体位，或者尝试过……其他方式吗？"

"我……我已经做了类似这样的建议。她感觉非常恶心，我不知道这是不是只是因为怀孕，但是……是的。她就是不感兴趣。"

"好吧，她可能就是没有多少性冲动。这种情况有时会发生，而且这是正常的。但我想，更可能的情况是，她只是还没有发现什么会让她燃起热情。你可能必须引诱她。"

"什么？我要怎么引诱她？她已经是我的妻子了。"

"做许多前戏，多多地抚摸她。如果她觉得不大舒服，你或许可以找到一点小的趣味用品。现在这是稀有物品。楼上有一家店里就有这东西。"

他突然站了起来，快步冲出了他的豆袋椅。

"你没事吧？"

"没事。没事，我很好。"他走出商店，在中央大厅里站了一会儿。当他转身走出去时，通过白天昏暗的亮光，她只能看见他的轮廓。

从医学的角度上，她对这种现象的诊断是：这次谈话发生在长期无性的生活之后，很可能是他有生以来关于性的最明显的一次，于是受到了刺激，产生了这样的结果。但她的反应却并非出于医学的角度，她只不过紧张与悸动了一瞬间，一切火热与刺痛都被隐藏在身体内部。

冬天，在购物中心

我几乎忍受不了他们了。完全忍受不了。对霍努斯的兴趣，已经在边缘上了。有时候我可以和他做一次长谈，比如今天晚上。大部分时候霍努斯说到他老婆就犯傻，而且他乐观得让我简直想呕吐。约迪蠢得一塌糊涂，我简直要受不了了。如果不是因为她怀了孕，我现在早就把她踢出去了，让她回亨茨维尔去。

在我们离开前，去为自己搞一个小玩意儿。

他们分乘两辆雪地摩托车回去，杜斯提放心了。她没过多久就习惯了这辆车，发现它能够开出惊人的速度。他们在邻近他们房子的一所房子那里停了下来，霍努斯把他的一个包丢在了那里。

"以后再给约迪一个惊喜。如果我把这个包带进房子，我肯定会立马一股脑地全给她。"霍努斯微笑着说。

他们回家了，约迪准备了热汤等着他们，她既担心又紧张。但他们告诉她，这次旅行干得不错。

冬天，每天都一模一样

既紧张又可笑，我很肯定霍努斯也感觉到了这一点，但约迪毫不知情。每当她听不到的时候，我们都在谈性的问题。如何触碰她，如何跟她谈话，如何点燃她的激情。他说他不会自己动手，因为这是错误的，但我怀疑他的话。我觉得我在隐藏这件事方面做得不错，但这让我情绪低落，低落到了最低点。创伤，失落，冲击，为我的生活担惊受怕，但还是这样。我们这个物种在这方面受到的影响如此强烈。无论在什么情况下总是如此。还记得在大学里跟我的第一个同伴，我们总是一门心思地想在一起。我们都不怎么去上课，直到我们的解剖课都没考及格。讽刺。现在就是这么一种感觉，让人悸动的疯狂。不可避免的是那种疯狂，很可能是毫无意义的疯狂。

不是杰克，不是杰克，谁也不是。希望你出来了，希望你活下来了。在什么地方。从来没有找到你，从来没有找到我。这个不是那个。

在还不算太晚的时候，旧金山分校每个没有得病的人都被直升飞机送到了机场，然后飞往一个疾病防治中心——联邦应急管理局在欧扎克山脉建立的营地。约翰·埃伯哈德医生（除了他的妈妈，人人都叫他杰克）也在其中。他没有表现出患热病的任何迹象。但必须给他服下镇定剂，因为他不肯自愿离开实验室。当飞机颠簸地在密苏里着陆时他醒了过来。他们把他的设备还给了他，他们没有把她还给他。在好多天里，他都想尽方法让自己相信她死了。她肯定已经死了。营地里有四位女士，五十五位男士，没有孩子。他是唯一从西海岸疏散的医务人员，他遇到的每个人都来自南方，有几个来自纽约。

他们在一起工作，使用疾控中心为他们提供的样品。检疫隔离是绝对的。一个月以后，他们分离了病原体。他们了解了它的DNA，并认为他们已经找到了疾病之源。他们开发了一种疫苗，一批联邦应急管理局的工作人员带着疫苗飞往圣路易斯，寻找疫病感染者，测试疫苗的效果。这批人还没有回来。

但杰克有意地接触了病原体，他没有告诉任何人。他没有出现症状。他做了违反规定的事。他向来自亚特兰大的奥斯汀·卡尔霍恩医生坦白了这件事，后者曾眼睁睁地看着自己的三个女儿病死。卡尔霍恩点了点头，没有做出评判。后来卡尔霍恩也这样做了，两位男士都有了免疫力。

他们终于在圣路易斯找到了一个染病的年轻女孩儿，这时已经快到夏天了。她怀孕了，但她已经不能说话了。他们采取了一切可用的预防措施，也给她注射了疫苗。当她死的时候，他们剖腹取出了婴儿。那是个小女孩儿，出生时就是灰色的，已经死了。他们争论着，这两位病人是不是在测试开始时便病入膏肓，已经无法挽救了。他们争论着，会不会是疫苗本身让她们不治身亡。他们对这对母女做了病理解剖，却仍旧无法得出一致的结论。

就在他将这个婴儿的大脑切片夹在玻璃片里的那天，杰克冷静地服用了一剂致命的过量吗啡。

在这样的世界中，以这样平静的方法死去，是他能够采取的最有特权、最自私的行动。这是他脑海中的最后一个念头。

第九章

霍努斯·欧博梅尔之书

包括第一个蜂房的故事

由无名助产士描述

第 53 天

我们和阿曼达一起在她的"蜂房"（她自己这样说）里待了两天。那天晚上他们在屋顶抓到了我们，并且把我们带到了这里。他们强迫我们喝烈性酒精饮料，接着人们就在那里随着奇特的鼓乐跳舞。我非常害怕。他们剥光了我的衣服，又强迫我喝酒精饮料。他们给了我一根烟斗抽烟，我抽了。我觉得那是大麻。闻上去是我在中学里认识的那些问题少年身上的味儿。好多好多天后我还能感觉到那种味道，我丧失了感受时间的能力，我忘记了我是谁。我醒来后觉得恶心，口干，头在怦怦怦地跳。我觉得我要死了，但却活了下来。

阿曼达是个美丽的高个子女孩儿。她长着金色的长发，翠绿色的眼睛。她几乎不穿衣服，只有比基尼内衣和透明的连衣裙。我努力不看她，她不和我们俩说话。她对所有的男人说话，好像他们只是一个人。这里有大约二十个男人。他们全都嗑药。他们中大多数人的身上都有刺青。我不知道这是什么地方，但这里没有窗户，房间里有四五个舞台，或许是某种剧场。他们不太吃东西，情愿喝饮料、抽烟。兰登一直糊里糊涂的。我想要离开，并且拉着他一起走，但几个男人阻止了我。他们发出了可怕的噪音，我被吓坏了。

第 54 天

我被叫进去跟阿曼达私下谈话。她让我在她面前跪下，这时她躺在一张沙发上。我努力不去看她，但这种考验太严酷了。她问我们是从哪里来的，我想不出任何理由不告诉她事实，于是我就说了。她好像对我们非常感兴趣。她说我们可以成为她"最漂亮的男孩子"，我立刻给她看了我的戒指，告诉她我已经结婚了。

她说其他女孩儿都死了，只剩下了她一个，我告诉她我的妻子没有死。她站了起来，让我坐在她的沙发上。她跟我交换了位置，跪在我面前。我对抗着这种诱惑，就像雅各与天使搏斗那样。她想拉开我的裤子的拉链，我阻止了她。我跟她说"不"。

她说她是蜂房里的女王，她需要更多的雄蜂为她采蜜。我觉得这一切全都毫无道理，但我不想要她，我想要回家。

这一刻她好像开始变得虚无飘渺。在我说"不"之前，她好像一直在甜蜜蜜地说话和诱惑，之后她便变得虚幻起来，好像没有任何感觉一样。她让我出去，叫人把另一个人带进来。我问她是不是指兰登长老。她轻轻笑了一下，给我看了一粒很小很小的蓝色药丸，上面有一个海豚印章。我摇了摇头，她把药丸放进了自己的嘴里。我走出了房间，警卫已经把兰登推进了门。

我和其他男人一起在有舞台的主房间里等待。他们全都在喝酒或者嗑药，他们似乎整天都在干这两件事。他们中有些人抱着舞台上的钢管跳舞，我一生中从来没有想到会有这样的事情，即使在我偶然受到诱惑观看色情视频并沉迷其中的时候也没见过。我不知道该看哪里，我觉得我或许可以在他们全都心不在焉的时候离开，但接着阿曼达便从她的房间里冲出来，闯进了他们中间。她拉着兰登的手。他没穿衣服。

她说了些像这样的话："雄蜂们！今天有一只新的蜜蜂加入了你们的行列！"他们全都大呼小叫，拍着巴掌，有些人还嗡嗡地哼了起来。我努力想让兰登看着我的眼睛，但显然他如同酩酊大醉一样神志不清。

我问他有没有吃她的那颗海豚药丸。

"我就是海豚。"他告诉我。

阿曼达领着他走上了中间的那个最大的舞台，告诉他，今天是属于他的。她让他躺下，然后骑在他身上，那时我想要跑开。我无法相信，竟然能够发生如此令人憎恶的怪异事情。在房间里的每一个男人都冲向那个舞台。他们毫无人性。

我开始逐渐后退，这时有一个人抓住了我。这一切发生得太快，我几乎不能明白出了什么事。他想把我摔倒在地板上。这时我惊慌失措，他太粗野了，完全失去了控制，我想要躲开他。我试着东奔西跑，把他推开。最后，我的胳膊肘撞上了他的眼睛。他一离开我的身体，我就使劲踢了他一脚。我的心脏跳得像打鼓一样，甚至眼睛都看不清楚了。

我跑了。我找到了他们放着我的衣服和背包的房间，我尽量把衣服穿上，然后向后门跑去。那座建筑物的整个后半部就像是小房间和走廊的迷宫，而且那里没有光亮。最后我撞到了一扇门，它一下子被撞开了，我简直无法相信，这时已经是白天了。

那道门外是一个大垃圾箱，里面放满了死尸。它们中有一些还有一半挂在垃圾箱外面，就像一半挂在篮子外面的衣物一样。还有很多尸体堆在地上。活人的躯体堆放在里面，死尸堆放在外面。

我吐了。我实在无法忍受我刚刚经历过的气味、药物和所有的一切。我跑开了，一心想离开这里，但我还在呕吐。我一直跑到一所小房子那里才停下，打碎了一扇窗户，钻进了房子。

我为兰登长老祈祷，我不知道他这样做是主动的还是迫不得已。

我只是知道，我没法回去找他。我永远永远也无法回去。

杜斯提放下日记坐了起来，眼睛盯着蜡烛。霍努斯不想让别人读这本日记，这一点理所当然。但她已经读了一半多了。

她睡着了，但被霍努斯在外面劈柴的声音吵醒了。房子旁边的木柴已经多得用不完了，这是他们之间约定的信号，意思是"出来跟我说话"。

约迪在她通常在的地方：厨房里。杜斯提看着她的形体，看着她的手放在腰背部时那种脊柱前凸的曲线的样子，还有她摇摇摆摆地走路的那种姿势。快到时候了。

他们已经弄到了杜斯提认为他们可能需要的一切。他们从那个购物中心带回了一块手表，她已经教会了约迪和霍努斯如何用它为宫缩计时。她走近约迪，在得到允许后对她的肚子做了触诊。

"他一直在踢我！但他不再翻跟斗了。"

杜斯提的手找到了胎儿的头。那孩子转过了身子，面对着约迪的脊柱。他已经准备好了。

"我看他再也没有足够的空间翻跟斗了，你的感觉如何？"

约迪有些烦躁："没事。大多数时候觉得厌烦，还担心，我希望那个孩子现在已经生出来了。嗯，我迎着他，抱着他。你明白吗？"

"我明白。"他们担心约迪没有奶水，所以带回了配方奶粉。虽然上面的标签说已经过期了，但他们不知道除此之外还能怎么样。他们把奶粉藏起来不让她看见，担心情况不对，或者让她觉得自己受到了侮辱，"没有疼痛或者古怪的感觉吗？做噩梦吗？"

"是的，是些疯狂的噩梦！就好像我失去了他，或者有什么人要把他从我这里抢走。总是在做！"

"这是很普遍的现象。如果你半夜感到害怕，你应该去把霍努斯叫醒。他能让你感到舒服，帮你重新入睡。"

杜斯提过去就曾试着建议约迪，让她在半夜里找霍努斯来安慰她。她试过轻描淡写的方式和直截了当的方式。她曾经尝试问过约迪有关性的问题，结果约迪对此的态度是怀疑与厌恶。这不是一个她们可以谈论的话题。

约迪现在不管她，接着去做饭了："燕麦粥很快就好。可以加葡萄干或者蔓越梅干，你选吧。"

"有坚果没有？"

"有啊，我忘记你喜欢坚果了。有些核桃。"

"很好。"杜斯提走了出去。

霍努斯把斧头举到头顶，让它以漂亮的弧线落下。他脱得只剩下外套式衬衣，杜斯提能够看到他侧面的曲线和肌肉侧翼。

背阔肌，她的大脑里永远在准备应对护士学校考试的那部分小声说。她坐在木柴堆上。

"约迪怎么样？"

"她挺好。但我确实觉得快到时候了。"

霍努斯容光焕发：“我已经等不及了。”

“我能永远等下去。她们现在都很健康，我真希望我知道她们能够一直这样下去。”

“不要太担心。要有信念。”

杜斯提什么都没说，希望这一刻会过去。

“你就一点儿信仰都没有吗？你从来都不信教吗？”

“我的父母不信教。”

“你就从来没有对那是什么感到好奇吗？”

“在大学里，有一段时间经常跟一群朋友一起到教堂去，看他们是在对什么这么着迷。我没有发现我想要的任何东西。”

“你从来没有觉得有上帝存在吗？”

杜斯提回想到之前在湖边聚集的风暴，那时她不惜通过杀人来保护自己。她想起了在海滨以及在树林里徒步旅行的那些日子。她想起了对于初生生命的纯粹的惊叹。

“我有过某种感觉。”她最后说。

霍努斯放下斧头，开始把木柴靠着房子码起来：“你知道《圣经》吗？”

“是啊，知道得不少。我做大学本科生的时候必须上一门课。”

“你对于耶稣的生活了解到了什么程度？”

她叹了口气。他们过去就有这样的时候，她能体会到他刻意在她身上造成的明显的感觉。她厌恶这一点，特别是他觉得她感觉不到。她回头看看窗户，想知道早饭准备好了没有。还没有。

“了解得不少。如果需要的话我可以完整地讲一遍。”

“你知道他结过婚吗？”

“我知道有些人这样认为。”这时她已经觉得厌烦了。

"你知道他有两个妻子吗？"霍努斯俏皮地看着她。

"什么？"

霍努斯一只脚踩在木柴堆上。他吸引了她的全部注意："这么说你知道耶稣在玛丽和马大两姊妹家里教书的故事。玛丽坐着听耶稣讲课，而马大在厨房里干活。后来马大生气了，她出来对耶稣抱怨，说了些像这样的话：'嘿，耶稣！这样不公平！让她来帮我干活。'但耶稣告诉她，说玛丽做出了自己的选择，而这两个选择都没有错。"

杜斯提点点头。

"所以一些人认为，这是在他的家里，而她们是他的妻子。这就是为什么她们表现得好像他在管着她们。这有些道理，是不是？于是，当我的祖先实行一夫多妻制时，他们是遵循上帝之子的方式行事的。"

杜斯提又点点头："那你就是在说，现在男人比女人多得多，所以你希望约迪再去找一两个丈夫？"

这话听上去如何？用这种方式试试看。

"什么？不！我说的是如果你——"

约迪打开了门："早饭！"

等到约迪又进去之后，杜斯提转身对霍努斯说："我并不完全觉得一夫多妻或者一妻多夫不可容忍。只要这是人们自己选择的，我对此完全无所谓。但在现在这种情况下，你难道不觉得一个男人应该有两个老婆有些可笑吗？的确，如果人们可以选择，女人应该得到多个伴侣。"她并没有暗示阿曼达，但她看得出，那就是他想到的。

他恢复了平常的样子，向屋内走去。

只是到了后来她才意识到，他是在以他知道的唯一的方式来挑逗她。

之后的几天波澜不惊，这时他已经恢复了常态。一天晚上，他们在约迪上床之后坐着谈了很久。杜斯提为两人做了热巧克力饮料，他们坐在沙发上，盯着炉火。

"这么说有些妇女确实喜欢性，是吧？这并不是那些节目制造的神话？"他歪着身子对她微笑。

杜斯提哼了一声："确实有人这样，约迪并没有伤害你的感觉的意思。她确实爱你。我弄不清楚为什么，但她就是不感兴趣。"

"但你是喜欢的。或者说你过去喜欢过，当你和杰克在一起时，对不对？"

"是的，我确实如此。和杰克，和卡西，和达娜，和安德鲁……"

他的脸红了起来："你有好多伴侣……"

"我是从另外一个地方来的，那里的情况和你们俩所处的环境非常不同。"她轻轻地说。

他点点头，控制住了自己。"我知道，我知道。这只不过是……这是非常不同的。"他慢条斯理地喝了一口热巧克力，好像这能给他勇气，"你知道，约迪担心你可能对她有……那方面的想法。"

杜斯提也喝了一口："是啊，单纯的女孩子非常担心这一点。她没什么可担心的。我希望她不要以为我在检查她的时候对她动手动脚。"

"不，她对于你能够照顾她和孩子感到非常高兴。她是能够把这二者区分开来的。"

壁炉里的火焰噼啪作响，他们坐在温暖之中。

"你难道不想知道我是不是觉得这有点恶心吗？"

"不太想。"曾经有过的愤怒升腾起来。

有什么意思，有什么意思？为什么要在现在这一切都不再重要的时候争论这件事？

"那我跟你说，我没有这种感觉。我对教会有关婚姻的原则一向不以为然。我确实觉得它们有自己的道理，但合法婚姻则是另一回事。我不觉得这有什么恶心的。"他期待地看着她。

这是要在我身上贴标签了。我是如此新潮的人物。

"如果是两个男人呢？"她现在没有心情被别人贴标签。

霍努斯在牙齿缝之间吸了一口气。"要我理解这件事更加困难一些，因为我觉得男人体型更大毛发更多，而且我从来没有受过男性的吸引。但如果其他男人这么干，这跟我没关系。只要不牵涉到我就行。"他又一次试图贴标签。

"那好吧。你还是进化得不错的。"她非常想跟他讨论他的日记。她一直在暗示这一点，但他从来没有想到。

"你更喜欢男人还是女人？"

不是那种进化。

"不是这样的，我喜欢人类。他们有自己与生俱来的身体。"

"我从来没有遇到过像你这样的人。"他的手指爬过了他们之间

236

的垫子，放到了她的手指上。

她现在的心情处于两者之间：一方面想要当面嘲笑他的原则的庸俗和卑劣，另一方面想要爬上他的大腿。这是一种奇特的感觉。她稍微向他靠过去了一点，没有觉得这是有意识的决定，只不过是两块磁铁之间的吸引罢了。

"是啊，对于我来说，和你相处也是一种新的感受。"

他的手指滑过了她的手指，然后交叉在一起。她身上犹如火烧。

"霍努斯？"

是约迪，她的声音从关着的门里面传出，显得有点低沉，但还是让他一下子跳了起来。

"怎么了？"他跑过走廊，站在她的门旁。

"没事，但你能给我弄点水来吗？"

"当然了，宝贝。当然。马上就来。"

他穿过走廊走进厨房，没有看杜斯提。她一句话没说，站起来上了床，摸着枪躺下睡着了。

霍努斯·欧博梅尔之书
由无名助产士描述

第 64 天

现在，我已经有十多天没有同伴了。我决定继续执行我的使命，在完成之前绝不回头。

我知道当兰登远离我时我会很孤单，但现在的情况要糟得多。我一生中从来没有感到如此孤独。我祈祷着能在丹佛遇见什么人，但也担心会遇到任何人。祈求您，请帮助我，让我找到我接受召唤要找的

237

人。如果您让他们寻找我，请让圣灵指引他们前进。我甚至并不恳求与重要的人接触。只要是正常的好人，让我可以跟他们谈话就行了。或许只要是一个我可以带回去的人即可。

这一带变得山峦起伏，而且夜里很冷。通往丹佛的路状况很不好，路的那一面有许多汽车的残骸，一些车里的死人的肩膀都撞到了窗子外。前几天我看见动物了。前面是一群羚羊，后面跟着一对驼鹿。除了在动物园里，我从来没有见过这么大的动物。这种情景有点吓人，但看到它们我还是挺高兴的。有了这些动物，我们就可以通过打猎得到新鲜的肉。我从来没有学过如何打猎，但我敢说，肯定有些长老知道该怎么做。

第 70 天

我现在的日记写得实在不怎么样，因为要写的东西实在太少。我自己吃东西，找到什么就吃什么。我自己阅读真经，我自己祷告，我自己睡觉，我自己醒来。我向丹佛走去，我真想找到一辆自行车。

第 75 天

我找到了一辆自行车，现在快多了。我无法相信我能走这么远。根据地图，我离丹佛已经很近了。感谢您，天父，我知道您为我铺平了道路，而且其中的每一段行程都自有道理。请保证我安全地到达那里，这样我就可以找到我要找的人。

第 81 天

（这一页只是一首题为《你占据了我的感官》的抒情诗，后面是一首赞美诗。）

第 89 天

这一天真刺激。

我来到了圣殿过去所在的街道，并且看到大部分区域都被烧毁了。街道已经被清空了，于是我可以尽快地骑车。我看不见圣殿。它周围的房屋全都在扭曲的街道上，我只得转过来转过去地想要走到它跟前。当我终于看到它时，我按下车闸，跳下车来。我走向围墙。围墙后面有什么东西，看起来像是过去的眺望台。我绕着围墙走，来到了正面的入口。

我看得出，它曾经是一座辉煌的圣殿。它几乎被烧得一干二净，所有原来是白色的地方都变成了黑色。正面的花园曾被火炬点燃，喷泉和水塘都是空的，水也干了。但结构还在，就连尖塔也依然耸立。我决定进去，我穿过了洗礼室，房间里空荡荡的，但水已经发酸了，看上去灰蒙蒙的。整个建筑物都在冒烟。除了火，我看不出曾经发生过任何别的不好的事。我穿过不同的房间走上楼去。我能够看出，过去它是一个辉煌的、宁静的房间。看到它被烧成这样，而且被这样地遗弃，我的心都碎了。我本来以为，我能在这里找到一些说明有人照看它的迹象呢。

沿着封闭的房间一直走上去，我发现了人。他们的身体都已被烧焦。找不到任何可以说明他们的身份的东西，他们的身体黝黑、扭曲。望天父赐予他们平静。至少他们死的地方离天父不远。

我必须找到一些可以带回去的东西。可以证明我来过这里，而且人们没有理由再来探寻。我找到了白色的参观者留言簿的封面。它虽然被烧得很厉害，但隆起的字母还可以看清。它在被我拿起的时候碎了，但我还是保留了一大块。我把它包在我的一件衣服里，放进了背包。

这里什么也没有。不只是这里，哪里都没有。

239

第 95 天

我对着地图坐下，计划回程路线。我不想沿着来路回去。还有一条北路，可以让我取道怀俄明返回亨茨维尔。我将走那条路。

第 115 天

怀俄明是一片荒凉的国度。我还在骑着我的自行车，没有什么可说的。

第 124 天

我在很多时间里都在反思。我在寻找、沉思和祷告。只要我能渴望相信，并让这种渴望对自己起作用，相信这个词就仍然在我身上有存在的空间。我考虑的对象只剩下了我自己。星星比我任何时候看到的都更亮。我能看见银河，夜空庞大而威严，我凝视着星星，我在思考。

我想到了我在加拿大的使命，以及我发出过多少怨言。那时我多幸运啊！我想起了我在那个加油站里发现的冰淇淋冰箱，里面全是发了霉的粘稠物，还有纸和商标漂在上面。那东西几乎让我像一个孩子似的哭了起来。但我是个男人，所以我吃了一些椒盐脆饼干，并想到了我的妻子。如果她怀孕了会怎么样？我们一起住了一个星期，但只要一次就够了。有可能，在我回家时，她肚子里的孩子已经不小了。我美丽的约迪，怀着我的孩子。在这样可怕的时刻，这是怎么样的一种祝福啊。

我现在已经不再执行自己的使命了。我已经发现了我应该发现的东西，尽管这只是一次空洞的胜利。没有人需要我的帮助。这里只有我，骑着自行车，在荒野中行进。我并没有在一个像当年的尼腓经历过的那样的荒野。我的处境并没有达到必须吃蝗虫或者驱赶恶鬼的程度。我只是必须管好我自己。但在我的荒野中存在着恶魔，这片荒野在我的心中。我猜我的恶魔就是我的梦魇。

我已经决定告诉人们兰登长老死在了路上。我知道说谎是很可怕的，但真相更加可怕。柯尔特·艾弗利·兰登死于为教会服务的使命中。我并不很了解他。他是伊甸人，我只是在从奥格登逃难过来之后才认识他的。他沉默寡言，他的父母已经死了，他是和一小批人一起过来的，但我看得出，他跟其他人格格不入。我曾希望我们能讨论这次使命，能够相互了解，但我想他当时已经放弃了。我希望我能够更加了解他，我希望我能把他从那个可怕的地方拉出来。不管这是否重要或者值得，我将告诉人们一个比实际情况好些的结果。

这是我给你的礼物，我的伙伴。

哦，霍努斯，只剩下一点点了。我会在明天晚上看完的。现在我更了解他一些了。

霍努斯几乎天天都出去扫货。约迪和杜斯提都认为他在刻意避免待在这所房子里，而且她们都觉得他这么做跟自己有关。

杜斯提不想跟约迪说话。她对约迪既嫉妒又生气，还担心，但也感到愧疚和恼怒。约迪因为被霍努斯丢在家里以及感到厌烦而噘着嘴。她越来越易怒，动不动就发火。

杜斯提听见约迪正在洗另一件不需要洗的东西，而且急促地呼吸了几声。她们有好几个小时没说话了。

"你开始宫缩了吗？"

"没有，我还没开始宫缩。"

接着又是几个小时的沉默。

霍努斯晚上回来了，约迪扑到了他怀里，问他去了什么地方，杜斯提厌恶地看着这一幕。有很多次他一整天都在外面扫货，但带回来的东西几乎只有几根蜡烛或者一个奶油罐头。他的借口很难让人信服，他自己也知道这一点。

"男人需要干活，宝贝。"

杜斯提走过大厅避开他们，但她让自己的卧室门敞开着。她不知道自己是从什么时候开始偷听他们说话的。时而听着他们的私房话，时而阅读霍努斯的日记，她几乎要受不了了。

"你在躲着我？"

"没有啊，甜心。我只不过是有事要做。"

"哪些事？你完全不像有工作要做的样子！你也没有拿着步枪出去打猎。你整天到底都在干些什么？我就一个人，烦得要死！"

"你不是一个人，你有杜斯提。"

"我不想跟杜斯提说话。她太没意思了。"

杜斯提憋住了一声笑。

"亲爱的，你必须信任我。我正在干一件事，打算给你一个惊喜。"

约迪声音里的所有烦恼一扫而空："一个惊喜！真的？"

"真的，是啊。很快就准备好了，但你得对我耐心点，好吗？"

"好的，宝贝。"

杜斯提能够听到，他们纯洁的接吻变成了狂吻。

霍努斯之书

由无名助产士描述

第 136 天

谢谢您天父，您让这些人与我相遇。我遇到了他们，我对您的感激无法形容。

两天前我穿过了拉勒米，在市郊遇见了维尔·塔克和伦尼·塔克。他们是兄弟和最好的朋友，他们是很好的人，很正直。

他们伸着手出来在路上迎接我。他们做了他们能做的一切，表明他们无意伤害我。我还是有些害怕，但我还是开口对他们说话了。我告诉他们，我是一个旅行者，负有传教士的使命，我现在正在返回犹他的途中。他们说，他们这辈子都住在这里，没有计划离开这里。他们邀请我到他们的农庄里做客，我接受了邀请。

他们喂养牲畜。哦，天啊，他们喂养牲畜！他们说，他们把他们有能力喂养的牲畜都圈养起来，其他的都放走了。我没法数出有多少头。他们让我参观了他们的菜地和果园，但现在太冷了，地里没多少东西，只长着几只南瓜。他们请我留下吃晚饭，我就留下了。

塔克兄弟过着拓荒者的生活。他们把他们所有的食物都晾干，然后装进罐头里保存。他们家里有煤油灯照明，看上去还可以，周围静静的，住得挺安逸。他们想念的只是过去和他们一起生活过的女子。我不是很清楚他们是不是想谈论这个话题，但他们还是说了一些。

维尔的妻子在瘟疫刚刚袭击拉勒米时就死了。伦尼的妻子挺过了整个瘟疫，没有表现出任何症状，但随后死于生产，孩子也和她一起死了。伦尼带我去看了她们的坟墓，看上去还是一座新坟。我想到了约迪，我的心阵阵绞痛。

尽管发生了这样的悲剧，世界变成了这种模样，他们还是像亲人一样对待我。我们享用了丰盛的晚餐，维尔弹奏吉他，伦尼和我随着琴声引亢高歌。我的主啊，这真是美妙极了。这就像我失落已久的什么东西出人意料地突然出现一样。

还有另外一件大好事——塔克兄弟告诉我，我可以在哪里——

"你在干什么？"

杜斯提猛地抬起头来。她没注意霍努斯从床上起来，走进了客厅。

她没有回答。

"你怎么拿了我的日记？你正在抄录我的日记？你在干什么？你怎么能这样？"

他的声音抬高了。杜斯提觉得脸上犹如火烧，她慢慢地合上霍努斯的日记，想要弄清自己该说些什么。

"我真的不敢相信你会……如果我读你的日记，你会怎么想？你不知道这是个人隐私吗？"

"霍努斯，对不起。我真的很抱歉，我不应该——"

"你打算为自己找什么借口？你怎么解释这件事？"

他们俩都没注意到，但约迪这时走进了房间。"你们俩在这里吵吵闹闹的做什么？"她脸上朦胧的睡意变成了疑惑，"你们怎么半夜三更的都起来了？出了什么事？"

霍努斯盯着杜斯提。她知道他连有这么一本日记都不愿意让约迪知道，她努力地想赶快编个谎，但霍努斯抢在了她的前面。

"是给你准备的惊喜。我想起来去看看，但我不知道杜斯提还没睡，她正在写日记。她吓了我一跳。那么你们就都过来吧，我让你

244

们看看。"

两个女人跟着霍努斯走进前院。他用铲子把路挖开了，天气不算晴朗，只有几缕灰色的低云。她们四下观看，想找出他口中的惊喜。霍努斯微笑着说："请稍候。"

他们又在外面站了几分钟。他们都没有穿足以御寒的衣服，没多久就都被冻得发抖了。

"霍努斯，我要进去了，我，觉得，好像，要冻僵了。"约迪的牙齿哒哒哒地响。霍努斯向她走去，用胳膊抱着她。他用一只手指指着天空说："看。"

三个人都抬头向上看去，一道长弧遮住了满月的边缘。

"我看不出什么。"约迪的声音透露着失望。

"这是月食。"杜斯提说，"如果我们有日历——"

"我们有。我一直在等这一天，我知道是哪一天。"霍努斯微笑着说。

杜斯提对着他微笑。这是一件小事，但他们曾经说过，不知道当前是哪一天是一件多么古怪的一件事。不管到底有多大用处，这让他们又有了日历。

"这就是你说的惊喜？"约迪绷着脸说，简直大失所望。

"只是一部分。"霍努斯吻了一下她的鼻尖，她朝他皱了皱眉头。他们走进了房间。

"猜猜吧，今天是什么日子！"霍努斯简直没法保持平静。他从衣袋里拿出一本《农用日历》，把封面向后掀开，翻到了月食的那一页，同时把封面向后折叠，盖住了那天的日子。

"我想现在是一月，一月底。"杜斯提努力回想她最后一次试图在日记上写下日期是什么时候。

"你说呢，甜心？"

约迪转了转眼珠子："我不知道。你说，嗯，二月份？那很快就是春天了。"

霍努斯无法抑制他的激动："都不是。今天是12月23日。再过两天就是圣诞节了。"

约迪像个孩子似的容光焕发："哦，我的天哪！圣诞节！"

哦，我的天哪。

现在轮到杜斯提失望了，但她知道了日期，这一点成功遮掩了她的失望："好酷啊。"

"我想我们得好好过一次圣诞节！有一阵子了，我一直在做准备。你们会看到的，我现在去把我找到的东西拿过来。"霍努斯一边说，一边穿上大衣戴上围巾冲出门去。

他一走，约迪就转向了杜斯提："我敢打赌，他给我们准备了礼物！"

杜斯提没有想到这一点："哇。是的，你很可能是对的。我也要出去一下，你没事吧。"

"当然没事！"约迪已经朝厨房走了过去。

"你要做什么？"

"我想做点爆米花，用绳子串起来！还有彩纸串！还有装饰！"

"约迪，现在还是半夜呢。你应该回去睡觉，所有这些我们都可以明天上午再做。"

"哦。"她泄了气，但只有一点点。

"进去睡吧。我把门反锁上。"

杜斯提合上了自己的日记。她想了想，决定把它藏在沙发下面。她把霍努斯的日记放进了她的大衣口袋，然后把它放回雪地摩托车的侧袋。她抓起一杆步枪，锁上了门。在被遮住了一部分的月亮略显奇特的光芒下，她走了一英里路，然后离开了他们的脚印走进了树林。

约迪觉得她兴奋到睡不着觉。她梦到一个五岁的女孩儿叫她妈妈，但她一边玩儿一边慢慢地失去了四肢。黎明前，她被枪声惊醒。

霍努斯因为圣诞节完全失去了控制。想到他可以把任何东西带回家而不需要付钱，他更是毫无节制。他拉着一只雪橇回来，上面全都是礼品，然后又回去拉了一次。他回到家时发现约迪睡着了，而杜斯提不见了。他发现枪架上的一支枪也不见了。他到处找他的日记但没有找到，便决定不去担心这个问题。

他用电池供能的发光二极管做了一颗人工圣诞树，然后点燃了灯光。灯光照亮了房间，他突然感到有些哽咽。他使劲吞咽着，开始把礼物胡乱地堆放在树下。他来到一个小小的盒子面前，打开盒子，发现里面有一件饰物，上面写着"宝宝的第一个圣诞节"。时间是两年前，此后再也没有更新的产品了，也再没有新的婴儿出生，他这样告诉自己。他把饰物挂在树上，然后哭了起来。他坐在沙发上，看着圣诞树和那一堆礼物，擦着眼睛。他听到了一声枪响，但他并不害怕。一种神奇的正义感笼罩着他。

约迪走了出来，进了房间，正在扎起睡袍的腰带："怎么有枪声？"

"我想杜斯提也会带来惊喜。圣诞快乐，宝贝。"

看到树下的礼物，约迪像个小姑娘一样拍着手。

杜斯提在一小时后回来了。她很冷，脸蛋冻得通红。她带回来了一只极大的死火鸡。

"你在哪里打到的？"霍努斯朝她微笑。

"圣诞老人给我的。你们有谁知道怎么拔毛吗？"

他们商量了一番。杜斯提在电影里看到过一种方法，就是把禽类放进开水里烫，然后再拔毛。约迪觉得太恶心，不肯干这个活，但说她负责烹调。杜斯提告诉霍努斯如果他拔毛，那就由她开膛破肚。这个活用去了霍努斯大半个上午的时间，但他到底是把火鸡弄干净了。约迪说，因为没有烤炉她没法做整只烤火鸡，但她觉得自己知道该怎么办。等到火鸡被开了膛弄干净了，她让杜斯提把它砍成凌乱的小块之后堆在雪里。约迪说，她能把它弄得跟一只整的烤火鸡一样好。

圣诞节前一天，约迪像她说的那样做了爆米花串。当她在做爆米花时，霍努斯走近了杜斯提。

"那东西还在你手上吗？"

"我把它放回去了。霍努斯，我非常抱歉，我只是非常想知道发生了什么事。我不找什么借口，我知道这样做非常对不起你的信任。我很抱歉。"

"我原谅你。"他十分正式地说，"但我还是觉得很不安。我感觉……"

"亵渎神明？"

"是的。"

他们相互凝视了一小会儿，然后霍努斯向外面的雪地摩托车走去。他拿着他的日记走了回来，把它悬在火焰上方，一动不动。

"别这么做。"

他没有回答。

"这是你的故事，其中没有任何会让你丢脸的地方。它……别烧掉它。留着吧，把它留给什么人。给我，或者给任何人。"

"这本应该是我的私人手稿。"他的手又放低了一点，离火焰更近了。

杜斯提凝视着，但没有动。

"里面全是我失败的记录，还有我看到的那些令人作呕的东西。"他死死盯着火焰，"还有我做的那些破事。"

"你什么都没做错，霍努斯。你撞到了一些离奇的、要命的事情，但你活着出来了。你应该为此感到骄傲。"

霍努斯摇摇头，但没有回答。

杜斯提站了起来，轻轻地从他手中拿走了日记："你永远也不会再见到它了，约迪永远都不会知道。它会很安全的，你的……私人手稿，我要把它加进我的手稿。"

他转身面对着她，他们站得很近，身子往前一凑就可以接吻。他看着她的眼睛，好像在里面寻找什么东西。她伸手拍了拍他的肩膀，移开了视线。

她把他的日记藏在她的房间里，他们再也没有提起这件事。

就像人们想象中的那样，约迪在平安夜请求打开一件礼物。

"就一件行吗？就让我打开一件好不好？"她撒娇地说着，霍努斯像一个宠溺孩子的父亲一样对着她微笑。杜斯提在一旁翻了个白眼。

"行啊，但得由我决定是哪一件。"

"行。行，行，行啊！"约迪激动地拍着自己的肚子，"连孩子

249

都激动了。我能感觉得到！"

霍努斯走向那堆礼物，从最上面拿了两件。"你一件。"他把它放到约迪手里，"你也来一件吧。"他把那件礼物扔到杜斯提的大腿上，她盯着它看。

"这是什么？"

"一件礼物呗，笨丫头。"霍努斯对她歪着嘴一笑。他走了回去，拿起第三件。

"这一件是我的，是圣诞老人送的。"

约迪已经把她的礼物打开了，里面是一件惨不忍睹的红色格子睡袍。领子上镶着白色的花边，是杜斯提见过的最不流行的奶奶装。约迪的眼泪一下子涌了出来。

"圣诞节睡衣！我的父母过去经常送这种礼物！"她抽泣着，穿上了睡衣。霍努斯走了过来，坐在她身边搂着她。他的礼包里也有一套颜色相配的红格子老式睡衣。

杜斯提打开了她的礼物，发现那是一套深蓝色的睡衣。睡衣非常简朴，却极有品味，她很吃惊。她看着他们两个，感到一阵温馨。

她小时候并不庆祝圣诞节，所以这一刻的感触与他们不一样。但她看得出，她也融入了这个欢欣的时刻。霍努斯为她选择礼物时可谓用心良苦。她站了起来，到她的房间里换衣服。

她穿上睡衣，看了看镜子里的自己。这套睡衣比她好几个月来穿过的任何衣物都更柔软，更漂亮。即使她的头发短得像个野小子，但她看上去、感觉上也突然有了女性的温柔。她又走了出去。

"睡衣太可爱了。谢谢你。"她一直等到他打量了她一番才说。

"我的更好！"约迪费力地从沙发上爬了起来，穿着睡衣摆起了模特的姿势。它完全遮住了她的身材，把她从脖子到脚踝全都包裹了起来。但她却清楚地展现着晚期孕妇的风采，杜斯提和霍努斯都对着她微笑。他也穿上了他的睡衣，三个人坐下来喝可可，呆呆地看着圣诞树。当外面开始下雪的时候，欧博梅尔夫妇开始唱歌。

碰到会唱的歌，杜斯提也和他们一起唱，但大部分歌她都不会。这是个美妙的时刻，她也在很大程度上融入了进去，享受这个时刻，而且，穿着蓝色的睡衣，这让她觉得自己很有魅力。她和霍努斯不时有眼神的交流。他总是比她早些移开视线。

他们很晚才上床睡觉。

早上，杜斯提被约迪激动的敲门声惊醒。约迪显然迫不及待地想要尽快开始庆祝，她烤上了一个肉桂蛋糕，还用混合粉剂做了果汁。

约迪放低自己沉重的身躯，坐到圣诞树前的地板上等着。杜斯提慢慢地走出房门，开始冲咖啡。她每天都很高兴，因为他们都不会参与她早上的这个仪式。如果只有她一个人喝，现有的咖啡能够坚持的日子会长得多。

"大家都来呀！"

霍努斯来了，坐在约迪身边，搓着两手。杜斯提过来坐到他们身边，露出带着睡意的微笑。

"可以了，我们开始吧。"

霍努斯从最小的礼品包开始动手。约迪打开了一对肥大的钻石耳环，接着是一个沉重的金手镯。她眼前一点点出现了一堆高价珠宝。霍努斯随后打开了一个美丽的首饰盒，约迪看着它，忍不住发出了尖叫。她把它小心地放到一边，又转移到其他的盒子跟前。她打开了一套非常昂贵的耳机，盯着它看。

"这是干什么的？"

"你马上就知道了。"

杜斯提看着，小口地喝着咖啡。

约迪的下一批盒子里放着一些她最喜欢的电视节目的DVD。她的脸垮下来了一点。"这太让人生气了。"

"说哪儿的话呢，宝贝。我能那么捉弄你吗？"他向她推来一个大盒子，她不大情愿地把它打开。

杜斯提伸长脖子去看盒子里是什么。里面放着一个太阳能充电器，还有一大盒充电电池。约迪看着它，有点摸不清头脑，情绪欢快不起来。霍努斯接着拿出了一个用电池的小DVD播放机。

"看见了吗？你可以看电视了，而且全都是你喜欢的节目！你再也不会长时间地觉得烦闷了，而且我们总可以给你找到更多的电影。"

约迪扑上去拥抱他，然后缩了回来，好像感到了疼痛。

"宫缩。"杜斯提放下了咖啡。

"没事，没事，我没事。有过两次了。它们并没有，嗯，变得间隔更短。"霍努斯帮着她从地板上站起来，她朝厨房走去，看看早餐怎么样了。

她走出了房间，这时霍努斯把一个沉重的纸板箱推到了杜斯提面前。

"我也给你准备了些东西。"

"你给约迪的电视是给我的最好的礼物。"她笑着说。

"不，真的是为你准备的。"他又推了那个箱子一下。

杜斯提把纸箱上面的盖板打开，这时霍努斯把约迪的电池拿到太阳下面充电。

纸箱里装满了书。有些她过去读过，但大部分她没读过。它们上面全都带着镇上的一座她不知道的图书馆的标签。它们都是她喜欢的那类书籍。她很吃惊，他竟然注意到了她的喜好。她觉得很感动，而且非常内疚。

霍努斯从外面回来了："你明白了？"

"是的，它们都是我喜欢的书。你想得真周到，多谢了。"

他又笑了起来，摇了摇头："不，你还没明白。我给你一分钟。"他走进了厨房。

杜斯提回头看着那个纸箱，浏览着封面。她努力想找到某种规律，或者用一种新的方式观察这些书。她把手伸了进去，把书翻了过来。然后她就明白了。

所有的作者都是女性。

杜斯提坐在地板上，趴在纸箱上哭了起来。

关于火鸡的事约迪没说错。她把杜斯提为她砍开的火鸡块拿进厨房，用铸铁煎锅煎成漂亮的棕色。她把火鸡端上了桌，一起上桌的还有她用一盒土豆片做的土豆泥，还有罐头山药、新鲜面包和苹果馅饼。她甚至还做了锅煮肉卤汁。她在桌子上点起蜡烛，笑着让他们来吃大餐。

霍努斯发自内心地做了一次长篇祷告："在您的恩赐下，我们的孩子即将诞生。"杜斯提一直睁着眼睛，她又看到了约迪的一次宫缩。

圣诞节大餐鲜美极了。

电池刚充好电，约迪就给DVD播放机装好了电池，又在充电器里放上了新的电池。接着她就在沙发上坐了下来，背靠枕头，搭着毯子，戴上耳机。

杜斯提和霍努斯一起洗盘子。

"那真是一件好礼物。我真想不到你会考虑得这么周到。我太震惊了。真不知道该怎么感谢你才好。"

"我刚好在图书馆里，想到从此以后要多久才会有新书出版，新书的作者还会不会有女性。而且我知道，这对你很重要。"

"是的，无论是过去还是现在都很重要。"

他们洗着盘子，把它们擦干。他们的手触碰着，带着洗涤净的泡沫。

"我读了你的日记，再一次道歉。我诚心诚意地道歉，我实在忍不住。"

"我这样做也有点开玩笑的意思，就好像我给你带回来些新书，这样你就不会再读那些你不该读的东西了。"他轻轻笑了一声。

"我为你的同伴感到遗憾。那种情况一定很吓人。"

"是的。有时候我还是会做噩梦，做的是……嗯，你知道的。"

"我知道。我也会做噩梦。"

盘子洗完了。火鸡和馅饼的香味还在温暖的房间里萦绕。

"我没有要看你的日记的意思，我不会对你做那种事情的。"

"我知道你不会。"但她还是藏着自己的日记。

"不过，我有时候确实会想，如果读你的日记，我会发现些什么呢？"霍努斯把他一直用来擦盘子的毛巾晾了起来，走出了房间。

发现我。你或许能够发现我。

第十章

12 月 26 日

今天早晨一大早，约迪临产。我知道会来的，所以只是在一边看着。会有很难熬的一段时光。

12 月 27 日

她精疲力尽。产道只开了两指。扶着她走路，直到她哭着求我让她躺下。现在在她身边。我有米索前列醇，但她到现在还拒绝使用。无法做剖腹产手术，她不可能存活。我让霍努斯去劝说，看能不能说服她服药。她吃了点东西，睡了几分钟，然后又回到原点。

12 月 28 日

乱得一塌糊涂。

我就知道最后会是这样。我早就知道。不知为什么让他们的乐观情绪感染了我。愚蠢。

外边的积雪有两英尺深，到处冰天雪地，我们甚至没法掩埋尸体。他们为它起了名字。没有必要在这里写下来。她说得对，是个男孩儿。

没必要说。没必要。

没法说服他们火葬。我告诉霍努斯，不能把孩子的尸体留在室内，但如果我们用积雪把它盖上或者放到一个盒子里，野兽可能会发现它。我这样说的时候他几乎要吐了，但在埋葬方法上还是不肯让步。

约迪失血不少。难产。当她神志不清的时候我给她在撕裂的地方做了缝合，然后给她打了止痛针，让她睡着了。她没有同意过，不管了，她需要休息。

元旦

昨天晚上火葬了孩子的尸体。当我搭起火葬柴堆的时候，他有一段时间单独和那具尸体待在一起。我们沿着路边，选了一个离房子有一段距离的地方，这样约迪就看不见了。他将告诉约迪，说我们把孩子埋了，然后春天会在那里种花。我计划到那时便离开。

很快就烧完了。尸体没多大，而且我们在柴堆下层浇上了引火用的液体加快燃烧。霍努斯抽泣着，我扶着他。

约迪恢复得不好。她不愿意恢复，这时候没法责怪她。

她很虚弱，脉搏微弱，心烦意乱。我们俩整天都在照顾她。房子里静悄悄的，只是有时能透过房门听到他们的哭声。我一个人。

我们中的每一个人，也许将会是地球上最后的人。

全世界到处都有人在写编年史。有些是日记，例如无名助产士之书。其他的是随着年代的推移，书写着城市和定居点发展的历史。每一份都以自己的方式标注着时间。有些有人读。其他的，一旦作者停笔，就被永远遗忘了。

新的一年的元旦基本上无人注意，只有这些书记下了这一天。

泰晤士广场在白雪的尘封下静默无言，只有风不时轻轻地在广场上吹拂。纽约上州的几个人把一周之后的那天猜测为元旦。五个男人碰杯，为一些他们中没有谁继续相信的东西祝酒。

同一天，阿根廷与巴西交界的伊瓜苏大瀑布附近烈日炎炎，一对姐妹在那里游泳。她们俩在一个多月里没有见到过一个人类。她们脱光衣服游了几个小时，看着水的表面在阳光下波光闪闪。

在乌克兰，一个由三名妇女组成的队伍起事，选择在那一天杀死俘虏了她们的人。她们在欢庆，但并不是因为这是一个节日。

在首尔，仍旧执政的有限的政府指定了一批新警卫，让他们负责守卫一座妇女营地，其中居住着全国仅存的二百四十二名妇女。过去的警卫已经被当众枪决。

严冬，以它的寒冷、残酷和孤寂让许多人丧命。亨茨维尔的所有幸存者都搬进了主教的大房子。斯特林主教已经因为感染瘟疫身亡，帕蒂已经和路易斯主教结婚，后者在他二十六岁生日的这天被任命为主教。

如果在一个个幸存者的垦殖区中生活的人们能够相互对照他们的记录，他们就会发现，那一年，地球上婴儿成功诞生的数目为零。但他们不知道这一点，因此心中还存有希望。

当杜斯提把约迪的圣诞节礼物带来的时候，后者已经在床上躺了六天了。

"嘿，你用不着起来，你也用不着说话。我希望你能吃点东西，但我不会强迫你。但我觉得，你会喜欢能让你舒服的东西。电池已经全部充好电了。"

她在床上摆好了电池和DVD装置，给约迪留下了两个格兰诺拉麦片棒糖。约迪没什么反应，甚至连眼睛都没睁开。杜斯提知道她是醒着的。

一个小时之后，约迪坐了起来，戴上了耳机。霍努斯来看她的情况，但她不肯看他。她没有碰那两块格兰诺拉麦片棒糖。荧光屏上播放的是早就死了的人们在一家俱乐部里跳舞的场面。他在她头顶上吻了一下，然后关上了房门。

杜斯提坐在客厅的沙发上读书。霍努斯坐在她身边，把自己的胳膊肘放在大腿上，两只手捧着头。

"她会恢复的。"杜斯提对着她眼前的书说。

"她会死的。她想跟她的孩子在一起，她也会离开我。"霍努斯的话说得粗声粗气的，声音里带着哭腔。

杜斯提被这种痛苦烦得要死，她被自己的伤心与恐惧淹没了。她觉得霍努斯是对的，约迪会死，但与她自己突然确信的一件事相比，这只是一件小事。因为她发现，再也不会有婴儿出生了。

永远不会再有了，永远不会再有婴儿看着这片荒原。

她多么想不再去考虑这一切，她打算跑出去扫荡一番，搞来足够的酒精饮料，一直醉到昏天黑地，而且要昏上一段时间。

霍努斯高大的身体松松垮垮。他心情悲凉，就连他的沉默也显

258

得格外沉闷。她觉得他的悲惨状况如同压在她心头的包袱，她能做的一切就是忍住，不让自己对他大声尖叫。她坐着，盯着自己的书本，但却没有阅读。她决定打包行李，搬到附近的另一所房子里去住。她努力回想还有哪些房子的食品储藏间里还有食物。

霍努斯把书从她手里抽走。她看着他，想掩藏自己的愤怒。他的眼睛很大，眼眶通红，眼睛是蔚蓝色的。他有几天没刮胡子了。他总算有一次更像个男人而不像个男孩。

"求你了。"他恳求着。

"什么？"她隐约间有些明白。

他猛地扑到她的大腿上，这个突然的动作让她心中的一切都苏醒了。热量不知道从哪一道温泉注入她的身体，她全身滚烫。他像孩子一样缠在她身上，而她是母亲，是情人，几乎瞬间沉醉其中。

他哭得好像要崩溃了一样。他紧紧地贴着她的身体，她发现自己正像对待一个受了惊的孩子一样想让他静下来，而且附身趴在他身上，抱住了他。沙发太小，两个人的身体几乎超出了它的宽度。他把脸埋在她脖子的曲线上抽泣。

她抱着他，一阵阵令人痛楚的狂野欲望在她的身体中冲撞。她的身体已经脱离了大脑的掌控。

她吻了他。

这就好像解开了一个结。她用嘴巴品尝着他的泪水，感觉到他在她嘴里的呜咽，同时也感到了他的颤抖与坚挺。

一阵忙乱之中，两人身上的衣服已经被解开。她摇晃着，摇晃着，对应着他的动作，使劲地挤压着他。她啃咬着他的肩膀，压住了一声尖叫。他把自己的脸埋在她的脖子上呜咽着。冷静下来时她搂着他，但她已经感觉到他在离开。

他翻下了沙发，跪在地板上，系上了裤子，整理着衬衣。他紧张地瞥着走廊。

杜斯提仰面躺在沙发上，拉上牛仔裤的拉链。事情已经发生，无可逆转。对此两人都无话可说。

霍努斯穿过走廊，关上了他卧室的门。杜斯提也关上了门。好几个月以来，这一夜她睡得最深沉，最香甜。

1月5日

我们一直在说，不可以再这么做了，说我们不应该这么做，说她会发现的。但我们还是在继续，也不知道她是不是发现了。我们是两个混账。

第一次之后，我不知道以后会发生些什么，但他差不多每天都会在大约午夜的时候来到我的房间。我们说话，然后做事，然后再说话。过去从来没有任何人教过他任何东西。他喜欢我告诉他一些新东西，但他的负罪感在加深，我不知道该怎么办。

约迪没有好转。还是不肯吃东西。伤口愈合得很慢，本来不应该这么慢的。她不想让我看伤口。不让霍努斯碰她。前两天夜里她发出尖叫，把我们俩都惊醒了。她说孩子没有死，是我们把他藏了起来，不让她看见。无法安慰她，只能让她睡一觉。

我还是想离开，但雪下个不停，而且霍努斯说这会让他心碎。居然有一颗心会因为我而破碎。我并不爱他，只不过是出于身体的需要。只是要找一个地方倾泻我的激情，一个这本日记以外的地方。放松。真的那么糟糕吗？如果约迪知道这只是让我们舒服的方式，她会生气吗？合理的猜测。当然她会生气。这是背叛。但我至少没有偷走他的想法。

这年头为什么要偷汉子？汉子，一毛钱十二个。

约迪。抱歉。

雪停了，雨来了。瓢泼大雨洗去了白雪，房子的屋檐全都在滴水。厨房里开始有一个小地方漏雨，霍努斯尽可能地用塑料布补上了。但最后他们还是得用一口锅在漏雨的地方接水。

约迪在慢慢恢复，但她情愿整天看她的电视。她不想和我们说话，不想和我们一起吃饭。她可以容忍霍努斯轻轻地拥抱，但不让杜斯提碰她。她的眼睛很大，下面是黑眼圈，她一天比一天瘦。她一直不下床。

一天夜里，杜斯提和霍努斯躺在杜斯提的床上，听着雨在屋顶噼啪作响。有些天声音响些，他们就像生活在一面鼓里。那天夜里比较和缓，但足以让他们睡不着觉。

她跟他做了四次，每次她都觉得他精疲力尽马上就要睡着了，但他没有。

"会发生什么事？"

"你说的是有关什么的事，霍努斯？"

"有关我们。有关你、我和约迪，有关这个世界上的每一个人。我们将要做什么？"

"我将在春天离开，去一个我能够永久定居的地方。一个安全、没有那么多雪的地方，或许我可以在那里种点什么。你们俩很可能会回亨茨维尔，因为那里是你熟悉的地方。"

"这么说，就这样了？"

"你在说些什么？"

"你不想跟我在一起？我们可以结婚。我们三个人在一起。"

"哦，我的天哪。"

"怎么了？也没有那么不好吧。我爱你，你知道的。"

"我知道。"

"就这么一句？"

"你想让我说什么？"

"说你也爱我，杜斯提。我知道你爱我。如果你不爱我，就不会跟我这样做。"

她盯着天花板，想着杰克，她爱过他。他们相互之间是如何相处的，他们是怎样相互了解的。这次不同。

"怎么样？"

"你连我的名字都不知道。听着，你爱约迪，你们俩可以有共同的生活。我们……我们三个人一起，碰到一起了。如果没有像这样的事情，我们很可能永远不会碰面。"

"但我们还是碰面了。我相信，上帝把约迪送到你这里是有原因的。"

她叹了口气："或许是我让她没有因为生孩子而死，但也只是或许。但你的推理站不住脚，上帝用一场瘟疫杀死了地球上的绝大多数人，就是为了让我们碰面？上帝派你过来跟我睡觉，毁掉你的婚姻？上帝派你来烧掉你的第一个孩子的尸体？"

他没有回答。

"并不是每件事都有它特殊的含义，或许根本就没什么计划。或许我们相遇而且一起睡觉并没有什么原因，只是因为我们都感到压抑和孤单。"

"我无法相信你是这样想的。"

"我无法相信你仍然认为有什么计划。"

"那么，如果你怀孕了怎么办？"

她翻身下床，抓起了她的旧背包。她一把打开背包，给他看她的避孕药、避孕环和事后补救药储备。"这是我的计划。这是让我觉得有道理的计划。这样我就不会因为生下一个死婴让自己也死掉。在我离开之前，我会把它们拿给你的妻子，试着让她使用，因为如果没有人照看，她下次可能就没这么走运了。所以不存在那怎么办的问题，不要担心这一点。你需要担心的是，在我离开之后，你的妻子可能是这个县里或者这个州里唯一的女人。这应该让你担心。"

"你觉得会发生什么事？有人会——"

"会杀了你，强奸她，可能还会让你在一边看着。或许你会回到亨茨维尔，但你会出事故，于是另一个人就能和她结婚。我见过类似的事情。只要你和她在一起，你就会有麻烦。"

"那你不也同样非常危险吗。为什么不留下，让我——"

"让你保护我。你的妻子对我恨之入骨，因为我没能保住她的孩子，然后又跟她的丈夫睡觉。这听起来真是再好不过了。我们什么时候开始新的关系啊？"

"你怎么这样说？"

"我并不属于这里，我没法留下。请你接受这个事实。不要想让我们的关系永远持续下去。"

他们躺下了，雨声在他们头顶响个不停。

"你的真名是什么？"

"你给那个孩子取了什么名字？"

霍努斯起身走了。

1 月 10 日

想在半夜里一句话不说就走。我不欠别人任何东西，连一个解释也不欠。想要远远地把这倒霉的一切抛在身后，把一切抛在身后。走向虚无。

我要去哪里？去谁那里？霍努斯不是我的归宿。这根本于事无补。霍努斯就是一剂安慰剂。

种胡萝卜，吃胡萝卜，拉胡萝卜，死。这是我能想象到的最好的归宿。人类的最后一代正在一步步走向灭亡。毕业之后专业选择错误。

这个职业在劫难逃。

我没法一句话不说就走。没法像洛克萨尼离开我那样，走的时候让人怨恨，也没法像杰克那样神秘。让他们恨我，或者优雅地离去。让人恨比较容易。

让她接受避孕针；让她有足够的药剂与人分享；告诉她不要在帕蒂初潮之前给她避孕药。没法确定她能不能受得了这种事情，或者是不是会这样做。试试看吧。延长生命，保证生活质量，为生活而战。为了什么，为了什么，为了什么。

如果我现在就走，不会有印着我的足迹的雪。走出这所房子，让雨水洗去我残留的痕迹。他们永远也找不到我。留下我的背包，他们会明白。只带着我的枪走，他们会明白。用一支注射针头这样做，他们可能不会明白。不。不。不。

不会这么做。除了我感觉到的那种可怕的倒霉混账方式以外，我没法想出一个很好的理由，但我不会这么做。这样做的理由。这么做从来就没有什么理由。进行复制不是这样做的理由。从现在到结束都是我的生命，而且我不会用悲惨的、令人厌烦的、可怕的方式度过我的余生。

我要走了。不久之后。但不是用这种方式惩罚他们。他们不应该受罚。

杜斯提早上醒来，那对夫妻正在约迪的房间里哭。她走到门口，门是开的，但她站在门边没有进去。

他们一起坐在约迪的床上，抽泣着。过了一会儿他们才注意到她。注意到她的时候，霍努斯站了起来，在他的裤腿上擦着手。

"她做了个噩梦。"

杜斯提点点头。约迪好像哭了一整夜，但她看上去很有活力，精神抖擞。

"想不想试着吃点东西？"

约迪点点头，但没有抬头看她。

杜斯提离开去了厨房。她本来想把盘子带到卧室里去的，但约迪和霍努斯已经静静地坐到了厨房里的桌子旁。杜斯提用奶粉给他们冲了牛奶，然后拿着她独自享用的咖啡坐下。她带着疲倦担心地看着他们两个。

约迪喝着牛奶，还吃了一叉子鸡蛋。霍努斯像平常一样吃完了盘子里所有的东西。

"这么说，你决定活下去了？"

约迪抬头看了看她："什么？"

杜斯提没有心情，她没有按照自己平常跟约迪说话的步调说话。

"你已经决定活下去，而不是在床上慢慢等死了吗？你是准备活下去，还是要先吃一顿早餐再死？"

"这并不是，嗯，一个决定。我现在活着，我不打算做出任何决定。"

"胡说。"她喝着咖啡。

倔强的约迪又吃了一叉子鸡蛋。

霍努斯清了清嗓子，推开他的盘子："约迪……我们都觉得我们应该回亨茨维尔去。不是现在，等她的身体再好些就走。我正在寻找一辆还能开的汽车，但我们最后可能还是得走路。"

杜斯提点点头。她原来就觉得他们会这样做。

"你可以和我们一起走……"霍努斯看着杜斯提，她没法不看他。

"继续说。"

"亨茨维尔的人们会欢迎你的。但你得……我们必须告诉他们……你没法永远瞒住他们。"

"嗯嗯。然后我就会享受一大堆追求者的甜言蜜语。"

"主教会……"

杜斯提笑了起来："告诉我什么地方可以弄到洁白的新娘服装。我等不及了。"

"你要做什么呢，杜斯提？你要去哪里？"

"不去亨茨维尔。"她小口地喝着咖啡。

"你就不能……"霍努斯还没哭，但她看出已经快了。

我没办法，你也没办法。约迪需要你，我不需要。弄懂这个暗示吧，霍努斯。

"我做了个噩梦。"约迪盯着桌子中间，那里什么也没有，"我做了一个关于你们俩的噩梦，霍努斯和你一起骗我，这是不是很离奇？"

"这确实很离奇，约迪。你觉得为什么你会做这样一个梦？"

霍努斯面无血色。他僵坐着，一言不发。

"我猜，是因为我这么长时间一直都在想着那个孩子——"她的声音在说到孩子这个词的时候卡住了，但她还是努力地说了下去，"结果忘了我还有一个丈夫。而且我爱他，他需要我的关照。你明白吗？"

"是的，这很有道理。"她很冷，全身冰冷。无论是在她的血管

266

里还是她的心脏里，没有别的，只有冷冰冰的水。

"嗯，我知道这种事是永远不会真的发生的，但我还是在醒的时候发了狂。真的发了狂。于是我叫醒了霍努斯，告诉他我们必须行动，再次尝试。"

"再次尝试？"

"等我好了以后，我们可以再试着要一个孩子。"

"我明白了。"杜斯提喝完了杯子里的咖啡，"我有一个相反的建议。我有药物，它们能帮助你——"

"不，我不会在这个世界上控制生育。这个世界最需要的东西就是孩子。"

"我可以把药给你，如果你改变了主意就可以用。"

"我不会要的。我敢肯定，霍努斯和我会有一个活着的孩子。我不需要你的药。"

"如果你像这样再生一个孩子还活了下来，你可能会改变主意。"

约迪的眼睛红了："不会再这样的。"

"不会的，你说得对。下一次，没有任何帮助，你很可能会死。工作结束，下班。我想让会死的孩子活下去，但结果我自己死了。给我套上一个花圈，叫我圣人，叫我妈妈。"

约迪一下子站了起来，她突然的动作，把她身后的椅子推出去很远："你就是嫉妒！你就是嫉妒我和霍努斯，因为你什么人都没有！"

我可以现在就告诉她，但这会毁掉他们俩。带走我知道没有垮掉的最后一件东西，然后弄碎它。但为什么要这样做？

杜斯提没有动弹，她死盯着她的空咖啡杯："如果我有一段无性婚姻和一个死去的孩子，我确实会嫉妒。然后我就可以像你一样。

267

你是对的，你拥有这么多的东西，我希望我也有，约迪。我希望。"

"杜斯提。"霍努斯对她说，好像要给她惩罚似的。

老爸发怒了。

"你们俩都给我滚。"她说，从桌边站了起来，"想什么时候滚就什么时候滚，我什么都不会说。不要担心你的噩梦，约迪。你的丈夫跟你一样，对性毫无兴趣。留着那点本事去生孩子吧。他不在乎。"

她走出房间，到了房子的后半部分。她开始收拾行装。

房子里静悄悄的。杜斯提梦到了洛克萨尼，她用杰克的声音说道："嘿，宝贝。让我们走过这座桥。"

"我们去哪里？"

"跟胆小鬼一起。"

她转身一看，她们在金门桥上，胆小鬼在那里，拉着乔的手。

"去桥的另一边。"他绷着脸说。

约迪梦到了她的男婴。如果她放下他让他坐着，她就能看见他，而且能看到他的笑。他甜蜜地咯咯笑着，让她感到全身疼痛。当她把他抱起来，她怀里就只剩下了一团缠住一切的毯子。她在自己的床上独自醒来，轻轻地哭泣，直到她迷迷糊糊地又睡着了。

霍努斯梦到他跟约迪在一起，但约迪特别热情地想要他，而且扔掉了杜斯提给她看的那些药。她的肚子圆滚滚的，紧紧地和他贴在一起，而且他知道，这次是个女孩儿。

"我们必须把她卖了。"约迪变成了杜斯提，她的脸变了，她的声音谁的也不是。她的嘴唇没动。"如果我们把她卖了，她会安全的。"

"我们不能这么做。"

"我们可以在墨西哥这么做。"他碰不到她。后退，后退，碰不到她了。

不知为什么，这三个人都知道，今天就是分手的时候了。当黎明到来，天边洒下第一道曙光，他们都起床开始做准备。

约迪在食品储藏室里发现了杜斯提。

"嘿，我要带走这里的大多数东西，因为你们要去亨茨维尔。但如果你需要任何东西，你可以拿去。"

"反正你不喜欢鸡蛋粉。"

杜斯提没有转身面对她："确实，你当然可以把鸡蛋粉拿走，速溶食品你也可以拿走。"

"嘿。杜斯提？"

这次她转过身来。

"没事儿。"约迪离开了厨房。

我根本没干过。

杜斯提走回她的房间，在走廊上与霍努斯擦肩而过，他带着一个包向前门走去。看上去欧梅维尔夫妇打算带的东西不多。抓起一支步枪和一盒子弹，杜斯提跟着他走了出去。

"拿着这个。"

"我不需要。"

"你不知道你需要什么。或许你会用它打猎。"

他不是很确定地接了过去，轻轻地把枪把杵在地上："我不知道怎么用枪。"

"约迪知道。我教会了她基本的用法。拿着吧，好不好？"

"好的。"

她昂首走回房子里。当她走进客厅时，她已经做好了出发的准备。她带的东西比她想象中的多，她知道她今天不会走很远。

霍努斯把手放在约迪的肩上："走吧。"

约迪看上去闷闷不乐："我……应该谢谢你。你很可能确实救了我的命。谢谢你。嗯，真的，谢谢你。"

杜斯提的视线从约迪的脸上移到霍努斯的脸上："你不必谢我，这只是我做过的一件事而已。你同样也不必做任何霍努斯要你做的事情，现在不必，永远不必。他需要你，比你需要他多得多。记住这一点。"

她突然转向他："能不能请你让我们单独谈一分钟？只要走出门就行了。一分钟。"不等他回答，她已经转身面对约迪。在杜斯提让他离开的目光下，霍努斯走了出去。

她从她的背包里拿出了一大包塑料药筒："这里有足够使用三年的避孕药，你一天吃一粒就可以了。非常简单。"

约迪没有伸手去接捆着的那个包："我跟你说过。我不会——"

"听着，听着。你只需听我说一分钟，然后你就永远也不必再听到我的声音了。会出现一些坏事，我向你保证会出现的。这事很可能会出在霍努斯身上，而你将不得不对付许多其他的男人。或许他们没什么，或许他们不是这样。"

"不会的！你不知道会不会发生这种事情。"

杜斯提目光炯炯："那好吧，我疯了，什么也没变，谁都会哄着你，让着你。如果没发生什么不好的事，那就把它藏到什么地方去。而且，如果最后你不是跟霍努斯在一起，而且那人不是什么好人，你也会有自己的选择，不必再重复这次的事情。或者，或许你和霍努斯又一次不走运，你会想在一两年里躲开这种恐怖的经历。或者，当帕蒂成人之后，你可以把它拿给她。你就先拿着。拿着吧。只要记住，你有这样一个选项就行了。好吗？"

约迪到底还是收下了，当她抬起头来，杜斯提能看到她在哭。"你不明白。事情不会像那样的。一切都会……"约迪喘不过气来了，她在尽力忍住抽泣。

"太好了，一切都十分美妙。当心一点，约迪。提高警惕。"尽管发生了这么多事情，她还是有强烈的想要拥抱约迪的欲望。她虽然受不了他们，但离别还是让人感到心酸。

霍努斯又走进了房子，接着约迪走了出去。她没有说再见。

门刚关上，霍努斯就把杜斯提拥入怀中。他紧紧地拥抱着她，吻着她，但她在挣扎。她从他的怀抱中脱身，心中升起了厌恶。

"跟我们走吧，请你跟我们走吧，不要让事情像这样结束，总会想出办法解决的。"

"霍努斯，不要让自己尴尬。我们已经结束了。"

他的脸白了。

"听着，你是个胆小鬼。你从来没有真正真诚地对待约迪，不管是关于你、关于我还是关于任何其他的事情。你不知道该怎么办。我觉得，因为你和她已经结了婚，所以你就再也没有尽力去争取过她。"

"这并不是原因。"

"嘘，从那时起就基本上确定了。我曾告诉你会发生某种事情，就是有人会想法把她从你那里抢走，这件事一定会发生，而且很快。留神你的身后。不要参与任何神秘的任务，也不要和别人一起出去打猎。不要信任任何人。记住，你手里有人人都想要的东西。"

他摇着头，咧开嘴笑着："我就知道你爱过我，我知道。如果你不爱我，你就不会这么担心我。"

"这并不是原因。"

"那原因是什么？你为什么会在乎？"他笑得像一个知道自己赢了的男人。

"因为你们俩都很没用。这就像帮助一只小猫从树上爬下来，这不是爱，是怜悯。努力活着，好吗？"

霍努斯的笑容消失了，他向她伸出手来。她已经把自己的头发剪得很短，一切行装都整理好了。她把背包背上了肩头，没有理睬他伸出的手。

"来吧，杜斯提。来吧。"

她回视着他，伸出了手。他笨手笨脚地抓住了她的手，他们相互凝视着。

过了一瞬间，他松开了手。她调整了一下背包，走向前门。这所房子好像因为他们曾经一起住过而十分昏暗。走出房子，她同时有了孤单和轻松的感觉。

"你知道我们会在哪里。"霍努斯挥手告别。

"我知道。再见。"她转身离开。他们看了她一会儿，然后向亨茨维尔走去。

欧博梅尔夫妇在产业中心受到了热烈的欢迎。没有人指责他们的缺席，也没有谁要求他们做出解释。亨茨维尔只剩下了不到十二个幸存者。约迪是第三位女人，男人和女人之间人数接近了，但竞争却加强了。大家住得更近了，形势更加严酷，这让他们易怒、粗鲁。

路易斯主教的嫉妒心非常强，弄得谁也不敢看她。她还像原来那样深居简出，大部分时间都花在为大家庭缝补衣物上。第二年夏天，当这一天到来的时候，斯特林姊妹第一个告诉约迪，说帕蒂来了初潮。约迪想到了杜斯提给她的那包从来没有碰过的避孕药，但她什么也没说。

那年约迪流产了两次，两次都是在怀孕初期，但她谁也没有告诉。她把这件事丢到了脑后，权当是月经来得晚了点，血流得多了点。看不到孩子，只有血，只有痉挛和疲倦的几天。

夜里又有两个人悄悄地跑出去自杀了。路易斯主教怒不可遏，他开始制定守夜制度，任何人都不得离开人们一起居住的大房子。这幢房子很旧，是在一百多年前建造的。年轻男子们三三两两地住在原来仆人们住的房间里。约迪和霍努斯自己有一间小房间，离主套房很近。

当守夜制度维持不下去时，人们便一点点分散了。一天夜里走了两个年轻人，第二天夜里又走了三个。天气变暖了，而且他们离其他小镇子很近，他们知道他们可以到哪里安身。

到了八月，还剩下三对。路易斯和眼神空洞的帕蒂总是在上演捕食者和被捕食者的游戏。

约迪和霍努斯越来越与他人隔绝，他们所有的时间里都待在一起，想要生活在一个泡沫之内，让它把他们和整个世界隔绝。

有一天，另一个女人走了，她的丈夫狂怒地开着汽车追她，决心要把她带回来。两个人都没有回来。到了秋天，霍努斯要约迪和他一起离开。

约迪和帕蒂单独待了一小会儿。她交给那个女孩儿一篮子衣服，告诉帕蒂需要缝补。这是些她不再想要了的旧衣服。

里面包着整整三年的避孕药。

那天晚上，当满月升起的时候，霍努斯和约迪打开前门走了出去。他们一言不发地走回了他们去年冬天住着的那所房子。房子和他们离开时一模一样，他们在那里准备各种物资过冬。

霍努斯一再寻找杜斯提留下的痕迹，寻找任何她留下的东西。他有一个不切合实际的希望，认为他能够找到一张她留下的字条，就像他那次发现他的妻子留下的字条那样。淋浴室下水道里不知是谁的毛发，门框上印着的匿名指印，那些她一定用手摸过但没有留下痕迹的书籍。他和约迪一起睡在原来约迪自己睡的卧室里。他有时会坐在杜斯提的房间里想心事。有一天，他拉开了她的梳妆台抽屉，在最上面的抽屉里发现了他送给她的圣诞礼物，那件睡衣被叠得整整齐齐地放在里面。他轻轻地摸着它，合上了抽屉。

欧博梅尔夫妇这年又庆祝了圣诞节，但这次他们觉得很空洞。霍努斯给他的妻子带来了更多的DVD光盘和电池；她送了他一把非常漂亮的折叠刀，着实给了他一个惊喜。他们唱了同样的那些歌，在同一棵圣诞树上点了灯。他们都感到心情很差，一直聊到深夜。

"总觉得有什么地方不对。还是不够。我们不应该把她留下的。"

"什么不够？"霍努斯没明白。

"没什么。我们必须去接她，我们必须这么做。"

"你说得对。虽然这样做让我觉得有点害怕，但是你说得对。"

他们走了出去，发动了雪地摩托车。他们回到了亨茨维尔，穿过没有上锁的门，走进了房子。房子里又静又黑。他们爬上了楼梯。帕蒂和路易斯在一张特大号的床上，两人间隔好几英尺。女孩儿睡觉时紧紧地蜷着身子，好像一只皮球。约迪端着步枪，瞄准了路易斯。霍努斯小声弄醒了帕蒂。他只碰了她一下，她就睁圆眼睛醒了过来。她急急忙忙下床站在地上，在透过窗子射进来的星光下，她光着的身子蓝里透白。

"谁？"路易斯醒了过来，向黑暗中凝视。

"是约迪·欧博梅尔和霍努斯·欧博梅尔。我们现在要带走帕蒂，让她跟我们一起生活。"约迪的声音非常坚定，尽管她没有觉得自己有这么坚定。她的手指放在步枪的扳机上，但她忘了上膛。

"你们不能带走我的妻子。"路易斯挣扎着从床上爬了起来。他是一个年轻人，但已经留了很长的胡子。他穿着白色的短裤，不得不伸手在床头柜上摸眼镜。

霍努斯找到了一件睡衣，把它放在帕蒂的头顶上。她顺从地伸出胳膊，像个洋娃娃一样让他帮她穿上衣服。"你想留在这里吗？"

帕蒂无法回答，她的眼睛里只有恐惧。

"看，她挺好的。现在你们俩哪儿来的就回哪儿去吧。"路易斯在说话时死盯着步枪的枪管。

霍努斯轻轻一下就把帕蒂从地面上提了起来，她轻得像根羽毛。他把她搂到自己胸前，她身体僵硬，全身发抖。

霍努斯走出房门，约迪慢慢移动着后退，跟着他。

"你们以为你们是谁？你们怎么可以就这么闯进来，还——"

"她还只是个孩子！你做的事情是错的，你自己也知道。"

"她是个女人，而且她是我的妻子。等她年纪再大一点，她就会懂了。她只是现在不明白罢了。"

约迪还在后退："不要跟着我们，不然我就开枪。你老实待在那里别动。"她一个转身，"咣"的一声关上了门。她匆匆走下台阶，走向雪地摩托车。霍努斯已经让帕蒂坐在了他身后的座位上，约迪随后也上了车，他们俩一起在车上扶着她。

他们骑着车离开，这时他们看到路易斯喊叫着从前门出来，向他们挥舞着胳膊。

霍努斯向上天祈祷，希望路易斯手里没有枪。他们没听到枪声。

他们回到家里，让帕蒂穿上衣服，坐在圣诞树前喝热饮料。路易斯追踪着他们留下的痕迹，花了几个小时，一直追到了伊甸。他狂叫着，把门把手拧得哗啦哗啦响。

霍努斯拿过步枪上了膛："到房子后头去。"约迪带着帕蒂去了后面的卧室，她们俩坐在衣帽间里。霍努斯打开了门。

"她要住在我们这里，你走吧。"他平端着步枪，枪口对准路易斯。

路易斯在发抖。他的脸通红，眼睛蒙上了一层雾气："瞎说什么。我是你们的主教，而她是我的妻子。"

"你已经不再是我们的主教了。我们——"他太紧张了，结果手指扣动了扳机。枪响了，打中了他的屁股，他倒在地上呼哧呼哧地喘着粗气。霍努斯大吃一惊，丢下了枪，目瞪口呆地站在原地。约迪出门向他们跑去。

"哦，我的天哪，你开枪打伤了他。"

霍努斯只能干瞪眼。

"我们该怎么办？"

他摇了摇头，他的下巴动着，但说不出话来。

"再给他一枪。"说话的是帕蒂。他们两个都回头看着她，帕蒂站在那里，就像没说过话似的。

"我不能，我不能。"霍努斯几乎是歇斯底里了。他六神无主地小口喘着气，胸脯急促地上下起伏。

帕蒂拿起枪看了看。它差不多跟她一样高，而且她以前从来没用过枪。约迪轻轻地把枪从她手里拿了过来。她拉开枪栓，深深地

276

吸了一口气。

她瞄准路易斯的脑袋，扣动了扳机。弹孔很小，但血一下子喷了出来，染红了雪地。

霍努斯重重地坐在地上，眼睫毛跳动着。他感到眼前发黑。

约迪把枪放在门旁，把帕蒂推进房子里。然后她帮助霍努斯坐到沙发上，锁上了门。

"我们现在是一个家庭。永远不会有人来打扰我们了，嗯，再也不会有了。"她在霍努斯身边坐下，拍着他的手。他没有回答。

帕蒂很冷，但她没有走。她抬起膝盖，把头支在膝盖上。

约迪开始唱歌，帕蒂加入了合唱。过了一个多小时，霍努斯才恢复了正常。早上，约迪让他把那具尸体埋掉。他像杜斯提那样搭了个火葬柴架把尸体烧了。他走进房子，发现约迪和帕蒂像姐妹一样在谈话。

他们三个过得非常好。就像约迪说的那样，他们是一家人。他们从来没有说到路易斯，也很少说到瘟疫或者过去。约迪一次又一次地流产，她也将他们的第一个孩子的事告诉了帕蒂。帕蒂毫无情绪地听着，她说她再也不会结婚了。

六年后，约迪怀了一个女孩儿，这次没有流产，但母女俩都死了。那孩子从来没有离开她的身体。霍努斯被悲痛打倒。帕蒂烧掉了尸体，四具尸体，同一个地方。雨水把她们的骨灰冲进了泥土里。

还不到一年，他们俩便开始一起睡觉。帕蒂不能生育。他们一起度过了余生，再也没有见过另一个人类。

第十一章

　　几个男孩子每天工作的时间不是很长。他们吃过早饭之后过来，耐心地工作，勤奋地干到中午。他们在旧自助餐厅里的一张长桌子上分吃午餐。这个房间没有窗户，一端有个舞台。他们用自己的图画和书法装饰着墙壁，他们中大多都能够工整地写字与绘画。饭后他们会玩几个小时，耗尽他们的能量。他们中有些会在后半晌睡一小觉，其他人则会在图书馆里消磨时间。

　　图书馆里的书是人们费尽心机搜集起来的，由那些把书看得高于一切的人管理。不可以把任何书拿出这座建筑物，只能在这里读。沙发、垫子和椅子到处都是，通常都有人占用。这些男孩子抄写员们特别喜欢那些解释过去的书，还有那些有关人们日常生活的故事的书。他们的学习专注于农耕和书写，以及简单机器的修理，但让他们自己自由发展。这些男孩子们阅读有关小家庭和大城市的书，还有关于各种过去的事物的作品。

　　男孩子们并不生活在家庭里。他们是一个大的合作家庭的一部分，断奶之后就被分配到这里生活。他们从来没有见过哪个大城市。这个世界的大城市崩溃了，倒塌了，被老鼠和藤蔓占领了，被洪水和铁锈侵蚀了。

在他们生命中的一年里，他们会拿出五天来，用自己工整的书法抄写这些书籍。他们渴望着让人们高兴。他们的字母写得完美无瑕，他们的线条画得笔直。他们抬头向艾娜妈妈微笑，妈妈拂着他们的头发，说他们做得很好。当接近年底时，他们问她下面该干什么。

"很快就是选择学徒的时候了。你们将会见到从事各个职业的人，看你们对什么有兴趣。要不了多久了。但今天，让我们先回过头来做这件事。小伙子们，你们准备好了吗？"

他们准备好了。手洗干净了，纸铺好了，墨水瓶也装满了。

无名助产士之书

薇薇安的蜂房

3月21日

80号公路上的农舍。里面的玉米比我原先想象中的更多。古怪的玉米。不同的颜色，混杂的颜色。异花传粉。玉米＝农民＋风。美味。烤来吃，不用考虑奶油。自我上一次遇到人以来的第十三天。距离。完全不知道他们是谁。无所谓。

他们没看到我。

不是世界上的最后一个男人。即使我从来没有见到过另一个人，我也知道这一点，因为食物在消失。玉米地里的鹿。这一天会来的：不再有沙丁鱼，不再有金枪鱼，不再有花生酱和果冻三明治。我需要进一步走向农村。和过去一样，人人都去沃尔玛。在小乡镇里，那种巴掌大的小地方机会更大。餐厅的厨房里。我坐在一间陈旧的聚酯纤维板搭建的小室里，随便发了一通感慨，说我要吃炸鸡。对。告诉那些多足类动物，因为它们继承了地球。

而且，我在任何地方都找不到该死的滤水器，任何品种的都没有。

什么都得煮开了。烦得要死，而且味道差劲。

3 月 30 日

走了狗屎运，碰到一群野鸡。我开枪打了两只，很难拔毛。我想起了那次圣诞节大餐。我把两只都烤着吃了，烫了手指头。撒上了些从麦当劳弄的盐包里的盐。希望这些鸡能繁殖。希望这个世界能通过野鸡恢复。

附近有人。我能感觉到。

4 月 1 日

没有愚人。薇薇安和十四个男人，穿着皮毛。他们欢迎我，好像到了在凡尔赛吃蛋糕的时候。食物很多。装出我没有技能。她没看出我是女人。我身上很脏，不知多久没洗过澡。他们根本没对我的枪发表感想，完全的和平主义者。她不发话，谁也不行动。从来没见过这种情况。

一个阿尔法，领着一群贝塔。最大的花花公子，可想而知的阿尔法，此后的一切就是随机出现的了。那些贝塔中有唱歌的，有修理东西的，还有一个丑陋滑稽的小家伙。其他人来来去去，但都忠于阿尔法。

在离开之前问她是否需要避孕设备。她笑了，告诉我，如果她能活一千岁，她就会需要。她或许行。

4 月 25 日

有生以来第一次有人骑着马从我身边过去。不知道是男是女，穿着斗篷。见鬼。

4 月 26 日

我来到了得梅因。不知道是否应该避开这座城市，这显然没人住。多处起火。

4 月 29 日

我看到了用布条做成的长幅标语。一声长叹。

高价收购女人，年龄不限
耐用物品医药枪支每天日落市府大厦

绕过了得梅因。

下雨。深绿色的树林里，枝叶向下滴水。地面上的蘑菇重重叠叠，新生的植被遮住了小径。她迈着沉重的脚步穿过树林，向她透过树木瞥见的一座房子走去。她在得梅因城外取道南行。她知道她在密苏里州，但不知道具体位置。

房子很小，过去曾经是白色的。青苔在房子的一面生长，已经绕到了房子的正面，绿色的枝杈伸向窗户。她发现房门是锁着的，于是一脚踢上房门。门上的木头湿得厉害，已经泡胀了，咯吱地发出一声腐烂物品的声响便碎了。她急忙进屋放下背包，很高兴能脱离那些潮湿的树木。

房子里有干燥的木柴，她生了火。食物储藏室里没什么东西。她掏出了她的最后一个鸡汤罐头在火上加热。她要慢慢吃。

除了在睡梦中，她已经一个多月没出过声了。不知道等她想说话的时候还能不能开口，她对此不是很肯定。她的声带好像退化了，变成了不再需要的什么东西。她有很长时间没开过枪了。她蘸着油彻底地擦拭它们，保证它们干燥且状态良好，然后才又重新组装到一起，准备睡觉。她脱下湿衣服晾着，只穿着紧身背心和衬裤坐在火堆前，先后烤着后背和前胸。等她觉得自己已经足够干燥和

281

暖和时，便从背包里拿出了衣服。这些衣服也湿了，于是她把它们晾了起来。

她把一个沙发拖到火堆前，让它的扶手靠在砖砌的墙壁上。

她蜷在沙发上睡着了。

门被打开，她瞬间惊醒。她早就把枪插在了垫子下面，准备随时动用。这时她把两把枪都抓到手上，屏住了呼吸。

"怎么回事？谁在这里生了一堆火？"几盏灯笼的光照亮了房间。

"喂？"

第一个声音是个男人的，但第二个声音不是。她谨慎地在沙发背上方向外偷看。

"哦，天啊。"那个女人的灯笼掉在地上。它在地板上滚动，但还亮着。影子乱转。

"你是谁？"那个男人个子不高，松松垮垮的法兰绒上衣没系上扣子，露出浓密的黑色胸毛。他的脸上长着短而粗硬的胡须，看上去好像曾经摔倒在泥地上。

她把枪放在他们看不见的地方。"我只是个路人。"她想要声音低沉地说话，但她好久没用过的嗓子发出的声音很尖，暴露了她的性别。她或者是个女人，或者是个青春期男孩儿。

她清了清嗓子，又重新说话："只不过是——"

那个男人迅速地向前走去，他的脸上现出了全然的震惊："你是个女人！"

她把两支枪都端起来平放在沙发背上："站住。不许向前一步。"

"哇，嘿。别别别。"另外的那个女人弯腰拾起了她的蓝色电子灯，然后站在两人中间。在火光中可以看到，她的脸上也有不少泥土。她抹了一把脸。

她的皮肤有点像深色的蜂蜜，她的头发向后梳着，但还是看得出有些卷曲。她黑色的大眼睛看着沙发上的女人和她的枪，但没有退缩。她的脸从容而镇定，毫无慌张之色。

"嘿，我是阿娃，他是迪诺。冷静，我们不是来伤害你的。这地方是个路边休息站，我们有时候会用。我们出去扫货，现在在回家的路上。我们也有武器，但我更愿意看到你把枪放下，而不是亮出我的枪。"她微微地笑了一下。

助产士盯着她，心中考虑着。

"我要穿衣服。我会把枪放下穿，然后我们可以聊聊。"她盯着迪诺。他给她看了看自己的手，然后背过身子。

"请继续。穿衣服吧，我给你私人空间。"

她跪在地上，有些尴尬地把沙发从火堆边推开。她穿上牛仔裤，觉得里面又暖和又舒适。拉链太烫手，还摸不得，她就这么把裤腿穿上了，然后穿上了长内衣。这些衣服是紧身的，明显地显露出女人的特征，但他们已经知道了。她把枪插到腰带上，拉上了拉链。她从沙发后面走了出来，面对着阿娃。

"行了，枪已经收起来了。"

"太好了。你叫什么名字？"

她没有马上回答。

不。

"简。"

"简。"阿娃伸出手来，她觉得这种礼节好像已经是古时候用的了。她们握了握手。

迪诺也转身伸出手来。"我叫迪诺。其实是迪安，但人人都叫我迪诺。"他热烈地跟她握手，对着她笑，"你去哪？"

"东方，北方，也可能去新英格兰。"

那两个人相互看了一眼："你在找什么？"

"一个安全的地方。"

"和其他人在一起？"迪诺扬起眉毛，看着她问。

"其他的人安全吗？"

这次说话的是阿娃："有些人安全。你看，我们弄了一卡车的物资穿过树林，结果陷到泥里了。我们有很多吃的东西。我们都需要清洗一下，等一会儿吃一顿迟到的晚餐。你愿意和我们一起吃饭吗？我们或许可以谈谈。"

简已经吃过饭了，但她不愿意拒绝谈话："好啊，我们可以谈一会儿。"

迪诺从一个水箱里舀了两锅水烧上，然后就在厨房的水槽里有条不紊地洗了起来。洗完了之后他把槽子涮了涮，加了水，为阿娃烧上。

"谢谢。"她脱下自己满是泥污的衬衣，揉成一团丢到地板上。接着她又把弹性裤子脱了下来，也丢到地板上。

"我们有新衣服，迪诺，这些就不要了吧。"

在阿娃脱衣服时，简非常仔细地看着迪诺。他也看着她，但只是偶尔的几瞥。当阿娃洗澡时，迪诺热了好几罐头炖牛肉，还打开了一个桃子罐头。"这是饭后甜点。"他微笑着说。简还在看着他。

她在小小的餐桌边的一张椅子上坐下。当他们跟她坐到一起时，她觉得好像又跟霍努斯和约迪坐在一起了。

"你是从哪来的呢？"

"旧金山，在犹他待了一个冬天。大多数时间走在路上。"

"你见到过其他人吗？"阿娃饥饿地吃着，但迪诺似乎更热衷于交谈。

"见过几个。"

"大部分是男人?

"对,大部分是男人。你们是从哪来的?"

"我从圣路易斯来。后来那个城市没法待了,我就离开了。"

阿娃咽了一口食物,又伸手去拿水杯。"我是从德克萨斯来的,受了不知道多少苦才到了这里。我看到了许多你不会相信的事情。"

简忍住了一个微笑:"可能吧。"

"那就是说,在西海岸也是一样的?"迪诺似乎并不失望。他好像是那种断了一只胳膊也只不过拍拍肩膀的人,只是想确认一下。

"到处都一样。死了的人和就要死的人。"

阿娃又接着吃她的炖肉。

"我看到了你的刺青。"迪诺朝简的胸前点点头,那里有一个墨水涂成的墨丘利节杖的黑色图形。

她的手触摸着这个图形。她见过霍努斯盯着它看,但他从来没问过。好长时间她都没去看过它了,也没真正想到它。

"是吗?"

"是啊,你是医生吗?"

"我是个助产士。"

这个词好像在房间里盘旋了一阵子。

"我或许是地球上的最后一位助产士。"

"好啊。"阿娃又大吃了起来,"你可能是的,但至少你接受过医学训练,那是非凡的技巧。"她现在忙着舔碗。

"是啊,我的训练是做护士,不单单是接生婴儿。很不错,因为婴儿现在差不多已经不存在了。"

阿娃和迪诺又互相看了一眼。简认为她可以再等等。

"你们俩有谁需要医疗服务吗?"她冷静地用职业的目光看着他们。他们不需要。

285

"我认识一个今年得了破伤风死了的男人。我们觉得是破伤风，他在一个什么小东西上弄破了皮，可能是个生了锈的钉子。他不知道该怎么办。如果我们有个有医学知识的人……"他看着阿娃。

阿娃叹了口气。"我们有一个地方。"阿娃小心地说，"那里非常安全，是封闭的，我们有防卫的能力。我们并不真的到处招新人，但从来不会拒绝女人或者小姑娘。再加上你受过医学训练，我们当然想要你。"

简的身体僵硬。她等待着。

"我们不会强迫你，谁也不会加害于你。相信我，我知道这话听起来像什么。在走出德克萨斯之前我被人卖过两次，我在那里失去了我的女儿。"她的眼睛湿润了，但并没有流泪。

"卖？"

"一次是换枪，一次是换青霉素。两次都被卖给了一帮男人。第一帮男人杀了我的女儿，她才十三岁。"

阿娃的头向一侧低垂，下巴碰到了肩膀，好像在看着身后。她做了几次深呼吸。

谁也没说话，她平静下来之后再次开口："第二次，头一伙人起了内讧，开始自相残杀。我最终落到了那个叫埃迪的混账手里。他得了肺炎，就把我卖了换青霉素。他开枪把买我的人打死了，又把我抢了回来。他吃青霉素丧了命，我拿了他的枪和汽车逃跑了。"

"过敏。"

"是的，我也这么想。"阿娃睿智、坚定。简调整着她对这个女人的评价。

"你没有怀孕？"

"我有宫内节育器。"

"对你是好事。"

286

"旧法计划生育救了我的命。"

这一瞬间她们是相通的，她们有共同的理解。迪诺没有打扰她们。

"你的情况如何？"

简坚定地看着她："我有两次碰到了麻烦，我杀了一些男人。从来没被人抓到，或者卖掉。"

妈的，我这是在夸耀吗？希望她不要认为我觉得自己高人一等。我只是运气好。

"对你是好事。"

"你愿意跟我们一起走吗？如果你不愿意，你什么时候都可以离开。我们不强留人。"迪诺看上去充满了希望。他吃完了他的那份炖肉，一直低着头，他刻意不让自己看上去很急切。他学会了遮掩自己对女人的强烈感觉，简看得出这一点。他正在有意识地努力不要吓着她，而她喜欢这一点。

简在考虑。她用勺子舀起了她碗里的最后一点炖肉："我跟你们走。我至少想去看看。"

第二天早上，他们走出房子去了卡车那里，在卡住的轮子下面垫上木棒，把车开了出来。他们挤进了驾驶室，开车上路。

五十英里外，他们来到了一个军事要塞的大门口，门口的标志被涂掉了。简读不到下面写了些什么，它看上去像是油漆下面的隆起。最上面一层是手写的"不存在的要塞"。

6 月 16 日

不存在的要塞里有一百二十四个男人，十七个女人，六个男孩儿，两个女孩儿。这里很有凝聚力，并且平静祥和。

只剩下了几个军人。其中有一个人，他在救伤直升机往这里运人的时候就在。我给这里的人检查身体，慢慢见到了每个人。这里有一所真正的医院，装备着基本的医疗设备，消毒仪器。我好像一下子回到了过去，甚至穿上了白大褂。

这里有两个孕妇。除了四人之外，其他的女人都有节育措施。一个女孩儿快要初潮了，另一个还有几年。

有一例肝炎，两例皮肤感染，有一个人被刀砍了，愈合得很差。没有性病，真是奇迹。我给他们做了基本的保健，所有人看到我都感谢老天长眼，都松了一口气。

留下的优点：人不错。碰到了几个谈得来的，甚至有几个很有趣的男人。伯纳多，艾萨克。

有两个女人我真的很喜欢。雷切尔，考利。这里很干净，组织得井井有条。有许多物资，他们还为明年春耕准备了土地。完全没有任何人侵入我的空间。

五人理事会负责管理，但人人都有选举权。投票惩罚必须全体通过。这很让人吃惊，但这是优点。一些重大安排，有些人是一夫一妻。不算我有三个单身女子。当然有谈恋爱和性爱，但没有强迫。有几个男人一起睡觉。

方便。吸引人。搭配妥当。

留下的缺点：没有别的医护人员，一旦人们病了会忙得要死，没法让他们依赖别人。需要训练替代我的人。不会强留我，任何时候都可以离开。

我或许该留下。自由地留下，自由地离开。

第十二章

当简在不存在的要塞住了几个月之后，几个陌生人走近了要塞大门。两个男人和一个戴着手铐的女孩儿，女孩儿才十几岁。她的脸是被蒙着的，手铐在连接的地方生了锈。

那两个男人问到了交换品种，发现要塞没有换枪的业务。他们拉下了那个女孩儿的罩头巾，提出用她交换他们的加入。夜间警卫就让他们进来了。

警卫之一是伯纳多。他个子高挑，肌肉发达，善于交际，非常英俊。

他敲响了简的门。见到他来了，简很高兴。等他说明来意，她的笑容便消失了。

"只把那个女孩儿带到医院里，让理事会接见那两个男人。"

简住的地方离医院最近。他们让原来住在那里的一个人搬了家，让她入住。不到五分钟，她就穿着白大褂走进了门。

那个女孩儿没精打采地坐在检查床上。罩在她脸上的布一打开，人们就看到她煞白的脸。简可以从房间的那一头看到她胳膊上蓝色的血管。女孩儿的头发黑得像炭，眼睛似乎也一样。她瞪着简。

简温和地问："你觉得还好吗？"

她摇了摇头。

"你受伤了吗？怀孕了吗？"

那女孩儿耸了耸肩。

"你叫什么名字？"

她小声说话，声音非常非常小。近距离地看，她已经是个年轻的女人了，可能有十九或者二十岁。"我叫科琳。"

"你好，科琳，我是简。我是来帮助你的，明白吗？"

她点点头。

"我想要仔细地给你做检查，确定你没事。我不想做任何会弄痛你或者让你害怕的事情，但我需要查看你的身体。行不行？"

科琳点点头，解开衣服。她站了起来，很快就脱光了衣服。

她红着眼眶，嘴唇紧紧地抿着。她又坐下了。她对自己的身体毫不在意，哪里也不看。

简仔细检查了她身上的瘀伤和擦痕，还有她手腕上被手铐勒出的痕迹，知道了是怎么回事。她对女孩儿做了腹部触诊，确定她没有怀孕。奇迹中的奇迹。

科琳的大腿内侧有瘀伤，身上到处都是手的印迹和手指的痕迹。简小心翼翼地探查着女孩儿，情况让她大吃一惊。

"这是谁干的？"

科琳耸耸肩，没有看她。

"已经过了一阵子了。一年多了，是吧？或许有两年？"

她点点头。

"是现在和你在一起的那两个男人吗？"

她摇了摇头。

"但那两个人强奸了你。最近，很可能就是今天。"

"每一天。"她用与之前相同的音量说道。

简把她的衣服还给了她。简想要拥抱她，想要拉着她的手，但她觉得这个女孩儿已经够难受的了。她看向门外为她守卫的伯纳多，告诉他去把老玛丽亚找来。这个老妇人总是无比冷静，而且愿意照顾任何人。

"请告诉玛丽亚，给她好好地吃一顿，然后让她睡在玛丽亚那里的空床上。这个女孩儿身边一定得有人。"

伯纳多点点头走了，简一直等到老玛丽亚到来。

"科琳，你愿意跟老玛丽亚一起去吗？她会给你准备一顿好饭，还有一张暖和、舒服的床。这样可以吧？"

女孩儿又点了点头。

"听着，你不会再回到那两个男人那里了，在这里谁也不会伤害你。除非你说可以，不然他们连碰都不会碰你一下。我向你保证，好吗？"

科琳看上去似乎并不相信简，或者她并不在乎。让她去哪她就去哪。简向理事会的房间走去。

理事会的房间原来是属于要塞司令的。他们只把丹尼尔叫来和两个男人会面，没有把理事会的女性成员叫来处理与外人有关的事务。

那两个人一直站着。他们穿着破烂的斗篷，没有洗过的身体散发着臭味。

简走进了房间，他们吃了一惊。

"该死。"

"科琳呢？"

简没理他们，选择直接对丹尼尔说话。丹尼尔五十多岁，是个职业军人。他的身姿挺拔，每一次见到他时，他的衣服看上去都被压得十分平整。他自然而然地身居领导地位，但他不会因为觉得自己的地位不稳而变得残忍。

"丹尼尔，科琳受伤很重。几年前有人残忍地用钝刀子割伤了她的性器官。而且这两个人是强奸犯。"

丹尼尔简单地点了点头。他已经想到这两个人不会有什么用了，但割伤性器官是新现象。

"嘿，我们没有割她那玩意儿。我们买她的时候她就那样了，是原来的不知哪个人干的。"

"但你们强迫她了？"丹尼尔的眼睛冷若冰霜。

"我说，她是我们的啊。我们照顾她，给她东西吃。这是各取所需。"这两个人是一对双胞胎，长着大胡子，说起话来一样的颠三倒四。简分辨不出他们谁是谁。

"你们俩还有什么别的要说吗？"

"你们不会让我们留下，是不是？那就把那个女孩儿还给我们，让我们离开。"

"丹尼尔，你不介意让我干这件事吧？"

丹尼尔叹了口气："不介意，但别在这干。我会派一个收尸小组过来，把他们带到野地里。"

简从白大褂后面抽出左轮手枪，对准最后说话的那个男人。

"转身，走出门去。"

另外那个男人伸手从斗篷下面抽出手枪。简在三英尺外一枪打中了他的眼睛，他栽倒了。

"抱歉，丹尼尔。"

"把他从这里弄出去。"丹尼尔摸了摸自己的耳朵，皱着眉头。

简用枪指着另外那个人："走。"

他服从了。

他们走了出去，一起来到被他们称作"陶瓷工坟场"的那个地方。

他正在很快地说着话："跟你说，我是个机械师。我能修理东西。留下我吧，你不会后悔的。没必要为了一个科琳发那么大的火。她没事，这不是什么大问题，她只不过不是很喜欢干那事儿。但她——"

"我带着你走到这里来，只不过是不想让你把地毯弄脏。闭嘴。"

"哦，你就只听她的一面之词？就是这么回事？"

"你今天睡了她没有？"

"嗯，睡了。"

"她同意了吗？"

"你不明白。"

"站着还是跪着？"

"请不要开枪，求你了。我会补偿她的，我永远也不会再碰她了，也不会再碰别人了。我没有伤害她的意思。"他憔悴的脸上长了一双绿眼睛。他一边乞求，眼睛一边滴溜溜地转。

"我没法纠正你。如果你现在还不知道自己错在哪里，我也没时间教你。所以，事情就是这样。你站着还是跪下？"

他朝她扑了过来。她开了枪，他向前栽倒，躺在地上。

简走开的时候收尸小组过来了。

"检查他一下。说不定他藏了把好刀子能给你们哪个人用呢。"

简脱了白大褂爬上床，连门也不锁就睡了，一夜无梦。

当简在不存在的要塞居住七年后，她被提名进入了理事会。这只是一个形式，她没法脱离她的工作。但要塞的人们信任她，他们知道她的决心和她的行动能力。她照看着他们度过了七个严酷的冬季，这期间的人员损失降到了最低。她治疗了流感，把人们对热病的恐慌压制到最低点。她为死婴接生，埋葬母亲。她建立了晚期病人护理所，训练了护理人员。于是，当老玛丽亚开始出现癌症症状时，要塞里已经有了一个有效的网络，能够关怀备至地照顾她，直到她病死。

难民和流浪者们纷纷到来。有些可以留下，有些不行。再也没有具有医疗技能的人加入这个社区，于是简开始训练两个能干的十几岁的孩子。每过一阵子，理事会都会展开建立学校的辩论，但社区的人口没有增加，他们看不出有这个必要。

在简还在书写日记的时候，她的这份大作便已享有传奇的地位。这几本日记本总是被放在医院里显眼的地方。当她最忙的时候，她会请其他人加上内容，讲述他们来自何方、见到过什么事件。并不是每个人都同意这样做，但这个故事在不断延续。当她写完了她的日记本之后，理事会向一支扫货小分队发出指令，让他们带些新的日记本回来，结果他们带回了整整一箱。写日记成了一种时尚，然后变成了镌刻在社区传统上的文化。在定居者中间出现了说书人，而丹尼尔第一个提出应该任命一个人，让他执行历史学家的使命，成为社区的书吏。他们或许不应该遗忘任何事情。这份提议得到了通过。

历史与蜂房之书

请在这里分享你的一部分故事。我希望我们开始收集史料。——简

丹尼尔·埃默里·伍尔科特。上校。美国陆军。54673

我出生于伊利诺伊州的布卢明。我的父母亲是詹姆斯·伍尔科特和艾米莉·伍尔科特。我年满十八岁时加入陆军。我的大部分军旅生涯是在中东作战，我本应该于十年前退役。但我继续服役，因为我状况良好，而且他们似乎总有工作给我做。

瘟疫爆发时我被指派在伦纳德伍德要塞任职。我最初接到的命令是指挥驻扎在这里的一支团队，负责疏散密苏里州各个市中心和堪萨斯州的一部分市中心的人口。这个计划立即破产了。我们从四面八方把难民空运过来，他们大部分是医生和科学家。这个地方变成了一个实验室中心，他们试图弄清这次瘟疫到底是怎么回事，他们的努力失败了。大批人员逃亡，还有一大批自杀。和我一起服务的有许多优秀的男人和女人，但在救伤直升机带到这里来的人中，我是唯一留下的。

我犯了许多错误。

几乎一到这里，我就和我的妻子及长大了的孩子们失去了联系。全国的通讯联系都中断了，手机网络是崩溃得最彻底的。当我最后一次与莫德通话时，我觉得我没有任何理由向她说一声再见。她当时在萨凡纳，我觉得我没有任何理由要去看她。我完全没有什么理由那样做。

我帮助人们在这里建立了第一个理事会，因为这里有一些工作需要做，人们需要一个组织依靠。当人人都失去了头脑时，我受过的训练能够让我集中注意力。这件事我做对了，我们有了秩序，而外面的人什么也没有。

我从美国政府接到的最后一道命令是让我祷告。我总是遵守这道命令。

安德里亚·拉米雷斯

我不知道该怎样开始，所以我看了看其他人是怎样开始的。我不知道现在这一点是否重要，但我出生于阿肯色州的小石城。我一生都住在那里，而且在阿肯色州立大学小石城分校注册读大学。当一切崩溃的时候我是个二年级学生。疾病防治中心在四方院子里搭起了庞大的帐篷，有谣言说，这次瘟疫是一种非常厉害的流感病毒引起的。人们打流感疫苗，努力让每个人都来测试，但我们得到的信息很少，有人在抗议，许多人拒绝。国民警卫队出现了，这时我们被禁足，只可以待在宿舍里。水电都断了，但我的 iPhone 还能工作。我让我的父母来接我，警卫队员们没法拒绝，他们把我带回了家。

我的妈妈第一个得病，然后是我的小妹妹维奥莱特，接着是我。维奥莱特第一个死去，我爸简直要发疯了。

我一次又一次地打电话让人来救我们，然后是让人来收尸。手机网络断了，我们只好自己把她埋了。我以为那是我不得不做的最倒霉的事情，但一周后，我便不得不埋葬我的母亲。我的最倒霉的事情一直都在更新。

一天早上日出之前，我爸爸出去找水。我等着他，但他一直没回来。我只得自己出去。

我差不多转了一个月，但没法出城。我很害怕。我带了一根棒球棒，只在知道自己不会碰到任何人时才敢走动。我碰巧遇见了马克，这时我觉得最糟糕的情况发生了。我用棒球棒在他的肚子上打了两下。他抓住了棒球棒，我吓坏了，但他坐在地上，请我跟他说话。他说服

296

了我，那年大多数时间我们都在一起到处走。他带着我一起离开了阿肯色州，我们前往田纳西州。不管我们走到哪，我们看到的都是男人。他们中有许多危险人物，他们大部分都想要我。马克为我杀过人。我想要活下去会很难，但情况并非一直如此。

马克被春天的洪水卷走了，我没法救他，我自己也差点被淹死。这以后我的情绪非常低沉，我不知道我是怎么活过来的。那年夏天我遇到了凯茜，她试图教会我如何把几个男人拧成一股绳来保护我，照顾我。凯茜有五个男人，其中一个年纪不小，可能有四十多岁了。其他的很年轻，这座要塞的人们把这种东西叫蜂房。凯茜说，这是对于现况的自然应对方式。她是个人类学研究生，所以我猜测她知道这种现象。这种情况我怎么也习惯不了。她让我入伙，还说我们可以找到更多的人来保护我，没问题。我不喜欢这么干。我应该留下的，因为我不知道事情会糟到什么地步。

我离开他们之后就向北方去了，我觉得我到了肯塔基州，但也可能是伊利诺伊州。很长时间里我都是一个人。我在这里听到其他的一些女人说到她们如何穿得像男人，我真希望我以前能想到这一点。我连头发都没剪短。

后来奴隶贩子们发现了我，我觉得这次我非死不可了。他们狠命地揍了我一顿，强奸了我好多天。他们还有另一个女孩儿，叫钱德拉。他们用我们俩换了一座加油站，但在这之后他们又在半夜回来了，要把我们从买了我们的那两个家伙那里偷走。他们杀掉了后来的那两个人，我们在加油站里住了很久。他们从各个地方买来了汽车和摩托车，用它们带东西回来。我们晚上就在一家汽车旅馆里睡觉。感谢上帝，他们有一天把加油站炸了，但恰好那天晚上我在汽车旅馆里。我不知道他们是怎么干的，我也不在乎。这分散了他们的注意力，让我有了足够的机会逃跑。我不知道钱德拉是不是也逃了出来。

直到我来到这里才知道自己怀孕了，简医生说不要抱太大希望。我知道，我告诉她，在孩子死后我会采取任何措施。如果我能活下来，我再也不想怀孕了。即使所有的婴儿全都死了我也不在乎。我们这个物种，不配有婴儿和进化。

巴里·兰热尔

找到了这里，我非常高兴。我还以为我永远也不会再见到文明这种东西了呢。一个社区，一个社会，一批人集合在一起，这个意义太重大了。

我从来没有想到芝加哥会这么快就崩溃。如果我没干过高速公路巡警，如果我没有枪，我不知道自己会出什么事。除了我自己之外，我不必担心任何人，所以我冲着城市而去。多么可怕的噩梦！我永远也不会忘记这个噩梦。建筑物着火了，街上是尖叫声和尸体。我在电话亭里见到有人被私刑处死，我没法弄明白这是怎么回事。人们看见我穿着制服，开始要求我帮助他们，但我不知道我能干什么。后来人们就开始想要偷我的枪，我就只好跑了。我不知道我欠这些家伙们什么么，但我只能逃跑。

有一天，我在斯普林菲尔德停了下来，在一家商店里搞了点食物。我就在那里第一次见到了蜂房。这个女人非常精明，她看着我，就像一只蜘蛛，而我是只苍蝇。他们有一所美丽的房子，真的可以说是一座豪宅。里面有一个煤气灶，而且他们从各个地方带回了燃料。他们有得是食物，有得是枪，在那里打造了一个安乐窝。

我觉得没有必要撒谎。我没结婚，没有女朋友。我没有背叛什么人。

我在那里待了一段时间。我没法说我很了解她，我知道她的真名是邦妮，过去是个演员。她长得很好看，红头发绿眼睛，是那种男人的梦中情人。

我们在那里差不多白天整天干活，晚上整晚做爱。但我真的想再做点什么别的事情。我知道我们不会永远弄得到汽油，食物也总有一天会被吃完。邦妮对种庄稼没兴趣，她说她结扎了。在那里没有未来。

现在感觉那一切就像是一个梦。蜂房里的生活，就像来自《阁楼》的读者来信中的一个故事，但那是《疯狂麦克斯》的世界中的读者。我现在在这里，我还可以跟我认识的人销魂一番，但我也有工作。我在这里有我的社团和生活，这就是我在这里的目的。

丽亚娜·恩德斯库

我们在这里需要的是信仰、希望和爱。这个基地里没有牧师。我问了理事会的丹尼尔，他说他不知道是怎么回事。让我一个女人代表我主是不合适的，但我蒙上了头，为任何愿意听的人读圣经。

这一切被预言过。封印打开了，放出了瘟疫，祸乱地球。这就意味着，我们中间有反基督者存在。即使在现在，他的印记也标记在那些在市场上做交易的人的身上。

但我们就像那些没有信仰的人一样，他们看上一个小时也看不到救星；或者像托马斯一样，必须把手放在主的身上，才能确信他是真实的；或者像那些坐在船上的人一样，只是当基督让风浪平息之后才知道我主之真实。我们的信仰在哪里？

美国会得到救赎。只有当我们具有价值之后，我们的孩子才会平安降生。阿门。

凯莉·韦斯特伍德

我的妈妈的名字是莉莉安·韦斯特伍德。妈妈现在已经不在了，但我想留下她。我跟考利一起住。当我还是个婴儿的时候，我跟考利一起来到了这里。我不记得那些事。她给我讲故事，我喜欢听她的故事。我不喜欢这里的农庄，因为它脏兮兮的。我喜欢那些出去扫货的人带回来的糖果。我读故事书，我喜欢飞机，我想看飞机，我想坐着飞机飞。我喜欢有关过去的城市的故事，它们非常有趣。我爱我的考利。我想要一只小猫，还想要一只小狗，还想要一只熊猫。就像在故事里一样。现在就这些了。以及：我讨厌莱恩。莱恩好傻。

无梦人之书

并非没有名字。他们中每个人都有名字，但不总是有。可是他们没有梦。没有不幸，不必辛苦。心永远不会碎。完整的，完美的。保留记录。

无名，肖娜的孩子。

无名与无人，詹娜的孩子们。

无名·欧博梅尔，约迪和霍努斯之子。

格温，安德里亚之女。安德里亚被奴隶贩子们轮奸。在生产一周后死亡。

无名，马格达莱纳之子。

里安农，米兰达之女，在痛苦中活了整整两个小时。

无名，汉娜之女。

卡洛斯，卡洛斯之子，母亲在圣路易斯城外身亡后胎死腹中。

无名，从未说话的女孩儿之女。出现了怀孕的迹象。取出。

史蒂芬，德文之子。死胎。

希望，丽亚娜之女。死胎。该死的名字。

阿亚安，拉尼甘达之子。拉尼于两天后死亡。

约翰，马里耶之子。

产妇死亡率今年有所下降，逐年下降。算不上热点。

无名，麦肯齐之子。麦肯齐在开始生产后几小时去世。取出。

玛莎，汉娜之女。汉娜活下来了。又一次。

杰里米，阿比盖尔之子。阿比血崩而死。没得过热病。

无名，米兰达的孩子。初期早产。

希望，丽亚娜之女。又是这个名字。该死的，别再用了。

泰森，米里之子。活了很久，足以让所有人心中升起希望。

无名，米里的孩子。初期流产。

无名，米里的孩子。又一次怀孕。她不肯采取任何措施。

吉尔，马里耶之女。马里耶马上就死了。女性人口下降。今年冬天没有新人到来。

基本上不再有来自此地以南的妇女。来过几批人，还有被他们抓来的。奴隶贩子。来的最远的是加拿大的亚历克斯，我知道他因为放射病即将去世。他说那里有一个核反应堆出了故障。大部分人来自德克萨斯州，有些来自东部，其他人来自南部。完全没有来自西部的。

第十三章

当简在不存在的要塞住了十五年时，世界总人口数趋于平稳。总的来说，人们死于伤口感染与疾病。女人与婴儿死于生产，但怀孕的狂潮有所遏制。死亡率下降了。人们已经向定居点和乡村迁移与共同生活，共用知识和资源。他们在黑暗的时刻点燃了蜡烛，他们在等待。没有新生婴儿，只能等待新生。

首尔这个定居点的维护远比其他地方成功，他们采取隔离措施的时间开始得非常早。随着时间的推移，他们与城市的中心分隔开来，而且不再接收难民。凶杀与疾病让他们认识到，接收难民得不偿失。他们为居民建立了性爱轮班制度，每个月他们都在等待，看谁会怀孕。到那时他们已经有了一百次生产，可惜没有一次成功。

另一个成功的团体在巴布亚新几内亚的内陆长期存在，那里的生活形式以惊人的速度退回到了非常简单的部落组织。各个村子合并到一起，并吸收了外国游客和商人。他们狩猎、采集、养猪。他们相信，他们总有一天会生出活着的孩子。他们有几百人，生活得相对安全、舒适。

这是同样的等待。

在某些国家里，临界点来到得早得多，残存的妇女人数微乎其微。她们中的大多数在不见阳光的处所度过余生，或者在控制她们的一个或者多个男人的身边惨淡度日。那些得到自由的也活不了多久。

岛国的情况要好些。英格兰和爱尔兰到处是蜂房。被抓住的奴隶贩子被公开处决，他们的头被悬挂在城堡的墙上。一支小小的娘子军在威尔士游弋，在马背上收割人头，她们的领袖是一位自称波蒂斯娅的女子。

城市不再燃烧了。一些地方自人类开始烧煤以来就看不到星星，但现在已经有星光在空中闪烁。成群的动物进入了平原，鲑鱼在河里大量生长。地球变得安静了，一切似乎都充满了生机，它们屏住了呼吸，正在等待。

丹尼尔·伍尔科特那年去世了。他是在床上慢慢死去的，他本不想死在这里。

简和他坐在一起，她的书放在膝上。她正耐心地写下他还记得的每一个人的名字，那些从不存在的要塞创建以来死在这里的人的名字。她认识那些死在她的医院里的人们，他们的名字已经在她的书里了。伍尔科特的记忆力很强，当他说到杰克的名字时，简的心跳停止了。她问他，他是在什么地方埋葬的死者。

她在他去世后来到了陶瓷工坟场，在那里埋葬了她的手机，她把它从旧金山一直带到这里。从那时带过来的只有手机、刀和日记本。这台手机永远也不可能再被使用了，她是为了杰克留下的，它过去是他们之间的联系纽带。这只是一个象征，但她觉得，它可能再次把他们连接到了一起。她不能哭。她离开了坟场，没有说出一句话，也没有总结他们的关系。

贾科斯被选入理事会，接替了丹尼尔的职务。贾科斯用了玛丽亚的姓，所以他是贾科斯·斯维尼。玛丽亚还活着，贾科斯是她的三个男人中的一个。

下一年，简看到了科琳又一次怀孕的整个过程。科琳跟巴特和埃里克住在一起；她说孩子可能是他们中任何一个人的。简的眉毛正在变白。她皱着眉头，看着科琳残缺不全的性器官，证实了科琳已经知道的结果。

"你怀孕了，我觉得大约有两个月。"

"是啊。"

一刀把它做掉吧。我看你敢不敢。

简点点头："如果你想要这个孩子，我想你每个月都得来见我。如果你不想要，你必须很快就决定。"

科琳耸耸肩："现在流产有什么意义？"

"那样你就不必恶心呕吐，不用撕开身体受罪，不用被随后飙升的高热整死。"

"两年了，没有人因为热病而死。"科琳咬着嘴唇。

"是啊，确实没有。由你决定。"

"我要。这会让大家有点什么可以议论的东西。"科琳系好裙子站了起来，"行吧？"

"当然了。"简和她一起走了出去，看着低空的云朵迅速地飘走。

整个夏天，简都关注着科琳的怀孕情况。在非常炎热的一天，他们绞死了几个奴隶贩子，这让要塞得到了另一个妇女。这是一个美丽的秃顶黑女孩儿，名叫谢拉。她觉得她大约二十岁，但她不是很肯定。人们争论过她的年龄，因为简想确定一下她出生的年份与瘟疫相差多久。谢拉不记得她的父母，只记得从记事起她就在跟随一系列男人。她很聪明，能读书。她想接受训练成为一个护士。简接受了她，用科琳作为病例，教她助产士的基本知识。

科琳在一年中最冷的日子里临产。和她同住的两个男人不得不把医院门前的积雪挖开，这样才能把她带进来。简来了，让他们去叫来了谢拉。他们俩都不想留下，简理解他们。

她们搓着手。

"你见过生孩子吗？"

"没有。"

"你读过那些书吧。"

"是啊。但是书里没有解释热病是怎么回事。"

"热病是新的，书是旧的。我想要你协助我，如果你有任何问题，你可以问我。尽力让科琳保持冷静。你知道她那里受过伤，对吧？"

"我知道。我很高兴我没有。"

"你我都没有。"

科琳侧身躺在一张矮床上。她小声地呻吟着，简看得到她的肚子在痉挛。

"你这样躺着最舒服吗？"

科琳点点头。

不用指点，谢拉已经带来了冷的雪水，静静地坐下。科琳喝着水。

简看着，等着。当科琳略微改变了躺着的姿势时，简检查了她的产道开口。

"你已经开了一半了。再喝点水，好吗？"

科琳小口小口地喝着："我想给孩子起个名字。"

"那没问题，大部分人都会这么做。"

"我一直试着不去想名字。"又一次宫缩来了，她的脸痉挛着，出现了好几种不同的样子。她在整个过程中喘着气。"但今天该生了，我觉得我该想个名字了。"

"那当然。谢拉，把鸦片酊拿来好吗？"简让扫货的人带来了罂粟，她自己从中蒸馏提炼了药物，还在地里种了罂粟。鸦片酊剂不是吗啡，但比没有强。她更关心的是抗生素，那些药她还没法合成。

谢拉带着那个钴蓝色的玻璃瓶来了。简接过来放下，继续等待。

科琳在床上翻来覆去，怎么都不舒服。简看着她。

"等到了时候，我们就让她采取能让重力帮助我们接生的姿势。现在就随她去。"简低声对谢拉说。谢拉一动不动。

科琳现在改变了姿势，她手扶着床单跪着，这时简滚动着滑轮椅靠近了她，并示意谢拉也这样做。

"很好，科琳，露头了。我能看见。再使劲来上几次，你就能把孩子生下来了。"

科琳用力向下使劲，发出低沉有力的声音。她的手在空中舞动，没有想去摸孩子的头。她又一次向下使劲，那孩子这次一下子跳了出来，掉到简的手上。

孩子立刻就哭出声来，声音响亮而又有力。简叹了一口气，当这小小的哭声消失时就轮到她们哭了，那时候情况要糟得多。她把光着身子的孩子放到床脚，对科琳和谢拉说话。

"现在我要把胎盘接下来，还要试着止血。"

"我想要抱着她，把她给我！"科琳抽泣着，想要把身子转过来。

"科琳，这会让你更难过的，如果你……好吧，给你。"简用一条毛巾把还在哭的婴儿包了起来。她没有看婴儿的脸，她没有问科琳，为什么她知道这是个女孩儿。

等科琳转过来坐正，简把包好的孩子放到她的膝上。她准备给孩子喂奶。

简不动声色地看着。这不会伤害她们母女俩中的任何一个。她觉得这个想法糟透了，但她无法阻止。科琳不说话，完全按自己的直觉做事。简试图阻止她，这和想要打断已经开始的出生一样毫无意义。

婴儿嘬住了科琳的乳头，她轻轻地叫了一声。她又有了一次宫缩，胎盘一下子出来了。

谢拉看上去脸色苍白，但她点着头，她在看，她的眼睛只有几次瞥向那个婴儿。简剪断了脐带，把胎盘包在一条毛巾里。她们轻轻地、慢慢地把科琳挪到一张干净的床上。婴儿还在吃奶。二十年了，简没有清洗过一个婴儿。她还记得应该怎么做，而且她好像正在回忆她该怎么做。她在等待。

科琳的孩子松开了乳头，显然睡着了。三个女人静静地坐着，看着她，等着她停止呼吸。很长一段时间里都没有人说一个字。

黎明来临，惊醒了每个人，只有简例外。她一直没睡，一直盯着那个小包袱，那里一直有呼吸。科琳睡着了，她的胳膊抱着婴儿，看上去自然又温馨。简检查了她们母女十几次，观注着她们的体温。谢拉在她的椅子上打瞌睡。

　　简觉得，自从婴儿诞生以来，她已经活过了六个小时，这是迄今为止坚持时间最长的婴儿。她把手放在谢拉的肩上，那个女孩儿动了一下。

　　"请去烧些水，再给我带些毛巾来。"

　　简必须劝科琳放开婴儿。

　　"别把她抱走！她还在呼吸！就让我抱着她，一直抱到她断气！"

　　"好的，好的。我要给她洗干净，再做个检查。没别的。"她把孩子抱了过去，科琳轻轻地哭着。

　　简就在房间里科琳看得到的地方给婴儿洗澡。那孩子像新生儿那样急促、尖锐地哭着。当她的湿皮肤和空气接触时，她不喜欢那种冷的感觉，而且简知道，她不喜欢离开她的母亲。现在婴儿干净了，皮肤是暗粉红色的，看上去完美无瑕，而且还活着。助产士用一条毛巾紧紧地把婴儿裹了起来，把她还给了科琳。

　　"我想她又饿了。"科琳说着，解开了上衣。简和谢拉盯着她们。

　　那天她们谁都没有告诉，医院的门始终关着，没有人来访。人们为生产保留着庄严的寂静，每个人都可能感到悲伤。通常在三天或者更多的时间里都不会有人来。

　　第三天，科琳想见巴特和埃里克。简和谢拉一起走到门口。

　　"谁也别告诉。听到没有？连他们俩也别告诉，就说她想让他们来。好吗？"

谢拉点点头，走出了门。

当两个男人进来的时候简走出了房间。她真想喝咖啡，但咖啡早就没有了。她精疲力尽，感到有些嫉妒。乐观精神的肌肉虽然萎缩久已，但现在又一次开始蠢蠢欲动。

隆冬

没法解释。不知道我们在哪些地方的做法有所不同，不知道什么变了或者为什么变了。那个孩子已经活了一个星期了，我还不敢写下这一笔。科琳给她取名瑞亚。瑞亚，瑞亚，瑞亚，这个地方的公主。扫货者为她带来了一卡车的尿布、毯子和衣服。这些东西她一辈子都用不完，但人们希望这是一个开始。

开始。不是结束，是开始。

如果你不知道是什么起了作用，你怎样再来一次呢？

人类第一次是怎么做的？他们也不知道，他们从来没有写下任何东西。

既没有水，也没有石头。没有中心，一切都没有用。里里外外都是碎片。在开始的时候有了瑞亚。再也没有人问为什么了，她就是为什么。

瑞亚不是地球上唯一的孩子，但她是第一个。如果人们可以找到一次可行的方法，他们就可以再次找到它。人口慢慢地增加了。增加的速度却永远不会达到过去曾经有过的那样。

但这个世界上有了孩子们。一个又一个，他们不见了，现在又再次出现。

艾娜妈妈解下了她的肚子，把它挂在她房间里的墙上。她揉着后脖颈，给自己倒了一杯水。今年的这批男孩子很不错，敏锐、顺从，渴望着让大人高兴。

艾娜住在母亲之屋，因为她生下了一个活着的婴儿，自己也活了下来。她只有这一次，是很久以前的事了，她的女儿叫埃塔。在决心用一腔热血去追杀奴隶贩子之后，埃塔离开了家。她一年只回家一次。

母亲之屋里住了三十五位妇女。无名助产士训练了谢拉和波林，她们训练了艾米莉和托宾。艾米莉在生产的时候去世了；托宾教会了朱迪斯、加布里埃尔和琳达，琳达制定了艾米莉法：母亲们不可以做助产士。

在她们的时代，妇女们的分化开始了。

艾娜的孩子是朱迪斯的助手贝莉接生的。埃塔在出生的时候受到了祝福，因此她的精神注定非常强大。艾娜希望，当她的女儿的时代到来的时候，她能把空洞的肚子围上埃塔的腰，但埃塔选择了另一种生活。

埃塔每年都会带回走失的孩子们。她会带回女孩儿们，有受过侵犯的，也有没受过侵犯的。她也带回了妇女、母亲和助产士。埃塔是杰出的猎人，但从来不曾带男人回来。

人们谈论过这件事，但没有做什么。

每一年，埃塔都会来到不存在的要塞大门口，给出让她通过的信号。她先去无名助产士的圣坛，在那里，她向科琳、瑞亚和无名者的圣坛敬上她从旧世界带回来的供奉。在此之后她才会去寻找艾娜，她们母女俩像陌生人一样别扭。埃塔对住在她母亲那里的每一个男人都如同父亲，这是表示尊敬的礼节。

艾娜知道她现在在外面，她在写自己的书，带着自己的枪。艾娜盯着墙上的肚子，数着日子。在去睡觉之前，她坐下读了一会儿她自己的那本《无名助产士之书》。

春天

我把杰克的所有笔记都夹进了这本日记本的封底里面。我读过这么多次，已经能够背下来了。巧合，就像闪电两次击中了同一个地方。会发生的，把我埋葬在那里。

和他一起。

他没有找出瘟疫的来龙去脉，即使用了我因为没有电力而不能使用的实验室仪器也不行。他提取了一些蛋白质，有一些治疗的想法。全都是失败的记录。他的同事们的记录也一样，谁也没有找出原因。

或许谢拉是在这场流行病之后出生的。或许她就是卡特怀着的那个孩子。或许，在我的表格中登记的那位安德里亚和留下了那条笔记的安德里亚是同一个人。或许会有一天，杜克和洛克萨尼会骑着他们的哈雷摩托车来到这里，约迪也会带着她的几十个孩子来到我的门前。或许有一个计划，或许所有这些之间都有联系，或许瑞亚将会在水面上行走，并让死者复活。

只能通过丧失或者弃权取胜。并不是因为我们真正理解了问题或者因为我们当之无愧。

无法屠龙。不知道为什么奏效，或者我们是怎样成功的。无法解释方法，所以无法复制结果。只是面对突然的成功瞠目结舌，只是传来了婴儿的哭声，然后全村的人都跑过来看。

在夏天结束前还有三次生产。瑞亚就像一个吉祥的标志，让几位孕妇传看。

把那个健康的婴儿融入你们的身体吧，让她留在那里。

我们没有科学，但我们有民间的魔法。我们不知道它为什么能成功，但它曾经成功过。

再次成功。助产士们，再次成功吧。

胜利？

THE
BOOK OF
ETTA

末世之路（下）

[美] 梅格·埃利森————————著　李永学————————译

百花洲文艺出版社
BAIHUAZHOU LITERATURE AND ART PRESS

第十四章

在地图上，所有的路都通向埃斯特尔。

埃迪不喜欢这一点。这让人觉得一切都无法改变，他恨这样。摸了摸褪色的地图上的那颗星星，他想起曾经问过母亲：埃斯特尔是一个更大的城市，有着巨大的拱顶和庞大的高层建筑，但在旧世界中，它为什么不是州首府呢？

"事情不是这么定的。"艾娜妈妈疲倦地说，"我也不知道为什么，我活着的孩子。那是在我出生之前的事儿。"

他想着那背靠着黑色天空、如同骨骼一样的银色拱顶，还有在咽喉间的烟的气味。

为什么记忆会让我感到恶心？它为什么会让我觉得，我想要从我不在的地方跑掉呢？

他现在还要步行几天才能到达那座城市。他对南方的路线更熟，知道要到什么地方找水，知道在哪里休息最安全。在地图上，旧地名被划掉了，新地名被写了进去。在所有道路交汇的地方都有一个褪了色的红星，上面写着"埃特"。埃迪用手指沿着那些路滑过，他从来没有去过比那里更远的地方。他寻找着像他这样的扫货者留下的记号。在这里，你会穿过随着季节迁徙的兽群，图上的记号是一对分开的角。在那里，一座大建筑物正在倒塌，旁边写着数字7。在这里，有一座不让黑人进入的镇子，图上的字母X里画了个脏兮兮的实心圆圈。在那里，是一个买卖奴隶的镇子，标记是链条的三个环。

埃迪家所在的小镇名叫不存在。当他还是个孩子的时候，他就觉得这些地图好奇怪，让人感到兴奋。它们证实了他一直相信的一些事情：外面的世界是如此的不同，那里有各种不同的人。他迫不及待地想要快点长大，成为一个扫货者，标记他自己的地图，走遍全世界。不光要去埃斯特尔，即使在那个时候，地图上那些指向它的线也皱成一团，弄得它活像一张猥琐的老嘴巴。

他是在距离这座城市以南四十英里的地方发现克洛伊的。他曾经多次在这里宿营，通常是在几个月的旅行即将结束的夜里。这里有很多灰色的胖胖的鸟，那是鹧鸪和松鸡。在有些季节里，褐色、红色和杂色的山鸡和野鸡也会和它们混杂在一起。鹧鸪的动作迟缓，似乎没怎么和人接触过。埃迪这时候有空，就抓了一两只，拧断了它们的脖子，给它们拔毛。

那个拉着克洛伊的小手的老女人头发花白，个子矮小，背驼得像个问号。她的腰带上缠着刀的锋刃，有的是生锈的剃须刀，有的是破烂的餐刀，没有刀柄，刀背上是空荡荡的螺丝孔。还有一些磨得十分锋利的空罐头盒盖子在阳光下闪光。她的脸看上去阴沉沉的，如同刚刚埋了死人的坟墓。埃迪知道她的嘴里不会有牙齿，但没想到会在她笑的时候看到里面黑色的牙根。她的鼻子上架着黑色的塑料眼镜，遮住了她的眼睛。眼镜看上去有裂纹，模模糊糊的，但还算透明，能透过它看见东西。

埃迪胳膊上的汗毛突然全都竖了起来，起着鸡皮疙瘩，就跟他刚刚拔了一半毛的鹧鸪身上的皮肤一模一样。他慢慢地站了起来，感到他背后背着的枪突然更加沉重了。

黑牙缺唇的嘴张开了，但发出的声音完全不像是在说话。埃迪吃惊地盯着老女人，想要弄明白她在说些什么。她说话的口音好像来自遥远的南方，跨越了她的嘴巴的那片沼泽地，然后在西南部的空气中落地，听起来不像人类的语言。他的头向一边歪了过去，装作有些困惑，以此掩饰突如其来的恐惧。

和那个老女人在一起的那个男人小心翼翼地慢慢向他走来，这一次，埃迪的手抓住枪柄不放。

那个男人又高又瘦，胳膊细长。他戴着一顶帽子，是动物皮的，剥皮的手法不是很熟练。他胳膊上下胡乱地刺了许多刺青。"哈，我说，小伙子，你别慌，完全没事的。我们想，我们可能给你带了点好东西。"

饿们桑，饿们基尼的来了定好东东。

埃迪把这句话放在脑子里想了又想，想要把它翻译成正式的词语。

"这是世界上最后一个女孩儿。"

他一下子全明白了，就好像一场狂暴的夏日暴雨在一瞬间倾泻，转眼间便浸湿了大地。他明白了，他们是在卖这个女孩儿。他们的话说得吞吞吐吐，很慢，像挤牙膏那样一点点地挤出来。但一旦他感觉到了这层意思，他就完全明白了。

他调整了一下站姿："真的？她真的是世界上最后一个女孩儿？"

在她惨遭折磨的躯干的最上端，那个老女人的脑袋用力地点着。"没错。最后一个了。当然，我已经不能算了。我没法告诉你可能还有多少个老女人，但说到姑娘……那可就是另一回事了。这可是最后一个了。"

埃迪回想着，不知他最后一次在路上见到这么小的女孩儿是什么时候。他记起在镇子里有多少女孩儿在出生时就死掉了，又有多少女人在想要生女孩儿的时候死去。但这并没有让眼前的这个女孩儿更加珍贵或者没那么珍贵。他并不想做这样的数学题。

那个老女人抚摸着这个女孩儿的金发，就好像这是世界上最精美的商品，接着粗野地拉着她的一只手往前走。

埃迪的眼睛仔细地上下打量着这个孩子。她真是太瘦了，简直让他不忍心再看。她的身上很脏，有很多伤疤，眼睛木然，这些都是埃迪从来没见过的。

如果这真是地球上最后一个小女孩儿，人们实在应该对她更好一点啊。

他的手还放在他的枪上。

那个男人又说话了。他穿了一件长斗篷，曾被人仔细地缝补修理过。斗篷的主要部分曾经是天鹅绒。他胡子拉碴的，虽然不久之前才刮过脸。他的眼睛很清澈，当他的长胳膊做出动作时，埃迪能看到上面虬结的肌肉。

"你看看，你看看怎么样？多水灵的小丫头啊，什么问题都没有，叫她干什么就干什么。看吧。"

他吹了一声短促的口哨，那女孩儿机械地转身朝着他，就像花儿朝向太阳那样情不自禁地动作。那男人褪下了裤子，这时她伸出一只肮脏的小手放到他的裤子里摆弄着，大概这样就不会遭到惩罚，但她的脸拧向另一边。

埃迪从她的动作中看得出，她已经做过很多次，已经熟练了。他知道这个女孩儿一生下来就被人奴役，短短的一生中从来没有享受过一天自由。那个老女人毫不在乎地看着这一幕。

"我不想看了。"埃迪说,尽量让自己的声音听起来满不在乎,"给个价吧。"

那个男人耸了耸肩,把女孩儿的手拽了出来,提起裤子来系好。"是啊,男人用不着看就知道,我懂。你知道你到手的是什么货色。我们想要一支枪。"

"我没枪。"他说得有点太快了。这么小的女孩儿全世界也没有几个,如果他仔细点,他今天就可以改写这个数字。在心脏跳动了一下之后,他吸了一口气,又慢慢地把它呼了出来。"我有飞镖,我的飞镖打得相当准。我可以打给你看看。"

斗篷男和老女人交换了一下眼色:"那还有药吧?"

埃迪想了片刻:"是的。是啊,我可能有一些你们想要的东西。"

他拿起背包,把它放在带血的羽毛旁边。他清楚地知道他想要什么,就把手伸进那个口袋,用手指尖找到了那件东西。他拿出了两小瓶清澈的液体药物,是爱丽丝制造的。

他把这两瓶药放在两只手指中间:"这是非常厉害的止痛药。要是你喝下去一整瓶,一觉睡过去,接骨拔牙都没问题。如果喝半瓶,很重的感染你都能挺过去。要是只喝一两滴,你会觉得全身舒畅,有点儿想睡觉。我把两瓶都给你们,换这个女孩儿。"

他们又交换了一下眼色。

"药品和飞镖,两样都要。"老女人说。

埃迪看着她的锋刃腰带:"这些东西是干什么的?"

她低头看了看,就好像不知道自己扎了这么条腰带似的。"哦,这些啊?保护自己而已。"

一时无话。

高个男人伸出手来,向前走了一步:"我得先尝尝。我可不愿意用世界上最后一个女孩儿换两瓶水。"

埃迪向后退去，躲开了这个男人突然的动作。

该死，稳住啊。

"听着，我把密封打开让你们看看。你只要在舌头底下滴上几滴就行了，但别超过四滴。"

他从皮带上抽出一把刀，绕着封住小瓶的蜡封划了一圈儿。他的手掌很平滑，弄了一阵子才把它划开。埃迪用牙齿咬住另一个小瓶，把打开的小瓶递给了那个穿斗篷戴帽子的男人，这时他更加小心地不让他们的手接触。

埃迪打开了第二个小瓶，干燥的下嘴唇紧贴着瓶口。他的头向后一仰，假装喝了几滴，但其实完全没有任何东西进到嘴里。

那个男人看着埃迪的动作，然后张开自己的嘴巴，把药水倒到舌头下面。埃迪觉得，他并不是因为有病或者疼痛才要吃药，主要是为了好玩儿。那个老女人看着他们俩，下巴左右动着，磨着牙。

小女孩儿一动不动地站着，光脚踩在泥地上。脚趾踩进泥地，那只小鸟的羽毛随风飘起。

埃迪并不完全了解这种药到底有什么效果。当那个高个男人的眼睛向上一翻，身子往前栽倒的时候，埃迪抽出了他的大砍刀，向那个老女人冲了过去。她颤抖着，这时他看到太阳的光斑在她插着刀的腰带上闪耀。

通常总是老女人折磨女孩儿，她们年龄太小，没法反抗；男人则负责交易，买卖女孩儿。每一队组合中似乎都有一个老女人，她知道女人的生理结构，所以能够制服女孩儿，但又不至于完全毁掉她。埃迪能理解那伙男人，他们就像这个男人这样，或者活着买卖女孩儿，或者死在这件事情上。但他过去不理解，将来也永远没法

318

理解那些老女人，她们帮着那些男人，助纣为虐。他举起了大砍刀，下一刻就会把那个老女人的脑袋劈成两段。

但在最后一刻，那个女人逃开了，她突然间敏捷地走着之字形，从树木中间左右穿梭。

埃迪咒骂着走上前来，踢了瘫倒在地上的斗篷男一脚，结果他毫无反应。埃迪粗野地搜着这家伙的衣袋，这时他也一声不吭。埃迪搜出了一把劣质刀和一个罗盘。

他还听得到这个男人在呼吸，呼吸得很慢，没觉得这已经到了他最后的时刻。这家伙会就这样静悄悄地死去，不会弄出动静，也不会挣扎。埃迪很希望那个女孩儿能看着他杀掉这两个人，这会让她觉得好受一些。那个老女人现在只身一人，只剩下了那几把刀，她要在森林里兜售自己的本事了。她活不了多久。

埃迪对此感觉良好。

他没有碰那个女孩儿，他没有想要让她看着他的眼睛或者拉着他的手。他坐了下来，打开了一个水壶的盖子，把它放在她身边。水壶里的水装得满满的，在阳光下，水滴从水壶两边往外流。

等到他走到碰不到她的地方，她就一把抓住了水壶，大口大口急急忙忙地喝了起来。她把水喝得干干净净，然后把空水壶丢到地上。她没有把壶盖盖上，什么话也没说。

他没有跟她说话。他尽可能地对她露出自己最能表达善意的笑容，然后回去继续给鸟儿拔毛。接着他用烤肉叉子叉着鸟，把它们烤得"哔啵"作响，让那股香气吸引着她靠得近一些。当她到了足够近的地方，他看到她在发抖。他撕下了一条热气腾腾的鸟腿，朝上面吹气。

这只鸟的骨头非常小，他必须在腿冒着气的时候用两只手指抓住它。

"我的名字叫埃迪。"他温和地说，"能告诉我你叫什么名字吗？你不告诉我也行。哪怕你不告诉我，我还是愿意跟你一起吃东西。但我至少得知道应该怎么称呼你，那我们一块吃饭就更有味道了。"

他坐在那里等着，想要鼓励她看着自己的眼睛，但也不想让她觉得自己是在管她。

"克……克洛伊。"她非常小声地说，接着就伸出两只手抢下了那条鹧鸪腿。她的两只小手裹着腿，把它送到了自己嘴里。

"当心点，现在还很——"

那女孩儿把肉吃得一丝都不剩，接着又开始嚼骨头。

"全都好了，克洛伊。"他把整只鸟都从烤肉叉子上拿了下来，放到他的金属盘子上。他用两把餐刀压住鹧鸪，把它切成两半。他把盘子递给她，同时用一支大拇指按住了自己的那一半。

她把自己的那一半抓了过去，一屁股坐在地上，牙齿埋进了大腿肉里。

"全都好了。"埃迪微笑着重复了一句。

由于带着这个女孩儿，他们必须避开城市。埃迪告诉她村子里的人，说他每年夏天都会在带拱顶的那个城市里扫货。他带回了各种有用的东西来证实他的说法。

其实，自从十七岁以后，埃迪就没有再去过埃斯特尔，那时他还是个青涩的扫货者，从事这种工作只有两年。他十五岁第一次单独出去扫货，当时的他过分自信，认为自己不可战胜，一下子就进入了市中心。他回来了，带回了珍贵的、无法替代的东西。

他是个英雄。

十六岁那年，他像一个英雄一样走出了不存在镇。他比一年前长高了些、强壮了些，但没有变聪明多少。他在一个同样温暖的春日离开，打算在夏末回来。他走的是同一条路，在城市的同一区域扫货。

他在隆冬的一天走回不存在镇，除了枪之外什么也没带回来。他身上瘦得只剩皮包骨头，只差一点就丢了脑袋。他三个月没跟一个人说过话。

等到他又肯说话而且也不挨饿时，他告诉村里的人，说他迷路了。下一个夏天他又离开了村子，还走同样的道路。所有这些路都通往死亡拱顶下的埃斯特尔。但这一次他根本没有走近那座城市。他在其他城市里扫货，找到了一些人交换物品，结果在回来的时候又一次成了英雄。

他作为英雄的名声固定下来了，而且埃迪还救出了女孩儿和妇女，这让他的名声如日中天。别人也就不再问他什么时候留在村子里定居了。

克洛伊是他今年找到的第一个女孩儿。他这么快就救出了一个，看上去兆头不错。

他看得出，克洛伊这孩子昏昏欲睡，不想走路。他拉着她的手向不存在镇的大门走去。她没有抱怨。

他吹了一声口哨，发出了信号。守备塔楼上，一支猎枪的上方出现了一张遮住了一半的脸。

"你的名字？"

埃迪举起那个女孩儿，把她放到自己的髋关节上。他太累了，感觉不到回家有多高兴，但他希望克洛伊能在这里觉得高兴。

他把兜帽掀开，露出他剃光了的脑袋。岗哨在阳光照射下认出了他的脸。

"埃塔，艾娜的女儿。这是克洛伊，路的女儿。"

大门开了，她们走了进去。埃塔转向那个小女孩儿，在她耳边温和地说着什么。

"我不知道他们是怎么对你说的，但你不是地球上最后一个女孩儿。"

第十五章

詹恩的儿子戴维从守备塔楼的梯子上走下来，把面罩拉了下来。他把枪柄轻轻地放在他的脚趾头上，手把着枪筒。

"埃塔！你回来得好早啊！见到你很高兴，克洛伊小姐。"他朝那个小女孩儿挥了挥手，后者别过脸去，更用力地把身子钻进埃塔的怀里。

人们开始纷纷出来端详着她们俩，这时埃塔把一只手放在小女孩儿的后脑勺上。

埃塔对这个女孩儿说话，但眼睛没有看着她。"没事了。这就是我告诉你的那个安全的地方。这里就是不存在镇，还记得那些故事吗？"

克洛伊点了点头，她暗淡无光的金发在她脸上上上下下地跳动。"我们现在去你家吗？"

"不，宝贝。我们去见助产士。"

医院离大门还有一段路。埃塔直接朝医院走去，一路向人们点头挥手打着招呼，但无论见到谁都没显得特别兴奋。

"你去哪里了，埃塔？"一个高个子红头发的女子喊道，她身后是两个带着衣服篮子的男人。

"我没走多远，克丽茜。我发现了这个小家伙，所以回来得早。"

克丽茜对埃塔身边的克洛伊挥了挥手。克洛伊又把头低下了，但还是害羞地抬了抬手，接着又把手放到身体旁边。

"你妈妈见到你肯定高兴死了！"克丽茜挥手让那两个男人先走，然后在他们后面走着。

"肯定会的。"埃塔微笑着。

医院的门被漆成了埃塔从来没见过的样子：一只肥胖的鸭子坐在三只蛋上，每只蛋画得都像很小的月亮一样。她敲了敲门，就在门外等着。

一张看上去有些痛苦的脸出现了，那张脸的位置要比埃塔的脸低得多。"什么事啊？"

"塞尔维亚！"这次她的笑容是真心实意的。

矮个子女子一下子把门开得大大的："你这么早就回家了！"

埃塔搂着那个矮个子女子，后者把头埋进了埃塔的皮外套里。"我真的想死你了。"克洛伊在两个人中间，这让她们的拥抱有些没法尽兴，开始有点像在蠕动。

"这个小姑娘是谁啊？"塞尔维亚的头裹在埃塔的衣服里，声音有点听不清楚。

塞尔维亚松开了拥抱埃塔的手，看着克洛伊。埃塔缓慢却坚决地把孩子放了下来。

"塞尔维亚，我想让你认识一下克洛伊。克洛伊，这是塞尔维亚，她的母亲也叫塞尔维亚。她就是助产士，就是我跟你说过的医生。她会保护你，帮助你，就像我过去做的一样。可能还更好。"

"谁也不会比你更好。"克洛伊用孩子快要哭了的那种抽抽搭搭的声音说。

"不是这样的，孩子。"埃塔把手放在那个金发小女孩儿的头上，"比如，这位塞尔维亚就知道怎么让你身上不痒。"

她又一下子把那个孩子抱了起来，把克洛伊两条皮包骨头的腿放在她的右大腿两边。埃塔觉得，按照克洛伊说话和做事时显示的想法，她应该大约四五岁的样子。如果这个猜测是对的，那么这个孩子的个子挺高，但她的体重简直太轻了。埃塔肯定，她自己的背包都要比克洛伊重些。她们就像这样走了几步，然后埃塔把她放在一张检查台上。她看着那个孩子有些害怕的褐色眼睛。

"塞尔维亚要给你检查一下，确定你是健康的。这是她的工作，她负责照顾大家的身体。我会跟你在一起，但助产士需要你同意才会碰你的身体。你会告诉她可以这样做，是不是？"

克洛伊眼睛朝下看，没有回答。

"她会很温柔很仔细的，而且任何时候你都可以说停止。你能说一声'停止'让我听听吗？"

"停止。"这两个字几乎听不到。

"停止。"埃塔大声说，但声音没有达到大喊的程度，最后的那个音只发出了一点点。

克洛伊没有这么说。

塞尔维亚两手交叉，站在那里等着。

"克洛伊，还记得我们在森林里的时候吗？当时我听到有什么声音，于是我让你别动。"

点头。

"你能说说我当时是怎么说的吗？说说看。"

克洛伊微笑了一下："别乱动！"

埃塔笑了："就像那样。现在，要是你想让她停下来，你就说'别动'，好不好？"

又点头。

"那好。克洛伊，塞尔维亚打算轻轻地、小心地摸摸你，可以吗？"

点头，克洛伊的眼睛睁得大大的。

塞尔维亚走上前来，眼睛看着那个孩子的眼睛："谢谢你。我答应你，一定听你的话。"

塞尔维亚捏着那个女孩儿的手。克洛伊看着她的另一只手，偏过了头。

这位助产士检查了女孩儿的关节，查看她身上的伤口。她注意到这个女孩儿全身上下到处都是伤疤，有一条胳膊断过，没有人给她好好接骨，之后自己长好了。埃塔抱着胳膊在一旁看着。

"克洛伊，你身上痒吗？"

"嗯。"

"头上痒吗？"

"嗯。"那女孩儿开始使劲挠了起来，好像提到这件事就让她想了起来。

看得埃塔也想抓痒痒，但压住了没动。

"还有别的地方痒吗？"

"嗯。"克洛伊把手伸到棉布连衣裙里面挠下身。那身衣服脏得很，但埃塔找不到别的衣服给她换。克洛伊在连衣裙下面穿着一双牛仔皮靴，要比她的脚大两号。她的脚上穿着埃塔的两双珍贵的毛袜子。开始时她不想穿袜子，但埃塔给她看了看自己的脚，上面没起泡也没伤痕，她才穿上了。

"好的。"塞尔维亚把手放进一盆温水里，"第一件事，你需要洗个澡，换上一身新衣服。然后，我想我们已经给你准备了一个家。那里还有一个小女孩儿。你愿不愿意跟她见面啊？"

点头。

埃塔又走到了女孩儿身边："我现在需要一点时间去洗个澡，还得去看一些人。塞尔维亚是个很好的助产士，她会照顾你的，我信任她。你看这样行不行？"

克洛伊看上去有点不知所措，但又点了点头。埃塔亲了亲自己的手指尖，把指尖放在孩子的前额上。就在那一刻，克洛伊闭上了她的眼睛。

塞尔维亚在一个浅浴缸里放了强力肥皂水，又用一个大水壶里的热水和脸盆里的冷水在浴缸里兑好了温水，这才让克洛伊进了浴缸。她看着克洛伊开始自己洗上了，这才离开房间让她继续。她在走廊里遇到了埃塔。

"你是在什么地方发现她的？"塞尔维亚的眉头紧锁着。

"埃斯特尔城外。"

"她一个人？"

"不是，她是被人卖了的，是一个男人和一个老女人。不知道他们是从哪里弄到她的。碰到他们之前的事情她什么也不记得。"

"那两个人你都杀了吗？"塞尔维亚似乎有点好奇，但不太关心。

"杀了那个男的。"埃塔一边说一边看着自己的手指甲。它们又短又脏。

"她的下身被割过吗？"

"我不知道。我没看，也没法问她。那个老女人的腰带上别着刀子。"她耸了耸肩，"我把她救了就直接回来了，花了几天时间。"

塞尔维亚做了个鬼脸："好吧。她身上有很多虱子和跳蚤，我想你也一样。我想让她和阿妮跟她的女儿住在一起。我知道阿妮想收养一个孩子，也很愿意为贝尔找个姐妹。除非你想收养她。"

埃塔摇了摇头。

"那好。去见你母亲之前先好好洗个澡。"塞尔维亚在埃塔的脸颊上轻轻地吻了一下，"你回来了，我很高兴。多待一阵吧。"

埃塔点点头，但没说什么，接着就转身走了。

她去了浴室。那里的人拿走了她的衣服和背包，全都仔细地用碱液又擦又洗。然后他们也照样把埃塔擦洗了一通。埃塔用她最锋利的剃刀仔细地剃了她的黑皮肤，然后让浴室的人用特别炮制的羊毛脂加上薰衣草和薄荷给她从上到下涂了油。这东西涂到身上厚厚的一层，就好像树液一样，烧着皮肤，带着一股清新的薄荷味。埃塔觉得自己好像被火烧了似的，但这种感觉很舒服。她觉得干净了，这样一来那些虫子什么的就不会来烦她了。

羊毛脂在不存在镇很值钱，但这些人总能为她留下来一些。薄荷和薰衣草是野生的，都能压制羊毛脂的羊臊味。现在的埃塔浑身上下干净清爽。她大方地从包里拿出了七本新书和一小罐不太新鲜但还是相当值钱的可可，痛痛快快地付了服务费。

工作人员互相笑着，都同意对可可的事守口如瓶，这样他们就可以自己悄悄地把它分了，同时决定在自己先读过了这些书之后再拿出去给大家分享。

埃塔剃了秃头，感到衣服下面的皮肤火辣辣的。她朝无名助产士的圣坛走去。

无名助产士是不存在镇的创办人之一。她来自旧世界，接受过护士和助产士的训练，经历了那些被死亡笼罩的恐怖日子，眼睁睁地看着旧世界土崩瓦解。她死后留下了自己的日记，其中叙述了她的所有故事，包括她自己的和这个世界的。不存在镇里的每一个男人、女人和孩子都知道这些故事。他们也在写自己的书，就好像在继承她的事业。

无名助产士的日记和他们抢救出来的书籍，这就是他们所知的有关瘟疫之前的那个世界的一切。曾经有过一个世界，其中妇女和男人一样多。女人是自由的，生孩子很简单，几乎从来不会死人。无名助产士曾经在那个世界中生活，然后又学会了在另一个世界中生活。在这里，在每个城市中活着的男人差不多是女人的十倍。她写下了当一个世界变成了另一个的时候，一个人从自由走向受人追捕的生活意味着什么。她为这个世界带来了变化，成为了人们活下去的力量源泉。

无名助产士是埃塔的英雄偶像。这种崇敬不是出于她作为助产士的地位，而是对一个存活者，一个可以为了生存而不惜做任何事情的人的敬意。

年幼的抄写员男孩儿们每年都要抄录她的故事，手写原版全都放在一张木桌上。因为人们成千上万次的触摸，那些经常被碰触的皮革装订都已经被磨得发亮了。金色的蜂蜡蜡烛日夜点着，房间里弥漫着淡淡的蜂蜜清香。一个用线缠绕而成的墨丘力节杖的形象镶在地板上。不存在镇的人们认为，无名助产士的胸前有这样一个奇怪的刺青，但埃塔不相信。书上没有说过这件事，而且，这是一位实际上一手创建了不存在镇这个定居点并书写了它的历史的女子，这种说法让她显得如幻似梦。

在书后面的那堵墙上并没有放上无名助产士的肖像，反而是一面人们抢救出来的旧世界的镜子，镜子周围悬挂着黑色的穗子。如果你想在这里找到无名助产士，你就需要在自己在镜子中的形象中寻找。埃塔看着镜子中的自己，叹了一口气，接着就去看地板。她跪在地板上，垂着头待了一会儿。她在蜡烛静静的光芒下睡着了。

"你给她带来了供奉吗？"

埃塔吃了一惊，一下子站了起来，但有点站立不稳。

她知道说话的是她的母亲，但还是吓了一跳，就好像来的是个陌生人一样。她站了一会儿，手放在大腿旁边，低着头。

"妈妈。"

"埃塔，我活着的女儿。"艾娜向前走去，用细细的胳膊搂着埃塔。埃塔让她抱着自己，但身体不安地摇晃着，直到她的母亲放开了手。

"你回来得很早呀！早了差不多一个月！"艾娜清澈的眼睛亮晶晶的，她的牙齿很好，很结实。埃塔出生的时候她差不多四十岁了。她不是不存在镇最年长的女人，但比最年长的那位小不了多少。

埃塔点点头："是的，我找到了个女孩儿，她太小了，没法和我一起旅行，而且那地方离这里不远。于是我就回来了。"

"孩子在哪里？"艾娜很高兴，皱纹密布的脸上容光焕发。她没有套上她的木头肚子，这象征着她作为活着的孩子母亲的地位。她一听说埃塔回了家就赶了过来。

"塞尔维亚需要先给她洗干净。我们打算让她跟阿妮和贝尔住在一起。"

"哦，是这样。"

埃塔没有抬头看她母亲失望的表情。她用不着看，她知道这种表情和说话的声音。

"那好吧，不管怎么说，回家来吧。你的房间已经准备好了。一些扫货的小伙子们带回了些苹果，我给你晒了一串苹果干。我还要送你一件礼物。"艾娜伸出一只手，好像要揽着埃塔的腰，带着她一起走。埃塔有一瞬间不想跟她一起走，然后随她去了。她们一起走出了圣坛。

艾娜的家是过去基地军官的住处，在不存在镇建立之前就有了。房子前面有一个宽阔的前窗，厨房里是花岗石的工作台面。前窗没有破，让好多人看着心生羡慕，因为不存在镇还没有玻璃工匠。艾娜花了很多心思修缮房子。她在母亲之家里住了几年，然后就倔强地搬出来自己住了。她的情人虽然来来去去的，但她也可以一个人住。

她烧上了水，在过滤器上放的是她自制的薄荷叶子加干桃子薄片混合茶。

埃塔坐在厨房的饭桌边，打开了一个皮革长条包。

"给你带了点东西。"

"是吗，这回是什么呀？"

埃塔从皮革长条包里拿出了十好几个钢笔尖，把它们堆在艾娜面前。

"全金属的，全都是。比我哪次找到的都多。"埃塔觉得很得意，等着听夸奖。

艾娜回头看了看，点了点头。她正用两只手从碗柜里拖出一锅玉米饼。

"玉米饼是冷的，但是有很多奶油。我想，在熏肉房里还有咸肉，我可以去拿点。"

"我去吧，妈妈。"

"那就你去。"艾娜看着她活着的孩子走了出去。

然后她们坐在一起，很长时间没说话。埃塔有条不紊地慢慢吃，好像按照一定的速度吃饭就可以吃得更多一样。艾娜吃什么都得细嚼慢咽。

"你是在哪里发现那个女孩儿的？她叫什么名字？"

"克洛伊。就在埃斯特拉城外，两三天前的事。"

艾娜小口喝了一口茶："你这次回来得好快呀。"

"怎么了？"

"是和你发现那两个双胞胎一个地方，对吧？"

"是的。"埃塔又吃了一口咸肉，品着肉里面的咸味，她没有看她的母亲，"那怎么了？"

"没什么。只不过想到了而已。"

埃塔喝着带蜂蜜的热茶。几分钟之内，房间里只有她喝茶的声音。

"你知道，你可以自己收养克洛伊的。你可以把她带到这里来。"

埃塔什么也没说。

"我迟早是要死的。你应该考虑为自己建一个蜂房，安家落户。"

不存在镇的很多女子都有蜂房——很多个男人分担家庭责任，分享一个妻子，那个女子就是蜜蜂中的蜂后。谁也不知道这个习惯是从哪里来的，但无名助产士曾经记载过这种事情。现在男女的平均比例是十比一，这种安排似乎非常合理。

"我不想要蜂房啊，妈妈。"

"或者要孩子。你可以有一个女儿，或者两个女儿。你不会因为儿子成家的。你好像找到的总是女孩儿。"艾娜也不再装着吃东西了。

埃塔放下了叉子，她盯着桌子："妈妈。你听我说。我不想怀孕。我不想要任何男人，或者几个男人。你知道我是什么样的人。我不想当母亲或者助产士，我是一个扫货的，我就干这个。"

"即使无名助产士也知道自己有目的，埃塔。如果你想和她一样，你可以——"

"我确实像她。这是重点。"

"这不是重点。重要的是，你没有任何可以放在她面前作为供奉的东西。你从来没有为她传下任何血，哪怕是不好的血也没有。"

埃塔把头扭到一边。"我还在追随着她的足迹。"她等了一小会儿，眼睛盯着地板，"而且我知道有关血的一切。"

艾娜站了起来，走到女儿的桌子旁边。她把手伸进埃塔的包里，从包的后兜里拿出了一本日记。这是一本紫色的皮革包装的本子，封面用花朵装饰着。这是埃塔初潮的时候艾娜送给她的礼物。就是这本日记，人们认为她应该供奉给无名助产士：不是她杀死的那些奴隶贩子的血，而是一个女人在生儿育女的时候流下的血，是在这样一个永无休止的宿命追求中流下的血。

艾娜一只手把本子打开，啪的一声放下，让本子打开放在那里。两边的纸页都是空白的。没有那些她在路上救出来的女孩们的历史，没有她如何生活的故事，或者她前往扫货的那个久已逝去的世界的故事。没有一本埃塔之书。

"你什么都没有追随。"

埃塔猛然起身，拿过本子塞进她的包里，接着把所有的东西都收拾了起来。她穿上了皮夹克，她的鼻孔冒火，从鼻孔里呼出的气热热的。

艾娜想把手放到埃塔的肩上，但埃塔躲开了。

"孩子，我只是想让你的生活有意义。如果你活着，但什么都没有留下，这有什么意义呢？没有孩子，没写书，你走进了死胡同。"艾娜挥舞着的双手在空中弯曲着，最后放到了她的小腹上。

埃塔看着她的母亲放在那里的手。她先是压制着愤怒，然后压制着内疚。她继续收拾行装。

我留下了六名妇女和两个女孩儿，自由的。到现在为止。

"多谢了，妈妈。"

"你去哪里？"

"回去，我该上路了。"

"哦，这次去哪里？你还要走多远，才能明白你的生命到底是为了什么？"在她瘦削的脸上，艾娜使劲皱着眉头。

埃塔紧咬牙关，打开了前门。

"你一生都住在这个村子里，妈妈。你根本不知道你在说些什么。回你的厨房去吧。"

"砰"的一声，她使劲关上了门，看着正在变黑的橙色天空，她想好好睡一觉再重新上路。她看了看道路的两个方向，然后下了决心。

她向爱丽丝的家走去。

爱丽丝是卡拉的女儿，独自生活。她有一个由两个男人组成的小蜂房，他们是安托万和伊恩，他们俩住在一起，她在自己愿意去的时候去找他们。她住在一座小房子的后一半，里面放着一张矮床，周围是她收集的岩石、贝壳和晶体。房子的前一半是她的实验室。

埃塔自己开门走了进去，她对屋子里的东西了如指掌，所以看都不用看，就侧身穿过了房间里放着的那些玻璃器皿和精致的工具。实验室的窗户大开着，但春天的空气没法驱散血液、尿液、酸味和那些埃塔说不出是什么东西的莫名其妙的气味。

爱丽丝在后面的卧室里熟睡，埃塔能听到她轻轻的鼾声。她在走到门边时放下背包，脱下鞋子，把它们留在门边。她用手分开隔开两边的木头珠子做的门帘。

那张床是金色的，带点绿色，在爱丽丝手制的太阳能灯泡的灯光下显得有些奇特。爱丽丝用发出臭味的油漆给陶瓷壶涂色之后整天放在室外吸收阳光。如果天气像今天白天那么晴朗，这些陶瓷壶发出的光相当亮，她只要搬两个壶到室内就够了。它们放在她的床两边，照亮了她的身体。她头上凌乱的卷发在一边好像着了火，而在另一边，她向上翘起的鼻子在上方的光芒照射下微弱地闪着光。

埃塔脱下外裤，把衬衣从头顶上脱掉。她把爱丽丝带有拼缀图形的被子拉了上去，然后钻进了那张低矮的床上的羽绒被子。

爱丽丝动了动："托万？"

"不是。"埃塔还是小声说话，她用一条胳膊搂着爱丽丝的腰。

"塞尔维亚？"

"什么？"埃塔吃了一惊，这让她的声音恢复了正常。

"哦，天哪，埃塔！你怎么会现在就回来了？"爱丽丝在被子里灵巧地翻了个身，拥抱了埃塔。

埃塔轻轻地把她推开了一点，在带点绿色的古怪光亮下看着她的脸。"塞尔维亚？"

爱丽丝转了转眼珠子，身子抬起了一点。她伸出手，摸摸索索地找水杯，找到了就呼啦地喝了一口。"哦，别这么震惊好不好。你过去从来都不嫉妒的。"

埃塔屏住了呼吸。她从来都没有嫉妒过爱丽丝的蜂房，但这回的情况不同。

"你不想喝口水？"爱丽丝的脸上看不出一点内疚。

"嗯。"埃塔又使劲地瞪了爱丽丝几眼，然后接过了水杯。

"说真的，你怎么回来得这么早？"

埃塔喝光了杯子里的水，放下了空杯子："我觉得谁见到了我都不高兴。"

爱丽丝把毯子掖到胳膊下面，盖住了她生着斑点的胸部，她抿着嘴说："我可没那么说。我只是有些好奇，我以为你整个夏天都不会在家的。"

埃塔有些疲累地叹了口气，伸手从地板捞起她的衬衣。穿上衬衣，她也不去看爱丽丝担心的脸。她说："我找到了一个小女孩儿，她太小了，没法和我一起走。所以我就回家了，而且我想你。"

爱丽丝一边对她微笑，一边伸出手来摸着埃塔大腿外侧的肌肉。"感觉好甜蜜啊。"

埃塔躲开了，不再碰她的身体。"但我觉得你根本就不想我。塞尔维亚已经会在半夜里上你的床了，你想我做什么呢？"

爱丽丝瞥了窗户一眼："还没到半夜呢，亲爱的，太阳刚下山。你知道我的作息时间。"

埃塔绷着脸问："我那天刚走，你们就开始鬼混了？"

爱丽丝站了起来，任何情况下看上去她都很漂亮。她低头盯着埃塔。"我干什么跟你不相干。你干什么是你的事。如果你跑过来，像个玩具被别人分着用了的孩子似的发脾气，那我对这一套已经厌烦了。"她的双臂抱在胸前。

埃塔抬头看了看她，然后挪开了目光："我还以为……"

"你以为什么？你以为我是你的？你以为我们会告诉我们的妈妈，然后你搬进来，我的男人就会跑来给我们扫地？"

埃塔又把裤子穿上了："忘了这件事吧。我本来是想到这里找一点安慰的，但看来，这东西我在这里是再也得不到了。"

爱丽丝穿过了珠帘，这时埃塔正在系她靴子上的鞋带。

"拿着吧。你是为了这个来的，是我专门为你做的。"她递过来一个小盒子，里面装满了小玻璃瓶。每个小瓶的开口处都有一个蜡封的软木塞。

埃塔盯着盒子，手还放在靴子上。

"怎么，你不要？没关系，我可以把它卖给——"

"我要，谢谢你。"埃塔从爱丽丝纤细的手指上接过了盒子，爱丽丝的手指碰到了她自己短短的指甲，这让她突然觉得很心酸。她抓住爱丽丝的一只手，吻了吻她的指关节。

"我……我不是为它来的。我是为你来的。"她的眼睛里带着她没法说出的恳求。

我不想离开，但我没法收回我说出的话。我没法控制自己的感觉。

爱丽丝叹了口气："是啊，但你想要的太多了。下次来的时候记得敲门。"

埃塔把那些小瓶从盒子里拿了出来，塞进了她的皮夹克的内袋里。她拎起了背包，什么也没说就走了。在她出门的时候爱丽丝什么也没说。

月亮正在升起。埃塔扫视着小小的不存在镇的街道。守备塔楼顶上，她看到红光一闪，还有正在升起的轻烟。

她哼了一声，爬上了梯子。

她在窗口敲了敲，接着就听到里面的人急急忙忙地跳到地上，随后跑过去拿枪。

"谁——谁在外边？谁在那里？"

"哦，天哪，哦，天哪。"

"没事儿，罗伯。我是埃塔，让我进去。"

罗伯是玛西娅的儿子。他拉开了门闩，埃塔从梯子上爬了上去。她放下背包，拥抱了他。"你们这里有没有多余的，可以分给我一点？"

罗伯有些心虚地朝屋角瞥了一眼，他的同伴还在那里抽烟。他挠了挠后脑勺。"有，有啊。你不会告诉别人吧？"

"当然不会了，鬼才会说呢。那位是谁？"她的下巴朝塔楼里的另一个人那边指了指。

"是阿伦，丽莎的儿子。"

阿伦长得太高了，在塔楼顶上的屋子里只好稍微弯着腰。埃塔朝他点点头，他也朝她点头回礼。他们三个人找好位置，尽量舒服地坐了下来。

罗伯把他掐灭的大麻烟卷又点上了，接着把它递给了埃塔。她使劲吸了一口，递给了阿伦。两个哨兵都受过认真的训练，不会盯着女人看，尽管他们可能很多天都没跟哪个女人坐在一起说话了。他们看着烟，也相互看着。

"晚上值班怎么样啊？"埃塔说话的时候把烟憋在嘴里，低低的声音有些嘶哑。

阿伦深深地吸了一大口，看了罗伯一眼。

"无聊。"罗伯说，回头看了看他身后的半边墙，"好几个月了，也没来过一个流浪者，所有扫货的都出去了。哦，除了你。"他很快地加上了最后一句，同时看着埃塔吐出一口浓浓的烟雾，浓得能让他看不到她的脸。

"雪化了之后有谁回来过吗？"埃塔看着那根大麻烟卷，现在它已经又一次被传到罗伯的手上。

"埃利奥特在雪化之前回来了。"阿伦声音嘶哑地说，"他滑着雪或者怎么的来着。不管怎么的，他射死了一头野猪，用雪橇把它带了回来。那天晚上大家把野猪烤了，好好地欢庆了一夜。"

埃塔点点头："埃利奥特扫货是把好手。我敢说，他肯定带回来了些好东西。"

"主要是些新闻。"阿伦说。"他遇见了一些去南方的商人，他们有一条去海湾的安全通道。现在那里已经有一座城市了，住了一千多人。"

"胡说八道。"埃塔不屑一顾地说。

"埃利奥特是这么说的。但那些商人吃得肥肥胖胖的，穿得也很好。他说他们告诉他，那里有一千人，女人有一百多个，而且去年还生了五个婴儿。"

总是有这一类的故事。有些镇子里的女人跟男人差不多一样多，有些地方的瘟疫没有把旧世界的生活方式扫荡干净，那里有财富和自由，有些地方的妇女很容易生孩子，她们可以随便到处游荡。这些说法就像蒲公英的种子一样到处飞。

"一年五个婴儿，信他才怪。"埃塔能够感觉到自己飘起来了。罗伯想把大麻烟再次递给她，她拒绝了。

"但是有一百个女人啊。"罗伯看上去迷糊糊的像是在做梦一样，"当然了，他们告诉埃利奥特，他们不再吸收男人了。"

"当然了。"埃塔笑了笑，"那些蜂房都满了。"

"不是那么回事。"阿伦说，"那些商人说那里没有蜂房。他说那些女人觉得愿意的时候就跟男人交换。男人的那些鱼啊、皮毛啊什么的，女人到市场上去选。"

"哈！"埃塔说。

"你到过这样的地方吗？"罗伯很期盼地看着埃塔，就像一个孩子想听一个睡前故事一样。

"没有，我从来没见过这样的地方。"她很快地说，"我碰到的大部分人都是旅行者，三三两两的。大家很少说到城市的事。"

"哦。"他们俩失望地说。

静了一小会儿又吸了一轮之后，罗伯又开始想让埃塔讲故事了。

"埃斯特尔什么样？"

埃塔看着半面墙，看见了墙那边高高悬挂着的缺了一半的月亮。"罗伯，我不想说这件事。我能不能睡你的床？反正你整夜都不能睡吧？"

"当然可以了！床不算干净，不过房间是空的。艾米就喜欢大家一起睡，一直到大夏天的时候她受不了我们了。她说要不然我们走，要不然那些虫子就得走。"他笑了一声。

埃塔已经把活板门打开了："告诉她，到爱丽丝那里去弄驱虫剂吧，挺好用的。我知道的。"

罗伯在她身后把活板门系紧了，阿伦已经开始打鼾了。罗伯轻轻地说："她也知道上哪去弄驱虫剂，她就是受不了那个味儿。"

不算干净实在是说得太轻描淡写了。埃塔很高兴，因为她抽了一通大麻现在晕晕乎乎的。她一头钻进被子里，闻着那股臭味，同时心里第一千次问自己，为什么这股味儿又让人恶心又让人舒坦。

男人的味儿就是危险的味儿。

她迷迷糊糊地睡着了，只在梦到埃斯特尔上空隐隐出现的黑色和银色的拱顶时抽搐了一下。她一觉睡到天亮才醒。

埃塔的背包已经准备好了，在她回来之前，她是打算整个夏天都待在外面的。不管怎么说，当她还是个小姑娘的时候，她就已经从埃罗尔和里卡多那里知道了扫货者的惯例。

"一个扫货者必须有充分的准备。"里卡多的声音有点口齿不清地在她的记忆中回响着，"你必须带上足够多的东西，但永远不能带得太多。"

"想一想哪些东西是你知道找不到替换品的。"埃罗尔补充道，他在遥远的过去在她的耳边低语。已经过去多少年了？埃塔有些伤心地想念着他们。他们就像她的哥哥一样。

只要一摸就知道你的背包里的每一件东西，心里记住你总共有哪些东西。

她把罗伯的被子叠了起来，在他的毛毯上空出来的地方平铺着自己的东西。她把衣服卷得紧紧的，还特意多放了几双袜子。她知道，长途步行，袜子是成败的关键。

除了这些东西，她还把她的皮革日记本、一小卷铅笔和一支钢笔放了进去。这些东西她没怎么看，但还记得她的母亲放在空白的纸页上的那双手。她还带上了活页纸，说不定什么时候需要给什么人留言。

埃塔从旧世界带回了几件东西，都相当贵重，其中大多是她在旅行期间收集的。任何来自过去的有价值的东西都可以用来支付非常珍贵的服务，或者用来交换那些与生死存亡相关的东西。她把这些东西放在一起，像平时那样，赞叹它们的光洁和完美。

一个硅树脂的月经杯，有完美的造型，经过一丝不苟的煮沸消毒。埃塔有生以来第一次出去扫货，就发现了一箱这种东西，带回来之后受到了迎接英雄般的欢迎。她痛恨那些女人们做的破布和卫生巾，一到晚上就得泡在冷水里。她打开箱子之后完全不知道眼前的东西是什么，幸好有一张发黄的古老说明书，解释了使用的方法和目的。每个月经杯都是崭新的塑料制品，看上去像蛤壳，被人遗忘在一家旧医院的储藏室里。她带着这个箱子出来的时候经过一把椅子，上面有生了锈的脚蹬，她从椅子旁边走过，看都没看它一眼。她不知道这把椅子是用来干什么的，以后也没想过这件事。

当她带着这些东西返回不存在镇时，她的包里满满的全都是这些小包裹。艾娜说服了她，让她把这些月经杯送给女人们，而不要用来交换。艾娜把这个很容易弯曲的小礼物放在手上，根据《无名助产士之书》里的描写指出，埃塔正在做无名助产士的工作。

当时埃塔十六岁，对英雄的故事深信不疑。于是她同意了。

除了这个月经杯，她还把她的那套不锈钢镀银餐具和一只金属碗放了进去。这些东西很多，但好的金属用品总是很有价值。紧靠着这些东西，她又放了三把锋利的尖刀，它们全都经过了精心的擦洗和细心的保养。它们总是在她随手就拿得到的地方。接着就是她的大砍刀，刀把上有些锈点子，但还和过去一样锋利。刀放在黑色的匣子里，挂在她身后。

她在背包底部放了一个制造精巧的木头盒子，里面分出了好多个分开的小抽屉。她把爱丽丝给她的小瓶子放进了其中一个小抽屉。毒药、解药和缓解剂都在小抽屉里碰碰撞撞，叮当作响，每个小瓶都是蜡封的，或者用布包裹上的。所有的东西都没贴标签。没有说明书，小偷拿去之后，要想靠一瓶瓶地尝试确认药性只会枉送性命。

最珍贵、最危险的东西是她的枪。这是一支左轮手枪，已经在不存在镇代代相传了一百多年。每一代拥有者都会仔细地保养着它，而当它的子弹被用光之后，布朗温的儿子布兰登想出了制造新的子弹的方法。制造方法耗时良久，非常困难，而且工匠们说非常危险。埃塔有三十六颗子弹，六颗放在枪膛里，其他的足够再装两次。谁也不知道这个数字，知道的只有她自己和她的工匠杰登。她付给他铅块和铜丝，同时也是封口费，让他给她提供子弹。

那支枪是她的母亲收到的礼物。曾经有这样一个蜂房，作为蜂后的女子在生孩子的时候去世，但初生的女婴却活了下来，而当时这个女婴能活下来全靠艾娜，这支枪便是整个蜂房为此对她的感谢。在埃塔选择了她的道路的那天，艾娜把枪转送给了埃塔。

艾娜告诉她，这支枪曾经属于无名助产士，后者来自遥远的西部，并且知道是什么杀死了旧世界的妇女。她就是那位曾经装扮成一个男人并且杀死过奴隶贩子的无名助产士，她也曾将神奇的药丸赠送给女人们，让她们不至于因为怀孕而丧命。艾娜不是一个迷信的人，可就连她都说，这支枪会给埃塔带来好运。

埃塔知道她的母亲想让她成为一个助产士。只是在许多年之后埃塔才意识到，她的母亲早已经打算把这把枪给她了，而不是另一件传统的助产士礼物。她或许不是她的母亲想要的那种女儿，但艾娜显然知道她会成为现在这个样子。

埃塔轻轻抚摸着涂过油的手枪表面，然后又用羚羊皮把它裹了起来，这样就能让枪保持安全、干燥。

她最后放进去的是旧路的地图、水瓶子和食物。她决定在上路之前再去仓库里看看。她在那里很有信誉，或许这次还能弄到些水牛肉干和燕麦片。或许她还能在那里弄到面包做早餐。

她又重新整理行装，所有东西都按照一定的顺序一一摆放妥当，一切准备就绪。管仓库的男孩儿见到她去了很高兴，把她的背包装得胀鼓鼓的。她弄到了新鲜面包和奶油，甚至还偷偷地得到了一些早熟的浆果，因为他们很高兴能见到她。她弄到了鹿肉和水牛肉干，好大一坨盐，现在她觉得自己已经有不少食物了。

他们的要求总是同一个：要一些他们没有的草药和蔬菜作物。

绿豆和野蘑菇。他们从来没有说过他们真的想要我给他们带来的东西。

埃塔回到了她母亲的家里，发现屋里挤满了艾娜的蜂房里的男人。他们正在向艾娜的白床单泼洒一锅锅冒着蒸汽的热水，还在给她擦洗浴缸。

卡拉的儿子朱利安正在用手臂擦自己额头上的汗水，抬头看见了埃塔。他几乎和埃塔一样年轻。"艾娜妈妈去工作了，埃塔小姐。"

"谢谢你，父亲。"埃塔觉得非常不舒服，立刻就离开了。她不想去她母亲工作的那所学校。她不想打扰她上课，而且她也不知道该说些什么。

于是她改道去了无名助产士的圣坛，她每次在离开不存在镇之前都会去那里。她没有跪下，也没有点上蜡烛。她拿起了抄写员抄写的一本书，翻到她最喜欢看的那部分，用一只手指的指尖划过整齐的一行行字迹。

愿我能和她一样勇敢。

她这样想。

"你这次给她带来了供奉吗？"

她所有的勇气都消失了。埃塔转身面对自己的母亲。

她吃惊地看到塞尔维亚也在。躲在她们后面的是阿妮，还拉着贝尔和克洛伊的手。

"我带来了。"埃塔把背包背上了肩膀，"你们是来为我送行的吗？"

"是的，我活着的女儿，我们来送你。"

艾娜拉着埃塔半推半就的手，带着她走了出去。

塞尔维亚很快地紧紧地拥抱着她："爱丽丝也想来，但她正在做培养，走不开。"

埃塔眉毛一扬："爱丽丝何必来送我？我敢保证，她有很多更好的事该做呢。"

塞尔维亚深不可测地笑着走开了。阿妮带着小女孩儿走近了些，埃塔蹲下身子，看着她们的眼睛。

"你好，克洛伊。"

这孩子看上去好多了。阿妮给她洗了澡，把她的头发扎起了和贝尔一样的发辫，两个女孩儿看上去像一对装盐和胡椒面的小罐子。克洛伊长着一头淡黄色的头发，在所有埃塔见过的女孩儿中，贝尔的头发算是最黑的了。

"埃塔！"克洛伊搂着她的脖子，"这个是贝尔，她是我的好姐妹！"克洛伊又回头向贝尔伸出手来，她的脸上容光焕发。

"我从来没想到自己会有一个姐妹。一家里有两个女孩子！"贝尔咧开嘴笑着，埃塔也对着两个女孩儿微笑。

"以后，全镇子就数你们家来人最多了。"她在克洛伊的前额上吻了一下，又轻轻地拍了拍贝尔的肩膀就缩回了手，她跟这个孩子还不算很熟。

她站起来跟阿妮说话："谢谢你肯接受她。"

"接受？你给我带来了一个健康的小女孩儿！等你走了，我要给你做一套新内衣谢谢你。"

阿妮长时间地紧紧拥抱着埃塔。她的发辫发出和那两个女孩儿的发辫同样的清香：干净、新鲜、可爱。埃塔深深地吸了一口气。

女人的气息就是家的气息。

她的母亲是最后一个走向她的："孩子，安全地回家。我就这一个希望。"

埃塔点点头，喉咙有些哽咽，但她想要忍住这种她不想出现的感觉。她想跟自己的母亲说，自己跟她拌了嘴，觉得很不应该，或者说她因为自己不是母亲想要自己成为的那种人而难过。但她说不出口。她抱了抱她的母亲，感到那个木头肚子硬硬地顶着她的小腹。

"我会回来的。"

埃塔向守备塔楼挥了挥手，那里的人发出信号，让管大门的男孩子们打开了门。她跨出大门，走进了那丛每年都更靠近不存在镇的松树幼苗。

当她深深地走进树林、再也看不到村子的时候，她停下脚步，脱去了上衣。她从背后的口袋里拉出了两卷缠在一起的珍贵的亚麻布长绷带，慢慢地、仔细地缠起了自己的胸部。

埃迪走出树林，走上了北上的道路。

埃塔之书
不存在历 104 年

初春
走了一整天。走向州的旧首府。一个人也没看到。

初春
走了一整天。在一个鸟窝里发现了一些鸟蛋。一个人也没看见。

初春
一个人也没看见。

早上，埃迪干的第一件事就是在她的日记本上写点什么。尽管她并不想取悦艾娜，真的。更多是想要证明她是错误的。她还记得埃罗尔的日记，它的装订线软得就像煮熟了的芹菜，书页里塞着干花和旧世界报纸的碎片。埃罗尔喜欢保留样品，但不喜欢描述它们。

里卡多的日记里面有地图和图画，还有一页接一页的计算。每见到一座城市，他都要数数那里有多少男人、女人和孩子。他做加法，取平均数，想看看不存在镇往东好还是往西好。任何人都有自己的秘密。他曾经告诉过埃塔，他是怎样使用无名助产士的符号，在文字和数学之间相互转换的。埃塔当时看着，点着头，但自己什么也没写。

埃迪在路上做燕麦粥吃，有时吃点干肉。路边的小溪水流清澈，但出于安全考虑，她每天晚上都会把饮水煮开。她避开一切火的迹象和人的住所。根据那些旧地图，去州首府大约还得走一个星期。

她不着急赶路。她来到了欧塞奇河边，拿出地图来对照。

不知道人们过去说的是"哦，贤人河"，还是"哦，湿淋淋的河"。

她过了河，名字怎么叫根本无所谓。她在日记本上什么也没写。

在路上度过了平淡且差不多寂静的八天之后，埃迪听到了远处的声音。

过去的州首府叫作杰斐逊城。根据埃迪的经验，这类地方很多时候不会再叫原来的名字，但不影响其成为一个出发点。

埃迪一再检查她的装备。三把刀都藏在身上，枪藏在裤子后面。她的内衣上缠了一双穿过的旧毛袜，让她看上去肌肉鼓鼓囊囊的。她脏兮兮的，涉水渡过了河流，没有在河里洗澡。

她努力地再次听着远方传来的声音。她相当有把握，认为自己听到了音乐声。这是一种奇怪的轰隆作响的音乐，和她过去听到过的任何音乐都不同。

但有音乐还是一个很好的迹象，用音乐作乐的人不会挨饿。奴隶贩子们会奏乐吗？

埃迪不知道人们是不是可以同时做很多种事情，她遇见的那些奴隶贩子除了买卖奴隶很少做其他的事。

她走在一条主路上，公开地接近那座城市。谁都看得到她，她等着有人招呼自己。

她越来越靠近城区了，她发现，大部分老建筑物都是空着的，屋顶塌了进去，墙壁东倒西歪。她觉得会有某种中心，人们在那里聚集。她追随着音乐声走去。埃迪觉得人与人会相互吸引，就像蜂蜜会吸引蚂蚁。

现在就让我当一次蚂蚁吧。

她看到了小小的家庭花园，这时她知道自己走对地方了。这个镇子看上去很有秩序，让人感觉有些振奋。窗户花坛上种着花，房子里面的帘子是完整的或者修补得很好的。

就在她站在那里赞美镇子时，她感觉到有人就在附近。她随意地把手放到枪柄上等着。

离埃迪站着的地方不远的一所房子的门打开了，一个青年女子和一个小女孩儿走了出来。小女孩儿刚会走路不久，胖乎乎的腿还有些不稳。她们穿着简单协调的深绿色家织布连衣裙。当她们走近时，埃迪看得出来，这里的纺织工手艺不错。

那位女子和小女孩儿长得很像。她们看上去吃的不错，在外面走路也不害怕。他松开了手枪，伸出手来打招呼。

"好女人？好妈妈？我是来自远方的旅行者，我一点恶意也没有。"埃迪微笑着。

那个女人抓紧了那个孩子，然后把她抱了起来。小女孩儿的裙子有一瞬间掀起来了，埃迪在一瞥间看到了她的光屁股蛋。

这样这孩子就可以撒尿了，她想。只是图方便，不能说明任何问题。

尽管做出了自我保护的姿态，但那个女人还是朝他走了过来。埃迪看得到，她的皮肤光滑湿润，而且她的牙齿看上去很结实。

她们在这里过得不错。

"我叫埃迪，是艾娜的儿子，我是从南边很远很远的地方来的。我一边旅行一边跟人换东西，我很想知道你们这儿的人愿不愿意换东西。"

在她绿色的圆边帽下面，生着一双冷静的棕色眼睛和方方正正的下巴。她棕色的头发直直的，又浓又密，差不多齐肩，圆边帽的带子刚好束住头发。

"我叫黛博拉。"她慢慢地说，"这是我的女儿迈尔斯。我们……嗯，你要交换，得到镇子的那一边去。但我们不常见到旅行者。"

我简直没法相信，我最先遇到的是两个女人。

"好母亲，我很愿意和这个村子里的男人们聊聊，不想浪费你们的时间。我敢说你一定有好些事情要做。"

黛博拉的脖子稍微僵硬了一点，但她似乎对埃迪小心谨慎的说话风格感到很有趣。她上下打量着埃迪。

"你就不能自然一点吗？你是被人赶出来的吗？"黛博拉撇了撇嘴。

埃迪伸出手来，挽起袖子。他笑了。

"好好看看我吧，好母亲。我一不缺手指头，二没有大伤疤。如果我是被人赶出来的，我身上可没有这种人的标记，对吧？如果我是个危险分子，我不能总也不受伤吧，对不对？"

她仔细地看着他的皮肤和牙齿，然后死死地盯着他的眼睛。埃迪知道，作为一个"男人"，她不应该老是盯着她，但她似乎想一直跟她有目光接触。于是，只要她看着自己的眼睛，埃迪就也看着她的眼睛。

"很好。"黛博拉耸耸肩说，"我带你去广场。"

她做了个手势，让埃迪跟她并肩走，并且把那个学走路的小胖女孩儿放下了。

"你有什么拿来交换的啊？"黛博拉的声音轻轻的，带着好奇。

"就是旧世界的那些老物件。书，你需要的任何东西，真的。我是个扫货者。"

"明白了。"那个孩子让她分了点心，"迈尔斯，你不能吃那根棍子。"她叹了一口气，又回头问埃迪，"你想要什么呢？"

"金属，我们没有的蔬菜和草药，消息，还有愿意搬到我们那里住的有本事的商人。"

"女人？"黛博拉直视着他，完全面向埃迪。

"好母亲，我只要那些想来的，或者是需要被救出来的。"埃迪谦逊地说，"我不是奴隶贩子，我也不偷女孩儿。"

"很好。"那个孩子想要蹲下，黛博拉拉着她的胳膊，"你急着要撒尿吗？要是不急，我们就得接着走。哦，好吧。"

迈尔斯在撒尿，她们就等着。埃迪小心地看向另一边。

她们静静地走了一阵子。这时音乐声越来越响了，埃迪问："这是什么？"

"这是用旧教堂里的管风琴演奏的。这东西没什么实际用处，但有些女士想听，于是他们就花了一番功夫，把管子清理出来了。东西倒是挺漂亮，他们差不多一年没有纺纱织布才把它弄好。"

埃迪听着音乐声。这声音很陌生，很有感染力。"我觉得你们这里能造布匹，是吧？纺纱、织布？"

"是的，这是我们这里最好的行业之一。我们这里做的生意主要是按码出售纺织品。"

埃迪不知道最后那个词，但从上下文猜出了意思："可不可以让我摸摸你的袖子，感受一下做工如何？"

黛博拉微笑的样子好像有点居心不良："你挺有教养的。是啊，你可以的。"

她把没牵着孩子的手的那只胳膊伸过去让她摸。埃迪用手指触摸着织得很细密的织物。

"这布料真不错。我很想看看是怎么织出来的。"

"肯定可以安排一下让你看看的。广场到了，我会把你介绍给那位负责人的。"

埃迪的视线从布料上离开，接着她无法相信地眨着眼睛。

广场上全是女人。

这地方又宽敞又平整，中心是由柱子支撑着的一座非常古老的拱形建筑，周围绿草如茵。埃迪走进了广场，注意到和草一起的还有新栽的西红柿和草莓。不管她朝哪里看，都看得到灌溉和持续的田间管理的痕迹。

她看到的一切地方都有女人，她的一生中从来没有一次性见到这么多女人。她们大多数人的衣着都和黛博拉相仿：家织布做的棕色或者绿色的长连衣裙，头戴圆边帽。其中有几个正在和孩子玩，这些孩子年龄各异，但全是女孩儿。

这到底是怎么回事……

一位年龄稍长的妇女沿着已经有些开裂了的铺砖道路穿过广场。她穿着绿色的短袖连衣裙，一只手抬起放在眼前遮挡阳光。

"黛博拉？跟你一起的这位是谁啊？"

黛博拉放下了孩子，在这个年长些的妇女走近时伸出了手。在一段距离之外，她们相互拉着对方的两只前臂并保持这种姿势几秒钟。埃迪注意到了这个动作，觉得这是她们打招呼的方式。放下胳膊之后，黛博拉揽着白发女子的腰，向埃迪指了指。

"这位名叫埃迪。他是从南方来的一位扫货者。"

"你好，埃迪。"

她伸出了一条斑斑点点的长胳膊。埃迪犹犹豫豫地伸出了胳膊。她一下子抓住了她的胳膊肘上方，停留了片刻。她笨手笨脚地想要做同样的动作。

给我一条胳膊。给黛博拉两条。

"你好。"

她蓝灰色的眼睛眯缝着，上下打量着她："我是西娅。你是从哪来的？"

"南方，离这里很远很远。另一座城市。"埃迪把身体的重心换到了另一只脚上。

"哦。我不会因为你保守几个秘密责备你的。那么你是在找什么呢？"她仔细地看着她。

"我今天才知道这里有人。我是出来扫货的，这次我出来，是去那些旧时的城市的。不是去像这里这种住着人的好地方。而且我觉

351

得，能看到……这么多人，这总是件好事。"她的眼睛在这个地方周围扫来扫去，一心想弄明白她看到的这些情况到底是怎么回事。

如果直截了当地问，我会吓着她们。但她们应该知道，这种情况看上去多么古怪啊，对不对？

"看得出你有不少问题。"西娅说，"我说不定可以回答你的问题，也可能不能。我们这里来的陌生人不多。你如果从东边来就会好一些。"她和黛博拉对望了一眼。

"我不是从埃斯特尔来的。"这个地名让她感觉不好。

黛博拉抱起了迈尔斯："好了，我们该走了。祝你好运，扫货者。"

"谢谢你，好母亲。"埃迪在她离开的时候对她微微鞠躬。她转向西娅，她们又相互审视了一番。

"我有一个想法，我们可以进屋谈谈吗？"西娅慢慢地说。

埃迪点点头，走进了有庞大柱子的建筑物。埃迪觉得这扇打开了的门就像庞大的獠牙后面的一张嘴，而她正在被里面的黑色空间吞噬。她挪动了一下背包，让那支手枪刚好抵住她的后腰眼。

起码我还有一支枪。

里面点着蜡烛，气味闻起来像牛的脂肪。埃迪立刻想到了在不存在镇的那座更大的建筑物，想到那里白天阴郁的气氛。这两个地方有着同样的气味。

西娅带着埃塔走过一扇沉重的木门，里面是一间小些的房间。她能听到另一边的声音。

当她们走进房间的时候，一个男人正在墙上的一块黑板上画着什么。

"如果我们把堆肥挪到机场的西端，我们就能够——"他回头看着西娅，然后才发现有外人。

"这位是谁？"

围着桌子的脑袋全转了过来，五个男人和两个女人。站在黑板旁边的那个男人穿了一条有褶裙子，上身是一件宽松的短上衣，没有扣扣子。其他的男人似乎全都是同样的装束，其中有一个一脸大胡子的黑人。埃迪放心地轻轻呼出了一口气。

这不是一座全是白人的城市。老女人还有不少，没有因为生孩子死绝。西娅的年纪跟妈妈差不多。

"诸位，这是一位来自南方的旅行者，他叫埃迪。"

埃迪点点头，打了个招呼。有几个人点头回礼，但大多数人只是盯着她看。

西娅很放松地继续说了下去，好像一切尽在掌握中。"我想我们大家都可以请埃迪谈谈他的那座城市。"她又转身面对着埃迪，"不会问得太具体的，我看得出你很不愿意说出你的城市的方位。但我们想问问题，可以吗？"

桌子周围的人互相对望着。埃迪看着那些窗户，它们被修理过，但还是破破烂烂的。

"我们是想问问题。"这回说话的是那个一脸大胡子的黑人。他站到自己的椅子旁边，肚子又大又圆，在桌子上方摇晃。"我是威尔逊。咱们坐下来聊聊吧，埃迪？来点水？"他手指着一个空位子。

西娅坐进一张椅子，看上去很激动，好像等着听个好故事似的。

埃迪仔细地观察着房间。

他们看到我很吃惊，但没有人紧张。如果我现在走出去，没有谁会拦着我。他们觉得我很神秘，有点觉得松了一口气的感觉。

足够安全。

她慢慢地放下背包，把它挂在椅背上，拉了一把椅子出来坐了下来。

"好吧。你们想知道点什么呢？"

三个人同时说话，有人在偷笑。埃迪微笑起来。

有个女人第一个说话。她的长发拖到身后编成了马尾辫，生着一双黑色的大眼睛。"我是雅典娜，我负责这里的学校。我过去是个教师。"

"我妈妈是个老师。"埃迪说。

她笑了："你们那儿的孩子上几年学啊？"

埃迪耸了耸肩："不一定。我们全都上学，一直到我们能读书能写字，能保证自己的安全。然后就有各种学徒，抄写员训练，人们学习金属加工或者做木匠。我十五岁那年当了扫货者，所以我直接在树林子里受训。"

"你说的扫货者是干什么的？"这是另一个男人，黄皮肤，眼睛有点浑浊。

是个病人。说不定快死了。

"请问你是——"

"我已经训练好了接替我的人；在这之前，我是这座城市里唯一的医生。我叫比尔。"

"好的，比尔。我到处寻找有价值的旧世界物品。好的工具，有用的金属和机器零件，有的时候还有别的东西，比如书啊什么的。你们知道这种情况。有时候你会因为你找到的东西大吃一惊。"

比尔点了点头，吞咽了一下，好像这让他很难受。埃迪觉得她可以随便问什么问题，所以她就发问了。"比尔，你病了吗？你看上去身体不大好。你们这里的人一直让病人工作吗？"

比尔做了个鬼脸，雅典娜走过去拉着他的手："比尔得了癌症。我们没法帮他什么忙，而他情愿继续工作。"

"哦，是这样的。我见过几个因为癌症去世的老人。抱歉，你们也制造止痛药吗？"

雅典娜点点头："你还好吗，比尔？"

他笑了笑："我好着呢，而且头脑一直清醒。"

埃迪点点头："我们也造止痛药。我们有栽培者和药剂师，他们能制造很好很精致的药品。比我一路上看到的大多数地方都好。"

谁也无法拥有爱丽丝。

哼，塞尔维亚拥有她。

别乱想了。

"你们怎么管理城市？"这是威尔逊的问题。

埃迪叹了口气："我们有一个理事会，主要由助产士和大妈组成。她们大都上了年纪，因为这时候她们才有时间。理事会下有三十位代表，全是男人，处理与外面的人的接触，以及和平维护工作。"

"你们在维护内部团结方面有麻烦吗？"威尔逊的眉毛一扬。

"时而会有。有时候蜂房里会打架，或者有什么东西被偷了。最常见的情况是——"

"对不起，蜂房是什么啊？"威尔逊扬起的眉毛还没归还原位。

"蜂房？"埃迪看着一桌子的人，打量着一张张被她弄糊涂了的脸，"你们这里没有蜂房，对吧？"

好戏来了。

埃迪慢悠悠地说了起来。"这么说吧，在大部分地方，没有像你们这里这么多的妇女。"他抬头瞥了一眼，然后低头看着桌子，"蜂房就是一个女人有好几个男人的一种方式。他们为她干活，照顾她，她也照顾他们。明白了吗？"

她看到他们在座位上挪动着身体，静了一会儿。

西娅打破了沉默："是啊，这样做是有道理的。但就像你在这里看到的那样，我们这儿女人很多。"

哦，所以我们会说，像这样子才是正常的。

"是的。确实，我看到了。"在模模糊糊的窗子外面，有绿色和棕色的不明物体过去了，"但这又怎么样呢？"

威尔逊心平气和地说："你不想让我们知道你们这批人在哪里，我们也情愿不让别人知道我们这里的情况。你明白我的意思吗？"

"我明白。"埃迪长长地、重重地从鼻子里向外呼出了一口气。她觉得这里不是她习惯的环境。"好的。嗯，我计划继续前往埃斯特尔。"

比尔稍微喘了口气。威尔逊的眼睛睁得更大了，但他没有看埃迪。

埃迪继续说："我很长时间没有去这座城市了，只到过离它不远的地方。但每次我一走近，我就会发现有遇到麻烦的人。有时候我会帮助这些人。但你们这里离那里很近，你们能告诉我那里的一些情况吗？我要去那里找一些我在别的地方找不到的东西。"

"别去那里，小伙子。"这是一个一直没说话的男人。埃迪抬起头来迎上了他的目光，发现这是个中年人，淡绿色的眼睛因为恐惧而睁得大大的。"我是认真的。我是从那里来的，已经十七年了。我什么也没带，孤身流浪，差点就死了，这时有几个杰斐逊城的人发现了我，把我带到了这里。去那里准没好事。我……我本来想躲得更远一点的。"

不要急促地喘气。你是安全的。你在这里，不在那里。是现在，不是那时候。深呼吸。

去那里准没好事。

"出了什么事？"埃迪问。她仔细地看着那个内心挣扎的男人。

"我不愿意讲这个故事。"

威尔逊轻轻地把一只手放在他的肩上压了压："没事了，乔治。告诉他吧，让他知道。"

乔治深深地吸了一口气："我生在埃斯特尔。我从来没见过我妈妈，我是被男孩子带大的。在那里的所有的女人都……嗯，你肯定也听说过一些说法。我从来没见过一个女人，一次也没见过。但每年我们都会有几个新的男婴，所以肯定在什么地方有女人。我当上了电工学徒，他们那里有些靠太阳能电池板供电的电器，至少当时他们有。但那里动不动就会起火，或者杀人，根本没有法律。我们尽力修理一些东西，但它们很快就会被火烧了，或者被偷走。最后我在……之后离开了，其实是逃跑了。我被另外一群男孩儿抓住了，他们……我们都比他们小，比较柔弱。我逃跑了。那种地方你没法离开，只能逃跑。你明白吗？"

是啊，我确实必须逃跑，我能跑，我可以自由自在地跑。
就是这里。现在。

"我明白。"看着乔治慢慢地冷静下来，埃迪也同样想冷静下来。威尔逊时不时地压一压他的肩膀，乔治把他的手放在威尔逊的手上。

"为什么你要去那里？"西娅仔细地看着埃迪，"你想找什么？"

"女人。"埃迪没有犹豫。她知道，到了现在，他们肯定知道这一点。"但只是那些需要帮助的女人和女孩儿。我看不出任何人在这里需要别人解救，但在埃斯特尔可能有。"

"你经常成功吗？"雅典娜很怀疑地看着她。

"是的。"埃迪坚定地与她的目光对视。

"你干这种事有多长时间了？可能有四年了？"西娅感兴趣地问。

"七年了。六个妇女，两个女孩儿，大部分都活下来了。"

"在哪里找到的？"

"哪儿都有。"

"从埃斯特尔？"西娅的眼睛眯缝着。

"埃斯特尔附近。在路边搭帐篷，人们试着进入这座城市。我见到了拱顶。"

"嗯。"西娅含糊地说。

埃迪觉得乔治畏缩了一下。

这里，现在。我们会把谈话向哪里发展？

"我看到你们能在这里制造很好的布。我没有大车，没法带很多回去，但我很想看看布是怎么织出来的。我们一直弄不好这件事。我们有很好的皮革和其他的东西，如果你们有兴趣，我们可以交换。"

气氛轻松了些，威尔逊把手从乔治的肩上拿开了，雅典娜也站了起来。

"我可以带你到纺纱工和织布工工作的地方看看。染布的地方远一些，因为那股味儿太厉害了。有关布的事你可以跟阿拉贝拉谈，她是这一行的头儿。"

"那太好了。"埃迪也站了起来。

"愿意的话就在我们这里歇歇吧。"西娅抬起下巴说，"我可以给你找个住的地方，让你休息一两个晚上再上路。"

埃迪点点头："那就谢谢你了。只要做得到，我愿意尽力帮忙，回报你的好意。"

"你已经回报过了。"

雅典娜带着她走出门，回到阳光下。

她们穿过一个宽敞的谷仓门，走进一个暗一些的房间。埃迪的眼睛过了一阵才适应了这里的亮度。四十台手纺车在相当大的空间内转动着。一个女子以低沉、沙哑的声音在歌唱。纺车各不相同：有些是原木造的，其他的是古香古色、上过油漆的机器。有些显然是用废料装配起来的，是悬挂在大块塑料做成的踏脚板下面的自行车轮胎。纺车前面有五个人正在操纵纺锤，他们灵巧地把纺锤推到大腿中间，把毛线通过胳膊缠到越来越粗的毛线卷上面。埃迪四下观察着，她被眼前的场景迷住了。

"多么壮观的操作啊。"

雅典娜笑了："有三个人病了没来，今天的定额不高。"

"你们从哪里弄来的羊毛？"

"我们在城市外面开办了牧场，养绵羊、山羊和牛马。"

埃迪点点头。不存在镇的牧场更大，她在那里见到过这些牲畜，还有不少已经野化了的牲畜。不存在镇里只有几个人会用纺锤，而且一辆纺车都没有。扫货者们搜检布匹不容易，而且是个重活，只有带着大车的扫货者才能干这种事。大多数衣服都是像埃迪身上穿着的这种，兽皮是日常穿着的衣服。也很少有人会织布，毛毯是非常值钱的物品。她吃惊地凝视着在房间里见到的一切。

在昏黄的薄暮之下，纺好的毛线在架子上分别按照白色、黑色和灰蓝色一堆堆码好，这些架子靠着整整一面墙。在房间的另一端，织布工坐在跟纺机同样排列的织布机前，但他们人数少一些。埃迪站得远远的，神色痴迷地看着织布梭子来回移动。

这些布是我见过的最柔软、最精致的织物。这座城市是个贸易大户，很富有。

一位女子吸引了她的注意。她坐在纺机和织机交界的地方。她一直在唱歌，全神贯注于自己的工作。

埃迪朝她那边抬了抬下巴："那个女人在干什么？为什么她的线球看上去不一样？"

雅典娜笑了："哦，那是芙罗拉。她在捻真丝。跟我来，我让你看看真丝是怎么来的。"

他们走了出去，来到城市里有许多树的地方。雅典娜指给她看那棵长着好大的叶子的桑树。叶子上全都是身体柔软、不会飞的蛾子，它们是由蚕变成的。空瘪的蚕茧壳凌乱地丢在树下。

"看，它们对人一点伤害也没有。它们的腿黏黏的，小小的，连飞都不会。"她把一只蛾子放在手背上，碰了碰自己的脸颊。"造真丝相当不容易，而且我们只有这么一棵桑树。我们只用它来做非常特殊的东西。"她指着那些还没成熟的蚕，它们抬起头来，好像在对她打招呼。

"哪一类东西？"埃迪想起了那个名叫芙罗拉的女子，她长长的眼睫毛微微下垂，就好像她拉出的蚕丝。

"婚礼用品，婴儿用品，珍贵物品。我们只有四位丝绸织工。他们也负责照看这棵桑树。"她非常温柔地把那只蛾子放回原来那片叶子上。

"现在有刚刚出生的婴儿吗？你们有托儿所吗？"

雅典娜低头看着地上，卷起她耳朵后面一缕散乱的发卷："没有了，现在没有了。你说你们的理事会是由助产士组成的，对吧？"

"是啊，没错。是那些自己不生孩子，但帮助别人生孩子的女人。你知道的。"埃迪想到了无名助产士的形象，还有不存在镇。人们带给塞尔维亚和其他助产士的蜂蜜和肉类。她的旅行经历非常丰富，知道各地都有自己的英雄和故事，而不存在镇的英雄和故事是独一无二的。

"哈，我们这里是由医生和几个护士做这件事。你的家乡有新生婴儿吗？"

埃迪笑了起来："总是有几个。去年冬天有一个出生，名叫亚历克莎，是凯西的女儿——去年还有两个，是我夏天不在的时候出生的。我们的助产士好极了，我们的成活率相当高。这里怎么样？"

雅典娜淡淡一笑："我们还行吧。差不多一年一个。"

这个数完全对不上号啊。

"一个孩子？这么多女人？你们有好多婴儿死了吗？"她看到了雅典娜的脸色，说话的口气马上缓和下来，"真对不起，我问得太多了。我希望情况会有所改善。"

"我也这么希望。"

埃迪隐隐觉得哪里不对劲。她不确定是不是应该在这里住一晚上，但她已经答应了。

孩子不应该这么少啊。有这么多妇女，她们应该能生好多孩子才对啊。除非她们采取了生育控制措施，但为什么要这么做？

雅典娜带着埃迪回到了西娅那里，西娅带着埃迪去了一所小房子，那里是指定给一个男人独住的。

"看见那座带点粉红色的房子了没有？"西娅指给埃迪看，"那家女主人邀请你去吃早饭。她说天亮以后什么时候去都行。"

"谢谢你。我到时就去。"

"祝你做个好梦，埃迪。"

这句话埃迪过去从来没听人说过。她睡觉向来不脱衣服，手放在枪上。她从不做梦。

眼看着天放亮了，她在厨房水槽里别人留给她的冷水里洗了脸和手。她去了那座粉红色的房子，黎明时分，它的粉红色看上去变得更深了些。她围着房子转了一圈，什么也没听到。她又转了一圈，在房后听到了声音。

她敲了敲后门。

芙罗拉打开了厨房的门。她个子高高的，与远远地看着她缫丝的时候相比，近看时的她显得更加吸引人。她的眼睛是明亮的灰色，她用了某种化妆颜料在眼睛周围画了线，让它们显得更大、更突出。埃迪过去从来没见过这种化妆方法，她也从来没有见过像芙罗拉这样深红色的头发，那已经差不多是紫色的了。看上去，她周围的一切都经过了仔细的考虑。她绿色的连衣裙外面罩着白色的围裙，手齐齐整整的，还有一张腼腆的嘴巴。

好漂亮。

"早安，好女人。"

"我这里有刚煮好的鸡蛋和面包。还有去年做的罐头苹果。我自己的储水池里的甜水，如果你喜欢，还有薄荷茶。"她的声音像音乐，她说出来的词抑扬顿挫的，像音符。

埃迪微笑着，真正地放下了戒心。"听起来好吃极了，好女人。我真荣幸。"

她微微地笑了："他们告诉我，说你非常客套。"

"客套？"

她让开了门道："请进。"

煮熟的鸡蛋还是热的，放在陶瓷杯子上。埃迪把她的鸡蛋切开，和烤面包丝一起吃。她饿了。芙罗拉吃完了鸡蛋，给她递来了一碗罐头苹果。它们是用蜂蜜保存的，带有一种奇怪的香料味。

"里面放的是什么？"

"人们叫它黄樟，是我去年从一个商人那里买来的。"她的脸上出现了好看的酒窝，"他告诉我，说这东西到处都能长。你喜欢吗？"

她问的时候埃迪刚好吃了一大口。她边吃边咧着嘴笑，接着点点头。

"你喜欢吃，我真高兴。"

她在能说话的时候问："你一直都做丝绸吗？"

"丝是蚕吐的，我只不过是把它们抽出来织成绸子。"她低头喝了一小口牛奶。

她在跟我开玩笑，或者只是不擅交流？

"那么你就是一直干这个工作了？"

"不是的，我也和大家一样，开始都是做羊毛的，但我做出来的毛线织物最整齐，最平展，所以蚕丝行业就选了我。"

"能不能让我看看你做的东西？我没法想象蚕丝做的东西摸上去是什么感觉。"

告诉我你穿的就是，而且让我摸一摸。

"你等一下。"她从桌边站起来，走出房间。她走了回来，手掌上放着一块洁白的方形布料，她伸出手来。"我让你试试？"

她点点头，抬头看着她。

她把那块布压到埃迪脸上，慢慢地向下擦拭。她感觉脸上凉飕飕的，柔软得难以想象。埃迪把手放在丝绸上，也碰到了她的手。

"真软啊。"她说。

多么明显的话啊。我干这个很内行哦。

她又笑了，这一次牙齿完全露了出来。

"我花了很长时间，才达到这么光滑精细的程度。"

她也对她笑着："你要用什么才肯换这样的丝绸？"

"你见过一辆能开动的汽车吗？"

我也真的想见啊。

埃迪耸了耸肩："我们还有两辆能跑的卡车。造汽油很不容易，而且那股味儿难闻极了。我们有些人用它们拉着大东西进出村子。"

"我正是想要这种东西。我想拿一些整匹的丝绸换一辆车。"

埃迪叹了口气："你要得太多了。"

"你没想到。"

芙罗拉和埃迪一起走回镇广场。她不知道接下来该做什么。她觉得现在她该继续往前走了，但她不知道自己是不是已经跟他们建立了足够的关系，能够保证进一步的贸易。当他们走到镇中心时，埃迪转身面对着她。

"你今天要做什么？"

"工作啊，我差不多每天都工作。想要在第一批桑葚结果之前尽量多拉出一些丝来。今年我想染一批丝绸。"

"你开始干这份工作的时候多大年纪？"

她低头看着地面："我一来这里就开始纺纱。这是我的第一份工作。"

"哦？你不是出生在杰斐逊城的？对不起，我还以为你是呢。你也曾是旅行者吗？"

在不存在镇，旅行者向图书馆员讲述他们的故事，后者编辑整理出来，然后交给抄写员。知道芙罗拉也曾是一位旅行者，这让埃迪升起了敬意。她遇到过许多像这样在安全场所生活的人，他们差不多从来没有离开过家。

"是的，我过去是。那时还是个孩子呢，我不记得多少了。"她没有看向她。

"你是和你的父母一起来的吗？或者和一群人一起来的？是扫货者发现了你？"

"我自己来的。"

埃迪咀嚼着句话。小女孩儿孤身一人旅行，这种事闻所未闻。她觉得芙罗拉肯定是被卖给杰斐逊城的，或者是自己从奴隶贩子手里逃出来的。

除非我问她，否则我永远也不会知道。问问吧。

"我说……杰斐逊城会为了得到女孩子出资吗？从人贩子那里买？"

"嗯……我不知道。"埃迪很努力地想与她有目光交流，想去看她的眼睛。但她躲开了，看着地面，或者别的什么地方。

"你不知道？你们不吸收新人吗？比如说旅行者？"

"这么多年了。"她把她深红色的头发拂到两耳后面，接着突然笑了起来，笑容明媚，但有点假。"曼德尔会知道的！我们去跟她聊聊。"

埃迪觉得不舒服的感觉涌上全身。在整个广场上，女人们带着篮子和线球来回走着。小女孩儿戴着鲜艳的圆边帽，这样阳光就不会晒到她们的脸。两个女人站着讨论护肤液的配方，她们说话的声音让埃迪感到一种混杂着甜蜜和伤感的嫉妒。

在她的家乡，女人之间很少有深入的交流，所以很珍贵。她回味着大妈们和助产士们在初潮庆祝和某些私人场合的谈话。但在这里，周围有这么多女人，这种谈话简直就是家常便饭。

她没有去注意她们在往哪里走。当她回过头去看着脚下的路时，她觉得她们肯定是在向医院走去。大门上方的标志和不存在镇的医院一模一样：白色背景上的一个红十字。埃迪在旅行期间也曾几次见过这个标志，这一定是一个来自过去的符号。

医院里面的女子是埃迪有生以来见过的个子最高的，她正在为一位男人的前额缠上绷带。

"下回掉了就让它掉了吧，可别再扑过去接住了。你再也不是个小伙子了，埃蒙。老胳膊老腿的，不会永远撑着你的。"

"是啊，曼德尔，谢谢你。你包扎了我的伤口，我会给你家送一些干燥的好柴火。"

"行啊。"

曼德尔转过身来，埃迪张大嘴巴看着她。她比自己高两个头，蓝黑色的发辫一直垂落到腰间，在那里闪闪发光。她把手放到一个脸盆里洗净，用一块布擦干之后才对她们说话。

"芙罗拉，见到你真高兴！你没生病吧？"她话说得很快，人很和蔼，一边说话一边上下打量着埃迪。

"我没病，曼德尔。谢谢你，我很好。这位是埃迪，他是从南方来的旅行者。"

"能看到一张新面孔，真让人高兴啊，埃迪！"她伸出胳膊来，拉了他的胳膊一下。

这一定是女人跟男人打招呼的方式。两个女人打招呼就用两只胳膊。或者这只是对外人的？

"我到这里来跟你聊聊，就是想知道有关新人的事。"埃迪说，"你有空吗？"

　　"从来都没有闲着的时候。"她小声笑着说，"但我们可以照谈不误。"

　　她点点头，想起了塞尔维亚和其他的助产士，想起了她们似乎一直在忙着什么的情景。塞尔维亚曾经告诉她，她们必须相互强迫对方休息一下，这样才能保持士气。

　　曼德尔拿起一盘装置，开始把它们丢进一口锅里煮沸消毒。"好吧，你想知道些什么？"

　　"你们是怎么处理来到杰斐逊城的新人的？"

　　"很少有新人来。"她转身背对着她们，但听起来这似乎不是撒谎。

　　"是啊，我听说是这样的。"埃迪强迫自己的声音保持平稳，不要显得太急切，"但一旦有了怎么办呢？"

　　"分别处理。根据他们的态度和他们想加入的原因。就是他们想要什么，你懂的。"

　　"如果有人想加入你们，你们接受新人吗？"

　　"当然了，如果他们愿意干活，也不捣乱的话。"

　　"男人也要吗？"

　　曼德尔有一瞬间没说话。她把锅放到一个钩子上，挂到房间远处角落里的炉灶上方加热。

　　她转过身来，谨慎地看着他："是啊，男人也要。你想要离开你自己的镇子，到这里来加入我们吗？"

　　"我不想。"她急不可耐地说，"你们是怎么处理奴隶贩子的？就是那种男人，他们带着一个怀孕的女孩儿来到镇上的广场，问你能出什么价买她的人。"

"哦。"曼德尔晃了晃脑袋，一根黑发辫滑过了肩膀，"就像我说的，这种事不常有。但一旦有了，我们就把那个女孩儿买下来。"

埃迪的嘴巴动了动，但是说不出话来。

"为什么？"

高个女子看着芙罗拉，叹了口气："为了结束她的苦难。为了让他们不捣乱地离开。为了维持和平，保住孩子。"

"所以你们就放任那些奴隶贩子继续作恶？那些从她们的家人那里偷走女孩子们的男人，他们把孩子们从不知多远之外带到这里来，为了……为了什么？你们付出了什么代价？"

"大部分情况下是给他们治疗伤病。在外生活的人们有四处传播的炎症，牙齿不好，还有没接上的断骨头。有时候只要药品就可以了，尽管我们的药品也不多。"

埃迪浑身发热，但她心如坚冰："你们帮助了他们。你们鼓励了奴隶贸易，你们让奴隶贩子们恢复健康？"

曼德尔有些恼怒："埃迪，我们不是创造世界的救世主。我们只是在这个世界上生活。他们反正还是要这么干的，他们至少知道，他们可以把女孩子带到这里来。"

她说不出话来。

"埃迪。"芙罗拉几乎是在耳语，"你们是怎么做的？"

埃迪轻轻地笑了："我们杀掉他们。这些该死的浑蛋，我们当然全都杀了。我们把他们的尸体吊在大门外，上面贴着告示，说明我们为什么杀掉他们。我们把他们抓的妇女或者孩子带走，就这样。这就是他们的下场。"

可能他们只是因为没有武器。可能他们没有一个像无名助产士那样的人，告诉他们在外面发生过些什么，将来会怎么样。

369

"好野蛮啊。"芙罗拉看着曼德尔说。

高个女人喷了一下舌头："死了的男人没法学习任何东西。改造好了的男人能改造世界。"

"男人是不会变的。"埃迪不由自主地说，"他们从来就没变过。"

"随你怎么说。"曼德尔说，好像觉得有点好玩儿。她转身背对着她们，没有说再见。

埃迪在外面转身对芙罗拉说："那就是发生在你身上的事情吧？你是被买下来的吗？"

"不完全是。"

"好吧，那是怎么回事？"

"我是……"她灰色的眼睛突然动了一下，"我不是个奴隶贩子，但我是个奴隶贩子学徒。我当时非常小。他们给我机会留下，改变生活。于是我就留下了。"

奴隶贩子学徒会干些什么？去抓那些很小的小孩儿？当奴隶贩子磨刀的时候看着那些孩子？

这种想法肯定在她的脸上有所表现，因为芙罗拉看上去知道埃迪正在评价她。

"其中有很多东西你不明白。"她说，"那些事情你永远不会明白，因为你只看到了一种解决办法。"

她走开了，把埃迪一个人留在那里。

埃迪的怒火还在熊熊燃烧，她想要立刻离开镇子，大踏步地走出去。但她逼着自己等一会儿。

她没有走，而是走向市场。她能看出西娅的意思，杰斐逊城的这一边显然是他们想让外界看到的。经过加强的庞大的门堵塞了进入城市的主要通道，由带着弓箭的岗哨把守。埃迪觉得，在城市的这一边，男人和女人的人数比例才是正常的。她在街道和货摊上只看到了两三个女人，夹杂在三四十个男人中间。

市场上的每一个人显然都是带着武器的，大部分是短刀和大砍刀。一个男人恰好走在埃迪身前，埃迪很欣赏那个人的弓，它的做工很平滑，曲线犹如温柔的上唇。这把弓的长度差不多跟那个男人的身高相当。就在埃迪看着他的时候，那个男人迈步走开了。

埃迪戴上了自己的兜帽，走到离她最近的货摊跟前，打算看看那里出售的货物。这时天色还相当早，摊上的货物还是满的，清凉的空气对卖肉的人很有好处。她走过了卖水果和蔬菜的摊子，注意到它们的干燥方法和装罐头的方法都是专业级的。她用手指摸着各种布料，只有丝绸是不让顾客动手摸的。在一个乳制品商亭上，她买了一块用布包着的奶酪，尝了一小口。味道不错，她花的代价是一小罐治牙疼的药，觉得很值。奶酪吃起来滑滑的，有咸味，比她在不存在镇吃过的所有奶酪都强。她知道，她家乡的人会非常愿意到这里做交易。

当埃迪到来的时候，制弓匠的货摊无人问津。埃迪仔细地擦干净手指，把布包着的奶酪放进了衣服口袋里，然后才动手抚摸放在货摊上的弓。

她看得出来，摆出来的这些弓都是用白蜡木和山核桃木雕刻出来的，弓弦用的是兽筋。在桌子另一边，在埃迪伸手碰不到的地方还有一个口袋，里面放着备用零件。桌子后面有一张牛皮，上面堆放着十张没有安上弓弦的弓。她拿起了一把样品弓，是白蜡木做的。她把弓放在自己面前，掂了掂它的重量。

撩开紫色的帘子，一个小个男人从后面走了出来，他的肚子很大，从他打着褶的短裙的腰带上垂了下来。他开始秃顶了，脑袋的中央闪闪发光，后脑勺是厚厚的黑发。他的眼睛像一头野猪那样小而睿智。

"漂亮的好弓，对吧？"他伸手拿弓，埃迪把弓递了过去。小个男人一下子把弓拉开，他不怎么漂亮的四肢突然肌肉暴涨。

"是啊，确实不错。你是造弓的吗？"

"哦，我是制弓匠，如果你是这个意思的话。我是杰斐逊城三名制弓匠人之一。你如果相信，我的名字就是弗莱彻。"他咧嘴一笑，又高又厚的牙床上排列着的小小牙齿。

埃迪从来没有遇到过一位制弓匠或者叫弗莱彻的人，所以她不明白那人讲的笑话是什么意思，但她从这人的语气中听得出来，他是想逗逗乐子。她笑了，把手放在另一把一模一样的山核桃木弓上。

"你是怎么学会做弓的？"

弗莱彻放下了白蜡木弓，拿起了山核桃木弓，好像埃迪拿过的任何一把弓他都要过过手似的。"当然是跟我爸爸学的。这是家传手艺。你是猎人吗？说不定你的名字就是亨特？"

你讲话为什么一定要这么快？我后面也没人排队等着。

"我不是猎人，我是扫货者。我叫埃迪，也打猎，多数时候打来自己吃，我也会用弓箭。"

不存在镇也有弓，但大多数是扫货扫来的，是保存下来的古物。她以前从来没见过一张新造的弓。

"你射什么动物？"弗莱彻咧开嘴笑了一下，打算好好推销一番。

男人。

"最大的猎物可能就是鹿了，还有些大鸟。我能找到什么，就打什么。"

小个男人绕着桌子跑，两只方方正正的巧手在桌子上轻轻拍着。他从那一堆弓里拿出了两张，眯着眼睛估量着埃迪的个头。他迅速地做出了决定，灵巧地在一张新弓上装上了弓弦。他把侧面的帘子拉上，把弓递给了埃迪。

埃迪接过了弓，摸了摸把手上柔软的皮革。她举起弓，把弓弦向后拉开。

"你过去用过弓箭？"弗莱彻眉毛向上一扬，身子向后退。

"是的……就算是吧，是一张非常旧的弓。但我从小就学过，那是在我开始学做扫货者之前的事了。"

弗莱彻靠近了她，这时埃迪背后的汗毛都竖了起来。"来吧，让我——"

埃迪转身后退，放低了弓："不用了，谢谢你。我知道了。你要换什么？"

弗莱彻耸耸肩，身子向后倚着自己的桌子："我通常换肉。羚羊和水牛是我喜欢的，但我见到的更多的是鹿。可惜你不是个猎人。"

"我不是猎人。"埃迪把她的背包从肩上放了下来，自己跪在背包旁边，"但我敢说我有你喜欢的东西。"她伸手摸到背包最底下，拿出了一个雕刻的木盒子。

埃迪从来不会把这个盒子拿出来。她手一摸就能找到每个小抽屉和小室，每一个秘密的把手。弗莱彻立刻就有兴趣了。

"做这个盒子的木匠手艺不错。"

"是啊，确实不错。但我并不是要用它来换。"她打开了两个门，拉开了抽屉，"我要拿出来换的是我们村子里造的最好的东西，主要

373

是药品。我有治牙疼的药，治耳朵疼的药，帮助睡觉的药，止痒的药，通便的药。你说吧，我都有。"

"哈。你有点像个女骑手。"

"像个什么？"

弗莱彻耸耸肩没有解释："你有没有治被绿藜芦蛰了的药？"

埃迪拉开底层小抽屉之一，拿出一个用软木塞塞紧了的长玻璃瓶。里面放着白里透蓝的药膏，看上去像有鼻涕虫在动。

她站了起来，拿着那瓶药膏对着光："你可能整天都要钻绿藜芦丛，到处去找合适的木料。你可以在这种药里加十倍的水稀释，如果你有油，就加二十倍的油。什么痒都好用，对麝香过敏都好用。但要到你真正需要的时候才用，因为除非你愿意往南方我的家乡去找，否则你是很难再弄到的。"

埃迪把瓶子递给弗莱彻，他若有所思地搓了搓他的光头："这东西肯定对我有用处，但一张弓很值钱啊。要花很长时间才能把它做好，而且我的弓是最好的。我这不是不尊重你拿出来的东西，不过你还能让我看点什么别的吗？"

埃迪纤细的黑手又伸进了她的盒子里，抽出了一个红蜡封口的黑陶瓷小罐，接着又拿出一罐白色的牙疼药，最后拿出了一小玻璃瓶清澈的药水。

她手里拿着那个白色的陶瓷罐说："这种药是治牙疼的。蘸一点到牙齿上或者在牙洞里点上一点儿，你就会觉得好多了。这个黑的是对付绿藜芦的，你把它稀释了，可以用好长时间。"她又拿起了那个玻璃瓶。"这是专门止疼的。很厉害的疼痛都能治，像骨头断了那种都可以。或者可以让你喜欢的人解脱痛苦。一个成年人只要一滴就够了。"她张开两手，三样东西一起拿来做交换。

弗莱彻下定决心地点点头："这些东西值一张弓、一根弓弦外加几个箭头了。你知道怎么做箭杆吧？"

弗莱彻把六个宽头箭头放到她手上，他们谈了几分钟，教会了埃迪应该怎么造箭杆装箭头。粗壮的男人拍着埃迪窄窄的后背，艾迪只能装出笑脸而不是皱眉头。她把弓背在背后，转过身子让制弓匠看。

"这样子差不多吧？"

弗莱彻的动作太快了，他两步走到埃迪身后，两只手放在埃迪背后的腰带上。埃迪瞬间抽出了那把锋利的弯刀，唰地一个急转身，一只手搂住了那个男子的后脖颈，同时把刀尖对准了他的咽喉。

弗莱彻举起了双手，眼睛直直地瞪着埃迪的眼睛。

"我能看见你的枪，我能看见。就这么回事。我想给你整理一下。那张弓勾到了你的衬衣。"

埃迪放开了弗莱彻，后者站直身子，往周围看了看。埃迪往后退了退，重新整理了一下衣服。她左边身子动了动，看弓的顶端是不是可以一下子抽出来。

呼吸。慢慢地、平稳地。你现在到底在哪里？

她对弗莱彻说话，但没有回头看。

"别那样走到别人身边，你应该懂得多一些的。"

弗莱彻走回他的桌子后面，显得非常小心："是的，我想是这样的。我只是要——"

埃迪走过去站在桌子的另一面："听着。你我做了一次交易，一次很好的交易。我们各取所需。如果你看到了什么你不该看到的东西，你不需要对任何人提起这件事。对不对？"

弗莱彻身子前倾，两手平放在桌子上。他轻轻地说话，眼睛看着穿过市场的人们："我也做了一次交易，挺好的交易。我明白你不想被迫为此辩护。我们这里没有制造子弹的人，但我正想找个匠人学这份手艺。你的镇子里有这么个人吗？"

"没有。"埃迪坚定地说。接着她向后转，回头看着。

忘掉这件事。他不是故意像那样吓唬你的。

"埃斯特尔。"埃迪说，"埃斯特尔有造子弹的人。"她看着弗莱彻身后的紫色帐篷帘子。

那位制弓匠叹了口气："别再说这件事了。"

埃迪退后一步，轻轻点头后走了。

第十六章

埃斯特尔有造子弹的工匠，数目多得数不清。还有其他各种工匠，像盔甲匠、制弓匠和盾牌匠，技工和工程师，制桶匠和炸药制造匠，甚至有到处收集旧时代塑料小配件的修补匠，他们能让这些东西恢复生命。有一个个专攻太阳能的团队、专攻风能发电机的团队。还有一群忧郁的男子，他们试图清除飞机的锈迹和损坏的地方，让发动机重新启动。

在发动机零件被人捡走之后，埃斯特尔大部分的飞机都被当作蔬菜和猎物的干燥棚。

来自埃斯特尔的扫货者深入北方相当远，他们甚至穿着对付大雪天的熊皮衣服。他们也向南方旅行，一直走到炎热的热带，直达大洋之滨。他们比大多数人都更认识路，知道比较大的城市。

这种扫货团队通常由四名男子组成。对于他们应该寻找什么、交换什么、付出什么、拿到什么都有特别的指示。

只要他们能拿到某样东西，他们就绝不会为那样东西付钱。他们也绝不会运输埃斯特尔没有要求得到的人或者货物。即使人们提出给他们奇妙或者稀有的东西，只是为了能够坐上他们突突作响的卡车，他们也不会为此破例。

埃斯特尔狮王想要的东西按照重要性依次排列。第一，枪械，任何年代和形状的枪械；第二，黑火药的原料，北方的一个硝酸钾大矿是由一批扫货者找到的。他们开始一直很走运，但后来遇到了塌方，第一批的四个人中死了三个。最后一个人活着回来了，独得了所有的奖赏。

排在枪械和黑色火药之后的是金属。首先是黄铜和铜，但铁和钢也同样重要。那些扫货者们学习了基本的冶金知识，所以能够认出他们需要的东西。

除了冬天，狮王的爪牙都要出去扫货。他们每人都在脖子上套着一个皮环，环上拴着一个爪子，是由狮王授予的。在许多城镇和村子里，人们一看到爪子就会关上大门，但在其他的村镇里，人们打开大门和他们做交易。

杰斐逊城的东大门欢迎这些扫货者，但订立了一些规矩。

埃斯特尔的扫货者不关心来自过去的一些稀奇物件。他们很少寻找书籍，交换食物也只是用于自己消费。狮王指示他们，如果发现某个城镇或者村子能够自己制造武器、使用电灯或者拥有能够使用的飞行器，必须向他汇报。在接近清单的底部，他们也得到指示，告诉他们发现有药品制造者的村子时应该采取什么行动。

最后一项长期命令，是将任何年龄和状态的所有女人带回埃斯特尔。

第十七章

在埃迪在杰斐逊城的最后一天里，芙罗拉跟她形影不离。她为她们俩做早饭，而且在她干完活之后立马就能找到她。

她们说话时，芙罗拉会把她柔软、光滑的手指放在她柔软的前臂内侧。埃迪知道她想要什么。

她已经打包好了上路的行装，选好了出城的路线。她一大早就起来了，躲开了芙罗拉，没有到她那里吃早饭。

她去了城镇东面的市场，又一次交换了路上吃的食物。她买了干燕麦片和做粥的碎小麦，还有一些盐。她知道，在这个季节里，可以靠打猎取得肉类，也能找到水果。

来到东大门，用木头和铁制成的围墙高耸着，包围着那边的市场。初升的太阳已经爬到了围墙上方，晃花了埃迪的眼睛。

她的脑海中浮现出那个领着克洛伊的老女人的形象。

我得弄一副那个老女人戴着的暗色玻璃眼镜。

前方的大门正在被摇晃着打开，埃迪听到了远处传来的轰轰作响的声音。这声音突然停止，四个男人被放了进来。看着他们走路的姿势，埃迪知道他们是带有武器的。

她悄悄地走到了右边，做出自己原来就是打算过去，想要看看市场上最后一个货摊的样子。这是一个卖布的货摊，是粗制的材料，用来做口袋或者工装裤的。她一边等，一边用手指抚摸着在她眼前堆放着的深蓝色布匹。

第一天来到杰斐逊城时，埃迪见到了一位名叫黛博拉的女子，中间的一个货摊就是她管理的。那四个男人直接向她走去。黛博拉卖的是水果和蔬菜，她的台子上放着好些野樱桃。她站了起来，让那几个男人喝玻璃罐子里面装着的甜井水。

他们拿过玻璃罐喝水，跟她谈话，并且用以物易物的形式买早饭。其中一个人想用一根牛脂蜡烛买两大捧野樱桃，黛博拉很高兴地接受了。

黛博拉高高兴兴地喊她的女儿，迈尔斯从放货台子底下爬了出来。跟任何学步的孩子一样，她伸出胖胖的小手，想要自己拿着那支黄色的短蜡烛。

黛博拉把蜡烛递给她，整理了一下女孩儿戴着的圆边帽。

他们离埃迪比较远，埃迪听不到他们在说些什么，只捕捉到了几个字。

"……查过了？"

"是的，她是个女骑手。"

女骑手是什么意思？

埃迪低着头装作看货，悄悄地走近这伙人。

"不是她，是那个孩子。"四个人中领头的是那个个子最高的。他生着一头长卷发，在阳光的照射下泛着金黄色。他伸出右手指指点点，埃迪看到他的前臂上有一处伤疤，看上去就像是在一整块面包上面切开的口子，好像他的胳膊长得太快，结果把皮肤撑开了似的。伤疤的边缘很清楚。

刀伤，他们是被人赶出来的吗？

另一个男人个子要矮一点，长着黑胡须。他拉了一下他的爪子项链，调整了一下项链的位置。他说："很可能都行。我跟你们说，她们都在这里。"

金发领头人把手放得低低的，做了个手势，否决了他的意见。"是黛博拉吧？我能看看这个孩子吗？"

黛博拉低头看了看，神色紧张地张开两手，放在迈尔斯的脑袋上方，好像在用一面盾牌护住小孩儿的身体。"她刚刚在那拉屎。真是的，好臭啊。"她想装出一个笑声，但其实就是嘎嘎地叫了一声，更像是惊慌失措的尖叫。

金发扫货者从货摊台子上面探出身子，一把抓住了迈尔斯的一只胳膊。他把孩子举了起来，让她坐在台子上。

"不要。"黛博拉说，显然是在恳求，"请你别这样。"

他手背上细细的汗毛在早晨的阳光下闪着光。他掀起小女孩儿的绿色连衣裙朝下面看去。

"女孩儿。"他一边说一边把迈尔斯拎起来交给四个人中最年轻的那个，那个青年男子看上去有些不知所措。

"我该拿这个小女孩儿怎么办？"

"抱着她，你这个白痴。我们把她带到卡车上，带回埃斯特尔。"

那个年轻人抱着迈尔斯，就好像从来没见过孩子一样。

黛博拉急急忙忙地从货摊后面冲出来向孩子走过去，她开始看上去担心极了。"求你们了，求你们了，她还这么小。你们不知道怎么照顾她。她非常……她很脆弱。有病。很可能连这个冬天都撑不下去。求你们把她留给我吧。"

那个年轻人犹豫不决地抬头看着他的金发领导人。埃迪悄悄地走近，来到了那个高个男人身后，掂量着他。

大个男子又一次伸出长着金色汗毛的手，扭了一下迈尔斯腿上颤呼呼的肥肉。"她会活过这个冬天的，说再见吧。"

黛博拉现在哭得太厉害了，几乎喘不过气来。"求求你们了，行行好吧，别把她带走。求你们别带走她。"

他们周围，整个市场陷入一片死寂。这么一大早，在场的只有商人和他们的帮手，谁也没有动或者说话。

"你知道那份交易的，女骑手。要么你让我们把她带走，要么就让我们说服你同意。"他把一只大手放进皮夹克里。

黛博拉抚摸着孩子的脸，母女俩可怜巴巴地哭着。黛博拉痛哭，因为她明白这是怎么回事，迈尔斯痛哭，因为她不明白。

"我的娇宝宝啊，我爱你。我多么爱你啊。你要好好的，乖乖的。好好地活着，听见了吗？好好活着，我爱你，妈妈爱你。"

黑头发的男人把黛博拉拉开了，把什么东西塞进了她颤抖的手中。她的手一松，那东西掉到了地上，埃迪看到那是颗子弹，手工制造的小口径子弹。

接着黛博拉就摔倒了，捂着脸抽泣。

高个男人领着他们几个人退向大门，最年轻的那人费力地抱着尖声大叫的迈尔斯。

埃迪没法完全明白她看到的情况。

为什么他们就这么站着看这种事情发生？他们难道不为他们自己的孩子搏斗吗？谁会拿过一颗子弹就交出自己活蹦乱跳的小女孩儿？

他低头看了看黛博拉，她变成了一头悲伤的动物。她环顾着那些商人们，他们都忙着想要干点别的什么事情。其中有几个人在偷偷地流泪。

真该死。

"嘿！"

那四个家伙转过身来，吃了一惊。金发男子向前走去，挡住了其他人。

"什么？"

埃迪的嘴巴发干。

要打出四颗子弹。我必须把他们全部打倒，又不能伤了那个孩子，必须弹弹命中。而且要快，让他们来不及开枪还击。

她开始说话，她说话的声音很低："你们不能就这么把一个孩子带走。你们知道，这个世界上没有多少孩子了。"

金发大个紧了紧他带着伤疤的胳膊，挺起胸膛站着。"这个孩子是埃斯特尔狮王的合法财产。你要是有问题，我建议你去找他讨论。"

他们之间有某种交流。他们正在无言地相互掂量着。金发男子觉得埃迪没什么威胁：一个毛头小伙子罢了，有胆子吼两声，不会蠢到放箭杀人的程度。

我真是个浑蛋。

埃迪意识到,没有谁会上去挡住他们。她知道自己的动作不够快,而杰斐逊城的人根本就没动。

外面传来了卡车的吼声,然后慢慢消失了,直到这时,迈尔斯的痛哭声才在耳边消失。埃迪听到人们上前去安慰黛博拉,她不断地高声痛哭。她盯着太阳正在升起的方向看了好长时间,一直到她的前额发烫,精神萎靡。

应该开枪的,应该开枪打他们的,我至少应该试着向他们开枪的,我应该为她战死。

你现在正在哪里?

这是她一直在问的问题,这让她回到了现实世界。

她努力挣扎着呼吸,她非常想摸摸她的枪,但最后却摸到了弓。

她走出了杰斐逊城,没有回头看。

埃塔之书
不存在历 104 年
春季

刚刚离开杰斐逊城。他们能在这里制造优质的布料。我买了一张弓,看到一个小女孩儿被戴着爪子的扫货者抢走了,那好像是什么狮王的标志。这让我想起了什么,但我不知道到底是什么。向东走了一整天。

走了一整天。

走了一整天。做了一些箭,射了一只兔子。

月亮比新月稍微大了一点。埃迪估计,当她接近埃斯特尔的时候就会是满月了。在杰斐逊城和埃斯特尔之间的道路没有人行走。埃迪看不到黑色的营火的痕迹，也没有粪便告诉她有人曾步行路过这里。

但可能是坐卡车的，有可能。

她没有看地图，沿着过去的高级公路破裂的黑色沥青路面走着。根据过去每次看地图的经验，她知道这条路和其他所有的路一样，都是通往有拱顶的那座老城市的。

她没有去想那座城市。

她一直到很晚都还在路上走着。她累了，但她上午因为打鸟没打到少走了路，她现在想补回来。她饿了，但两天来都没有捉到或者找到任何好吃的。她决定，只要找到一个宿营的好地方，她就要做一顿小麦粥当晚餐，但她还得继续走下去，一定得找到一个能够遮蔽身体的地方才能停下来。风在呼啸，其中带着一种尖锐、冰冷的味道，预示将有一场风暴。她想要找到能够遮住头顶的地方。

道路在前面拱起，越过了一座加油站的遗址，有一条小岔路向北，接着是一簇房子。看到了房屋，埃迪加快了脚步。这些房子看上去都没有被火烧过。

她跨过立交桥，打量着眼前这些旧建筑物。她从背包里拿出一只袖珍望远镜，这是用浅绿色的塑料制造的儿童望远镜，但还是比她的肉眼强。她精心地保管着它，用的时候小心翼翼。

她扫视着那些古老的烟囱，其中大多数都只剩下了一堆堆砖头，有几座虽说有些倾斜但还算是直立着的。这是一个无风的晚上，天空中看不到烟。她的目光谨慎地从一边扫到另一边，寻找任何生命或者麻烦的痕迹。一点也没有。

一个声音响起，她立刻注意到了，并有些担心地向房子下面窥视。

不，不在那里。在你身后。

她压低了望远镜，斜眼看着路的下面。

是一些马发出的声音。埃迪对马不了解，在不存在镇很少有人养马。但她曾不止一次地在平原上看到野马——是那种马蹄能震动大地的庞大马群，如同雷鸣般可怕，哪怕距离很远也能让人心惊。

一位骑士正在接近她这边，后面拖着第二匹马。埃迪放下望远镜，环顾四周。

她迅速地估量着形势。

我处的地势比他们高，对方已经发现了我，我的速度没有他们快，他们很可能会从我身边经过。

她退出了道路，站在路边的土地上。黄色的蒲公英在她身后形成了一条线。眼看着这位骑士放慢了速度，接近了她。她又退后了一些，把手放到了枪上。

那位骑士高高地坐在马鞍上，身上被遮得严严实实。长衣从他身侧垂了下来，只在眼睛的部位留下了观察孔。骑手的前额和肩膀上绑着带子，好让衣服不至于完全随风向后飘荡。衣服是蔓长春花蓝色的，随着风向四面八方飞舞，如同空气一般轻盈鼓荡。此情此景，让埃迪一时间目眩神迷。她定了定神，抛开心中的敬畏，看着骑手大腿边的鞍袋。

没有武装。为什么要停下来？

第一匹马停了下来，第二匹马还在向前迈步，但在缰绳的束缚下慢了下来。骑手把第二匹马的缰绳缠在马鞍的角上，然后躬身把罩着人和马的长布拉了起来。

埃迪全神戒备。

那人卷起了绕在她脸上和肩上好几码长的织物。芙罗拉一边对着她微笑，一边拂开遮着她眼睛的紫红色长发。

"真高兴，总算找到你了！"她花了一段时间平复自己的呼吸，"你怎么走这条路？你不知道他们在找你吗？"

"谁在找我？"

你知道他们是谁。

"那些从埃斯特尔来的扫货者，狮王的人。发生了什么事？我听说你想杀了他们其中的一个人。"

埃迪摇了摇头，又低头看着路："你到这里做什么？"

"我一想到他们可能会在这里发现你，而你却独自一人，我心里就受不了。我来带你回去。"

埃迪拉起兜帽，指着路对面说："我准备在那边的那所房子里住一夜，然后明天早上去埃斯特尔。我不会回杰斐逊城了，现在，或者永远。"

芙罗拉跳下马来，动作非常轻盈利落。她甩掉了罩着她身体的那一大块布，把它扔到马背上。那是一匹深棕色的马，看上去已经很累了。埃迪有些神经质地看着它黑色的大眼睛。

"那我就和你一起走。"芙罗拉拉了拉缰绳，"我们可以在早上谈谈这件事。"

我讨厌马。

好像听到了她的心声，芙罗拉先朝棕色的马努了努嘴。"这匹马叫苹果。"她说，然后又朝长着奶油色斑点的那匹小点的马点了点头，"那匹马叫星星。看到它头上的小星星了吗？"

"当然了。"埃迪没有跟上来。她很高兴看到芙罗拉，但芙罗拉认为她会接受她，让她跟自己一起走，她对此有些抗拒。

"我的鞍袋里有松鼠，还有一些箭头马铃薯。"她回头看了一眼，"你饿了吧？"

不情不愿的埃迪咕哝着往前走。

她们发现了一座褪了色的蓝色房子，看上去足够安全。埃迪从一个早就损坏了的窗户爬了进去，然后从里面把生锈的门踢开。房子还带着车库，于是她们把马放了进去，这样可以让它们不至于被雨淋湿。大雨即将到来，因为空气带着沉闷、潮湿的气味，她们随便碰到的东西都会闪耀着电火花。这里没有门，只有一个很大的空洞，可能曾经有人在那里进出。

随着绿色的闪电划过，雷声轰鸣而起。埃迪在房子里面转了一圈，想要找出哪一部分天花板最完整。后面的一间卧室似乎是最好的。那个房间里有一股老鼠的气味，但有一个小壁炉，可能会派上用场。

她们差不多花了一个钟头才让这间房子能住人，到了那时，雨已经下得很大了。她们把一个旧的大立柜推到窗前，然后争论着应该如何用床堵住门。

"如果有人想要冲进来伤害我们，他们会走窗户。"芙罗拉有些恼火地说。

"这可不一定。"埃迪凝视着房间周围，想要找出一个能够兼顾各方的防御方式。她悄悄地走进了厨房。这里看上去和她见到的所有的厨房没有什么两样：被人抢得一干二净，所有可能会有点价值的东西全都不见了。她从旧水槽下面敲下来一块弯曲的柜门，还找到了两个塑料垃圾口袋。

"你看。"她说，把一个口袋倒在地板上。里面是些生锈的罐头盒子，都是用廉价金属制造的，是那些不存在镇的工匠们从来不想要的东西。"把它们全都搜集到一起。"

她们走回那间卧室，把那些罐头盒子扔得到处都是，如果有入侵者，他们在走进来的时候肯定会踩上几个。

"因为下起了暴雨，我们生火冒出的烟就不会被看见了。"埃迪说。她的上下牙齿在打架。前面的房间在一些古怪的地方漏雨。在后面的卧室里，离壁炉最远的角落里有一个很大的地方在漏雨。这很走运。她要在壁炉里点火，伸手在背包里摸燧石和钢块。

"你真的想杀狮王的人？"芙罗拉有些焦躁不安，尽管裹上了斗篷，她还是觉得自己快要冻僵了。

她集中精力生火："一个更好的问题是：为什么我们大家没有一起行动，不让他们把那个小女孩儿抢走——迈尔斯。每个人都站在那里，就这么让他们把孩子带走了。"

"暴力并不是唯一的——"芙罗拉开始说话。

"哦，胡说八道。你过去就这么说过，我知道了。但人们根本没有任何反抗。好吧，你们谁都不想杀掉他们。行。但你可以堵住他们，不让他们走，把孩子从他们手里带走。你知道，她现在跟死了没多大差别。可能不是今天晚上，但她活不了几天。他们不会等下去。不等初潮到来，她就得为他们服务，初潮一过就会怀孕。"

"你不知道会怎么样。"

"我知道。"

烟从堵着的烟囱里倒灌进了房间。

"该死。"埃迪伸手抓住烟道里的杠杆，想要扭动腐蚀掉的金属部件，但她弄不动。她抽出了一把刀，用刀把敲打杠杆的把手，一直打到把手发出吱嘎声，松动了位置。热空气向上冲去，她猛地把手抽了回来。

她不说话，一直往壁炉里加柴，最后火苗噼噼啪啪地跳了起来。她脱下皮靴，把穿着袜子的脚放在壁炉前烘烤。芙罗拉朝前挪动了一些，也同样烤着自己的脚。

"我们如果不用这种方式，只会让事情变得更糟。"她平静地说，"狮王的人……他们可以让我们的生活更难过得多。我们和他们有交易。"

"什么交易？"

芙罗拉摇了摇头，埃迪看到她脸上细小的绒毛上沾着微小的水滴。"我不完全知道，但我知道他们会带走女孩子。而且我知道，我们得让他们带走。"

"总是带走很小的孩子吗？连初潮都不能等？"

芙罗拉耸耸肩："他们在寻找某种特殊的女孩儿。"

埃迪想起了他们说的一个词："他们不要女骑手，是这样的吗？像你这样的？"

埃迪看着她。她坐着，膝盖顶着下巴。她转过头去，把头垂在自己的肩膀上。"是的，就像我这样的人，他们对我们没兴趣。"

这简直毫无道理。

"我在杰斐逊城见到的一切都没有道理。"

她没有回答她。

她们哆嗦着在壁炉前睡着了，相距三英尺。埃迪中间醒了两次，一次是因为风吹倒了一个罐头盒子，还有一次是因为风吹得太响了。她尽力让壁炉里的火继续燃烧。

拂晓时分又冷又潮。埃迪醒了，看到芙罗拉在封火，还往灰里埋鸡蛋。

"像这样，要不了多久鸡蛋就熟了。"

她们静静地吃了早饭。埃迪吃完饭，拍了拍手站起身来。

"我说，我现在要继续进城，你最好还是回家吧。"

芙罗拉站起身来，调整了一下斗篷："我跟你说过了，我要跟你在一起。我们真的不应该去埃斯特尔，那里有你需要的东西吗？"

"我不想你跟着我。我不想有人陪伴，我也不要马，我特别不想要一个胆小鬼。好吗？现在回家去吧。"

芙罗拉低头看着她的靴子："我想……我觉得你喜欢我。我觉得你或许能够留下。"她抬起头，用她灰里带蓝的眼睛看着她。她眼睛周围使用的颜料有点花了，眼睛因为睡觉而有点肿胀。

"我不知道你是怎么想的，但这不可能。"埃迪直截了当地说。

她稍微吹了口气，把头发抚平："为什么？因为我们对于事情有不同的看法？因为我不相信——"

她把背包背上肩，迈步离开她身边："我不管你想去哪，只要别跟着我就行了。"

"我不在乎。"芙罗拉简单地说，"我们相信些什么无所谓，我们做些什么才是重要的。我想跟着你，埃迪！"

她要走开的时候芙罗拉朝她喊道："我想跟着你。我离开了家跟着你……我想要一些不同的东西。"她在挣扎着说出自己的渴望时叹了口气，"我想要一种和过去不同的生活。"

埃迪在门口停下了，她仿佛听到了自己的回声，她曾经也说她不仅要逃离家里，而且要逃离她自己生活在那里的灵魂。

她没有转身，也没有拉住她的手。但埃迪仔细地看着她，芙罗拉的肩膀垂下了极小的一点点。

"那好吧，让我们看看那些马。"

把它们拴在旧管道上的束缚一解开，苹果和星星就小步跑出了车库。它们看上去比它们的人类伙伴要精神得多。苹果立刻开始吃长得高高的草和野小麦，而星星则低头喝一个挺深的水洼里的水。

埃迪面无表情地看着它们。

从来都没试过骑马。

"作为女骑手，你骑马要比走路快多少？"她问。

芙罗拉有些好笑地看了她一眼："骑马去埃斯特尔只要四天或者五天，比走路快多了。但你要小心，不能催它们催得太紧。"她伸手过去抚摸着苹果的身侧。

埃迪的胃缩了一下子。

我不想这么早就到那里。

在她的脑海中，又闪过了记忆中埃斯特尔的黑色彩虹。她深深地吸了口气。

"我从来没骑过马。我只见过别人骑马，我真的不知道怎么骑。"

芙罗拉点点头，拍着苹果："所以我把星星带来了。它是一匹经过训练的马，是给刚学骑马的孩子们骑的。它非常温和、耐心。"

她太信任这些马了。

"我明白了。"

埃迪歪歪斜斜地上了马，接着没多久就上路了。在芙罗拉的带领下，马的速度不快，但她立刻就感觉到，她会因为骑马而不舒服。

"你是怎样让这里不觉得磨得慌的？"她用没拿着缰绳的手指着自己的裆部和大腿问，"我那里觉得有点不舒服，好像没多久就会疼起来了。"

芙罗拉轻轻地笑了一声："你习惯了就好了。没有别的办法。"

"明白了。"接着，埃迪花了几分钟调整自己的坐姿，"这么说，你过去是奴隶贩子的学徒？我一直没听到你讲这方面的故事。"

芙罗拉叹了口气，挪开视线看着远方，重新整理了一下她斗篷上的褶子。她没有穿她前一天穿着的那个遮身的斗篷。

她想了半天才说道："那时候的事情我大多都忘记了。我当时年纪很小。但我确实是在为一个奴隶贩子干活。他的名字叫阿奇。他年纪很大了，他常常告诉人们，说他记得以前的事情。"

"他肯定没有那么老。"埃迪又调整了一下坐姿。

"当然不会，只不过他那么说就是了。他编了各种各样的故事。他说他曾经坐飞机在天上飞，说他见过一座还没倒的玻璃城市，他说他认识佛罗达的一位国王，我的名字就是这么来的——芙罗拉，佛罗达的国王。他就是在那里发现我的。"

"佛罗达在哪里？"埃迪敢肯定，她曾经在什么地方的地图上见过这个名字。

"离这里很远，那里一年四季都很暖和、很潮湿。那里有庞大的怪物，它们从水里窜出来吃人。我记得，这种事情你是不会忘记的。"

"怪物？"埃迪扬起了眉毛，但她没有看她。

"是的，绿色的，皮肤凸凹不平，有着巨大的嘴巴和两排牙齿。它们能改变形状和颜色，看起来就像在水上漂浮的原木，然后它们就跳起来了。"

芙罗拉的双臂在她身体前面张开，两只胳膊一上一下地模仿着巨大的嘴巴咬东西的样子。"它们能把你整个吞了，我现在还做这样的噩梦。"

埃迪试图想象这样的情景。

就像我过去在学校里的旧课本里的恐龙，但他们说恐龙很久以前就灭绝了。

但是当然了，那些课本也不是什么都知道。

芙罗拉清了清嗓子："不管怎么说，阿奇说他不是把我那里割开了的人，他说他见到我的时候我就那样。我完全不记得那些事了。我那时候一定还是个婴儿。"

埃迪想控制缰绳让星星跟芙罗拉靠得更近一点，但她完全做不到这一点，因为她没法跟马交流。"那种事情发生在你的身上，我真的感到很难过。我知道有些女人被割过，这种事情真可怕。我很难过。"

书签

芙罗拉耸耸肩："我不知道有什么不同，所以我也没觉得自己有什么大损失。但我看见阿奇对他出卖的那些孩子做这种事情，其中有好些年纪比较大，我知道她们损失了什么。"

她们有一阵子沉默无语地骑着马。

"有人在杰斐逊城把你买下来了？是哪位？你的母亲吗？"

"我的父亲。"芙罗拉有些怀念地说，"他现在不在了。七年前的那个夏天，死于一场龙卷风。龙卷风离城市比较远，所以没有造成多大的损失，但天空中飞来的一块木头砸在了他的头上。他是个好人。他做的染料色彩浓郁、鲜艳，他制造染料的手艺全城第一。但我那时已经成年了，而且已经在学习我的职业。我很想念他，但我自己能活下去。"

"这么说，你生活中从来没有过男人？没有蜂房，对吧？"

芙罗拉摇摇头，对着埃迪淡淡地笑了笑："我听说过蜂房。听起来挺不错，但我们在杰斐逊城没有这种东西。我曾经和一些男人和一些女人在一起，但没有像你这样的人。"

"男人和女人？真的？"

芙罗拉的笑容有些羞涩："真的，为什么不可以？"

"没什么不可以的。"埃迪说，想让自己显得不感兴趣，就像无名助产士一样。

芙罗拉的笑容变得更开朗、更热烈了："你呢？喜欢男人？女人？家里有蜂房？"

"我不是蜂房中的一部分，倒是有几个我喜欢的人。但我没办法……这不是一种长期关系。"埃迪躲开了她的视线，假装看路。

她们朝前小跑着。

埃迪说："我猜想在你们那里会容易些，因为有这么多女人。"

"容易些？你是什么意思？"

"我的意思是没有谁……没有谁拦着你。如果你想跟哪个女人在一起的话。"埃迪的眼睛看着马鬃。

"怎么去拦着你？就像有人拦着你，不让你偷东西那样？"

"不是。"埃迪说，挖空心思地找正确的表达方式，"不是像那样

395

的。就是说，嗯，你知道，有压力，人们不赞成，让你觉得自己不合群什么的。"

芙罗拉耸耸肩，然后对身下的马了个响指："他们为什么要这样做？这跟他们有什么关系？"

"我也不知道。就是想让所有的妇女都成为母亲，我猜。"

"但不是所有的妇女都可以的。"芙罗拉很快地说，"有些人根本就不去试。在你的城市里，有人一定要她们去做吗？强迫生育吗？"

"没有，根本不是这样的，只是……一言难尽啊。"埃迪想到了不存在镇，想到人们对于妇女表示出的尊敬，甚至还不止是尊敬，有些更像是崇拜。但她们必须是那种"正确"的妇女。

她还记得，当她小的时候有两个女人住在一起，她记得别人微妙地把她们归入另类，例如不去邀请她们干什么，或者就是不跟她们说话。她还记得，有些人，特别是老塞尔维亚和卡拉，对她们很冷淡。爱丽丝还更年轻些，她见过她的母亲的表现吗？难道她那么小的时候就学会了秘密行动？

最终，那两个女人开办了一个她们共同拥有的蜂房。一旦她们改变了行为方式，所有的人就都转变了。这就好像有什么压力突然消失了，让整个不存在镇都可以更轻松地呼吸了一样。她们俩都死于生产，前后相差没几年。

埃迪意识到芙罗拉在注视着自己，等着她说话。她想到了在杰斐逊城的那座镇中心广场，所有的女人都带着遮阳圆边帽。

"为什么杰斐逊城的孩子这么少？"

"什么？"芙罗拉正在拧开塑料水壶盖准备喝水。她停下来等埃迪说话。

"有这么多女人，孩子应该多得多才对啊。难道全被狮王的人带走了吗？"

"没有。"芙罗拉喝完了水，把水壶放了回去。她用了一点时间整理思路。"当然了，所有的女骑手都不能有孩子。"

当然了？

"所以，我不知道在你的家乡的情况是怎么样的，你是从哪里来的呀？"

埃迪暂时把女骑手这个问题放下了。

"我来自不存在镇。这个地方在杰斐逊城南边，相隔几天的路程。过去是士兵们的一座要塞。"

"哦，是在不存在镇，你们那里有很多孩子吗？"

埃迪叹了口气，试着让她的马靠近芙罗拉的，它们似乎慢慢地分开了。"没有我们想要的多。助产士们尽了全力，但是……大多数孕妇得了热病。她们中有许多病死了，大部分女婴也死了。她们生下来就有热病。我们一年有一两个婴儿吧。"

"去年我们有一个。"芙罗拉叹了口气。"梅纳德，在他前面的就是迈尔斯。"

听到了被抢走的孩子的名字，埃迪咬紧了牙关。

"就这么让人把她抢走了，我们都是胆小鬼。"

芙罗拉哼了一声，像她的马的声音那样又低又短促。"这个问题不简单，埃迪。狮王的人会把整座城市烧成白地，只为了得到一个十五岁的女孩儿。那是几个夏天之前的事，那里的难民来到了杰斐逊城。他们试图反抗，结果损失的不是那一个女孩儿，而是所有的女孩儿。死了好几百人，整个城市一直烧到外面的森林。这是可怕的代价，但是我们付了。"

"你会付吗？"埃迪从侧面看着她。她希望能得到她心目中"正确"的答案。

"我不能生孩子，我是被割过的，所以我无所谓。反正不是我的孩子。"

埃迪从来没听说，有人会被割到这种严重的程度，以至于助产士会说她不能生孩子。但她知道，好些女人为了这样那样的原因决定永远不要孩子。她没有问。

"他们都是你的孩子，他们都是我的孩子，他们就是你，他们就是我。设想一下，如果没有人为保住你而战，那会怎么样？"

"据我所知，没哪个人为保住我而战斗过。"芙罗拉的舌头发出"咔哒"一声，她的马加速，跑到了听不到埃迪说话的地方。

她们穿过了一些完全被烧毁的小镇子，其中有些是在很久以前被烧毁的。有些镇子被烧的时间很近，还带有塑料、牲畜和人体被烧焦的那种辛辣的臭味。

她们在距离埃斯特尔不到一天骑程的地方宿营，住在一间生了锈的钢架棚屋里。进入埃斯特尔城的日子近在眼前，埃迪的神经越来越紧张了。她的手在发抖，吓着了星星。她们把马拴在棚屋外，芙罗拉仔细地刷着它们，弄干净它们的蹄子。埃迪则坐下来写日记。

埃塔之书
不存在历 104 年
春季

埃斯特尔就要到了。和芙罗拉一起从杰斐逊城来的，她有马。

她坐在那里，她的笔停在这一页纸的上方。她的墨水很浓，所以永远不会从笔上滴下来或者在纸上乱跑。她眼看着一滴墨水停在

398

笔尖的边缘，鼓鼓的，圆圆的，好像一个孕妇的肚子。她想强迫自己写下去。

我可以写那座拱顶，我可以写自己悄悄地用月经杯，我可以写椅子。

拿着笔的手僵硬了，笔尖一颤，浓得像血一样的墨水溅在纸上和她右手上。她放下了笔，有意识地让自己的头脑进入完全的空白。

你现在正在哪里？你正在清洗钢笔。拿起笔。

芙罗拉用力向一边推开那扇紧紧地压着地面的钢门，那扇门在泥泞的地上划出了深深的痕迹。她又披上了那件从头到脚包裹着她的衣服。"这里的蚊子太多太大，能把我的血吸干。"她用那件蓝衣服裹住了头，把两套鞍袋放在地上。

"跟我说说埃斯特尔的事吧。"芙罗拉似乎打算听埃迪讲一个长故事。

"不。"埃迪本能地这么说，听起来就好像根本不愿意说话似的。

"怎么了？"芙罗拉的脸上带着担心的表情，"你生我的气了吗？"

"没有，没有，抱歉。我不怎么了解这座城市，我知道这里有金属匠人，走近城市，一闻那种气味就知道了。那座城市有一部分被墙挡着，但不是全部。我通常是从南边进去，所以这次我们可以从西边看看。"埃迪的声音有些发抖。

"你没事吧？"芙罗拉把她柔软的手放在埃迪的胳膊内侧。她胳膊上的皮肤好像出疹子似的起了好多肿块和鸡皮疙瘩，她在发抖。

"我没事。"埃迪发现她准备吻她，下意识地立刻闭上了眼睛。

她很有耐心地吻着，好像需要一个世纪。这是她的第一次试探，看看结果如何。芙罗拉退了回去，微笑着。

"我确实一直想吻你。"

埃迪忍不住也向她微笑："吻一个没有从小跟我一起长大的人，这种感觉真的挺不错。"

"真的？"她靠了过去，又吻了吻她。

这点起了埃迪的心火，血涌上了她的脸和脖子，她的整个身体像一根被拨动的琴弦那样颤抖。她伸出一只手，把它放在芙罗拉的侧脸上。

外面的马嘶叫着，蹄子践踏着地面。芙罗拉朝它们那边瞥了一眼，但埃迪向她伸出手来，她们立马忘记了那些声音。

就在她们像干柴烈火般一点就着的时刻，听到了那一声犬吠般的可怕嚎叫。

芙罗拉短促地尖叫了一声，跳了起来："该死的，这是什么声音？"

埃迪拔枪在手："狼来了。"

她把门稍微打开了一点，就知道已经太晚了。

埃迪从来没有骑过马，不知道它们在外面是不是安全。芙罗拉听到了外面搏斗的声音，她想要走出去，但埃迪没让她出来。

它们并不真的都是狼，至少不全是。有许多是野狗，但这两个物种已经在融合的道路上走了很远了。

苹果是两匹马中更大的那匹，它后腿支撑着身体，前腿踢着那些捕食者。它的蹄子踢碎了一只狼的头，它的脑子溅在地上。

星星前前后后地来回奔跑，哼哼着想要冲出重围，但一头狼扑了过来，牙齿咬上了它的脖子，缀在它身上要把它拖倒。另一头狼也加入了战斗，星星很快便被拖倒了，它奶油色的斑点上染上了血迹。

苹果在摆脱缰绳的时候也受了擦伤。它疯狂地奔跑着，消失在夜色之中。星星倒在地上，群狼扑了上去，在它全身上下撕咬着、拖曳着。

喋血的牙齿在马骨头上喀拉喀拉地响，声音划破了夜空，似乎在那些动物们睡着之前一直都在响。芙罗拉悲伤地叫了一阵，接着轻声哭泣起来。她像孩子那样扑进了埃迪的怀抱。天黑下来了，埃迪搂着她，她们睡不着。

"我希望苹果跑回家去了。"

"它还能到哪去？"埃迪不知道野马群会不会接受一匹外来者。它们会不会认出它的马蹄掌，知道它曾经是哪个人的财产？

"你会唱什么歌吗？"芙罗拉抽着鼻子，身上发抖。

"当然了，我们在不存在镇也唱歌。"

"你能给我唱首歌吗？"她们一起裹在斗篷和毯子里发抖，更多的是因为恐惧而不是寒冷。

埃迪低声唱了起来，不想让野狗机灵的耳朵听到歌声。

裹起我所有的关切与悲伤
我要走了，低声地歌唱
再见了画眉

芙罗拉钻进她的怀抱，而棚屋外的狼和狗又在嚎叫了。

第十八章

第二天早上，她们躲开了地上乱糟糟的红色内脏，仍然沿着通向埃斯特尔的那条路向东走去。

芙罗拉的脸哭肿了。当太阳从灰色的晨曦中升起的时候，她穿上了自己的那套覆盖一切的衣服。

"这个你叫它什么啊？"埃迪对这种做法有点恼火，因为她觉得自己在跟一条床单说话。

"面纱。走出杰斐逊城的女人都要围上一条，这可以保证我们的安全。"

埃迪轻轻笑了一声。

面纱底下藏了个女人，这也算不得什么秘密。这就像一件用纸包着的礼物。

"装成个男人会更安全一些。这样没有什么困——"

"不。"芙罗拉打断了她的话，她的声音很低，但很严厉。

"什么？"埃迪想看看她的脸，不知为什么会让她不安。

"我永远永远也不会穿男人的衣服，或者化装成一个男人。"在埃迪的想象中，她的下巴紧绷着，脖子涨得通红。

"为什么不呢？让人看出你是女人，冒这么大的风险值得吗？这就像在一只狗眼前放上一块血淋淋的生肉一样。"埃迪想起了那两匹马，这让她后悔没有在出口之前多想想，"我的意思是……你明白。那些男人就是……你知道他们是什么样。一见到女人或者女孩儿，他们就只剩下半身能思考。就像他们把迈尔斯带走的时候那样。"

"所以你就情愿像他们一样？要做猎人而不是猎物？"芙罗拉的声音中透露着一丝恼怒。

"这并不重要。"埃迪感到自己的回答也带上了火气，"如果我觉得对我有帮助，穿得像一棵树一样也无所谓。我不想去当什么猎人，当什么奴隶贩子。那种事我一辈子也不会做。"

"你不知道你能成为什么样的人。"

接下来的一小会儿，只能听到她们的鞋子踩在破碎的道路的尸体上的声音。

"做女人是神圣的。"芙罗拉的声音很庄重，就像一个孩子在背诵经文。

埃迪哼了一声。

"过去人们不知道这一点，因为女人到处都是。但瘟疫来了，所以我们明白了。"

埃迪大声笑了起来"在瘟疫之前，女人可以是统治者、和平维护者、厨师、舞者，她们想干什么就干什么。她们有药，可以让她们不怀孕，她们是自由的。而现在，差不多在任何地方，她们都成了别人的财产，被奸杀，在禽兽的手中倒卖。可她们现在是神圣的啦，我真是太高兴了！谢谢你，瘟疫之神！"她双手叉腰站在那里。

芙罗拉站住了，掀开了她的面纱，埃迪看到她的脸都涨红了，龇牙咧嘴地看着自己。"这就是你的家乡的人们的想法吗？"

埃迪本能地不再面对她，她情愿相信这只是出于自己瞬间的迟疑。她背对着芙罗拉，继续往前走。

"根本不是，在我的家乡，人们认为女人应该生孩子或者领养孩子。我们那儿就是这样。"

"成为母亲，就是女人拯救世界的方法。我们就是这样重新建立平衡的。"芙罗拉在后面喊道，但她没有追上来。

"或者养肥奴隶贩子。"埃迪也喊出了声，但没有放慢脚步，"你拯救世界，我清洗这个世界。"

太阳高高地挂在天上，天气越来越热了。芙罗拉想了很长时间，然后把面纱塞进了她的一个背包里，疲倦地在埃迪身后慢慢追赶。

她花了一阵子才追上了埃迪。

"你曾经想过要当个女人吗？"她现在学乖了些，声音也没那么大了。

埃迪在一瞬间屏住了呼吸，不知道芙罗拉是不是已经发现自己是个女人。

所以她才问了我这么多问题吗？

埃迪用眼角扫了她一眼，芙罗拉看起来好像并没刻意观察她。

"我很想我都不是。我希望谁都不在意自己是男是女。"埃迪指着一丛树林说："我们到那里吃点东西好不好？饿死我了。"

埃迪捅下了树上的一只鸟窝，在她们匆匆生起的火上烤了四只小鸟蛋。没有鸟飞回来哀悼。

她们在晚上来到了市郊。她们最先是闻出来的：在风向变了的时候，她们闻到的那股下水道味儿突然变强了。

"我们肯定走近了他们的垃圾堆，或者是粪坑。"埃迪在背包里摸到了那个珍宝盒子，拿出另一个陶瓷小瓶。"给。"她把它递给芙罗拉。

"这是啥？"

"薄荷和松树油，再加上几样别的东西。在面纱上罩着你嘴和鼻子的地方涂一点，就能盖住这股味儿。"她抽出一根长布条，在上面涂了药，然后缠住自己的下半边脸。

"会不会把衣服弄脏啊？"芙罗拉有点犹豫地看着自己的手指。

"是啊，很可能会的。"埃迪的声音有点不清晰。

她把手放在面纱下面动了动，没把药膏涂在面纱上，而是涂在皮肤上。

"我可不会这么干。"埃迪发出了警告。

"这可是绸子。"芙罗拉就说了这么几个字，"我可不会——啊啊！"突然的剧痛让她叫了起来。"这简直就像火烧一样。"她呜咽着，擦着脸，"那火冷飕飕的。"

埃迪咧着嘴笑了。"现在没办法了，只能等它过去。一两天内脸上涂了药的地方会有个红点。别！"她看到她要拿水壶，赶紧加了一句。

太晚了。

她尖叫了一声，因为水让她疼得更厉害了。

埃迪悄悄地笑了，被芙罗拉看到了。

"你还笑！好疼啊！"

她笑得更厉害了，芙罗拉也开始笑了。她的眼睛因为疼痛发红，哗哗地淌着眼泪，这简直太滑稽了。

埃斯特尔四周都是郊区，一直延伸到歪歪斜斜、即将崩溃的更高的建筑物边缘，也就是高耸的城市本身的边缘。埃迪听到自己的笑声在砖墙上的回声，但当她意识到这一点时已经太晚了。

一个信号响起，有人两手撮起吹了一声口哨，那是响亮的颤音，然后转低，最后消失。吹口哨的人在模仿鸟叫，但埃迪对这种花招熟得很。

"把你的脸蒙上。"她发出一声低吼。

"什么？"

她迅速拉起了兜帽，把面罩从脖子上拉起来，只露出眼睛。她很想伸手去拿枪，但最后伸手抽出的是大砍刀。她一有机会就磨刀，刀锋锐利，杀人不成问题。她双手握刀，同时眯缝着眼睛寻找埋伏者。

"埃迪，怎么回事？"

她做了个警告的手势，让她别说话，同时把手放得低低的。她在听，每一种感官都像刀锋一样锐利。

同样的声音又来了一次，接着是第三声。

埃迪的头倏地一下转向右边，在颈部筋肉下面僵硬的压力下，她的神经感到有什么地方"咔哒"地轻微响了一声。这个响声来自两三个街区之外，她不是很确定。

埃塔向后退去，带着芙罗拉一起退到了一个半倒塌的烟囱后面作为掩蔽，她已经像指示的那样蒙上了脸。

"为什么我们不直接到交换大门那里去呢？"芙罗拉耳语道，声音低得差不多听不见。

"因为他们会把你抓走，你愿意被抓吗？"她用尽可能深沉的声音低声道，眼睛同时扫视着屋顶上方。

屋顶不稳当。说不定在哪棵树上？

她把纤细的手放在她的肩上。"他们不会抓我的。"她靠得更近了，

"我曾经跟来自埃斯特尔的商人做过生意，他们知道我是什么人。"

几个男人是从地面上过来的。他们走得鬼鬼祟祟，埃迪看到的时候他们已经很近了。三个男人，看上去像极了，肯定是兄弟。每个人的脖子上都带着一个爪子项链。

埃迪更紧张地紧握了大砍刀，芙罗拉披着那件灰蓝色的丝绸面纱站在她身边。她举起双手，毫无戒备，也不紧张。

"狮王的爪子？埃斯特尔的狮王？"

这几个人没有亮出武器，他们冷冷地看着她。

最高的那人第一个说话："我是埃里克，埃斯特尔城的警长。他们俩是我的助手，安里克和阿里克。没错，我们是狮王的爪子。"他把两只大拇指放在自己的宽皮带下面，等着回答。

芙罗拉拉开了面纱，用两手把它举起。埃迪像一根弓弦一样地颤抖着。

"我是芙罗拉，杰斐逊城的丝绸匠人。女骑手，你知道我们这种人吗？"

埃里克眯着眼睛看着她，但安里克走上前来。"我知道你们这种人。我知道你的工作。"他也和另外两个人一样，留着剪得短短的黑胡须，但他的眼睛是蓝色的而不是棕色的。三个人都被晒得很黑。"和你一起的男人是谁？"

芙罗拉向后伸了伸手，埃迪把大砍刀放在了左手，轻松惬意地拿着。"这位是埃迪，也是从杰斐逊城来的。他是个猎人。"

阿里克两只胳膊交叉："你们来埃斯特尔干什么？做生意吗？"

"是的。"芙罗拉平静地说。

埃里克朝他们不大的背包点了点头："你拿什么做生意啊，女骑手？"

芙罗拉摊开两手，紧张地微笑着："野狗吃了我们的马，我们损失了一些货物。我的包里有一些用来交换的绸子，这位埃迪有一些药品。"

埃迪使劲咽了一口唾沫。

天哪，只好硬着头皮干了。

三兄弟相互看了看，三张脸上都明显地露出了兴趣："是些什么药？"

埃迪清了清嗓子，摇了摇头。她深深地吸了口气，又清了清嗓子。

淡定。保持淡定。

"各种各样的药。消炎的，安眠的，还有蘑菇茶。"

三个人开始笑了起来。

"你叫埃迪，是吧？"埃里克愉快地对她笑着。

"没错，我是埃迪。"

"这些药是你造的吗？"

"不是，但我认识造药的那个人。在西边。"她的脸上还蒙着那块布，说话的声音因为蒙着兜帽有点模糊不清。

问题是距离。

鼻子和嘴之间的距离。是爱丽丝说的，女人的距离短一些。深呼吸。你现在到底在哪？

埃里克向她走去。关键的时刻到了。埃迪拉下了面罩，抬头看着这个人。她抿着唇，嘴巴紧绷成一条直线。

"你想看看我的药品吗？"

"不想看。"埃里克说。他似乎一点都没有注意到埃迪的脸上有什么不寻常。"我们接到了严格的指示，要把每个药品商人带到狮王面前。他会给你个好价钱的。"

"狮王？"芙罗拉的脸上因为困惑而显得一片空虚。"真的？狮王本人？"

"这是你的幸运日。"阿里克说，向芙罗拉伸出一只胳膊。

埃迪很高兴，没有人挽着自己走。

好多带着爪子项链的青年男子在老旅馆前急匆匆地走来走去。他们带着篮子和盒子，打扫着铺着砖的区域，用滑轮向楼房上层起吊悬挂在绳索上的包裹。他们都明确地知道自己要干什么，而且一看就知道有着严密的组织。这是埃迪从来没见过的，她出神地看着。

埃里克、安里克和阿里克在穿过主入口时排成单行。阿里克轻轻地把胳膊从芙罗拉的臂弯里拿开，埃迪走在最后面。

尽管这里里外都很干净，但埃迪还是能闻出垃圾的气味。她发现在外面闻到的气味来自一个垃圾堆放场。埃迪用面罩蒙上了脸，因为她看到这里有人在给鹿开膛破肚，鱼尾巴和一些说不清是什么的东西混杂在一起，发出可怕的臭气。

"让他们试试那种油。"芙罗拉建议。

"什么油？"埃里克问。

埃迪恨不得用眼睛杀了芙罗拉。那种油膏她还放在背包的前口袋里。她把它拿了出来，慢慢地、仔细地告诉他们该怎样在手绢或者他们有的其他什么布料上滴上一滴。

"但别滴在皮肤上。"她加了一句，"看到芙罗拉的脸红成那个样子没有？"

埃里克回头看了看，笑了起来，埃迪看到他一边的牙齿缺了好几个。"油不会烧着你的脸啊！你干了什么了？用火烧它了？"

芙罗拉轻轻地笑了一声，又开始了她跟男人打交道的那种轻松自如的游戏。"的确没有！但这种油相当厉害，有点像绿藜芦或者像马蜂蛰的。小心点哟！"

几个男人又笑了几声，但现在确实谨慎了起来。

"那股味差不多全遮住了。"安里克叫道，"这是什么油？"

"来自几种绿色植物，然后经过小心提纯。"埃迪说，"具体工艺我真的不大知道，我只知道这要比粪便和尸体的气味强。"

"至理名言。"阿里克说。

走过垃圾场，他们穿过了城市空无人烟的一部分，在埃迪的眼里，这里现在已经越来越像一座城市了。走过几条街道之后，他们开始听到孩子们嬉戏的声音。

这真的是埃斯特尔？你现在到底在哪？

埃迪努力地回想，在记忆中找到了那汪冰冷的黑水，还有水面上漂浮着的煤油油渍。狂风大作的夜晚，嘎吱作响的拱顶。她不再想下去了。

几个男孩子在前面做游戏，他们正把一只大皮球朝一根杆子上高挂着的金属圈里扔，他们跑着、喊着，分队竞争。看到走近的几个人，他们变得安静了些。

埃迪能够看到，这些孩子都很瘦，穿着裙子。与脸上看上去的年龄相比，他们的身材似乎要高大一些。大部分孩子的头发都很长，但看得出他们不是女孩儿。他们偷偷地看着警长和他的助手，这让游戏变成了表演。

"玩你们的吧，孩子们。"埃里克向他们挥挥手，然后拿出了一小袋棕色的干叶子。他在手上吐了点唾沫把它们弄湿，然后开始用纸把叶子卷到一起。

那些男孩子没有动。

埃迪看着他们，和其中拿着球的那个孩子对望着。"这是学校里的一个班吗？"她转过去看着埃里克，后者正在检查他卷在一起的那些叶子卷。

"他们是漂亮男孩儿，他们不上学。"

阿里克朝那些男孩儿打了声又长又低的口哨。他们偷笑着挤作一团，摆样子的游戏也不玩了。他们显然有点紧张，但并不真的害怕。

阿里克点上了一支烟，孩子们的目光被火光吸引了。他们中的一个向前走去，对着警长微笑。

埃迪仔细地观察着，然后立刻明白了警长说的"漂亮男孩儿"是什么意思。

埃里克把干叶子卷的一端放到嘴里，把火凑到另一端，他的大手在火苗周围挡着风。他在叶子卷上吸了一口，动作跟埃迪跟不存在镇那两个小伙子抽大麻时一模一样。棕色的叶子被点着了，冒起烟来。那股味道很重，不好闻。

看上去像是大麻烟卷，但里面不是大麻。

埃迪知道在不存在镇种植的大麻品种的拉丁文名字。人们在不存在镇种得不多，但获益不菲，晒干了保存到冬天则价值更高，完全不是这个味儿。

那个看上去十一岁的男孩儿开口说："如果你把它放到我嘴里，我就知道该怎么做。"

埃里克笑了，在那个男孩儿的下巴下面摸了一把。"我敢说你知

411

道怎么做，漂亮的小伙子。"他又吸了一口，吐出一片烟云，"但这东西要花费我好多子弹，所以我得另找个方法，看看你知不知道叼上烟之后该怎么做。"

那孩子咯咯笑着跑开了，好像又变成了个孩子。埃迪的嘴发干。

芙罗拉没出声，但埃迪发现，她哪里都看，就是完全不看那群男孩子。

"在这个年纪他们可真活泼啊。"阿里克说，又开始走路了。

"而且漂亮得像姑娘。"安里克加上了一句，"埃里克，能给我来一口吗？"

埃里克叹了口气，把烟卷递给了他弟弟。"埃迪，你抽过这种真家伙吗？你那位药品制造者会把烟草卖给你们吗？"

"烟草。"埃迪说，在吸进烟的同时咀嚼着这个奇怪的词的意味。"没有，我从来没见过这东西。"

埃里克又叹了口气，拿回了他的烟卷："这是从查尔斯共和国来的，是他们那里种的。"

埃迪装模作样地点点头，好像她知道这是什么意思。"在我的家乡，我们抽一种别的东西。"

"臭菘？"阿里克很有兴趣地问。

埃迪在心中掂量着大麻带着的那点臭鼬的气味，猜想这里的人一定是把大麻叫作臭菘。"是啊，很好的臭菘。我也有点，可以拿来交换。"

三兄弟都笑了，芙罗拉瞄了她一眼，她看不出其中的意思。

"我们这儿也有。"埃里克说，"但狮王的人不抽，它会叫脑子发昏。"

埃迪点点头，在他们发笑的同时也挤出了笑脸。

埃迪早就觉得该看到拱顶了，但直到现在，它才第一次进入她的眼帘。即便如此，看到它还是让她抽了一口冷气。

芙罗拉瞠目结舌地抬头凝视着它："这是我第一次见到，我听过那么多关于它的故事……"

警长和他的手下骄傲地吹嘘了起来。埃里克堂而皇之地说："埃斯特尔拱顶，敢从它身上偷金属者一律处死。这是狮王的财产。"

芙罗拉使劲点头。埃迪数着呼吸。

"你没事吧伙计？累了？"安里克关心地看着她。

"没事，没事，我好着呢。有时候我有点呼吸病，就这么点事。"

埃里克点点头："黑人。我认识的有呼吸病的全是黑人，你肯定有黑人血统。"

埃迪点点头，数着数。

深呼吸。

埃斯特尔，这座废墟之城高高在上地俯视着他们。钢铁的骨架垂下，相互铰接。一些旧的建筑仍然耸立，但内部已经被火烧空了。这座古城的大部分都被火烧了，但人们沿着人行道和河两岸建了新房子。新的建筑物是在摊位之间用原木和草草刨平的木料搭建的，再加上塑料管子和钢筋网。他们走过那些卖开膛野物和家酿酒的人群，还有装满了旧世界的杂物的摊子，以及当地铁匠打造的简单铁器摊。埃迪的眼睛里全是刀和拨火棍，她还在艰难地数着深呼吸。

在他们连续路过两个卖钢针锁镳铐的货摊之后，埃迪穿过了人行道，装出对一个卖野蘑菇的人非常感兴趣的样子。

那些篮子里面装满了棕色和白色扣子一样的蘑菇，偶尔有些羊肚菌，甚至还有块菌。那位卖蘑菇的男人身体肥胖，一身脏污。

爱丽丝会给他不少钱的，但需要这家伙留意那些带有白色斑点的红蘑菇。伞形毒菌。

她想起初潮的那天，想起那天吃的蘑菇那种木渣的讨厌味道。她想起母亲家的墙弯曲的那个弧度，当时好像听到艾娜的声音同时从四面八方进入了她的耳朵。一个声音说："埃迪！你要到处乱转，不和我们一起？"

埃迪的头猛地向后转了过去，转向阿里克的嗓子发出的声音。

你现在在哪里？

"抱歉，我有点分心。"她在裤子上擦了擦直冒汗的手掌，然后回头，想要看清他们在朝哪走。

和他分开的三个人加上芙罗拉已经走上了一条缓缓上坡的路。埃迪快走几步，追上了他们。

埃斯特尔狮王住在一个巨大的旅馆里，旅馆俯瞰河流，背向拱顶。埃迪慢慢走上阶梯，看着这座高大宽阔的建筑物。

在埃迪旅行去过的所有地方，人们都喜欢住旅馆。在城市里的那些旅馆经常是用钢材建造的，可以在许多年后仍然巍立不倒。她看得出，在眼前的这座旅馆里，下面几层本来大多是用带着钢材框架的玻璃造的，更多的是为了让人看景色而不是保暖或者保证安全。尽管许多地方已经装上了钉子钉着的板子，但宽阔的门和大约三分之一的镶嵌板还开着，暴露出空荡荡的内部。这地方已经被人清洗干净，刷上了白粉，正面的庭园也保持着整整齐齐的样子。

埃迪闻到了一股很强烈的气味，她过了一会儿才弄清那是什么——猫的气味。在不存在镇和她去过的其他城镇都有人养猫。猫

414

能让老鼠不敢接近储藏的食物，而且可以以猎获物的器官和残渣作为食物。但她还是讨厌猫，她讨厌它们的臭味和慵懒，她讨厌它们晚上叫春和白天打架的声音。她旅行时在野外见到过一些大型猫，它们的块头跟狗差不多，但要凶残多了。它们绿色的眼睛在夜里闪闪发光。她曾不止一次在夜里被猫的狂叫声惊醒，让她觉得是一个身上着了火的女人发出的尖叫。

她能在这里闻到它们的那种油腻腻的尖酸臭气。她知道，一旦有一只猫在什么地方撒了尿宣示主权，那种气味就永远都不会消散。房间里面是山洞一样的空间，甚至在中午也如同薄暮。她向那里瞟了一眼，寻找猫幽亮的眼睛。

这儿肯定有成百上千只猫。

她一边想，一边在她的面罩上痛痛快快地吸了一口绿油膏的气味。但她一只猫也没看见。

"我的三位小伙子！"隆隆的声音来自一个人影，他正走进房间，穿过从房间的另一边打开的窗户里射进来的炫目的阳光。埃迪急忙抬头，看到一个像是从蓝天和河流中剪下来的男子的黑色形体。那人身高体壮，看上去更像巨人而不是人类。他两只手上都扯着拉直的链子，但埃迪看不出链子的另一头拴着的是什么。

"父王！"三个人齐声喊道，几个人排成的一路纵队向外面的庭院走去，那里站着一个人，当然只能是狮王本人。埃迪小心地跟在后面，她试图放慢呼吸。

当她从旅馆前厅内不见天日的地方走出的时候，阳光在刹那间晃花了她的眼睛。阳光照得水面和拱顶残存的银色瓦片闪闪发光。她抬起手遮挡阳光，调节着眼睛的焦点。

狮王比埃迪高多了，她必须仰起脑袋才能看到狮王的眼睛。狮王的皮肤红润，被太阳晒成了棕色，眼睛下面月牙般的皮肤上带有永远不会掉的风斑和晒伤。他的头发和胡须都是纯金色的，长长的，未加修整，八字胡弯到了嘴上。他的肩膀宽阔厚实，像一个整天劈木柴或者划船的人。埃迪低头看他带了武器没有，但发现他根本什么都没带。他的靴子齐膝高，是用上等皮革精心制作的。

埃迪的眼睛沿着狮王右手牵着的链子看了过去，看到另一端时她使劲地眨着眼睛，完全无法相信她看到的东西。

链子的另一端拴着一只成年狮子。

不是一只山猫，不是埃迪曾经在山上或者平原上看到的黑色或者茶色的野兽。这是一只埃迪只在图画中见到过的狮子：大得不可思议，一大团鬃毛围绕着它的脸，就像太阳的日冕。这只动物觉得很乏味，懒洋洋地侧躺在一块暖和的水泥板上。

感到惊慌的埃迪向右看去，结果那边的东西同样让她大惊失色：狮王左手的链子的另一端拴着一只老虎，也跟狮子一样大。那只老虎盘坐在后腿上，而埃迪意识到老虎正盯着她看，这让她觉得喘不上气来。那只老虎的姿态很随意，金色的眼睛半睁半闭。但它正直地看着她，而且一边看着还一边打着哈欠，张开的嘴里两排大黄牙伸到嘴外，让人感到赤裸裸的威胁。那只老虎舔了舔嘴唇，不慌不忙地砸了咂，然后才闭上嘴，恢复了它高贵的休息姿态。

直到她觉得皮肤发潮，埃迪才意识到自己尿了裤子。她赶紧约束那几块肌肉，阻止尿液继续流淌。

他们会闻到味儿的。

埃迪不知道自己担心的是那两只猫科动物还是那些人。

她想起了芙罗拉，担心地看着她。她正焦虑不安地盯着老虎看，已经向后退了好几步。

狮王显然很喜欢看到她的不安。他没说话，但盯得她不敢看他，就好像她的恐惧是他的美味佳酿。那三兄弟好像在等着他慢慢地欣赏完毕。

狮王最后看向埃里克："说说看，今天我的小伙子们给我带来了什么？"

"父王，我们给您带来了埃迪，来自南方的一位旅行者。他是个制药者。"埃里克微微鞠躬。

埃迪向前走去，尽量掩盖她对这两只大猫的恐惧："说真的，我不是制造者。只是个商人，制造者在我的家乡。"

"你家在哪里？"

"在黑山南面。"埃迪撒了个谎。

"黑山？"狮王朝阿里克偏了偏脑袋。

"父王，这是有些人给欧达克山起的别名。"阿里克从他的后裤兜里掏出一本袖珍地图，用手指点着。"沿南大道朝着查尔斯共和国的方向，卡车六七个小时的车程。"

狮王点点头："你们那里做什么药啊？"

他们已经知道得太多了。我已经告诉他们太多的事情了。不管他在找什么，我最好没有这种东西。

埃迪清了清嗓子："我有少量的东西可以跟你们交换：安眠药，牙疼药，还有些止疼药，止痒药。"

"拿来给我看看。"狮王坐在一张低矮的曲背椅子上，那两只大猫懒洋洋地在阳光下舒展着身体。

埃迪壮着胆子，尽量靠近狮王，然后跪下把背包从背后解了下来。她取出了木盒子，抬头看着狮王。

狮王的眼睛专注地看着她，但身体几乎一点也不紧张，他彻底地放松了。

埃迪像一个小贩那样把货物摆开。她对每个瓶瓶罐罐和小包药粉都做了简单的介绍。每过几秒钟，她都要朝那两只大猫瞥上一眼。每当她抬头看时，狮王的脸色总是带着同一种悠然的兴趣。

除了放着最危险的毒药和毒草精华的秘密小隔间之外，埃迪拉开了所有放东西的地方。她在整个背包里搜寻，还打开了一个装着大麻的鹿皮口袋。

"我知道你不许手下用这种……嗯，臭菘。但说不定你有兴趣呢……"她这句话没说完就被打断了。

"先生。"狮王替她说完了。

"对不起，请问是什么意思？"埃迪抬头看着他，有些困惑。

"你说：说不定你会有兴趣呢，先生。我不是你的狮王，所以你不用叫我父王，陌生人称我先生。在你的村子里没有先生吗？"

埃迪想到了她的母亲。

"有的，先生。但我们不叫他先生。"

狮王把头向右转，注视着链子上拴着的狮子。埃迪看着在他下巴下面到锁骨之间的那块小肌肉，它在晒得黑黑的皮肤下面突了出来。她看着狮王控制着的力量，她等着。

"你常出来做生意吗？"狮王没有回头看着埃迪。

"是的，先生。经常，我知道它们的价值。"

狮王敏锐地瞥了她一眼。

离得太远了。不要预测他的推理。

418

"先生，我的意思是，我知道，你们显然有自己的药品制造者。我的意思是，这些东西对杰斐逊城这样的地方的人相当有价值，因为他们那里差不多没有值得一提的医生。"

我知道你们根本没有这种东西。但就让我们打哑谜好了。

"没错，当然了。"狮王把两只大猫的铁链子摇晃得当啷当啷响。"安里克，上楼拿几样东西来。我要跟埃迪交换。"

安里克朝楼梯一溜小跑，其他人等着。

他们看着那只老虎在舔自己的一只爪子，这时芙罗拉变得大胆了些。

"先生……它们是从哪里来的？"

狮王笑了，埃迪在想，不知狮王是不是锉过自己的牙齿？他的牙齿比她见过的任何男人的都更尖利。

"嘿，就是在这里啊，女骑手。"

芙罗拉有点脸红："先生，我的意思是，我在书上读过它们的一些情况。它们是从很远的地方来的。"

"是啊，没错。但你肯定也读到了，在旧世界，人们把它们关在笼子里逗孩子开心。你听说过没有？"

芙罗拉含糊地点点头，交替地看着狮子和狮王。

"对了，它们在旧世界时代就在埃斯特尔。我的曾祖父是动物园管理员，他在瘟疫时期把它们放出来了，它们从此追随着他，感觉到了他的伟大，他是它们的领袖。慢慢地，男人们也感觉到了这一点。他是埃斯特尔的第一代狮王，你知道吧，狮子是兽王。"

"是的，先生。"

哪怕他告诉你那头狮子能拉小提琴，你也得表示同意。

埃迪这么想，但没有说出来。

"于是，我的祖父和父亲就像养儿子那样让它们繁殖：跟强壮的母畜配对，再加上细心的照顾，它们可以一直是兽王。我们让力量大、体型大、聪明的狮子和老虎繁殖，把小的病的淹死。我们狮王就是这么干的。这么干，你的族系就不会变弱。"

芙罗拉点头。

"你们这些在杰斐逊城的女骑手是很走运的。你们很好地利用了你们的弱点。我没有弱点。"

芙罗拉的脸变得滚烫，埃迪盯着她。

他说的是那些他们从杰斐逊城偷走的女人们？那些漂亮男孩儿也是从那里来的吗？

她想起了那些靠近他们，对他们咯咯笑着曲意逢迎的男孩子们。他们出生的时候是自由的吗？或者是在这里出生的？

安里克走下楼梯，抱着被从杰斐逊城带走的小孩儿迈尔斯，后面还跟着几个女人和小女孩儿。

埃迪死死地盯着她，她知道这是迈尔斯。她还穿着那件简朴的连衣裙，屁股上没衣服。这孩子看上去很疲倦，但没什么大问题。

在阿里克后面来了个大约七岁的女孩儿，长着一头直直的黑头发。然后是三个十几岁的姑娘，都怀孕了。还有一个大约二十岁的女人，另一个大约三十岁。她们都干干净净的，穿着衣服，但个个看上去木然、沮丧和空虚。

全是奴隶。有些生下来就是奴隶。

埃迪没法移开视线。

狮王根本没有看她们一眼。阿里克放下迈尔斯，年纪最大的那位妇女机械地把她抱了起来。那个女人身材矮胖，穿了一件黑色连衣裙，戴着一顶奇怪的白色圆边帽，帽子的质地很好，埃迪不知道那是什么材料。

狮王一直等到埃迪最后重新看向他，他已经把那只老虎拉到了身边，心不在焉地抚摸着老虎的那两只毛茸茸的大耳朵。埃迪能够相当清楚地听到老虎在呜呜地叫。

"我不会假意声称你的那些货物不值钱。"狮王开始了，"我给的价格是：一辆卡车加上差不多你能把它开到任何地方去的燃料，一张地图，上面有我那些手下所在的地点，你可以在那里补充燃料。外加一个女人，你可以随便在我的人里选。"

狮王闭上了嘴，身子一动不动。埃迪盯着他，然后移开了视线。

芙罗拉走近了她，把手放在她的胳膊上。她吸了一口气想要对她说话，但她把她的手放到一边，并稍稍走开了一步。

现在要小心。要小心，要慢。
我这一生还没交换过女人呢。

埃迪瞟了一眼天花板，想起了在外面把货物带到上层楼层去的滑轮。

上面有多少女人？有多少女孩儿？

她杀不了这些男人。她知道，杀出一条血路只是梦想，梦想破灭的结果是被抓，或者甚至会成为狮王危险宠物的甜点。

她没法回绝。她看着那些女人，算计着。

没有很好的回答。

那个戴着圆边帽的女人正在用某种外语对迈尔斯唱歌，还轻轻地摇晃着她。埃迪在想：她肯定生过孩子，但这些孩子会是什么命运？既然她还活着，那她很可能生孩子没危险。说不定生过好几个了。

不要用那个小不点的名字。

"我要那个小家伙。"埃迪尽量平静地说，"我还想要另一件东西。"

狮王纯金色的眉毛向上一挑："好吧，那你就得再给一件东西。"

埃迪跪在盒子前，把一个秘密抽屉的把手一推。她站起来，拿着一小瓶爱丽丝最好的止痛剂。"我想要子弹。我知道你们这里能造子弹。"

阿里克、埃里克和安里克的脸色都变了，从不舒服到恐惧，十分精彩。

"你有枪？"

让他们知道她带着枪，这是一次赌博。她在家里有杰登给她造子弹，但杰登的子弹经常瞎火。这是一个机会，能在这里得到她从来没有过的更多、更好的弹药。埃迪也在猜想，说不定这能提高她

422

在这里的地位。当然，前提是他们不立即下手抢她的枪。

埃迪点点头，眼睛看着狮王。

"让我看看。"

"交易成了就拿给你看。"埃迪说，她的脸坚定得像石头。

狮王做了个手势，把几只手指头在一起一捏，意思是——给我。

埃迪向前走去，把小瓶放在狮王的手上。两只大猫都振作起来了，皮肤下松弛的肌肉猛然变成了钢铁，埃迪强忍着没有退后。

"这是我们能做出来的最好的止痛剂，它来自一种花的荚，看上去像牛奶，名叫——"

"鸦片。"狮王用手转了转小瓶。

"罂粟。"埃迪轻轻地说完了那句话，"俗称大烟。"

狮王站了起来，居高临下地看着埃迪。

"这种药你还有吗？"他的眼睛就像埃迪在夜里见过的猫的绿眼睛。

原来他要的是这个。

"还有两瓶，先生。"

"我要了。"

埃迪又一次触发了同一个抽屉，在俯身这样做时感到狮王的视线落在她的后脖颈上。她清空了小抽屉，拿出了另外两个小玻璃瓶。

她把它们递给狮王，后者很没有风度地从埃迪伸出的手上一把抓了过去。

那一排女人静悄悄地消失了。一直抱着迈尔斯的那个女人可怜兮兮地回头看了一眼，然后转过一个角落不见了。

"这东西我还要，越多越好。我可以派人到你的村子里拿，或者给你别的东西，让那个制药师到我这来。你会发现，我做生意很慷慨。"

埃迪摇摇头："这东西只能在花生长的地方制造，而花是很难移栽的，特别挑剔。我可以一回去就让商人们再带一些过来。我们不跟到我们村子里的陌生人交换，这是为了安全，你知道的，先生。"

狮王看着她，埃迪知道，对方正在惦着她的分量。她毫不退缩地与狮王对视。

"子弹和女人，每次你把鸦片送过来我都给你。你明白吗？"

无名助产士会让你关在这里的每个女人恢复自由。她会找到办法的。

"我会找到办法的。"

狮王向埃迪伸出手来，埃迪看着这只手，不知道自己该用什么方式回应。狮王看出了这一点，就把埃迪的小手包裹在他的两只大爪子里，但两条链子也没松开。他紧握着埃迪的手上下摇晃着，埃迪的手的一边是狮王热乎乎的皮肤，另一边是冷冰冰的铁链。

"这样我们就成交了。"狮王向安里克打了个响指，后者一瞬间就到了他身旁。安里克把手放进腰包里，拿出了一个拴在皮带上的爪子递给埃迪。

埃迪盯着这只爪子。

"戴上吧。"狮王说，"无论你去哪里，它都会为你打开大门。"

埃迪把这块装饰品放在手上，希望自己的手不会发抖。她一边看着狮王一边说："芙罗拉，去带上那个女孩儿。我们拿上子弹和卡车就上路了。"

狮王点点头，恢复了他煞气逼人的微笑："埃里克，你负责让他拿到货。"

埃迪让埃里克离开了房间，这才把枪拿给子弹匠人看。那人年纪很大，手上皮包骨头，但拿枪的样子像个专家。他把一个装着两百发子弹的木头盒子拿给了埃迪。

"不全都能打响，但大多数都行。"那人用颤音说。

埃迪这辈子就没有拥过这么多子弹。她谢了老人就离开了，在脑子里核计她刚刚看到的子弹数目。她数不了那么大的数，没法向芙罗拉解释清楚。

卡车那件事就难办多了。埃里克带着他们去了一间仓库，那里的武装人员守卫着几十辆卡车。埃里克给他看的那辆卡车上锈迹斑斑。驾驶室里很宽敞，里面横着一条板凳。埃里克告诉埃迪如何用摇柄起动发动机，接着就要离开，但埃迪把他叫住了。

"我不会开车。"埃迪绝望地说。她看着离合器的把手和控制油门的木头脚踏板，心里怕得要命。埃里克面无表情地看着她。

芙罗拉站到了两人中间，怀里抱着迈尔斯，小女孩儿趴在她肩上睡着了。"我会开。我们这边没问题了，埃里克。"

埃里克点点头走了，告诉警卫，说让卡车里的三个人马上就动身。

"跟那个孩子上车，我马上就来。"芙罗拉说。

芙罗拉重新用摇柄启动了发动机，然后扭开车门，车门发出了嘎吱嘎吱的金属声，好像在叹息。她钻进了驾驶室，挂上挡，开上了路。

"你怎么会开车？"埃迪问她。

"小时候学的，在路上学的。"当她们在埃斯特尔时，芙罗拉一直不怎么说话。埃迪觉得她可能比她更怕那个地方。

"哦。"埃迪把迈尔斯放在她的腿上。那个小女孩儿也静悄悄的。她似乎一直睡眼惺忪的。

卡车开起来声音很大，路上崎岖不平，开出埃斯特尔这段路卡车行进得很慢，令人厌烦。发动机伴随着咔啦咔啦的噪声停下了不止一次，芙罗拉只好用摇柄再次发动。车的运行和油味让埃迪觉得恶心，但迈尔斯一直沉沉地睡着，就好像躺在一张软床上一样。

她们一开上大路，芙罗拉便要求看地图。

"我们可以回杰斐逊城，把迈尔斯送到她妈妈那里。"她看着埃迪，突然不那么有把握了，"你是这么打算的，对吧？"

不然我还想要干什么？

"是的。"埃迪试探性地把一只温柔的手放在熟睡的孩子身上，"我当然想这么做了。"

"在那之后呢？"

埃迪考虑着这个问题："你还想跟我走吗？"

芙罗拉微笑着。埃斯特尔的影子在她们的身后逐渐消失。

"你需要一个司机啊。"

第十九章

　　她们在半夜里来到了杰斐逊城。主大门关闭了，而且有弓箭手把手，但芙罗拉从还没熄火的卡车里出来给出了暗号。等到她们找到黛博拉的房子时，整座镇子已经是一片死寂。芙罗拉在市场附近关掉了轰轰作响的发动机，她们走了过去，迈尔斯还在埃迪的肩头熟睡。

　　她们在门前站了一会儿才敲门。

　　"听。"芙罗拉站在那里，头向前靠在这座房子的旧木门上。月光照在她灰色的眼睛上；她脸上所有小心翼翼地涂抹着的墨水和颜料都不见了。埃迪盯着她不施粉黛的脸，什么也没听见。

　　"听什么？"

　　芙罗拉的舌头发出"咯"的一声，对她耳语道："她在哭，我能听到她的抽泣声。你听不见吗？"

　　埃迪摇了摇头，潇洒地敲了敲门。她不知道她是不是听到了房子里面的女人哭声，但她感觉到有什么声音中断了，接着是鞋跟撞在木地板上的声音。这声音走向前门。

　　黛博拉出现了，看上去比她们最后一次看见她的时候老了几十岁。她一眼就看到了熟睡的迈尔斯弯曲的背部，立刻就扑向埃迪，像抢一样把迈尔斯从她怀里夺了过去。

她的身后出现了另一个女人，看上去同样憔悴。埃迪看到她不自然地苍白的皮肤，好像从来没见过阳光。

"迈尔斯！"黛博拉喊道，"哦，我的迈尔斯！哦，我的宝贝！你们怎么找到她的？你们怎么把她带回来的？哦，我的迈尔斯！"黛博拉紧紧地搂着那个小孩儿，呜咽着，在地板上垮作一团，但怀里还紧紧地搂着迈尔斯。另外的那个女人也冲了上来，两个人的身体几乎把那个孩子挤成肉泥。

埃迪看得出，另外那个女人的脸跟迈尔斯的一模一样。她来回看着三个人，两个成年人的脸被她们舒心的痛哭扭曲了，而那个孩子显然太困了，对这一切毫无反应。

芙罗拉温和地让她们走进屋子里，坐上了沙发。埃迪跟在后面，顺手关上了门。

"埃迪把她换回来的，跟狮王做的交易。"

黛博拉一下子呆住了，另一个女人回头看着她。

"她在狮王本人的手里？"

芙罗拉点点头。"他们给她吃了点东西，那东西的劲儿还没过。她一路上睡到这里。"她的头朝还在呼呼大睡的迈尔斯一偏，那孩子现在还在睡梦中，在她母亲的耳朵上弄出了些泡沫。

黛博拉拍遍了迈尔斯的全身，好像在检查伤口。另外的那个女人在亲吻着那个小孩儿胖嘟嘟的脸蛋。

"给她吃？"埃迪问，"你是说毒品？"

"当然了。"芙罗拉的眼睛看着地板，"所以他才这么想要你的鸦片。这是在拿她们当繁殖机器，他也给刚刚带进去的那些女孩儿吃，这样就可以让她们静悄悄的，乖乖的。"

埃迪全身时热时冷。她静静地坐了下来，大惊失色。

"我们该做什么呢？你的这份恩情我们怎么还得上呢？"另外的

428

那位母亲现在站了起来，把手伸向埃迪。

芙罗拉把一只手放在那个女人的肩上："我要出去一阵，跟埃迪去旅行。帮我照顾一下房子如何？就在隔壁，你走不了几步的，莉莉。行吗？"

莉莉回头看着黛博拉，好像在等着批准。黛博拉在迈尔斯的头顶上急急忙忙地点头。

"我发誓，我会像对待自己的东西一样看好你的房子和花园。"莉莉低头吻着芙罗拉的手，"我对你们两个的感激永远没有穷尽，我们的孩子回家了，我永远也不会让她再出去了。"

埃迪什么也没说。

芙罗拉向门口走去。"我们让她们自己待一会儿吧。"她对埃迪说，"走吧。"

埃迪木然地站了起来，好像做梦一样向前门走去。

当她们向芙罗拉的房子走去时，她才又能开口说话。

"迈尔斯怎么有两个母亲？"

芙罗拉眼睛看着前方回答："黛博拉是个女骑手。但莉莉没有被割。她还能生小孩儿。"

埃迪摇了摇头，还是不明白："不懂，这是怎么发生的？"

"她们怀上孩子的时候我又不在屋里，我怎么可能知道？"听上去芙罗拉有些恼火，有些心烦意乱。

"为什么莉莉不可以随便出门？为什么她需要先得到批准？"埃迪紧咬着牙。听到的这些事情她一样也不明白。

"因为出去不安全。狮王可以带走他的爪子见到的任何女人，所以最好别被人看见。从现在起就把孩子关在家里，这样做是对的。杰斐逊城的每个孩子最好都是男的。公开藏在众人眼皮底下风险太大。"

听她说到狮王，埃迪的身体又发热了。

"我们不该这么干的。"她咬牙切齿地说。

"我们不该救出那个小孩儿？"芙罗拉的眼睛瞪得很大。

"我们不应该做任何交易。你让我跟他交换，我知道我永远也没法回到家乡，说我通过交换买下了一个奴隶，说我买了个女孩儿，但却没把出卖她的那个家伙杀掉。你让我用罂粟跟他做交易，你明知道他会把它用到其他人身上。"她紧握着的双拳放在身体两侧，抬头看着月亮。

芙罗拉耸了耸肩："发生在她们身上的事情终归是会发生的。她们很可能一生都只是生殖机器。鸦片只是让她们好受一点罢了。"

埃迪无法回答，她感到喉咙发紧，她想要尖叫。

芙罗拉温柔地说："我告诉过你，有不止一种方式看待这件事。这不简单。"

节育环。贴片。药片。

这三个词在埃迪的脑海中翻滚，她想到了不存在镇的历史，想到人们曾随意地写下的这三种避孕方法。她知道，在没法救出一些女人的时候，无名助产士曾给她们避孕药。她想让她们的生活好受一些。

不，我不是助产士，我永远不应该……

她想到了回到妈妈身边的迈尔斯。她想起，即使在糊里糊涂的情况下，这个孩子也那样完全信任地蜷伏在那两个女人的怀里。

"这很简单，和狮王这样的人合作是不对的。"

埃迪从眼角边缘看到芙罗拉在耸肩："这全都是错误的。我们做

的，你做的，狮王做的。在重新达到平衡之前，这些事情不可能是
正确的。"

平衡。

她们再没说话，在芙罗拉的小房子里只有一张床，埃迪睡在厨
房的地板上。

她们一直到差不多中午才起来。

等到她们准备离开的时候，半个镇子的人都来为她们送行。埃
迪不时变换着支持重心的腿，想让人觉得她很担心自己的背包。

西娅和另外几个女人往卡车的后箱装布料，把它们捆在锈得斑
斑点点的卡车底上。人们给她们带来了晒干的食物、水罐、毯子和
帽子，还有符合她们两个身材的暖和的衣服。埃迪一次又一次地重
新打包，等着芙罗拉向大家告别。

人们想要抓住她的胳膊，称她为英雄，感谢她带回了迈尔斯。
这一切她都受不了，没法回答，她忍着。

是的，我是个成功的奴隶贩子。我带回了一个根本就不该被抢走
的人。

她早就就爬上了驾驶室。在卡车原来装着窗户的地方现在有好
多洞，也没有挡板。人们在她身边空着的地方伸过手来，抓她的肩
膀，他们透过挡风玻璃跟她说话。她发疯似的想快点离开。

最后，人群分开一条路，三个女人走向芙罗拉。

她们头部周围的头发剃光了，中间的头发扎成发辫，一直垂到
背后。三个人身上都有着马的刺青。

她们肯定都是女骑手

她们静静地对芙罗拉说话，每人都给了她一个用蜡封着的陶瓷罐子。芙罗拉接过罐子，和她们互相碰了碰前额，向她们表示感谢。

埃迪能够听到她们说话："平衡，平衡。"她转了转眼珠子。

"芙罗拉！天黑之前赶一段路好吗？"

芙罗拉点点头，走向摇柄。她把卡车发动起来了，小小的人群一阵欢呼。她爬上了驾驶室，把她的背包推到身前。

"走喽！"她因为幸福和即将来临的探险而眼睛放光。埃迪还记得她第一次出去扫货和第一次走出不存在镇时的情景，她当时也有同样的感觉。

当时差点没把她乐死。

"走吧。"

埃迪发现她恨这辆卡车。开车时在驾驶室里坐着的板子很硬，不管她往屁股底下垫上什么东西似乎都没法让她舒服。发动机响得像打雷，无论说什么都只能靠喊叫才听得见。木头轮子在路上颠簸不已，让她们碾过的每一块石头或者车辙印造成的冲击和振动都变得更大。燃油很热，冒着带点甜的气味，浓重的尾气好像从四面八方往外冒。尾气的气味让埃迪头晕，她把头从车门上的窗户上伸了出去，紧贴着金属车门，拼命寻找新鲜空气，有胆子伸多远就伸多远。

"——去你的村子？"芙罗拉在轰鸣声中大吼。

"什么？"

"能告诉我怎么去你的村子吗？"

埃迪咬了咬嘴唇，又把屁股和大腿放到木板上。她没有立刻回答，地图铺在木头仪表板上，用细细的金属大头钉固定着。她的眼

432

睛追踪着从埃斯特尔出来的南行道路，用了好长时间测量从不存在镇到狮王最近的前哨基地的距离。

她把一只手指放在地图上，向芙罗拉喊叫着："我们需要到这里的这个加油站，然后我们去一个我知道的地方。我不想回家，我还有工作要做。"

"什么工作？"芙罗拉喊了回来。

"就是我一直在做的工作。"

她们开车走了一整天，用狮王的人捆在车厢上的几个塑料大桶中的一个加燃油。当开始日落时，埃迪拼命想要结束这种可怕的摇晃和颠簸，只想一动不动地坐着。她们慢慢地通过了一条带着裂缝、柏油路面破破烂烂的桥。她们把车开到桥的中点，颤抖着向前开去。桥是完整的，但向右方倾斜。它总有一天会垮的。

到了河对岸，埃迪指着一个石头小房，房子上有一个完整的烟囱。她们把车停在泥地里，等着看会不会有人过来看看是什么东西弄出了如此可怕的噪音。

什么也没来打扰她们，但河两岸的树林都很深，里面有许多昆虫的声音，显得生机勃勃。"把东西放进屋去。"埃迪说，"我要在外面坐坐，看在傍晚的时候有没有鹿。"

"你真的能用那个东西？"埃迪把弓从车厢的包里抽了出来，芙罗拉看着她问。她已经成功地做好了三根又直又细的箭杆。

三根不多，但我只要一根就够了。

芙罗拉费了半天劲也没打开前门进去，于是她把包放下，从一扇窗户爬了进去。

随后她从小屋的前门走出来，把她们其他的装备都带了进去。

"我们今天夜里得把一些窗户堵上。"她朝埃迪喊道。

埃迪向她点点头，站在打开的卡车门里面，然后爬上了驾驶棚顶。

她坐在那里一动也不动，什么声音也不出。她把那个爪子环绕着脖子放着，想到了那两只大猫的臭味。

猛兽的气味。到处都一样。

不知我闻起来是什么气味。

她放下了爪子，它碰到了她的皮肤，发出"啪"的一声。就在那一刻，一只雄鹿突然晃动了一下头，她发现了它。这是一只庞大的、完全成熟的鹿，有一套分叉很宽的鹿角。它的眼睛看着她，她不敢动，就连把箭搭到弓上去都不敢。

得花我一整夜的功夫才能把它剃开。没有盐，没有熏肉房，大部分肉都会烂掉。

她觉得很饿，就用舌头发出了一个响声，足够让那头鹿悠闲地回头朝林子里蹀了几步。这个声音也从矮树丛中惊出了几只肥墩墩的棕色兔子。埃迪很吃惊，但她及时射了一箭，射中了两只兔子。这一箭射得不算高明，兔子负痛狂叫，吓跑了能听见叫声的范围内的所有动物。埃迪跑向被这一箭串在一起的两只小动物。这支箭从侧面穿过了一只兔子的身体，接着穿透了另一只的脖子。

还不等她来到跟前，脖子中箭的那只兔子便死了，不知是血流尽了还是被吓的，躺在那里静悄悄的一动也不动。另一只一直在发出可怕的尖叫声，直到埃迪把她最好的一把刀扎进它的脊柱里才停了下来。她起身拿起猎物，回到了那所房子。

芙罗拉站在门前，两手捂着耳朵。埃迪走近时朝她耸了耸肩。

"那声音就是它们弄出来的，不过就是死，有比死更可怕的事情。"

"听起来就像小孩儿在尖叫似的。"她小声说。

确实像，埃迪知道。但她什么也没说。

等到两只兔子被剥好了皮、开膛破肚、穿上了铁叉之后，芙罗拉已经恢复了。兔子的油从兔肉上流出来，滴进了火里，这时芙罗拉吸了吸鼻子。

"你能做点面包我们明天吃吗？"埃迪有些期待。

芙罗拉笑了："我年轻些的时候学过。烤面包我没天分，但烙玉米饼我是把好手。我曾经用它换小麦面包，那个人知道怎么做面包，而且她的男人知道怎么捅蜂窝。"

埃迪把兔子切开，切到脊梁骨的时候发出嘎吱嘎吱的响声。她把这只兔子放进芙罗拉的锡盘子里。接着她也把自己的那只兔子切开装盘，然后来到小屋里的石头火塘边，坐到芙罗拉身边。芙罗拉马上就大吃起来，但接着就从牙齿缝里吸了一口冷气，因为她这时才意识到，冒着热气的兔子吃起来还是太烫了。

埃迪把她自己的盘子向一边倾斜，让还是液体的兔油流进她放在地板上的一个玻璃罐里。

"如果我们回不存在镇……"她盯着那只兔子，等着看会不会有更多的油脂从肥肥胖胖的兔肉里流出来。

芙罗拉抬头看着她。她舔着自己的嘴唇，忘记了兔子。

埃迪没有抬起头，但感觉到她的眼睛在注视自己。"不存在镇就在南边，沿着我们开车走的这条路就能到。但我至少还得找到一个需要救助的女人或者女孩儿才会回家，我一直都在做这项工作。"

"迈尔斯不就是——"

"迈尔斯不算。"埃迪厉声说了这几个字，把自己的盘子放在石头上，发出喀喇的一声响。她的头还在因为这次漫长的艰苦行车和令人头疼的怪味儿嗡嗡作响。"那种事我完全不该沾边的。我把她买下来了，不论我把她还给她的母亲，或者吃了她，又或者让她成为我的女人中的一部分，这些都无所谓。现在我也是奴隶贩子的一员了，我是……"

芙罗拉轻轻地笑了："一个奴隶贩子？那些人中的一员？狮王的一只爪子？"

埃迪看向她，她褐色的眼睛里燃烧着怒火："你怎么连这个都说出来了？你怎么能够……"

埃迪感到她的眼睛灼热，眼角的湿气和白天的汗水刺激着她，让她的眼睛无法看清。她尽力控制着。

"并不存在着什么分界线。"芙罗拉耐心地说，神经质的浅笑还弯弯地挂在她的嘴唇的另一边。"我不明白你为什么觉得好像有一条分界线。并不是说奴隶贩子们在线的这一边，而你和你们那些正义的英雄们生活在线的那一边。我们全都是这个世界的一部分，在里边生活，努力生存。我们都不得不做些我们不喜欢的事情。"

埃迪抬起头来看着她，这时她的笑容消失了。她赶紧回头撕开兔子吃她的晚餐去了，她撕开了一大块肉，里面出现了一点点血，她用牙齿啃起肉来。

你现在到底在哪里？

"我们会做的。是的，我们会做。"

我在兜圈子。我没法对她解释。是有一条线。

"有些事情就是错的。有白和黑。"

芙罗拉咽下了一大口肉，显然迫不及待地又拿起了一块。"你指的是像你和我？"

"什么？不是的，我指的是男人和女人。"

"就像你和我。"芙罗拉说，满嘴都是肉。

埃迪很快地向下看了一眼，又把一点点油脂从她的盘子里倒出来，倒进了罐子。她从她自己的兔子肋骨上拉下了些瘦肉。

"是有一条线，一条我不会跨过的线。有一条把截然相反的两种事情分开的线。"

"比如杀人。"芙罗拉已经放弃了弄碎兔子的小骨头的打算，现在正在啃骨头，她把烤过的整只兔子拿到嘴边。"那条线许多人不会越过。"

死人。

"那不过是做你必须做的事情。"埃迪大声说，"有时候没有别的办法。"

"如果到了除了跟奴隶贩子合作就别无选择的时候呢？"

"总会有别的选择的。"埃迪不知道她身上什么地方感到饥饿。她不管不顾地吞了好多口肉，希望肉能走遍她空洞洞的身体，最后找到饥饿在哪里。

"是的，确实有。"

埃迪看着她，在她扬起的眉毛中看到了母亲的形象。

她叹了口气。

"不管怎么说，我现在还不想回不存在镇。我想向你透露一个秘

437

密，知道了这个秘密之后，你可以告诉我你想去哪里。"

"一个秘密？是哪种秘密？"芙罗拉的前额没有皱纹，很平滑。好像任何事情都不会让她感到烦恼，她好像总是能够回归心灵的平静状态。

我现在还在生她的气。还觉得很沮丧。她完全看不到这一点。
尽管如此，我还是想吻她。

"一个被人遗忘的地方，很奇怪，很美丽。"她说，"我去过很多次。"

她点点头，眼睛还看着她那只兔子的骨头。"好啊。听起来像一次探险。"她舔了舔手指，穿过房间去翻她的包。她带回了一只小铁锅。

"等你吃完了，把你那些兔子骨头丢进来。明天我们就有汤喝了。"

埃迪点点头："好主意。"趁着她那只兔子的骨头还干净，她把它们丢进锅里。她拿起装着那一点点兔脂肪的罐子，在她的包里找到了一个大小差不多的罐子。她拿出爱丽丝为她做的药水，把两只手指放进那种浓厚的白色制剂里。

提取出来的脂肪的气味明显地被爱丽丝注入的清新薄荷改善了。埃迪在其中加入了她从自己晚餐中提取的脂肪，用双手把它们混合在一起。她把这些脂肪涂抹在胳膊上，特别注重她灰色的干燥的胳膊肘。她卷起了她的皮裤子的裤腿，朝下抚摸着，她油乎乎的手制服了她腿上弯曲的汗毛，让它们像箭一样指向脚踝。她最后把油膏涂抹在脸上，薄薄地在脸颊和额头上涂了一层。

芙罗拉洗刷着盘子，一直在干活，但当埃迪睁开眼睛时发现她就在身边。

"在背后涂油的时候需要帮助吗？"她笑着，埃迪庆幸她是坐着的。

要。

"不了，谢谢你，但不用了。我必须一次少用点，不然在回家前就没有了。除非我能再杀一只别的动物，里面有更多的脂肪。"

芙罗拉看上去有些失望，但还是点点头。

"我准备沿着河边走走，看能不能在什么别的地方交上好运。"芙罗拉说。

埃迪很想朝她大喊大叫，她没有听出芙罗拉的暗示。"你有刀吗？"

"当然有啊。"她走出门时回头看了一眼，"请去把那个窗户堵上。"

埃迪把被撬开的板子放回原位，在院子里找了块石头当锤子。芙罗拉出去前已经把锅挂在了火塘上方，里面炖着兔子骨头汤，只加了一点盐，这锅汤闻起来比兔子肉还香。

现在天全黑了，月亮挂在树梢上。埃迪把她们的两套铺盖卷都铺开，又检查了所有的门窗。她想在火塘边坐下，但发现她坐不安稳。她仔细查点了一番剩下的药品。她在房间里走了一阵又坐下，接着又站起来走。

好吧，我写就是了。

她打开了那本自从初潮以来就有了的皮面日记本。她翻过了三分之一，坚决不去看被翻过去的那一大叠纸。她找到了自己最后一次写日记的那页，把钢笔蘸上了墨水。

埃迪之书

不存在历 104 年

夏季

坐在埃斯特尔狮王的卡车里开了一整天。卡车靠燃油行驶，熏死人了。射死了两只兔子。跟杰斐逊城的一个女人一起旅行。她叫芙罗拉，是织绸子的。把一个小女孩儿（迈尔斯）送到了杰斐逊城她母亲的家里。是从一个奴隶贩子那里救出来的。

就这么几个字，没写详细的情况，没讲故事。没做解释，也没找借口。埃迪的字写得大大的，像孩子那样写得工工整整，但也只用了不到三分之一页纸。

没等她把日记本放好，芙罗拉就推开前门进来了。

埃迪吃了一惊，伸手往靴子里拿刀。但看清了是她，这才如释重负地舒了一口气。

芙罗拉手里拿着一大捧沾满泥土的植物，是些块茎。"你猜我发现了什么！"

洗干净了之后，埃迪发现那些块茎竟然是竹芋。芙罗拉说，月光下可以清清楚楚地看到那些像箭一样的叶子。

芙罗拉看着手上的东西咧着嘴笑："吃起来跟土豆差不多。你们在不存在镇种土豆吗？"

"我不种，但有些农民种。我喜欢吃土豆。拿来填饱肚子最好了。"

芙罗拉点点头，把绿色的茎秆和叶子切掉，把削了皮的干净竹芋块茎丢进了锅里。"炖好了明天当早饭。上路之前可以大吃一顿。"

处理好竹芋，她把手在裙子前面擦了擦。"这么说，你还写日记？"

　　埃迪回头看了看她的紫色日记本，它还躺在地上她刚刚丢下的那个地方。

　　"是啊，这是……我们那儿的人都这么干。"

　　"为什么？"

　　她们紧靠在一起躺下了，天花板的裂缝里看得到外面的星空。埃迪尽其所能地给她讲了无名助产士的故事，说她的书是不存在镇历史上的第一本日记，结果成了那里的历史。

　　"所以现在人人都记日记。"她说，接着打了个哈欠，"要把孩子出生、有人死亡、收庄稼、扫货什么的全都记下来。我们全都写自己的故事，我们的子孙后代就会知道我们是怎样生活的。"

　　"你的日记里一定有很多旅行故事！我真想读一点呢。"芙罗拉说。

　　"你识字吗？"

　　"是啊，我小时候学过。"她很耐心地说。

　　"真的呀？在杰斐逊城的大多数人都识字吗？"埃迪很吃惊。在不存在镇，书记员和助产士都是知识分子，书记员是从学得最好的男孩子里面选的，助产士是从最聪明的女孩子里选的。其他一些人各有专长，像爱丽丝和其他药剂师，他们也能读。许多扫货者也就能读他们小时候学到的那一点儿，他们的青少年时代全都用来学习打仗和寻找道路的技巧了。他们也会带书回来，但最多只能看懂标题。

　　埃塔从小就被选作助产士候选人。她读过《无名助产士之书》的整本原著，还有其他的书，读过好多遍。她也读过她母亲随身携带的一本《医师案头手册》。她的初潮来得比较晚。为了这事，当时那些大妈都来了，乌苏拉大妈，普莱雅大妈和夏洛特大妈都来了。

她们把她带到红房子里住了三天。她们给她吃红色的食物，给她讲了一些她们自己的故事，像她们初潮时候的事儿啊，她们怎么选择自己的蜂房啊，还有她们第一个活着的孩子是怎么生下来的啊，这一类事。

当时埃塔的小肚子和后背都疼。尽管人们给她好多好吃的，但她差不多一点也吃不下去。她听着大妈们的故事，但知道自己一点也不希望这类事情发生在自己身上。

她们没有强迫她做出决定。她们在她的脖子上挂了个项链，那是用从南海带回来的珍贵贝壳做成的。她走回了自己的家，发现艾娜妈妈坐在厨房里的桌子旁边。

"我活着的孩子啊。"她从坐着的那张老旧的椅子旁站起身来说。

埃塔发现她母亲的木头肚子没绑在身上，这让她大吃一惊，那个肚子她差不多从不离身。母亲的拥抱比平时更加温柔，埃塔和妈妈的身子贴得更紧，她觉得自己离妈妈当年怀着她的子宫这么近，从来没有这么近过。

"妈妈。"她轻轻地说，"我决定——"

"嘘，现在先别说。"艾娜说，又坐下了。她把一杯覆盆子叶子茶递给了埃塔，茶味苦苦的。艾娜的蜂房总让家里有蜂蜜，看到埃塔脸上不乐意的样子，艾娜给她拿了一小罐。埃塔在茶里放了点蜂蜜，搅了搅才喝了起来，这时艾娜温和地对女儿说话。

"孩子，我为你准备了一些东西。不论你要说什么，你先收下我的东西，哪怕你说的话不合我的心意。但我希望，不论你决定做什么，都要全心全意地去做。要在你的一生中做出点成绩来。你听见了吗？"

"我听见了，妈妈。"

对于将要成为助产士的女孩儿，有三件传统的礼物。第一件是一本书。助产士用的书很珍贵，许多是大家公用的。艾娜的《医师案头手册》就经常和别人的《灵魂助产士》《出生的奥秘》这类书交换着阅读。

艾娜最亲密的朋友是那些助产士，不是那些大妈。助产士不能或者不愿意生孩子，有一条法令规定，任何妇女都不能身兼两职。这项法令很老了。女人迟早都要选一项，大部分人都选择要孩子，不管要冒多大的风险。

其他的大妈有两三个孩子，这弄得艾娜很不高兴。尽管艾娜怀孕六次，但却只生了一个孩子。她的书本没有告诉她，为什么她的其他孩子都死了，或者为什么她没有跟他们一起死。她借来的那些书也没有解释，为什么别的女人能生这么多孩子而她只能生一个。它们也没法告诉她其他的秘密，就像为什么有这么多女人一个孩子也生不出来，还有这么多女人第一次生孩子就跟没出世的婴儿一起死了。

艾娜大妈见过两次剖腹产，一次是灾难，另一次是奇迹。但这两次都是在母亲死后做的。

艾娜知道，还有比这样死去更可怕的事情。

艾娜最后一次怀孕时快四十岁了，她在那年夏天生了埃塔，是她唯一活下来的孩子。她当时差点大出血死掉，但子宫没保住，是由她们最好的助产士切除的，结果她过了很多个星期才恢复健康。艾娜当时醒来，身体虚弱，怅然若失，却发现达娜正在她身边给一个初生的婴儿喂奶。她还以为达娜会告诉她，她的孩子已经死了呢。

但不料达娜却把那个玫瑰色的小包袱递给了她。达娜说她很高兴自己有足够的奶水，让艾娜的孩子也能喝得上。

艾娜简直没法伸手接过那个婴儿。她不敢相信她的孩子是真的，是真的在那里，真的是她亲生的。

最后她终于自己给孩子喂奶了。随后她也明白，她的助产士训练走到头了。最后，她在一项庆祝仪式上为孩子取名埃塔。所有的大妈都来了，所有艾娜一直不爱搭理的人都来了。

艾娜妈妈坐在她活着的女儿旁边，手上拿着一个用柔软的鹿皮包着的小包裹。

"我活着的女儿啊，生活并不总是会像你希望的那个样子。生活里会有很多你现在做梦都想象不到的事情，因为你现在还没有经历过那些事。你明白我的意思吗？"

埃塔点点头，她的头发梳成了发辫，末端拴着骨头珠子，珠子随着她的动作咔哒作响。

"无名助产士看到了整个世界的变化，但这并没有让她停止追求她想要的东西。"

她想要找到她的情人杰克。

每次想到这个故事，她都感到热血沸腾，现在也依然如此。

她想要从奴隶贩子的手中救出那些女人们，为她们带来有用的药物。她是一个英雄。

埃塔对她的母亲点点头。

艾娜伸手打开了小包裹，把东西递给了埃塔。开始，埃塔看见的只有蜡烛的光芒在里面那东西的光滑表面上的反光。

东西到了眼前，埃塔才看到，这是一把左轮手枪。一把手枪，来自旧世界的一个礼物。她凝视着枪，但没有伸手去摸它。

"你从哪里……"

艾娜又坐到了椅子上，用手揉着每天被木头肚子勒痛的脖子。

"这把手枪过去是贝莉的，就是给你接生的那位助产士。她是从朱迪斯那里继承的，朱迪斯又是从艾米莉那里得来的，就是艾米莉法的那个艾米莉。艾米莉是从谢拉那里继承的，而谢拉是根据简医生死的时候的遗嘱得到的。简医生就是人们叫她——"

"——无名助产士的那个人。"埃塔吸了一口气。

"是的。"艾娜看着女儿的眼睛，"这把手枪是和她一起来到这个世界上的，它救过她的命。大妈们和助产士们都曾经是它的主人，无论你选择做什么，它现在是你的了。差不多一个世纪以来，人们清洗着它，给它上油，但却没有用过它。还没等到谢拉拿到手，枪就没有子弹了。但在这个世界上还是有子弹的，你会找到的。"

埃塔的眼睛里闪着光，她伸出手来摸着冰冷的枪管。艾娜把手放在女儿的手上。

"这就是你的。"她温柔地说，她们的视线交汇。埃塔因为初潮感到疲倦而且兴奋，她从母亲的眼睛里看到的只有爱。没有控制欲，也没有狡诈，她只能感到母亲的手抚摸着她的手，只能听到她永远也无法忘却的话语："这支枪里没有子弹，是空的，你可以往枪膛里放进任何东西。你可以放进泥土或者子弹。你可以永远改变世界，关键是将它指向哪里。你留下的可以是恐惧，也可以是正义。你可以像无名助产士那样重要，也可以像她枪下横尸的那些男人一样轻如鸿毛。你听见了吗？"

埃塔吞了一口唾沫。"我听见了。"她吸了一口气，屏住了呼吸，"我要成为一个扫货者。"

这一刻石破天惊。艾娜向后一仰，靠坐在椅子上，身体垮了下来。"孩子，你还没想好你该做什么。"

埃塔包好了左轮手枪。她肯定她的母亲想错了。

枪和书，这是无名助产士的工具。相比之下，埃迪更会用枪。

芙罗拉摇了摇头。埃迪的手放在她的日记本上。

"不是的。"芙罗拉说，"杰斐逊城的大多数人都不识字，我是到那儿之前学的。"

"跟你的那个奴隶贩子老板学的吗？"埃迪问。

"是的。他教会了我，这样我就可以读给他听。他很喜欢让哪个孩子在晚上读故事给他听，让他入睡。"

"他睡着了的时候你怎么不跑呢？"埃迪问，因为她觉得这是很自然的事情。

"因为我不知道该去哪里，或者靠我自己怎么活下去。"芙罗拉说话的声音里只有微微的锐气，"你知道，我当时才四五岁。我也不知道我现在多少岁，但我知道我那时还很小，根本就没法跑。"

"那时离你初潮有多少年？"

"什么？"

"嗯，如果离你第一次来月经还有六年，那时候你差不多四岁。我是说，这并不很准，但有个大约范围。"

芙罗拉半天没说话："我不记得了。"

埃迪还在抬头望着那一线星空："哦，振作点吧。对于'成为一个女人是神圣的'这一类陈词滥调你有什么感觉？是不是需要庆祝一番？"

芙罗拉没有回答。埃迪回头看向她，发现她已经转过去背对着她了。

肯定已经睡着了。

埃迪想知道她初潮的时候发生了什么，这一直是了解一个女人的方式。

可能，我可能会告诉她。等我们到了那个山洞的时候再说吧。

那锅炖兔子肉确实像埃迪期待中的那么鲜美。她吃了两大盘，还问芙罗拉她是不是可以把锅里的汤喝掉。

"剩下的归你了。"芙罗拉说。

她们又把东西装上了车，接着看了看地图。芙罗拉指出了一条一直向南去通往不存在镇的路。埃迪拉住了她的手指头，把自己的手放在她的手上，停在想去的地方。

"这地方很不好找，但我们离它不远了。"埃迪说。

埃迪慢慢缩回了手，芙罗拉微笑着看着她。她们之间传递的热量或许是从卡车上散发的，但她知道不是的。

"中午以前我们就可以到那里。"埃迪挪开了视线，希望早晨的空气能让她的脸凉爽下来。芙罗拉掀起了她的罩头帽子，眯着的眼睛看着路，这时她看着她。

芙罗拉点点头，挤了挤眼睛，闭着眼发动了卡车。"我现在最想要的是一副墨镜。整天戴着围巾，我的脸真受不了。"

"我的脸也是。"埃迪说，但卡车发动机的轰鸣声湮灭了她的话。

无名助产士告诉她喜欢的女孩儿约迪，说她是个女人。这个故事我读了好多遍。她就是把衣服脱了给她看。约迪不想要她，但芙罗拉可能想要我。这样可行。

有可能行。

面罩遮住了芙罗拉下巴上的曲线。埃迪能看到她脖子上闪光的皮肤，她右边的锁骨裸露在丝巾上面，她想要在上面吻一吻。

447

到了山洞。我可以在山洞里告诉她。

她的心在束胸下面发痒。

她们的卡车转了一个弯，经过一堆旧汽车碰撞的地点，那里有七八辆被锈蚀的车身，整个地方乱糟糟的长满了青苔。

"我知道我们到了哪里。"埃迪朝着她大声吼道，"在这里左转，往上开。"

她点点头，也有些激动。她的面罩垂了下来，埃迪能看到她在咧着嘴笑。

广告牌还在，但早就在岁月的侵蚀下变得空空荡荡的，只剩下了破裂的框架，框架里面的东西已经不翼而飞。在框架后面是一间矮小的砖建筑物，旁边耸立着一座表现两个男人的黄铜塑像，他们的头上带着奇怪的帽子。塑像生了锈，但在阳光下闪闪发光。

芙罗拉给卡车熄了火，她们拎着背包，把其他的东西留在车里。埃迪走在她前面，向那座塑像跑去，还对着它微笑，就像它是她的老朋友一样。过了一会儿，芙罗拉也跟着她上来了，还弯腰看着这两个人前面的名牌。上面的文字因为很多黑色和绿色的锈点模模糊糊的，但芙罗拉还是读了出来。

"杰西·詹姆斯。这人是谁啊？"

埃迪摇摇头："我有一次在一本书里读到过他的事，一个旧世界的著名罪犯。"

"一个奴隶贩子？"芙罗拉回头看着她，脸上露出困惑的表情。

"不是，他是个抢钱的罪犯。"

"什么是钱？"

埃迪耸耸肩："那是一种纸，人们用它来买食物。我母亲想对我解释那是什么，还有一些老师也解释过。但没有什么人真的明白那到底是什么。就好像有一种人们会为它而战的想法，结果弄得它非常珍贵。"

芙罗拉摇了摇头："这一点道理都没有，他们不能直接交换食物吗？"

"这就像你想拿整座城市出来跟别人交换一样。"埃迪又开始解释上了，"但你没法把城市带上，所以你就带上一张纸，纸上写明可以用城市换食物。"

埃迪向前伸出手，摸了摸跪在那里长着胡子的那个人的膝盖。"我跟训练我扫货的人离家出来，第一次就到了这里。那时我还是个孩子，根本不知道世上还有这些东西。"

"谁训练你？"

埃迪皱了皱眉头："两个男人。埃罗尔和里卡多，他们在几年前被派到西边去了。从此再没有人见到他们，他们是好人。"

芙罗拉把一只手放在埃迪的肩膀上，结果又有了在车上的那种感觉，又是那种灼热，这次可以怪罪的就只剩下不断升起的太阳了。埃迪伸出手来，捧着她的半边脸。她的脸很温暖，很光滑，她们两个像一对磁铁一样慢慢地靠近。

"你就是想让我来看这个塑像的吗？"芙罗拉问。

这一刻又被打断了，埃迪把手缩了回来。"不，不是这个塑像。走这边。"

她带着她走上了通往砖房的台阶。埃迪回头看了看，发现芙罗拉的脸上出现了不确定的表情。她伸出了手，拉住芙罗拉："相信我。"

建筑物里面很黑，只能从窗户里透过一点光，有些窗户上还有带着裂纹的玻璃。里面的搁板上放满了破东西，芙罗拉走向一堆满是灰尘的腐烂塑料袋。

"这里面有布料。"她撕开一个塑料袋的时候说，灰色的尘土颗粒四下弥漫。

埃迪的回应是一阵咳嗽，但芙罗拉拿出来一件棉布衬衣。哪怕光线不足，埃迪也能读出这件衣服上印着的字。

"梅拉梅克……洞穴。66路。"

"这是什么意思？"芙罗拉的两只手指夹着棉布抚摸着。

"洞穴是个过去的词，意思是山洞。"埃迪说，"梅拉梅克就是这个地方的名字。我不知道是什么意思。"

"那个数字呢？"

"他们就这么称呼这条大路。如果你仔细看，就能看到这条路被标在旧地图上。用的是这种形状的标志，就在这里。"她的手指指着带着这个数字的盾形标志。

"为什么一条路要用数字而不是名字来表示呢？"

"我想是因为那时候路太多了。"埃迪说。

"好吧，这里有好多衣服啊。我想在我们走的时候装一些到车上去，哪怕是碎布也好，旧世界的布料总是很吃香的。"

"没问题。"埃迪说，她急急忙忙地从背包里拿出一个旧火把，觉得火把里渗着油的棉纱还够用。她用打火石在钢条上摩擦着，总算把火把点着了，接着又拉起了她的手。

她们走向建筑物的后面，那里有一条向下的阴森森的阶梯。她们摸索着走到底，能感到温度在降低。埃迪举起了火把。光亮照亮了周围幽邃的空间，但实际上只照亮了一点点地方。看着眼前空旷的场所，芙罗拉不禁有些畏缩，她绷紧了身体，靠近埃迪。

"我的天，这是什么东西？好像是很大很空的……什么东西似的。"她看上去好像突然感到害怕了。

埃迪对她咧嘴笑着，同时把火把举得更高。"只是稍微有点吓人罢了，接下来才是真正让人兴奋的东西呢。"

芙罗拉看上去不是很确信，但还是跟了上来。

这条路越走越往下，芙罗拉看到了从她们头顶上垂下来的交错的长石头尖刺，这时她第一次倒吸了一口冷气。

"它们会掉下来的！"她的声音嘶哑而尖利，已经差不多是在大声尖叫了。

埃迪的手紧紧地握着她的手，带着她一直走向包围着她们的黑暗。

"不不不。"她说，"看上去是在往下掉，但你再仔细看看，明白了？"她拉着芙罗拉走到过道的一边，那里的石头尖刺垂得很低，她还把一只手放在尖刺上。"这是水在不知多少万年间弄出来的形状，是千百万年的滴水造成的。埃罗尔告诉我的。这个世界形成没多久它们就在这里了，我们死了以后它们还会在这里不知多少年。"

山洞里闻起来有种辣辣的、咸咸的气味，芙罗拉的脸在朦胧的光照下绷得紧紧的。最后她们终于停了下来，这里比开始的地方深多了。

"在这里坐坐吧。"埃迪告诉她，帮助她坐在石头地面上。她拿着火把在周围沿着火烧过的痕迹转了一圈，又发现了几个火把，把它们也点着了。她们坐在一圈火光中间，芙罗拉看着周围，她意识到，她们在一个蓝绿色的池子的边缘。芙罗拉把手指放进水里沾了点水尝了尝。埃迪知道水是苦的，会让舌头觉得刺痛。

埃迪轻轻笑了一下。"如果你想的话，我们可以在这里游泳。"她告诉她，"但是喝起来味道不怎么样。在这附近有一道泉水，我们可以在那里洗澡。但如果你渴了，那就要喝水壶里的水。"

芙罗拉做了几次深呼吸。埃迪把手放在她的手上，带着一种难以克制的开玩笑的意思。

"埃罗尔和里卡多告诉我，说山洞是神圣的地方，特别是对女人。因为那里隐藏着秘密，就像孩子在母亲的子宫里。他们说，在有些地方，人们要在这样的山洞里庆祝女孩子的初潮，要在神秘的黑暗里。"

芙罗拉别开脸去不看她，她的脸上表情丰富。埃迪温柔地把她的脸转过来对着她。

"不是那样的。"芙罗拉说。

她看上去好像很内疚。但这是为什么呢？

"什么不是那样的？"

芙罗拉摇了摇头，把埃迪的手从她的手上推开。

"我……我变成女人的时候没有庆祝。我们不……"

看到火光在芙罗拉的眼睛中闪耀，埃迪叹了口气。

"所以我把你带到这里来，要告诉你一件事，这是一个秘密。我们的秘密。因为我喜欢你，所以我想对你诚恳坦白。"

芙罗拉又摇了摇头，眼泪涌上了眼眶。

"你怎么了？"

"没什么，我没事。说吧，告诉我。"

埃迪紧张地笑了笑，把衬衣拉到头顶上脱掉，让她看了看缠在胸前的长条绷带。她把手伸到身侧，熟练地打开了那里的结，把解开的绷带缠成一卷，一直到最后能够自由呼吸，她的每一寸皮肤都暴露在山洞里阴冷潮湿的空气中。她的胸部从束缚下跳跃着解放了出来，因为有点冷而微微翘起。她有些紧张，但这种感觉真好。

"我不知道杰斐逊城的人们有什么感觉，但在不存在镇，两个女人是不能住在一起的。"她羞涩地开始说，"这是因为……人们说这是浪费，因为女人应该组建蜂房，但我却……我从来也没有……芙罗拉，我对你有一种感觉，有点像是爱。"

埃塔跪了下来，身体前倾，吻了她。芙罗拉全身僵硬，她的脸是湿的，她在发抖。

"怎么回事？是山洞的问题吗？是我吗？"埃塔的身子缩了回来，有些担心。

芙罗拉摇了摇头，向前扑去，狠命地吻着埃塔，释放着长期积压着的渴望。

她只退回来了一点点，接着又把埃塔的前额顶到自己的前额下面。"这不是爱。"她沉重地说，"你对我的了解还不够。但你真的想要我，我也想要你。"她咬着埃塔的下嘴唇，埃塔觉得她全身都绷紧了，在令人欢愉的痛苦热浪的冲击下痉挛不已，"但是你不懂，你不懂。"芙罗拉紧贴着埃塔的脖子轻轻地舔咬着。

"你过去曾经和女人一起过吗？"埃塔喘着粗气，拉扯着那些缠着芙罗拉的数不清的丝绸缀带。

"是的，没有，有一点吧。"芙罗拉的声音听起来还有点像是害怕，埃塔弄不清是怎么回事。

脱了吧，让我看看你，我做给你看，我告诉你该怎么做。

她再一次拉扯着芙罗拉缠绕在一起的衣服，但找不到能够解开的地方。她不再拉扯那件衣服，而是从芙罗拉的腋下抓住她，抬高她的身体，把腿的重量向上牵引，交换了她们的位置。芙罗拉变得连气都喘不过来，当她的脸向上对着火光时，埃塔看到她还在哭泣。

"你没事吧？"埃塔问，凝视着芙罗拉灰色的眼睛，"我可以停下来。你想让我停下来吗？"

"不要停下来。"芙罗拉抽泣着。

埃塔把嘴贴在她心爱的锁骨上，开始温柔地吻着她，然后力度越来越大，接着咬着她，想要向下滑，要在丝绸的帘幕中找到她的胸部。

"埃迪……"芙罗拉的声音小到几乎听不见。

"叫我埃塔。"埃塔说。

芙罗拉一遍又一遍地说着，舌头动得很快。

"帮帮我。"埃塔紧贴着芙罗拉的皮肤低语着，"帮助我找到你。"她手往下伸，从芙罗拉的膝盖后面向上滑动。

这里，她觉得她的两只手都沿着芙罗拉的腿向上，感到了皮肤下的肌肉在跳动。她把大拇指塞进了芙罗拉的大腿中间，同时凝视着她的眼睛，舔着她的嘴唇，知道她下一步要向哪里挺进。

这里，我来了。这里。

埃塔的手第一次碰到了芙罗拉怦怦跳着的隆起，这时困惑划过她的脸庞。埃塔的两只手都迅速地触摸着隆起，感知着它的整个形状。这时，埃塔的脸上出现了恐惧。她明白她摸到了什么，这层理解从胳膊向上，一直走进了她无法相信的心里。

她向后退着，在丝绸的闪光下离开了芙罗拉的身体，长长的丝绸纤维重新掉落，盖住了芙罗拉的大腿，让她看上去又显得十分端庄。芙罗拉坐了起来，向埃塔伸出手来。

"等一下！请等一下。等一等。"芙罗拉恳求着。

埃塔找到她的衬衣穿上，站在几步之外。

"你到底是什么人？"她毫无风度、恶狠狠地问。

"我是个女骑手。"芙罗拉凄惨地说，"我知道你不止一次听到过这个词。你真的不知道这是什么意思吗？"

埃塔两手抱在胸前："你怎么能这样？"

芙罗拉的鼻子吸了一下，想笑一下："你也是这样的吧，埃迪。"

"这是不一样的！我这样做是为了生存。"

这次芙罗拉真的笑了起来。"完全一样。"她说，"但你是个女人，我一点都没看出来。我必须说，你真的干得非常不错。"

"是啊，因为我全靠这样才能活下来。"埃塔一边说，一边又缠上了她的绷带。

芙罗拉急急忙忙地喘了口气："我们能不能说说这件事？"

埃塔轻轻笑了一声："我走了。你可以自己找路出去。"

芙罗拉几秒钟之内就站了起来，站在埃塔身边："刚刚你还爱着我，现在就要把我丢在山洞里了？"她说话的口气带着责备，就像把山洞顶上尖利的石钟乳挂在了嘴上。

我一下子就可以制服他，我可以理解他，我在这里是安全的，你现在到底在哪里？

埃塔用了一秒钟控制自己的呼吸："那好吧，让我们聊聊吧。但你不能碰我，明白吗？"

芙罗拉点点头，看着火光照亮的洞穴表面。埃塔转过身来，又在慢慢地缠着束胸。

"你这样干了多久了？"

"你什么意思？"芙罗拉的声音很小。

"装成一个女人。"埃塔的声音又放低了，尽量放低。

"我没有假装。"芙罗拉说，"我一直就是这样的。"

埃迪什么都没说，一直背对着她。

芙罗拉从她的包里拿出了一个厚厚的布包袱，把它放在身前。

她等着，当埃迪转过身来时，她用双手做了个手势："能请你和我一起坐坐吗？"

埃迪盘腿坐下，两手放在大腿上。

芙罗拉指了指她的工具，"我有一把很好的剃刀，能让我的头发的样子随我的心意改变。我用这种染发剂，它能让我的头发是红色的。我用这种金属钳子拔眼睫毛。我尽量让自己看上去很美丽。"

"一个美丽的男人。"埃迪语带讽刺地说。

芙罗拉咬着嘴唇，眼泪涌上了眼眶，她说话的声音都颤抖了。

"这个罐子里装着特殊的乳剂。给我们送行的那些女骑手把她们能省下来的都给我带来了。这是怀孕的母马做的。那些女人用大脸盆做的，把它跟油脂和……我不知道的东西混合在一起。其中大部分成分是保密的，这是来自旧世界的一种方法，可以让需要长得像女人的人使用。让她们成为女人。"

"你不是个女人。"埃迪斩钉截铁地说，"你的真名是什么？"

芙罗拉现在流泪了："我的名字是芙罗拉，这是我自由的时候得到的名字。在这之前我们没有名字，我什么都没有。"

她用了一会儿才让呼吸恢复平稳。"我从来都不是个男孩儿。"她说，"我被人当女孩儿卖了一次又一次。是一位女人教我做这一切的，她教其他的女人怎么为男人服务。我恨这种做法。我知道我是个'女孩儿'，而且我知道我喜欢其他的女孩儿。我和其他的女孩儿或者男孩儿不一样。我是……另外一类人。"

我是另外一类人，我知道我喜欢其他的女孩儿。

埃迪的胸中涌上了同情，但这时它还很小，很脆弱。她试图把它踹出去。

"我就像一只蚕。"芙罗拉凄惨地说。

"什么？"

"你见过蚕的，出生的时候是虫子，吃树叶，你一碰，它就爬到你的手指上。那就是我，我变成了另一类人。我有了翅膀，但我还是个瞎子。我不能飞，我永远也没法真正地……"芙罗拉清了清嗓子，抬头看着埃迪，看着她的脸，"你知道？"

我变成了另一类人。

埃迪记得雅典娜在那颗桑树下给她看的那些蚕，还记得当时那些小虫子是如何打着转，把自己暗淡的身体变成什么别的东西的。

埃迪想到了那张椅子，觉得自己被包在一个铁锈、泥土和时间的茧里。

我变成了什么别的东西。

"于是你就崩溃了，所以你什么都不是。"

芙罗拉振作了起来，心碎之后愤怒来临。"我是芙罗拉。"她说，平和的低音中透露着粗糙的呐喊，"我是一个纺织工，一个缫丝女子。我和你一样，也是有尊严的人，埃迪、埃塔。崩溃了吗？什么都不是吗？"

埃迪的下巴缩了回来，好像被她抽了一个耳光。

"不，我这样做只是为了生存，我做这些的目的和无名助产士是一样的，是要活着当我的扫货者。"

"我也一直活了下来。"芙罗拉说，她的声音嘶哑，但她看着她的眼睛，"而且我这样做能让狮王的人搞不清是怎么回事，这样他们就不会把他们看到的每一个女人都抓起来。我为其他女人服务，我爱其他的女人。但杰斐逊城人不接受这一点，多少年来我从来没有过情人。"

说到这句话，她的声音中断了，话语中的寂寞比山洞还大，比世界上任何山洞都大。她是喊着说出来的，她听着自己的话的回声。

"如果你不肯跟我做，我不在乎。"她说，"我根本不在乎。但如果你真的有一丁点爱我，你就会想要了解我。看到你解开束缚，了解了你，我万分高兴。"

芙罗拉不管不顾地抽泣起来，她的脸埋进了两捧她自己织成的丝绸里面，埃迪的脸不禁烧得滚烫。

这不一样。真的不一样。

我还是想吻她。

他。我没法碰他。

她。

这不一样。她是一样的，但这不一样。我们不一样。

她们就这样坐了好长时间。芙罗拉哭得死去活来，最后倒向一边，缩成一团，就像一个婴儿，醒来时发现自己一个人，身子冰冷。

深呼吸。

你现在在哪？

这是羞耻吗？我为此感到羞耻？我简直气得要杀了她。他。他骗了我。

我骗了她。

这不一样。

458

埃迪看着她后背的曲线，感到时间和过去的伤痛在冲刷着她，在她的身体中流淌，塑造着她的形体。

我们看到的东西给我们形体。

埃迪看着那些石笋，想起了里卡多教她这个词的那个时候。这些石笋尽力向上生长的方式，而那些垂下来的石钟乳也在尽力向下生长。从那时候起她就知道，在每一个男人和女人的身体中都有一个像这样的地方，那里是石头做的，改变得很慢，通过他们看到的、听到的和亲手做的事情，年深月久地塑造着自己。

怒火渐渐散去，怜悯扎下根来。怜悯逐步消散，渴望袭上心头。但她还坐在那里。

一根火把熄灭了，然后又是一根。埃迪向周围看了看，她想睡一下，确信至少会剩下一根火把在燃烧，她不想在醒来的时候周围一片黑暗。

埃迪在她身后躺下了，然后慢慢地爬着，在她身后缩成一团。

"我不知道这是什么意思。"她低声在芙罗拉耳边说。

"我不知道这一切是什么意思。"她粗声粗气地回答，"但我很想让你抱着我。"

她抱着她，在地球上的一个人们久已忘记的深深的洞穴里，她们睡着了。

外面是春意盎然的季节，世界正在苏醒。

第二十章

蜜蜂？

这个想法让埃迪吃了一惊，醒了过来。她坐直了身体，摇晃着芙罗拉，她的脸在最后一支火把的光照下有些肿胀。

这声音在洞壁上回荡，好像一个很小或者很远的合唱队的歌声。虽然不是很像蜜蜂的嗡嗡声，但让埃迪觉得离她很近，足以让她感到害怕。

为了弄蜂蜜，埃迪曾经摇晃过树，或者爬到旧阁楼里，结果不止一次被蜜蜂蜇伤。哪里都没有好的产糖作物，跟烤面包师傅交朋友最有把握的方法就是能常常给他们带蜂蜜。用蜂蜜换来面包或者珍贵的小块蛋糕之后，爱丽丝会买埃迪得到的所有蜂蜡和蜂胶。每一个药剂师都会买蜂蜡，每个书记员和酿酒师也一样。

但埃迪总是卖给爱丽丝。

如果是蜜蜂，那这群蜜蜂一定数目惊人。

她们慢慢起身蹲着。埃迪对芙罗拉做了个手势，让她去把火把拿过来，她很快就照办了，避开了她们周围的水洼和水塘。埃迪也已经抽出了手枪。

她们沿路走了上去，然后又走上了通向那间低矮砖房的台阶。建筑物内灰蒙蒙的光亮指引着她们，这时她们熄灭了火把。当她们走近窗口时，埃迪用没拿枪的手对芙罗拉做了个手势，让她留在后面。

如果是蜜蜂，我们将无路可逃。俯下身体，跳进水里。

她还记得里卡多让她千万别喝这里的水的警告，当时里卡多说它很咸，味道很古怪。埃迪的老师们不知道喝这种水有没有危险，但知道它不适于饮用或者洗浴。

开枪打蜜蜂没什么用。

当来到窗口时，她发现她用不着这么干。

"是些该死的蝗虫。"她绷着脸说，"我真不敢相信，从上一次在春天见到它们，到现在已经七年了。"

芙罗拉笑了："这没事。"

埃迪回头看着她："有它们在，开车很不容易，我们需要眼镜，或者能挡住一些东西的护面罩。"

芙罗拉已经在动手撕开那些装着棉布衬衣的口袋了。"我有办法。"她说，"我们在杰斐逊城做篮子面罩，上面有孔，能看到外面，但虫子钻不进去。用这些棉布做这东西很容易。"

她用自己的小刀在布料上割了些缝，然后把它们撕成长条。她在埃迪脸上蒙上了一个，埃迪不适地把手伸到自己脸上。

"我只能看到眼前的东西。"她抱怨道。

"就像一匹戴上了眼罩的马。"芙罗拉说。她正在把她那些长条丝绸重新散开系上，让它们能遮得更严实些。

埃迪不明白什么叫"戴上了眼罩的马"，但芙罗拉提到了马，这让她回想起了早先的感觉，觉得自己受了骗。

"我觉得这样就行了。"

芙罗拉还没打算走："我们去哪里？"

她透过芙罗拉做的面罩的网格看着她。她没法一眼看到她的全身，必须挪动着脑袋从左到右扫视，才能看清整个房间。

"你想回杰斐逊城吗？"

她双手抱在胸前，丝绸垂在胳膊上："现在还不想。你想把我送回去吗？"

埃迪低头想了一瞬间，做出了决定。

"不，我不想。"

芙罗拉点点头："我说，我想我们应该互相保证，绝不向对方隐瞒任何事。如果我们一起上路，那我们就需要彼此信任。你同意吗？"

埃迪点点头。

"你还想要我叫你埃迪吗？"

"我在路上就是埃迪，就这么回事。"

芙罗拉坚定地点点头："那好。"

她向前走去。现在视野狭窄，她只好拉住埃迪的两只手，试探着往前走。有一瞬间，她像埃迪看到的两个女人之间那样，两手拉着埃迪。接着她放下了右手，只拉着她的左手。

她们走了出来，仍旧拉着手，走进了嗡嗡叫着的昆虫云雾里。

埃迪手指着地图上芙罗拉开车应该走的路线。她们现在开着车，走的是一条宽敞的大道，过去埃迪步行的时候总是会避开这条路。

这条路有的时候会被古老的汽车车身堵住，但她们总能想办法开过去。公路边缘有裂缝，有垮下来的地方，有些地方被雨水和洪水冲垮了一大块，卡车的木头车轮在石头和被车轮碾过的碎片上碰碰撞撞。埃迪注意到了这一点，在给卡车加油之前检查了车轮。

如果这辆卡车开不动了，我们就只能走路了。不管怎么说，我过去一直是走路的，走路更安静些。况且我们已经开车走了这么远了，这比走路快多了。

她们沿着旧世界的那条州际公路向西行驶。现在她们开始迎着太阳开而不是背对太阳，所以埃迪知道，她们得在什么地方搭营过夜找东西吃了。她们随身携带的食物本来就不算充足，现在更是没剩多少了。

她检查了一下自己的背包，剩下的碎麦粒只够做一次粥了。她知道芙罗拉还有一点盐和一些水果干。

她透过面罩的缝隙仔细地看着路边，寻找任何能吃的东西。她总是春天出来扫货，她知道这时候的水果和蔬菜虽然不大，但已经足够成熟了。野物很傻很多，在外面乱跑，想要繁殖后代。

芙罗拉轻轻拍了拍她的肩膀，意思是她们很快就需要停车了。她使劲点点头，指了指自己的屁股，往一边挪了挪身子。

是啊，我的屁股也被硌得生疼。

停车了，她们僵硬地下了车，跌跌撞撞地走着。她们差不多整天都没停下来过。

"我去看看能不能找点东西吃。"埃迪说。

芙罗拉站着，抬起一条腿，把膝盖靠近前胸，想要舒展一下大腿的肌肉。

"我再也不坐下来了。"她呻吟着，"我去生火。"

她们刚刚停在一段荒凉的大道旁，附近没有建筑物，也看不到有人居住的迹象。芙罗拉对此不太高兴，她特别不愿意睡在露天里。但她很高兴能停下车，因此不想跟埃迪争论该不该睡在外面的问题。

她像个老太婆那样慢腾腾地弯着腰，捡了一小捧干柴来生火。她在一棵开着花的大树下找了块平坦地方，铺上了一层层干柴，中间还夹了一点旧棉布。她用火石火镰打着了火，用自己的身体挡着风，一直到火烧到足以维持住为止。

她伸着懒腰踱着步，添柴维持着火，低声哼着歌，眼睛看着路，等埃迪回来。

在这条旧世界的高等级公路的另一边，埃迪走在一个古时候的洪水留下的低洼地上。她发现了野兽的痕迹和橡子的残渣，所以断定这里定会有一头野猪。

她曾经在野地里见过披着长毛的真正的大野猪，也在不存在镇见过人们饲养的较小的、更温顺的家养猪。她静静地一动不动，等着看在这里的是哪一种。

这是一头小猪，比一头小乳猪大不了多少，就是这家伙在挑战她的狩猎本领。埃迪觉得这样也不错，因为她们没有多少盐，没法腌肉或者把肉保存起来以后吃。

她在弓上搭上了一支箭，"唰"地一箭射中了这只小猪，但只是射中了它腿上肉厚的地方。她只好追上去砍断了它的脖子，放光了血之后带了回来。

尽管不是什么熟手，芙罗拉还是帮着埃迪把那只小猪开膛破肚，然后一起把它烤了，先吃烤得裂了缝的肥肉，然后等着更大块、肉更多的地方烤熟。

"所以……"埃迪说，"我想问你的一切情况，但我敢说，你今天晚上不想把所有的事都告诉我。"

芙罗拉擦了擦嘴边的油脂，她的眼睛在火光的照耀下闪闪发光："我也想问你很多问题呢。"

"好吧，那就你先问吧。"

芙罗拉正在把一小块肉往嘴边放，但送了一半停了下来。她看了她一眼，然后看着火。

"你以前去过埃斯特尔。"

"是的。"

"但你不知道狮王？"

埃迪耸了耸肩："我一般不在城市的主要部分活动，我尽量不和任何人见面。"

芙罗拉有点烦躁："嗯……狮王的人到处都是。还有不少像杰斐逊城这样的小镇子，我们这些镇子全都向他进贡，他……他的势力到处都是。"

埃迪瞪着她，让她不敢跟她对视："进贡？那些孩子们都是贡品吗？"

"什么？不！不是的，我们主要是按码给他布匹。那些孩子……女孩子不一样。狮王到处抓女孩子。不肯交出女儿的人最后都被杀掉了。"

"最后反正都得死。没有了女孩儿，也就不会有女人。没有女人就没孩子，杰斐逊城的传承迟早会断的。"

芙罗拉别过脸去，埃迪看着她从耳朵下一直延伸到锁骨的那根长长的肌肉。

还是那么漂亮。

没什么意义，但确实漂亮。

"除非你们女骑手有什么秘密。"她淡淡地说。

芙罗拉面对着埃迪，她的眼睛搜寻着她的眼睛。

"怎么了？"埃迪问。

"没什么。"她的视线又挪开了。

起风了，把烟吹到了埃迪的脸上，她站了起来，收集她们吃饭时丢弃的骨头，准备带到营地外面去。芙罗拉又说话时她几乎没听见。

她回头问她："你刚才说什么？"

"你以前怎么从来没有来过杰斐逊城呢？你说你干这行已经好几年了，拯救妇女和女孩儿们。为什么你不早点到我们的镇子上来？"

她走回火堆旁边，低头看着火，没有立刻回答。

"我做学徒的时候弄明白了这些路线。里卡多，他保留着那些旧地图，他告诉我怎么找路；埃罗尔教会了我要找些什么，怎么分辨东西是不是有用。我只不过是……从来不改变路线，我总是走那一条路。"

"为什么？"

"我沿着那条路能找到好东西，那条路上有好多小聚集地，人口加起来刚好够一个镇子，可以交换一些有用的货物。"

"但你哪里都可以去啊，你可以去探险，什么都看看。"

埃迪的呼吸加快了，她尽力控制住自己。

"是啊，我哪里都可以去。"

你现在到底在哪里？

深呼吸。

"那你去过哪些地方？"芙罗拉很兴奋地问道。

埃迪把腿向她身体前面伸展着："到处都去过。向南到过欧达克斯山。东边到了埃斯特尔。北边到过法瑟斯。但西边……西边没什么地方可去。埃罗尔说的。"

"如果你能去，你想去哪儿？"芙罗拉的眼睛闪闪发光。

"想去哪儿？说得好像你正在计划上哪去似的。"

她吃惊地眨眨眼睛："哦，去哪里都行。只要走出去就好——"暮色正在降临，她在她们周围用手画了个圈，"只要不是杰斐逊城就行。这简直不可思议。"

"你说你小的时候在佛罗达，那是哪里？"

她情绪低落地低下了头："我想是在南边。那里热极了，那里的树很不一样。叶子就像很大的扇子一样，不像摇晃的小手。而且那里还有各种水果，色彩鲜艳的甜橙子，好多果汁。但我那时太小了，而且总是很害怕。我差不多什么都不记得了。"

"你说你被人当作女孩儿卖。"埃迪开始问话，"为什么会这样？"

"我被割了，而且我的头发长得很长。"

"你被——"埃迪顿住了，她觉得喉咙哽咽了。她想起芙罗拉曾说过，因为被割了，所以没法有孩子。她曾经以为……

"阉割了。"芙罗拉小声说，"所有的漂亮男孩儿都这样，这就让我们不会长成男人。"

"但你还是——"她又一次感到了山洞里的那种震惊，这让她的心跳加快。

深呼吸。

467

"是的，但没什么用，我们没那个功能。我没法让人怀孕。你知道这是怎么回事，对吧？你读过不少书。在你们不存在镇没有男孩儿吗？"

埃迪身子后仰，后脑勺枕着手掌，努力要让自己显得放松些。她们每到这时似乎总会开始同样的争吵。

"不，我们不会阉割男孩子，我们有蜂房。我们只会阉割牲畜。"

她们有一小会儿没说话。风又吹起来了，芙罗拉的暗红色头发在她满怀渴望的脸前飘荡。

她没有因为我的话生气，很好。

"这是典籍上的事儿，记得我跟你讲过的那本书吗？在无名助产士的时代，当时有一个男人，名叫小风。他……他和另一个男人住在一起，他打扮成一个女人。这件事是书上写的，是他们自己写的。"

芙罗拉身子前倾，听得入迷："她后来怎么样了？他们怎么样了？"

埃迪眼睛盯着火堆："我不知道，这本书里再也没有提到他们。但这种情况不是只有他一个人有，有好几个人……在不存在镇就有那种情况。他们在大多数情况下就两个人在一起，就像关系特别密切的夫妻一样。他们中间有些人打扮成女人，但谁也没有假装自己是女人。他们没有被阉割，他们长胡子，看上去像男人。"

"就像你一样？"

她仰起头来："你能看见一根胡子吗？"

芙罗拉低头看了看："不是，我的意思是看上去像个男人。就像

468

你这个样子。你一定花了很长时间才做得这么好。"

"我在家里没法当埃迪。"她马上说，"这会很丢面子，我的母亲……"

"她不明白吗？"

埃迪鼓起了两个腮帮子，身子朝前，微微有点驼背。她想起了艾娜疲倦的面容，她的嘴不停地说着孩子、孩子、孩子。

"不，她不明白。我出去的时候是埃迪，回家了就是埃塔，我是两个人。"

"现在的你……现在的你是真的你吗？你在心里一直都是埃迪吗？"

她突然抬头看着她，芙罗拉被吓了一跳。她想要断然宣布，她内心是谁跟任何人毫不相干。

她想了好长一阵子。

我不知道答案，这比她提出这个问题更让我生气。

"我想读那个故事。"

"什么？"她有点记不清她们说到哪里了，"什么故事？"

"小风的故事，无名助产士的故事。旧世界，整个故事。"

"故事很长很长，但你可以读简写本，是人人都读的那份。我们回到不存在镇你就可以读。"

芙罗拉向前跳了起来，她的丝绸好像一只气球一样在她周围飘起。"对！带我去不存在镇，我真想看看那里！"

看到埃迪对她的热情没有多大反应，芙罗拉收敛了一点儿。"我们去哪里？"

埃迪死盯着地面不抬头："我们现在走的就是去不存在镇的路。

但我现在不打算去那里，因为我先要……"

"你先要救出一个女孩儿，对不对？但你已经救了一个呀。你救了迈尔斯。"

"我应该把她们带回不存在镇的，带她们到安全的地方。杰斐逊城不安全。"

"那你就把我带回去好了。"

"你不是——"

"在所有重要的方面我都是。怎么，你从来没有带回一个不能或者不想生孩子的女人吗？"

"问题不在这里。"埃迪知道她已经输了，她感到脸烧得更烫了。

"你的意思是你必须带回战利品，就像狮王的爪子。"

"不，不是像那样的。我不从任何人那里白拿东西。"

"是啊，你只通过杀人得奖，而不会通过安排女人得奖。真高尚啊。"

"那是拯救！从吓坏了的母亲那里抢走哇哇大哭的孩子，剥夺奴隶贩子的非法财产，这两者之间是不同的。如果你连这一点都看不到，那我们之间就根本没什么好说的了。"

"我们有很多共同点。"芙罗拉的声音坚定得如同磐石，"而且你也和他们有很多共同点。"

埃迪觉得胸中好像充满了沸腾的热量，好像只要一说话，她的言语就会让两个人都受伤。"不管怎么说，我没法带你去不存在镇。他们一眼就能看出你是什么人，而且他们永远也不会接受你。"

"你过去也不接受我。"

芙罗拉离她越来越近，埃迪在逐步退却，离开火堆。

芙罗拉的声音坚定不移："你看不出我的情况，因为你觉得世上只有两种事物：男人和女人；好的和坏的；奴隶贩子和拯救者。你看到的世界比我看到的更大，但是你知道的没有我多。埃迪，世上的事情多得你做梦都想不到。你看不到它们，只是因为你不想看。"

她的身后是火堆，火光清清楚楚地显现着她的身影，她的身影遮盖了星星。太近了，她笨手笨脚地打了她一下，主要是想挡住她，而不是想伤害她。动手之前埃迪完全没想到要这么干，她从芙罗拉的身子下面逃了出来，刹那间便站了起来。

埃迪对着她的黑色轮廓说话："不，要，碰，我。我说过的，如果你记不住，那么——"

"我知道，我知道。我只不过在想……我只不过……"芙罗拉急急忙忙地眨眼睛，想忍住眼泪。

"我睡觉去了。"埃迪说。

"好吧，你去吧。"

"明天早上我们就去不存在镇。"

"如果我们去那里，你不用告诉他们，你觉得我是什么人。"芙罗拉的声音中断了，埃迪知道她正在哭。

"我知道，我不说。"

她们再也没说话。

第二十一章

开始的时候，不存在镇只是要塞本身。当无名助产士还活着的时候，每个人都生活在要塞的大墙内，每家每户都靠自己的耕地生活。一个世纪之后，镇子周围全都变成了耕地。人们养绵羊、山羊、猪，还有少量奶牛和水牛。镇子三面都栽种着一片片的土豆、玉米、棉花、麻、小麦和高粱。不种庄稼的地方是人们半栽培的树林，专用于狩猎的猎人们按季节猎取鹿、火鸡和大雁。通往镇子上的道路两边种着庄稼，看上去毫无防卫。

埃迪知道，每户农舍都有自己的警卫，那些狭窄得只够一个人爬过的地道网就从这些农舍下面穿过，它们都没有标志，也没有地图。人们教孩子们靠记忆在里面穿行，人们会在每年夏天的演习中把孩子们自己留在地道里，指示他们找到能够出来的通道口。

有几个孩子放弃了，一直哭到有来人找到他们并把他们带上去，但大多数孩子都能找到正确的活板门爬上来。

如果有旅行者或者是掠夺者见到这些农舍，那里可能被抢或者被烧掉，但很少有人员伤亡。

到了收获的季节，所有其他工作便都暂停了，每个男人都要参与抢收，把庄稼收回来；每个女人，只要没怀孕或者正在给孩子接生，都会在要塞里参与晒晾农作物、装罐头和保存食物的工作。

女人不在要塞墙外工作。

在卡车行驶的过程中，埃迪用狮王的人给她们的管子给车加了燃油，然后穿过车窗钻回驾驶室。她指了指两片耕地之间的大道，芙罗拉把车转弯开上了颠簸不平的土路。卡车的木头轮子在车后弄得热腾腾的尘土飞扬，埃迪知道很快就会有人来接她们。她的手灵巧敏捷地在衬衣下面解开了束胸。

透过旧棉布衬衫做成的面罩，她见到前面路边站着三个男人。她伸手拍了拍芙罗拉的肩膀，向前指了指。她放慢车速，卡车咳嗽着停了下来。

埃迪先下了车，解开了面罩。她举起双手。那三个男人没带武器。

迎接她们的人中有一个是玛西娅的儿子罗伯。

"埃塔？是你吗？你怎么弄到一辆卡车的？"

为了让另外两个人知道，她报出了自己的身份："我是埃塔，艾娜的女儿。卡车上的是芙罗拉，来自杰斐逊城。我们是从埃斯特尔过来的。"

在她身后，芙罗拉从方向盘后面爬了下来。"埃迪？没问题吧？"

埃塔回头瞪了她一眼。

"埃塔？"芙罗拉的声音提高了，听上去有些犹豫不决。

"放心吧，芙罗拉。欢迎来到不存在镇。"

她们开着车进了镇子，路过母亲之家。芙罗拉看着她那边的路边，一个孕妇从她们身边走过。芙罗拉呆呆地看着那个大肚子女人摇摇晃晃地迈着鹅步，直到埃塔担心她撞车提醒了她，这才回过头来。埃塔伸手拍了拍芙罗拉的胳膊。

"停下，把车停好。"

人们开始聚了过来，盯着这辆车。一队小男孩儿从学校的旧建筑物里冲了出来，他们的手上全都带着点点墨迹。他们后面，艾娜妈妈气宇轩昂地走了过来，她的木头肚子在前面为她开路。

埃塔看到了塞尔维亚大妈的女儿，助产士塞尔维亚，她分开人群走了过来。塞尔维亚很矮，留着非常短的棕色头发。她的头发上已经有了几点灰白，但面色坚毅。她第一个走近卡车。

"埃塔！这次你给我带来的是谁？"她坦荡地笑着，埃塔也对着她笑，为见到熟悉的面孔而发自内心地高兴。爱丽丝也出现在人群中，这时她的笑容凝固了。

"这辆卡车是从哪儿搞到的？"爱丽丝对埃塔说道，但用显然很欣赏的眼神上下打量着芙罗拉。

埃塔伸出两手："我想要到大厅里吃晚饭，并且在那里回答愿意和我一起吃饭的人的问题。现在我只想整顿一下。好不好？"

人们小声地发起了牢骚，塞尔维亚一点都没有知难而退。她走近芙罗拉，芙罗拉按照杰斐逊城的习俗向她伸出双臂。不明所以的塞尔维亚抓住了她的两手，把她的胳膊向两边大大地分开了。

"你的气色好极了！不像埃塔有时候带回来的小家伙那样面黄肌瘦。而且你也完全是个成人。"

芙罗拉抽回了胳膊，重新整理了一下丝绸。"我叫芙罗拉。"

艾娜轰散了挤在里面的男孩子，然后走到她们跟前。"芙罗拉？好姑娘，我是艾娜妈妈。埃塔是我的活着的女儿，欢迎你。"

艾娜张开双臂搂住了芙罗拉，埃塔毫无热情地看着。

艾娜转向埃塔："你这次又回来得很早。"埃塔看到她并没有因为担心而皱起眉毛。她觉得她的母亲有着一种首领俯视他人的味道。尽管如此，当她的母亲向她伸出臂膀时，埃塔还是走上前去拥抱了母亲，感到肚皮压在木头上。

"妈妈。"

"我活着的孩子。"

她们拥抱了好一阵。

"我需要去浴室。"她转向芙罗拉,"你也想来吗?"

芙罗拉条件反射般地扯着她的衣服:"不,我自己洗。"

塞尔维亚伸出一只胳膊,好像要把芙罗拉领走。"你先到诊所来吧。我先看看你,然后你可以在那里洗澡。"

芙罗拉缩成一团,好像她的整个身体都是用绷带缠起来的一道伤口。"看我?"

塞尔维亚笑着说:"我是助产士。如果你有点担心,埃塔会证明这一点的,你可以信任我。埃塔,你跟她说说。"

芙罗拉看着埃塔,眼睛里是赤裸裸的恐惧。埃塔叹了口气。

"芙罗拉,如果你不愿意,她不会检查你的。"她回头看着塞尔维亚困惑不解的眼睛,"她没问题。我没有救她,她在杰斐逊城是自由的。"

"哦,那就好。我想,你不可能怀孕,是不是?"

芙罗拉摇摇头:"我没有……我不能……"

"哦,那就行了。"塞尔维亚急急忙忙地说,"除非你病了或者是受了伤,不然你用不着来见我。"

芙罗拉显然放松了下来。"如果有人愿意给我提供吃住,我这里有丝绸交换。"她提高了嗓门对人群说。

"丝绸?"说话的是爱丽丝,她金色的头发和皮肤在阳光的照耀下特别醒目。

芙罗拉举手在眼前挡着阳光看着她:"是啊,我有好几码丝绸,都在我的包里。"

"成交。"爱丽丝咧嘴笑着,向埃塔挤挤眼。

哦,爱丽丝的动作真快。

她们俩手挽手走了。埃塔叹了口气，嘟嘟囔囔地也走了。

浴室工人很吃惊又看到了她，但他们什么都没说，他们受到的训练的要求是：当女人来的时候，除非她们先对他们说话，否则不要对她们说话。他们给她剃了毛，搓了身子对付虱子，然后让浴室里工作的最年轻的男子托米单独和她一起留下。

他用羊毛脂药剂给她搓背。埃塔能感觉到他长长的手指正在轻轻地、小心地在她的皮肤上滑过，她转身面对着他。

托米的胡须剃得干干净净，他的脸尖得像狐狸，还搭配着一头也像狐狸的红头发。他看着她眉毛一扬，但没说话。

"托米，我可以问你一件事吗？"

他把他两只黏糊糊的手合在一起，用探询的眼光看着她。"行啊。"

"你跟另一个男人住在一起，对吧？是那个……对不起，我不知道他的名字。就是那个高个黑人，这里有个刺青的？"

他谨慎地点点头："是啊，他叫希斯，我们住在一起。"

"那你们从来也不想加入哪个蜂房吗？"

我吓着他了。退后一点点，找到一点共同之处。

"没有，我从来没有。希斯怎么样我不知道，但他现在不想。"

她伸出一只胳膊，他自然而然地接着在这只胳膊上忙活，显然对有些什么别的事可以分心而感到松了口气。

"你知道小风吗？典籍上的事儿？"

他轻轻地挤出来了一声笑："我当然知道小风。"

"为什么'当然'？只有一小段地方说到了他。"

他平静地看着她："小风对我有特殊的意义，我想这种意义对于你来说是不存在的。"

现在容易了。容易了。

"我听说了一件事，你是不是……你是不是也干过？"

他换了胳膊干活，但没有看着她。他等着她把话说出来。

"你知道书里是怎么说的，小风假装成……"

"假装毫无意义，没有哪个男人能成为大妈或者助产士。"

"女人还可以干别的事儿呢。"她顶了他一句。

他耸了耸肩："但只有这两件事最重要，毕竟谁都能出去扫货。"

她缩了回去，好像挨了一巴掌。

谁都能在浴室里干活，你这个脏货。

我吓着他了。就这么回事。

"嘿，我可不是为了说你不对才问你的。我问你这件事，是因为我在外面遇到了一些人……他们就像小风那样，假装成女人。你明白吗？"

他没有回答。

"而我在想，在咱们不存在镇是不是也有这样的人，有秘密的人。我们谁都有秘密，托米。"

托米狐狸一样的眼睛死死地盯着她的眼睛，一瞬间她觉得他好像在向她挑战。她也回瞪着他，想要做出不想伤人而是很有兴趣的样子。他先把视线移开了，看上去好像有点不好意思。

"是的，我们都有秘密。我完工了。"

埃塔走开了，躺在一条大毛巾上，一直躺到身子干了能穿衣服了才走。

我不该这么问他的。如果这里也有像小风一样的人，大家会听到风声的，但我从来没听说过。我应该问芙罗拉的……

她回家了，一直到睡着了还想着芙罗拉。

她梦到了那把椅子。

在她的梦里，那个踏脚锈得不够厉害，弄不断。在她的梦里，她被拴住了，被拴在踏脚上，一条腿能够自由地抬起来的那种让人舒服的感觉一直没有出现。她起不了身，她没法呼吸。

她醒来时缠在羽绒床上，毛毯被她踢到地板上了。她大口大口地呼吸，每一次呼吸都伴随着尖锐的呼啸。她的两个腿肚子都因为抽筋打着结，脚趾弯曲着，两条大腿缠在一起动不了。她想从床上爬起来，却重重地摔到了地板上，结果脸上的颧骨撞在地板上的一块木头上。

她挣扎着要把膝盖压到身子下面，同时发出无声的嘶吼。最后她总算站了起来，全身发抖地把脚趾向上扳，想让小腿不再抽筋。她的手掌拍着墙，喘息着，强迫自己的右脚站到角落里。但她的左大腿卡在那里动弹不得，没法支持右脚的动作，她的膝盖没法挪动。

艾娜拿着一根蜡烛过来了。她帮着埃塔，把一条腿放到床架上，然后用她干瘪的手抵在女儿的脚后跟下面，用前臂平坦的一面推着埃塔的脚恢复原位。埃塔惨叫着，豆大的汗珠涌上了前额。几分钟后，抽筋的症状总算缓解了。

艾娜妈妈帮着她上了床，她们俩一起把埃塔的腿舒展开，同时保持两脚弯曲。当痉挛真正过去之后，艾娜离开了房间，然后带了一杯水和一盘冷菠菜回来，菠菜上面还淋着凝结的咸肉油脂。

埃塔有气无力地用叉子把深绿色的食物放到嘴里，每吃一口都用一点点水送下去。

"孩子，你需要钾盐。你在外边都吃些什么呀？"

埃塔吞咽着食物："能找着什么我就吃什么呗，妈妈。"

艾娜摇着头，好像不管什么回答都不会让她满意似的："自从那年冬天回来之后你就有了这个病。每次你出去，回来就会做噩梦、抽筋。"

埃塔使劲吞了好大一口，回头又接着拿，她的叉子恶狠狠地碰在菠菜下面的盘子上。她什么也没说。

"明天早上我再给你做些绿叶子菜和蘑菇。晚餐我们吃洋芋。你明天去哪里？"

她在用说话来分散我的注意力。她想让我忘掉这件事。

埃塔发现她的母亲是真心实意地帮助她，并没有想利用自己女儿的虚弱的意思，这让她心里大大地松了一口气。她觉得自己软化了，接着把盘子里最后的菠菜送进嘴里。

"谢谢你，妈妈。我明天要去向理事会汇报。"

艾娜站了起来，拿起了空杯子，又伸手去拿盘子。"有什么事不对劲吗？你知道，他们会给那个叫芙罗拉的女人找一个家。"

"我要说的不全是这件事。"埃塔说，试着不去想芙罗拉正睡在爱丽丝那张宽大的矮床上的事，"我有一些我觉得他们可能会需要的消息。"

"那好吧，孩子。"就在艾娜拿起蜡烛准备离开的时候，埃塔能够看到老太太脸上的皱纹，它们就像在地图上标志的那些道路。她能看到母亲眼角的那些鱼尾纹，看到她的眼袋垂了下来。她把手伸出来放在母亲的胳膊上。

"谢谢你，你总是在照顾我。"

她们的目光交汇了，艾娜微笑着。"我活着的女儿。你就像为我包好的一件礼物。我不知道里面有什么，但我多么想要这件礼物啊。"

埃塔也向她微笑着，然后就躺了下来。一直到早上她都没再做梦。

不存在镇的理事会由五个人组成，其中必须至少有三个女人。人们提名候选人，然后由当时的成员投票选举。选中者可以一直任职，直到本人希望退出为止。

据埃塔所知，这届理事会由四女一男组成。朱迪斯的女儿布朗温现在是总理事。她是不存在镇最年长的女人，是一位母亲和蜂房的女王，据说这座蜂房中包括五十个男人。路的女儿珍妮特是理事会最年轻的女性成员，而且据埃塔最近得知，她现在怀孕大约四个月。她是由扫货者带回来的，当时埃塔还是个孩子。当他们发现她时，珍妮特只是个学步的孩子，正在吃掉在地上的苹果，几乎不会说话。谁也不知道她是从哪里来的，她自己什么也不记得。卡拉是佩特拉的女儿，是一位四十岁的庄重母亲和药剂师。詹恩是有两个活着的儿子的母亲，她的儿子们都担任守卫。她相信自己还能生。她有一个十个男人组成的蜂房，每个月都尝试怀孕，想生一个女儿。

埃默里是理事会中唯一的男人。他是朱迪斯的儿子，但比布朗温小将近十岁。埃默里身材高大魁梧，做了多年伐木工和木匠。他有十四个学徒，人们认为他们是镇上最有技术的一批技工。埃默里一生当过四五个蜂房的成员，他私下里认为，不存在镇有好多活着的孩子是他的种。他没法声称自己是某某人的父亲；在不存在镇，没哪个男人有这个权利，哪怕是一夫一妻制的家庭里的男人也不行。尽管如此，他大部分的学徒工长得都跟他有几分相似，而且母亲中有传言，说和他一起生的孩子具有健康和容易传代的魅力。

这些人埃塔都认识。自从她成为扫货者以来，理事会就从她这里听取有关外面的广阔世界的报告，并为她的成功喝彩。人们认为她是最有本领找到特殊物品的扫货者，也是最能带回女人的拯救者。就为这一点，理事会也会为她大开方便之门，鼓励职业者和她公平交易，甚至优先和她交易，而且只要有机会就会提醒不存在镇的人，说他们这里有这么多女性成员，都是靠像埃塔、埃罗尔以及里卡多这些扫货者才能更好地生存。

她知道理事会在哪里，她朝他们的共同办公室走去。这是一个单间房间，里面的主要设施是一张巨大的宽桌子，周围环绕着透雕的木头椅子。两个年纪不大的男孩儿安静地站在门外，在埃塔经过时一动也不动。尽管这时天刚亮不久，她还是看到那张桌子上散乱地放着大麻纸，桌子一边堆着小动物的皮革。布朗温正用手掌撑着大桌子站着，她的前额密布着深深的皱纹。

"让浣熊远离玉米仓库有多难？他们已经打死了多少只浣熊？"

詹恩指了指那堆动物皮："他们射死了一些，但还不够多。拉克斯说有几千只，他们需要用毒药。"詹恩的声音听上去有些不耐烦，似乎这些话她得一再重复。

卡拉摇了摇头。埃塔看着她，在这张更粗糙、更老些的脸上看到了爱丽丝的相貌特点。卡拉的头发还是金色的，和她的女儿的头发一样，卷成奔放的发卷。她们的脸上都有雀斑，眼睛都有奇特的颜色：从虹膜中间分开，一边是亮蓝色，一边是带点绿的棕色。卡拉有些耳聋，靠一个总是挂在脑袋左边的号角状的助听器听声音。每当她摇头时，助听器就在那里微微摇摆。

"上次我们允许他们随意使用毒药，结果就有人吃了中毒的鹿的肉。这些家伙们很不负责任。"

"我们就不能给玉米存贮仓修上防御工事，让浣熊进不来吗？"埃默里坐回椅子上，他的长腿在身体前面分开。他长得特别英俊，浓密的头发像一岁的小鹿那样是棕色的，胡须剪得短短的，"我们可以在地基上用金属棒造上栏杆，这样它们既钻不进去也绕不过去，对不对？"

珍妮特的手放在她隆起的鹿皮连衣裙下面，她温和地说："问题是它们太小了，用什么都挡不住它们。"

布朗温在这时见到了埃塔，瞪着她让她不敢直视："也没法挡住你，是不是，孩子？"但她在笑，露出她那一口仍然很健全的牙齿。

"布朗温大妈，卡拉大妈，詹恩大妈，珍妮特，埃默里，你们好。"埃塔对每个人依次点头，他们也点头回礼。除了卡拉，每个人都对着她微笑。

埃默里优雅地站起身来，像平常一样，他高大的身材让埃塔感到震撼。

狮王的个头跟他差不多。但块头更大些。

她上下打量了他一番，然后才在他让出的椅子上坐了下来。

"谢谢你，埃默里。布朗温大妈，你知道，我总是在想办法救出女人和女孩子。"

"我当然知道，孩子。"她的眼睛又在看着那些纸张了，她觉得她会听到一个典型的报告。

埃塔身体前倾，两手抓住桌子的边缘："布朗温大妈，詹恩大妈，我必须告诉你们一些事情。有一个人现在在埃斯特尔，自称狮王。"

布朗温抬头看着她，有点浑浊的棕色眼睛显得非常专注。卡拉站了起来，珍妮特的两只手都抓住了她的肚子。

"他有一个女人和很多女孩儿，有多少人我不知道，但肯定有很多。我想办法从他那里带走了一个送回家去了，但还有许多留在那里。"

卡拉对门边的两个小男孩儿中的一个耳边说了句什么，过了一会儿，那个孩子从他的岗位上跑开了。埃塔知道这两个男孩儿是信使，卡拉可能让他去泡茶了。她没有理会卡拉，继续说了下去。

"他们全都住在一个水畔旅馆的上层。如果出动一批武装扫货者，乘坐一艘大船，很容易就可以扫荡这个地方。问题是……问题是……"

卡拉站在那里，两只生着斑点的胳膊交叉放在胸前。她皱着眉头看着埃塔。

她知道了。她知道我和爱丽丝的事了。所以她才这么看着我。

埃塔使劲咽了口唾沫："他有很多手下。而且他还有……一些狮子。所以他才有了这个名字。两头拴着铁链子的野兽，一只狮子，一只老虎，都是成年的。很可能是许多代近亲繁殖的，但看上去还是相当凶猛。我不知道有多少只，我只看到了两只，但相当危险。我一个人没法下手，要不然我就已经干了。"布朗温看着卡拉，埃默里盯着他的靴子。埃塔意识到，房间里没有一个人看着她的眼睛。

这到底是怎么回事？

那个男孩儿微笑着回来了。爱丽丝在他身后走了进来，芙罗拉紧跟在她后面。

卡拉伸手拉住了她女儿的手："爱丽丝昨天来到了这里，还有我们的新人。她们说了些非常类似的事情，对不对？"

爱丽丝和芙罗拉交换了一下眼色。

这是要把我架到火上烧。

卡拉摇晃了一下她的助听器："是怎么回事？"

布朗温转了转眼珠子："芙罗拉，你来自一个忠于这位狮王的城市？"

芙罗拉向前走了一步，谨慎地点点头。她看上去干干净净的，休息得很好。她的眼睛一直盯着爱丽丝。

谁都不需要来烧我，我自己从里向外烧起来了。

"是的，是在杰斐逊城，我们用货物和女人向他进贡。"

"他是个奴隶贩子吗？"珍妮特看上去很不安。

芙罗拉耸耸肩："未必。他留着那些女人，他不卖她们，还有漂亮男孩儿。"

"但她们不能自由地离开。"埃塔开始说，口气恶狠狠的，"被人像奴隶一样关着，这并不比总是被人倒卖强。"

"谁也没这样说，孩子。"布朗温的声音平静、超然，简直令人发狂，"但是情况很复杂。"她朝芙罗拉做了个手势。

芙罗拉慢慢地说着："狮王……他掌握了强大的武装，在埃斯特尔的工匠和子弹制造者比我听说的任何城市里的都多，他们专门制造子弹和刀具。而且狮王的部下超过几千人。更不用说还得考虑那些狮子和老虎，我不知道那里的女人是不是情况很悲惨。她们没有挨饿，而且她们看上去——"

"你不要——"埃塔开始说话，但布朗温看了她一眼，制止了她。

"她们看上去没什么问题。"芙罗拉犹犹豫豫地说完了。

深呼吸。

在埃塔思维荒野的某个地方，噩梦干扰着她，让她在不知不觉中稍微抬起了右脚。

卡拉拍了拍爱丽丝的手，让她放下手。"你想要组织一支解救大军，但你想解救的那些人根本不想接受解救。埃塔，没有理由做这种事。"

爱丽丝看上去有些内疚，但她同意她母亲的看法。"狮王不是提出要和我们交换鸦片吗？芙罗拉告诉我，他出的价格很好，其中还包括用女人来换。我们可以用和平的方法解救她们，用不着让任何人冒险。"

房间里的人都在点头，埃塔意识到，在今天早上醒来之前她就已经输了。

"孩子，没有理由进行这样一次战斗。你再长大点就会明白了。"卡拉皱着眉头说。她没有笑。

埃塔的手紧紧地抓住她身侧的衣服，芙罗拉没有回头看她。

"尊敬的大妈们，你不知道外面的情况如何。如果我们同意跟狮王交易，那就是说我们认可买卖妇女。我们就变得跟他们一样了。"

珍妮特不舒服地挪动着身体。詹恩开始卷起文件，把它们挪到桌子的另一边去。

埃塔向布朗温那边迈了一步，让她看不到爱丽丝和芙罗拉。"而且，狮王的爪子迟早会伸向不存在镇。他们会来到这里，我们会输给他们，以这种或者那种方式。我的建议就是先发制人，抢在他们前面。"

布朗温摇着头："这不是我们的方针。"

哦，真该死。

"无名助产士可能会这么干。"

布朗温细细的嘴唇完全消失了。当她说话时，她好像把每个字都咬了下来，吐到埃塔的脸上。"终其一生，无名助产士都没有把女人们救出去。她给她们药品，希望她们有最好的结果，她只是在必须杀人的时候才杀人。你现在做的不是她会做的，这是一个男人会做的。去发动一场战争，你去死在战场上，不管这样做是不是正确。去解救一些女人，不惜任何代价。或许你长期在外行走，所以你很难像一个理性的女人那样思考。或许你应该在家里住一阵子，好好想想这些事情。"

埃塔的脖子僵硬了，她瞪了埃默里一眼，他正低头盯着他那双空空的大手。

埃塔向芙罗拉看去，她不知道她会看到什么。或许是得意洋洋。但芙罗拉灰色的眼睛里饱含着怜悯。爱丽丝的头高高地抬起，与埃塔火辣辣的眼神对望，而埃塔意识到，爱丽丝的观点与芙罗拉完全一致，或许用的就是和今天上午同样的方式。

埃塔感到有些厌烦，她转身准备走了。

"你什么时候都可以成为一个助产士的。"布朗温在她身后说道，"那时你就可以做一个女人的真正工作，做无名助产士做的事情。"

埃塔没有回答，而是阔步走开，气得说不出话来。她听到有人在她身后慢跑的脚步声，于是猛然回头，以为会看到满怀歉意的爱丽丝或者含着眼泪的芙罗拉。但站在她身后的是埃默里。

他说："如果这就是我们的使命，我会和你一起去。我愿意帮助你推翻这个狮王。就其价值而言，我认为你是对的。"

埃塔叹了一口气。

"男人不是理性的动物，你知道。"他两手叉腰，身子向后仰了仰，"这不是我们的错，我们本质上就是如此。我们不会像女人那样流血，所以我们要想法子像男人那样流血，这会让我们做一些有勇无谋的事情。例如旧世界发生的那些战争，或者去用铁链子把狮子拴起来。"他朝她微笑，低下头来让自己显得矮一些。

"采取英雄的行为，这并不是有勇无谋的举动。"埃塔说，"这是我们用来改变世界的方式。"

埃默里耸耸肩，两手交叉抱在胸前。"可能是的。但看上去，跟他做交易确实比你的方式更合情理。也就是比我的方式、我们的方式，你知道吗？"

我们的方式。埃迪的方式。

她没法对埃默里说出感谢的话。迎着早上的阳光，她眯缝着眼睛看着他。"如果我在没有得到批准的情况下自己去呢？就我自己去，或许再加上几个扫货者呢？你会去吗？"

他轻轻地笑了一声。"我在理事会里，因为他们觉得我和其他的男人不一样。"他回头看了看，"我只是想告诉你，我知道你有什么感觉，并不是来鼓励你。有更容易的方式，不那么暴力的方式，如此而已。"

他慢慢地跑了回去，连声再见也没说。

当爱丽丝和芙罗拉回到爱丽丝的家里时，她们显然没想到会在那里看到埃塔。

她靠着前门站着，一条腿别在另一条腿上，一只脚放在门上。她听见她们走近，但没有抬头。

"埃塔？"爱丽丝听上去有点担心。

"你告诉我下次要敲门，所以我现在在这里。"埃塔看着芙罗拉，没有看爱丽丝。

爱丽丝长着雀斑的脸红了，她向前门走去。"埃塔，请进。"

她们三个人进了屋，埃塔压住了冲动，没有抓住爱丽丝的肩膀吻她，同时瞪着芙罗拉让她不敢抬头。

她坐在爱丽丝前面房间的矮沙发上，那里紧靠着她的实验室，还能看得到她的温室。

芙罗拉背着手靠墙站着。

如果她能钻进墙里消失，她会这么做的。

"我只是想来对你表示感谢，因为你在我汇报的时候直接到你母亲那里去了。这为我免去了一些麻烦。"

爱丽丝往一只大玻璃杯里倒水："口渴吗？"

埃塔在答话时一直看着芙罗拉："是啊，我口渴了。每次我想喝水，似乎总有人比我抢先一步。"

芙罗拉脸红了，她挪开了视线。

我简直没法相信。我不在她眼前还不到一天，她们两个就已经勾搭上了。

488

她接过了那杯水，爱丽丝坐在她对面的一个厚垫子上。她向芙罗拉招了招手，芙罗拉过来坐在她身边的地板上。

"这么说，你现在已经是她的蜂房成员了？"

芙罗拉不肯跟她对视。

爱丽丝冷静地站起身来，手指在埃塔眼前打了个响指。

埃塔大吃一惊，手里的玻璃杯差点掉到地上。

"埃塔，你不能老是跑到这里来，表现得像个小男孩儿似的，我不吃这一套。我不欠你任何东西。没错，我确实带着有用的信息去我母亲那里了。而且确实，芙罗拉现在跟我在一起。无限期地在一起。"

"我是个小男孩儿？我干的事像一个男人？你怎么能这么跟我说话？你跟什么人一起睡觉？和一个——"

埃塔到处在找那个词。

"女骑手？"爱丽丝完美的金色眉毛向上挑起，"你生气了，是因为人人都已经知道了你的故事吗？或者是因为你没法得到你想要的东西？"

在一瞬间，她觉得她已经把水泼到了爱丽丝的脸上，但她却一口把水喝进了嘴里。

第一个说话的是芙罗拉，她把一只手放到爱丽丝的肩上。"你永远也没法解救狮王手里的女人们，埃塔。"她说这个名字的时候说得太重，结果几乎把t这个音说成了d，埃塔知道，她差点又叫她埃迪了。

"你只会把事情弄得更糟。"芙罗拉继续说，"事情能够自然地发展，顺其自然可以得到好的结果。"

埃塔咬紧牙关，数着自己的呼吸。

爱丽丝朝外面的温室努了努嘴："我可以制造足够多的鸦片来满

足他的需要。你可以得到几个加仑的大烟，你要多少就有多少。我从来不缺材料，今年的蜜蜂干得好极了，我有足够的蜂蜡，能把我所有的小瓶都密封起来。你可以把它们全都带回去，谁也不会受到伤害。让我帮助你吧。"

"这不够。"

"哦，埃塔，你永远都不满足。"爱丽丝抬头看着芙罗拉，"我们拥有的东西比世界上绝大多数女人都多得多，但你完全没有意识到这一点。"

"她连个女人都不是！"话一出口，埃塔就觉得很后悔。

和平常一样，爱丽丝不会落入下风。"我清清楚楚地知道她是什么人。你知道吗，你的脑筋就像一个一夫一妻制的男人那么狭隘？我们已经带着我们自己的秘密走出了那种偏见。芙罗拉只是跟我们一样，但你的脑筋太死，看不到这一点。这是一样的，你是想跑到狮王那里阻止他胡作非为，还是想取而代之？"

埃塔一下子站了起来，她的声音发抖："我确实想要那些鸦片。你能做多少我就要多少。我会带着她们回来，要把她们的故事全都记录下来。然后你可以读到她们的故事。那时候大家都会说我是个脑筋狭窄的没有理性的男人。"

她转向芙罗拉："你告诉我，他想要鸦片给那些生孩子的人，对吧？要安抚她们，要把她们的孩子从她们那里带走，是不是？你曾经在她们身边观察过吗？你见过生孩子的痛苦会把她们撕成两半吗？你喝过那些死去了的女人的乳汁吗？"

我不会回去跟他做交易的，永远也不再做了。我不会再跟他或者任何人做奴隶交易。

490

芙罗拉避开了埃塔的脸，她在哭。

"我曾经见过你不明白的事情。"芙罗拉说。

"你知道这里并不比别的地方好，是不是？你没法跟爱丽丝在一起，真的不行。谁也不会让这种事情发生的。"

"这里更好些。"芙罗拉低头看着地板说，"我知道你看得出来。你不傻。"

"只是更好些，这还不够。"埃塔的喉咙哽咽了，她知道，如果她继续说下去，她的声音会暴露她的情况。

爱丽丝站起来，轻轻笑了一声："埃塔，你想要什么？没人会管我们的。他们不会因为我们干了这种事把我们推上街头杀掉的，也不会把我们卖给男人，人们只不过会皱皱眉头而已。你不会因为你妈妈不赞成就活不下去吧？"

"跟这件事没关系。"

这都是一样的，奴隶、被囚禁的女人们和我母亲的不赞同。可惜我们的出生方式决定了一切，我们没法想干什么就干什么。

但她什么也没说。

"埃塔，我想你最好还是走吧。"爱丽丝的声音冷淡而且坚定。

咒骂着、颤抖着，埃塔走了。

埃塔穿过市场回家，爱丽丝家里的那股气味在她的鼻孔中淡去了。

春季的摊亭颜色鲜艳，有好多刚刚摘来的水果。大筐大筐的嫩玉米在等着人们出个价钱就脱手。她站住了，用几枚旧世界的小装饰品换了一些挘了乳酪的浆果。她狼吞虎咽地吃着，现在还觉得愤怒，觉得自己总也吃不饱。今天晚上会有一次社区宴会，人人都可以去吃春天的烤羊羔，她必须去那里。

她想要束起胸来，改变声调和走路的姿势。她想要更凶猛，更质朴——那是她的自我。

他们叫我什么我不在乎。该死的爱丽丝。她不了解我。

成为埃迪没有解决这个问题。搬去和爱丽丝一起住会解决吗？

她有点晕眩，搞不清北面到底在哪。有了这种感觉，她不知道该往哪走。

没什么地方可去。

艾娜的家里是空的。埃塔不想去那里，但她不知道自己该干什么。她独自一人待在卧室里，最后拿出束胸缠上身。她拿着自己的日记本和钢笔，坐下来等着。

当写作的欲望终于来临之时，她的手好像不需要她的头脑控制一样写了起来。

埃迪之书

她死盯着这个标题。这是她第一次写下这个标题。

埃迪

埃迪

埃迪

每次她都用不同的方式写，试着略微改变一下风格。她粗鲁地拿着笔，潦草地写下这些词。

埃迪是在椅子上出生的。

一旦她写下了这几个字,她的大脑就无法停止了。

那把椅子、那把椅子、那把椅子、铁锈。

她啪的一声合上了紫色的日记本,知道刚刚写下的这些字墨迹未干,会反着印在对面的那页纸上。

她解开了束胸,像刚刚从水下浮出水面似的大口喘息。

深呼吸。
你现在到底在哪儿?

但现在太晚了,她在椅子上。

椅子已经有一百多岁了,每在上面动一下,它都会像笼子里的鸟那样嘎嘎叫。在她赤裸的脚下,生了锈的踏脚像有硬壳的尖锐爪子一样插进了她的皮肤。她什么都闻不到,无论是这里的尘土,还是陌生人的汗味。

埃塔吐出了一堆浆果和乳酪,它们看上去像是在地板上带着泡沫的血。她用手背擦了擦脸,然后出去找了卡拉的儿子朱利安,告诉他房子里挺脏的,想让他去清洗一下。朱利安立刻就跑了过去,埃塔看着他离开。他长得一点也不像他的母亲,没有她的白色斑纹或者奇怪的眼睛,而正是这两点让爱丽丝这么特殊,这么美丽。他的眼睛和头发都是棕色的,让人感到很亲切,很正常,于是她冷静地叫了他一声"父亲",然后让他去干活。

一个巧合。做出了一个跟谁睡觉、跟谁的血混合的决定。你有蓝色的眼睛，你有棕色的眼睛。你有浅色的皮肤，你有深色的皮肤。你是个男孩儿，你是个女孩儿。

埃塔去了无名助产士的圣坛，在半黑暗中一直跪到双腿麻木。她想到了埃罗尔和里卡多，他们不知怎么发现了她的足迹，跟着她去了西边，然后到了海边。

宴会的钟声惊醒了她，她小心翼翼地起身，让她的腿慢慢恢复温暖。记忆中抽筋感觉似乎相当遥远，她却觉得很近。

她刚走进大厅艾娜就向她挥手，她顺从地走了过去，坐在她母亲的身边。她闻出了和迷迭香与鼠尾草一起烤的羊羔的气味，她的肚子咕咕叫了起来。男人们用烤盘把烤土豆、绿豆和玉米端上了长桌子，随后是面包和大碗奶油。埃塔直流口水，就连艾娜都在舔嘴唇。

布朗温站在房间前方，两边站着卡拉和埃默里。她举起双手，等着房间静下来。

"食物还是热的，我就不多啰唆了。"她对一屋子的人说，"但在饭后甜点之前，我们将发表社区公告。开始吧！"

埃塔每样东西都往盘子里装了一堆，包括一大块羊肉，上面带着砍开的骨头上的骨髓。她白天基本上就没吃什么东西，所以现在饿坏了。她一边啃骨头，一边看着房间对面，爱丽丝和芙罗拉正在跟塞尔维亚热烈地讨论些什么。她看着她们，隐隐觉得有些消化不良。

"这是一次像样的宴会。"艾娜一边说，一边抹去嘴上的油脂，"吃这样的大餐我永远都会来的。"

埃塔点点头，但没什么可说的。她在看墙上的一幅壁画：一个高大苗条的孕妇，风把她的头发吹得像一面旗帜。远处的山坡下，孩子们围成圈跳舞，一只小马驹在一匹成年红棕马身边奔跑。

慢慢地，连续不停的嗡嗡声变成了谈话的声音，盘子也全都从桌子上清理干净，这时布朗温又说话了。

"现在发表社区公告。上次社区宴会以来有多少孩子出生？"

塞尔维亚站了起来："一个男孩儿，基普，克鲁兹的儿子。还有一个即将出生，对吧，珍妮特？"

珍妮特羞涩地挥了挥手，但没有说话。

"吸收了哪些难民？"

"一个女孩儿，克洛伊，路的女儿，由阿妮收养。"

埃塔的视线扫过大厅，最后落到了那个女孩儿的身上。她的脸蛋现在胖胖的，看上去跟以前就像是两个孩子。克洛伊没有看见她。

"还有一个女人，芙罗拉，路的女儿。现在住在卡拉的女儿爱丽丝家里。"

芙罗拉举了一下手，但没有站起来。

"她们都是埃塔带给我们的，她是十年来最优秀的扫货者。"塞尔维亚夸张地说。

埃塔不知道这是不是真的，但她从座位上欠起了一半身子，迎来了一些喝彩声。

布朗温等人声平息了之后问："有什么麻烦吗？比如说奴隶贩子？"

罗伯站了起来，即使从她坐的地方，埃塔也看得出他服用了迷幻剂。"我们很走运，布朗温大妈。从去年冬天起就一直没事。"他摇摇晃晃地又坐到椅子上，简直像一根羽毛飘到了地上。

人们在整个房间里一一核实情况。庄稼的收成不错，牲口数量大增。人们絮叨着各种细枝末节，后来厨房派人端出了乳酪和水果。

埃塔靠近她母亲说："我吃得太饱了，没法吃饭后甜点了。我得出去走走。"艾娜按了按她的手作为回答，但还是让她走了。

埃塔轻轻地从芙罗拉和爱丽丝身边走过，甚至没有一点偷听她们的意思。外面是一轮新月，她在暗淡的光辉中漫无目的地走着。她听到了音乐声。她想也没想为什么会有音乐，就朝那边走去。

走近了。她在街道上站住，想要让自己的呼吸平静下来。

这是旧世界的音乐。

弄到旧世界音乐的难度简直无法想象。它们通常是用人们早就不知道怎么制造的机器录制的，现在都无法播放了。这辈子埃塔只听到过几次，那是有人想办法让古老的机器像抽风似的工作几秒钟的时候。

现在的这段音乐像是有另一个世界的深度，就像一个小小的管弦乐队在一个盒子里面演奏一样。她追随着这个声音，一直走到城镇另一端的一所房子跟前。她能看到，灯光是从房后一扇防风地窖的窗口中透出来的。她蹑手蹑脚地向窗口走去，躺到地上，眼睛凑到露出黄色灯光的小小开口前。

她整个身子一动不动地听着这首歌。大部分时候，歌词用的是另一种语言。她听不出其中的意思，但音乐声令人陶醉。一个生着金色长发的女子在她的视野中转悠，她努力地想看清这是谁。

我想我在宴会上见到了不存在镇的每一个女人。

她的脑子转得飞快，她应该漏掉了哪个不在场的人。

有一瞬间，一种更深的恐惧刺穿了她的信心。

在我自己的城市里，如果有人被关在这里，我该怎么办？

她把脸压在这块小小的玻璃板上，努力地想要看清这个金发女子是谁。

没什么可说的，我现在就闯进去。

她伸手摸了摸放在裤子背后的刀。

那个女子再次出现了，这时她的头发落在脸上，她在笑。埃塔眯着眼睛，想看清她。

或许是一个我过去从来没见过的人。或许她是——

那个女人是托尼，浴室工人。

小风。

托尼的嘴唇动着，和在地下室里不知怎么放送的歌声同步。他醉得太厉害了，这让他的身体随着脚步摇晃。埃塔意识到，在他身边的红头发是另一个男人，是个头戴假发的年轻男子。他们在一起跳舞，装出在唱那支歌的样子。

尽管已经醉成那个样子，他们还是知道歌词。埃塔听不懂的歌词准确地配合着模糊的节奏，而且最后埃塔看得出，他们的一些舞步是按照某种方式精心编制的。

一首歌结束了，另一首歌又开始了。地下室里传来了"咯咯"的笑声，随后是让他们静下来的嘘声。人流开始从大厅里走出，这些躲藏起来的狂欢者当然明白，今天晚上他们没法躲在这里太长时间。音乐随着刺耳的声响戛然而止，埃塔起身，掸了掸衣服上的尘土。

这是什么？

当她走开的时候还止不住回头看。
埃塔是一个人睡的。

踏着拂晓的第一缕晨光，埃迪离开了不存在镇的大门，想要记起她为什么回了一趟家。

他们永远也不会和我一起去。即使芙罗拉没有提供反面的情报，他们也永远不会去进攻狮王。

她走着，双手搂着背包的带子，感受着背包的重量。她随身带着助产士故事的缩写本，但即使只是那些典籍就足足有六本书，让她的背包沉甸甸的。

找到那座城市，旧金山。走过去，直到我找到那片大洋。我会找到它的。我走我的路，这或许需要一年。我要做她做过的事，再读一遍这本书。了解她知道的事情，找到她找到的东西。

她马上就后悔没有开上那辆卡车了。她不会开车，而且她总归是会把珍贵的燃油全部用完的。但是，当天空在她身后变亮的时候，她比较了一下她的进展和那辆怒吼着的卡车几天前爬过的路程。

照这样走，可能要到冬天才能找到旧金山。真不知道那里会冷到什么程度。

但她知道，在天气真的变冷之前，她可以在夏天走完一大半的路。那天晚上她在路边搭营，烤了些嫩玉米做晚餐。这三天里她走得都很顺利，在溪流里捉鱼，在路边一捧捧地采集浆果。

可能再走一天就会去到我从来没有到过的地方吧。

埃迪看了看地图。埃罗尔和里卡多最后一次扫货是向西走的，他们再也没有回来。越是向着日落的方向，他们在模糊不清的陈旧纸张上的笔记就越少。带有标记的最后的地方是落基山脉。埃迪眯着眼睛，看到埃罗尔用他左手的斜体印刷体写了两个字：陡峭。

山脉的另一边应该是犹他州，加利福尼亚州。这是助产士到不存在镇之前去过的地方，那时她孤身一人。

她想到了那座圣坛，那里的蜡烛。手抄本，里面有好多旧世界的词语。

我也会成为一本书吗？

她就睡在露天地里，枪放在胸前，胳膊放在枪上，头枕着背包。她梦到了狮王，还有爱丽丝和芙罗拉。她醒了过来，不知道自己在哪里。

这里几乎没有留下什么仍然矗立的旧世界遗迹。目力所及之处，大地一片平坦。远处地平线上也是一片苍绿，和倒扣的蓝天连成一片。在地上还有几根腐朽的柱子，埃迪知道它们原来是些路标，但现在上面什么信息都没有了。

埃迪也曾见过龙卷风。大型的、小型的，只有一条风柱，或者是好几条在一起：这样的龙卷风每过几年就会在不存在镇附近或者周围出现。在外面的这个地方，她看得到各种东西是怎样被撕碎而且被吹得到处都是的，当然不会有谁有心思把任何东西重新建设起来。在一片田野里，在阳光的照耀下，她看见了一个被风从房子里卷出来的浴缸。

她追随着太阳走了一整天，她正在到处寻找一个好地方过夜，结果在夜幕降临后不久发现了一座低矮的砖块建筑物。

在生起火之后，她才在房间里看见了一些骨头。一个骷髅头在角落里咧着嘴笑，火光映出一颗闪闪发光的金牙。随着火逐步变大，她发现房间里可能有十来块骨头。

埃迪不怕人的骨骼。有时候，在扫荡旧世界的货物时不可避免地会遇见它们。有些已经干了，关在紧锁着的房间里历经百年遗忘的岁月，身上的衣服只剩下一缕缕布条。还有些就像这具一样，只剩下了凌乱的一块块骨头，只有头骨能让人记得他们的存在。

"你身上有什么故事？"

她被自己的声音吓了一跳。她摸了摸那颗金牙，看到另一块骨头上戴着一枚旧世界的戒指。她有条不紊地挑拣着，把金属物品从灰尘中拿起来。她知道，这些坟墓中的东西很有交换价值。很久以前，埃罗尔曾经告诉她，他和里卡多曾经花了一个夏天，在一座旧世界公墓里倒下的墓碑中挖掘。

她咧嘴笑了，想起了埃罗尔的长发，还有他那双爱开玩笑的快乐的眼睛。

"简直不可思议！他们在埋葬死人的时候还让他们穿着鞋子，还是很好的鞋子！黄金、钻石，小时钟都戴在手腕上。还有珠子，所有这些珠子上都有十字架。什么时候都找得到。我们需要干好多活，但每次都能发现珍宝。"

埃罗尔，你现在到底在哪？西边？我现在也去西边。说不定我能找到你。从你的骨头上把金子拿下来。

有一个死者戴着一个抛光了的金属手镯，埃迪觉得是钢。她看到上面镌刻着字迹，就用手指擦了擦。

她在上面吐了口唾沫，擦得更使劲了。

斯特林·曼德尔布洛克
652-91-0004
糖尿病患者

这肯定是个名字，斯特林。
是女人还是男人？

在埃迪的心目中，埃罗尔的黑色长发变成了他看到的浴室工人托米戴着的假发。

她装起了发现的珠宝，手碰到了她的日记本。她把它拿了出来，背靠壁墙坐了下来。

她写过的最后一页被墨迹弄得很脏，但她知道在那页里写了些什么。

埃迪是在椅子上出生的。

她找到了她的钢笔和墨水，又开始写了起来。

埃迪之书

春末夏初

我决定向西方去。我将追随无名助产士的足迹，寻找埃罗尔和里卡多的踪迹。埃罗尔长着漂亮的长发，里卡多的脸上有麻子。如果我到处询问，说不定有人能记得他们。

她抬头看到"埃迪是在椅子上出生的"这几个字，接着就必须数着呼吸。

她抓住了钢笔。

无名助产士也迷失了自己。她在旅行的时候变成了一个男人。看到她的人都相信她是。她能改变。像芙罗拉，像我。

所以，我要做她做过的事情。要一直走到——

深呼吸。

这不是谎言。埃塔也许是个骗子，但埃迪不是。

要一直走到她总是说去过的地方。

我叫埃迪，是路的儿子，我离家到过的最远的地方是埃斯特尔，我杀过人。埃塔总是撒谎，她说她哪儿都去过。她去过洞穴和埃斯特尔，走过它们之间的路。其实总是同一条路。她说她杀过好几十号人，但杀人的总是我，而且只杀了几个。一个是用毒药杀的，两个是动手杀的。

三四个是开枪打死的。

埃塔，艾娜的女儿，她想让爱丽丝喜欢她，只喜欢她一个人。她想她们俩住在一起。

我知道得比她清楚。我知道女人不止需要一个人，而且不尝试成为母亲是在浪费资源。我知道组建蜂房是最合理的解决方法。

埃塔什么都不知道。

我没有出生在椅子上。我是在她出生的时候出生的；我总是和她在一起。就在那时她让我出去了。

深呼吸。那把椅子并没有在记忆中清楚地出现，它只不过分开了过去和今后。

我过去和她在一起。在她的身体里。然后出来了。

这个比喻很简单，但埃迪不肯接受，她一生都像这样。

这不是我的出生，这更像一种分裂。就像书本上说的，有丝分裂，一个分裂成两个。两个生命，两本书。我要留着这本日记，因为我想和无名助产士一样。我将走过她的道路。

埃迪清洗了她的钢笔。她非常冷静，就像冰封的湖泊表面。然后她擦了枪，觉得舒服了。

看看这张骨头做成的床啊，她睡着的时候这样想。

埃迪之书
春末夏初

如果我没看错地图，而且也没碰到麻烦，我可以在冬天到达她的城市旧金山。我可以找个地方过冬，春天之后再回家。

　　这部分地图状态很差，但我知道，我必须翻过几座大山才能到那里。我想，如果我转道向北，我就能避开地图上叫作落基山脉的最险峻的部分。它们看上去麻烦不断。

　　如果有能换到马的地方，我就会换一匹。我对马知道的不多，但我可以学。

　　我是埃迪，我什么都能干。

　　埃迪之书
　　春天，但已经像是夏天了

　　我射兔子是把好手，所以我能吃饱肚子。

　　我想读那本典籍，但要等到我知道我到了她到过的什么地方再读。没有多少事情可干，但我想我可以开始去鞣制我的猎物的皮，兽皮总是很有用。

第二十二章

埃迪到了过去的堪萨斯州。她在一所老房子的地下室里鞣制一张兔皮，而这时候爱丽丝正在炮制鸦片。她放好了一排排玻璃瓶，里面装着她换来的粮食酿造的酒精。她慢慢地、耐心地切碎罂粟豆荚，把渗出的汁液刮到酒精里。她蒸馏、包装好了足够的鸦片，把它们放进一个板条箱里，以后她会把它放到芙罗拉的卡车后厢里。

芙罗拉先醒了，她想过去见埃塔。她想向埃塔道歉，看她们能不能重归于好。她想看看不存在镇。

爱丽丝已经醒了，正在实验室里工作，她看到芙罗拉向门口走去。

"去见埃塔？"她的声音里没有责怪的意思。

芙罗拉叹了口气说："是的。"

"你不想先吃点饭再走吗？"

芙罗拉调整着她的背包："你觉得她还没起来吗？"

爱丽丝耸耸肩。"她在家时通常醒得很晚。真的不用着急。"她放下了她手里拿着的玻璃罐，"来吧。"

爱丽丝的厨房看上去像另一种实验室，跟芙罗拉家里的厨房毫无相似之处。她茶叶的味道浓郁，是用蒲公英的根制成的。她泡了一壶茶，切开一整块棕色的漂亮面包，配上奶油和蜂蜜。芙罗拉吃了厚厚的一片面包，边吃边等着茶水冷下来。

"她跟谁住在一起？"芙罗拉用嘴的一边嚼着面包，她的好牙长在那一边。

"她通常住在她的母亲艾娜那里。"

芙罗拉点点头，吞下了很大的一口："为什么艾娜戴着那个黑色的肚子？"

"因为她是一个活着的孩子的母亲。"爱丽丝耐心地说，"你会看到城里别的女人也戴着这样的肚子。"

"如果你从来没有一个活着的孩子呢？那你戴什么？"

爱丽丝耸耸肩，又倒了些冒着热气的棕色花茶："就穿衣服就行了，我想。"

"等你的孩子长大了你该干什么呢？"

爱丽丝抿了一口茶，芙罗拉又试了试她的杯子，觉得还太烫。

"艾娜给书写员上课。"爱丽丝说，"有些大妈在理事会里，有些在农田里干活，有些在纺毛线，她们从事不同的工作。但更多的工作是男人做的。"

芙罗拉点点头，在她的杯子上吹了吹："如果我留在这里，我该干什么呢？"

爱丽丝又喝了一口，一点也不怕烫："干你最擅长的工作，对吧？你应该在这里织绸子。"

芙罗拉轻轻笑了一声："我应该把那些蛾子带来的，但它们还需要合适的树。没那么简单。"

爱丽丝考虑了一下："那就织别的布吧，我们的熟练织工很少。你可以教男孩子们织更好的布。"

芙罗拉点点头，又用手指尖沾了点蜂蜜放到舌头上："光是男孩子。"

"很可能，是的。女孩儿学做母亲或者助产士。对于她们而言，花费时间学纺织这类事情不是很好的选择。"

芙罗拉清了清嗓子："那我有没有必要告诉人们，说我当不了母亲呢？"

爱丽丝给自己切了一块面包，开始往上面涂奶油："不用。到了你这个年纪，你肯定已经知道自己能不能生孩子了。许多女人生不了孩子，她们也就不再试了。"

"那么她们也没有蜂房？"

爱丽丝在座位上动了动："嗯，是啊，一些助产士有蜂房。但她们计算每个月的日子，觉得到了可能怀孕的时候就不让那些男人来，她们试着不怀孕。"

"如果她们意外怀孕了怎么办？"

爱丽丝叹了口气："可以想些办法的。"

芙罗拉点点头，她抿了一口茶，即使加了蜂蜜还是苦得要命。"这么说，她们会来你这里做掉？"

爱丽丝点点头，她的脸红了。"这个……这是从无名助产士以来不存在镇的法律的一部分。她也这么干过，但并不是人人都赞同这样做。我们……我们不谈这个，我们很隐秘地这样做，那个女人通常会告诉她身边的人，说她流产了。"

她们有一小会儿没说话。

"你们……你们在杰斐逊城也这么做吗？"

芙罗拉抿着茶，她的灰色眼睛在茶杯的边缘上面看着爱丽丝的眼睛。"我听到过一些传言，这样做是不被允许的。狮王说，在他的任何附属城市里都不许流产。"

"堕胎。"爱丽丝说出了这个词，好像她对它不熟悉一样，"我很长时间都没有听到人们说起这个词了，这是我们流失的许多词中的一个。"

"流失的词？"

爱丽丝点点头，又嚼了一口面包："几年前，当时的理事会决定把一些词从我们的书里面去掉。他们说，是那些词摧毁了旧世界。我那时非常年轻，我不明白。但我听到一些女人说起堕胎这个词。这个词并没有真的流失，因为它还在书里。"

她站起来，走到另一个房间的一个书架旁，回来的时候拿着一本《无名助产士之书》。她翻着书页，找到其中的一段。

"就在这，在《洛克萨尼之书》里面。她谈到了谢娜，她说她知道堕胎，在旧世界就知道了。"

芙罗拉放下了她的杯子，伸长脖子看那本书。"埃迪说到了这本书。我想读。"

"你指的是埃塔？"

芙罗拉抬头看着爱丽丝，她的眼睛睁大了。"是的。埃塔。"

爱丽丝把还打开着的那本书推给芙罗拉。"你读我的就行了。"她叹了口气，又坐下了，"所以，我知道还有其他书里有这个词，但他们把书页剪掉了，或者一整章都不见了。还有其他流失的词。在有关两个女人在一起的故事里，或者是关于旧世界做奴隶的女人的书里。我不明白为什么要这样。"

芙罗拉也不明白，但她的眼睛在书页上扫着："剪掉了？怎么剪？"

"没有，没有从这本书里剪。谁也没有改动过无名助产士的书，但是其他的书，这里。"

爱丽丝走回书架，从上面拿掉了四五本书，露出了藏在后面的什么东西。她带着两本书回到桌边。

其中一本损坏得非常严重，只有书的一部分幸免于难。没有封面，一些书页上散布着缺失的小空洞。爱丽丝把它放到芙罗拉正在阅读的日记上面。

"这本书只剩下了一些片段。"她说，"我发现这本书的时候才十几岁。这是一本关于一个叫莫莉的女孩儿和她的情人卡罗琳的书。

这里没剩下多少了，但你看得出她们俩相爱。旧世界里有女人住在一起的情况，旧世界有一个关于这种事的词。"

芙罗拉屏住了呼吸。她在等着。

"一个什么词？"芙罗拉问。

爱丽丝耸了耸肩，又把书收拢到一起："这本书里的人谈论一个女孩儿，她可以跟另一个女孩儿在一起，在旧世界的一个女子学校里。我不知道这个词，但我知道他们在问什么。有一次我问我妈妈关于流失的词的事，她当时的表情很古怪，她说她从来都不同意理事会销毁任何书籍。但那时在她……她有点察觉了我的事之后，她失望极了。"

芙罗拉看着她走回另一个房间。

"你觉得旧世界里会有一个关于我这样的人的词吗？"

爱丽丝看上去吃了一惊："哦，我觉得那时没发生过这样的事情。当时有……当时男人女人的数目相等。那为什么要这么干呢？"

芙罗拉低头看着那本《无名助产士之书》，她没有回答。

"你知道埃塔的情况吗？"

爱丽丝又开始微笑了，她出声地喝着凉下来的茶："我当然知道。你知道，我们俩过去在一起。"

芙罗拉抬起头来，但很快就又垂了下去："这个我知道，但我说的是，你知道她和我一样吗？"

爱丽丝轻轻地笑了一声，她伸出手来，温柔地摸了摸芙罗拉的脸："她和你不一样，我的宝贝。"

芙罗拉觉得她的脸已经红到了胸脯上："不，我的意思是——"

"走吧，我们去看她。"爱丽丝在收拾桌子。

芙罗拉站了起来，把那本书塞进了她的挎包里："好吧，我们去看她。"

她们走过了不存在镇空敞的街区，穿过为自己的事务奔忙的人群。他们看见了艾娜妈妈，她绷着一张忧心忡忡的脸，正在朝学校走去。她们走过墙上画着的那些壁画。每一幅画上似乎都有留着长发的孕妇、满月和鸡蛋。芙罗拉觉得，自己在这里比平常更加格格不入。

一个头发很短的女人朝她们走来，她抱着一叠床单。"爱丽丝！"

"塞尔维亚！"她们俩拥抱着，丢下芙罗拉尴尬地站在一边等候，"我有一阵没见到你了！"接着她转向芙罗拉，上下打量着她，"怎么样啊，我们的新成员？"

"我挺好的，谢谢你，我挺好的。"芙罗拉想缩得小一点，以便躲开塞尔维亚毫无顾忌的目光。

"嘿，我们正要去看埃塔呢。"爱丽丝说。芙罗拉看到塞尔维亚的蓝眼睛里光芒一闪，但她的笑容更开朗了。

"是啊，当然了。那就快去吧，别让我耽误你们的正事！"芙罗拉看到塞尔维亚的目光在她们俩之间瞟来瞟去，好像在寻找什么似的。

爱丽丝的胳膊挎上了芙罗拉的胳膊，领着她走开了。

"这又是怎么回事？"

爱丽丝的眼珠子转了转："她嫉妒了，我怎么老是碰见些爱嫉妒的人啊？"

"嫉妒我？"芙罗拉转过头来看着那个短发女人。

"嫉妒你，嫉妒埃塔，嫉妒任何一个跟我在一起的人。"

"她想要跟你结婚？或者是跟你住在一起？"

爱丽丝哼了一声："是啊，我猜是这样。人人都想要我没法给他们的东西。我能做一些别人做不出来的东西，我想那就够了。"

芙罗拉摸了摸自己的丝绸："不，那还不够。"

她们来到了艾娜的家，敲了敲门。爱丽丝喊了几声埃塔，然后她们俩转到了房后。爱丽丝只能看到房间里很窄的一小条，但她感觉里面是空的。她想到了艾娜疲倦的脸。

"该死。她已经走了。"

她们都知道这是真的。

爱丽丝花了几天时间，陪着芙罗拉参观了不存在镇。她们去看了男孩子住着的那一长排宿舍，芙罗拉和几个男孩儿聊了聊。爱丽丝随后又带着她去了村子里举行大型晚餐的地方，还悄悄塞给她一片泡菜叶子。

"这么说，男孩子们住在一起学手艺？"

爱丽丝点点头，领着芙罗拉回她自己的家。"是啊，从他们足够大，可以离开家的时候开始。"

"那是多大呢？"芙罗拉吸吮着那片泡菜叶子，品着那股咸味儿。

"五岁吧，有时候六岁。"

"为什么不留在家里？"

"哦，母亲们有工作要做。有许多人想尝试尽快再生一个活着的孩子，这样一来，父亲就可以照顾他们，教导他们，而女人就可以做更重要的事。"

"小女孩儿又怎么样呢？"

"她们当然和母亲生活在一起。"

芙罗拉静静地消化这些，但咬了一口泡菜之后又接着问了下去："一起到多大？"

"到她们准备好了的时候。我是十五岁那年夏天搬出来自己住的，但其他大多数女孩儿比我晚。我的母亲……我爱她，但我们在一起处不好。"

"因为她知道了？"

爱丽丝一惊，回头张望了一下："不是。不，因为她想控制我，要给我选蜂房。我想选择我自己的生活，而且到那时我已经学了很

511

长时间了。我是说，学做助产士。"

芙罗拉的眉头皱起来了："你是个助产士？"

爱丽丝清了清嗓子："严格说是的。塞尔维亚和我都是助产士，但她是助产士的头儿。我……我不怎么给孩子接生，我更像是他们过去说的医生。我干的更多的不是接生，而是制药和给人看病，但我知道怎么接生。这只不过是……适合别人的不见得适合我。"

芙罗拉仔细地看着爱丽丝的脸，看到了她脸上流露着的各种纷乱的思绪，就好像云朵在地上的影子。

"我去过接生现场，那里人人都在哭，完全沉浸在里面，无论是高兴还是悲伤。对我来说不是像那个样子的。我觉得这是血、脏东西，令人担心，而且很多时候都是白费心思。现在，我能够让人退烧，能够给人接骨……这是不一样的，这有很大的作用。我就是……我和她们不一样。"

芙罗拉点点头。她们能够相互理解，静静地走完了剩下的那段路。

过了几天之后，芙罗拉才又一次开始试图告诉爱丽丝什么事情。

"你觉得埃塔去哪里了？"

她们躺在爱丽丝的大床上，夜光染料的绿色闪光照耀着她们的脸。

爱丽丝用一个胳膊肘支持着头，斜倚着身子。"我觉得她不会一个人回埃斯特尔去，你觉得呢？我是说，她的计划需要得到帮助，对不对？"

"我希望她只是去做交换。"芙罗拉说，"我本来可以帮助她这样做的，我们可以把很多女人带回来。"

爱丽丝看着芙罗拉的眼睛："你和她多么不同啊。你像我，你从不同的方面看问题。"

芙罗拉微笑着，爱丽丝吻了她。

芙罗拉叹了口气："有一点，她像我。她是……她上路的时候就变成了另一个人。一个你不认识的人，名叫埃迪。"

"什么？"爱丽丝看上去有一点恼怒。

芙罗拉深深地吸了一口气："当我遇到她的时候，她的名字是埃迪。过了很久以后，我才知道她是个女人。我已经在《无名助产士之书》里读到了，你知道她是怎么把自己的胸部捆起来装成男人的吧？"

爱丽丝在倾听，但没有说话。

"但我不认为这是完全一样的。我觉得她更像我，因为我总觉得我是个女孩儿。我觉得埃迪一直是埃迪，但她在这里无法成为自己。"

爱丽丝低头看着，芙罗拉条件反射地用双手捂住了下体。

"我觉得有关埃塔的事并不是真的，我觉得她只是为了安全才这样做。比如说，自从到了这里之后，无名助产士就再也没有这么干过。为什么她要这么干？这就好像她觉得这里不安全似的。埃塔在这里是安全的，和她过去一样，我们都很安全。没有别的原因让她打扮得像个男人。"

芙罗拉没有回答。

"无名助产士这么干过，她是个扫货者，她这样做是为了救助女人。然后她留在这里，成了助产士。就像我这样，利用医药。同样的工作，埃塔也可以这样做，她只是静不下来，不过如此。她过分沉湎于愤怒，因为我们有一点不同。"

有一瞬间爱丽丝看着别处，想着什么。

"不管怎么说，如果在这里穿着男人的衣服，这意味着她放弃她所有的权利。为什么她想要这样做？"

芙罗拉完全无法回答。

爱丽丝把她的两条胳膊完全张开，咧开嘴笑着："我也可以这么干，我们不需要埃塔。我可以束起胸来，带着鸦片到狮王那里去。"

芙罗拉仔细地看着爱丽丝的脸："你确定你想这么干？我觉得你

没法像埃迪那样，没法看起来那么像男人。"

爱丽丝嘲弄式地笑了笑："为什么？就因为她有肌肉？"爱丽丝一使劲，鼓起二头肌，咧开嘴对着芙罗拉笑，她的雀斑在绿光下显示得清清楚楚。

哪怕是芙罗拉也忍不住笑了。"你会把头发剃掉吗？"她伸手摸着爱丽丝的金色卷发，"要把你的胸束起来可不容易呢。"她说完，伸手去摸爱丽丝的胸部。

爱丽丝像只猫似的跳了起来，她们有一段时间没有说话。

后来，爱丽丝紧贴着芙罗拉的后背躺下了，在她们的汗珠混合在一起的时候叹了口气。

芙罗拉感觉自己更大胆，更贴近了。她把自己的红头发从脖子那里拂开，当爱丽丝把嘴唇贴上她暴露的那一点时微笑着。"你也可以像我。"

"嗯？"

"我们可以去埃斯特尔。而且我可以让你穿上丝绸衣服，告诉他们你是个女骑手。我们可以把我们的头发梳成差不多的发辫，我这样的人他们以前见得多了。"

"嘿，这么做，说不定更有希望成功呢。"

"我们可以交换鸦片，然后小心地回来，让狮王的爪子找不到不存在镇。或许每年去一次。"

"你打算在这里待这么长时间吗？"

芙罗拉钻进了爱丽丝温暖的怀抱里："我可以永远留在这里。"

接下来几天她们一直在做计划，反复查看着借来的地图，在只有她们俩的时候才讨论。爱丽丝把鸦片一瓶一瓶地包装起来，甚至还装上了些种子。她告诉芙罗拉，她认为狮王他们完全不可能种植成功，但这会让她们的交易更容易。

她们慢慢地计划开车进入埃斯特尔的路线。狮王的爪子们很可能认识这辆车，她们可以安全地通过。

"我们应该让埃塔把那个爪子项链给我们的。她不会用它的，但它可能对我们有帮助。"芙罗拉不喜欢用埃塔这个名字，这两个字从她嘴里说出来好像很滑稽。

"好吧，现在反正太晚了。"爱丽丝对她说，"我们没事的。我们就是两个女骑手，为狮王带去了他要的东西，对不对？如果埃塔这些年来都可以做，那又能有多难？她总是说外面差不多就没什么人，对不对？"

芙罗拉看着爱丽丝诚实的脸，第一次感到了不安，她说不出为什么，所以她没法反对。"确实如此。"

芙罗拉教爱丽丝怎样在卡车开动时给它加油。尾气呛人的气味让爱丽丝觉得恶心，但她使劲忍住了。在她们计划出发的那天，芙罗拉把爱丽丝打扮了起来，给她梳上了复杂的发辫。

"好了，你看上去就和我一样。"

爱丽丝轻轻笑了一声，抓住芙罗拉的裆部，好像要开个玩笑。芙罗拉的笑容消退了一点。

她们去见卡拉，后者正坐着看一份作物轮种计划。

"妈妈？"爱丽丝悄悄走上前，碰了一下卡拉的肩膀。

"哦！"卡拉从文件下面拿出了她的助听器，"你看上去怎么变样了！"

"这是芙罗拉给我打扮的！我们要到树林里找找，看能不能找到她的蚕能吃的树叶。"

卡拉稍微眯了一下眼睛，审视着芙罗拉的脸："我希望你们别走远，行吗？"

"不会走远的，妈妈。"

"我活着的孩子。"卡拉把助听器放进口袋，拥抱了爱丽丝，她朝芙罗拉微微点头，"你们两个注意安全。"

芙罗拉也点头回礼。

卡车颠簸地行驶着，一路上声震四野。爱丽丝显然很不喜欢坐车旅行，但她有探险的感觉，所以一段时间内情绪还算不错，但第二天她就有些坐立不安了。

"现在我妈妈要开始担心了。"当她们在卡车里的床上睡下的时候她对芙罗拉说。

"肯定的。"

"你妈妈担不担心你？"

"我从来没见过她。"

星星在她们头顶慢慢地滑过。

"这是我离家最远的一次了。"爱丽丝像一个很小的小孩儿那样说道。

"我去过很多地方，就像无名助产士一样。"

"跟我说说？"

芙罗拉跟她说了一个她还记得的沼泽地，那里的树木从水面上长了出来，根像腿一样。爱丽丝睡着了。

她们第二天一早就到了埃斯特尔。就像她们预计的那样，人们直接带她们去见狮王。

爱丽丝看上去整个像一根绷得紧紧的琴弦。

"我真想吃一滴我做的大麻油镇静一下。"

"你可别吃。"芙罗拉说，"你需要头脑特别清醒。"

狮王的爪子们带着她们穿过了那座白天都阴森森的旅馆的前门。爱丽丝伸出手来拉芙罗拉的手，但芙罗拉畏缩着避开了。

爱丽丝得伸长了脖子跟狮王说话，因为他实在太高了，站在她们面前像座宝塔一样。那两只大猫在爱丽丝说话的时候凑得更近了，这让她心惊胆战，话音都稳不住了。芙罗拉插话进来帮忙，但她也在发抖。

不过她们到底还是把话说清楚了。爱丽丝用颤抖的手拿出了几小瓶鸦片，把蜡封的玻璃器皿放在地板上，她把它们拿了起来，想借此镇定一下。她抬起头，看见那只老虎的鼻子一抽一抽的，好像在嗅她身上的气味。老虎身上拴着的链子叮叮当当地响，放在地板上不动的玻璃瓶也在发出声音。

狮王伸出了手，那两条链子缠在他的手上："拿过来给我。"

芙罗拉想要从爱丽丝手里拿过小瓶，走到爱丽丝和牵着两头大猫的狮王中间。

"不是你，她。"

爱丽丝高高地抬起头来。她的下巴颤抖着，但她向前走去。她把鸦片瓶子拿了起来，想把其中一个放到他手上。

他把她的手包在他的手掌中，把她拉近，来到他和那两只大猫中间。

"狮子能通过气味辨别食物。"他长时间地深深地闻着爱丽丝的气味，把她拉到自己怀里，"我的狮子知道你是什么人，我也知道。"

爱丽丝泪流满面，一切勇气都消失了。

"还有你。"他上下打量着芙罗拉，评价着，"你不是我通常想要留下的那种人。但我想，你会很有用的。"

芙罗拉想要阻止那些要把她们带上楼去的男人们。但最后芙罗拉被拖着走，爱丽丝被抬着走，她们还是上楼去了。那两只大猫的黄眼睛看着她们。

她们俩再也没回不存在镇。

第二十三章

埃迪知道所有的传说。更重要的是,她的地图曾经属于埃罗尔,他曾在不太久以前在上面做过标记,注明了每个城镇里有多少人。

有一张地图上标注着托皮卡这个镇子,整个上午埃迪都在想办法弄明白这个名字该怎么发音。这是她从来没有打开过的地图之一。塑料纸上鲜艳的绿色和蓝色让她吃了一惊。托皮卡的名字上打着一些黑叉,曼哈顿的名字上也有,但托皮卡的名字旁边急急忙忙地画了一节链条,也就是说,这是一个奴隶贸易城市,应该避开。曼哈顿没有其他标志,唯一的标志说明那里是一个镇子,或者,至少当埃罗尔和里卡多最后一次经过的时候是一个镇子。埃迪计划走那条从托皮卡南边经过的路,这条路最终会把她带到人们通常称之为曼哈顿的城市,它位于堪萨斯州。

这就会让我从山脉北边穿过,然后我就可以沿西南方向走,一直走到她的城市。

埃迪那天掏了些鸟蛋,还费尽心机地想用箭射一只松鼠,但没射中。她已经开始考虑要爬上一棵树,看能不能等到一只鹿了。她应该鞣制一两张鹿皮,准备应对即将到来的冬夜。

或者比鹿更大的野兽，有真正的皮毛的那种。

如果这里有鹿，那么比它大的动物也会跟着来。

但她的坏运气还在继续，这天她什么也没打着。她总是能找到玉米和早熟的水果，但这是不够的。

埃迪之书

初夏

前往曼哈顿。老扫货者的地图说，这是一座安全的镇子，或许我可以换一些肉。

夜里，埃迪可以听到远处的狼嚎。它们怒吼着互相打招呼，让她睡不着觉。她从来没有和狼搏斗过，现在也不想开这个先例。她在路上小心地观察它们的足迹和气息。她不像猎人一样知道得那么多，但她知道的东西也不少，足以区分小动物和猛兽。

她想到了芙罗拉的马，还有它留下的那团乱糟糟的红色痕迹。

我不知道它们是不是能闻到我的气味。

埃迪之书

初夏

无名助产士的肤色一定很浅。她说把泥土揉在下巴上能让人觉得是胡茬，这对我一点用也没有。但要是真的能长出胡子来一定很不错。

我一直等着，要到了她到过的地方再读这本书。但我总是可以再读一次。

但她有一件"紧身背心"。我懂得其中的意思，她不需要束胸。我不知道穿紧身背心是不是更舒服些。她对"去年的女扮男装者"说了声谢谢。

所以一定还有别的人和她一样。还有其他人，也需要为了生存把胸部束缚住。但她说，在瘟疫以前情况不一样。人人都说，在热病爆发之前，每个女人都可以生孩子，而且她们都是自由的。而无名助产士有些药物，是谁都可以拿到的，所以她们可以决定什么时候要孩子。

那为什么那些人"去年"需要女扮男装呢？或许她们不见得真的很安全。

就像我说我们在不存在镇是安全的一样，其实我们并不真的安全。如果我们全都一样，那我们就会安全得多。所以有我、爱丽丝、塞尔维亚、米兰达和其他人，还有地下室的托米，或许还有埃罗尔，还有小风，还有书快要结束时的那个女孩儿。她是第一个变成了女孩儿的男孩子吗？还有变成了男人的无名助产士。所以我们并不安全，并不真的安全。因为，如果我们不一样，我们就不能真正融合在一起，我们就有一些人在外面。

在我们外面的那些人就是奴隶贩子和割小女孩儿的人，就是狮王那样的人，而且我敢说，每个小城都有一个像狮王那样的人，他踩着女人们的身体，爬上了权力的顶峰。

而且，如果整个世界都像这样，那我们就不会真的安全，除非我们能够改变这个世界。我们需要用毒药和子弹改变它。

艾娜妈妈认为我们可以用书本和婴儿来改变，但这两样东西都做不到这一点。我亲眼看到，这两样东西都可以被撕碎，这是不够的。

就连无名助产士也知道这是不够的。她在日记中一次又一次地问自己，这是为什么，什么是重要的。但我想，她甚至在旧世界灭亡之前就在这样问了。我认为，这个问题她一直都有，终其一生都没有解决。

我认为，当世界变了的时候，她已经做好了准备。我认为，女人在旧世界是奴隶。或许不像她们现在那样，但有些女人需要那种背心。有些人需要她的避孕药或者避孕环让自己不怀孕。或许那时候的奴隶主看上去温和一些。

那种椅子是旧世界制造的。

她放下了日记本，喘了一口气，慢慢地深呼吸。

你现在在哪里？

你现在是谁？

埃迪，路的孩子，正在试图确定这一点。她在一所久已倒塌的房子的烟囱下生起了营火，现在正借着火光，整理着自己的回忆。

埃塔的那些回忆也是埃迪的，但它们没有出现在她的脑海中。

就像一对不说话的孪生兄弟。

即使是孪生兄弟，人们也不会允许她在埃塔初潮的时刻在场。但夜间躺下了的埃迪还是想到了这件事。她的后背下侧出现了可怕的痉挛，她知道第二天早上会出血。

埃塔的初潮对于她来说来得太早，但人人都觉得来得太晚了。大妈们、助产士们都经常长时间地谈论。在旧世界，初潮通常来得比较晚。女人们吐露了从她们的母亲和祖母们那里听来的故事，这些长辈要到十四五岁才来初潮。但如果不存在镇的女孩儿们到了十二岁还没有这个经历，就会被认为发育过晚。埃塔已经过了十一岁，就要到十二岁了，她的时刻才来临。

在很多个星期里，她会为任何一件小事跟艾娜闹别扭。埃塔漫不经心地把自己的靴子留在门口，害得她母亲在匆忙出门时被绊倒了。埃塔没有说一句"抱歉",而是大哭大闹,说她只不过是一时懒惰没把靴子放好,而她的母亲却说她是故意的。

在吃晚饭的时候,艾娜试着给她的女儿喝浓茶和吃新鲜的鹿肉,想以此修补她们之间的裂痕,但埃塔几乎不吃也不喝。她梦到自己怀孕了,醒来的时候浑身冷汗,认为自己会在生孩子的时候死去。她在睡梦中大叫大喊,阵痛的幽灵还留在她的脑海中。

当她的母亲走进门来时,艾娜的脸因为害怕和担心而在烛光下显得非常温柔,但埃塔对她大喊大叫,要她走开。

艾娜没有走开,而是把她的手掌放在床单上的新鲜血迹上,拿到烛光下仔细地查看。

在这样的时刻,大叫大嚷的埃塔感到恶心,她担心自己真的经历了生产,把一个噩梦中的婴儿带进了这个世界。

一瞬间后她已经知道了是怎么回事,但在她心中那个流血的地方,恐惧已经扎下了根。它会永远和她在一起。

艾娜带埃塔去洗浴,还把浴室工人打发走了。当天晚上消息就传开了,大妈们给她洗澡,用玫瑰油给她擦身子。她们告诉她自己初潮时候的故事,还说了这些事情对于她们的意义。她们告诉她情况是怎么样的,接下来会发生些什么。

但我和她们不一样。

她还不知道埃迪这个名字,那是秘密的自己,自由的自己。她是她想要出去走上路的那个人,她的身体热烈渴望着英雄的精神。其他的女孩儿阅读无名助产士的书,她们谈论的是生孩子、蜂房和做母亲的事。埃塔也读无名助产士的书,她想的是无名助产士曾经身为另一个人的故事。她低声说话,凝视着奴隶贩子,让他们不敢回视，在裤子里放上一团袜子。

后来她穿了一件红袍子，大妈们告诉她，她可以问任何问题，她们会对她说真话。她们坐在母亲之家里，埃塔使劲地想，眼睛盯着她的两只褐色的光脚之间的地板。

"这件事最糟糕的地方是什么？"

大妈们交换着眼色。

卡拉大妈第一个说话："你指的是关于流血的事吗？"

"我说的是整件事。"

卡拉耸耸肩，艾娜对她点点头。"死神会和你在一起，他是和婴儿一起来的。你能感觉到他，像一个陌生人一样，刚好在你左侧，在你的视线外边。他想要你，他想要那个婴儿。"

艾娜微笑了一下："这会让你更勇猛地战斗。至少对我来说是这样。"

艾娜是房间里最年长的女人，她似乎对这部分仪式没什么耐心。"你还有其他的问题吗，我活着的女儿？"

埃塔耸耸肩。她再也不想谈论什么血啊死之类的问题。她不想变成和一天前的她不一样的什么人，但这好像不是由她决定的事情。她好像更喜欢艾娜叫她"活着的孩子"，她说不出为什么。

看到埃塔不说话，卡拉便站起身来，打开了一个小小的金色盒子。埃塔看到里面是一堆切成三角形的干蘑菇。"你把这些吃下去，就能从外面看到自己。"

从年长些的女孩儿那里，埃塔听说过有这一部分仪式，但她们每个人说的都不太一样。有些说她们被吓坏了，听到了在自己的血流中的滚滚雷声。其他人说她们进入了美妙的梦境，看到了她们以后的生活会是什么样子，她们会把谁带进自己的蜂房，她们会有什么样的孩子。不止一个人说她就是睡了一觉，醒来觉得肚子特别疼。

埃塔不知道她会见到什么，但她还是吃了那些蘑菇。大妈们一个接一个地离开了房间，留下了她自己。

她在一段似乎很长的时间里一点感觉也没有。每当她身上出现痉挛的时候，她都试着绷紧小腹的肌肉，很好奇，想看看自己能不能顶过去。这样做有一点作用，但那些肌肉很快就酸痛了，就好像她从来没有用过它们似的。

她们给了她一套破棉布，大部分不存在镇的女人都用这种东西。她使劲地绷紧肌肉，她的整个胃部好像都卷在里面，朝着她扑了过来。

她看着周围，打算站起来。当她的眼睛锁定门口时，她看到整个房间变成了深红色。那扇门也弯曲了，内外颠倒，墙壁也崩塌了，向她弯曲了过来，但接着又复原了，并且向外伸展。她目瞪口呆，动弹不得。

她往肺里吸气，房子也在她周围收缩了。她向外呼气，放松了一点儿，结果房子的各边也同样往外扩大了一点，但向中间倾斜着。她伸出一只手护着头，只能感觉到自己的头发，别的什么也没有。

她在那个弯曲的房间里爬着，爬向她们给她留下的那张矮桌子。她们在一只大碗里给她留下了一块蜂窝，和她的手一样大。

她贪婪地拿起蜂窝，吃了一大口，蜂蜜涌进嘴里，两边腮帮子都鼓了起来。她有滋有味地咀嚼着，使劲用鼻孔呼吸。

我正在吃夏天，春天正在开始。

她分开的那部分思想知道那时候是初秋，或者说，是埃迪的那部分思想知道这一点。在另一个盘子上放着的烤南瓜足以证明这一点。但埃塔所想的并不是这个意思。

埃塔的手插进了蜂窝，变成了金子。她整个身体都是金子，是液

524

体的阳光，这一切都被她忘记了。她躺在地板上，觉得地板在她的身体下面呼吸。她把蜂蜜放到她的嘴上，让它滴下来，滴进她的嘴里。

她母亲的声音从地板上飘了起来。这只是一种低低的嗡嗡声，但埃塔听得出是她的声音。那些词语不属于她，所以她随它去了。

地板在她身下翻滚，从她的脚后跟向上冲到了她的头部。开始她很高兴，但很快它就让她感到恶心。她转身向下趴着躺着，手掌平放，希望这种感觉快点结束。它没有结束，她沉了进去，变成了这种运动的一部分。她喊叫了一小会儿，用力向后推，想站起来。

但她没有站起来，而是飘向天花板，撞了上去，就好像瓶子里的一只蜜蜂。她的手黏糊糊的，但已经没有蜂蜜了。

她母亲的声音又来了，这次是透过天花板传来的。埃塔费力地听着，但一点也听不懂。听上去好像艾娜正在数数。

"什么？"

埃塔觉得她说话的时候一点声音也没有，声音像一只蜘蛛一样掠过了墙壁。她两只手都伸进了她们留下来装水给她喝的罐子里，洗掉了手上的蜂蜜。接着她马上又把那些水喝掉了。

她母亲的声音从水里传来。

"什么？"

她绷紧肚子上的肌肉，血顺着一条腿流了下来，她感觉，它正在对着她的脚踝唱起了生死之歌。

"什么？"

墙壁强有力地向中央弯曲，从四面八方碰触着她，好像要把她挤死。她的胳膊被固定在身体两边。她挣扎着，像一条被抓住的鱼那样扭来扭去。

到处都是声音，从墙壁和地板上透射出来。

"这不是你的。它从来都不是，也永远不会是。"

墙倒了，在视野中消失。她独自存在于一个黑暗的无形空间之内，什么都不是她的。

一瞬间，一种深不可测的纯粹的恐惧吞没了她。

谁？

接着，埃迪的声音第一次从她的心中传来，响亮而又清晰。

这也不是我的。

埃迪还记得，那天早上，她们在自己的床上醒了过来，全身酸痛，下巴格外疼痛。

艾娜给她们带来了牛奶，她们交谈了一小会儿。艾娜问埃塔看到了什么。

"真的没看到什么。房间好像活了，我被困在里面。"

"就像一个子宫。"艾娜睿智地笑着。

"不，不像子宫。"

但艾娜笑容不减。

艾娜给了埃塔一个装满礼物的红盒子。她说这些礼物很特殊，因为埃塔必须等一些时候才能用。

埃塔在里面看到了扎发辫的红缎带，一个珍贵的贝壳做成的项链，还有一瓶很好的红墨水。

"你必须等一年才能用它们。"艾娜说，"这和你必须等一阵子才能用你在成人礼上得到礼物一样。你明白吗？"

"我明白。"埃塔把盒子放了起来，以后再也没有打开过。打开它会让她觉得自己在承认什么东西。埃迪觉得，它还在她们的床底下的什么地方。是不是还能见到它，她们俩都不在乎。

她弯曲着背后位置比较低的那几块肌肉，准备对抗即将来临的风暴，还使劲吞下了一大口水。明天的行程肯定很辛苦，但现在她至少有一个月经杯，而不必用几块破布。因为有上千处人们点燃的小小的火焰发出的烟，她在许多英里外便能看到曼哈顿。现在她离曼哈顿越来越近了，埃迪知道，许多火焰是用来烤猪的。在接近城市边缘时，她摸了摸她的三把刀和左轮手枪。

没有城门，也没有城墙。

她在寻找一个开放的地方，她可以在那里等着，让人们看见她，观察她。

没有站得高高的瞭望哨。没有警卫，整个城镇位于一块平坦的草地上。建筑物很矮，没有守卫，没有明显的城门或者防御工事。

或许，在地下？

她慢慢走着，看上去并不着急。她扯着她的背包带，努力地听着市场的声音。她循声沿着一条砾石路向西走去。

房子看上去很不错，气味很好，整个地方看上去很干净。这些都是好的迹象，对吧？

恐惧还是出现了，这让她喉咙发紧，身上出汗。她慢慢地走着，边走边看。她想到了芙罗拉，她坦然承认自己完全没发现有关埃迪的真实情况。她挺直了腰板。

我跟他们是一样的。他们看到我就会知道这一点。

深呼吸。

脆皮烤猪肉的香气让她控制不住地直流口水。她仔细地想了想，她的背包里有哪些东西可以拿来交换。见到如此美味，埃迪打算大吃一通，一直吃到肚皮实在撑不下为止。

埃迪循着香味走过去，听着自己的肚子发出的轰鸣。等她走近了，她听见歌声和吉他的熟悉声音，它们正在轻快地配合着人们跳舞的旋律。在此之下是不规律的低低的鼓声，时而合着节拍，时而不合节拍。

埃迪悄悄地向一座看上去新建的原木建筑物走去，探头探脑地窥视着声音的来源。现在已经足够近，听得到歌词了。埃迪仔细倾听。

敲起鼓来就别停啊，露露。

敲得真好，真有劲。

海军能在这个世界上干什么呢？

老露露，这个好样的走了啊。

埃迪过去从来没有听到过这样的一首歌。她认为不会有一条定律去说明应该如何用这样漫不经心的方式处理歌曲的节奏和歌词，但她觉得任何人都不会在不存在镇唱这样一首歌。不知为什么，她眼前闪过了在地下室里穿着女人衣服跳舞的男人。她想起了她在谈论或者听别人说到有关性这个主题时的那种极为严肃的态度。

这很好玩儿吗？这种事好玩儿过吗？

她想到了她知道的一首有关一个叫作康妮的女人的歌。这首歌的名字叫《没有偏爱》，讲的是她有一个三十个人的蜂房的故事。歌中说到她是如何永远不偏不倚的，但不知怎的，她所有的孩子都生着红头发。

那些男人不再唱歌，而是坐下来谈话。埃迪小心翼翼地出现在他们面前。其中一个人看到了埃迪，站了起来。

"来了个男人兄弟！"他一边起身一边喊，其他男人看着周围，因为吃惊而面色严肃。

埃迪向前举起双手："好男人们啊，我是一个旅行者，来看看能不能交换点什么。"

她专注地看着他们站起来的动作，他们中有几个人向他走来。

深呼吸。我和他们一样，完全和他们一样。

他们不是要攻击我，虽然他们很激动。

她拉下了面罩，看着他们的手。

不知道他们会不会抓着别人的手打招呼，就像杰斐逊城那样。

两个人走近了她，她稳住了身体。他们的胡须都刮得干干净净的，埃迪觉得其中一个人很年轻，还在长个子。另一个人高一些，年龄也大些，但他们都长着棕色的卷发和浅棕色的眼睛。

父子俩？

年长些的男人说："欢迎你，旅行者兄弟。我们很有兴趣和你做交易。"

年轻些的男人显然也有兴趣，但没说话。

埃迪清了清嗓子："我走路走累了，想换点食物，还想换个洗澡和睡觉的地方，可以吗？我有一些很好的药品，能挽救生命，减轻疼痛。"

年长些的男人把手放到他的胸口中央。埃迪看着这只手上长满老茧的样子，看到肿了的手指关节。"我是詹姆斯·约翰逊，这是我的儿子小詹姆斯。"

埃迪分别对这父子俩点了点头。"我是埃迪。"她不知道她的手是不是能够做出同样的动作。

他们满怀希望地凝视着她。

"埃迪……姓呢？你的父名是什么？"

埃迪耸了耸肩："我从来不知道我的父亲是谁。"

年长些的男人看上去大为震惊："哦，兄弟，你可真的是太不容易了。来，到火边坐下。我们先吃点东西，然后把你拿来可以交换的东西给我们看看。"

埃迪小心翼翼地跟在他后面，在座位上坐了下来。她把背包放在身子前面的泥地上。

他们想都不想地背对着我。信任？

詹姆斯逐一介绍了所有的人，埃迪看到他们全都留着短头发，胡子也刮得干干净净的。而且，按照男人的标准，他们的穿着整齐干净。没有女人，小詹姆斯是其中最年轻的，埃迪估计他大约十五岁。

还有其他的男人也从附近的原木小屋走过来了，他们手里拿着碗。埃迪接受了满满一碗玉米加豆子，上面放着撕开的烤猪肉，所有这些都泡在一种又甜又咸的酱里，埃迪从来没有品尝过这种滋味。

等到玉米饼来了的时候，埃迪已经吃完了碗里的东西，她又拿了两块玉米饼。

小詹姆斯在埃迪之前吃完了。

肯定还在长身体。

那个男孩儿开始唱另一首歌，男人们吃完了，也加入了合唱。歌词是关于向一个埃迪从来没有听说过的地方进军的事。小詹姆斯一边唱歌一边收空碗，把它们摞在一起，然后递给另一个男人，他把它们拿走了。

吃完了饭，埃迪没有特别地对哪个人说："你们这里的人经常唱歌啊。"

一个穿着工作裤的小个子男人咧嘴一笑，露出下颚的一排黑牙齿："这把我们聚拢在一起。"

埃迪点点头，看了看周围："只有男人和兄弟们在这里？"

詹姆斯说话了："我们这里不交换女人，埃迪。如果你要的是女人，我们就必须在此分开了。"他的语气很友好，但也很坚定。

我已经开始喜欢他们了。

埃迪摇了摇头说："我绝不交换女人和女孩儿。"

她伸手从背包里拿出了那个木盒子："我只是有些好奇，因为我这里有些药是给女人用的。"

一个黑头发的人站了起来："我是个医生，我给产妇接生。我可以跟你说关于她们的事儿。"

一个男助产士。埃迪撇了撇嘴。

531

"那好，你需要什么？"

那位男助产士又说："你有让产妇深度沉睡的药吗？我曾经听说过一些故事，说它们多么有用。"

埃迪盯着他问："一个睡着了的女人怎么生孩子呢？"

那个男助产士耸了耸肩："故事里面说，可以让女人睡着，她的身体可以让孩子出生。这样就不太疼，而且也安静得多。"

女人和她的身体区别何在？怎么能把它们分开？

"你能在睡着的时候耕地吗？或者在睡着的时候烤面包？"埃迪一个个地看着他们，感到有些困惑，"为什么你想要这样做？"

谁也没说话。

"我没这种药。"埃迪拉下脸来说，"我有干的红覆盆子叶子，可以强化子宫。我有强力镇痛剂和牙痛药。"她等着众人的反应。

那几个人当场商量了一通，最后达成协议，要求得到两剂止痛剂和大麻。

"油剂，叶子，还是酊剂？"

詹姆斯满面笑容："叶子。和我们一起抽袋烟吧，兄弟。"

他们有几个人拿出了玉米棒子芯做的烟斗，埃迪递过去一个不小的羊毛口袋。

吞云吐雾开始了，几个人坐了下来。埃迪一一看着他们，确定他们以前抽过，但不经常抽。那个男助产士不见了。

如果很温和地问话，现在我可以找出真相了。

"我们家乡有个女孩儿，叫爱丽丝。她种各种各样的植物，还加

532

工并提纯它们。就像这类植物。"她拿着烟斗，胳膊伸直，好像在端详着它。詹姆斯点点头，伸手去拿烟斗。

"我们在这里种很多食物。"他说，然后在烟斗上深深地吸了一口，"但我们这里没有什么人受到过训练，能够炮制好的药品。"

"没错，没错。"埃迪说，"爱丽丝可以过来教别人怎么做。我在路上遇到过很多人，都是不认识药剂师的，或许她能教你们中间的哪个人呢。"

小詹姆斯使劲抽了一口："我们这伙人不成，说不定可以教哪位女士。"

埃迪很耐心，没有说话。她很有经验，不会鲁莽行事。

"是啊。"一个长着淡黄色头发的人说，"女士们可以制药。"

一些人低声笑着。埃迪看了看，发现发笑的人就在她周围。

"爱丽丝做得相当好。"她说，带着恰如其分的固执，"她的母亲过去就是药剂师，教会了她。"

"你的父亲也是旅行者吗？"小詹姆斯的眼睛红了，已经深陷其中了。

"哦，我从来没见过他。"

"对了，你说过的。"

"你父亲正在教你从事某种职业吗？"

詹姆斯对他的儿子微笑着："是啊，从不同的方面来说，我们都是农民。但我跟我父亲学到了一套很不错的屠宰手艺，我一直在教小詹姆斯干这行。"

埃迪点点头："这份手艺挺不错的。你也打猎吗？"

小詹姆斯又抽了一口："打猎是女人干的活。"

那伙男人又一次发出了低低的笑声。

"怎么，你打猎吗？"小詹姆斯看上去觉得不可思议，活脱脱一个吸食迷幻剂成瘾的少年。

埃迪耸耸肩："我出来旅行的时候靠打猎来填饱肚子，没有哪个女人为我打猎。"

"是啊，但在家里呢？你家乡的男人也为他们自己打猎吗？"

"没错，谁都可以打猎。为什么这必须是女人的活？"

小詹姆斯耸耸肩："女人天生就比男人更有耐心。她们能坐着等好几个小时，或者跟踪受伤的野兽。我跟任何男人一样，一会儿就没兴趣了，就不干了。"

"明白了。"

他们静了一小会儿。

"谁负责种田呢？"

这回是老詹姆斯回答："种田是男人的活。撒种，这就像种孩子一样。"他说得简单直接，好像说复杂了埃迪就不会明白似的。

"当然了。"埃迪点点头，"你们养牲畜吗？养鸡下蛋，或者养山羊？奶牛？"

"我们当然养了，兄弟。肯定要养牲口。"

"谁照看牲口呢？"

"自然是女人了，她们有照顾动物的本能。"

或许所有的女人都有这个能耐吧，她们在这方面的本领比做大部分其他的工作都强。

淡黄色头发的那个人拿出了杯子和骰子，开始跟别人赌上了，埃迪静悄悄地看着。

天刚刚全黑下来，这些人就开始各自散开。小詹姆斯说要为埃迪找个地方睡觉，埃迪很感激地接受了他的好意，拎起了背包。

"这么说，你跟你父亲一块儿住？"埃迪往周围瞥了一眼，同时问道，看上去若无其事的样子。

小詹姆斯摇摇头，在逐渐淡去的光亮的背景下，只能看到他的黑影。"我刚成人的时候和他一起住，但后来我搬进了一个更大些的宿舍。我晚上想要读点书，但他住在完全黑暗的房间里。"

埃迪开始不大明白，但当他们走进了小詹姆斯住的一个原木造的长方形房子之后恍然大悟。房间两边放着两排床，整齐地排列着。青年男子们占上了一半的矮床，每张床上都有毛茸茸的羽绒床垫和缝得很复杂的被子。看到如此奢华的东西，埃迪膝盖一软，好容易才没跪下来。被子和羽绒床垫都是很昂贵的产品，人们为了得到一件需要工作几周甚至几个月。

整个房间里都充满了动物油脂制成的蜡烛发出的黄色暖光。许多青年男子在缝补东西，但有几个正在阅读磨损得很厉害的旧书。埃迪仔细地观察着，发现这些人正在干各种手工活，从最简单的修补到非常精细的刺绣。

小詹姆斯把手放在一张空床的床脚上："你可以睡这张床。这是我为我的弟弟乔希做的，但他还有两年才能长成一个少年。"

"是你做的？"埃迪向前迈了一步，两只手沉进厚厚的被褥里面。她真想一头扎进这张床，一睡就是一年。

"是啊，我从被屠宰的家禽身上搜集羽毛，把它们洗干净，真正费事的是被子。我在建房子和设计上没什么天分，没法像有些兄弟那样，脑袋一想就知道该怎么干。但我在确定被子的花样方面有些想法。结果那条被子花了我整整一个冬天，最后看上去还不错。"

埃迪看着那些绿蓝棕三色三角形组成的纵横交错的图案。

"好细致的活儿啊。"她的眼睛又扫到了房间里干活的那一双双手上，它们正在有节奏地飞针走线。她的眼睛因为疲乏和药物而烧得红彤彤的。"太谢谢你了。如果你不介意，我现在想躺下了。"

"没问题，没问题。如果你想读书，你可以点上你自己的蜡烛。"

我应该写点什么。

她放下背包的时候想。但她并没有拿起笔，而是脱下靴子，穿着全身的衣服钻进了被子。她在腰间拴了一条松垮垮的长绳子，另一头捆在背包上，又把背包塞到床底下。

她没法洗个澡之后脱光衣服，在这样一张干净得喷喷香的软床上好好睡一觉，这让她觉得十分遗憾。但是，这种失望的感觉只持续了不到一分钟，她就进入了无人打扰的沉睡。

在黎明的第一道曙光升起来时，埃迪被她周围的人几乎不出声的动作惊醒了。有些人已经起来了，正在穿靴子。其他人坐在床上，正在利用这一点点时间再做点针线活。埃迪意识到，至少有两个人正在以职业的态度自慰。她避开了视线，专注地看着透过房门洒进来的带点红色的阳光。

几分钟后，大部分人都穿起靴子走出了门。埃迪把背包背上了肩，跟上了他们。她觉得她会跟着他们一起去吃早饭，然后就可以上路了。

但是，前面的这群人差不多完全不说话，她跟着他们，走到了镇子东面的森林边缘。他们全都来到森林附近停下，凝视着前方，不知在等待着什么。

埃迪没有说话，而是扫视着周围，看着那些人的脸。这些人神情专注，毫无畏惧地期待着什么。他们站在那里，不可思议地一动不动。早上一丝风也没有，鸟儿都还没醒。

在树中间的黑暗里出现了一个戴着斗篷兜帽的长长的身影。埃迪周围的人明显紧张了起来。围绕着他们的气氛似乎也变得沉重了。

那道身影迈步向前，接近了树林的边缘。但它没有离开树林。在它和那些男子之间有一道放满了棕色松针的壕沟，这是一道边界。埃迪目不转睛地看着。

一双白色的手从黑色的斗篷下面伸了出来。那双手抬了起来，向后掀开了兜帽。出现的是一张青年女子的脸，埃迪骤然燃烧起了渴望。她意识到，当这个女人出现时她发出了一点声音，但她周围的男人们已经在大声地呻吟了。

这个女子美得令人震撼，黑色的眼睫毛向上翘起，就好像是有人用浓墨在她闪光的皮肤上描出来的一样。埃迪看得出，她的嘴巴被浆果或者血迹染上了一点。她是黑色的、白色的、红色的；在昏暗的光照下，她像一头狼一样闪着光，咧着嘴笑。

她把她纤细的手放在身前，三根手指向前伸展。

她如同音乐一般的低音像涟漪那样在他们中间飘荡："格里高利·埃文森、约翰·约翰逊、本·特拉维森。"

被她喊到名字的三个人猛地向她跑去。她举起另一只手，让他们站住了。当他们站立不动时，她伸手从她的斗篷里拿出了三个闪光的蓝黑色粗大发辫，是用她自己的头发编成的。她给他们一人一个，接着开始迈步离开，那三个人在后面跟着。

他们走进了树林的黑暗之中，其他的人开始咕哝着抱怨。慢慢地，他们转身回返回镇子。埃迪伸长脖子在人群中寻找小詹姆斯的身影。

她找到了那个少年，便放慢脚步和他一起走。

"这是怎么回事？"

"召唤。"

他们的脚步更慢了一点，让其他人超过他们。

"召唤是什么？"

小詹姆斯耸耸肩，有些沮丧："那些女人派来一个召唤者，选择男人和她们交配。他们去住三天，然后再带着一些刚刚宰杀的牲畜回来。那些走运的家伙。"

"她们怎么挑男人？怎么样可以被选中？"

"她们选一个已经证明能让她们生孩子的兄弟。你第一次被选中时可以试三次，如果三次都没成功或者那个女人在生产的时候死了，她们就不会再叫你了。"

"你被选中过吗？"

"没有。"小詹姆斯苦涩地说，"我成人已经四年了，一次也没被选中过。"

这里大约有七十个男人。

"有多少个女人？"

小詹姆斯耸耸肩："我不知道。我只在玛拉家里住过，那里有六个。我知道还有其他的。"

他们回到了镇子上，早饭吃的是玉米粥。埃迪在她的粥里加了点盐，又用牙痛粉换了些食物路上吃。前一天晚上闹过一阵子的男人们现在变老实了些，早上也不唱歌或者赌钱了，相互间也很少说话。埃迪不止一次听到有人咒骂那三个被选中的男人，他们的行为让她觉得有些紧张。

她背起背包，站起来准备离开："谢谢你们，男人们，兄弟们，谢谢你们的慷慨招待。希望能再次路过这里。"

他们用生硬的口气表达着假惺惺的客气，挥着手，拍着肩膀，表达他们对埃迪的尊重。埃迪很高兴，她现在又上路了。她走回她来时经过的路，随后又绕了回去，穿过了那座带着三个发辫的女人消失的树林。

第二十四章

埃迪之书

夏季

曼哈顿不是一座镇子，而是两座。就像我一样，所以我要变了。

她没有去考虑这一点，她没有感觉到这一点。但她在深深的密林中经历了好几个无意识的过程，这让她发生了改变。

她解开了束胸，衬衣领口的扣子没有扣，洗了脸和脖子，洗了手。但在小溪旁水塘中倒映着的那张脸并没有变。

深深地多看了一眼。在背包深处摸索，没有裙子，那里从来就没有这种东西，现在又怎么会有呢？摸了摸短发，毫无办法。试了试眼睛，要把它们睁得更大一点，试着让嘴巴显得更温柔。

能让人看出来吗？

埃塔之书

接近这座女人城。如果她们是猎人，她们的警惕性就会比她们的男人高。

她没法让自己干等着。她仔细地听着，直截了当地沿着显然被人踩过的路径走着。埃塔不是追踪专家，但三个被象征性的发辫拖着的男人在走路时也不是偷偷摸摸的。她追随着松软的泥土上的足迹和被砍开的多刺的荆棘。在潮湿的林子里，荆棘到处都是。

透过树丛，她看到了用枝条和灰浆建成的建筑物宽大、光滑的那一面。

泥巴房子。这边没有原木小屋。

女人干的活。

如果看到了那三个男孩子，我可就露馅了。但他们现在可能很忙。

她两手交叉放在胸前，跨过了进入"伍曼哈顿"的界线。

当她向其中三个女孩儿走去时，她们正在给一块豆子地锄草。她们抬头看了看，手搭在前额遮住照射眼睛的阳光。她们在干活时大多没穿上衣，头发梳成长发辫垂散下来。其中脸色最苍白的一个穿着的白色棉布上衣遮住了身体，那些长着雀斑的女孩子们勇敢地暴露在阳光下。

"女人们，你们好？"她尽量用女孩儿的声音说话，在一句话结尾的地方声音向上挑，想把话说得特别清楚。她略微挺直了脊梁。

别对她们藏着掖着的。在这里用不着。

几个女人朝她眨着眼睛。

"好女人们啊，我是一个旅行者。就是来看看能不能做点交易。

540

你们这里有市场吗？"

她们中的一个把手从眼睛上方放了下来，朝西边指了指。埃塔点点头，笑了起来。

"谢谢你！祝你愉快。"

她们谁也没搭腔。

她在路上走着，经过其他女人身旁。许多人都不看她，没有一个人跟她说话。许多人穿着斗篷，就像在森林里的那个女人一样。她搞不清楚，这么热的天，为什么还要穿斗篷呢。现在正是最闷热的季节，埃塔在家里就知道这一点，而且最好的水果应该开始成熟上市了，爱丽丝每隔几个小时就会去喷一些驱虫的药。

想到了爱丽丝，埃塔觉得好像有一把钉耙在她的心里挠着。接着，好像回声一样，她又想到了芙罗拉。她赶紧让自己别再想下去，因为下一个出现的就会是艾娜的脸了。

埃塔来到了一个地方，那里有两条道路在一座房子前面交叉。这座房子显然带有酿酒房的气味，她站住考虑了一小会儿。

一个高个女人走近了她，埃塔遮住了眼睛。这个女人的皮肤是红褐色的，差不多跟她贴身穿着的那件鹿皮背心一样红。鹿皮长裤遮着她的腰部以下，两边绑着带子。她褐色的头发在头上梳成两根发辫，衬托着她心形的脸蛋。

"嘿，你！"

埃塔机械地笑着："好女人！好大妈？我是个旅行者。"

鹿皮皮肤的女人站住端详着埃塔，她没有说话。

"我……我在找你们的市场，不知你们这里的人会不会和我换东西？"

"那是自然的了，你是我们的一员！"

"你们的一员？"

鹿皮皮肤的女人上前一步，抓住了埃塔的前臂。

深呼吸。你现在到底在哪？你是谁？

"我是埃塔。"她说，试着有礼貌地把自己的手抽回来。

高个女人放开了她，退后一步，上下打量着埃塔。

"我是吉尔达。还有其他女人在路上旅行吗？你来自一个女人部落吗？你是和一大群人一起旅行的吗？"

埃塔轻轻地笑了一声："不，就我一个人。我是从南边很远的地方来的。"

吉尔达咧开嘴笑着，好像越来越高兴了："那是个城市吗？一个好地方？"

埃塔耸了耸肩："挺好的。一座小城市，有农庄和一座要塞。"

"那里也有其他妇女？不止你一个？哦，当然不会就你一个女人了，因为他们让你出来了！有多少女人？"

"我——我不知道。好多？好多好多女人。"

吉尔达好像高兴得不合常理："你能跟姐妹们说说吗？你一定得说说。哦，我们真的想知道。"

"姐妹们？"

"跟我来。"她又拉上了埃塔的胳膊，力气大得让她觉得疼。埃塔感觉到了那个女人手上可怕的力量，先是有点担心，接着感到嫉妒。她看着那个女人的二头肌，这种感觉就更强烈了。这个大个子女人想干什么都做得到。

她永远不会甘居人下。她永远不会受人摆布——
你现在到底在哪？

"你的城市在哪里？"吉尔达打断了她的思路，埃塔觉得很感激。

"从这里要走好多天。往南走好多好多天。"

吉尔达摇了摇头："是啊，但我可以骑马去。从这里需要走几天？"

埃塔眨了眨眼睛，在想怎么撒谎。

我需要在这里撒谎吗？这座女人城会做些什么？

她们推开另一座泥土房子的门，走了进去，埃塔跌跌撞撞地走下几级台阶。地表以下的房间很凉快，在墙壁围成的正方形范围内通风良好。一些年纪比较大的女人围坐在房间里面，干着些小活。其中一个在捣玉米，还有几个在编织缝补。

她们在这两个女人走进来时抬头看着，吉尔达的声音在这样的小空间里显得格外洪亮。

"姐妹们！我发现了一个旅行者，她——"

像同一个人一样，圈子里的女人同时把手指放在嘴唇上，眼睛看着吉尔达。埃塔觉得这非常让人不安。

吉尔达叹了口气，慢慢地走向离她最近的那个女人，手里还拉着身后的埃塔。

埃塔看着，吉尔达的手飞舞着，做出一连串动作，还在她自己身上放了几次。那个老女人带着眼屎的眼睛看着吉尔达的脸。接着她又转而看着埃塔，这时埃塔微笑着，略略点了点头，好像是在和不存在镇的哪位大妈说话。

吉尔达不断地轻轻敲着自己的喉咙。

她在请求说话。

那个老女人叹了口气，做了个手势表示允许，就连根本不懂这种手语的人也能明白。吉尔达深深地吸了一口气，在到处都是东西的泥土地上盘腿坐下。埃塔向周围看了几眼，接着也照样坐了下来。

她们等着。老女人不慌不忙地在她一直缝补着的一件衣服上缝完了一行，然后把衣服放下，这才转身面对她们。

"寂静是女人的方式。"她的牙齿完好无缺。

"寂静是我们得到的恩赐。"吉尔达急急忙忙地说，"这位是——"

"我看到你给我带来了一位陌生人，吉尔达。我还没那么老，看到新面孔还是认得出来的。"老女人端详着埃塔的眉毛，她的眼睛也跟森林中的那个女人一样微微上挑。埃塔觉得她们可能是母女。

"我是莎伦。我觉得你一定知道吉尔达，因为她管不住她的舌头。你叫什么名字？你是从哪里来的？"

"好大妈，我是——"

那个老女人又把一只手指放到嘴唇上："我们在这里的人，不是母亲，陌生人。"

吉尔达明显地表露着她的不满，埃塔来回盯着她们两个看。

"好女人，我是埃塔，我来自南方的一个地方，在黑山南面，也就是欧达克山南面。我在找能够做交易的地方。"

那个老女人的嘴巴向一边蜷缩着，好像一个拉得紧紧的拉绳袋。"如果你要做交易，你应该去埃斯特尔。你为什么要到这里来？"

一听到这个地方的名字，埃塔的小腿就开始抽筋。

深呼吸。

"我去过了埃斯特尔，大——好女人。我在找新的地方，新的人。"

"为了什么？"

莎伦的眼睛死盯着埃塔的眼睛，不让她躲开这个问题。

"我不知道。"

"嗯。吉尔达，你为什么要把她带到这里来？"

吉尔达似乎马上就要爆发了，她猛地一下跪了起来。"莎伦！这就是说，在其他的城市里还有其他的女人！我们不是最后的一批女人！"

莎伦叹了口气，埃塔看着这个女人的前胸，它像一只走过很远的路的老狗那样垂了下去。"我们当然不是最后的一批。"

"但人人都这么说——埃姆斯医生说——"吉尔达现在气急败坏地说着，她很愤慨，脸涨得通红。

"你还太年轻啊，不明白这一点。"莎伦说，"埃姆斯医生是个傻瓜尽管他和他那伙人是医生，可他不了解这个世界。"

吉尔达的眼睛狂野地转向埃塔："你们那里有瘟疫吗？"

"大死亡。"埃塔不知道其他人会如何称呼那次分开了新旧两个世界的事件。还有什么词指的也是死亡？

"吉尔达！"莎伦的声音非常尖利，她们都转身看着她，"瘟疫到处都有。我知道你知道这一点。"

"是的，但是，但如果那里也有女人……"吉尔达开始说话。她的脸上流露着孩子式的希望，好像正午的阳光那样让人一览无余。

"整个世界里都有女人。每个男人都觉得他看到的是最后一个。你学过不少东西，应该不会相信那些老男人说的话。"

埃塔看着这一切，目瞪口呆。

吉尔达坐了回去，她的热情减退了。

"你就像一个小女孩儿。"莎伦轻蔑地说。她转向埃塔。"你们那些人是奴隶贩子吗？"

"不是。"她不是很有力地说，又振作起来了，"我们不是，我们杀奴隶贩子。"

"嗯。你们给女人行割礼吗？"

"不，不，我有时候会发现一些被割过的女孩儿，大多数来自南方。现在我知道，他们有时候也会阉割男孩儿。"

莎伦点点头，若有所思："哦，是啊，在我的那个时代，他们确实也这么做。漂亮的男孩子，你知道。但我的祖母是从埃斯特尔到这里来的，是在旧世界那时候。她说，对于我来说，跟女人一起生活会容易些，因为我生来就是女人。她一直很不适应和男人分开生活，但至少她反对割人器官这种鬼事。"

莎伦的眼睛迷离了，好像进入了遥远的世界。"她永远不会让人割我的母亲，说这样可能会让被割的女孩儿死去。她是对的。所以他们没有割我的母亲，而且，他们在我出生之前很久就不再割了。"

埃塔连连点头。

莎伦摇了摇头，好像要理清思路："你是个猎人吗？"

"不是，我是个扫货者。我寻找那些来自旧世界的有用的东西，像好的钢这类东西。我也用我们的城市生产的药物换东西。"

"嗯，你是个繁殖者吗？"

埃塔发现她自己有一阵子说不出话来。

那把椅子。

"不，我从来没有成为一个母亲——"

整个房间里的老女人都不让她说出那个词。

"——繁殖者。我从来没有生过孩子，我不……"

吉尔达抓住了她的肩膀，吓了她一跳。"我也没生过，太危险了。"

莎伦又对她们俩撇起了嘴巴："你来这里找什么？"

埃塔叹息着，看着地面。当她抬起头时，她觉得她是在和艾娜说话。

"我只不过想换点吃的，换个过夜的地方。我明天或者后天就继续上路。"

而莎伦恰恰也就和艾娜一样，她听到谎话后眼睛眯缝着，似乎一眼就看穿了埃塔的本心。

"好极了。吉尔达，我交给你一个任务，负责照顾这位旅行者。"

吉尔达低下了头："莎伦，这位旅行者不认识路——"

"跟她在一起时你可以说话。"莎伦说。

吉尔达一下子跳了起来："太好了！"

太好了。

吉尔达把埃塔带到了她自己家里。这是一座相当大的石头房子，每一边都堆着鹿皮，在阳光下曝晒。

"你肯定是个好猎手。"埃塔说，眼睛看着那些鹿皮。

"最好的猎手！"吉尔达拉开了家里的木头门，先给埃塔来了一盘干鹿肉，然后煮了一壶开水泡草药茶。

"我跟你换一些吃的吧。"埃塔开始说，"我有专治绿藜芦的——"

吉尔达重重地在桌子上放了两个粗制的带把杯子。"你给我讲故事就行了。我想知道有关你们那里的人的一切，还有你遇到过的别人。"

"你从来没有离开过这里吗？"

吉尔达摇摇头："不允许。任何女人都不能离开曼哈顿。"

"但你出去打猎呀！"

吉尔达点着头，把干叶子丢进扁了的旧茶壶里。"只可以在森林里，而且如果看到了任何男人，我都必须赶快从他身旁跑开。埃姆斯医生说，所有的男人都是奴隶贩子。"

他们不都是奴隶贩子，但我明白他为什么这么说。

"埃姆斯医生是助产士吗？就是……就是帮助女人生孩子的人？"

吉尔达点点头，她的下巴垂了下来。

"他负责这里吗？"

"不是……不完全是。他负责我们的生育和健康，不是为了召唤来到我们中间的男人就他一个。"

"但是他跟你说了外面的世界的情况？"

"哦，他告诉了我，因为我问到了。他确实说过，我们是地球上仅有的一批女人。"

埃塔轻轻笑了一声："我经常听到这种话。男人到处都这么说，但我在埃斯特尔、杰斐逊城和其他地方都见过女人。我在路上能找到她们。别的扫货者也告诉我，说他们到过很远很远的地方，也在那里见到过女人。"

吉尔达点着头："真的，如果我们是世界上最后一批女人，我们不会安全。"

"我们不管怎么样都不安全。哪里的女人都不多。"

她们就这么坐着说话，这时候水开了。吉尔达把滚热的茶倒进了两个茶杯。

"你夏天也喝热茶吗？"

吉尔达耸耸肩，两腿夹着桌子的一条腿。"这种茶冷的没有热的好喝。"

埃塔等着，看着雾气在杯子上方盘旋升起。

"这里有多少女人？"

"十七个。"

不够。

"明白了，每年都有婴儿出生吗？"

"通常一个，有时候两个。"

"有多少像你这样不生孩子的？"

"嗯，那四个年纪大的女人，还有两个小女孩儿还太小。我是唯一一个不肯生孩子的育龄妇女。"

"为什么？"

吉尔达站起来走到墙边，碰了碰那里的一张兔子皮。"我的母亲就是这么死的。"

"哦，我很遗憾。"

"这不容易。我还是得参加每个月三天的活动，我只是不生孩子。"

"什么？"

或许她们这里有那种东西，就是无名助产士给别的女人的那些东西。计划生育措施。

"我让他们释放压力。"吉尔达小心翼翼地说，就好像所有人都知道的一种委婉的说法时那样。

"我不明白。"

"像假小子啊什么的。"她的脸红得像火烧，就好像是把她古铜色的皮肤抛了光一样，"还有别的……你可以……"

"哦，哦，对了。我明白了，为什么你……既然反正不能怀孕，那你为什么要参加呢？"

"这是女人的工作。要让男人保持健康，你知道。如果每个月不做上几次，他们就会发疯，他们也没办法。埃姆斯医生说青年男人的这种情况最严重。是他制定的日程表，因为他知道我们什么时候流血。"

那个男助产士忙得很啊。

埃塔点点头。

"但是我想听你的故事！你们那里有医生吗？在你们的城市里有日程表吗？"

埃塔轻轻地笑了笑："没有，我们有蜂房。"

吉尔达又坐下了，她的鹿皮嘎吱嘎吱地响。"什么是蜂房？"

"一个女人，就像蜂房里的蜂后。她想要多少男人都行，他们都听从她的差遣，无论生养或者干活。这是很合情理的。"

吉尔达目瞪口呆："你有一个……"

"我没有。我妈妈有一个大蜂房，我的朋友爱丽丝有两个男人。但我自己从来不想要什么蜂房。"

"哇。"吉尔达琥珀似的棕色眼睛瞪得溜圆，亮闪闪的。

我问的所有的问题她都回答了，我不能骗她。

"为什么你们不和男人住在一起呢？"

"这会让他们打架。有时候还会杀人，男人就是这样的。如果没有足够的女人，他们没法安静地生活。所以我们让他们保持距离，有一些秩序。"

埃塔耸耸肩。"在不——在我们的城市里没有杀人事件。"她很快就改了口，抿了一口还很烫的茶，"男人加入蜂房，或者他们……

他们，嗯，假小子们住在一起。"

"允许这样做吗？"吉尔达的眼睛瞪得像鸡蛋那么大。

"这个……人们对这样做有成见，但人们知道为什么会有这样的事情。"

尽管他们从来都不理解我。

房间里很热，而且有一股蒸汽味。吉尔达站了起来，毫无顾忌地脱掉了她的皮背心。埃塔忍不住看着她。

"你知道，你也可以脱的。我确实不知道你们的人是不是非常端庄，但是……"

埃塔把她的手放在她湿淋淋的衬衣上。她回头朝门口瞥了一眼。

为什么不脱？在这里的可不是埃迪。

埃塔站了起来，把她的针织衣衫掀到头顶脱掉了，这时吉尔达咧着嘴笑着，然后开始动手把裤子的系带也解开了。

等到她全身都脱光了的时候，吉尔达站起来转身，让埃塔可以看到她的全身。吉尔达身上肌肉虬结，全身都是古铜色的。她看上去就像可以和鹿群一起奔跑似的，和它们一样没穿衣服，一样野性十足。

她想让我看。

吉尔达掸了掸她的腿肚子："我的毛黏在身上。让它们喘口气，感觉挺好。"

她们身上都有露水似的汗珠。埃塔站起身来，让她的裤子掉了

551

下来。从不存在镇出来之后她就没剃过毛，但它们也不太长。那里只有一点点毛茸茸的软毛。

"你的毛怎么这么少？"吉尔达走到她跟前，直言不讳地惊叹着，"我曾经跟皮肤很黑的女人一起洗过澡，她们的毛也比你的多！"

"我在家乡的时候让浴室工人给我剃过。路上有虫子，剃掉毛能让它们少来烦我。我也喜欢那种感觉。"

吉尔达咯咯地笑着，像一个巨人小女孩儿似的向前弯着身子，温柔地碰了碰埃塔的腿。

她完全清楚她在干什么，这种游戏她要和我玩儿多久？她已经玩儿了多久了？

埃塔又回头看了看门口。

吉尔达走了过去，用一块很大的木板把门闩上了。

"看。"她说，她的眼睛在发光，"我知道你是什么人，我第一眼看到你的时候就知道了。像你这样的人我另外只知道一个，但她现在不在了。我可以吗？我们可以吗？"

她知道我是什么人。

埃塔走上前去，用手掌盖住高一些的那个女人的脸。

吉尔达立刻就融化了，温顺地，就像奶油在煎锅里一样融化了。

我知道你是什么人。

她把自己想象为埃迪，邀请她的灵魂前来，在一小段时间里假装她生为男子，而且身在此处，把她的灵魂性别移植到她身上。

那把椅子、那把椅子、那把椅子。

她的腿立刻开始抽筋了，而她找到了一种优雅地制止它的方法，就是站起来，抬起脚趾顶住床的木头框架。

吉尔达没法注意到这一点。

当埃塔能够制止小腿抽筋的时候，当她能够按照自己的节奏方式呼吸的时候，她又躺到了吉尔达身边。

当吉尔达说话的时候，埃塔硬起心肠来准备听她宣告爱情或者二人同心这类话。她以前干过这种事，她知道该说些什么。

"我能和你一起回去吗？到一个有其他像我们一样的人的地方？我想到这样一个地方，那里我们可以总是像这样。"

埃塔急急忙忙地吸了一口气，坐了起来。

"没有什么地方能做到这一点。"她说，她的声音像铅一样，"我们有蜂房，一个蜂房有一个蜂后，就是这么回事。"

"但如果男孩子可以是假——"

"男孩子当什么都可以，女孩子只有一个选择。就像每个人在这里说的那样，这是女人的工作。"

"但是你可以是扫货者，我可以是猎人，我们都不是繁殖者。"吉尔达坐了起来，她简单的灵魂回到了她深信不疑的脸上，"在你的家乡，我们不可以这样吗？"

爱丽丝，当她的母亲捉到我们的时候，卡拉看上去想把我活生生地吃掉。她是怎么说的？说我们在浪费资源，就像小孩儿一下子把蜂蜜全吃掉了一样。

"我们不行。在所有我见到过或者听说过的地方，我们都没法像这样。我甚至不知道人们把这种情况叫作什么。"

吉尔达温柔地吻着她的肩膀："和我一起躺着。"

埃塔照办了，她记住了她的东西放在哪里。她看着门上的门闩，一直到她睡着。

没有任何地方。没有任何地方。

袭击在黎明前一小时到来。埃塔醒了，但不知道是被什么弄醒的，她在吉尔达黑暗的房间里眨着眼睛。她翻身下床，穿上了裤子。到了她真的开始听到叫喊声的时候，她已经束好了胸，穿上了靴子。当吉尔达醒来的时候，她已经把手枪插回到裤子上了。

"这边。这边。这边。"她推着她穿过小屋背后的一个小门，另一面的小空间里臭烘烘的。埃迪浅浅地呼吸着，试着辨别这股气味。

吉尔达找到了她的弓，但没顾得上穿衣服。"你留在这里。"她说，然后关上了小门。

在伸手不见五指的黑暗中，埃迪在她的背包里摸索着。她枪里的子弹上了膛，她的刀在身上。

她听到外面有搏斗的声音，什么人在外墙旁边跑了过去。周围臭烘烘的，她试着用嘴呼吸。

她在鞣制兽皮，就是这股臭味。外面到底是怎么回事？

吉尔达的门被震得山响，有人想要撞断她们昨天晚上拴上的门闩冲进来。

埃迪一动也不动。

房门又一次发出巨响，因为有某个身材高大魁梧的人用肩膀撞了上去。

"我以狮王的名义，命令你们开门！"声音有点模糊，但埃迪听出来了。

该死，他们跑到这里来了，刚好被我撞上了。

她的手一下子伸进了背包里，在里面寻找着。她找到了那个爪子，因为它给她一种冰冷光滑的陌生感觉。在一片漆黑之中，她猛地一下把它拽了出来，套在自己的脖子上。她把鞣皮屋的门推开了。

吉尔达全身紧张地站在那里，长长的胳膊把弓完全拉开了。不管进门的是谁，她都会杀了他。

"等一下，好吗？等一下，我能帮助你。"她没法确认吉尔达是不是真的听到了。

埃迪走近房门，清了清嗓子："往后退，我来开门。退后！"

她等了一下，然后把门闩从门上拉开。她一下子把门打开，人站在那里，火把晃得她眼花缭乱。

埃迪在埃斯特尔没见过这个拿着火把的人。

"我们以狮王的名义拿下了这座镇子，所有的女人都归狮王所有。"

埃迪把手放在爪子上，希望自己的手指不要发抖。"我明白这一点，但这个女人是我的。"

在手拿火把的那个男人身后，埃迪看见有人把那个穿着黑色斗篷的召唤者领了出来。她回头一看，见吉尔达仍然随时准备攻击。

她继续说了下去："狮王和我有一项交易——"

"如果你和他本人有交易，那你一定知道，你和他的交易不能阻止他带走女人。如果你愿意，你可以就这个女人跟他讨价还价，但我们要把她带走。"

我一定可以说点什么来应付这样的危局。一个密码。

太晚了，她意识到那个拿着火把的男人已经推开她走进了小屋。一刹那后，吉尔达的箭正中那人的胸膛。

"吉尔达！"

"快跑！"那人倒下了，吉尔达从尸体上跨了过去，回头看着身后的埃迪。

"吉尔达，等等！"

吉尔达没有等，她向前冲去，边跑边搭上了她从小屋里带出的另一支箭。

那间泥土房子的屋顶已经着了火，埃迪意识到这一点时已经太晚了。她对镇子的路不熟，她跑得毫无方向。

一块沉重的东西砸在她的后脖颈上，刚好在头部以下。她摇晃了一下，感到头昏眼花，但还是回头看了看。

一群老女人在扔石头。她一转身，结果又被一块石头打中，这次刚好在她左眼的上方。血流进了眼睛，又热又咸，让她什么也看不见。她举起了双手。

别打我。别打我，我跟他们不是一伙的。

但她脖子上还挂着那个爪子。

"杀掉那些男人！把他们全杀光！"她们大声狂叫着，呈扇面散开，继续扔着大石头。

埃迪转身就跑,她向树林跑去,几乎收不住脚,因为地面这时在向下倾斜,她每跨一步都比上一步走得更远。直到她一脚踩进了河水,才知道自己走进了河里。

她脚步踉跄,正在失去知觉,却看到了一条船,被拴在离她不远的地方。她走着,然后爬着,向那条船靠近。她睁不开眼睛,不断地撞到什么东西上,全身都扎着刺。

进到水里去。这和埃斯特尔的情况一模一样,只是没有火光。看不见,不再上来了。下沉,再也不上来了。

她挣扎着保持清醒,一边呼哧呼哧地呼吸一边哼着。她到了船边,先在冰冷的河边淤泥里躺了一小会儿。她脸朝着一边,感到肋骨疼得要命。在那种旋转、下落的感觉过去之后,她费力地从船的一边爬了上去。小船吓人地摇晃着,几乎把她掀翻,掉到另一边更深的水里。船稳住了,这时她眼前发黑,晕了过去。

过了很多个小时,太阳升了起来,埃迪在惊慌中醒来。她坐了起来,灰颜色又爬到了她的视野边缘:这是个威胁。她深吸一口气,视力慢慢地恢复了。这条小船很窄,但很深,她在船边向外偷看。

她什么也没看见。她眨着眼睛,意识到雾气遮住了山坡。

她拉着拴着船的绳子,不是很紧的绳结松开了,小船从拴着它的那棵树上脱开。她发现自己的腿下压着一把船桨,就用它把船从岸边推开,不料,在她这样做时船桨脱手掉进了水里。水流带着木船离岸,她沮丧地呻吟着,声音因为口渴变得沙哑,向后躺下。

埃迪又一次失去了知觉。

水流开始很轻缓,然后开始加速。河流把她带走了。

第二十五章

这条船就是一个房间。红色的房间，正在呼吸的房间。这条船就是一个房间，是一只蘑菇。埃塔又来了一次初潮，而埃迪笑着，疯狂地划着桨。

这条船就是那张椅子，埃迪没法起来，因为她被捆在椅子上。这不是她在笑，笑的是狮王的部下。

那爪子、那爪子、那爪子，他们戴着那爪子。

埃迪在那张椅子上出生。

无名助产士永远不会在椅子上终结。她会先一步死去。埃塔只有十六岁，无名助产士会把她当作一个孩子。她会救她。

但埃塔会回到她发现那些月经杯的地方。根据动物的狡黠，她还会在同样的地方再次发现什么东西。他们发现她的时候，她在一间壁橱里。

他们全都带着那种爪子，但她不记得这回事了。她只记得那张椅子，当时她在夜里因为小腿抽筋而醒来。椅子上有生了锈的踏脚板，它发出金属之间摩擦时那种刺耳的声音。当他们一个接一个地走进来时，椅子让她坐在那里动弹不得。

那把椅子、那把椅子、那把椅子。

那把椅子一定是为了这个制造的。

埃迪就是在这把椅子上出生的。埃塔背靠着这把椅子，身体被固定在上面没法动弹，两腿分开，踩在踏脚板上，狮王的人用爪子抓她，几乎把她抓死，她全身上下都在流血。结果踏脚板断了，而且很走运，它参差不齐的锈蚀边缘砍进了那个男人的脖子里。是他们两个人的血，让她能够把另一条腿抽出来。在那个谁也看不到谁的时刻，她用那个人的枪打死了其他所有的男人。她从一具尸体上收回了自己的枪，从此之后再也不会放开。

她把埃迪从那里带了出来，她全身赤裸，血淋淋的像个婴儿，像个初生的孩子，瞪着眼睛一个字也不说。

她不知道狮王的爪牙们还有个望风的。他开了枪，但没打中她，却打中了放在河边的一只塑料大桶，里面不知放着些什么。是油或者是燃料，反正它爆炸了，液体的火焰流得到处都是。埃塔的耳朵被爆炸声震聋了，爆炸的闪光几乎让她变成了瞎子。她放下了枪。她一个猛子扎到了河里，河面上漂浮着火焰。她像一只水獭一样游泳，时而抬头呼吸，但水流带着她，漂得越来越远。

她不记得夏天是怎样一步步过去进入秋天的，也不记得随后来临的冬天。她不记得自己是怎样找到衣服和靴子，又怎样躲在一个空荡荡的房子里的。她当时蜷在火旁，每当听到一点点声音便惊慌不已。

当事情发生时，她根本不知道是怎么回事，就好像吞下了一个雷暴，一口袋碎玻璃，一只活着的鸟。它从她身体里滑了出来，落到了地板上，像只拳头那么大，看上去不像任何东西。她在雪地里走了四天，在身后留下一条血淋淋的足迹。无论哪头猛兽都可能抓到她，但却没有发生这种事。所有的这些她全都不记得了。

埃塔不记得她回到不存在镇的那天。她过了一段时间之后醒了过来，知道自己剃过头，而且几乎饿死。她的手摸到了自己空空的肚皮，她的手指发现了那把椅子造成的伤疤。

那年她每天夜里都会醒来，嘶吼着，两条腿因为抽筋而缠在一起。她等着另一次带着倾盆大雨而来的雷暴，等着再来一个拳头，但没有来。

十七岁了，她知道发生了什么，但她不记得她为什么知道，或者是怎样知道的。她学会了数呼吸，她总是需要知道她在哪里。她学会了像母亲带孩子那样，用带子把埃迪捆在胸前带着走，就和艾娜带着她的木头肚子一样。

那条船就是那张椅子。埃迪醒来了，她的双腿痛苦地缠在一起，她的头"咚咚"地跳。小船在水中漂得非常快，而且就要翻了，她会被翻了的船扣到水里。她坐了起来，拉着两只脚的脚趾，眼睛发花。

深呼吸。

你现在在哪里？

湍急的水流撞击着巨石，在早晨的阳光下溅起银白色的水花。当抽筋最终过去之后，埃迪抓住小船的两边，想要向前看去。她看到的东西还有些重影。她摇了摇还在疼痛的头，抬起身来想看得更清楚些。那条河让她上下起伏了好多次，最后一次猛地一下把她抛进了河水里。

她感到窒息，沉到了水底。照耀在湍急流水上的阳光变成了那

560

天夜里埃斯特尔的大火，但埃迪不记得了，埃塔也不记得了。现在最重要的是，她们都不能呼吸。

埃迪猛然窜出了水面，但波浪又淹没了她。她身体的右侧重重地撞上了光滑的石头，她觉得肋骨断了。河水把她抛了起来然后马上落下，结果她的头撞上了河床。她呛了一口水，眼前的一切都开始发黑。

> 它不是你的、它不是你的、它不是你的，
>
> 那把椅子，
>
> 它不是你的，
>
> 杯子，
>
> 它不是你的，
>
> 书，
>
> 它不是你的，
>
> 无名助产士。

埃塔和埃迪在同一个时刻熄灭，然后都不存在了。

第二十六章

那条鱼离她的眼睛只有几英寸。它的眼睛鼓了起来，闪着光，想方设法地要回到水中。

埃迪也没法呼吸。她会和那条鱼一起死。她闭上了眼睛，但她知道，鱼没法闭上眼睛。

两只宽大的手碰到了她撞伤的那边的肋骨。剧痛在她全身爆发，她又一次失去了知觉。在她能够又一次甜蜜地滑出这个世界之前，那两只手再次压上了她的身体，她猛地吐出了冷冰冰的河水。她咳嗽着，拼命地呼吸，这时她吐出的水从鼻子和嘴巴里一起喷了出来。那个使劲压迫她的压力又一次出现，她深深地呼出了一口让她感到刺痛的空气，然后又昏了过去。

一定是下午了。

当她再次睁开眼睛时，橘黄色的阳光水平地照射了过来。每次呼吸都让她感到刺痛，所以她小口小口地呼吸着空气。地面在她身体下面缓缓地移动，在模糊的草地上加速。这种运动让她觉得反胃，一股细流喷涌着，像一根绳子一样从她的嘴巴流向地面。反胃又让她断了的肋骨刺痛了起来，她嘶叫了一声，缩成一团。

"她醒了。"

声音来自她身后的什么地方。有一只温暖而且温柔的手放在她的脖子后面，在和这只手接触的一瞬间埃迪便意识到了自己浑身冰冷，全身都湿透了，她在发抖。

"把她盖起来，我们马上就到了。"

他们知道我是谁。他们知道。

她又一次昏了过去。

埃迪在一个干燥温暖的地方又一次醒来。她穿了一件长袍，其他的衣服都被脱光了。她深深地陷在一张温暖的床铺里，好几床被子盖在她的身上。她动了一下，她的身体侧面在紧紧缠着的绷带下一跳一跳地疼。绷带就像束胸一样缠着，但没有把她的胸部缠进去。

她伸了伸腿，两手交叉放到一起。

没有捆上。

她床边的黄铜烛台上有一支蜡烛在燃烧。房间里的家具是木头的，看上去全都是旧世界的产品。

但状态绝佳。

房间里干干净净的，有一股薰衣草的气味。她深深地吸了吸鼻子，寻找出去的路。

一扇门，没有窗户。

她把脚放到地板上，发现自己可以站着。她的头好些了，看东西也没有重影了。但她感到茫然，有些惶惶不安。

你现在到底在哪？

　　房间的另一面有一个五斗橱在闪光。她轻轻地走了过去，打开了顶层的抽屉。里面放着她的东西，放在棉布毛巾上。她的枪，她的书，她的刀。书上能看出水造成的明显损坏，但有人小心地把它烘干了。她的衣服在下面的抽屉里，洗过、缝好了。她的木头盒子被放在最下面的抽屉里。她检查了里面的东西，发现毫无短缺。

你现在到底在哪？

　　门被打开，一个矮胖男人走了进来。他带来了一个洗脸盆和一捧破布，看到埃迪他吓了一跳，因为她在一瞬间举起了枪。

　　"哦！你醒了，我没想到你已经醒了。"他放下脸盆举起了手，"我对你半点威胁都没有，姐妹。"

　　埃迪用枪指着他："坐下。"

　　那个男人顺从地照办，坐到了床上，两手交叉放在大腿上。

　　"我叫内乌姆，过去两天一直是我在照顾你。姐妹，这是一个安全的地方。你觉得你需要你的枪，这我不介意，但能不能请你现在别用枪指着我？"内乌姆声音发颤，他的嘴像个胖婴儿的嘴，粉红色的，微微撅起来。他的眼睛瞪得大大的，但很冷静。

　　埃迪头昏眼花，她觉得自己没法一直举着枪，她跌坐在床脚那边。

"我现在在哪？"

"奥蒙亚当村，简称奥蒙。这是一个安全的地方，姐妹。我们欢迎你。"

"奥蒙？我怎么来的？"

内乌姆咧嘴一笑，侧了侧身子，这样他就可以更清楚地看到埃迪。"嗯，我听说，有两位渔民，一个叫李海，一个叫萨缪尔，他们发现你沉在苦难河的河底，就把你捞了起来，挤掉了肺里的水，然后把你放到装鱼的大车里带回家来了。但他们不知道你是怎么掉到河里去的。他们没有看到船。他们觉得你可能是个天使。"

天使？

"那么，奥蒙……我们在哪里？我们在黑山北面吗？"

内乌姆看上去有些困惑："我们在苦难河东面，我没听说过黑山。"

"那么欧达克山呢？"埃迪第一次感到了一丝惊慌。

"哦，对了，我知道欧达克山！"内乌姆的眼睛亮了起来，"我们在它北面很远的地方。"

"有多远？"

这位圆滚滚的男子耸了耸肩。埃迪看到他颤巍巍的下巴在他耸肩的时候抖动着。"这你就得去问那些传教士了。"

他们这里至少吃得不错。如果是他在照顾我，他就不会是什么重要人物，但他还是吃得胖嘟嘟的。

内乌姆慢慢地站了起来，又把手伸向埃迪。"我现在得去告诉阿尔玛。你有任何变化她都要知道。

埃迪的视野边缘开始变灰。"阿尔玛是谁？"她的声音好像来自远方。

"阿尔玛是我们的母亲。别担心，我一会儿就回来。如果你想洗一洗，那些水是干净的，还热着呢。"

他钻出了门。

埃迪趴在床上，用两只虚弱的胳膊撑着自己。

我昏过去多久了？

她感到全身发虚，饿得前胸贴后背，不愿意认真地动脑筋。

曼哈顿，我在曼哈顿。我看到她们在召唤男人，走运的浑蛋。

那块石头打在她的脑袋上。她摸了摸眼睛上面的那个地方，摸到了柔软的肉乎乎的边缘，那里的伤口恢复得不错，就要结疤了。是皮肉伤。

那条船。那把椅子。那条船。

她清楚地记得自己撞在石头上，这种回忆让她感到恶心。她把手放在断过的肋骨上。轻轻的压力让她感到疼痛，逼得她赶紧放手。

门又开了，最先穿门而入的是一个怀孕妇女的大肚子。

埃迪抬起头来，她的眼睛被她有生以来见到的最美丽的女子吸引住了。

她已经快要临产了。她生着一张鸭蛋形的白色脸庞，像生长在树荫下的水蜜桃。她大大的眼睛是像母鹿一样的棕色，像星星一样闪耀，带有金色的眼睫毛，既吸引人又天真无邪。她粉红色的嘴唇落落大方。她在埃迪打量她的时候已经笑了起来。

只能用"光彩夺目"四个字来形容她的头发。它披散在她的肩上，一直垂到背后，发梢拖在地板上。下垂的头发时而深陷，时而如同波浪，带着蜂蜜、小麦和阳光的颜色，有些地方泛白，但在烛光下闪耀着单调的红色。

她大大地张开双臂，好像她一生都在等待埃塔来临。"姐妹，你能来到我们中间，我们真是太高兴了！"

她拥抱着坐在那里的埃迪，把她的脸压在自己有着小山一样柔和曲线的胸前。

她很快就要生产了。

当她松开她时，埃迪能看到，在她刚才压着她的地方，绿色的连衣裙上一片潮湿。

"我们很担心，怕你永远也醒不过来，那我们就永远不会知道你的名字了。"

内乌姆侧着身子从她身后进来，满脸堆笑。

埃迪盯着她，什么也没说。

"你叫什么名字，姐妹？"

"埃塔。"

这两个字脱口而出。她本来是想说埃迪的，但现在她回来了。他们知道她是什么人，姐妹。

"埃塔姐妹。"高个金发女子走向前去，埃塔又一次因为她惊人的美丽而震撼，"我是阿尔玛。这里是奥蒙亚当村，我们非常欢迎你来到这里。"她把埃塔的手放到自己的手里，深沉地看着她的眼睛，"你感觉怎么样？"

埃塔畏缩了一下："不算很好。我想我的肋骨断了。"

"断了三根。"内乌姆高声说，"还有很严重的淤青。但真正的大问题是头部的损伤，是啊，就是头上的伤几乎要了你的命。但你的意志力非常强大。"

阿尔玛点点头，脸上放光："是的，意志力非常强大。我梦到了你的来临。"

"什么？"埃塔皱了皱眉头，放下了和阿尔玛握着的手。

阿尔玛没有受到影响："是啊，我梦到一位来自神灵厅堂的天使将来到我们中间，向我们宣示。"

"宣示？"

阿尔玛点点头道："是的。但不是像你现在这样说话，而是带有权威地讲话。这一天终将到来。"

什么？

"现在还没有。现在你必须休息，恢复体力。"她向前走去，轻轻地把一只手放在埃塔的肩上，"你会好起来的。"

埃塔感到一股奇特的暖流通过阿尔玛的手流入她的身体，好像流到了她最疼痛的地方，并停留在那里，舒缓着疼痛。

人间地狱？

她抬头看着阿尔玛，从她棕色的眼睛里看不出任何信息。

"亚伦会给你送来吃的。"内乌姆说，"除非你想参与中层教士的聚餐？"

埃塔眨了眨眼睛，想弄清情况。

"我可以离开这里吗？"

内乌姆看着阿尔玛："你当然可以啊，我们不会强迫你留下的。但你现在身体不大好，我想你应该好好休息一阵子再走。"

"你生而自由，也必定会自由地生活。"阿尔玛说，同时转过身去。

埃塔眯缝着眼睛看着她。阿尔玛的眼睛似乎更亮了些，好像有一团火在它们后面燃烧。

"而每一位姐妹都是神灵圣母在想象中造就的，因此你就是神灵本身。和我一样，因此你是神圣的。"她点点头，好像其中具有一定的含义。

"这么说我是自由的……这就是说，如果我想走，我就可以走？"

我现在几乎站不起来。但我想让她做出承诺。

"这位内乌姆可以给你准备一个新背包。你的背包已经破碎不堪了，而且你可以带着我的祝福离去。"

阿尔玛又一次准备离开，但她转过身来，双手横放在她满月般的肚皮上。"但如果你留下，你将得到更多的祝福。这是我的预言。"

她庄重地走出门，在房间里留下了她带点乳汁芬芳的气息。

内乌姆微笑着，看着她离开。接着他转身问埃塔："想要我把你的背包拿来吗？"

埃塔叹了口气，倒在床上："不用了，谢谢你。"

"我让亚伦给你拿些东西吃？"

"我应该怎样换食物？你们需要什么？"

内乌姆乱糟糟的眉毛向上扬起："不，你是我们的姐妹，不需要用东西换，我们跟你分享。"

"我……谢谢你。"

他的眉毛恢复了原状："好的。食物会直接送到这里。"

内乌姆走后，埃塔慢慢地穿衣服。把胳膊放到头顶上方让她觉得疼痛，站得时间长了让她晕眩。当她穿上自己的裤子时，她把她的棉布睡袍挂在一个钩子上，接着拿出了自己的日记本。她坐在床边的桌子旁，拿起钢笔放在纸上。

埃塔之书
夏季

一个叫作奥蒙的地方，一个名叫阿尔玛的女子。曼哈顿遭到了狮王的袭击。爪子们到来，烧了这座镇子。我在那里受了伤，掉进了一条河里面。叫苦难河？被来自奥蒙的渔民救了起来。

我将在这里住一阵子，直到我恢复到能继续前进为止。迄今看上去是安全的。

她想到了爱丽丝的警告，说那些不肯吃药的人会遭受禁欲主义者的痛苦，这会影响他们恢复健康。埃塔把手指放在一个鸦片瓶子顶上，把一滴药放在舌头下面。她的手放在枪上的安全感，这让她安然入睡。

醒来的时候，她发现她床边有一碗玉米杂烩浓汤。汤已经冷了，但她狼吞虎咽地喝着。吃完后她拿起木头碗，打开了门。

她门外有两个青年男子等着。

"早安！我的名字是贾罗德，那位名叫蒂莫西。我们能为你做点什么吗？"

她打量了他们一下。

可能才十四岁。胡子还没长出来。

"我该把这只碗送到哪里去？还有，我该到哪里去……去？哦，你们这儿有室外厕所吗？"

蒂莫西接过了她的碗，绿色的眼睛闪烁着。贾罗德向右边指了指。"洗手间就在那边，右手第一个走廊。"

埃塔慢慢地走了过去，眼睛瞥向两边。

门是关着的，没有窗户。一座要塞？不管怎么说，很安全。

她转过角落，发现了一个室内厕所。她在周围拨弄了几下，发现都是些分开的隔间。

经常打开。没有窗户，几乎没什么味儿。

抬头看了看，她发现空气是通过她头顶上的通风口流通的，速度恒定。

不知道是如何工作的。

她没有沿着她来的路回去，而是继续沿着走廊走了下去。埃塔看到了墙上的布艺装饰。

彩色大针的刺绣。他们有足够的布、线和颜料来做这些东西，只是为了赏心悦目。

还有些绣出来的文字，如"家庭是永恒的"和"衣锦荣归"等。它们中有些看上去已经很旧了，有些发黄，但许多还很新，很鲜艳。

她听到了一种声音，这让她分了心，不再继续欣赏艺术品。她摇了摇头，觉得她恢复得还不够好。

不可能。这样的声音肯定是山羊或者别的牲畜发出的。

埃塔经过了一个以柔和的色调画出的壁画：一个身穿垂着穗子的奇特服装的男子，手里拿着一叠扁平的黄色物体，看上去像是些书。

声音还在响着，埃塔昂起头来听着。

不会的。不会的。这会是一个花招。但想要去看看。

她循声走向她来时走进的那扇门，被不可能的刺耳声音吸引着。走近的时候，她的一只手放在枪柄上。

埃塔站在门口，张大了嘴巴。

婴儿。她看着周围那些学步的小孩儿和摇篮，最小的两个被抱在两个青年女子的怀里。

十二个、十三个。没有一个超过三岁，这么多。

抱着孩子的女孩儿看上去很憔悴，很疲倦。

"什么时候下一批叶子能来换班啊？"

那个高个女孩儿生了一头乱糟糟的黑发，它们像马鬃一样垂在她的脸周围。

"我想我们还得坚持一个小时，"一个非常漂亮、有白化病的女子说，她的眼睛边缘是粉红色的，看上去已经筋疲力尽。

最小的婴儿大部分都在哭，这样的哭声大合唱把其他的孩子也吵醒了，而且搅得他们也跟着哭了起来。学步的孩子们利用这样的混乱场面胡乱跑了起来，制造了另一种混乱。

埃塔看到，另外两个比较小的孩子也有白化病。

那两个女孩儿终于注意到了她，她们不顾吵闹，大声对她说话。

"你一定是他们从苦难河里捞出来的那位！"那位白化病女孩儿微笑着说，她的牙齿比她的皮肤还白，"你愿不愿意抱一下孩子？我们正忙着让他们安静下来。"

埃塔想也没想就向前走去，伸出手来。黑头发的女孩儿把一个蓝眼睛的婴儿放到她的手中，自己去照顾在她脚边的两个哭得稀里哗啦的学步娃娃。

第二十七章

埃塔紧紧地抱着那个婴儿，坐上了一把椅子。那孩子蠕动了几下，发出了一声好像山羊似的叫声，也像是蝉。

她还想再数数有多少孩子，但他们到处乱跑。

就像那些在梅拉梅克的蝗虫似的。这么多，一边脱壳一边往前运动。

她轻轻地摇了摇头，好像要把这种想法抛到脑海外面。

嗡嗡，嗡嗡。

"比尔比尔比尔比尔比——"她怀里的婴儿叫着，口水顺着嘴边淌到了脸蛋上，"比尔尔尔比。"

那个黑头发的姑娘走近了一些。"她叫撒莱，正在出牙呢。我想我们有一个琥珀手镯子……"她看着别处，分了心。

"是个女孩儿？"埃塔忍住了，没有去掀开这个婴儿的尿布。

"没错，没错。"那个姑娘的一双白手梳拢了一下黑发，"总共是七个女孩儿，十个男孩儿。但今天只来了四个女孩儿和五个男孩儿，有些跟着他们的妈妈。我是伊丽萨，那位是露西。"她随意地对那个

574

皮肤像雪花膏似的女子指了指，后者露出雪白的大理石一样的胸部，转过身去。

"见到你很高兴。"露西说，抱起一个呱呱叫着的孩子喂奶，帮助他镇定下来。另一个同样呱呱叫的孩子更不舒服了，但露西耐心地坚持哄着怀里的孩子，直到他乖乖地吃奶为止。

"这些孩子是……谁是他们的……你们两位是他们的母亲吗？"

露西对两个淡黄色头发的学步孩子中的一个点点头："这个是朱迪斯，她是我的。我还有一个三岁的孩子，第三个大约在圣诞节前后出生。"

伊丽萨过来接埃塔怀里的孩子，埃塔把孩子递给了她。"撒莱是我的孩子。另一个是布里格姆，就是那边玩具箱旁边的那个。不用猜，他看上去像他老爸。"她已经找到了一块琥珀让撒莱放在嘴里咬。那孩子把它含在嘴里，在她母亲的胳膊上又吐了一些口水。

"他们是怎么出生的？"埃塔的眼睛盯着房间周围，想要记起她有哪次在一个地方见到了这么多孩子。

杰斐逊城差不多有这么多……但那是一整座城市。

"正常出生的啊。"露西对着两个正在吃奶的婴儿傻笑。

"不，我的意思是……在这里有多少人？有多少女人？"

"二百二十九个，包括即将出生的。"伊丽萨说着抚摸了一下她的小腹，"七十八个女人和小姑娘。"

"这怎么可能。"埃塔倒抽一口冷气。

伊丽萨和露西吃吃地笑着："就是这么回事。"

露西把一个孩子的嘴巴从她白皙的胸部上扯了下来，结果带来了听得到的噗嗤一声。那个婴儿又开始不安分了。

"你嘴里全是泡沫，傻瓜。"她相当老练地把那个孩子放在自己的前臂上，同时平衡好另一个孩子的位置，轻轻地晃着这个孩子，一直到他打了两个小嗝为止。

"出生的时候死了多少？"

伊丽萨敏锐地看着她："在我们这一代，一个也没死。我们死了一些母亲，但那是在先知到来之前。"

露西交换了两个婴儿的位置，现在给另一个孩子拍奶嗝。

"先知？"

"阿尔玛啊，她没去你的病房看你吗？"

长发女子。

"她去了，是啊。她是怎么做到的？"

"哦，不是她。"露西用一种沉溺在虔诚之中的语气说，"是神圣母亲做的。阿尔玛只是先知，是她的使者。"

埃塔向后靠坐在柔软的椅子上，突然觉得非常累。

"姐妹，你的脸色很苍白。"伊丽萨把一只温柔的手放在埃塔的胳膊上。

"好吧……"露西微笑着，粉红色的眼睛微微眯起。

"哦，别出声！"伊丽萨转身对着埃塔微笑着，"需要我帮你回去躺躺吗？"

埃塔打算回答，但话还没出口就已经睡着了。两个保育员把一张钩针编织的毯子盖到她的身上，又接着忙她们的了。

当她醒来时，家长们正鱼贯而入，走进门来接孩子。露西低头微笑着看着她。

"准备好去吃晚饭了吗，姐妹？"

尽管她还晕沉沉的，身上也在酸疼，埃塔还是站起身来。"我不知道我能不能……"

露西伸出手来，拉着一个长着胡子的高大男人的胳膊。"当然没问题，这是奥利弗，他能帮助你，你挽着他的胳膊就行了。"

"但是露西小姐，我是来接我儿子的。"

"你的哪位父亲兄弟会帮你把儿子带回去的。"露西微笑着，她的笑容让奥利弗心头一颤，"比如这位拿含就行。"

一位年轻人听到她说到他的名字，于是抬头看了过来，脸红了起来。"什么事，露西小姐？"

"你能不能也把可拉带回家去？"

"可以呀，露西小姐。"

奥利弗伸出胳膊，让埃塔挽着。

那就这么做好了。

于是她拉住了奥利弗的胳膊，僵硬地站了起来。"请带我去吧。"

走出了走廊，远离了孩子们的喧嚣，奥利弗首先说话。

"这么说，你就是差点在苦难河里淹死的那位？"

"是啊，我在鬼门关前走了一趟。"

"你叫什么名字，小姐？"

"埃塔。"

"埃塔小姐，我第一次听到这个名字。"

"这是我母亲喜欢的一个过去的诗人的名字。"

奥利弗咧嘴一笑，胡子上面露出整齐而雪白的牙齿。"这可真是可爱极了，你是从哪里来的？"

"欧达克山南面。"这个谎话现在已经说顺嘴了，"我是在旅行，结果在一个叫做曼哈顿的奇怪地方遇到了麻烦。"

奥利弗吃吃地笑着："哦，我知道这个曼哈顿，肯定的。我因为一次传教使命路过那里。差点受到召唤，但那些当地男人太不安了，坚决反对这种事。我想，她们喜欢我，是因为我身材高大。"

"你知道曼哈顿？"

"当然了，当然了。我想，那是第二个或者第三个使命。然后，在我完成第四个使命回家的路上，我在那里停下休息，想去那里找点东西吃。他们是很好的兄弟，但不怎么走运。"

"你说的差不多是对的。"埃塔说。

奥利弗带着她来到了一个房门大开的宽大屋子里。整个房间里到处放着长桌子，桌子上铺着相互有些重叠的蓝色和绿色的桌布。按照一定间隔点着的蜡烛让整个大屋子看上很温暖，尽管房间里铺着钢地板，高高的天花板上通风良好。

"我的位置在那里，离我的妻子不远。"奥利弗说，"但在那边，在传教士男孩子那边应该有空位子。我这就介绍你过去。"

他缓慢又温柔地带着埃塔走向一张坐着一批少年男子的桌子。"加布里尔、雷伊，能不能请你们俩把这位年轻女士带到桌子上吃饭？我要去和我妻子坐在一起。"

加布里尔从桌旁站起身来。他是一个漂亮得让人吃惊的男孩子，体格匀称，一头金色长发披散过肩，一直拖到背后。

"十分荣幸，埃塔小姐，欢迎加入我们用餐。"

雷伊生着橄榄色的皮肤，看上去有些羞涩。他咧嘴轻轻一笑，从座位上微微欠身说："小姐，你好。"

埃塔坐上椅子，拿起放在她眼前的一个玻璃杯，痛痛快快地喝了一大口水。那水喝起来清冽甘甜。

"你们是从苦难河里打水吗？"

加布里尔伸手去拿他的水杯："是从贮水层最深层打的水。今年雨水特别多。"

埃塔又喝了一口。

"叶子协会得加快速度了。"雷伊哼哼着，"我肚子都饿扁了。"

就像听到了这一声召唤似的，一些青年男子如同流水般从厨房里走了出来，手里端着碗。

"哦，感谢天堂圣母。"雷伊说。

食物是被装在碗里和桶里端上来的，上面盖着餐巾和毛巾。香气向埃塔扑面而来：鸡蛋、奶油、菠菜。她朝离她最近的食物伸出了手，这时才意识到别人谁都没动。

雷伊很同情地看着她："我理解你，小姐。一分钟就好。"

埃塔直流口水。她等着。

阿尔玛走到了房间中心，金色的头发，清纯的面孔。

"低下头来，孩子们。我要读祷告词了。"

周围所有的人都双臂交叉，低头为礼。埃塔看得入迷，忘了学着和别人一样做。

"亲爱的最慈祥的天堂圣母，我们感谢您赐予我们这顿晚餐和我们的共同生活。我们请求您祝福烹饪了这些食物的巧手，于是它让我们更有力量，让我们的身体有充足的营养。我们也感谢您，为我们送来了陌生人埃塔，她可以如同她承诺的那样对我们宣示。我们以您的孩子的名义向您祷告，阿门。"

"阿门。"整个房间里的人同声说道。

雷伊一把掀开离他最近的那盘食物上面盖着的毛巾："要炒鸡蛋吗，小姐？"

他抄起了一大勺掺杂着蔬菜的炒鸡蛋。他的眼睛几乎除了食物就没有其他任何东西。

"谢谢你。"埃塔说,端起她的盘子迎了上去。雷伊强忍着食欲,为她拿了玉米饼和水果,还有桌上每样东西都拿了一点,接着才给自己拿。加布里尔等着轮到自己。

有一阵子谁都没说话。埃塔发现自己简直饿坏了,但眼看着雷伊不停地把食物倒进嘴里,她觉得他一定在路上旅行了很长时间。

"再来一份,小姐?"

埃塔大口吞咽着食物,还喝了一小口水,把蓬松的炒鸡蛋冲进肚子里。"我都不知道能不能把盘子里这些都吃完呢,但还是谢谢你。"

雷伊点点头,又往他自己的盘子里堆上食物。"小姐,我在地里干了一整天活。你放心,你盘子里剩的全算我的。"他一边微笑一边往嘴里塞东西。

那好哇。

最后她只剩下了几口没吃。雷伊忠于自己的诺言,把那几口全吃了。加布里尔把他们的盘子摞到一起,放到桌子一端。"这样那些叶子们端起来会容易些。"他微笑着说。

房间各处的年轻男子们都站了起来,收拾大家的盘子和摆在桌子上盛食物的大盘子。埃塔看着这一切。

组织得这么好。

这一幕让她想起了什么。她觉得她曾经见过类似的情景,或者不是见到过,而是……

"出来吧,厨师们,出来!"

房间里的人们唱起了歌,拍着手打拍子。

"你们不出来我们就不闭嘴。出来吧，厨师们，出来！"

一小队中年妇女从房间远端的厨房门口出现了，她们全都做出同样的手势：右手掌心对着下巴，然后从脸旁边向外一挥。房间里迸发出有礼貌的喝彩声，那些妇女们又消失了。

"你愿意今天晚上和我们一起参加德撒律吗？"

雷伊起身，向埃塔伸出胳膊。加布里尔急忙起身，看上去略微有点惭愧。"是啊。你可以和我们一起，因为你现在没有自己的小组。"

埃塔向周围瞥了一眼，看到人人都结成了小组或者对子。"其实我觉得很累了……"

但我不知道我能不能自己找路回到我原来住的地方去。

"哦，要不了多少时间的！"加布里尔很热情，"其实也就是做做祷告而已，然后就到了上床的时候了。我们可以送你回去，你现在看上去还不是很结实。"

埃塔总算勉强挤出了一个微笑。她想到了不存在镇的那些大妈们，她们在晚饭后纺织、编织东西，有时候给任何加入她们的人讲故事。

并不真的是想家。

她坚持这么想。

只是不是很熟悉。

她挽上了雷伊的胳膊。加布里尔挽上了她的另一只胳膊，她略微有点受惊，觉得自己被紧紧地包围了。

"靠着我。"加布里尔说。从近处看，他的眼睛有两种颜色，跟爱丽丝一样。蓝眼睛，里面的一圈是金黄色的。

深呼吸。

他们好得过分了。你知道，他们想要点什么。

你现在到底在哪儿？

我真的不知道。

她任由这两个人把自己拎进了一个小些的房间，里面放着旧世界的装饰椅子。这两个男人帮助她坐进了一张椅子，然后坐在她两边，看上去对自己完成了这项工作很是高兴。

在人们进来的时候，一位孕妇叫着每个人的名字，对他们表示欢迎。她的声音低沉，像音乐一样，但埃塔注意到，她的上嘴唇似乎有些歪斜，话说得不是很清楚。

天生兔唇。他们这里一定有医生，甚至有能动手术的人。可能就是因为这个——

"我们的旅行者，埃塔姐妹。"

听到有人叫她的名字，埃塔的头猛然抬了起来。

那位兔唇女子笑容可掬地看着她："欢迎来到我们中间，先知说她已经得到了你即将到来的启示，她告诉所有的教士和主教，说你将是对我们的祝福。"

主教。

这两个字让她想到了自杀，并让她的思绪有一瞬间在盲目地摸索着这件东西，能够摸到它的轮廓，但无法想起它的名字。

摩门教徒。正像无名助产士曾经与他们一起生活过的那批人，那对夫妇。霍努斯和约迪。

一瞬间，她张开了嘴，下巴垂了下来，接着在意识到之后赶紧把它合上。她试图想起那个故事的细节，但只记得与无名助产士本人关系最大的那部分。

无名助产士跟霍努斯睡了觉。霍努斯认为他可以有两个老婆。他爱约迪和无名助产士两个人，但她们都不愿意共事一夫。有两个老婆的男人。竟然有这种想法。

她努力专注于那个兔唇女子迟钝又软绵绵的话，但发现她做不到。阿尔玛走进了房间，这让大家静了下来，这时埃塔的精神才第一次集中了起来。

人人都转头看着阿尔玛。她换了一身白色的长睡袍。

"请原谅我的打扰，摩西姐妹。我想在我上床之前给我们的客人一个祝福。"

"这根本不是什么打扰，阿尔玛先知。你的到来是对我们的祝福。"

阿尔玛走近时，人人都盯着埃塔看。埃塔抬头看着，不知道会发生什么事情。

"不知两位年轻人能否帮帮我？"阿尔玛问。

加布里尔和雷伊立即离开座位，站在阿尔玛两边。阿尔玛把她温暖、柔软的双手放在埃塔的头上。

"仁慈的天堂圣母，我们请求您祝福这位女子，让她早日从致命的伤痛中恢复，让她可以告知我们只有她自己知晓的实情。让她在我们中间变得更有力量，体格康健。让她……"

阿尔玛的声音在一瞬间突然消失了，埃塔机警地睁开了眼睛。她看到，阿尔玛的肚子在她的长袍下猛然收缩了。阿尔玛温和地发出了一声长长的喘息。

"让她指引着我们，就像莫罗尼指引着尼法族人一样，我们以您的孩子的名义祷告。阿门。"

埃塔完全不明白这些名字具有什么意义，但它们让房间里的人们发出了叹息。埃塔扫视着自己的周围，感到很不好意思。

阿尔玛在她耳边轻声低语："我知道，我们的做法让你觉得很奇怪。你别担心。"阿尔玛把手从她的头上移开，放到了埃塔的二头肌上，这时埃塔又一次感到了那种新奇的热量，它流向她的伤痛之处。她又一次感到舒舒服服，昏昏欲睡。

今天晚上用不着鸦片了。

根本不应该在这里用鸦片。这不安全，我真的不敢相信你会在这里用了一次。

她觉得她不会睡，但她刚一倒在床上，筋疲力尽的感觉就让她陷入睡眠。

埃塔没有做梦。

醒来的时候，她的心脏在剧烈地跳动，她的身体因为没有她而感到惊恐。房间里太黑，什么也看不见。

天还早吗？很晚了吗？

她很多天都没见到太阳了。她在瞬间有强烈的眩晕感，分不清上下。

或许我们在地下很多英里深的地方。

她想起了在梅拉梅克的地下，那种位置很深，但却宽敞开阔的感觉。

她踢开了被子，自己扑倒在地板上。她的肋骨因为这种动作而痛苦地咔咔作响，随之而来的是眩晕，这让她觉得天旋地转。她四肢着地，摇晃着脑袋。

深呼吸。

埃迪的声音，冷静而又让人心安。

她集中精力地呼吸，两条腿都在僵硬地抽筋，无法动弹。透过咬紧的牙关，她努力吸气，然后翻过身来，想把自己的脚趾向上扳。

她无法听到埃迪的声音。她想要自己的母亲，但甚至无法允许自己那样想。她一拳砸在地板上，与一个根本不在场的人搏斗。

她一定弄出了很大的噪声，能让外面走廊里的人听到。内乌姆侧身进了门，撅着嘴，皱着眉头。

他伸手去拉她的胳膊，被她一把甩开了，但这又让她的肋骨一阵剧痛。

内乌姆仔细看着她，弄清了问题发生在什么地方。他熟练地用手抓住她的右脚后跟，转动自己的前臂，把她的脚掌往上朝膝盖方向推。

她感到自己的肌肉颤抖了一下放松了下来。内乌姆也感到了这一点，于是又对她的左脚做了同样的处理。她的两条腿都得到了解脱，她松弛地躺在那里，想要重新正常呼吸。她用手背擦去了额头上的汗，但在他想要帮助她爬起来的时候挥手表示不需要。

"你没事吧，姐妹？"

"你们想要从我这里得到什么？"

因为疼痛与担心，她的声音不大友好，但她深陷这一切的古怪之中，已经顾不上这些了。

"为什么你们要把我带到这里来？为什么你们照顾我，就像我是你们中的一员一样？"

她想要站起来，但两只脚缠在一起。他伸出双手，好像要抓住她似的。

"因为我们就是这样做的。我们帮助他人。"

"胡说八道。"她猛地瘫坐下来，两只手肘撑着床，努力要让自己爬上床，"没有谁帮助别人。"

"我们当然这样做！所有的传教士都这么做！他们走出去，帮助他人。他们到处去帮助别人，有时候人们会回到这里。"他小心翼翼地从她床边的水罐里倒水出来给她，担心她会挥手把杯子打翻。

她哼了一声，接过了水杯。

控制住你自己。

他为什么在这里？他整夜都在房间外面吗？埃迪的声音在质问。

"而且，不管怎么说，阿尔玛告诉我们你会来。"

听到这个名字，埃塔的脸阴沉了起来。她想起那股奇怪的暖流，感到和阿尔玛之间有一种荒唐的亲密感。

"她是什么……为什么她要……"她甚至不知道应该如何问这个问题。

为什么你们都把她当作某种非人的生物？她就像一个最大的蜂房的女王，大妈，总助产士，理事会总理事。对于你们这些人来说她是至高无上的，但她只不过是个女人。

但就在她这样想的时候，阿尔玛的手带来的那种温暖的感觉回来了。

"我想要离开这里。"

内乌姆站了起来："我会给你准备一个背包的。"

你最后会爬着走。去跟阿尔玛谈谈。提出这个要求。

"不。"她做了几次深呼吸，"我能不能……能不能带我去见阿尔玛？"

"当然可以啊！"这次这个矮个男人高兴多了，"反正所有的女人都在那里。所以我现在还醒着，要不然这阵子我早就睡着了。"

"什么？"

"阿尔玛正在分娩，姐妹。来吧。"他让她挽着自己的胳膊，她照做了。

你现在到底在哪？

这条路好像总也走不到头。埃塔总算明白了，她在醒来之前只

587

不过睡了一两个小时。她还觉得非常疲乏，身上还很疼痛。

想起了她的肚子。她当时收缩得很厉害，分娩过程已经开始了。他们这里有助产士吗？

死神总是在房间里。埃迪的声音，艾娜的话。埃塔摇了摇头，疲倦让她发疯。

让我们发疯。

她能感到他们快到地方了。她听到了长长的呻吟，她知道这种声音。像许多人一样，她在不存在镇的时候去看过别人生孩子，就停留在附近。他们唱着歌，敲着鼓，低声说话，满怀希望，好像他们共同的希望能够从门底下渗进去，来到为生命拼搏的母子身边。

在埃塔经历的情况下，大多数分娩的结果都不大好，母子俩至少会死一个，有时候两个都会死。

她本以为内乌姆会把她留在门边的一张椅子上，但他把门推开，让她进去了。他什么也没说，在她进去后关上了门。

房间里全是女人。阿尔玛在地上走着，托儿所里的那位白化病女子露西扶着她，另一个扶着她的女子埃塔不认识。她们领着她在房间里来回走着，宫缩让她弓着腰。其他女人们紧靠着墙，坐在椅子和凳子上。许多人在祷告，眼睛闭着，嘴巴动着，发出低低的嘟囔声。其他人聚精会神地看着阿尔玛，她的身体扭曲着，挣扎着走动。

埃塔盯着她看了几分钟，这时伊丽萨注意到了她，就把自己的座位让给了她。伊丽萨自己坐在地板上，身子向后靠在墙上。过了几分钟，她抬起身体，把胳膊肘放在埃塔的膝盖上。

开始时埃塔大吃一惊，但接着就想起了在不存在镇时的情景：每当女人们来到分娩现场时都会有一些随意的亲密举动。在这些时候，她们会互相拥抱，互相抚摸肩膀，分享食物和饮料，忘记了过去所有的流言蜚语和竞争。哪怕在她只是个小姑娘的时候，她也会在这种场合感到紧张。她很早就知道，碰触某个女人比安慰她更有效果。她担心自己脸上清楚地表现了她的需要，这就会让别人能够清楚地看到她的需要，与她感觉到的完全一样。

她身体中的那个埃迪轻轻地笑了一声，你的表情从来都没有我的那么清晰可见，你很走运。

她没有理她，这个地方不属于她。

阿尔玛特有的光辉似乎也暗淡了下来。她面色苍白，就像雪人暴露在温暖阳光下时那样出汗。她闪着光的头发被编成了一个粗大的发辫，卷在膝盖下面，紧贴着她弯曲的脊背。她和任何临产的妇女一样哼着，呻吟着。

埃塔远远地看着床边的桌子。她看见了一把干净而又锋利的刀，白色的棉布毛巾，绳子，还有准备好的干净水。

她们似乎知道该怎么做。
她们这里有这么多婴儿，她们肯定知道。

埃塔的眼睛在整个房间里扫视着，想看看有哪些地方不同。

她们一定知道一些我们不知道的东西。

阿尔玛的呻吟越来越低沉，她开始不断地摇头，好像在说不。埃塔听说过很多故事，知道这就是时候快到了的一个迹象。露西和另一个女孩儿帮着阿尔玛上了床，她艰难地在床上手足并用地爬着。照顾她的两个女人掀起她的长袍给她包上头，她的身体弯曲得像一条蛇。埃塔可以看到一个婴儿露出了头顶。

露西把手放在婴儿的头的两边等待。阿尔玛在宫缩来的时候向下用力，两次宫缩之间什么也不说。婴儿的头出来了，但肩膀出来的时间用得更长一些。阿尔玛又做了两次努力，那个婴儿滑了出来，落到露西的两只手上。

"是个女孩儿！"露西满心高兴地大叫。她把孩子抱到怀里，把她的嘴擦干净，等着她呼吸。因为冷，那个婴儿轻轻地哭了一声。

整个房间里，所有人的眼睛里都闪着泪花。

片刻之后，阿尔玛又哼了起来，另一个青年女子转过来为她接取胎盘，这个女子生着棕色的头发，与露西光彩夺目的白色恰成对照。有一瞬间她挡住了埃塔的视线，她和伊丽萨伸长了脖子，想要看清正在发生些什么。

这就是了，如果她们的先知会在她们眼前流血而死，现在就到时候了。

扎着棕色发辫的女子走开了，手里抱着另一个婴儿。这个小一些，更苍白一些，几乎是蓝色的。她急急忙忙地把那个婴儿翻过来，很有章法地在她背后拍打，一直到她从嘴里吐出液体并且开始哭泣。

"又是一个女孩儿！"

阿尔玛抽泣着，她的脸被遮住了，人们看不见。整个房间里的女人们都站了起来，埃塔的视线又被挡住了。

又出现了第三个婴儿，这是后来的添头，是在人人都觉得不会再有了的时候出生的。整个房间的女人们都在温柔地往头两个孩子的皮肤上涂抹婴儿皮脂，洗干净她们的皮肤，把她们裹起来，这样大家就可以抱着了。伊丽萨发现了最后的一个婴儿，是另一个小的孩子。这个婴儿出生的时候在蠕动，静静地不出声，但毫无疑问是活着的。只是当伊丽萨的声音在空中回响，打破了寂静的时候，人们才转身去看她。

"我们的先知又生了个女儿！"

伊丽萨把那个小小的婴儿放进另一个人的怀抱里，接着就帮着阿尔玛收胎盘，它现在总算开始露出来了。

阿尔玛转过身来，她脸上血红，光滑的皮肤上汗珠点点。她看上去筋疲力尽，但却充满活力。

她差不多没流血，看上去状态良好。

阿尔玛伸出胳膊，人们把两个婴儿放到她的怀里。她让伊丽萨把第三个婴儿放到她的两个膝盖中间，她把自己的膝盖做成了一个摇篮。她仔细地端详着她们，赞赏地点点头。

"从我二十岁以来，就没有一次生过三个！"

露西为她擦拭着眉毛，还给她水喝。阿尔玛喝着水，仍然目不转睛地看着婴儿。

"三个女孩儿！这是多么大的祝福啊！我宣布，她们的父亲是年轻的舍姆伦。任何想找一个强大的播种人的妇女都应该赶快去和他说说！"

房间里一阵欢笑。

这么说她真的有一个蜂房。或者至少，她并不是仅仅跟一个男人有固定的关系。否则她不会单独把他的名字说出来。而且其他女人也可以和他有关系。

"先知，强大的不是舍姆伦，而是你！"

阿尔玛叹了口气，把离她最近的两个婴儿抱到胸前。

伊丽萨回头对埃塔说："先知通常一次生两个。是的，她很喜欢舍姆伦。"

在答话前埃塔有一阵子非常吃惊："她有多少个活着的孩子？"

伊丽萨轻轻一笑："活着的孩子？他们全都活下来了。你问的是什么问题啊！加上这次，总共十三个，大部分都是女孩儿。"

十三个活着的孩子。

埃塔想到了不存在镇的那些女人，如果家里有两三个孩子，她们会多么的自命不凡。哪怕蜂房里的妇女有一个孩子，她们也很膨胀，自鸣得意，让住在隔壁的男人心急不已。

露西向阿尔玛欠身问道："我是否有幸给你的第三个婴儿喂奶，姐妹？她看上去很饿了。"

第三个小小的新人儿确实在虚弱地哭着，要求得到食物。

"那我将非常感谢，露西姐妹。"

露西把婴儿从阿尔玛的膝上抱了过去。那个婴儿拼命吸吮了几分钟，但很快就倒在大人胸前，开始用她一点点大的小拳头在女人的肉上乱捣，使劲地用她的微型鼻子呼吸。

房间里年纪大些的女人擦干了她们的眼泪，收拾着肮脏的衣物和工具。

"我们把这些东西拿去交给叶子。"一个穿着一身长连衣裙的银色头发女子说，并没有特别对哪一个人。房间里的人走掉了一些，但埃塔留了下来。

她侧身走近产床，为阿尔玛闪光的形象而入迷。

"我从来没有见过这么好的分娩。"埃塔说，看着努力埋头吃奶的两个粉红色的小嘴巴。

阿尔玛的视线与她的交汇，带着一种不真实的感觉，埃塔意识到，这个女人的眼睛是绿色的。

它们原来不是棕色的吗？像一只春天的小鹿那样的棕色？

阿尔玛出手如电，一把抓住了埃塔的手腕。埃塔感到她好像一只被鹰隼盯上了的小老鼠。

"是的，它们过去是棕色的。它们的颜色变了。"

"你是怎么——"

"现在不谈这个。"阿尔玛目光锐利，紧紧地盯着她，好像把她固定在那里，"我们现在说点别的。"

她觉得阿尔玛在她胳膊上的手热得烫人。埃塔回瞪着那个女人朦胧的绿色眼睛，不明所以。

阿尔玛的声音低沉而又坚定。她的大腿抬了起来，把两个孩子都放在大腿上，眼睛继续盯着埃塔。"我知道我们必须做些什么，这是唯一的一件我有足够的能力让你准备好去做的事情。是的，你的大妈曾经教导过你。你已经做好了准备，开始一场可怕的战斗。"

"什么？"

一个孩子已经吃饱了，在舒适中睡着了。几秒钟之后，第二个孩子也同样如此。她们紧靠着阿尔玛的身体，她的手拽住了埃塔，让她动弹不得。

"这是大妈的教导，你必须遵循她们的教导。别说话，现在别说话——话——话。"

她说出的最后一个字音充满了整个房间，好像一千只蜜蜂在拍打着翅膀。

埃塔尽力要让自己恢复自由。

这到底是干什么？

阿尔玛的手太热了，让她感到灼痛。那种热量飞快地在她身上窜动，同时带着惊慌和疼痛。埃塔的心怦怦地跳着。她的耳中嗡嗡作响，她的脚在抖动。

跑，该死的！跑！

她的眼皮不协调地抽动着，阿尔玛的手抓得更紧了。

不由自主地，埃塔的腿抬了起来，跥在阿尔玛身边的床上。阿尔玛的手变了位置，无情地抓住了埃塔的小腿，紧紧地箍在那里。埃塔高声叫了起来。

房间里其他的女人都离得远远的，呆若木鸡地看着。

"你是女神，难道这一点没有写在你们的法律上吗？"阿尔玛牙关紧咬，最后发出了嘶吼声，就像在黑暗中嘶嘶作响的一只猫。

"什么？"埃塔的身体无法移动，因为某种她无法控制的原因而抖动。

阿尔玛挤压着她小腿肚子的肌肉，埃塔觉得有什么东西从那里冲了出来，就像用热刀子切开脓肿后喷出的有害的流体。她大叫一声，挣脱了身子，滑到了地板上。

三个女人把她抬回床上。阿尔玛睡着了，胳膊弯曲地抱着她三个新生女儿中的两个。在奥蒙的所有隧道中，人们在准备庆祝。

第二十八章

    人们在不存在镇也庆祝婴儿的出生。健康的婴儿出生已经不像两代人之前那么罕见了，但还远不能说是必然的。一半的男婴活了下来，大部分生男孩儿的母亲能够抗住热病，恢复健康。然而，生女婴的妇女往往会突然出血、失去知觉，这些在无名助产士的早期笔记里都有记载。四个女婴中有三个会死。社区想尽了一切办法，尽可能多地引进女人和小姑娘。但不存在镇仍然是由少数妇女管理的一座男人城镇。

    埃塔在旅行期间见过了不少城镇，在她到达埃斯特尔并成为埃迪之前，每年她都曾有好几次，跟一些城镇上的人有所接触，它们是沿着河流的城镇以及像杰斐逊城这样的繁荣城镇。那里大多是些像曼哈顿这样的地方：人们的生活不见得强于不存在镇，但他们有自己的存在形式。在男人和那些为数不多的女人之间，他们设法搭起了自己的桥梁。

    杰斐逊城让她感到怀疑。开始她确信，她终于找到了一个能够永远征服热病的地方，或者说那里的人对热病已经有了免疫力。直到她发现了芙罗拉，知道了什么是女骑手，才粉碎了这种希望。甚至在看上去女人足够多的城市里也有某种假象，或许是劫持和囤积女人造成的结果。埃塔从来没有见过像奥蒙这样的地方：许多妇女和小姑娘，她们出生在这里，自由地留在这里，因为她们愿意。

醒着躺在床上，埃塔考虑着奥蒙的情况。

"我希望存在的就是这样的地方。"

"是吗？"埃迪立即加入了讨论，对此埃塔毫不吃惊。

她坐在床边，好像埃迪就和她在一起。

"是的。"她固执地想，"这个……还有其他事情。"

还记得吉尔达想要什么吗？爱丽丝总是想要的又是什么？如果有足够的女人，我们住在一起会有什么人在乎吗？

埃塔把头转向一边，好像埃迪是她能够躲开的什么东西似的。为了改变话题，她碰了碰她肋骨受伤的地方。

她一点感觉都没有。

如果我们有这一切，谁也不会在意谁跟谁在一起。

她鼓起勇气，用拳头对同一个地方又打了一下。有点疼，但也就跟拳头打在没有受伤的地方一样。

"这是对的。"埃迪的声音说。

她碰了一下前额，去找被石头撞破的那块地方，试着使劲晃了晃脑袋，想要挑起她好多天以来一直有的头晕。

那块伤还在，但不疼了，头晕也没有了。

"对的。"听上去埃迪挺满意。

埃塔向后坐倒，向后拉着脚趾，使劲弯曲着脚，尽全力绷紧小腿肌肉。她等着抽筋到来，不知道拼着疼痛让埃迪得意洋洋地说一声"对的"是不是值得。

她不可能单凭她的手治好我的伤。这是不可能的。艾娜用过药物和按摩，阿尔玛不可能只凭着她的意愿做到这一点。

她尽可能长时间地让两条腿保持这样的姿势，但什么也没发生。

"这是真的。"埃迪的声音说，语气如同一个商人在检查货物的时候那么坚定，"这是真的，而且这是他们在这里拥有的魔力。这就是原因。"

埃塔长时间地深呼吸。

深呼吸。

我们不再需要这种魔力了。

埃塔哼了一声。

他们还想要他们认为你有的一样什么东西。

埃塔考虑着这一点。

人们总是想要女人。除此之外还有什么？他们已经有了足够的女人了，而且有足够的婴儿。

埃迪耸了耸埃塔的肩膀。

所以？

所以。

埃塔想到了不存在镇。她想到了被带进城镇的那几个男人——他们有人们需要的技术，而且，他们也让理事会的女人们确信，他们不是奴隶贩子或者强奸犯。其中一个是有着很好的工具的磨刀匠，还有两个是建筑工。

你有什么能让这些人看上眼的东西呢？你说到了很好的药品，但他们不需要药品。你问他们在寻找什么，结果他们跟你胡说了一大通有关天使和梦的事情。

无名助产士是怎么说这些人和他们的神的？

她什么都不记得了，只有洛克萨尼，无名助产士的第一个伙伴。还有约迪，只有约迪的婴儿死去的那个冬天。

不存在镇不崇拜神灵。埃塔是从书本上知道神灵的，而且人们还一直在某些节日里庆祝，他们有时候会讲些老故事。年长些的人们喜欢争论人类与旧世界的神灵做的交易，他们认为，如果这些交易曾经是真的，那现在肯定已经完结了。

在路上，埃塔曾经听到许多有关死去了的神灵的故事，故事里说，他们总有一天会回来的。她曾听说过有好的神灵和坏的神灵，有蜂房的妇女会编造一些有关女神的故事。

我从来没有亲眼见过任何事情，能让我相信任何这些故事。

但今天见到了。埃迪得意洋洋地说。

狗屁。我什么都没见到。

我没有看到有人一次生了三个活着的孩子。我没有看见她把手放在我身上治好了我的伤。

"该死。"

她站了起来，走向五斗柜。她打开了抽屉，又穿上了自己的衣服。既然她能没有痛苦地自由走动，她就不想再穿那件长袍了。

很好。很好。很好。

她手里拿着束胸，想着它。

绑上吧。
还没到时候。

她们把手放在她们的枪上，断断续续地睡到了天亮。

她们知道已经是早上了，因为内乌姆来接她们。她们已经起来了。

"某人好多了。"内乌姆婆婆妈妈地说，"你准备好了？"

她们知道，她们又会被带到阿尔玛那里去，她们对于其他的事情都没有把握。

她们一边和内乌姆走着一边争论。

"我来说话。"埃迪的声音说，"我知道是怎么回事。"

"哈，你肯定知道。你知道我知道的事情。"

"我比你听得更清楚。"

是埃迪在跟阿尔玛说话。阿尔玛躺在床上，她的头发披散在身体周围。加布里尔和雷伊在那里，一人站在她的床的一边，梳着她金色的头发。三个婴儿躺在先知庞大的床上，她清澈的眼睛凝视着埃迪。

"今天你感觉如何，姐妹？"阿尔玛的声音令人心安，像婴儿一样温和。

"好多了。"埃迪直挺挺地站着说，想要掂量掂量她。

"我完全清楚这一点，我知道圣母的意志一定会达成。"

"我不知道达成了什么，或者是怎样达成的，但我感觉好些了。我为此感激你，而且感激你盛情地招待我。但今天，现在，我必须知道你想要我做什么。这件事总是悬在我头上，我实在无法忍受了。到底是什么事？"

"她在第三天又站了起来。"阿尔玛对埃迪点点头说。

"什么？"

雷伊和加布里尔交换了一下眼色。

"只有当你知道这个故事的时候，这才是重要的。埃塔，来这里，和我跟我的婴儿坐在一起。"

埃迪不想去，但她发现自己还是朝前走去。她太可爱了，太有为人母的风范了，她没法拒绝。她试图让自己的脸看上去严厉一点。

阿尔玛把柔软的手放在埃迪的手上。尽管这只手很暖和，但还是让她发抖了。

"你必须带领年轻人执行他们的使命。你必须今天走，因为那力量还在你身上。你必须成为莫罗尼，带领着他们去战斗。"

"什么？跟什么战斗？和谁战斗？我从来没有——"

"嘘——"阿尔玛的两片粉红色的嘴唇整个向前倾，这时她把一只手放在其中一个婴儿的身上，因为那个婴儿开始有些躁动，"这并不是为了我，这是为了我们的使命。这只是通过我向你发出的召唤。"

我在想，这批摩门教徒会不会是无名助产士见到的同一批人。

600

他们是的，他们有着同样的确定无疑的信念，同样那么热切，这让人想到同样的事情。

反正我想要离开这个地方。如果需要这样离开，那好吧。

阿尔玛向加布里尔和雷伊点点头，他们放下活站起身。"这两位将是你的同伴。你将选择你愿意带着的所有的亚伦和德克。然而，没有别的女人会和你一起去。像你这样的人只有你自己。"

这就是事实。

她不知道该对她说什么，她不想接受这样一种责任，尽管阿尔玛心里显然认为这是她的责任。但她也不想拒绝，她想和这些男孩子们一起出去，但此后的事情谁又知道。她向阿尔玛举起一只手，几乎是在挥手。

"到广场去吧。"她微笑着说，用同样的方式向她挥手。

她有点被弄糊涂了，但还是跟着两位青年男子一起走出去，走进了那条走廊。

埃迪看到人们带来了大批食物，烤玉米和熏番薯。她看到人们正在厚厚的木板上切割一头牛和一只山羊，还有白色的奶油。她听到人们在唱歌，于是就跟着那两个男孩子向唱歌的人们走去。

孩子们似乎在领唱，他们唱着一支听起来傻傻的歌，是有关长在树上的爆米花的事情，在讲这个故事的同时做着手势。人人看上去干干净净，精神焕发，很大的空间里到处都是明媚的笑脸，主大厅里人满为患。埃迪看见了这么多女人，这么多孩子，简直让她发呆。

阿尔玛走到讲台前，看不到她在昨天晚上生了三个孩子的任何痕迹。

看上去，她的脸色没有一丝苍白。

人们渐渐静了下来，阿尔玛用带子把最小的那个婴儿捆在胸前，其他的两个抱在怀里。上台之后，两位青年女子温柔地把孩子接过去抱着。阿尔玛伸出双手，人群立刻静了下来。

"我们今天在这里集会，为我的三个孩子命名并给以她们祝福，同时派出一支执行使命的远征军！"

喝彩声响彻整个房间，一组男人把他们中的一个人推向前面。一个身材高大瘦长的男孩子跌跌撞撞地走向阿尔玛，他咧嘴笑着，想要站稳脚跟。女人们笑了一下，但埃迪能够看出，她们有好多人在打量着他。

"这个德克就是舍姆伦，他是这三个婴儿的父亲。所以他将帮助我们给她们祝福。你会这样做的，对吧，亲爱的？"

舍姆伦咧嘴笑着，埃迪看到他有两颗门牙被敲掉了。

那两位抱着婴儿的女子把她们带到舍姆伦面前，他把一只苍白的手横放在她们的前额上。阿尔玛绕了过来，他羞涩地伸出手来，把手掌放在低低地捆在她胸前的婴儿包上。

人们等待着，紧张的气氛加强了。

阿尔玛的声音温柔而低沉，在空旷的空间内传送的效果出奇的好。

"最慈祥、最多产的亲爱的天堂圣母。我们感谢您慷慨地赐予我们无数的孩子，特别是今天，您为我们送来了三位深受您祝福的女婴。我们在她们的德克父亲的面前请求您，依次为她们降下祝福。"

她把一只手放在她束在胸前的女孩儿身上。"祝福小阿尔玛,她将继续我的工作,成为许多孩子的母亲。"

她轻轻碰触了一下她右边的孩子:"祝福艾玛,她将成为未来时代的先知,用智慧和治愈伤痛的天分领导人民。"

听到这句话,叹息声如同涟漪般在人群中荡漾。

阿尔玛不为所动,而是伸手碰触最后一个孩子:"同时也祝福埃塔,她用的是一位陌生人的名字,这位陌生人将把我们的故事带到遥远的地方,让那里的人民知道。埃塔有一天也将成为一个故事的记载者。"

"我们以您的孩子的名义为这些事情祷告。阿门。"

紧张的气氛消散了,庆祝的情绪回来了,这时人们开始向已经布置好的宴会大厅走去。埃迪看着人们在孩子们的小手腕上绑上手链。

既然已经为她们命名并且决定了她们的命运,现在就必须给她们做上记号。

她想到了艾娜,她曾在埃塔还是个孩子的时候告诉她,埃塔将成为母亲或者助产士,但真正做出选择的并不是母亲。

有任何人能够选择他们将成为什么人吗?

她想到了在她的包里等着的束胸,想到了芙罗拉。

同样,他们似乎也没有在这里做出选择。男人是"德克",男孩子是"亚伦"。人人都是"叶子"。这是为许多人做出的选择,而少数几个人必须有一定的规矩。

和不存在镇没什么两样，或者跟埃斯特尔，或者跟曼哈顿。

当加布里尔找到埃迪的时候，她正坐在那里，看着一块涂了奶油的面包，却没有吃。

"我找到了两个亚伦，他们愿意去。"加布里尔上气不接下气地告诉她，"另外还有六个德克，包括我和雷伊。我告诉那两个亚伦准备我们的给养。阿尔玛说我们今天夜里就出发。你准备好了吗？"

埃迪向周围看了看，觉得她和这里格格不入。

"是的，我准备好了。"

加布里尔非常兴奋，这一点清楚地表现在他圆睁的蓝眼睛和从容的笑脸上。但埃迪觉得还不止这样。他看上去很热切，就像某人盼着去放松而不是去探险一样。

埃迪不想忍受任何形式的告别，她不想再说一句废话，不想再参加一次毫无意义的仪式。她很讨厌被人说成一个从来没听说过的故事中的人物，她感觉自己就像一个局外人，人们对她在这里逗留的欢迎有一点过分。

该死的，她居然把一个婴儿命名为埃塔？她想要在这里取得什么样的成就？

那些将要和他们一起执行使命的男孩子和男人们来了，每人都拿到了一个背包和一个铺盖卷。

雷伊带着他们走到一扇门边，他们看向人群。

"听着，亚伦们和德克们。我知道，他们准备好了这样一个盛大的聚会，这时候我们谁都不想离开。但神灵说我们必须今天走。所以我们就得走。埃塔是我们的领袖。加布里尔和我是她的同伴。其他人必须追随着我们，跟着我们前进。同意吗？"

众人点头。埃迪一一打量着他们，有些困惑。

追随着我们？我想他的意思大概是支持吧。

他转身问雷伊："我们应该去哪里？"

雷伊反过来茫然地看着她，黑色的眼睛中充满着信任。"你应该知道去哪里，你接受了任命，带我们去那里。"

埃迪觉得她的肚子里有什么东西在上下翻腾。"带我们出去吧，雷伊。"

雷伊转身对着门，用那个大把手作为杠杆，一下子把门打开了。房间很小，他们挤了进去，这才能让加布里尔能够在他们身后关上门。雷伊把嘴凑到角落里的一个喇叭上，对着它大喊大叫。

"伙计们，把我们大家都带上去！"

当这个房间摇晃了一下向上升起时，埃迪是唯一因为害怕而叫了起来的人。其他人轻轻地笑了笑。

"这只不过是个升降梯。"加布里尔说，把他金色的长发从肩膀上的带子下面拉了出来，"别担心，我们没事。"小房间的运动平稳了，在他们升得越来越高的时候，埃迪忍住了不安的感觉。

深呼吸。

他们往上走了很长时间。当她觉得自己不会说错话的时候，埃迪问："这东西是怎么工作的？我们在下面多深？"

"相当深。"一个比较年轻的男孩子说，"我坐过好多次升降机，大概需要一个小时。这台升降机需要有三个知道如何操纵滑轮的人拉动。他们差不多是整个奥蒙最强壮的人。你只要告诉他们有多少人，什么时候上去，他们就会把你拉上去。"

通过压力的微妙变化，他们知道自己马上就要到顶了。升降机颤抖着停了下来，向下降了一点点，和另一扇门连接在一起。

埃迪调整着视线，准备面对炫目的阳光，但开门后并没有出现阳光。他们现在还在地下。

一个长长的洞穴在他们眼前延伸，整个空间由直立的支撑柱子支持。埃迪在洞穴里看到了仔细栽种的小块蔬菜和粮食。

"怎么样才能……"

加布里尔来到了她身后："有通风口让阳光进来，而且有非常仔细的计划。通过这种方式，谁也不知道我们在这里。"

他们跟着其他人走向一个短楼梯，在楼梯顶端出现了一扇平板门。

埃迪在黑暗中眯缝着眼睛，看到雷伊转动锁上的一些小金属轮子，让它们形成某种图样，接着门就啪的一声打开了。

现在阳光真的进来了，耀眼的纯白光。

出来踏上地面，埃迪有些踉跄。她环顾周围，贪婪地看着看上去纯野生的果树，感受着附近溪流的气息。她转了几圈，想要找到数以百计的人就生活在他们脚下的任何迹象。

她想起了自己在一个奇怪的地方醒来的种种情况。她知道这些人是隐藏着的，很可能在地下。但她从来也不曾想过，像这样的秘密会真正存在。她曾经在多少个城市的头顶上走过？有多少这样的城市里有许许多多的女人？

当他们全都走过去之后，雷伊把门关上了。门是金属的，上面盖着几英寸的沉重泥土。野草把它遮得严严实实，一旦放平，跟周围的土地毫无差别。

"谁会在我们出来了之后再把它锁上？"埃迪几乎是在耳语。

雷伊耸了耸肩："会有个农民来干这件事。他们看到我们出来了。"

"我们怎么回来？"

"你必须知道暗号。"雷伊死盯着前方，但当埃迪看着加布里尔时，他眨了眨眼睛。

"走哪条路？"

埃迪的头转动着。她试图想起人们告诉过她哪些事情，想知道现在在哪里。她想要回家。

该死的命运。

"向南。"她说。

他们向南走了一整天。

埃迪之书

或许你只出现了一天，但人人都相信你是一个正在发生的故事的一部分，而你真正的想法根本不重要。或许那就是在无名助产士身上发生的事情。我在想，她是不是曾经想过，许多年后我们会阅读她的事迹，想要和她一样生活。她真的想过这样的事吗？

她说她想让人控制生育。但当她不再这样想的时候，她想要婴儿们出生，或者不让他们死亡。她根本不想成为某个故事。是有人让她变成了一个故事吗？就像阿尔玛想让我成为一个故事一样？

让我成了故事，我被变成了故事，我造就了自己。

他们走了很长时间。当人们开始三三两两地交谈时，埃迪总算意识到，他们过去已经走过这条路。甚至年纪最小的男孩儿都想起了他们曾经经过的一些地方，他们曾在那里找到了什么东西吃。

她转向加布里尔和雷伊。他们说话的声音非常轻，靠得这么近，他们的头发都差不多在走路时碰触在一起。

"你们在找什么？你们是扫货者吗？"

加布里尔点点头，然后把他的长发甩到肩膀后面。"我们在寻找旧世界的物品，而且我们解救那些需要解救的人。但奥蒙很富足，我们现在不需要许多来自旧世界的东西了。最近……"

他咬了咬他丰满的下嘴唇，看了看雷伊。

雷伊接上了话茬："最近，我们的大部分使命都败在了狮王的手上。"

埃迪感到全身冰冷。

"埃斯特尔的狮王？"

"我们还知道别的狮王吗？"这话是一个幽默的十一二的岁男孩儿说的。埃迪死死盯着这个孩子，迫使他有些局促不安地挪开了视线。

"他的手伸向了所有这些城镇。"雷伊解释道，"抓走了投降的城镇里的所有女人。烧掉了那些不投降的城镇。这些地方大多只有五六个女人或者小姑娘，他们现在连一个也没剩下。曼哈顿——"

"我在曼哈顿，它被攻占的时候我就在那里。"

人们的脸色都很难看。

"曼哈顿本来就没多少东西，他们还创建了一种非常严厉的制度。我自己没法在那里生活，但对他们来说没问题。"加布里尔说，看上去很压抑。

雷伊说话的声音不是很肯定："它被烧掉了吗，或者他们——"

"我离开的时候起火了，他们给我留下了这个。"埃迪指了指额头上被岩石撞过的地方留下的伤疤。她现在不觉得疼了，也没有突然碰撞时从后脑勺传来的回音。

"我们应该走这条路，去看看那里是不是还留下了任何人。"雷伊从他的背包里抽出了一块卷起来的长皮革，他跪了下来，把皮革铺在地上。

埃迪看着它，开始的时候不大明白。这是一幅地图，但它和她多年来小心照料的旧世界纸地图非常不同，这让她第一眼没认出来。她俯下身来，看到其中有从埃斯特尔过来的一大块陆地，一直到南边的欧达克山。这片陆地在大海东边，她从地图上知道那片水域叫大西洋，但从来没有去过。

男孩儿和男人们围了过来，讨论着前往曼哈顿的最佳途径。最后，在研究了那些标志着食物、住所和危险的令人费解的标志之后，他们确定了道路，雷伊把地图卷了起来，他们便继续往前走了。

在深幽的密林中，他们来到了一个大家都知道的石头小屋。年纪较小的男孩儿分散收集木柴生火、取水、抓野物做晚餐。

在黑暗的小屋里，埃迪蹲在雷伊和加布里尔旁边。"我能再看看你的地图吗？"

雷伊打开了地图，埃迪又盯着地图看。"这是哪里？"

加布里尔轻轻一笑，看着埃迪在地图上指着的一个黑点。"纽约，过去是一座大城市，但现在基本上被烧毁了。在那里扫不到什么货，但每一个使命团体最后都会去看看。谁都无法相信那些建筑物有多大。还有水里的那个女人，绿色的。大极了，比树还高。"

埃迪摇了摇头。这些家伙们说的事听上去都不真实。

"你们还去了哪些地方？你们去过犹他吗？"埃迪想着无名助产

士，想让她的地图和他们的地图重叠。

"没错，我们去过犹他，那里是先知过去生活的地方。"

"阿尔玛？"

雷伊摇摇头："不，老先知。我们俩曾经去过伊多，见到了那些农庄。许多人生活在那里。好地方，他们的生活挺不错。"

"你们去没去过一个叫作旧金山的旧世界城市？就在西边的海边？就是……"她费力地想起了那个名字，"太平洋岸边。"

加布里尔摇了摇头："我从来没有到过太平洋，但其他的传教人员告诉我，说他们去过那里。但沿海的城市全都垮了，而且岸边的海水上涨了。现在那里什么都没有。纽约那里的海水也每年上涨。"

埃迪的心往下一沉，她一直不知道那座属于无名助产士的城市怎么样了，但她现在知道，她永远也见不到它了。

他们静静地看了一会儿地图，最后，加布里尔的手指点上了离苦难河不远的一点。

"我们在这里。"他沿着地图移动着手指，最后在一个星形地点上敲了敲，那里在他们所在的地方向北一点点。"这里是詹姆斯城，雅各布和伊梢说这里被占领了，但爪子们还没有返回埃斯特尔，所以我们还有时间。"

"有时间做什么？"

人人都回头看着埃迪，加布里尔扬起眉毛："去救他们啊，要不然你觉得我们要干什么？"

埃迪的眼睛扫视着周围那一圈男人和男孩儿，所有人的脸上都没有一丝欢笑。"我们怎么……我们怎么去……你们以前这样做过吗？你们知道狮王有多少人吗？"

雷伊微笑着走上前来，把他的手放在埃迪肩上。埃迪甩开了他的手，把自己的两臂抱在胸前。

"我们当然干过。现在这是我们的使命。我们必须这样做，否则狮王就会占领苦难河两岸的每一个城镇，最后来到我们这里。虽然我们是隐藏着的，受到了保护，但就像你说的那样，他有很多人。自从七年前我的第一次使命以来，爪子们给我们造成了些麻烦。"

"是啊，我也有麻烦。那么我们要干什么呢？"

加布里尔咧嘴笑了一下，他的满头金发反射着阳光："跟我们平常做的一样，但这次有你。就像先知说的那么做。"

武器堡垒距离地下城市太远了，那些男孩子们抱怨着。他们全都谈到了他们第一次看到它时的那种敬畏，这是每一个母亲在孩子上床睡觉时口口相传的一个寓言。

"好多枪啊，足够组织一千次使命。一排一排地放在那里，各种不同的枪。好多间房子，里面全是子弹。就像在我们的家里一样，全都在旧世界里为我们准备好了。据说，当他们发现它时，它就像一个活着的孩子那样呼吸。它就在那里等着我们，因为他们知道我们必须战斗，对不对？"

和在奥蒙的那个舱口一样，这个舱口也是掩藏起来的，但通道更加复杂。一个更年轻的男孩儿一遍又一遍地缠着雷伊，总算让他同意由这个红头发的小男孩儿去打开舱门。

在舱口周围有四个地方矗立着钢柱子，在里面的云状塑料盖下面有一个金属拨动开关。埃迪看着那个男孩儿小心地在柱子周围走动，按照顺序，仔细地把这些开关全都竖立起来然后又放倒。完成了这套程序之后，他向他们点了点古铜色的脑袋，退了回来。几分钟后，舱口无声地向上升起，两个更年长的男子出现在下面，长满胡须的脸上笑意盎然。

埃迪沿着钢制的台阶走下，觉得自己在做梦。雷伊和男孩儿们留在上面，加布里尔跟在埃迪的后面。与奥蒙的青灰色不同，这个堡垒里的一切都是白色的。墙壁上衬着毫无瑕疵的亮白色塑料，遮挡着似乎来自地面的光。埃迪凝视着它，不明白这是怎么回事。

"是在想这些光是从哪来的吧？"

一个长着胡子的男士穿着法兰绒衬衣，耸了耸肩说：“来自太阳。这台机器很老了，但它从来没有停止运转。”

埃迪想到了爱丽丝的发光植物，还有她在那些房屋里看到的玻璃灯泡，那些灯在她看到的图画中发出金色的光芒。军械库里亮得可怕，她知道，如果在这里待的时间太长，她会头痛的。

"我们需要取得装备，执行距此不远的一项使命。每个成人需要一支步枪，小些的男孩儿需要0.22英寸的小口径步枪，每人另配一支手枪。我们需要能够捆扎并且拉起来的防弹衣。"

两个大胡子点着头，打开了墙上的大抽屉。

里面不知道有多少黑色的枪，包括埃迪见到过的每种形状和大小，还有许多她从来没见过的。她感到膝盖发软。

"你们有……你们有……"

加布里尔惊慌地看着她：“你没事吧？你能呼吸吧？”

埃迪猛地靠墙坐下，想到了她见过的那些枪的交易，哪怕那些枪是损坏了的、生锈了的。还有狮王审视着她的左轮手枪的方式，以及他的爪子看着那把枪时舍不得离开的目光。从各方面来说，刀更好，不那么危险，也更有用。但枪就像狮王的狮子和老虎：这是你手中掌握的危险手段的象征。

枪让我们成为男子汉。

埃迪的手先扫了扫她的牛仔裤的扁平前沿，然后摸到了身后。

"你们有这种枪的子弹吗？"埃迪的嘴发干。

灰胡子拿过了左轮手枪，手腕一抖，便以专家的手法卸下了枪筒。"有啊，多极了。还有许多跟这个类似的枪，能掌握它们的人不多。你要来一套？"

"我想要十二把。"

我想给不存在镇的每个女人和我在路上见到的女人都弄一把。我想每年都来一趟，得到更多的枪。

结果，那些防弹衣是黑色的背心和钢盔，他们草草地把它们捆成了一大圈。加布里尔拉着绳子的一端走上了梯子，那些男孩子把绳子拖出了舱口。然后是步枪，由一长排男人站成一条线传送出来递给男孩子们，一次一支。手枪装进了加布里尔带来的两个口袋。

埃迪接过了她的两支枪，一新一旧。大胡子给了她一套新的擦枪工具，把她的旧工具也清理得焕然一新。埃迪的枪里还装着那些手工制造的子弹，看得他们嗤笑不已。他们小心地把它们退了下来，把旧世界机器制造的旧子弹压上了膛，那是严格地整齐划一地冲压出来的，每颗都完全一样。

他们在她的背包里放进了好几盒新枪，总共十二支，正是她要求的数量。这些枪压弯了她的腰，她简直不知道该说什么，无论怎样感谢都觉得不够。她哼哼着努力爬上梯子。她希望她的背包带子能一直坚持到她回到不存在镇。

这就像在背上背着一个小姑娘一样。
两个小姑娘。

她一再调整背包带，想让重量平衡。加布里尔又拿出了地图，告诉他们应该如何前往詹姆斯城。他们走了一整夜，靠月光照明。他们知道詹姆斯城在那里，在淡蓝色的晨曦的背景下，那里的火光和深蓝色的浓烟格外醒目。

埃迪背靠着她的背包，睡得很不安稳。她中间醒了两次，以为她的腿在抽筋，但那只不过是梦境中的回忆。她发现自己的腿蜷曲着毫无痛感，接着便想到了阿尔玛的脸。她踢了踢泥地想接着再睡。在她周围，男孩子们的睡态十分平静，好像他们生来就躺在树下，从来不考虑危险。

当他们全都醒来时，天已经差不多又黑了。加布里尔和雷伊在分配任务，埃迪在一边看得入神。他们以前显然这样做过，说不定做过一百次。他们派出两个最年轻的男孩子作为侦察兵，看看对方有多少人，集中在什么地方。另外两个去搞清楚那些女人被关在什么地方。四个人很快就都回来了，得到的情报是一样的。

"他们在主要大道最西边的那座大建筑物内，我想那是一所学校。整个城镇到处是尸体，许多人在建筑物里大声尖叫。"

加布里尔从门牙之间喷出一口气来，死盯着地面。"他们在这里糟蹋女人们？那肯定不是为了狮王。肯定是要做交易。"

埃迪看着他和雷伊迅速地做出了计划。

"所以我们通过窗户进去？"

"是啊，就像那回在奥拉西一样？"

"是啊，但是这次不用闪光灯。我们可以把门打开，很快就把他们打得人仰马翻。"

雷伊转向那些更年轻的男孩子："记住，那些妇女会被他们捆起来或者用链子拴住。她们没法跑，我们发动袭击时她们会趴下。你们看准动的那些人开枪。假定所有这些家伙们都有枪，但我们的枪更多。"

埃迪觉得跟他们有点不合群，不太确定自己该领头干还是跟着他们干。"那我做什么呢？"

他们转身看着她，好像忘记了她在场。

"你以前开枪打过人吗？"

"打过啊。"

"只要你准备好了再干一次，那你就干好了。"

给他们看看？为什么不给他们看看呢，说不定能用它打开门。

"等等，我有这件东西。"

她把手伸进了牛仔裤口袋，掏出了那个爪子，它上面的绳子缠成了一个球，跟把手缠在一起。她让那个悬垂物掉下来，摇摇摆摆的像个吊着的人。加布里尔的蓝眼睛看着它的运动。

"你怎么有这东西？"

"这有什么关系？我有这个东西。我可以去敲门，让他们开门，然后我们打他们个出其不意。"

雷伊端详着她，他的黑眼睛眯成了一条缝："这是你跟他们做交易的时候得到的。"

埃迪耸耸肩："我就不可以是从一具爪子的尸体上捡的啊？"

"但你不是捡的。"加布里尔和雷伊肩并肩站在一起，"因为他们从来不丢下死尸。而且他们只把这东西送给那些跟他们交换女人的人。这是一个标志，这就是其中的含义。"

该死。

"我这样做是有很好的原因的，我为一个母亲换回了她的小女儿。一个婴儿，差不多还不会说话。"

他们几乎像一个人似的耸了耸肩。

我用不着向他们解释什么。做我该做的就是。

但她看到，他们对她的评价在那一瞬间降低了。这种想法传染给了那些男孩子们，有些什么东西不复存在了。无论阿尔玛在这次使命中赋予了她什么迷人之处，它都可能已经消失殆尽。

加布里尔上下打量着他："没错。没错，你去让他们把门打开。跟他们说话，让他们觉得你是他们的兄弟，他们会开门的，枪也会放下的。"

埃迪点点头，头晕地想到了准备击发的一轮又一轮子弹。

几乎没有停顿，压上子弹接着开枪，一直打到他们全都死光。

一切都静下来之后，他们让埃迪来到那座大建筑物的门边。那里只有一个岗哨，还太年轻，没长出胡子来。

埃迪举起一只手，另一只手放在那只爪子上："嘿。我在埃斯特尔没见过你吗？"

那人吓了一跳，猛地从腰带上抽出一支枪来，它多数时候都挂在那里，保养不善。"什么？"

埃迪走近了一点，把爪子向上拉了一下，离开了胸前。"就在狮王给我这个爪子的时候。我想我当时看见你也在。"

"我是从堪萨斯城来的，从来没到过埃斯特尔。可能很快就去那里了。你是谁？"

"哦。"埃迪勉强挤出一个笑容,"我就是从埃斯特尔附近来的。我不是一个爪子,但我听说你们这些人在这里。我想和你们一起坐卡车回去,就用不着走路了。"

那个小伙子笑了起来,把他那把破枪放低了一点。

埃迪张开嘴笑了笑:"谁是你们的指挥官?"

那人把头一抬。

不应该用这个词,该死的。

"我和赞达尔还有哈林在一起,卡尔是我们的头儿。"

总共四个人。

"我可以进去见见他们吗?我想确定一下他们能带着我走。"

别动,别抱着你的胳膊。做出胸有成竹的样子。

埃迪放松下来,没有急忙往周围看。她对着哨兵张开了嘴,但在这之前好歹笑了一声。

"你叫什么名字?"埃迪的声音很轻松,毫无做作。

"杰夫。"

"杰夫,我知道他们很可能睡着了,我的名字是埃迪。"她又往前走了一步,"我不会把他们吵醒的。我也想睡一会儿,我们可以在早上一起出发。"

那个孩子回头看了看门口。他耸了耸肩,然后转身把枪放进裤子里。"好吧,真见鬼。"

埃迪又挤出了个笑容，把爪子放了回去，觉得她的心跳可能会把那只爪子撞回去。

杰夫走进门消失了，是肩膀先进去的。接着他探出头来，朝埃迪招招手要她跟上。

埃迪走了进去，那里孤零零地挂着一盏风灯。在它半明半暗的光线下，埃迪看见横七竖八的一堆堆的人。房间里散发着人体排出的各种体液的臭气。她用手背捂住了嘴。

杰夫指指点点地说："那边那个就是卡尔。如果你想的话，可以叫醒他，我回去站岗了。"他对埃迪点点头，然后又转过身去。

埃迪听到杰夫被打晕接着被拖走的沉闷的声音，但房间里的人没有被惊动。她向杰夫指的方向走去，但还是几乎什么都看不到。

她一脚踩在一个软软的东西上面，便赶快退回来蹲下。这是一个女孩子的手，她四肢张开躺在地板上，朝着天花板眨眼睛。她没穿衣服，完全没有发出声音。

埃迪低头盯着她看，黄色的风灯柔和地照着她睁大的眼睛。她瘦得吓人，在干瘪的胸部中间有一排骨头，本来应该是肚子的地方深陷下去，成了个V字形。她的头发被剃掉了。

她调整着眼睛，房间里的情况一览无余。她发现，房间里边的女人比她原来想的要多。现在她知道她们的头发都被剃掉了，她能看出这批人个个皮包骨头，而且像蝙蝠一样胳膊交叉地睡觉，她们看上去全都快要死了。两个睡着的男人靠得很近，每个人都在头下面压着一个瘦弱的女人或者女孩儿当枕头。

我现在可以静悄悄地割断他们的脖子。用他们的血让这些女孩儿暖和暖和。

但她的心中有一种想法，想要看到他们被枪声惊醒、眼看世界在瞬间离开他们时的恐惧。

她走到后门旁边，在门上轻轻敲了三下，发出了信号。

他们进来了，在星光照耀下从前门和后门一拥而入。

埃迪看到一个男人在慌忙中起身，但在挣扎着时，他口袋里的枪把他没有系上的裤子拉了下来。埃迪张开嘴巴，要在敌人的耳边说一句什么，作为送他离开这个世界的最后一句讽刺式的告别，但这句话根本没说出来。

加布里尔和雷伊以及辅助他们的男孩子们开火了，他们的枪口发出耀眼的闪光和雷鸣，这是埃迪过去从来没有见过的。她趴在地上，两手捂住耳朵。离她最近的那个女孩儿发出尖叫，她的嘴张得大大的，但完全听不到任何声音。

潮湿的东西溅在她的后脖颈上，她抬头一看，血溅在她的嘴里。枪弹把第一个男人打成两截，他身上原有的大部分东西抛洒在地板上。第二个男人只来得及跪起来，子弹便打中了他的脖子和脸，他向前栽倒，横压在他身下的女孩儿身上。

正像加布里尔猜测的那样，大部分女人都是被捆着或者用铁链子拴着的。只有两个女人的身子抬起了一半。其中一个脖子大量出血，结果没活下来。另一个看起来没受伤，但她的眼睛闪着光，如同剥去了蛋壳的鸡蛋。

他们费了点劲才让男孩子们不再开枪。用那些枪倾泻子弹容易极了，就好像朝干了的蒲公英绒球使劲吹一口气一样。他们显然很享受这种感觉。他们周围的墙上全是弹孔，从膝盖一直到埃迪的头部以上。

埃迪的手发抖，她的血管里一片冰冷。她花了很大的劲才站起身来。她的嘴巴干得像棉花，完全听不到任何声音。

她死盯着周围这场大屠杀。男孩子们接到指示，要他们放开那些女人，但他们大多数坐着动也不动，看不到发生了什么变化。

雷伊点燃了更多的风灯，他高高地举起一盏数着数，这时他的黑头发闪着光。

"八个。"他看着加布里尔，"能活下来八个，看上去没有怀孕的。"

加布里尔点点头，跪下来对其中一位女人说话："姐妹，你没事吧？"

她害怕地从他身边躲开。埃迪猜不出她的年龄，但看到了她扭曲的脸上皮肤松弛的样子。她的年纪比她大。

谁也没有说话。血腥的气味压倒了一切。

埃迪回去找到了她进门后踩上的那个女人。她还和原来完全一样地躺着，她蓝白色的皮肤上溅上了红色的血。埃迪在她的头旁边坐下，想着应该对她说什么。

你现在安全了。

但她并不安全。

她可以和我们一起走。和他们一起走，那会好一些。

会的。

男孩子们找到了毯子，还献出了他们的大衣。一个接一个地，大部分女人都被哄着坐了起来，遮住了自己的身体。加布里尔拿来了食物，她们跳起来拿东西吃，他看到了这一点，便下令燃起了厨房的火，还派了两个男孩儿出去打猎。

埃迪给躺在地板上的那个女人身上盖上了一床毛毯。她盯着她锁骨处的凹陷。她没有去拿东西吃或者喝水。她不看任何人，也不回答问题。

她们尽量吃了她们能吃的一切，男孩儿们把那些男人的尸体全都拖了出去，这时加布里尔把雷伊和男孩儿们都带了出去，只留下埃迪和女人们在一起。她们中有些人睡了，但还有三个人一起坐着，悄悄地低声谈话。

埃迪躺了下来，她的脸就在靠在地上的那个女人旁边，她的身体远远地离开她，好像头对头地躺在两张床上一样。埃迪的两只胳膊交叉放在胸前，她还在发抖。

埃迪低声对她说话，但不太知道为什么要这样做。

"我从来没有。我的意思是，我过去确实开枪打过男人。但不是像这样，我从来没见过这样的枪。我不能。我的意思是，怎么能带着这样的东西到处走呢？我连听都听不见，只能看到闪光。"

那个女孩儿动着她的下巴。埃迪能听见肌肉在磨牙的背景音下发出的嘎吱声。

"我本来以为，我们可以来到这里把你们从狮王的爪子中救出来。但我完全不知道会像这样。每当我觉得自己已经看到了最可怕的事情时，我都会看到更可怕的事情。"

地板，那个能够呼吸的地板。躺在地板上经历初潮的第一次流血而且和它一起离开，试着和它一起离开。

她想要放慢呼吸，想要整理自己的思绪。

那张椅子。
这个女孩儿正是在这张椅子上。

埃迪坐了起来，解开了衬衣扣子。她转过身来面对着她，抬起身来看着她的眼睛，她们面对面地凝视着对方。

"我不是他们中间的一个。"埃塔说，"看见了吗？"埃塔仍然束着胸，但事实很清楚。

恐惧确实只有埃迪感觉得到。埃塔感到轻松，没有恐惧。

地板上的女孩儿无声地啜泣着，眼泪流进了她的耳朵。

"我不是他们中的一个。"

她坐在那个女孩儿的身边等着，直到她的抽泣最后发出了声音。

后来，到了天快亮的时候。

"你叫什么名字？"那个女孩儿主动问道，让埃迪略微吃了一惊。

"埃塔，我是从离这里很远的地方来的。你叫什么名字？"

那女孩儿耸耸肩："女孩儿。我们都没有名字。"

"什么？"

"都叫女孩儿，胎记女孩儿、绿眼睛女孩儿、黑女孩儿，没有名字。"

"他们怎么叫你们？"

她又耸了耸肩，好像一堆棍子掉到了一个口袋里。"什么也不叫，就是女孩儿。"

"你是这里人吗？是詹姆斯城的人吗？"

她的下巴尖得像刀刃，一边点头一边上下砍着："我出生在这里。和其他人一样，都是阿切尔的财产，然后是狮王的财产。现在就这样了，谁知道是怎么回事？"

这些不是问题。

"你不是财产。完全不是。如果你和这些男孩儿们回奥蒙，你将会……"

应该说自由，但我不知道。

"你会没事的。不是财产。"

那个女孩儿没有看她，但她似乎也没有露出相信埃塔的话的样子。

"你想要个名字吗？"

她又耸了耸肩："你叫我什么都行。"

"不，我的意思是……"

我没法为了她而给她任何东西。这只不过是为了我，为了让我感觉好一点。

她们静悄悄地坐了好长时间。

"你不会挨饿的，他们那里有好多吃的东西，也有安全的地方睡觉。床上有被子。"听起来，她说的所有这些东西都很可笑。

那女孩儿没有点头，她什么也不看。

"你不一定非得跟他们走，你也可以自己出去。"

更可能的是坐在这里等死。

在埃塔的脑海中出现了这样的画面：她就坐在这个地方，树叶穿过打开的门飘了进来，落在她毫不躲闪的脸上。她死去的那一刻不会留下任何痕迹。

"你得当心那些爪子。"

还有地球上的每一个男人。

这次她没有耸肩，没有做出任何说明她听见了的动作。

加布里尔意识到，许多女孩儿实在太虚弱，没法走回去，他开始发动爪子们坐着过来的那辆卡车。这辆车的车厢周围有高高的木头镶边，足够大，每个人都可以坐进去。他刚刚把车发动起来，那些男孩儿就跳起来上了车，并帮着那些像稻草人似的女孩儿们爬了进去。埃塔帮着那个女孩儿从地板上起身，她站在地上，把那女孩儿的整个身子举了起来。她觉得那个女孩儿的身体轻得像只鸟。

埃塔和加布里尔一起进了驾驶室。她的心猛然一颤，想起了芙罗拉，想起了她们一起乘车旅行的往事。

卡车的吼声震耳欲聋，埃塔知道他们听不见相互说话的声音。

"为什么要费这个事？"埃塔看着外面，铺设在道路两边的阴沟上长着高高的杂草。她并不想说话，但不说不行。

"什么？"加布里尔的眼睛一直看着路。

"出动这一趟有什么意义？狮王、这些女孩儿，过去的麻烦和现在没什么两样。"

"你怎么知道？"

她的脑袋往呼啸着的后窗一扬，通过那里可以看见包围着车厢的木板。"你只要看看就知道了，这种情况对于她们来说不是什么新鲜事。一个女孩儿告诉我，她们连名字都没有，她们从来就没有名字。为什么你们以前不来救她们？"

加布里尔耸耸肩，和在崎岖的路上跳动的方向盘搏斗着。"我们不知道，我们只盯着狮王。"

她不喜欢这个回答，但对这个回答她也无可奈何。她头往后一靠，不说话了。

我需要回家。

让这些女孩儿走下舱口回奥蒙是件大工程。其中两个女孩儿必须躺在用床单做成的吊索上下去。奥蒙的女人们出来了，她们的发辫如同闪光的鱼鳞一样亮晶晶的，她们的笑容遮掩着她们对于长期行善所看到的现象的恐惧。来自詹姆斯城的这些女孩儿又吃了饭，穿上了长长的家织布连衣裙。她们看上去像那些埃塔有时候在旧世界商店里看到的服装模特儿，它们是些高大的没有脸的女人的形象，身上挂着一缕缕被老鼠啃咬过的烂布长条。埃塔的眼睛离不开曾经被她踩在手上的那个地板上的女孩儿，她紧盯着她空洞的眼睛。

没有名字。

埃塔躲开了骚乱，还有为即将到来的无论什么宴会的准备工作。

在这张羽绒床上再睡一夜，然后我就回家。

但这一夜注定会过得非常慢，她需要稳住自己。

她顺着喀喇喀喇的声音找到了一个打开的通风口，感到空气吹到她的脸上。她站在格栅下面摇晃着，找到了一个连接处。她不断地敲打着这个连接处，一直到最后，好像有茫茫的雾气进入了她思想中的低地和山谷。她从墙上滑了下来，坐到地板上。

低低的甜蜜歌声传了过来，在整个金属走廊里回响，好像汇集在她的耳朵里的焦糖，每一分钟都在拉长。这时她可以感到她腿上的骨头捆绑着，紧靠着厚实的肌肉，这让她知道自己不是那些稻草人中的一个，于是便站了起来。

主大厅里挤满了人。男人们来了，坐着或者跪在詹姆斯城的女人们旁边。埃塔听着，猜到她们都被人给予了名字。科拉尔、莎拉、利亚。地板上的那个女孩儿被命名为示巴。跟她说话的那个男人安静而恭谨。

她的目光透过他们，继续向前看。

埃塔感到自己正拉着身后的几条链子。这些链子是些故事。它们是克洛伊、芙罗拉和爱丽丝的包袱，是每个她未能帮助的女人的包袱。她正拉着那张椅子和她自己的母亲，还有无名助产士以及她认识的每一个女人。她看着示巴，她这么累，完全无法动弹。如果空气是水，如果今天是她跳进苦难河的那天，她会沉下去，她会被淹死。

阿尔玛在那里，身上闪着光芒，正在一边讲话一边给她的一个婴儿喂奶。埃塔没法听清阿尔玛的话。她能听到嗡嗡声，好像是上千只蜜蜂的轰鸣，但她的名字被唤出的声音让她的耳朵复聪。

"还有埃塔姐妹，根据我刚刚从神灵那里得到的启示，她和尼法一样，为了我们的另一次使命的胜利，装扮成敌人，模仿他们的声音。"

人们又一次发出不可思议的赞叹声。加布里尔转身看着她，埃塔努力忍住不发笑。她看到雷伊的脸上突然出现了吃惊和懊悔的表情，他看着她，想要传达某种和解的意思。

又是一些毫无意义的故事，更多的名字，更多地呼唤着过去，从而让人们看到未来的情景。她原来不是说我是莫罗尼吗？

但在她的身体内部，有什么东西在她的心脏附近挠着，像一个光秃秃的树枝在风中划过一所房子的侧面。她翘起脚尖站着，没有感到痉挛的幽灵。

这就是在无名助产士的身上发生的情况吗？他们是不是也把她从一个人变成了一个故事？

她现在看得见整个房间，她身上又亮了，而且深深地吸了一口气。她向示巴走去，伸手拉起这个枯瘦的女人无力的手。她在这只手里放进了一小瓶鸦片。

"我能给你的只不过是一个选择，看你是否愿意继续。不管怎么说，这是唯一的真正的礼物。"

通过一条迂回的路线，示巴的眼睛模糊地看到了埃塔。她们只不过相互对望了片刻。埃塔想到了一头在树木之间闪过的鹿，它有着圆圆的黑眼睛。

不应该这么做的。
必须做。

她蹒跚地走着，朝走下高台的先知走去。她挤开人群走进了房间。

"阿尔玛。"她自己的耳朵也能听出，她的声音太粗糙，太沉重。

阿尔玛抬起她玫瑰一般的金色颅顶微笑着："埃塔姐妹，我知道你会来的。"

她不得不一再眨着眼睛，她觉得眼球上毛茸茸的。

"你知道吗？你确实知道。"

阿尔玛做了个手势，房间变得空空荡荡的。埃塔向床上走去，如同飞蛾投火。她觉得她在摇晃，她的整个身体向阿尔玛飘荡了过去，接着又回来了。

"你将留在这里，和我们待在一起？"阿尔玛微笑着。

得意地笑，像一只正在吃东西的猫。

"不，我必须离开这里。请你再做一次。"

"什么？"阿尔玛小麦色的眼睫毛敲打着她的脸颊，"再做一次什么？"

"像你以前做过的那样。治好我。我拖着灵魂游荡，太累了。所有这些灵魂，如果可以，把它们拿走。"

阿尔玛的笑声如同气泡一般从喉咙里冒了出来。她抓住了埃塔的胳膊，热量向埃塔的脸上冲腾，好像脸红了一样。阿尔玛的脸也变成了粉红色。埃塔的身上如同波涛汹涌，心怦怦跳着，她的整个身体好像一颗疼痛的牙齿。

"我不知道哪一个是你，这里全都是灵魂。"阿尔玛脸颊上的热褪去了，转身去帮助另一个人。

埃塔摇晃着把自己甩了出来。她决定成为示巴，那个不存在的灵魂，没有眼睛，没有嘴巴，没有人格，没有身体。

我真的认为，她会把手放在我身上，于是我便不再是埃迪，成为完美的埃塔，成为在另一个世界中的另一个人？

她吸着烟，一直吸到睡着，不在乎谁会闻到。早晨，床铺被烧了一个洞，房间里好大一股气味，好像一只鸡被火烧了。

走回不存在镇需要的时间太长了。埃迪在路上走了很多个星期，身上的那些枪重极了，她迫不及待地想要交换和使用。有些天她根本没有走。她在无人的城镇中扫货、读书，检查旧世界的工具，试图看出它们有什么样的经历。

埃迪之书

示巴还在抬头看着我，我不知道那个小瓶她是怎么用的。我不知道阿尔玛是不是会解释示巴的死和其中的意义。它会符合人们已经知道而且讲述了的哪一个故事。我可以在回家之后胡编一些有关我的旅行的故事，以及我的观点和它们的意义。我可以把无名助产士变成尼法以及诸如此类的神话人物，把它变成一个只有我们知道、别人都不知道的故事。就是这样的故事，将他们聚集在一起吗？

她为什么不能治好我？她把那张椅子修好了。

我是在书里面诞生的，不是在椅子上。埃塔关于这一点的说法是错误的。我不知道她是不是那个灵魂，但我们都在回家。她正在回不存在镇。而在不久后的某一天，我将带着我背上的东西回埃斯特尔。

不像那些把他们打得四分五裂的杂牌枪。但我的左轮手枪足够改变事情发展的方式。如果我多次向他射击，哪怕狮王也会被打死。

然后，被他囚禁的女人们会从楼梯上走下来，她们也都会变成我身上的铁链。

我要回家，告诉我的母亲我叫什么名字。

我将走进那间地下室，与那些是女人的男人会面。我将伴着他们的死亡乐曲，跳他们的灵魂之舞。

我将走路穿过那些大门，告诉他们我是埃迪，是艾娜的儿子。我将要求爱丽丝和我一起生活，还有芙罗拉，我或许还是会有一个蜂房。谁能阻止我？

她准备好了。她束好了胸，戴上了面罩，背上了她的枪。她拎起了背包，它的重量又勒着她肩上酸痛的沟，这让她龇牙咧嘴。她没办法停下来把它放下。带着所有的东西，这让她非常疲倦。

　　她能在看到或者闻到之前知道有什么事情不对劲。她等着那种感觉变成预感，或者发现，这只不过是在担心即将面见艾娜并向她解释自己。她慢慢地走着，等着看到那个写着"不存在"的褪色的白色标记在下一座山坡上出现。

　　她走上了坡顶，站住了。

　　瞭望塔上没有瞭望手，大门洞开，从玉米地里吹来的烟灰飞进了她张开的嘴巴。

第二十九章

许多地标都被夷平了，找到进入隧道的入口很不容易。埃迪长时间地疯狂搜索着，被烧毁的房子发出的臭气让她窒息。

一扇活板门最终出现在一堆黑灰下面，她向上掀开了门，不顾一切地冲下台阶，结果摔倒了。她从泥地上爬了起来，向着黑暗眨眼睛。凭着感觉，她总算在墙上找到了一个火把，但马上又把它掉到了地上。借着燧石一闪即逝的光亮，她找到了火把，几经努力才把它勉强点燃。既然已经有了光亮，她便蹲下来开始爬行。

"喂？有人吗？"

她的心脏怦怦地跳着，让她听不到任何声音。她的呼吸非常沉重，很不流畅，于是她屏住了呼吸。她能感受到自己脉搏的跳动。

"喂！喂！"

隐约的回音把她的声音带了回来。

真是该死。

在如此狭小的空间限制下，她用尽全力向前爬行。她总算来到了学校下面的十字路口，依次向各个方向大喊大叫。

"喂！该死的。喂！有人吗？"

她听到，从西边管道很远的地方传来了回答。

"你的名字？"

她急速吸进一口气，然后屏住呼吸。

还不到时候。

"埃塔！艾娜的女儿！"

片刻之内，她什么也没听到。她死死地压住了恐惧：她在担心，她现在可能和狮王的手下一起待在隧道里。但接着，隧道里传来了男人们的哼声，这个地方足够近，她能听出一道她认识的声音。

"罗伯？"

玛西娅的儿子罗伯出现了，他身上脏兮兮的，一条胳膊裹着绷带。他后面是阿伦和戴维，他们努力地爬到了十字路口稍微宽敞一些的地方。

埃塔拥抱了罗伯，然后回头看到浴室工人托米慢慢爬了过来，出现在她的视野内。他的脸有些不对劲。

"出了什么事？"

托米耸了耸肩，罗伯第一个说话："我们遭到了袭击。是你说过的那伙人，狮王？他们什么都知道，知道一切东西放在哪里。他们首先带走了女人和小女孩儿，然后把爱丽丝的地方一扫而空。她的花园，所有的一切。"

"爱丽丝？大妈们怎么样了？"

阿伦点着头，他胡子下面的脸颊深陷。"她们也被带走了，艾娜，丽莎，布劳温。全都被带走了。"

我告诉过她们，会发生这样的事情。

但是，如果我不把芙罗拉带回来，这件事情会发生吗？

"其他的男人们呢？"埃塔看着周围，简直不敢相信。

"有些逃走了。"托米说，他的话说得含糊不清。埃塔猜想，有人重重地踢在了他的牙齿上。"就是跑了，但大部分都死了。"

埃塔等着自己陷入狂怒或者悲伤，但都没有。她的胃收缩成了一个很小的球。

"我们得把她们弄回来，那些女人。我们得去袭击狮王，我知道路。"

那些男人互相看着。在火把深深的阴影中，他们的脸上出现了怀疑与恐惧。

"我觉得你还不明白。"戴维慢慢地说，"他们是全副武装的。才过去了几分钟，他们就杀了几十个人。他们烧毁了我们的整个镇子。"

"我完全明白。"埃塔反驳道，"因为我过去见到过这种事。"

她用了几分钟，告诉了他们自己与狮王之间的过往。她大略描绘了曼哈顿和奥蒙的情况，跳过了她无法解释的事情。他们沉默了，坐了下来。这让她怒不可遏。

"别坐下！我们不能浪费任何时间！我们现在就必须走，回奥蒙去。我们可以在那里得到供给和枪，我们可以作出一项计划。"

谁也没说话，谁也没动弹。

"你们现在在做什么？"她对着他们尖叫，"你们打算像死人一样待在这个坟墓里面吗？来啊！"

托米向前挪动了一下，把那只洗澡工的温柔的手放在埃塔的膝盖上。"埃塔。埃塔，冷静点。"

埃塔恶狠狠地冒了一阵子火，接着跪下了。

"他们吓坏了，我吓坏了。我们看到了好多事情……"他的声音嘶哑，他盯着地板看了片刻，"我们看到了在我们爱着的那些人身上发生的事情，这道坎我们永远也过不去。这些事情我们连想都不敢想。"

托米目光闪烁，他没有看她。

在地板上的示巴。

深呼吸。

你现在在哪？他们在哪？

她又开始说话，但口气温和了些。"听我说，伙计们。现在地面上是大清早，他们全都走了。发生的事情已经发生了，你们在这里什么也干不成，很可能连吃的都没有。奥蒙有足够的食物，能够让所有旅行者有饭吃。他们是些奇怪的人，却是些好人。而且他们的城市……里面有很多女人，比我一生见到的女人都多。跟我一起去那里。无论发生了什么，无论你们选择什么，他们现在是我们最大的希望。"

他们被她说服了，她哄着他们走到了阳光下。在中午之前，不存在镇燃烧的气味从他们的鼻孔里消失了，只像记忆一样萦绕在他们的衣服上和头发上。他们以一个小小的V字队形行进，埃塔就在V字形的箭头位置。

他们走了好几天，很少说话。埃塔为他们打猎，给他们做饭，那些男人一路上收集干果和水果。到了第五六天的时候，罗伯已经可以说一点话了。

"真不知道他们是从哪里来的，瞭望的人谁都没看到他们。我们刚刚睡着，就听见到处同时响起了尖叫声和枪声。"

埃塔面前放着一杯野薄荷茶，听到这里点点头。他们已经吃了两三只松鼠，这时还没睡，眼睛盯着营火。

"我听到珍妮特第一个尖叫。"阿伦温和地说，"我在隔壁蜂房里，但当我到那里时，她已经被拖出去了，其他人都死了。我立即进了隧道，但她的婴儿……"

埃塔记得，珍妮特应该怀孕五个月了。

"他们没有……"

阿伦耸了耸肩："就我所知，他们把女人带走了，没有伤害她们，但毕竟还是带走了。"

一圈人阴沉着脸点着头。

"即使那些大妈也在跟他们搏斗。"戴维正盯着营火，"我看到卡拉在咬一个男人，一直咬出了血。他打她，但只是用手打。"

"他们肯定得到了命令，要把她们带到狮王那里去。"埃塔沉思着，仍然没有感到强烈的感情冲动，"肯定是这样。"

"或许就是爱丽丝去的地方。"托米说。他的嘴受了伤，把爱丽丝说成了"爱丽希"。

埃塔目光炯炯地看着他："什么？"

他喝了一口茶："这能说得通。她和那个芙罗拉几周前不见了，然后这些人就出现了，而且他们什么都知道——"

"爱丽丝和芙罗拉离开了？"

托米看上去很内疚。

"有些传言。"罗伯不情愿地说。

"什么风言风语都有。"阿伦补充道。

"人们说她们去追你了。"戴维神色悲伤地说。

"也有人说她们相爱。"阿伦的眼睛被火光照得铮亮，谴责着她们。

"是的。"罗伯说,"但埃默里说,你本来可以跟狮王做鸦片交易,而我觉得她们想要撇开你去做这种交易。"

强烈的情绪到底来了。狂怒如同大爆发似的从一边开始,而悲伤则在另一边,如同没有太阳的大海。埃塔既感到热也感到冷,整个身体消失在这两种感觉之中。片刻之间,她以为她会晕过去。

"埃塔?埃塔,你没事吧?"

罗伯向她伸出手来,她一巴掌把手打开,力度之大,把他吓了一跳。

"听着。"埃迪说,"这件事我只跟你们说一遍,所以你们全都给我好好听着。我的名字,是埃迪。而当我从这里走出去的时候,我是一个男人。明白了?"

从他们的脸上看,他们显然没有明白,但谁都没和她争论。

"我们明天就要到奥蒙了。"她说,"睡会儿觉吧。"

第二天一早,天才蒙蒙亮他们就起身了。

埃迪一马当先走在最前面,但天亮之后托尼快跑几步追上了她。

"你知道,好多年都是我给你洗澡的。"

"你想说什么?"埃迪看都不看他一眼。

"我知道你是什么人,你为什么要说这一套呢?"

他们静静地走着。埃迪一次又一次地咬紧牙关,在空空的嘴里咀嚼着。

"这个世界上人人想要的都是女人,但你为什么要这样呢?"

埃迪现在真的在看他了,她想看看托米是不是真的如此愚蠢。

"我见过你跳舞。"埃迪又看向前面。

"什么?"托米听上去有点糊涂,但隐隐有保护自己的意味。

"春天的时候,我离开了主大厅,听到了音乐声,旧世界的音乐。我趴在一个地下室窗户上,看见你在跳舞,扮成了个女人。你和另一个人，男扮女装。"

托米有一阵子没说话："是的，是的，那是我。是我想变成人人都想的那种人，像小风一样。"

"就像被狮王抢走的那些女人一样。"

"才不想像那样呢。"托米粗暴地说。

"当了女人就总会有人想那样子对待你，东西一旦稀缺就不会安全。又稀缺又安全的东西总会被人据为己有。不等你喘口气说一声'不'，欲望就会变成锁链把你缠起来。所以在决定你想当什么样的人时要小心。在不存在镇这样的城市外面，女人已经变成了货物。你甚至用不着生就一副女儿身，狮王的人也养着漂亮的男孩子。"

托米嘴张得大大地看着她："但他们不能……他们不能生孩子。"

"是不能，但除此之外，他们可以满足你的一切欲望，对不对？你不会这么干，但许多我们这样的人会这样干。与此同时，你能够跳舞、唱歌、留长头发。"她想到了吉尔达，"他们可以使用你，你能替人释放压力。"

"别说了。"他的声音冰冷，充满震惊。

"话头不是我挑起来的。"

"我当时不明白。"他想要走到埃迪前面，想要看着她的眼睛。

"你现在也不明白。"

对于一伙男人，奥蒙人通常不像对詹姆斯城的女人那么欢迎，但来自不存在镇的这最后一批难民得到了热情的接待。

在埃迪带来的这批男人中，每个人都在努力接受他们的新经验：食物的丰饶，地下城市的宏大，孩子，女人，神奇的阿尔玛。埃迪看着这些人的状况，有些发呆。

埃迪去找加布里尔和雷伊，她在德撒律活动室里找到了他们，她在门外等他们。

"我准备再领导一次行动。"他们出现时她说。

加布里尔目光炯炯地看着埃迪带着的爪子："去哪？"

"埃斯特尔，是时候杀掉狮王了。"

两个男人交换了一瞥。

"他们占领了我的家乡，抓走了我的母亲，以及不存在镇的每一个妇女。如果放任他们这样下去，埃斯特尔附近的任何人都不安全。早该对他采取行动了。"

加布里尔向前走了一步，把他金色的长发甩到他的肩膀后面："埃塔姐妹，我觉得不能这么做。"

埃迪也不耐烦地向前靠近："虽然在一个洞穴里，但你有比他在整个行动中更强大的火力！还记得你是怎样打倒詹姆斯城的那些男人的吗？这次也会像那次一样，一次屠杀，他和他的狮子老虎。"

雷伊有些不好意思地说了起来："这不是由我们决定的，行动必须得到召唤，得到祝福。必须由先知告诉我们，这是天堂圣母的意愿。"

"很好。"埃迪使劲地从鼻孔里喷出一口气来，"很好，那我就去跟阿尔玛说。"

"你去吧。"加布里尔说。两个男人一起走了，留下埃迪自己。

埃迪在阿尔玛房间外等了很长时间才得到接见。

最好不要让她看出我有多么烦恼。

"你的三个婴儿怎么样了？"

她指着床上在她身边的两个孩子，同时向她微笑。"好得不能再好了。"她的声音像音乐，"你想要什么啊，埃迪？"

房间摇晃了一下，因为她不知道自己是否告诉过她这个名字。

"我需要……我需要另一次行动。一次大规模的行动。我需要与狮王战斗，解救我的乡亲。"

阿尔玛的舌头响了一声。"你完全不需要这样做。"她平静地说，"你需要留在这里。"

"什么？"

"我对埃塔宣示过你的命运，她像一个好姐妹那样实现了。现在，我必须告诉你，去实现她的命运。"

"什么？"

她把一只手放在一个孩子身上，眼睛看着另一个。当她抬头向上看时，她的眼睛又变成了绿色。

她呆呆地站着，就像一只看着鹰隼向它俯冲过来的老鼠。

"埃塔将成为战士们的母亲。"

"不。"

阿尔玛实际上在笑："如果我们说不，天堂圣母会派鲸鱼来把我们吃掉。"

埃迪感到，大滴的汗珠正从她的大腿后面流下来。

课本上的那些鲸鱼。像一座房子那么长，在黑色海洋中的热血动物，胎生。

它不会吞掉我的。

阿尔玛金色的头向后靠在她那一大摞羽绒枕头上："埃迪将与狮王战斗，哦，是的。你永远不会屈服于圣母的意志。埃迪将在火焰与正义中前进，像大力士参孙那样战斗。但世俗之人不会剪短你的头发，他们会让它长起来。然后战士们就会到来，交出你自己的红色海洋，他们将到来。"

那张椅子、那张椅子、那张椅子。

"孩子，这是每一个女人的命运。这是你的最高荣耀。"

"不是我的。"她用嘶哑的声音说，"我不一定非要像那样做。"

"每一次你说不，那只鲸鱼就会更近一些。"阿尔玛咯咯笑着，好像正在看着一个想不吃蔬菜的顽童。

埃迪什么也没说就赶快离开了房间。她暗地里打开了背包，从木头药品箱里拿出了一套纤维材料制造的红色小信封。这些小信封散发出甘草精的强烈苦味。

爱丽丝曾经说过："*有时候这是为了得到最好的结果。我们全都想要一个健康的孩子和幸福的结局，但有时候你得不到。人人都知道无名助产士这样做过，而助产士们当然也可以用刀子这样做。她们很少这样做，但我听说过有这种情况。*"

爱丽丝。爱丽丝走出了她的温室，去了狮王那里。

"*但对那些你在外面遇到的女人，如果她们已经开始流血或者她们没法逃脱，这种药可以帮助她们。化到热水里喝掉，味道糟透了，而且很快就开始感到恶心。上吐下泻，但她们再也不会怀孕了。警告她们，一定要事先警告她们。*"

我得到了警告。我知道该怎么做。

阿尔玛在上午说得很清楚了。没有人会跟着她去，谁也不会帮助她。避免埃塔的命运是与他们的神灵直接对抗。

他们又单独见了一次。阿尔玛分开众人走了过来，把她火热的手放在埃迪的二头肌上。

"事情会发生的。"她从牙缝里低声说，"难道你还不明白？一旦我宣示了，就无法更改。事情会发生的。"

埃迪回瞪着她，什么也没说。

"事情发生在这里会好一些。不要发生在那里。"

埃迪摆脱了她的手，向升降梯走去。

她等了很长时间才明白，没有帮助的意思就是没有帮助。她只能靠自己，筋疲力尽地一步一个台阶走上去。枪支弹药仓库不会再向她开放，但她上次得到的装备还在手上。背着这么重的装备往上爬是十足的折磨，她不得不中途休息了好多次。出来之后，她因为自己出发得早而感到高兴。

埃迪之书
夏季

她说的都不重要。这些全都是她的编造，什么鲸鱼和战士的说法，那些可笑的名字。她的眼睛肯定只不过是他们的血炖出来的什么东西，《医师案头手册》里清楚地说到的基因正方形。就跟白化病一样。他们杂交的次数太多，让她疯狂了。多产，但是疯狂。

我要去救出我的母亲，还有爱丽丝和芙罗拉。我要带着狮王的女人们走出来，到了那时她们肯定不敢拒绝我进入奥蒙。我将成为地球上最富有的人。

要走十天，也可能更久。我有大把的时间来定计划。

她别的什么都不想。她搜索枯肠，想要记起狮王占据的那座巨大建筑物的一切细节。她想到那些男孩儿玩的地方，那位老年金属工匠的工坊。

不会杀任何不必杀的人。但我很可能必须杀掉任何带着枪的男人。

她努力地去想那些她遇到过的爪子。有些有枪，但许多只有刀和其他短程武器。

需要占据制高点，在一定的距离外先干掉几个，这是第一步。

她考虑着逼近狮王据点的最佳地点，她可以在那里取得优势并守住一阵子。她努力地想要看到全局。玻璃窗户和木板钉起来的窗户、狮子老虎的腥气、拱顶。

拱顶、黑色彩虹、金属骨骼。

有守卫，但有多少？金属板总是会像鳞片一样脱落，所以那里有许多藏身的地方。她有把握在那里杀掉多少人？

带着这些枪，她没法游泳过河，所以就从码头偷了一条船，悄无声息地在半夜向拱顶划了过去。

当她到达拱顶时看到了一个守卫。爬近时，她听到那家伙在打鼾。她的刀在那人的肋骨之间划过，结果他一声都没喊。她在那家伙的裤子上擦去血迹，拿起了背包，开始往上爬。

她脚下不全是硬地。有些地方被她踩得陷了下去，在她一路走上去的时候互相碾压。她尽量把身体往下缩，躲在一些看上去还算牢固的地方后面。她在等天亮。

第一批出来的人是农民。他们出来喂鸡，给奶牛挤奶，埃迪让他们过去了。她等着。

当爪子们开始出现时她还在等。

她看到三个爪子带着一批男孩儿穿过绿地，这时她开火了。

他们向四面八方跑去，似乎在疯狂地想要找到子弹是从哪里来的。一个人拿出了一支枪，但很快就把它丢下。那人受伤了，但埃迪看不见他在哪里。她等着。

我可以做到这一点。我就这么干，现在是时候了。

正如她计划中的那样，这种混乱让更多的爪子从主建筑物里跑了出来。她用腿紧紧地夹住她藏身的树干，双枪齐发，先打光了左轮手枪枪筒里的子弹，然后过了好一阵，才打光了那支新枪里面弹夹里的子弹。她用颤抖的手收起一支枪，然后给另一支枪上子弹，接着再给一支枪上子弹。

她又这样打了两轮。她杀人的效率不如她希望中的那么高，却真的造成了不小的伤亡。她的呼吸又急又浅，眼前已经开始金花乱窜。

深呼吸。

她担心自己会摔下来，就爬了下来，手里拿着两把已经上了膛的枪，向狮王的家走去。

一个男人单独出现在一辆汽车的车身后，向埃迪举起一支猎鹿枪，埃迪一枪打在他的脸上。

她来到狮王的巢穴打开的门前，闻着狮子老虎油乎乎带着大蒜的甜味。里面一片黑暗，但没有声音。

她长时间地站在门口等着，但什么也没有出现。

在眼睛适应了黑暗之后，她冲进房间，急剧地喘息着。那种气味立刻从四面八方传来，在她狂野的想象中，那些大猫到处都是。

但哪里都没有它们的踪迹。

她举起枪，退向楼梯，空气急速地通过鼻子进出。

深呼吸。

你在哪里？

我来了。我在这里。

阳光照亮了主门厅，但楼梯上一点光也没有，她睁圆了眼睛。她看到枪口一闪，感到她周围的空气猛然扇动，这时她立即寻声还击，接着听到有人呻吟着倒在铺了地毯的地板上。

楼梯口有一个钉着木板的窗口，让几线阳光透了进来。它们在墙上映出条纹，好像一张虎皮。埃迪转身走上了另一段台阶。

她不断地向上攀登，就好像从奥蒙的地下台阶爬上去一样。最后一个楼梯口那里有油灯照明。

就是这里了。该死的我的命运。

双开门猛地被打开，狮子和老虎同时向她扑来，它们的铁链被拖在身后腾空飞起。埃迪的两腿大汗淋漓。她从来没有体会到这种纯粹的恐惧，这两只庞大的动物向她跳起，这一瞬间似乎被拉长了，成为永恒，她在开火开火开火开火，大猫的牙齿和爪子就是她仅有的感觉。

三发子弹在空中打中了狮子，这只大猫摔了下来，鲜血在它厚实的胸前染出了一大片红色。那只老虎只中了一枪，沉重的身躯扑在埃迪身上，带着浓重腥膻气味的呼吸如同深沉的毁灭喷在她的脸上。

虎爪陷进了她的右肩，她用自己也认不出来的声音狂叫着。她抬起左臂，对准老虎的下巴连连射击，但打光了子弹的左轮手枪只能发出干瘪无用的喀哒声。

那只老虎咆哮着的脑袋向下扑来，宽阔得如同整个世界。它以百万年来猛兽的直觉，对准埃塔纤细的脖子咬了过来。

尽管右臂被不可思议的剧痛灼伤，但埃迪还是尽可能地抬高了那支新枪，在那头野兽的腹部和大腿上连连射击，一直打空了弹夹。

她感到那头动物的鲜血喷涌而出，热辣辣地喷在她的肚子上。这头怪物倒下了，它可怕的重量把埃迪压倒在地，挤出了她肺里的空气。埃迪身子拱起向上顶，要从下面爬出来，但她急剧的呼吸把野兽的毛吸进了嘴巴，这几乎让她窒息。她残存的理智收缩在一个小小的黑色空洞中，她发誓，她这时听到了自己母亲的声音。

第三十章

埃塔糊里糊涂地发着高烧，她只知道几件事情。

芙罗拉在她身边，大部分时间是她在照顾埃塔，这一点她很确定。她能感到芙罗拉的手指在检查她的脉搏，轻轻地环在皮镣铐下面的手腕上。

艾娜在这里。埃塔能听到她的声音，但她从来没有走近。很多天来埃塔一直在想，为什么艾娜没有到她活着的女儿身边。后来她觉得，这可能是因为艾娜会杀掉埃塔，免得她遭受即将到来的苦难。

没有爱丽丝的迹象。但她知道爱丽丝在这里的什么地方，因为芙罗拉给她清洗肩膀上的伤口时她完全没有感到疼痛。只有爱丽丝能做到这一点。

在高烧让她感到疯狂的时刻，她总是会看到那只老虎。在高烧消退了一些之后，她知道老虎是真的。

"怎么？"狮王柔滑的声音问道，"你以为我只有一只老虎？"

他经常牵着那只拴着链子的老虎走到她的床前。那股臭味让她的噩梦显得真实而活跃。

埃塔虚弱极了，但她还是挣扎着看着房间周围，于是对她所在的地方有了些感觉。从窗户往外看，她只看得到蓝天，永无休止的蓝色，天天如此。她全身都被捆绑着，还像婴儿那样戴着尿布。芙罗拉温柔仔细地照顾着她，但她还是全身上下又疼又痒。

高烧退去后，芙罗拉给了她一杯饮料，她一喝下去就晕倒了，醒来已经到了另一个房间。这个房间比原来的更大更好，放置着旧世界的珍宝，让埃塔看得口干舌燥。她还被捆着，但芙罗拉来了，让她用了一个便盆。从镜子里看，她瘦得吓人。看到自己的头发的长度，她不禁吓了一跳。

我到这里多长时间了？

芙罗拉不肯回答她的任何问题。她只是悲伤地微笑着摇头，仅此而已。

来到新房间的第三天，芙罗拉用海绵擦着给她洗了个热水澡，然后让她穿上了一件丝绸长睡衣，但芙罗拉拒绝和她对视。在给她擦背的时候，芙罗拉小心地锁上了埃塔手腕上的手铐，一次一个，另一头锁在床脚上。

芙罗拉扶她躺下，又把她的手腕锁在头部以上。

"芙罗拉，我现在有劲多了。如果你能帮个忙，我就可以走出去了。"

芙罗拉还是以同样的悲伤摇头作为回答。埃塔又一次不安稳地睡着了。

以后很多天情况依旧。芙罗拉过来照顾埃塔，让她保持干净、舒适。当埃塔的手腕潮湿了，她就检查她的手铐，看她能不能得到一点帮助就脱出去。

她抬头看着芙罗拉，眼神中带着恳求："你可以给我一点油脂、肥皂，什么都行。我就可以把我的手腕脱出来，他们也不会知道是你干的。"

芙罗拉的眼睛里闪过惊慌失措的神情，她弯下腰来，仔细地擦干埃塔的手腕。

"我知道你是被迫来干这件事的。"埃塔咬紧牙关说，"但你也用不着这么尽心尽力，这一点你可以选择。"

芙罗拉看着地板，耸了耸肩。

"他们不让你和我说话吗？"

芙罗拉没有回答，甚至连眼睛也不看她。

"你知道他为什么留着我。看着我，看着我，芙罗拉。"

芙罗拉的眼睛向埃塔瞥了一下。埃塔看到她的胡子长了出来，下巴上生出了短须。她的眼睛像去了核的水果。

"你杀了我吧。"埃塔说，"就说我挣脱了，要杀你。杀了我就行，我也就不会如他的意了。你知道接下去会发生什么。"

芙罗拉点点头，她的下巴微微地上下抖动。

"不要让我非干这件事不可。"现在埃塔已经在乞求了，"帮帮我，只要稍微帮我一下就行，我求你帮帮我。"

埃塔觉得，她看到有什么东西回到了芙罗拉的眼睛里。让她看到了昔日芙罗拉的一点痕迹。

但门外响起了脚步声，芙罗拉立刻就转身走开了。

第二天埃塔醒来，她知道是在半夜。一根蜡烛照亮了房间，她看得见狮王的轮廓，他正在翻着一本书，他宽阔的后背对着她。

"你的呼吸在醒来的时候有所改变。"

他的声音让她吓了一跳。她想坐起来，但发现自己被紧紧地束缚着。

她什么也没说。

"我在读这本日记，这本《无名助产士之书》。"他说，"她是你的英雄吗？你打算成为这样一个人物？"

埃塔没有回答。她看着窗外，只能看到一点点弯月。

狮王合上了书，转身面对着她。蜡烛照着他的后背，他仍然只有一个模糊的形象。

"怎么样？"

"什么怎么样？"她的声音很尖利，好像她已经很多天没说过话了。

他没有回答。

她的整个身体都紧绷了起来。她颤抖着，她希望他在光照不足的情况下看不到这一点。

"你可以成为两种人。"狮王开始了。他转身拿起烛台，然后慢慢从房间另一边向她走来。"你知道这一点，对吧？"

母亲或者助产士。

埃迪或者埃塔。

活着或者死去。

"你可以很有用，告诉我，我想知道的事情。或者，你也可以像每个其他的女人那样，她们对我也很有用。你现在就必须作出选择。明白吗？"

埃塔看着蜡烛后面的那张脸，他看上去完全是理性的，冷静而有着良好的自我控制。她像树叶一样发抖。

"好吧。你想知道什么？"

他把手伸向背后，抽出了她的一支左轮手枪。他把它放在她身边的床罩上，她渴望着拿起这支枪。

"当你来到这里的时候，你带着满满一口袋枪。它们全都是干干净净的，装满了旧世界的子弹。状态完美，你有几百颗这样的子弹。"

他拿起枪，把它放在她的床头柜的抽屉里。

她看着那支枪，当他对着光倾斜地拿着它的时候，她发现枪里有子弹。

"这些东西是从哪里来的？"

"我有一个秘密。"她说。她的脸烧得滚烫，整个身体却如坠冰窟。

"是吗？"他向她弯下身体，像他的一只大猫一样窥视着她。

"我生下的孩子是枪，我流出的血是子弹。我人生的使命就是摧毁男人，你这样的男人。"

他挪开了视线，一瞬间有些失望，但接着转过身来对着她，嗜血地咧嘴笑着。

埃斯特尔的狮王吹灭了蜡烛，爬上了埃塔的床。

第三十一章

埃塔在床上生产。

她不是一下子就生出来的。她孕育了一次又一次，而狮王问的总是同一个问题。她的回答总是有所不同，但她从来没有告诉他真相。

在砍树的时候，男人们总是从树干周围砍一圈，想让它朝他想要的方向倒下去。狮王用的正是这种方法。埃迪知道她最终会倒下，她想要做的，是在倒下的时候压塌他的房子。

他注意到，她有几次似乎是松动了。他看到她的肌肉紧张了起来，就对着她笑，并且收紧手铐，直到它咬进她的皮肤。然后他自己去咬她。

她把身体完全放空了。埃迪坐在床边的一张椅子上，接收了她的一切。埃迪告诉埃塔，她们不会死。狮王不会杀掉她们，她们是有用的。

埃塔不想死，埃迪想离开。她们一起决定了要怎样做。

芙罗拉有一天过来给埃塔洗身子。芙罗拉给埃塔受伤的地方消了毒，还把一块冒着热气的热布放在埃塔被捆住的腿中间，把热量压进她残破疼痛的肉体里。

芙罗拉不带表情地看着她的身体，这时埃塔看着芙罗拉的脸。她想一动不动地躺着，不往回缩或者肌肉紧绷。她担心芙罗拉会看到她的体重减轻了多少。

芙罗拉发现埃塔在专注地盯着自己，便怯生生地避开了视线。她后来试探着看了看埃塔的眼睛。

她能看出我们在计划些什么，她知道这一点。

埃塔希望芙罗拉能够看到她计划行动的每一刻，她希望芙罗拉在时间到了的时候做好准备。

在两个长得没有尽头的夜晚之后，哪怕手铐已经收缩到最小的程度，埃塔也能在手铐内转动她瘦骨嶙峋的手腕了。她已经有了她需要的一切。她的身体因为汗水、血水和男人弄出的乱七八糟的液体而变得很光滑。埃塔用自己的汗水润滑，让一只淤血的胳膊脱出了捆着她的皮带，接着慢慢地、谨慎地解放了其他的肢体，没有发出任何声响。

她顺利地把抽屉拉开，狮王在沉睡，他的呼吸连一点变化也没有。埃塔以流畅的动作拿到了手枪，把它放进被子里。她把枪口顶住他的脊柱靠近尾端的一处凹陷，扣动了扳机。

手枪在没有子弹的情况下喀哒地响了一声，在昏暗的房间里声音不小。

太轻了，你应该知道太轻了，该死的。

"你醒的时候呼吸有变化。"狮王的声音冷静，毫无睡意。

埃塔踢在床上的床单和皮毛上，想要站到地上。她动作僵硬笨拙，只成功地掉到了地板上，但肩膀向下，脚踝还缠在床上。

狮王冷静地站在床的另一边，她这次冷静从容地又踢了一脚。

她拉开了床头柜的抽屉，它啪的一声掉到了地板上。几颗旧世界的子弹噼噼啪啪地掉到地毯上，发出了笃笃的闷响，滚到一边看不见了。

狮王绕过那张宽阔的矮床，居高临下地站在她面前。

"你在浪费我的时间，即使在浪费时间的时候你也不好玩儿。为什么不告诉我，我想知道的事情呢？"

他向她弯下腰来，她两手握枪。他没有从她手里夺枪的意思。

他用自己的手包住了她皮包骨头的手，把它们向她胸前推去，那支枪夹在他们俩的手中间。他整个体重都靠在墙上，一条腿骑在她被固定住的两腿上。

"你是从哪里弄到枪的？"

埃塔什么也没说，只是尽力挣扎着，想要在压在她胸前的可怕体重下呼吸。

"你，是，从，哪，里，拿，到，枪，的。"每说一个字，狮王都把身体抬高一点点，接着又压下去，以令人痛苦的节奏把空气从她的肺里挤出去。他的重量越压越低，她的肋骨快要散架了，无法吸进空气。

"我只会让你再吸一次空气。如果你告诉我，我想知道的事情，你就可以到后面去睡觉。你的母亲在那里，你的几个朋友也在那里。如果你不说，那就是你的最后一次呼吸。准备好了吗？"

埃塔闻着他，闻着他温热沉重的呼吸和他皮肤上的气味。她在她自己身上闻着这一切，她想到了曾经清早的狩猎。

男人的气味，猛兽的气味。芙罗拉在问我，我想当捕猎者还是想当猎物。我都不想当，我想当其他的什么。

他抬起身来，这时空气涌进了她的身体，好像很不情愿地充满了一个风箱。她的嘴和鼻子都被他堵上了，被他的大猫堵上了，被她自己的恐惧堵上了。

"我告诉你！"她的声音充满了痛苦和恐惧，"我告诉你在哪。"

他用力向下一推，那支枪碾压在她的胸骨上。她觉得她的胸腔内有什么东西啵的响了一声，知道他弄断了她的一根肋骨。他也知道，而且他笑了。

"在哪？"

"把我的地图拿来，我指给你看。那不是一个镇子，我必须指给你看。"

他站了起来，推开了她的胸口，她因为尖锐的刺痛呼哧呼哧地喘着气。她把枪从胸前拿开，用手抚摸着它在她的皮肤上压出来的痕迹。她把枪放在床头柜上，费力地呼吸，摇摇晃晃地想要站起身来。

在房间对面书桌上她的那堆东西里，狮王找到了她那叠折起来的纸地图，他把地图打开。

"指给我看。"

埃塔步履蹒跚地向他走去，她的眼睛睁得大大的。

如果到了后面，我就可以做出一个计划。我们还有其他人在那里。可能有爱丽丝。她可以毒死他，我知道。

"指给我看。"他的手抓住了她的后脖颈，拉着她俯身靠近地图，"现在就指给我看。"

"好的！"她吱吱地说出了这两个字，感到耻辱如同火一样烧灼着她的身体。她触碰着这些地图，把它们打开，寻找正确的那一份。

"如果你认为你可以用手指随便在地图上指一个人们不知道的地方——"狮王的嘴巴在她的耳边说，"而且觉得我会跑出去寻找一个不存在的地点，那你还是想清楚了再做决定。你要去给我标明路线，

654

然后他们当晚会把你拷着带回来。接着你会坐在我的卡车的引擎盖上，直到我们找到那里。而且，如果你找不到那里，我们就永远不会知道你到底会不会为我生下孩子？你明白吗？"

她打开了那张带有奥蒙和它的武器库的地图，上面带有不存在镇的扫货者们的符号。她看见了她做出的有关食物和安全的记号，还有她为他们的武器藏品做出的符号：一颗向上竖起的子弹。她身体前倾，手在地图上方动着。

"就在这里。"她伸出手指指向一点。她的另一只手在后面保持平衡，让她的身体可以向前倾。

或许奥蒙可以保护自己。或许阿尔玛真的是……

埃塔浑身发抖，无法控制自己。

别这么做。

埃迪在她身边严厉地说。

我们说过，死也不会这样做。所有那些在奥蒙的女孩儿们，示巴，用了我们的名字的婴儿。

她颤抖地吸了一口气，做出了决定。

就在她身体前倾的时候，她觉得在她左手下面有一个东西。有什么东西被卷在地图里。是什么？她的脑筋在飞快地转动，想要弄清楚自己感觉到了什么。

"就是这条路。"她开始说话，她的声音沙哑，低得几乎听不到，"在南边……"

狮王靠近了些，他抓着她脖子上的手把她往下压："什么地方的南边？"

她的右手指着从苦难河到奥蒙的那条路。

她的左手在旧世界纸张的折叠处挤压着。那东西划破了纸，接着，它尖锐的边缘切开了地图，那东西滑了出来。

手掌刚一盖住它，她就知道是什么了。一个箭头。是用碎金属折叠起来打成的，磨制出锋利又精细的边缘。

埃迪把箭头放在她的掌心，埃塔的声音变得有力些了。"这座城市叫奥蒙。"她说，声音里有了些力量，"在地下，就在这里。"

右手指着地图，左手抬了起来。

狮王专心致志地看着地图，看着她手绘的符号。

"那是一颗子弹吗？"他伸出了他空闲的手，点了点地图。

"是的，就是那个标记，武器库就在那里。"埃迪左手的后掌根向上一扬，用尽力气把箭头捅进了狮王的腋下。

狮王大吃一惊，踉跄着后退，抓着她脖子的手松开了。趁他虚弱的机会，埃塔在他胸脯中央推了一把，然后跑去拿起了枪。

他双手抓住箭头，想在自己温热滑腻的鲜血中把它抓出来。埃塔扑到地板上，伸展着四肢，想要找到那些掉下来不见了的子弹。

狮王一步一滑地踏着自己的血迹跑向门口，门旁立着一支步枪。狮王可以把枪拿起来，但埃迪把箭头插进了狮王右胳膊的腋窝里，这让他只能大吼大叫，却拿不稳枪。

埃塔找到了一颗子弹，埃迪看也不看地把子弹上了膛。埃迪站了起来，埃塔瞄准。

房间对面，狮王浑身浴血。门的另一边传来了响声。

那支步枪一次又一次地在狮王的手中打滑，但他的手指扣上了扳机。在狭小的空间里，这声枪响震耳欲聋，但子弹打中了埃塔前

656

面几英尺的床。

埃迪开了枪，埃塔看到那颗子弹打中了狮王的鼻子，打碎了他的脸的中间部分。血从那个洞里喷了出来，像瀑布似的从他下面一排雪白的牙齿上流了下来。他重重地坐了下去。

埃塔也坐了下去，她太震撼了。她仍然光着身子，但能够感到在她大腿下面有一颗子弹。她把子弹上了膛，接着又伸手到处找剩下的。她找到了四颗。

走廊上一片喊声，灯光在开裂了的墙纸上狂舞。她朝着一个黑影开了一枪，然后跑向相反的方向。

她不知道自己朝哪里跑去。她觉得那些女人可能也被关在这层楼里，但她不可能知道在哪。她看着地上，想看清旧地毯上哪些地方被踩得最厉害。埃迪追踪着男人们的脚步，就好像她在树林里追踪鹿的足迹。

现在是猎物了。

她看见一个男人站在一张堵住了双开门的椅子上。

守卫女人们的那人正等着她。埃迪光着身子，不管不顾地大步穿过走廊。那家伙的子弹只差几英寸就打中了她，但她一枪打在他的脖子上。

女人们被惊醒了。里面肯定有三十来人，三三两两地睡在好像装满了整个房间的床上。艾娜看见了她，叫喊着，一半欣喜一半痛苦。埃塔的母亲让她穿上了一件袍子。

埃塔看见了芙罗拉，这时她举起枪来又开了一枪，目标是那个女骑手的眼睛。但艾娜抓住了埃塔的胳膊，那颗子弹打偏了，所有的女人都被枪声吓得大声哭喊。

"不。"艾娜告诉她,"我们需要她。"

埃迪相信这一点。

埃塔什么也没说。她的眼睛穿过房间锁定了爱丽丝。爱丽丝急忙躲开了她的视线。

女人们离开了她们的房间。她们用床单裹着小女孩儿们,抱着她们走过走廊。埃塔走在最前面,她知道她还有两发子弹。艾娜跟在她后面,对芙罗拉耳语着。

"这里。"艾娜说,指着一道关闭着的门。

埃塔想要打开这道门,但它是锁着的。她们听到钥匙在锁里转动的声音,埃塔退后一步,开枪打死了那个把门一把摔开的男人。她们必须把他从路上推开,才能进入武器库。

几乎每个女人都拿到了一支枪。埃塔发现了那支曾经属于无名助产士的枪,就上前把它拿了回来。就在她们劫掠枪支的时候,埃塔在昏暗中认出了人群里的吉尔达。她找到了一张弓,灵巧地把满满一袋子箭背到肩上。

回到楼梯井后她们又打死了两个男人。艾娜跟芙罗拉耳语着,让她们在另一个楼梯口的门前停下。

"这里。"

不需要指示;那股臭味告诉埃塔,这就是关着那些大猫的地方。她敲了敲门,在管理员叫喊着想举起枪的时候开枪打死了他。她们把尸体推进了那个房间,里面是用碎金属焊成的大笼子,关着那些动物。

"我们应该把它们放出来。"一个黑头发的女人说。

埃塔找到了几个字,艰难地一个字一个字地说了出来:"饿死它们。"

她们关上了门。

女人们从一楼跑了出来,迎面扑来的是夜间温暖的空气。她们又开枪打死了几个守卫,并且在去停车场的路上带走了几个不知所措的男孩儿。消息很快就在男孩儿中间传开了，他们开始大批地出现，大喊着涌上街头。还活着的不存在镇的男孩子们跑上前去加入了她们的行列。

埃迪凝视着周围，感到难以置信。

那些人跑到哪里去了？为什么没有人对我们开枪？

埃塔看着周围，有些茫然，她想要想起这里过去有多少人。她才杀了多少个？逃跑不可能这么容易。

或许他们有很多人刚好出去扫荡了。

埃迪没有兴趣长时间地在这个问题上纠结，她慢跑着穿过卡车停车位。

或许没有多少人想要像这样生活。

埃塔向前看去，看到芙罗拉褪了色的红头发在她的背后飘荡，身边是爱丽丝缠在一起的卷发。

院子里空无一人，大部分车钥匙都被挂在一块配挂板上。经过了几分钟的讨论，她们发现只有芙罗拉会开车。

"看。"艾娜说，"我说过吧。"她没有戴着肚子，显得非常矮小，她得意洋洋的语气听上去可怜巴巴的。

她们依次坐进一辆黄色的大巴，它怒吼着活了过来，从排气管里喷出黑色的云朵。埃塔告诉艾娜往哪开，艾娜坐在芙罗拉身边，帮助她按照指示行车。

吉尔达坐在一个松垮垮的座位上，她张开双臂，埃塔在她身边坐下，没有接受她的拥抱。

"我还以为我永远也见不到你了呢。"吉尔达粗声粗气地说。

"你不会见到我的。"埃迪盯着窗外说。埃塔感到自己在哭，但没有费心思擦眼泪。

她们在崎岖的道路上行驶，有一阵子没人说话。在她们周围，女人、小姑娘和男童们有痛哭流涕的，有说话的，有睡觉的，有低声耳语的。

爱丽丝过来坐在她们前面，把一个睡着了的男孩儿推到紧靠车壁的地方。

"为什么你想杀了她？"她问。

埃塔没有抬起头来："她不肯帮助我，她一直在那里照顾我，所以他们才能关着我。"

爱丽丝把手放在座位上，身体向前倾。埃塔能够看到爱丽丝有多脏，有多瘦。

"我配了那些药，压制了你的伤情。"她说，"吉尔达给你洗床单。连你的饭也是你母亲为你做的。我们都在帮助你，我们谁都没法救你出去。"

埃塔什么都没说。越过座位之间的通道，她能看到她的母亲，她睡着了，向前弯着腰。她母亲的后脖颈好瘦，好脆弱。

"只有芙罗拉能够做到这一点，其他人全都太害怕了。抓她的那些爪子们太坏了，他们过了好几个钟头才把她带回来。她……她的遭遇是最惨的。因为他们知道她是什么人。他们知道她不会怀孕。埃塔……她不应该遭受这样的对待。特别不是现在。"

埃塔没有回答。她甩开了吉尔达搂着她的胳膊。她站了起来，这时候她见到爱丽丝占了她的座位，坐在吉尔达身边。

她走过去蹲在驾驶座上的芙罗拉身边。很长时间她们都没说话。大巴在黑暗中沿着不平坦的道路爬行。

"他们烧毁了不存在镇。"埃塔说。

芙罗拉小声嗯了一声:"我几乎没多少机会看它。"

埃塔抬头看着她,她看到在芙罗拉脖子上很低的地方有淤青的指印。

"我不会对你道歉。"埃塔说,"你本来可以帮助我的,但我也不再想杀你了。我……我明白了。为了生存,做你必须做的事情,我懂得更多了些。"

过了片刻,芙罗拉点点头:"我是可以帮你的,你是对的。我吓坏了,埃迪。我只是想活下去。"

埃迪站到她身边。她的心咚咚地跳着。她温柔地、慢慢地把手放在芙罗拉的肩上。

她深深地叹了口气,听起来像在抽泣。

过了一会儿,埃迪意识到她不知道芙罗拉正想把他们带到那里去,于是她问:"你认识路吗?"夜里,一只动物穿过了他们眼前的道路,月亮照耀在它的眼睛上,闪耀着绿色的幽光。

"回不存在镇吗?"

"不。"

他们交谈了几分钟,埃迪告诉了她能记得的所有能够帮助她找路的标志。芙罗拉答应她,一旦迷路了就叫醒她。

埃迪回去,坐在爱丽丝让出的座位上。她睡着了,但吉尔达的眼睛在黑暗中睁得圆圆的。

"我们去哪里?"吉尔达最后问。

埃塔盯着窗外,想弄清楚他们要多长时间才能到达奥蒙。

"走向命运。"

661

有关作者

梅格·埃利森（Meg Elison），美国作家，毕业于加州大学伯克利分校。《末世之路（上）》（The Book of The Unnamed Midwife）获得2016年菲利普·K.迪克科幻小说奖（Philip K. Dick Award）。她住在旧金山湾区（San Francisco Bay Area），正在狂热地写作。